めぐり糸

青山七恵

集英社文庫

目次

めぐり糸

お願いですからそんなに泣かないでください。

若い人が泣いているのを見るのは悲しいのです、とりわけ今のあなたのようにじっと静かに泣くような人は、何もかもすっかり諦めてしまったみたいに、涙が溢れてくるのを放ったらかしにしているような人は……。

さっきからここで泣いているあなたを見ていました。誰かに見せるために泣いているわけではないのでしょうが、これがもしただの電車や、図書館や、病院のなかのことだったら、わたしだってこんなふうに不躾に見つめたり声をかけたりなどしなかったでしょう。ただここはとても特別な場所です、静かで、ちょっと薄暗くって、ドアの向こう側にいる人たちは皆ぐっすり眠っていて……あなたとわたし以外には、もう誰もいないのですね。

大阪駅を出発してからずいぶん経ったような気がします。でもまだ、夜は長いようです。いい年をして恥ずかしいのですけれど、一人きりの個室で真っ暗な窓の外を眺めていたらふと、この列車が次の駅に着くことなど果たして本当にあるのかしら、東京駅など実はとっくの昔に通りすぎてしまって、列車は永遠にこの暗く終わりのない線路を走り続けていくのではないかしら、なんて、心細くなってきてしまいました。そうなると、ホームで一緒に列車に乗り込んだ乗客の人たちも切符を調べにきた車掌さんも、いつのまにか皆わたしの知らない駅で下車してしまって、運転席でさえ空っぽになって——今この列車に乗っているのは自分一人きりしかいないみたいな気持ちにもなって——ええ、移動というのは、知っている人でも知らない人でも、誰かと一緒にしたほうが良いものですね。動く風景の前に一人きりでいることは、とても寂しいことですから。でも寂しさというものはいつだって不意にやってきます、気づいたときには一人なのです。

　それにしても涙というのは不思議なものですね……すぐに終わってしまう涙もあれば、あとからあとから溢れて仕方のなくなる涙もあります。最初は何かの理由があって泣いているはずなのに、泣いているうちにその理由が溶けてなくなって、ただ泣くために泣いているような、もしくはもっと悲しい思いをしている見知らぬ誰かのために代わって泣いているような、それでも涙は止まらなくて……まったく、このやっかいな涙というものは、わたしたちの体のどこの器官から分けてもらえる水分なのでしょう。それは小さな罎(びん)に入れて何十年も置いておいたとしても、透明なまま減らずにそのままの姿を留めているものなのでしょうか、それとも罎のなかの空気が何かしら作用して、薄く濁ったり、いつのまにか消えてしまったりするものなのでしょうか。

　写真を撮っておくみたいに、小さい頃から折りに触れて流してきた涙をとっておけばよかったと今でも思います。とりわけわたしはひどい泣き虫でしたから……。実を言えば、実際にやってみたことだってあるのです。幼い時分の戯れに、子どもの小指くらいの小さな壜のなかに涙を採取してみたことがあるのです。一本の壜が涙でいっぱいになると、新しく次の壜を開けました。それがいっぱいになったらまた次の壜です。この調子でいったら、死ぬときにはいったい何本の涙の壜ができているんだろうと空恐ろしくなるほどでした。あれから何十年も経った今、壜のなかの涙がどんな色をしているのか知ることができないのはとても残念ですけれど……。

泣きやまないのですね。かまいません。先ほどはそんなに泣くなと申し上げましたが、本当は半分なのです、あなたの涙の邪魔はしたくありません。そんな泣き方ができるのは人の一生できっと何回もないのでしょうから。わたしの人生には、そんなふうに泣くことができる日はもう二度と訪れないように思います。あなたが泣きやんでしまったら、わたしはすぐにでもここから消えて窓の外の闇に溶けてなくなってしまうかもしれません。変なことを言うと思われるでしょうが、でも本当にそんな気がするのです。というのも実はわたしもずっと昔、今のあなたのように、この列車のなかで一人で泣いていたことがあるのです……ちょうどあなたと同じような年頃に、この東京行きの夜行列車のなかで。

ですからあなたを、ドアの向こうですやすや眠っているあの大勢の人たちと一緒くたにして見過ごしてしまうわけにはいきませんでした。ええ、そんなことはできませんでした。泣いているあなたに背を向けてドアのあちら側に出ていってしまったなら、わたしはわたしの過去そのものを永遠に見過ごしてしまうような気がしたのです。

東京に戻るのですね？　わたしもそうです。そして昔のわたしもそうでした。あなたはこうやって、がらんとしたラウンジカーの椅子にぽつんと座っているけれど、わたしは食堂車のいちばん端の席に座っていました。もう三十年以上前のことですが、その頃にはこの夜行列車にもまだ食堂車があったのですよ。

わたしは一人でそこに行ってお酒も何も飲まず、ただサンドウィッチか何か軽いものをとったきり閉店の時間までずっと居座っていました。テーブルには家族連れや恋人たちや背広姿のサラリーマンが入れ替わり立ち替わり現れ、嬉しそうに湯気の立つビーフシチューやフライのお料理を口に運び、コーヒーまで楽しんだあと名残惜しげに席を立っていきました。そのなかの子どもの一人はオレンジジュースのグラスを倒しました——今でもよく覚えています。明るい橙色の液体は純白のテーブルクロスに触れると同時に灰色に変わり、渦巻き貝のような形を描きながら流れ出していきました。渦巻きの先端が軽くテーブルにかけたわたしの指を目がけて伸びてきましたが、その甘い液体が指に触れる前に、四角い襟をつけた機敏な一人のウェイトレスによってテーブルクロスは撤去されました。誰もわたしに話しかけませんでした。同時に誰も、わたしを邪険に扱いませんでした。テーブルクロスを替えたウェイトレスもほかのウェイトレスたちも、退席を乞うためにわたしの肩を叩いたりなどしなかった。だからわたしはそこでゆっくり、とてもゆっくり、サンドウィッチを食べました。まるで時間そのものを嚙みほぐすように、ゆっくり食べれば食べるほど時間に張りめぐらされた繊維がほろほろと崩れて、任意の一点からそれを織り直すことができるかのように……。食堂車の営業が終わってしまってからも寝台客車の個室には戻らず、通路にある引き出し式の硬い椅子に座って一晩中窓の外を見ていました。気づいたときには泣いていました。最初はただ一つの理由から、それから時間が経つにつれて、わたしの手には届かない、自分個人の事情からは遠くかけ離れた、もっと大きな何かのために。

今のわたしより今のあなたのほうが、あのときのわたしにずっと近いところにいるように思います。わたしはもう、これまでに自分の味わってきたあらゆる感情を思い出すことしかできなくなってしまいました。一度記憶の膜のなかに閉じ込めた感情は、いくら丹念に注意深くそこから取り出してみても、二度とそのときの熱や手触りを甦らせることはできないのです。そこにあるのは亡骸か亡骸になりつつあるものばかり、思い出すことは失ってしまった何かの虚しい模倣にすぎません。しかしながらそれがどんなに虚しくとも、わたしは今まで同じことを繰り返さずにはいられませんでした。そして今し方あのドアを開けて泣いているあなたの背中を見つけたとき、わたしは記憶の巣穴に幽閉されて日に日に声を失い痩せ衰えていくものたちが、これまでにないほどの切実な調子でもう一度と叫ぶのを聞いたのです。始まるときはいつだってその声なのです。

もう一度……もう一度……！　わたしは常にその声に従順でした。今夜もそうなるはずでした。でもわたしはこらえました、こうしてあなたの隣に腰かけて、あなたの涙にその声が触れるまでは。

まだ夜は長いでしょう。

声の主は、わたしがある決まった形に定着することを許しません。わたしの輪郭をそのささやかな震動で乱して穴を開け、わたしがわたしの形に留まることを阻み続けています。今だって、この輪郭はそうやって押し広げられてきたために充分にいびつで元の形からはかけ離れたものになっているはずなのですが、彼らはわたしという人間をどこまでも押し伸ばして、向こう側が透けるくらいに極限まで薄っぺらくして、穴だらけの細胞から絶えず滑り落ちていく時のなかに形がなくなるまで練り込み、ついには時そのものと一つになりたがっているのです。

もう一度、もう一度!

彼らはまだ叫んでいます、わたしに向かって、あなたに向かって。

でもそのわたしたちが向かっているのは、いったいどこなのでしょう。それは本当に東京でしょうか、もしくは線路が尽きた向こうのもっともっと遠いところでしょうか。

わたしがこれからする話など、その果てしなさに比べたら車輪と線路のあいだから弾け飛ぶ一つの砂粒のようなものに過ぎません。無理は言いません。でもきっと付き合っていただけるでしょう?　わたしはあなたにお話ししたいのです。

何しろまだ、夜は長いのですから。

1

あなたは見たところ、二十歳を少し過ぎたところのようですね。あなたからしたらわたしなど、おばさんかおばあさんか……でも五十も七十もきっと同じようなものでしょう、仕方ありません。若い時分には、年老いた人はずっと昔から年老いているように見えるものなのですからね。

わたしは終戦の年に静岡の田舎で生まれ、東京の九段で育ちました。桜の季節に千鳥ヶ淵のボートに乗ったことはありますか？　ええ、皇居の北側にあって、春には大勢の人がお花見をしにくる、あの千鳥ヶ淵……わたしの家があったのはそのすぐそば、今の地下鉄九段下駅を出て、左手に千鳥ヶ淵を通り越し坂を登りきったあたり、靖国神社のちょうど南側の一画でした。わたしが子どもだった頃、あのあたりは三業地でした。

三業地といっても、あなたのような若い方にはおわかりにはならないでしょう。三業地というのは、料亭――戦前は待合と言いました――、料理屋、芸者置屋があるところで、つまりは男の人たちが芸者さんと遊ぶ花街のことです。今ではすっかりビルが立ち並ぶオフィス街になってしまいましたが、もっと昔のこと、江戸時代にまで遡って言えば、あのあたりは旗本や御家人の屋敷が立ち並ぶ屋敷街でした。そんなところに花柳界が作られたのは明治の初めのことで、維新以降に財政的に困窮した旗本や御家人の家が買収されたり、自ら待合として営業を始めたのが事の起こりであったそうです。遊芸を習って芸者になったのも多くはそういう屋敷の娘さんたちで、靖国神社に参拝に来る軍人さんたちを相手に大正の初めの頃にはずいぶん賑わったと聞きました。こういう大昔のことを教えてくれたのは、わたしの祖母です。祖母といっても正式な祖母ではありませんでしたが、このことについてはもう少し後でお話しします。

昭和に入り終戦を迎える頃には九段の花街は空襲ですっかり焼けてしまったそうですが、戦後しばらくすると大部分は復興して、わたしが物ごころついた頃から東京オリンピックくらいのあいだはだいぶ賑やかだったように記憶しています。とはいっても、わたしはオリンピックの前に九段を離れてしまいましたから、この時代までの九段しか知らないというのが本当のところなのですが……。

でもわたしの記憶に残っているあの頃は、おそらく新橋や赤坂にだって負けないくらいの活気が九段にもありました。有名な政治家、歌舞伎役者、お相撲さん、作家の先生……。各界の名の知れた方がちょくちょく遊びにいらしていましたし、昼間からひっきりなしに、芸者のおねえさんたち——芸者を名乗る者であれば、それが十六の娘であってもどんなによぼよぼのお婆さんであったとしても、常に〝おねえさん〟なのです――が練習する三味線の音が聞こえて、夕方吹く風には彼女たちの白粉の匂いが混じっていました。当時はなんとも思っていませんでしたが、今の街の姿しか知らない人たちには少し奇妙に思われるでしょうね。街というものは気まぐれなものです。その時々にそこで暮らしている人たちだけに愛嬌をふりまいて、一度でもそこを立ち去った者には決してかつてのような優しさを見せてはくれないのですから。

わたしの母は、そのなかの「八重」という中くらいの規模の料亭の女将でした。ええ、わたしの家は料亭だったのです。料亭といっても戦前は待合と呼ばれていたもので、あなたの想像するような料亭とは少し違うかもしれません。三業地の料亭というのは、料理を作ってお客さんに出す日本式の飲食店という意味の料亭ではなくて、お客さんがそこに芸者を呼んで食べたり飲んだりするところです。大まかに言えば夜の遊びの会場のようなもので、そこにお客さんがやってきて料理屋からお料理をとり、検番という三業地全体の事務所のようなものを通して芸者置屋から芸者を呼ぶのですよ。

ところであなたは、芸者と聞いてどんな想像をしますでしょう？　美しい着物を着て、日本髪に結って、踊ったり歌ったり……そんなところでしょうか。今の人の感覚からしたら、ちょっと浮世離れした世界に感じられるのでしょうね。でも、あなたが想像するほどそこは華々しく浮ついた世界でもないのが実情です。少なくとも、わたしの知っているおねえさんたちのほとんどは日々地道に芸を磨き、芸を愛している人たちでした。

戦後は事情も変わりましたが、もともとは貧しい実家を助けるために借金と引き換えに置屋に預けられて、この世界に入った女の人も少なくありませんでした。一人前の芸者になって置屋への借金を返済するまでは、そこを離れるわけにはいかないのです。置屋からすれば貸した金の元をとらなくてはいけませんから、預かった仕込みっ子には芸事から行儀作法まですべて面倒を見ます。その子が一人前の芸者になったとしても、お客さんからの金銭は必ず置屋が管理します。なおかつ着物からお稽古まで自分の稼ぎで融通させるようにするので、結果一人前になったところで相当の売れっ子にならない限り、芸者の手元にはほとんど何も残らないのが常でした。借金の返済を終えて年季が明けると、置屋によっては一年ほどのお礼奉公ののちに芸者たちはようやくそこから解放されるのですが、それからは芸者を続ける人、自ら看板を出して置屋を始める人、適当な旦那さんを見つけていわゆる二号さんの生活に入る人、田舎に帰る人、それぞれだったと思います。

八重はもともと母の伯母が始めた料亭でした。厳密に言えばこの伯母は母のかなり遠縁の親戚であって、本当の伯母ではありませんでした。先ほどお話しした祖母というのは、この人のことです。実際わたしにとっては祖母のような人だったのですが、わたしは一度も彼女を「おばあちゃん」と呼んだことはなく、いつも「大おかあちゃん」と呼んでいました。ただあなたの前でその呼び名を使い続けるのもちょっとおかしな感じがしますから、ここでは単に、祖母としておくことにしましょう。

祖母はわたしが八つのときに亡くなりましたが、あのあたりにあった旗本屋敷の武家の血をひく人で、それだけに誇り高く自分にも他人にも厳しい人でした。一方、母は岩手の田舎の生まれです。母が二歳のとき祖母は母を養女にし、年端も行かぬ頃からせっせと芸事を仕込み始めました。本来であれば、芸者は料亭には所属せず置屋に所属するものです。しかし祖母には、料亭に直接芸者を置けば急なお座敷のときなど検番を通さずとも何かと便利ですし、その芸者が売れっ子になれば、ほかの料亭のお座敷にも上がらせてそれなりの利益が見込めるであろうという目論見（もくろみ）があったようです。ですからまずは幼い頃から愛嬌のあった母を八重の抱え芸者として育て上げ、どんな具合か様子を見てみるつもりだったのでしょう。

そういう訳で、みっちり芸事を仕込まれた母は十五歳で半玉（はんぎょく）さんになって八重の座敷に上がりました。お客さんから芸者に支払われる金銭を玉代（ぎょくだい）というのですが、半玉というのは玉代が半分、つまりはまだ見習い芸者のような身分です。とはいえ、母はその二年後には一本、つまり一人前の芸者になりました。昔は線香が一本燃える時間ごとの計算で玉代が支払われていたので、そんな言い方をするらしいのです。先ほど申しましたように、一本芸者になれば着物や稽古代はすべて自分の稼ぎから賄（まかな）うことになるので、パトロンである旦那さんがつかないと芸者にとっては経済的な負担が大きくなりまず。しかし母の場合は祖母の方針で旦那は持たず、祖母自身がその役目を果たしました。つまり祖母は母の雇い主でもあり、パトロンでもあったのです。母は祖母の熱心な教育のおかげで芸は達者でしたし、もらいっ子の自覚もあってか小さい頃から大人心を巧妙にくすぐるませた口をきくような子だったそうで、あのあたりではなかなか面白がられた評判の芸者であったということでした。

何かの付き合いである日八重にやってきたわたしの父はそんな母にほとんどひと目で惚れ込んで、祖母に隠れて母を熱心に口説き落としました。母もそんな父にすぐに惹かれてしまったようでした。おそらく知り合ってからひと月も経たないうちに、二人は早々に男女の契りを結んだのだと思います。熱中しやすい性分の母は芸者の仕事も祖母への恩もすべてを捨てて父の家にお嫁に行く覚悟でしたから、事情を知った祖母は当然激怒しました。ところが相手の男が鉄材関係で一財産をなした裕福な事業家の長男坊だと知るやいなや、祖母は掌を返したように母の情熱に加勢するようになりました。一方父の家は正反対の反応です。当時の父は、ゆくゆくは家の事業を継ぐという約束のもとに、学校を卒業したまま月々の小遣いでのらりくらりと暮らしていた呑気な若者でしたので、芸者との結婚の約束などよくある女遊びの一つとして一笑に付されただけだったのです。

幼い頃に父と母から断片的に聞いた話をつなぎあわせると、わたしの父方の祖父は貧しい田舎の出身で、激しい上昇志向と猛勉強の果てにそこまでの財産を築いた人でした。それだけに家柄の問題に関しては人一倍のコンプレックスを持っていたのかもしれません。一族を構成する者たちをより上品で高潔な人間にするためにも、得体の知れない花街の女を嫁にすることなど考えられないことだったのでしょう。母は当時野良犬のような扱いを受けたことを長らく根に持っていて、祖父のことになると何かにつけて軽蔑するような物言いをしていました。あの人には伯母さんの千分の一の品もないとか、成金の見栄っぱりに付き合わされるのはたまったものではないとか……。しかしそんな母に比べたら、祖父に対する父の感情はかなり複雑であるように見えました。

実を言うと、わたしはあの頃の父の年齢をとっくに追い越してしまった今になっても、彼が祖父を愛していたのか憎んでいたのか、さっぱり判断がつかないのです。

あとでお話しすることになるかと思いますが、父と祖父との関係には、小さな子どもが無邪気に立ち入ることなど許されない極端に排他的なところがありました。

それは誰かに介入されることも盗み見られることも激しく拒む、暗い密室で一つの壺の毒蜜を吸い合うような奇妙に緊密な関係でした。ですが祖父の存在と生まれつきのありあまる富は、父を母のような誇り高く強気な人間に形成することはなく、むしろその逆の方向に作用したのだと思います。これは父と共に過ごした限られた時間を振り返ってのわたしの推測に過ぎませんが、生まれながらの何不自由ない豊かな環境に由来するものなのか、それとも生まれる以前からすでに備えられていた気質なのか——父にはある種の破滅願望があった気がするのです。立派な事業家の長男が家業を放り出してぱっとしない料亭の婿になるというのは、自ら嘲笑の的になりにいくようなものだったでしょう。でも父は、望んでそうしたのではないかと思うのです。父は嘲笑う者から、嘲笑われる者になりたかったのではないかと思うのです。母を愛し、そしてたいした分別も持っていなかった父は、大喧嘩のすえ勘当同然で祖父の家を出ました。具体的にどれほど激しい諍いがあったのか、もしくはそこになんらかの条件が付されていたのか、父も母もお喋りな祖母でさえも、わたしにはあまり語りたがりませんでした。

父と結婚してからも、母はしばらく芸者を続けました。祖母も父も、何より母自身が強くそれを望みました。母は芸事が好きだったのです。踊りや小唄を熱愛していたのです。

料亭にもらわれてきた母にとって、芸事とは生きていくために必要な護身術のようなものでした。ただ生きるためではなく、堂々と生きるためにそれが必要でした。これもわたしの邪推ですが、もし母がどこからかもらわれてきたのではなくわたしのようにもともと料亭の子として生まれていたら、それほど芸事に熱心にはならなかったのではないでしょうか。母が幸運だったのは、単なる護身術として芸を身につけたのではなく、それを心から愛することができたという点です。芸事は母という人間にとって水や空気と同様になくてはならないものでした。学校帰りには毎日のように検番に通い、自分の稽古が終わったあとも、おねえさんたちの踊りを見ていたそうです。検番というのは、先ほどお話ししたとおり三業地全体の統轄事務所のようなところなのですが、その二階は芸者衆のための三味線や踊りのお稽古場でもありました。芸者衆は、三業地で商売をするからには必ずその土地の検番に登録しなくてはなりません。料亭が座敷に芸者を呼ぶときには、直接置屋に連絡はせずいつでも検番を通して呼ぶことになっています。すると検番が置屋に電話をするか走っていくかして、芸者たちを融通するのです。

検番の一階の壁には、そこに登録されている芸者衆の名札がずらりと並んでいました。座敷に呼ばれている芸者の名札は裏返されていますから、誰がお茶をひいているのか――これは、座敷に呼ばれずに置屋で待機している、というくらいの意味ですが――は、ひと目でわかるようになっていました。三味線などの鳴物を運ぶときにも、ここにいる箱屋と呼ばれる男の人たちがおねえさんの後について料亭までかついで持っていったりします。二階の奥の部屋にはお医者様もいらしたそうです、おそらく婦人科系や花柳界特有の病気を患った芸者のための……。とにかく小さい頃の母は、この検番のお稽古だけでは飽き足らず、起きているときにはいつでも踊っていました。といっても場所を選ばず踊り狂っていたわけではなく、体の一部で踊ったり、心で踊ったりする、けれどもそれは全身で踊っているのとほとんど一緒なのだと母は言うのです。

練習すればするほど、愛すれば愛するほど、芸は母という人間の一部になりました。母は踊りを習得するのではなく、もともと自分の内に備わっていた記憶を少しずつ取り返していくような、そんな親密なやり方で修練を重ねていきました。

「自分でもとっても不思議なんだけどね」母はずっと昔、わたしに言いました。「検番に先生が来て、お稽古つけてくれるでしょう。自分のお稽古が終わっても、あたしは家に帰りたくなくて、おねえさんたちの踊りのお稽古をじっと見ていたの。部屋の隅っこでほかの女の子たちと一緒に座っているんだけど、そこで見ているとね、あたしはおねえさんたちが次にどういう振りをするのかわかることがあったのよ。ううん、わかるというのじゃなくて、知っているというのでもない。あ、そうだった、思い出した、というふうに思うの。だからってあたしもおねえさんたちと同じに踊れるというんじゃないのよ。ただ思い出した、そうだったって納得するだけなのよ」

そういう母ですから、結婚したからといって芸の道から外れることなど論外だったと言います。しかし父と出会ったばかりの頃は、すべてを捨てて一緒になるつもりだったとも言うのですから、本当のところはよくわかりません。

どちらにしろ母はまだ二十歳前で、芸者として最も華がある時期でした。お座敷で母は雪貞(ゆきさだ)と名のっていましたが、祖母の言いつけで雪貞が人の妻であることは料亭内の人間しか知りませんでした。そんなことが知られたらお客様はがっかりなさるでしょうから。しかしいくら隠していても、狭い世界ですから必ず秘密は漏れるものです。噂を耳にしたお客様に茶化されたりほのめかされたりしても、母はのらりくらりとかわしていました。ところが結婚して一年も経たないうちに妊娠が発覚しました。お腹(なか)が大きくなってくるとさすがにお稽古もお客さんの前に出ることも叶いませんから、母は泣く泣く芸者の仕事を休業して、毎日料亭の二階で検番やほかの置屋から聞こえる三味線の音を聞いていたそうです。

あるとき、母を贔屓にしていたお客様が数人、雪貞が結婚していた上に妊娠したという事実が本当であるのかどうかを確かめるべく、奥へ上がらせろと料亭に押しかけました。一人の若い人などは、必死でなだめる祖母とさんざん言い合ったすえ懐から刃物を取り出して、会わせてくれないのならばここで頸動脈を切って死ぬとまで騒ぎ立てたそうです。母は階下のそういう悶着を、どんな思いで聞いていたのでしょう。娘であるわたしからしてみれば、母はそんな物音に震えるような女ではありません。母は情熱的で明るく、活気のある人でしたが、ときおりはっとするような情の冷たさを見せるのです。母は、自分にとって何が大事で、何が大事でないか、常によく整理している人でした。自分に会えなければ死んでしまうと男が下で喚いていても、母の耳に聞こえていたのは窓の外の三味線の音だけだったでしょう。

しばらくして生まれた子は男の子でした。どんな話し合いがあったのかはわかりませんが――もしくはそれが祖父が父と母に付した婚姻の条件であったのかもしれませんが――その子、わたしの兄さんにあたるその男の子は、父の実家に養子に出されました。しかし一歳の誕生日を迎えてすぐ、乳母から腸チフスに感染して死んでしまいました。面倒を見ていた父方の祖母も、少し遅れて同じ病気で死にました。戦争が始まったばかりの頃です。当時九段の周りには軍の施設が点在していました。市ヶ谷の防衛省の場所には大本営陸軍部が置かれていましたし、今の北の丸公園のあたりには近衛師団の司令部や連隊の支部がありました。九段の花柳界はこの頃、特に軍人のお客さんでかなり賑わって、八重の二つの座敷の灯りも毎晩夜半過ぎまで煌々とともっていたそうです。

芸者の仕事に復帰していた母は、息子の死をろくに悼む余裕もありませんでした……。しかし母は、このときに芽生えた疑惑の芽をすぐに摘み取ることはしませんでした……つまり、息子の死は自分を憎悪する誰かの意図であったのではないかと。その目的を果すためであったならば――それは本当に恐ろしいことですが――長年連れ添った伴侶を失うことなど、当人には針で指先をつつくほどの痛みもなかったのではないかと。

終戦の前年になると、八重は当局の決戦非常措置要綱を受けて営業を続けられなくなりました。八重だけではなく、東京の花街全体が戦時下においては不要な商売として、営業停止を余儀なくされたのです。検番では、仕事のなくなった芸者たちが当局の命令で無線機や配電盤を組み立てることになりました。ついこのあいだまで三味線の音が響き、おねえさんたちが踊りのお稽古をしていたその場所が、あっというまに灰色の無機質な小工場に変わってしまったのです。

母ももちろんそこに行って、女工として働きました。どちらにしろもう二十三になっていましたから、芸者として一番輝いていた頃の、ぱっと咲いたばかりの大輪の花のような初々しい明るさは失われていたでしょう。しかし芸事に対する情熱が絶えることはありませんでした。母は名取の免状を取ってからもわざわざ東京の西のほうにある先生の家まで出向き、こっそり稽古を続けていたそうです。

しばらくすると当局からの命令で、九段の料亭のいくつかが軍の宿泊所に使われるようになりました。八重はとても兵隊さんのお世話ができるような立派な料亭とは言えませんでしたが、それでも市ヶ谷の陸軍部に通っていた一人の将校さんを世話することになりました。二階には若い夫婦の寝室と祖母の寝室の二部屋があったのですが、祖母が階下の三畳間で寝て、将校さんが祖母の部屋で眠ることになったのです。

幸いその将校さんは、以前によく店にやってきた大声で騒ぐばかりの粗野な軍人さんとは型が違って、「少しもえばらないし大人しく始終真面目な顔をした扱いやすい人だった」と、祖母は小さなわたしに昔話を聞かせるとき、彼のことをしつこいほどに褒めそやしました。訓練から帰ってくれば自室に食事だけ運ばせて、あとはずっと部屋にこもったきりだったそうです。母は相変わらず配電盤の組み立てに通うだけの毎日を過ごしていましたが、そのうちに二度目の妊娠が発覚しました。三年前のことがありましたから、母は今回の赤ん坊は決して舅の手には渡すまいと心に決めました。ええ、その赤ん坊がわたしです。母のお腹のなかにいた時分には毎日工具がこすれる音や見回りの軍人さんの靴音を聞いていたのでしょう、今でもわたしは人の靴音にはとても敏感なのです。

戦況が悪化するにつれ、九段でも疎開する人が目に見えて増えてきました。母の妊娠がわかってからは、祖母も一家をあげての疎開を考え始めました。あいにく祖母の親戚も母の実家も東北の遠方にありましたので、そこまでの旅路に身重の母が耐えられないだろうということになり、父が実家に頭を下げに行き、疎開先を世話してもらいました。

あの大人しい将校さんは、南方へ出征するべくすでに九州へ発ってしまっていました。祖母と父と、わたしをお腹に入れた母は、九段を後にして静岡のとある農家の食客になりました。東京大空襲があったのはその数週間後です。そして同じ年の九月、母はわたしを産みました。

年が明けないうちに、祖母は一足先に一人で九段に戻りました。八重はすっかり焼けてしまっていたそうなのですが、負けん気の強い祖母はいろいろな伝手(つて)を頼ってあちこちで資金を借り入れ、店を新築して営業を再開しました。数年後にわたしを伴った父と母が戻ったときには、借金はすでに半分ほどになり、以前にはいなかった抱えの芸者が二人住んでいたそうです。

母はこのとき本格的に芸者の仕事を引退し、料亭の若女将として祖母の仕事を手伝うようになりました。

ここまで、わたしは母のことばかり話しているとお思いになったかもしれないですね。母が芸事の道に励み二人の子どもを妊娠し、配電盤を組み立てているあいだ、わたしの父がいったい何をしていたのかきっと不思議に思われるでしょう。

当時の父が何をして毎日を過ごしていたのか、正確なところはわたしも知りません。ただ一つ言えるのは、父はほとんど家にいなかったということです。勘当同然で婿に来たはずなのに、戦後九段に戻ってからまもなく、父は再び茗荷谷(みょうがだに)にあった祖父の家に出入りするようになっていたのです。勘当を後悔した祖父が寂しくなって父を呼び寄せたのでしょうか、それとも女ばかりの料亭のなかに居場所を見つけられなかった父が自らの意志で実家に戻ったのでしょうか。

父が茗荷谷に帰るのは祖父の事業を手伝うためという理由でしたが、週の半分は料亭には帰らず、そのまま泊まってくることも多かったそうです。わたしは今でも、父が名誉だとか権威だとかいうものに自分の野心を燃やす人だったとは思えません。父はおそらく、美しい芸者の妻がいて、仕事をしてもしなくてもそれなりに安楽に生きていける、そういう人生に満足できる人だったのです。世間から立派な人間として見られたいなどという願望はまるでなかったと思います。腑抜けものだと笑われようが、父はただ安楽なものを求めたのです。それに、これもどういうわけだか詳しくは知りませんが、父は戦時中兵隊にはとられませんでした。肺が悪かったとか、神経をやられて片方の足が麻痺していたとか、そのような話を聞いたこともありますが、実際にはどうだったのか……。あのような非常時にお国のために役に立てずにいたことをどう思っていたのか、本人の口から聞いたことはありません。でもわたしは、そんなことができるはずはないと何度も否定しつつも、祖父が何かしらの手を使ってそのように取り計らったのではないかという気がしてならないのです。

祖父はわたしの父にめっぽう甘く、わたしから見ても不可解に思えるほど息子のわがままをよく聞く人でした。そのくせ孫のわたしには冷たいところがあって、幼い頃から自分が極端に理不尽な扱いをされているように思ったことは何度もありました。

　ときどき父について祖父の家――母は多少の皮肉も込めて「お屋敷」と呼んでいましたが――に遊びに行くと、いつも皺一つない背広を着てステッキをついた祖父が、満面の笑みでわたしたちを迎えました。戦後、華族やお金持ちの家のめぼしい屋敷は接収されて占領軍の施設に変えられてしまうところもありましたが、祖父の家はどういうわけだかそれを免れていました。これも当局とのあいだに、何か表沙汰にはならない取引があったのではないかと疑ってしまうところなのですが……。祖父は狡猾な人でした。暗がりで皆が出口を探してさまよっているときに、小さな抜け穴を見つけて一人だけ脱出をはかれるような度胸がなければ、都会になんの頼りもない祖父がどうやってそこまでの財産を得ることができたでしょう？　でもこれも、わたしの意地悪な思い込みに過ぎないのかもしれません。幼い頃に起こったいくつかの奇妙な出来事とそれにまつわる印象をすべて取り除いてしまえば、祖父はまったく善良な、そして運だけを味方につけた財産家の一紳士であったのかもしれません。

　それにしてもこの祖父という人は、いつ会っても、着ているもののしつらえの良さとはまるで反対に粗野な雰囲気にまみれた人でした。豊かな白髪は竜巻に突っ込んできたばかりかと思うほど、常に激しくうねっていました。あちこちを向いた毛髪の一束一束には、気に染まぬあらゆるものに巻きついてたちまち絞め殺してしまいそうな妖怪じみた気配がありました。

訪問のあいだ、祖父は小さな孫には人間の言葉が通じないとでも思っているのか父とばかり話していて、少しもわたしをかまいませんでした。しかしその父が何かの折に席を立ってわたしと二人きりになってしまうと、祖父はいまいましげに手を叩いて女中さんを呼び、彼女の持ってきたぽち袋にポケットからお金を入れて、それを犬の餌か何かのようにテーブルの上に無言で置くのです。そのたびにわたしは自分が情けなくなりました、ただ黙って大人しくしているだけなのに、自分はそんなに物欲しげな顔をしているのだろうかと……。

お屋敷にはときおり軍服姿の若いアメリカの兵隊さんが来ていることもありました。当時日本はまだアメリカの占領下にあり、九段にあった陸軍将校の親睦の場である偕行社(かいこうしゃ)や女優さんや当時輝いていた人たちの二号さんたちが暮らしていたモダンな野々宮アパートも、接収されて進駐軍とその家族の宿舎になっていました。ですからわたしが育ったあの界隈では、GIを見かけることはそう珍しいことではなかったのです。

彼らはいつも長い四肢を立派な軍服に包んで分厚い胸を堂々と張って歩き、いかにも強そうに見えました。道ですれ違ったりするぶんにはそんなに怖くもありませんでしたが、祖父の屋敷のなかで背の高い彼らと居合わせているとわたしはなんだか本能的に身の危険を感じてしまって、いつも父の後ろに隠れてばかりいました。祖父は独学で身につけたわりにはかなり流暢な英語で彼らと談笑し、彼らのことを「フレンズ」と呼んでいたように思います。フレンズはたいてい週末にやってきて、表の庭で日光浴をしたり、カードで遊んだり、夕食も一緒にとっていくことがありました。彼らが来ているとき祖父はあまり父にはかまわないようなので、父を独占できるわたしは嬉しかったのですが、一人でぽつんとしている父をちょっとかわいそうに思うときもありました。

フレンズが屋敷にいるあいだ、わたしはよく父と手をつないで屋敷の裏庭を散歩しました。

時々肩車をせがむと、父は「ちい坊、高いところに登りたがるのは馬鹿だけなんだぞ」とにやにや笑いながらもわたしの体を抱き上げてくれたものです。「お父ちゃん、ちい坊は馬鹿なの？」「ああ、かわいいお馬鹿さんだね！」わたしが父の頭をふざけて叩くと、父はわたしのお尻を叩き返しました。そんなふうにきゃっきゃとじゃれあいながら二人で森を散歩しているとき、わたしは屋敷の祖父に向かって思いきり手を振ってやりたい気持ちになったものです。ほら見て、お祖父ちゃまにこんなことはできないでしょう？　お父ちゃんとこんなふうに仲良くできるのはわたしだけでしょう？　と……。ええ、わたしは祖父の悔しがる顔を一目見たくて仕方がなかったのです。

祖父の屋敷の裏側にはそれはそれは広大な庭がありました。祖父の趣味なのか、それとも単に庭師の好きなようにやらせていただけなのか、その裏庭はどこか遠い異国の植物園のようでした。わたしの小さな背丈ではとても先っぽまで見通すことのできない巨大な樹木や、思わず目をそむけたくなるような毒々しい色の花をつける低木が、葉を押しつけあうようにして一年中豊かに茂っていました。まっすぐで太い木の幹に寄生して何重にも絡みついている白い木の幹にはいくつもの深い窪みがあり、その窪みのなかには薄茶色のくしゃくしゃしたものがたくさん詰まっていました。睡蓮を浮かべた小さな池だってあったのですが、近づくと必ず風景が異様に速く動くように思われて、しかしよく注意して見れば、それはわたしの足音に驚いた青蛙たちが急いで池に飛び込む影なのでした。大人が持つ団扇と同じくらいの大きな葉に両腕を軽く撫でさせながら土の道を歩いていると、切り倒された太い幹の上に庭師の男が大蛇のように寝そべっていることもあり、わたしを飛び上がるほど驚かせました。

あの頃、裏庭に足を踏み入れるたび、木々は少しずつその位置を変えているように思えました。

一週間ぶりに行っても同じ日に行っても、そこにある樹木は一つとして元の形を保っているものはありませんでした。いいえ、どの木がどんな形をしていたかなんて到底知ることなどできなかったのです、切り株に座って一本の木を眺めていたって、珍しい鳥の声や五時を知らせるサイレンの音にはっとして一瞬でも視線をはずしてしまったら、わたしはもうその木を見つけることはできなかったのです。

大正の大震災のときにも戦争末期の大空襲のときも、隣近所の家は大半が焼けてしまったのに、祖父の家だけはこの裏庭も含めて畳一枚分たりとも焼けることはありませんでした。家を囲む塀に軍の装甲車にも使用されている特注の鋼を埋め込んであったからだと祖父はその理由を説明するのですが、わたしにはこの裏庭のもの言わぬ植物たちがなんらかの力を使って、屋敷全体に炎と対抗する結界を形作っていたように思われて仕方ありません。

この裏庭を、祖父と父は〝森〟と呼び慣わしていました。

彼らが客間でお喋りや将棋に興じているとき、わたしの立てるかすかな音——革張りのソファのより奥のほうに座り直したり、テーブルに置かれたサイダーの壜を少しだけずらしてみたり、その程度の音ですが——それに気づいて振り向く父は大抵、「森に行って蝶々を見てきなさい。お前はまだあの燃えさかるような朱色の翅に金色の斑点を持つ蝶の女王様に会ったことがないだろう」と言うのです。お父ちゃんとお祖父ちゃまをここに二人きりにして、誰が森になんか行くものですか！　わたしは頑としてそこを動きませんでした。すでに小さな子どもの存在など忘れてしまって遊びに興じている二人に、蝶の女王様などに興味はないのですというような意味のことを幼稚な言葉で伝えると、わたしは目を閉じて自分だけの世界に陶酔しているようなふりをしました。内心は、一人で森に行くのが恐ろしかっただけなのです。

しかしながら、祖父がフレンズの相手をしているあいだに父と二人きりで森に行くのだけは別でした。森の茂みが濃くなればなるほど、わたしはあの偏屈な祖父と離れて、父と水いらずの甘い時間を過ごすことができました。このときばかりはわたしは燃えさかるような朱色の翅に金色の斑点を持つ蝶の女王様に会いたくなりました。父と二人きりで、そのいかにも秘密めいた瞬間を共有してみたかったのです。その瞬間こそが、祖母や母の言う「俗物」でわたしを嫌う祖父などは到底関与も理解も不可能な、わたしと父との強い絆を保証してくれるかのように思えたのです。とはいえ常日頃から父と祖父の前では蝶の女王様なんぞに興味はないというような態度を示してきたものですから、いざ父と二人になっても、わたしはなかなかそれを言い出すことができませんでした。

　ところがある日曜日、たまたま急用ができた祖父が家を出てから、わたしを伴った父が入れ違いに屋敷を訪れたことがありました。

　女中頭のハマさんによると祖父は夜になるまで戻らないということです。わたしたちは仕方なしに九段の家に帰ることにしたのですが、外に出る門の前で突然、いったいどういう気を起こしたのか、父はこのままとんぼ返りをするのもつまらないと言い出して、わたしを森に誘いました。そのときわたしは覚悟を決めました。祖父が屋敷の敷地内にいないというそれだけのことが、おおいに勇気を与えてくれたのです。

「お父ちゃん、どこに行ったら蝶の女王様に会えるの」わたしは手をつないで歩いている父に聞きました。父は美男でした。「うん?」父はどこか心ここにあらずの様子で、梢たちが作る高い天井を仰ぎました。同じように上を向くと、梢の隙間に空が見えました。木々の緑と空の青がそれぞれの色を極限まで尖らせてわたしの幼い未完成の視覚を攻撃し、どちらがより地面に近いところにあるのかまったくわからなくなって——眩（くら）んだ両目の裏側を弾くように、どこからか可愛らしい鳥のさえずりが聞こえてきました。

「蝶の女王様はどこにいるの」わたしはもう一度聞きました。父は少し首を傾（かし）げたように見えました。わたしにではなく、わたしたちの目の前にあった、大きなナンテンの木に向かって。

「お祖父ちゃまに聞いてみなさい」

　この答えが、どれほどわたしをがっかりさせたことでしょう！　あの祖父はどんなに遠くにいようとも、娘と父との二人きりの美しい時間をしつこく邪魔するのです。

　森に漂うやや青臭く新鮮な若葉の香りのなかに、祖父がいつもキセルで吸っている刻み煙草の目がしょぼしょぼする匂いが混じったような気がしました。わたしにはそれが、震災や空襲の炎から祖父自身の財産を守ってくれたこの畏怖すべき樹木たちに対する、そしてわたしと父の神聖な時間に対する、致命的な侮辱に思えてなりませんでした。幼いわたしが「侮辱」などという言葉を知っていたとは思えませんが、このとき感じたものは侮辱以外の何物でもありませんでした。わたしは自分の失望を悟られまいとして父の手を離し、あたかも足元に咲いていた白い小さな花に気をとられたかのようにそこにしゃがみこみました。その花は可愛らしいといえば可愛らしいのですが、この森に限って見つかる可愛らしさではなくて、そのへんの道端や井戸の脇にでも、つまりはどこにでも見つかるようなごく平凡な花でした。それでもどうしてか、そのときのわたしにはその花のほうが父よりもずっと自分のことを愛してくれているように思えたのです。

「蝶の女王様というのは――」後ろで父が何か話し始めているのにもかまわず、わたしは立ち上がって走り出しました。

「こら、どこへ行く」父の声から逃れるように、わたしは一人で緑の奥に向かっていきました。もともとあってないような森の道ですが、気づけばわたしはひどいぬかるみの道を走っていました。膝まである靴下の半分ほどは泥を浴びて、よそいきのエナメルの靴はもう重たい褐色の塊でしかなくなっていました。さらに悪いことに、わたしはウサギ捕りの罠に足を引っ掛けてしまいました。あの森に野ウサギがいたとはとても思えないのですが、もしいたとしても捕まえてどうしようというのか、しかし実際わたしの泥まみれの右足首は木製の箱から飛び出した歯型のようなものに捕えられてしまったのです。真っ白だった綿の靴下はすっかり泥に浸ってしまって、わたしの血液を吸い取ってはくれませんでした。今その瞬間のすべてであるはずの自分の激痛が、それ相応の仰々しさを持ってこの世の誰もがわかる形で現れないことに、わたしは腹を立てました。泣いて叫ぶと、父は十秒と経たずに茂みの奥から現れました。そして父の後ろには、祖父が立っていました。夜になるまでお戻りにならないでしょうと女中頭のハマさんは申し訳なさそうな顔をしていたのに、その祖父当人が。

　祖父は光沢のある生成り色のスーツに身を包み、右手には鼈甲色（べっこういろ）のステッキを、そして頭には冒険家のようなパナマ帽までかぶっていました。豊かにうねる白髪のせいで、帽子は少し宙に浮いて見えました。祖父は持っていたステッキを父に渡すとスーツの奥のポケットに手を入れ、そこから重たげな鍵束を取り出しました。そして罠にかかったわたしに近づき、わたしの足をウサギ捕りから自由にしました。

祖父にはわたしの父のほかに、父と二つ違いの妹である娘がいたそうです。

母との結婚のために父を勘当したすぐあと、祖父はこの娘を以前から決まっていた遠方にお嫁に行かせたのですが、それから一年も経たずにわたしの兄にあたる孫と妻が頓死してしまったことが——ええ、わたしは母の邪推を信じたくはありませんから——祖父の父に対する甘やかしの遠因になっているのかもしれません。

それにしても、祖父が父をじっと見つめるときの粘りつくような眼差しとそれに気づいた父が恥ずかしそうに目を伏せる動作は、幼いわたしの目にも薄気味悪く映りました。父は娘である自分の前でこそこうして祖父を拒否するけれども、祖父と二人きりのときには決して同じ反応は見せないのだという根拠のない確信が三人で同じ部屋のなかにいるときは常につきまとい、わたしをとても居心地悪くさせました。祖父は父とわたしを母のもとに帰らせまいとしてあの立派な門に鍵をかけてしまうのではないか、この部屋にももしかしたら外側から女中さんの一人が鍵をかけているのではないか……。わたしはいつもはらはらしていたのです。

祖父は毎回わたしたちを遅くまで引き留めては、「今夜は泊まっていきなさい」だとか、「お前が帰ったところであの家では何もやることはないだろう」だとか、お酒がすすんでひどいときなどは「あのとき俺は命をかけて、お前を止めるべきだった」などと言いました。今ではそれがどういう意味なのかよくわかりますが、まだほんの子どもだったわたしにだって、祖父が母のこと、そして母の家のことを良く思っていないことくらいはわかります。祖父はおそらく、自分の一時的な気まぐれか癇癪の結果、息子を堅気ではない女にやすやすと受け渡し、その割にあわない対価として今の孤独を押しつけられているのだと思っていたのでしょう。小さいわたしも、その割に合わない対価の一つに数えられていたのかもしれません。実際わたしは祖父の視線にさらされると、フレンズの前で感じるのよりもっと生々しい、身の危険を感じることがあったのです。そのたびに、わたしの与り知らぬ憎悪を押し殺した、懐かしい母の声がすぐ耳元で聞こえました。

あの人が、あんたのお兄ちゃんを殺したのよ。――そこにいない母の声は、祖父の視線と絡み合ってわたしをいっそう震えあがらせました。しかしどんなに震えあがろうとも、わたしは祖父の視線の前に自分の視線を情けなく宙にさまよわせることなどしませんでした。自分を守ってくれる父を探そうともしませんでした。というのも、わたしはどうしても、この祖父に負けたくなかったのです。そしておそらく、祖父もそれを感じ取っていたのだと思います。

祖父とのあいだに常に充満していたこの不穏な雰囲気は、とても幼い頃のたわいない幻想として片づけられるようなものではありません。でもわたしは、決して不幸な子どもではありませんでした……祖母の料亭のなかにいる限り、誰もわたしを無下に扱ったりはしなかったのですからね。

父はお話しした通り、何かと理由をつけては祖父の屋敷に帰っていましたが、家にいるときは多少だらしのないところはあっても、わたしにも母にも優しい父親であり夫でした。たいてい二階の部屋で独り言を言いながら原稿用紙に熱心に何かを書きつけたり、畳にごろりと寝転がって煙草をふかしたりしていましたが、母はそんな父に恨みの一つも言いませんでした。祖父の話題さえ出さなければ、母と父はよくお互いをからかいあって笑っていたように思います。

母は父のことを「カンさん」と呼び、父は母のことを「ユミ」と呼んでいました。父は体の線が細く、顔色はいつも冴えませんでしたが彫りが深くて、ぼそぼそと独り言を喋るときも子どもに昔話を聞かせるときのようなとてもいい声をしていました。母は目がぱっちりとして細面の、色白の美人でした。着物に隠されて普段はあまりわかりませんでしたが、その下の胸やお尻にはしっかり女らしい白いお肉がついているのを、わたしはいつもうらやましく思っていました。そんな美しい二人が自然に生まれた愛情をもとにして一緒になったのです、娘のわたしから見ても、明るく精力的な母と子どものように呑気で単純で御しやすいところがある父との関係は、何かの障害物でもない限り永久に続くように思われました。もちろん人間同士ですから、ささいな口論やちょっとした冷戦状態になったことは何度もあります。しかし長くこじれそうになれば、必ず祖母が双方の顔がそれなりに立つようにうまく仲裁役を務めてくれたのです。

母には厳しかった祖母からはもちろん、八重の抱えの芸者さんにも、女中さんや御用聞きのおにいさん方からも、わたしはぞんぶんに可愛がっていただきました。誰もがわたしを、料亭八重の小さな女将としてちやほや扱いました。そしてわたしもそのつもりでいたのです。昔話に聞く母のように売れっ子のきれいな芸者になって、のちにこの八重を継ぐことが幼いわたしの一番の夢でした。物心ついた頃には毎日のように検番に通って踊りと唄の練習に励んでいましたし、祖母がどこからか評判を聞きつけて来てもらった先生にお習字やお花のお稽古だってつけてもらっていました。だから小学校に上がる年にはもう、わたしはほかの子どもたちとは少し違ったやり方で、自分の定められた将来に忠誠を誓っていたのです。

　わたしはそのことに、なんの疑問も抱いていませんでした。周りのお膳立てはいっさい抜きにして、自分自身がその将来を選んだのだ、自分の前に道は一つしかないのだと決めてかかっていました。それ以外の道など決して存在するはずがないのだと。

　哲治(てつはる)がやってきたのはその頃です。

　そして彼に出会ってから、わたしがすでに歩み出していた一つの道はとても長い時間をかけて、その横に並行していたはずの幾千もの道をゆっくり侵食していったのです。

2

哲治がいつ、どのような経緯で九段にやってきたのか、わたしは詳しいところを知りません。

これまで何度か本人に問い質してみたこともありましたが、どう聞き方を工夫してみても、はっきりした答えは一度も返ってきませんでした。自分の出自を語りたくないというより、哲治自身もそれについてよくわかっていないように見えました。哲治は「鶴ノ家」という屋号の置屋に暮らしていましたが、わたしはそこに彼の父親の姿も母親の姿も見たことはありません。知り合ってしばらくしてわかったことですが、母親代わりになって彼の面倒を見ていたのは年老いた置屋のおかあさんでした。哲治と彼女との関係もまた明らかではありませんでした。

哲治を知った当初、わたしはこの人物の要点を手っとり早く摑み取るために、まずはそのあたりの事情を正確に把握するつもりでいました。誰かのことを知りたいと思ったのなら、その人がどこの土地で生まれどんな家族のもとで育ち、どんな過程を経て自分の目の前に存在しているのか、そういった瞭然たる個人史を理解し共感すること――おそらく少しの同情心を持って――が、何よりも大事なのだと思っていたのです。わたしはいつでも、歴史の教科書を読むように誰かのことを知りたかったのです。

しかしながら、哲治に対するこの試みは早々に頓挫しました。哲治はまるで白紙でした、もしくは一冊まるまる落丁してしまった教科書みたいでした。あるのは薄っぺらな表紙だけで、ページはめくったそばから指の腹と腹のあいだに音もなく消えていってしまうのです。

哲治はわたしに二本の指を虚しくこすりあわせる動作を与えただけで、学習帳にそのまま書き写せるような立派な年表は一度として与えてくれませんでした。わたしは折りに触れて顔見知りの芸者衆や母の料亭に出入りしている御用聞きのおにいさんたちに哲治の素性について尋ねて回りましたが、誰に聞いても皆狐につままれたような顔で「そんな子どもいたかしら」と不思議がるだけなのでした。いったい、当時九段の料亭や置屋に暮らしていた人々のうち、真実を知っている人はどれほどいたのでしょう。

あの頃わたしが暮らしていた九段の花街は、靖国神社と通りを挟んだ南側一帯を占めていました。

狭い通りにひしめくように料亭や置屋が立ち並んでいましたから、どこどこの何某がお客さんと出奔しただとか、旦那を取り合って座敷で取っ組み合いの喧嘩をしただとか、人の噂にはそれこそ事欠かなかったものです。ただでさえ花街に男の子の存在は目立つのですから、出自不明の男の子が置屋でうろちょろしていれば、当然すぐ街の噂になりそうなものなのです。ところが哲治のことに関しては、皆不気味なほどに無関心なのでした。彼について収集した情報のうち最も具体的なものとして挙げられるのは、鶴ノ家のはす向かいにあった「萩本」という置屋の半玉芸者の言葉でした。鶴ノ家にいる男の子がいつからあそこにいるか知っているか、わたしが努めて無関心を装って聞くと、「あたしが気づいたときにはまだだいぶ小ちゃかったわよ」彼女はにやにやしながらそう言いました。「ようやく歩けるようになったくらいじゃないかしら。あの家のおねえさんたちは哲ちゃんを犬かなんかみたいに可愛がって、よく散歩に連れて歩いてたじゃないの。あんた見たことないの？」

厚い唇から出っ張った前歯をのぞかせて笑う彼女の前で、わたしは返す言葉が見つかりませんでした。言外に、どうしてお前がそんなことを気にするのかという、水飴のようにべとべとと糸を引く好奇心を感じました。わたしはお喋りな彼女が「八重の娘が置屋の男の子について知りたがっている」と九段じゅうに触れ回るところを想像してぞっとしました。

それは検番での踊りのお稽古の休憩時間のことでしたが、お稽古が再開されてからも心臓がどきどきして、誰かのことについて知りたいと思う気持ち自体がそもそも深刻な禁忌であったような気がして——こんなことはもう二度と口にしてはいけない、わたしは強く心に言い聞かせました。誰と誰がくっついたのか離れたのか、そんなありふれた好奇心ならば、皆がそれぞれの小手先でこねくり回しているあのさもしい水飴の前に差し出しその糸にからめとられるがまま手放してしまったってかまわない、でも苦しいほど心の底から誰かのことを知りたいと思ったら、その気持ちは決してあの水飴の糸に触れさせてはいけない、真の好奇心というものはどこまでもどこまでも純潔なものでなくてはいけない！　お稽古のあいだじゅう、わたしは極めて子どもらしい単純な直感ながら、それだけに冴え冴えと明晰な心の深みでそういうことを悟りました。そして二度と哲治のことは尋ねまい、この気持ちを水飴の渦巻く低みまで貶めてはいけないと誓いました。

わたしはこの日簡単な振りつけを何度も間違えて、そのたびに先生からきついお叱りを受けました。

哲治を知ったのは、小学校に入学して二年近く経ってからのことです。それほど長いあいだ同じ一つの教室で学んでいたにもかかわらず、わたしは彼の存在にまったく注意を払っていませんでした。

わたしたちの小学校は、料亭や置屋が立ち並ぶ界隈とは一線を画した地区にありました。実際それは一本の通りを挟んだこっち側とあっち側であったに過ぎないのですが、小学校があったほうの地区はこちら側の雑然とした街並みとは打って変わって大学の敷地や官吏の人たちのお屋敷街となっていました。

小学校の校舎はわたしたちが生まれるずっと前に大正の大震災で全焼したそうなのですが、建て直した鉄筋コンクリートの復興校舎は戦中の空襲にも耐えて、今でもその姿を留めているはずです。〝大正の名建築〟と呼ばれるくらい、この校舎は当時にしてはモダンな建物でした。三階の教室にはめ込まれたアーチ型の窓はいかにもヨーロッパ風で優美な感じがありましたし、屋上にはデッキチェアが備え付けられた日光浴室なんていうものもあったのです。ほかの小学校の無骨な校舎を目にするたび、わたしは自分の母校を密かに自慢に思いました。一クラスにはだいたい五十人の子どもが机を並べていましたが、大半があの界隈の商店の子どもか花柳界の子どもでしたね。いわゆる、一般のサラリーマン家庭の子はほとんどいなかったように記憶しています。どうもそういう家庭の親御さんのなかには、花柳界の子がいるからという理由で、わざわざ我が子を別の学区の小学校に通わせるような方もあったらしいのです。

料亭の女将の娘であるわたしはもちろん、その花柳界の子の典型でした。ところが小さな頃から蝶よ花よとちやほやされて、小学校に上がる頃には芸事にも行儀作法にも精を出すようになっていたわたしは、自分がある種の人たちからそのように遠ざけられる存在であるとは夢にも思いません。それに幸い、教室にはそんな目でわたしたちを見る子はいませんでした。いたとしても、わたし自身が内に持っていた小さな威厳がそれに気づかせませんでした。この小さな威厳というものは決して軽く見てはならないものですね。それはときに鈍感さという外套をまとって正体を隠しながらも、この世のいたるところに隠されている恐ろしい銃口から人を堅固に守ってくれるものなのですから……。

クラスには、わたしのような花柳界の子のほかに、お風呂屋さんの子、髪結いさんの子、駄菓子屋さんの子、魚屋さんの子、酒屋さんの子、薬屋さんの子、あらゆる商店の子がいたように思います。商売人の子どもですから、皆よく弁が立って気風もからりとしていて、男の子たちのあいだには時折子どもらしいとっくみあいや小競り合いの一つや二つありましたが、陰湿な仕打ちのために誰かが教室の隅でみじめに泣くようなことは、わたしの知る限り一度もありませんでした。互いの家がどんな商売をしていようがそれはたいした問題ではなく、わたしたちはそれぞれに子どもらしい素朴な友情を温めていたのです。花柳界と聞くと、どことなく女々しい湿り気のようなものを感じ取られるかもしれませんが、実際は子どもも大人も意外にさっぱりしたものなのですよ。

あの頃わたしが特に仲良くしていたのは、千恵子ちゃんとなみ江ちゃんという女の子でした。

わたしたちは物ごころついた頃から、いつも三人で遊んでいました。一人っ子だったわたしにとって二人は姉妹のような存在でした。それぞれのお小遣いから少しずつお金を出し合っては、付録のいっぱいついた少女雑誌や駄菓子を一緒に買い求めたものです。

とりわけわたしたちが熱中していたのはカバヤのキャラメルでした。その赤い箱のなかに入っている券をいくつか集めて送ると、景品としてキャラメル会社からお話の本が送られてくるのです。わたしたちは三人で協力して券を集めては送られてくる本を、それはそれは大事にしていました。そしてそれらの本にも勝って、二人の友達はわたしの大事な宝物でした。校庭で遊べない雨の日の放課後、家の暗い押入れのなかでロウソクを灯し、三人で寝そべりながらその本を順番に読んでいくとき、わたしは女友達と結婚することが将来可能になるかどうか――それも二人の女友達と同時に――ぼんやり考えることさえありました。

千恵子ちゃんは背が高い色白の女の子で、髪結いさんの子でした。なみ江ちゃんは市ヶ谷のほうにある金物屋さんの子でしたが、いかにも商家生まれという感じの、明るくてハキハキものを言う陽気な女の子でした。三人が一緒にいると、大抵なみ江ちゃんが何か頓狂なことを言い出して、わたしがそれを真に受けるか、もしくはからかわれているのだとわかったときにはいなすかするのですが、それを見ている千恵子ちゃんの鈴のような笑い声が一度響けば、わたしたち二人も同じように笑わずにはいられませんでした。

年に二回の靖国神社のお祭りや地元の氏神様である築土(つくど)神社や日枝(ひえ)神社のお祭りなど、あのあたりには一年を通してやたらにお祭りが多く、そのたびにわたしたちは夢中になって屋台や出し物を見て回ったものです。なかでも身近だったのは、二七(にしち)不動の縁日ですね。靖国通りの南を並行して走っている通りに二七山不動院という小さなお不動さんがあるのですが、二と七のつく日にはその通り沿いにずらりと出店が並んだのです。縁日のある日は、あのあたりに住んでいた大方の子どもたちが連れ立って屋台を見に出かけたのではないでしょうか。飴屋さん、ばくだんあられ屋さん、紙くじ屋さん、水風船屋さんと、いつも決まった面々ばかりが並んでいるのですが、何べん行ってもわたしたちはまったく飽きることを知りませんでした。ごく稀に新しい店が出たときにはその周りに黒山の人だかりができているのですぐにわかりました。人だかりを見つけると、わたしたちはためらいなくそのなかに潜り込んでいきます。近くにいるのはわんぱく盛りの子どもばかりですから、遠慮なく肘で押されたり足を踏まれたりするのですが、わたしたちはぎゅっと互いの手をつなぎ、多少のつねり傷は覚悟の上でどうにか最前列に三人分の場所を確保し、そこで淀みのないおじさんの口上に聞き入ったものです。

千恵子ちゃんはとても器用な子で、折り紙もリリアン編みもクラスの誰よりも上手でした。お店からこっそり持ち出してきた不思議な形のピンと消毒薬のような匂いのするポマードを使って、わたしが長く伸ばしていた髪の毛を見よう見まねで芸者風の日本髪に結ってくれることもありました。なみ江ちゃんはひどい癖っ毛でしたが、千恵子ちゃんの手にかかればマネキンの頭に載せた鬘（かつら）のように、つやつやと美しい髷（まげ）に変わってしまうのです。なみ江ちゃんはなみ江ちゃんで、千恵子ちゃんとはまた違った器用さを持ちあわせていました。彼女は時計が大好きで、なかでも針の止まった時計ばかりを収集してそれを分解したり元通りにしたりすることに、並大抵でない喜びを見出すことができたのです。なみ江ちゃんはそれを「分解式」と名付けて、しょっちゅうわたしと千恵子ちゃんをその重々しい儀式に招待しました。

お店の二階にあるなみ江ちゃんの部屋は置時計から腕時計まで壊れた時計でいっぱいでした。とても小学生の女の子の部屋とは思えませんでした。四角い時計、丸い時計、二等辺三角形の時計、見たこともない文字が幾重にも文字盤上に円を描いている時計、5と8の間が真っ黒な染みで消されている時計、文字盤も針もない、もはや時計と呼べるのか定かでないような時計……。ありとあらゆる時計がなみ江ちゃんの部屋にはありました。そのどれもが、命ある者の時を刻むという使命を背負った道具としての矜持(きょうじ)をすっかり放棄し、くたびれきって、もうこれ以上は誰のためにもそこに存在していたくないのだという体で錆(さび)と手垢にまみれていました。よく注意して見れば、部屋には普通の女の子が好んで遊ぶような裸のセルロイド人形や卓上ピアノだってあったのですが、そういうものは壊れた時計たちの一風変わった展示台でしかありませんでした。その膨大なコレクションのなかから一つの時計を手に取ると、なみ江ちゃんはこう言います。

「それではこれから皆様に分解式をご覧にいれます」

　口上はいつだって自信たっぷりで魅力的でした。

「種も仕掛けもございません」

　その通り、なみ江ちゃんの分解式には種も仕掛けもありませんでした。わたしたちはただ、彼女の手によって時計がばらばらにされ、複雑な手順とちょっとした思案の時間を挟んで元通りにされるのを見つめているだけだったのです。

　なみ江ちゃんは何種類ものピンセットを手元に用意し、分解した一つ一つの部品を注意深くわたしたちの前に並べていきました。どんなに小さな時計であっても、信じられないほど多くの部品がそのなかには組み入れてありました。じっと見ていると、わたしは自分自身の体に組み込まれている細胞、畳に直接座っているためにイグサの細かな目の模様をゆっくり吸い込み始めているふくらはぎの細胞、絶えずスカートの裾をつまんだり引っ張ったりしている指先の細胞、そういった細胞の一つ一つの動きを感じました。同時にどうしてか、祖父の家の裏庭に茂る何百種もの植物たちが風もないのにざわざわと揺れている様子を思い浮かべました。

なみ江ちゃんの分解式は未完に終わることもしばしばでした。分解するのは簡単なのです。元に戻すのが問題でした。

胡麻粒ほどの小さな部品をピンセットでつまんだまま動かないなみ江ちゃんに、わたしたちが口出しすることは許されませんでした。自ら収集した時計の一つになってしまったかのごとく完全に動きを止めた彼女の頭のなかに、どんな考えが駆けめぐっていたのかはわかりません。もしかしたら、そこにあった〝時間〟そのものを分解して、一、二、三……と、その部品を数えていただけなのかもしれません。そういうときの彼女は、見捨てられた時計たちの遥か高みに君臨する時の女王様でした。わたしと千恵子ちゃんが息を吸い、吐く、その一秒一秒も、彼女の手中にありました。それなのになみ江ちゃんは、あるところまで来ると突然分解式を中断するのです。そんなとき彼女は悔しがるのでもなく、気まずそうなそぶりも見せず、ただ「元に戻したところでどうにもならないんだもの」と言って、あれだけ注意深く扱っていた時計の部品を無造作にビニール袋に流し込み、わたしたちの見えないところへ片づけてしまうのでした。

「分解するのは簡単なのに、元に戻すのが大変なのね」

いつかわたしは、特別に長い思案の末に中断された分解式のあとで、労いの気持ちからなみ江ちゃんにそう言ったことがあります。なみ江ちゃんは途端にぎょっとした表情を浮かべました。まるでわたしが完全に心を失って、その場にもっともふさわしくない乱暴で下品なことを口にしてしまったみたいでした。なみ江ちゃんはふんと鼻を鳴らしわたしの目をじっと見つめ、その奥にかろうじて残っている正気の粒をつまみあげようとするかのように、慎重な口調でこう答えました。

「あんたがあたしを本当によく見てたなら、ちゃんとわかってるはずでしょ？」彼女は真剣でした。「元に戻すのは簡単なの。本当に注意して、しんから心を尽くさなきゃいけないのは、正しく分解することなんだって……」

ごめん、わたしは謝りました。千恵子ちゃんが笑いました。なみ江ちゃんは小さく首を横に振り、微笑んで、わたしの肩を二回叩きました。

西に開いた四角い窓から幾筋かの細い光が差し込んで、さっきまで時計の部品が並んでいた畳を照らしていました。

わたしが哲治の存在に気づくことができたのも、この愛すべき二人の友人のおかげです。

　二年生に進級して半年以上が過ぎ、もうすぐ冬休みを迎えようとする頃になっても、わたしはいつも青白い顔をして騒がしい男の子たちを教室の隅から見据えているその同級生の存在を意識したことがありませんでした。丸刈りの男の子ばかりのなかで坊ちゃん刈りの彼は目立っていたはずなのですが、どうしてか、彼は決してわたしの興味を引きませんでした。時折「哲ちゃんも来い」と呼ばれてのろのろと男の子たちの遊びに加わっていくところを目にしてはいましたが、それは窓ガラスにつけられた誰かの指紋や椅子の足にこびりついている綿埃と同様に、それを捉えるわたしの視界には特に意味をなさないものでした。わたしにとってその日——両耳の脇からおさげに垂らした髪の先がしっとり湿っていた、あのとても寒い冬の雨の日——までの哲治は、常に「誰か」であって、固有の名前を持つ独立した一つの存在とは程遠かったのです。九段の街の人たちが哲治のことにまったくと言っていいほど関心を持たなかったのも、単純にそういうことなのでしょうか。彼が内に秘めている何か特別なものが人々の目からその名前や個性を隠し、軒先に転がる空き壜や燃えさしのマッチ棒のように、人々の目に映ることはあっても永遠に彼らの心に移ることはない、取るに足りない存在へと彼自身を変容させていたのでしょうか。

　とにかくそれは、前の晩から雨が降ったりやんだりしていた冬の朝のことでした。一時間目の授業が終わった休み時間、千恵子ちゃんとなみ江ちゃんがふざけてもつれあいながらわたしの机に近づいてきて、突然「哲ちゃんとこのおねえさんたちは、皆美人ね！」と耳元で囁いたのです。いったい何を言い出すのだろう？　わたしは登校時の雨に濡れたままなかなか乾かないお下げの毛先をいじくりながら聞きました。

「哲ちゃんって誰？」

「あの子よ」

千恵子ちゃんは教室の前のほうの席に座っている小さな背中を指さしています。

「あの子お姉さんがいるの？　何年生？」

聞き返すと、今度はなみ江ちゃんが答えました。

「その姉さんじゃないわよ。きれいなねえさんたちよ」

「きれいなねえさんって？」

「あんたの家にもいる、きれいなおねえさんたちのことよ」

そのあまりに自然で不可解な物言いに、わたしはすっかり混乱してしまいました。何も言えないわたしに気を遣ったのか、哲ちゃんの家は鶴ノ家という置屋さんなのだと千恵子ちゃんが教えてくれました。しかもその置屋は、わたしの家の一本筋違いにあるだけで、走っていったら一分もかからないはずだと言うではありませんか。

そこまで聞くとわたしは逆に心を落ち着けて、そんなはずはないと胸を張ることができました。

「嘘。だってあたし、うちの近所であの子を見たことなんか一度もないもの」

「嘘の嘘。哲ちゃんはずっと前からいるじゃないの」

千恵子ちゃんがその少年のことを「哲ちゃん」と親しい幼馴染みのように当たり前に呼ぶことにも、わたしは改めて驚きました。

「あの坊ちゃん刈りは、ずっと前からうちのお母ちゃんが刈ってるのよ。それにお風呂屋さんでだってときどき会うわよ。男の子のくせに、おうちのおねえさんたちと女湯に入ってくるんだもの」

千恵子ちゃんはニコニコしています。わたしはまだ彼女の言うことが信じられず、

「嘘……」と呟いて、意味もなく手元にあった消しゴムを握りしめました。

「じゃああたしが一緒に確かめてあげるわ」

言うが早いか、横で聞いていたなみ江ちゃんはわたしのセーターの袖を引っ張って、教室の前方に向かいました。真ん中に黒い横縞が入っている緑のセーターの背中が近づいてくるにつれ、わたしはどうしてか、自分が長い時間をかけて取り返しのつかない失態を犯してきたかのような、ひどい罪悪感にかられていきました。小学校の教室ですから、距離にしたら十メートルもないはずです。ただこのときのわたしには、四角い机のあいだを縫って哲治の背中まで続くその十メートル足らずの道のりが、まるで灼熱の砂漠の一本道のようにゆらゆらと燃え上がって見えたのでした。一歩踏み出すたび、分厚い毛糸の靴下に包まれた足が熱い砂に埋もれていくようでした。なみ江ちゃんの腕を摑んで引き返そうとしましたが、わたしの左の袖を引っ張っている彼女の腕は信じがたい

ほどに遠く、揺らぎ霞んで見えるほどでした。

「ねえ」なみ江ちゃんが人さし指でその背中をつつくと哲治はびくりと体を震わせて、素早くこちらに振り向きました。前にある石油ストーブの熱気のせいで頬は真っ赤に染まり、半開きの口元は斜めにゆがんでいます。短い睫毛は細かく震えているようでした。驚いているのかがっかりしているのか、どちらにも見えた、あのときの顔……。

窓の外では雨が降っていました。空は鉛を塗りたくったように重たい色をしていました。

「あんたの家は置屋さんよね？」

なみ江ちゃんの質問に哲治はただこくんとうなずきましたが、その仕草は先ほどの表情とは打って変わって、ありふれた子どもらしい素直なものでした。

「じゃあこの子を知ってるね？」

なみ江ちゃんはぼんやり立っていたわたしの肩を後ろから両手で摑むと、ぐいと哲治に向かって押しやりました。重心を失ったわたしは哲治の机に片手をついて体を支えましたが、そこには開いた学習帳があって、体重を受けた白い紙の表面に斜めの皺が強く寄りました。すぐに手を離したものの、咄嗟のことで謝ることができません。黙っている哲治に、なみ江ちゃんは「ね、知ってるね？」ともう一度聞きました。猛烈な恥ずかしさのために目を伏せていても、視野の隅で哲治が自分の顔を一瞥したのがわかりました。哲治は再び、こくりとうなずきました。

「ほらやっぱり」

なみ江ちゃんは満足そうに目配せをすると、一人でさっさと千恵子ちゃんのところに戻っていってしまいました。慌てて後を追おうとしましたが、哲治の視線が足をすくませました。

そう、このときです、わたしと哲治の長い時間が始まったのは。

わたしと哲治はこのとき初めて、互いの顔を正面から見つめ合いました。

そしてこのとき初めて、哲治はわたしの目に映っただけでなく、わたし自身の心のなかへ移ったのです。

そこからより複雑な感情を読み取るための手掛かりはもはや消え去り、哲治の顔には落胆の表情だけがありありと浮かんでいました。落胆というよりももっと悲しげで、同時に怒っているようにも見えて……わたしは思わず目をそらしました。すると彼の開け放しの筆箱が目に留まりました。そのなかには鉛筆や消しゴムに混じって、半透明の白い紙で包まれた平べったい小さな四角形が覗いていました。キャラメルです！　わたしははっとして、再び哲治の顔を見つめました。彼はすでに、そのキャラメルをわたしが乱暴に取り上げ、めちゃめちゃに嚙み潰した挙句飲み込まずにぺっと床に吐きつける、その全過程を見届けきったような顔でこちらを見つめていました。悪いことをした、わたしは目を伏せました。もちろん自分は彼のキャラメルを取り上げてなどいませんし、彼を精神的に迫害したとも思えません。でもわたしはこのとき、彼に対してとても申し訳ないことをしたような気がしたのです。キャラメルを見つけてしまったことでしょうか？　授業の合い間のつかのまの静穏をなみ江ちゃんと無神経に打ち破ったことでしょうか？　置屋の子だと認めさせたことでしょうか？　それともこの教室のなかで二年近く同じ時を過ごしてきたはずの彼の存在を、それまで完全に黙殺していたことでしょうか？

わたしは無言でその場を立ち去るべきでした。もし相手がほかの男の子だったなら、もし後ろにまだなみ江ちゃんが立っていたら、きっとそうしているはずでした。

でもこのときのわたしは、何を思ったのか、彼に向かって平然とこう言い放ったのです。

「あたしだって、あんたのことはよく知ってるんだから！」

千恵子ちゃんとなみ江ちゃんのもとに戻っていったとき、わたしの左手は固く握りしめられていました。わたしは二人と何事もなかったかのようにお喋りしながら、左の手のなかで八つの角が皮膚を刺す感覚を、そして自身の手の熱でその角が幾分丸みを帯び、柔らかく皮膚に馴染んでいく感覚を味わっていました。

鐘が鳴って二人がそれぞれの席に戻ると、わたしはどんな図鑑にも載っていない未知なる花の蕾（つぼみ）を開くように、親指からひと指ずつ、そっと左手を開いていきました。

掌には、少し湿った白い紙で包まれた一粒のキャラメルがありました。

こうして哲治はわたしのもとにやってきました。

教室のなかで何度も顔を合わせていたにもかかわらず、わたしはこの日初めて彼と出会ったのです。

人と人との出会いというものはまったく不思議なものですね。ほんのちょっとの偶然で出会える人と出会えない人があって、そしてその一瞬の偶然が人の長い一生をまったく別のものに変えてしまうこともあるのですから。

自分がこれまでいったいいくつの偶然を捕まえて今ここに、あなたの前に座っているのか、そしていったいいくつの偶然を見過ごして出会えるはずの人と出会えずにここに至っているのか、考えると空恐ろしいような気もします。あるいはそんなものは所詮人間の杞憂で、わたしたちの運命というものは生まれたときからただ一通りに定められているものなのでしょうか。もしそうだとしたら、わたしたちの人生に対する情熱のようなものは少なからず失われてしまうのではないでしょうか。

わたしはどちらかと言うと、自分の運命がすべて定められているものだとは信じたくありません。この世のあらゆる偶然が果実のように実る森のなかを、人は目をつむって手探りで生きているのだと思うのです。それでも時折ちょっとしたことがきっかけで、自分の運命が手の施しようもないほど定まりきっているような感覚に打たれることもあります。それは本当になんでもないことなのです、階段を踏み外しそうになった瞬間、サンダル履きの自分の足の甲にほくろが三つ等間隔に並んでいるのを見つけたときや、喫茶店でコーヒーを運んできたウェイトレスの耳たぶがわたしのそれと同じように鈍角に欠けているのを認めたとき、初めて乗った飛行機のなかで窓から見下ろした白い雲が、二七不動の縁日でよく食べた綿菓子とまったく同じ形をしていると気づいたとき——乾いた大地を潤す自然界の恩寵と子どもの駄菓子がこんなに似ていてよいはずがないと愕然としたとき——そんなとき、わたしは自分の運命というものが最初から最後まで一つの乱れもなく定められている気がしてならないのです。

真夜中を走るこの列車のなかで、あのドアを引いてここにあなたの背中を見つけたときもそうでした。

わたしと哲治が出会ったのもこの定められた運命の結果でしょうか、それとも森のなかでわたしが手探りで摑んだ果実の一つなのでしょうか。どちらであっても今となっては同じことでしょう、あらゆる物事にどれほど人智の及ばぬ神秘的で厳かな理由があったとしても、結局わたしたちに解釈を許されているのは、その一時的な結末だけなのですから。

とにかくそんなふうにして哲治と出会ったわたしは、以来彼を意識しないわけにはいかなくなりました。

その日家に帰ってから、鶴ノ家の哲治という少年の存在を知っているかどうか尋ねてみるつもりで「お母ちゃん!」と勝手口で叫ぶと、奥から「なによ」と声が返ってきました。母はお金のことやそのほかの難しいことを考えたり誰かに相談したりするときに使う、お勝手の脇の三畳間にいました。襖の隙間から覗いてみると、和服の上に古びた半纏（はんてん）を羽織り、火鉢に手をかざしながら帳簿を見つめて厳しい顔をしている母の横顔が見えます。その後ろには立派な仏壇が据え置かれ、祖母の遺影がいかなる不経済も見逃すまいと、母とその母を襖の陰から覗き見ているわたしまでをも睨みつけていました。

祖母が脳溢血を起こして亡くなったのは、わたしが八歳になってまもなくのことでした。「お前がそんなんじゃあたしはいつまで経っても死ねないじゃないの、ちい坊を仕込んだほうがまだましだよ」日頃から母が何か失敗するたびそう口やかましく叱っていた祖母ですが、死に際はあっけないものでした。娘には厳しくても幼い孫娘にはめっぽう優しい人でしたから、わたしは大きな後ろ盾を失ったようでひどく悲しくて、お葬式が終わったあともしばらくは毎日泣き暮らしていました。検番のお稽古で習ったばかりの「奴（やっこ）さん」とか「梅は咲いたか」なんかを祖母の前でおさらいするたび、祖母は目を細めて手を叩き、「ちい坊は筋がいい」と褒めてくれました。そんな祖母に、一人前の芸者になってお披露目をする姿を見てもらえなかったことが悔しくてたまらなかったのです。一方自分がこんなにも悲しいのに、何十年と祖母と暮らしてきたはずの母があまり泣かないことが不思議でもありました。

この日、襖を少し開けたわたしが「お母ちゃん」と再び声をかけると、母は顔を上げしかめっつらのまま、「お母ちゃん今忙しいの。もうすぐ検番に出かけるから、あとで芳ちゃんにお風呂に連れて行ってもらいなさい」とだけ言って、帳簿に視線を落としました。わたしはがっかりしましたが、母が忙しいと言うときは、本当に忙しいのです。しかしながら、「お風呂」という言葉にわたしはすっかり心を奪われて、そのまま二階の自分の部屋に戻りました。自分の部屋といっても、そこは父と母とわたしが眠るための四畳半の寝室です。ただ父はたいがい茗荷谷の祖父の家に行って留守にしていますし、母も仕事で階下にいることがほとんどなので、そこをわたしの部屋と言い張っても誰も抗議などしませんでした。料亭抱えのおねえさんは当時三人いたように思うのですが、そのおねえさんたちは隣の六畳間をあてがわれていました。

部屋に戻ったわたしは、母が口にした「お風呂」という言葉とそれに引き起こされた諸々の想像で頭がいっぱいになりました。なぜなら千恵子ちゃんが教室で言っていたではありませんか、「お風呂屋さんでだってときどき会うわよ。男の子のくせに、おうちのおねえさんたちと女湯に入ってくるんだもの」と。

千恵子ちゃんの言うとおり、哲治がこれまでおねえさんたちと女湯に入っていたのだとすれば、それは大問題です。わたしは知らないうちにわたしの裸を哲治に見られていたことになります。とはいえ、身の回りのことは大抵一人でできるはずの七歳か八歳の男の子がおねえさんに連れられて女湯に入るなんて、どう考えても妙でした。生地の擦り切れた半纏を着て新聞を読んでいるあの気のいい番台のおじさんだって、さすがに注意するのではないでしょうか。それともその鷹揚さのためにたいして気にも留めず黙認しているというのでしょうか。

昭和二十年代のあの界隈では、家にお風呂を持っている家庭はまだ少数で、ほとんどの人が銭湯に通っていました。母の料亭には階段の昇り口の奥に小さなお風呂場がありましたが、それはお客様専用で、わたしやおねえさんがそこで湯を使うことは固く禁じられていたのです。

ですからそのお風呂場に近づく由などほとんどなかったのですが、お客様のいない夕方、母や女中さんの目を盗んで、わたしは一人でこの薄暗いお風呂場を覗いてみることがありました。ええ、今でもわたしはあのお風呂場をとてもよく覚えています。あなたも小さい頃には、自分だけの秘密の場所を一つや二つ持っていたのではありませんか？わたしの秘密の場所は、このお風呂場でした。薄暗くて、誰の視線からも守られていて一人きりで……ちっぽけな泡のような物語がいくつもいくつも生まれる場所です。

お風呂場は半透明のガラス戸で脱衣場と仕切られていました。ガラス戸を開けるとすぐに、木の板張りの狭い洗い場と、大人の男の人ならばきっと苦心して体のあちこちを折り曲げなければ全身を湯に浸せないであろう、小さな正方形の深い湯船がありました。水を使う場所の割にはからからに乾ききっている感じがしました。当時の家の施設としては頭一つ抜けて立派と言ってもよいはずのお風呂場でしたが、夕方の薄闇のなかに浮かび上がる湯船や手桶、壁に貼ってあるタイルや小さな白熱灯、そこにあるものは何一つとして家庭のお風呂場に備え付けられるために用意されたものではなく、今となってはなんの用も為さない忘れ去られた過去の遺物のように見えたものです。

ガラス戸の前に立つたび、わたしは千恵子ちゃんたちとキャラメルの券を集めてもらった本のなかに描いてあった立派な大型旅客船のことを思いました。大昔に座礁して浜に打ち上げられたあの旅客船の一部が、訳あって誰にも知らされずにこの戸の向こう側に密かに再現されているような気がして、胸がどきどきしました。わたしはそんな暗いときめきの予感に抗いきれず、定期的にその戸を開けお風呂場のなかの様子を窺わずにはいられなかったのです。

このちょっとした冒険には、厳格に遵守すべきある手順がありました。まずは脱衣場の洗面台でよく手を洗い、深呼吸をして、戸の前に立ちます。そして背中の向こうにある世界に「おやすみ」と三回小さく唱えます。それからなるべく音を立てずにガラスの戸を開き、本のなかに書いてあった旅客船の船員さんになった気持ちで、お風呂場の一つ一つの備品を眺めやります。あの手桶の外側の小さく蒲鉾型に欠けているように見えるところは、船長の必死の指示も虚しくとうとう浸水が始まってあたしが海水を掻き出そうとそれを手に取ったとき、勢い余って甲板のへりに打ち付けたためにああなったんだ……奥から数えて十四枚目、下から数えて二十二枚目のタイルがそこだけ研磨したように艶めいて見えるのは、褐色の肌をしたあたしの親友が永遠の恋人に贈るためのエメラルドを誰にも内緒でそこに溶かし込んだからなんだ……わたしは音を立てないようそっと縁をまたいで、空っぽの湯船のなかに座ってみます。ああ、あの頃はなんて楽しかったんだろう！　呟くと、心はたちまち捏造(ねつぞう)された感傷のために甘く塞がり、わたしは自分が仲間の船員たちと乗り越えてきたあらゆる難関を想像しました。まったくあれはたいした命拾いだった、あのとき寝ずの番をしていた南方出身の彼が笛を吹き鳴らさなければ、あたしたちは皆海の底深くに眠ったまま沈んでしまうはずだった、あの美しい貴族の娘さんだって、船長の息子と世紀の大恋愛に陥ることもなく一生を終えてしまうところだったんだ、でも彼女の美しさに一番最初に気づいたのは誓ってもいい、あたし以外の誰でもなかった！　このあたりまで来るとたまらなく切ない気持ちになって、わたしは涙も流さんばかりに激しく昔を懐かしみました。

　幼い日の想像力はすべての現実を薙ぎ倒して突風のようにどこまでも先を急ぎます。でもわたしは一度として、最後の瞬間を想像したことはありませんでした。どんな困難に遭遇したとしても、わたしは一度も命を失ったことはありませんでした。七つの海を旅する勇ましい船員であったわたしと九段の一料亭の娘であるわたしのあいだに、想像と現実の世界を区切る不愉快な境界線など存在し得なかったのです。

　いつもの決まった順番で長い歴史の回想を終えると、わたしは新たに忘れられた出来事の手がかりを収集しようと湯船から注意深く周りを見つめ始めました。まずは脇に備え付けられた複雑な形のパイプ――壁を突き抜けてそのパイプが通じている向こう側の焚き口で、女中のクニさんが火の調節をするのです。クニさんかあ！　わたしはのっぺりとしていつも不満気な彼女の顔つきを思い出し少し興ざめしたような胸の内で、それでも彼女をどうにか船の歴史の一部に取り込もうと試みます。——彼女は何をしていたっけ？　料理係だった？　それともあの肥った毛皮商人の奥さんだったっけ？

でも結局、それはうまくいかないのです。完全な、そして継ぎ目のない柔らかなカーテンのように無限に広がる歴史物語に閉じ込めるには、現実のクニさんはあまりにせわしなく動きすぎていました。わたしは動くものを見ているより動かないものを見ているほうが好きでした。ですから、焚き口の傍に立って炎の前にしゃがみこんだ彼女の、絶えず温度を測ったり汗をぬぐったりして躍動する上半身とは反対に、どっしりと不動の構えをとっている立派なお尻を見ているのは好きだったのです。お風呂場で目にしたパイプから、そんなクニさんの姿を連想せずに壮大な冒険物語を続けることはもう不可能でした。

あまりに現実的なクニさんの顔は、座礁した旅客船から夕方の薄闇の湯船へとわたしの心を引き戻すのに充分過ぎるほどの効力を持っていました。

ごめんなさい、ずいぶん寄り道してしまいましたね。昔のお風呂の話なんか、とりわけ退屈でしょうね……。ええ、これくらいにしておきましょう。

この冬の日の午後、「ちいさん、お風呂行きましょうか」と芳乃（よしの）ねえさんの顔が襖から覗いたとき、わたしは（哲治がお風呂屋にいるかもしれない）という期待と不安ですっかり興奮しきっていました。学習帳や塗り絵を広げるわけでもなく、ただ部屋の真ん中に座り込んでいる子どもを奇妙に思ったのでしょう、芳乃ねえさんは半纏姿で部屋に入ってきて、わたしの前にしゃがみこみました。

「おかあさんが、お夕飯の前にちいさんを連れて行ってねって言ったのよ」

「おねえちゃん、おうちのお風呂はどうしても使っちゃいけないの？」

　わたしが聞くと、芳乃ねえさんはキョトンとして聞き返しました。

「おうちのお風呂？　どうして？」

「入ってみたいの」

「変ね、突然……。きっとだめよ。あれは、大人のお客さんのためのものだから」

「でも、遠藤さんのとこの吉ちゃんやお蕎麦屋の辰ちゃんは入ってるじゃない」

　言ったあとで、わたしははっとしました。当時の九段の花街には、家のお風呂に男の子を一番に入れると商売繁盛に繋がるという奇妙な験担ぎがあったのです。母もその習わしにしたがって、月に数回はわたしと同じ年頃の近所の男の子を招いて一番風呂にあずからせていました。だいたい顔馴染みの子ばかりでしたが、たまたま近くにやってきていた母の古い友人や商売関係の人のお子さんが入っていくこともありました。それでもやはり、哲治がお風呂に招かれてうちにやってきたという記憶はまるでないのです。

「困ったこと言わないの。さ、用意したげるから行きましょう」

　芳乃ねえさんは目立って背が低く、色白の顔も声も優しげなのでわたしは好きでした。母も父も留守にしているとき面倒を見てくれるのは、たいがいこの芳乃ねえさんです。

わたしは彼女に手を引かれ、お風呂屋さんに行きました。途中お風呂から帰ってくるほかの家のおねえさんとすれ違うときに、芳乃ねえさんは小首を傾げて「いまほど」と挨拶します。当時はそれが花街での挨拶でした。わたしもそれを真似て、彼女の隣で小さく「いまほど」と呟きました。

当時あの界隈にお風呂屋さんは二、三軒あったように記憶しています。わたしたちがいつも行くのは、八重のある通りを南に折れて脇の小路を進んで突き当たった奥にある、大きな桜の木を目印にしているお風呂屋さんでした。あのあたりの料亭や置屋の人たちは大抵そのお風呂屋さんを利用していて、髪結いの家の千恵子ちゃんももちろんそこを使っていました。暖簾(のれん)をくぐってすぐに見える休憩用のベンチのあいだを通るときも、番台の脇を通って女湯の脱衣所に入るときも、わたしは神経を尖らせて、どこからかふいに哲治が現れるのではないかと注意を払って周囲を見渡していました。脱衣所には裸の女の人の姿がいくつかありましたが、ただひたすら、あの小さな青色のセーターのなかで縮こまっていたはずの少年の体を探しました。もうすっかり裸になってしまった芳乃ねえさんに着ているものを脱がされながら、わたしの体は興奮と緊張のあまり細かく震え始めていました。

「いやだちいさん、どうしたの？　寒いの？　熱があるのかしら」

芳乃ねえさんは手を止めて、わたしの顔を覗き込んでいます。真っ白で大きな二つの乳房が、顎の下でふるんと揺れました。

「やっぱり帰りましょうか？」

芳乃ねえさんの目にじっと見つめられて、わたしはなんと弁解すればよいのかわからなくなりました。顔がかっと熱くなりました。彼女の手が置かれた肩の下で心臓が急に縮こまって、逃げ場を求めるように内側から胸にくい込むようで……もしかしたら、本当に熱があったのかもしれません。

「違うの……」そう言うのがやっとでした。ねえさんの手に自分の手を重ねて上からぎゅっと握ると、彼女はしゃがんで同じ高さに目線を合わせてくれました。そして心配そうに聞きました。

「違うって、なによ。言ってごらん」

後ずさりした途端、ねえさんの美しい顔は不出来な水彩画のようにぼやけ、生き生きとした色を失いました。

代わりにわたしの両の目が精密なレンズさながらに焦点を結んだのは、彼女の後ろにあった背の高い棚に並ぶ脱衣籠、そのうちの一つの脇にあった白い紙片でした。

体じゅうの水分が一気に煮え切ったように感じました。ねえさんの手を無理やりに離して、わたしはその紙片を世界じゅうから奪うように摑み取りました。見覚えのある、折り目のついた、半透明の白い紙……わたしは震えながら、その紙片をそっと鼻に近づけました。

次の瞬間、わたしはシュミーズを脱ぎ捨て手ぬぐいも持たずに一直線に浴場へ向かっていき、勢いよく扉を開け放ちました。湯気の向こうには大きな富士山が見え、洗い場に五つ、浴槽のなかには四つの体がありました。どの体も大人の女の人のものでした。

でもわたしにはこのとき、はっきりわかったのです。

哲治は確かに、今さっきまで、この洗い場で体じゅうをシャボンの泡に包まれ、あの熱いお湯につかっていた！　わたしは遅かったのです、哲治はもうそこにいないのに、わたし自身は哲治の裸を見ることは決してなかったのに、あの青白い顔や体に触れていたこの湯気のなかに立っているだけで、自分の貧相な裸を彼の目前にさらしているような気がしました。湯気に包まれた彼の顔に、あの落胆の表情が再び浮かぶのが見えるようでした。

わたしはわっと泣き出しそうになりました。手に持ったままの紙片はお風呂場の湯気に触れ、指の腹のあいだでみるみる柔らかくなっていきました。

そこに包まれていたキャラメルはすでに哲治の口のなかで溶けてなくなり、唾液と混じり合ってかすかに酸っぱいような後味を残して、その頭が何かを考えその足がどこかを歩くために使われる、いくらかの熱へと変わっているはずでした。

3

わたしが暮らしていた母の料亭、八重は、九段の花街のなかではそこそこ名の知れた料亭だったと思います。

外から一見すると何屋かわからぬほど慎ましい店構えでしたが、夜になるとそれなりに賑やかになり、深夜までお客さんが絶えることはありませんでした。実際には良いときも悪いときもあったのでしょうが、母はいつも忙しそうにしていましたし、わたしは毎晩お座敷から洩れてくる三味線や大人たちの笑い声を聞きながら床につくのが常でした。

お客さんが来ている夜のあいだ、子どものわたしは階下に降りることを禁じられていました。お手洗いに用を足しに行きたくなっても、階段の上から赤い帯を垂らして、それに気づいた母か女中さんが迎えにきてくれるのをじっと待たなければいけなかったのです。というのも、お座敷遊びにいらしているお客さんたちにしてみれば――とりわけ家庭にお子さんがあるお客さんにしてみれば――目に見えるところでわたしのような幼い娘がうろちょろしていたら、たちまち興が醒めてしまうでしょうから。

ゆえにわたしが八重に来ているお客さんをお見かけする機会はめったになかったのですが、抱え芸者のおねえさんたちがお座敷前のちょっとした食事をとりながら、「このあいだの××さんには困ったわ、ずっと怖い顔して、お話に聞いていたのとは全然違うんだもの……」「××さんみたいなのよりはずっとましよ。あの人威勢がいいだけで、ちっとも遊び方知らないんだから」などと話している傍らに座っていると、子どもにも聞き覚えのあるような偉い政治家の先生の名前を耳にすることがありました。八重よりも豪奢で格式高い料亭は九段にいくつもあって、そういう店の前には黒塗りの立派な車が横付けされていましたが、八重の前では決してそんな風景は見られませんでした。おそらくうちに来ていた偉い方々は、接待などではなく個人的なお忍びの遊びでいらしていたのではないでしょうか。

後年、母は建物を大胆に改築したり庭に手を入れたりするようになりましたが、わたしが小さかった頃の八重は、門の傍らに植えた八重桜以外には取り立てて人の目をひくものは何もない、本当に地味な料亭でした。お客様用の表玄関を入るとすぐ左側に女中さんが寝起きする三畳間、隣に一つ目のお座敷、狭い廊下を挟んで向かいにもう一つのお座敷、そして廊下の一番奥に階段、階段の裏側にお手洗いとお客さん用のお風呂がありました。わたしたちが毎日の食事をしていたのは階段の左側にあった四畳のお茶の間で、縁側からは猫の額ほどの狭い庭が眺められました。生前の祖母がどこからか枝をもらってきて植えたらしい柿の木と、水の代わりに大人の頭ほどの苔むした石が転がっている池の名残がある以外、特別見るところのない庭です。そして庭の向こうにはどこの家の管轄なのかよくわからない小さな竹林があり、夏には風が吹くたびに涼しい音を立て、ちゃぶ台を机がわりにして宿題をしているわたしを眠気に誘うのでした。

お茶の間の砂壁には、日本アルプスの絵が描かれた一年通しの暦や薬屋からもらったポスターがたくさん貼ってありました。柱時計の脇に掛けてある日めくりの暦をめくるのは小さいわたしの仕事でした。朝目が覚めると、わたしはすぐに階下に降りていき、お手洗いに行くよりも先にその暦の前に立ちます。そしてもう二度と戻ってこない昨日という日を未練たらしく留めている薄紙の左下を人さし指と親指でしっかりつかみ、勢いよくひっぺがすのです。わたしにとって昨日が終わり今日が始まるのは、ほかでもないこの瞬間でした。そうしないことには、昨日は永遠に終わらず、今日は永遠に始まらないのです。寝坊などしてうっかり母か誰かにめくられてしまったら、その日はいったい、なんという名前の日に生きたらよいのでしょう？　昨日と今日のあいだに、ちょっとひとやすみができる待合室みたいなところはあるのでしょうか？　あったとしても、わたしはそこには絶対に入りたくありませんでした。なんだか自力では出られそうにありませんし、昨日とか今日とかというのは、電車みたいに辛抱強くじっと待っていれば必ず来るというものでもないように思えましたから。だからわたしは毎朝がんばって早起きをして、暦を誰の手にも触れさせないよう気をつけていました。

そしてもう一つ、暦めくりと対になって、わたしが毎朝必ずすることがありました――暦をめくる前に、必ずその脇に貼ってある一枚の写真をじっと見つめるのです。そして暦をめくったあとにも、同じようにその写真を見つめるのです。わたしは昨日という日の最後と、今日という日の最初に、どうしてもその写真を目にしたいのでした。

それは海岸の写真でした。

向かって右の海の方向に緩やかに傾斜している浜の上には、おそらく百人近い数の人々がカメラに向かって微笑んでいます。皆、九段の廿日会の人たちです。父も母も、そして芳乃ねえさんも写っています。ずっと後ろの小高い丘では、背の高い松の木が三本並んで枝先を海のほうに伸ばしています。それはわたしたちが長者ヶ崎の海水浴場へ小旅行に出かけたときの記念写真でした。撮ったのはしわしわの帽子をかぶった背の高い老人です。彼がレンズを覗き込むたび、その帽子は潮風にあおられて吹き飛ばされそうになったのですが、必ずすんでのところで動きを止めて元通り老人の頭を覆いました。何か種があるのではないかとわたしは撮影のあいだ彼の帽子をじっと見つめていました。だからでしょうか、父と母とは少し離れたところで女友達に挟まれて座っているわたしは、気難しげに顔をしかめ、睨んでいるような強い眼差しをこちらに向けています。そして写真の左下、一番隅にいる少年は、ランニング姿で浜にしゃがみこんで、カメラに横顔を見せています。さんさんと降り注ぐ日光を受けた彼の白い体は実際痛々しいほどまだらに赤くなっていたのですが、この白黒の写真のなかでそれは見てとれません。坊ちゃん刈りの髪の毛は潮風にあおられて、少し逆立っています。右手はすぐ横にある浮き輪の上にだらりとかけてあって、左手は盛り上がった砂のなかに隠れています。彼はぼんやりと、緩やかな傾斜の方向にある何かを――それは遠い沖に浮かんでいたヨットであるかもしれないし、浜に流れ着いて太陽の光を反射していたガラスの壜のかけらであったのかもしれませんが――見ています。

でもわたしは祈るように思うのです、哲治が見ていたのはヨットでも光るガラスでもありません。

哲治は、わたしを見ていたのだと。

夏休みが始まってすぐ、廿日会で海に行くことになったがお前も行くだろうと母に言われたとき、わたしの心をよぎったのは哲治のことでした。

廿日会というのは九段の花街の無尽会のようなものでした。皆で少しずつお金を出しあっては、その積立金のなかから順番に融通しあったり有志で小旅行に出かけたりするのです。置屋を営んでいるという哲治の家も、きっと会に入っているはずでした。

「みんな行くの？」

咄嗟に口をついて出た質問に、母は眉をひそめました。

「お父ちゃんにはまだ聞いてないわよ。きっと明日には帰るでしょうから聞いてみなさい」

「みんな」を、母はわたしたち家族のことと受け取ったようです。わたしは慌てて言い直しました。

「ううん、お父ちゃんのことではなくて……みんなというのは、ほかのお店の人たちのこと」

「ほかのお店の人たち？　知らないわよ。でも元締めさんが決めたことだし、だいたいみんな行くでしょう。あんた、まだ海に行ったことなかったわね。ちょうどよかったじゃないの」

「お母ちゃん、鶴ノ家さんというのは廿日会に入ってる？」

ひやかされるのを覚悟で思い切って聞いてみたのに、母はさらにきつく眉をひそめて「鶴ノ家？　知らないわ」と言ったきり、何か用事を思い出したのか立ち上がってお勝手のほうに行ってしまいました。

その場に残されたわたしは、二階の自室に上がって窓辺に立ちました。すぐ近くでミンミンゼミがやかましく鳴き始めたので、とっつかまえてやろうと窓から身を乗り出しましたが、蟬の姿はどこにも見つかりません。

わたしは諦めて窓の敷居に腰かけ、蟬の声よりもっと遠いところ、検番の方角から聞こえてくるおねえさんたちの三味線の音に耳を澄ましました。そしてその音に合わせ、腕を揺らしました。とても暑い日で、そうやって腕だけで踊っていても次から次へと全身に玉の汗が噴き出してきます。

「ちいちゃん、一人でお稽古かい」突然声をかけられ驚いて下の通りに目をやると、料亭の玄関の外で箱屋のしげさんがにやにやしながらこちらを見上げていました。「そんなところに立ってたら、お母ちゃんに言いつけるよ！」わたしが怒鳴ると、しげさんは「おお、怖い怖い」と顔の前で手を振って走り去っていきました。遠のいていく彼の足音と交代に、靖国神社の前を通るチンチン電車が鐘を鳴らしてゆっくり九段坂を降りていく音が聞こえてきました。太陽はまだ高いところにあって、どの家の屋根も強い日差しにさらされていましたが、軒下や庭の木の陰となっている部分はそこだけ濡れているように暗く見えます。

うるさいしげさんもチンチン電車も行ってしまい、誰もいない二階で元通り蟬と三味線の音のなかに取り残されたわたしは、途端につまらない気分になりました。もう一度窓の外に身を乗り出して蟬を探しながら、みーん、みんみんみん、みーん……わたしは見えない蟬と一緒に歌いました。それなのに、やっと息が合ってきたというところで蟬は突然鳴くのをやめて、ビッという鈍い音を残してそれきり何も言わないのです。「何よ」わたしは傍にあった布団叩きを手にすると再び外に身を乗り出し、窓の周りの壁をめちゃくちゃに叩きまくりました。「ちい坊！　静かにしなさい！」下から母の怒鳴り声が聞こえました。わたしは布団叩きを部屋の隅っこに放り投げ、それに続けて自分の体も畳の上に投げ出しました。あーあ、哲治は今頃何をしているんだろう！

哲治の存在を知らされ、言葉を交わし、銭湯で彼の湯気を吸い込んだあの冬の日から、わたしは寝ても覚めても哲治のことばかり考えるようになっていました。

　教室のなかでは常に哲治の後ろ姿を目で追っていましたし、休み時間に千恵子ちゃんやなみ江ちゃんといるときも、今哲治がどこにいるのか——自分の席でじっとしているのか、ほかの男の子たちと外に遊びにいったのか——静かに監視していました。しばらくそんなふうに過ごすうち、意識せずとも彼がどこにいるのかすぐにわかるようになってしまいました。それなのに一度も、わたしと哲治の目が合うことはなかったのです。こちらがそれを注意して避けていたからではありません、ただ単に、哲治がわたしのいる方向に目を向けることなどなかったからです。でもわたしは辛抱強く待ちました。このまま彼を見守り続けていたならば、いつかきっと、ふと目をあげた瞬間彼の視線がそこで自分を待っていてくれる日が来るはずだと。

　冬が終わり春が終わり夏休みが始まって、わたしは教室のなかで哲治の顔を見ることができなくなりました。しかしながら、一人で宿題をしていても家の人たちと食事をしていても、心の深いところに用心深く手を伸ばせば哲治の眼差しはすぐそこにありました。あの冬の日わたしに向けられた眼差しは気性の激しい魚のようにびちゃびちゃと胸のなかを跳ね回り、それを抑えつけようとする指先の肉を齧(かじ)りとって日に日に肥大し、最後にはわたし自身を飲み込んでしまいそうでした。あの子は今までこの九段の街で、いったいどんな暮らしをしてきたのだろう？　こんなに近所に住んでいるのだから、あたしが彼に気づかなかったとしても彼があたしに気づいてなかったということはあるまい、彼の目に映ったあたしは、いったいどんなだったろう？　そしてあの日、ストーブの前で初めてあたしたちの目が合ったとき、彼は何を思ったんだろう……？

　あのキャラメルは、食べずにとってありました。それはわたしが千恵子ちゃんたちと一緒に集めていたカバヤキャラメルではなく、男の子たちが野球選手のカードや景品欲しさに買っていた、紅梅キャラメルとも違うようでした。角がなくなり包み紙がべったり貼り付いたその出自不明のキャラメルを、わたしはお気に入りのハンカチに包み、わたし専用の物入れということになっている母の鏡台の一番下の引き出しにしまっていました。そして何かというとそのハンカチを取り出し、飽きもせず何時間でもぼんやりそれを見つめていることができたのです。

　あまりに哲治のことばかり考えていたため、そのうちわたし自身が哲治になってしまいそうでした。いったいどういう訳で自分がこんなにも哲治のことで頭をいっぱいにせねばならないのか、その理由について考えてみようとしても、心はいつも哲治その人に戻っていってしまうのです。

　わたしは恋という言葉もその概念も、幼いなりになんとなく知ってはいました。

　千恵子ちゃんたちと集めていたお話の本のなかでは、きれいで若い女の人とお金持ちで立派な男の人というのはたいてい恋というものに落ちて、結婚するのです。でもわたしは、哲治と自分のことに関しては、そういう大人っぽいお話とはできるだけ離れたところで考えるつもりでいました。だってわたしはまだ八つの子どもにすぎなかったのです、そんなことが自分の身に起こるのはもっとずっと先のことで、しかもその恋の相手というのは、時々母の料亭に遊びに来るような、ハンサムでお金持ちの若い紳士でなければいけないと思っていたのです。だからそれは決して今ではないし、相手があの小さくて貧弱な哲治であるはずもありませんでした。

でも、今になってみて思います――人生のなかでわたしが心から純粋に誰かを想ったことは、あのときをおいて二度とありませんでした。あの頃のわたしが哲治に対して抱いていた感情は、彼をもっと知りたい、彼に近づきたいという、ごくごく単純で一方的なものでした。それは相手のすべてを受け入れようとか、良いところも悪いところも同じように慈しもうとか、そういう寛容さからはほど遠い、もっと野蛮で残虐な何かを棲み家とする剣呑な感情でした。ずっとあとになって、わたしはかつての予感通り一人の男の人を恋しましたが、そのとき心を満たした感情は幼い日に哲治に対して抱いていた感情とはまるで違っていました。だからわたしは、これこそが本当の恋なのだと思い込みました。この切なさ、苦悶、想い焦がれた人の腕にようやく抱かれたときの茫然自失だけが、恋だったのだと。ただ今となっては、溶けかけたキャラメルのほかにはなんの当てもなしにあれほど強く誰かを想っていたこと、四六時中つつけば瞬時に砕けてしまいそうなほど体を硬くして一人の少年のことを考えつめていたことが、今も世界じゅう至るところで交わされているあらゆる愛のやりとりよりも、ずっとずっと、尊い何かであったようにも思えるのです……。

廿日会の小旅行に哲治も来るかもしれないと知ったこの日、わたしは一人畳の上に横たわりながら、徐々に先ほどまでの行き場のない苛立ちが消えていくのを感じていました。外ではまたミンミンゼミが鳴き始めましたが、一度哲治のことが頭に浮かんでしまったら、そんなことにはもうかまっていられません。哲治と一緒に海に行く！　とはいっても、しょせんは無尽会が計画した大人がどんちゃん騒ぎするための旅行です、子どもたちはそのおまけに過ぎないのです。哲治との距離が縮まるようなことが起こるとは思えません。それでも、生まれて初めて海を見るそのときに哲治と一緒なのだと思うと、目の前に強烈な一つの光が弾けるようでした。だからその刺すような眩しさの中心に向かって心からお祈りせずにはいられませんでした、絶対に哲治が旅行に来ますようにと。

その晩にも翌日の晩にも、わたしは眠る前に布団のなかで手を合わせ、お祈りを続けました。それだけでは不充分であるような気がしてきて、次の日からは家の人たちが寝静まっている日の出前にこっそり起き出して、二七通りのお不動さんにお参りするようになりました。

隣で寝ている母は毎晩床につくのが遅いので、少しの物音では決して目を覚ましません。部屋に父がいるときには注意が必要でしたが、万一物音に気づいた父が薄目を開けてこちらを見ても、「おしっこ」と小声で言えば、すぐに眠りに落ちてしまいました。おねえさんたちの部屋も玄関脇の女中さんの部屋も、いくら襖に耳をぴったりつけてみたところでなかの寝息を聞きとることはできません。もともとお客様用の表玄関から出入りすることは禁じられていましたから、わたしはお勝手の戸をそっと開けて、大人たちの深い眠りのなかに沈みこんでいる料亭を一人でそろそろ抜け出していくのでした。

夜明け前の九段の街はいつも静まり返っています。わたしが夜のお祈りをすませて眠りに落ちる頃には、三味線の音やおねえさんたちの小唄やお客さんの笑い声であふれていたはずなのに、その同じ夜の続きとは到底思えないほど、通りには物音一つ転がっていませんでした。口のなかにこもる息を吐き切り夏の早朝の空気を苦しくなるまで吸い込んでみると、新たに吐き出す息にはくちなしの甘い香りが混じっているように感じました。特に雨が降ったあとの早朝は、屋根と屋根がぶつかりそうなくらい窮屈に建っている置屋や料亭の家並みになんとも言えないふっくりとした香りが漂い、鼻から喉に抜けてまだ体内に貼り付いている眠気の表面を優しく撫でたのち、再び外に逃げていくのです。

勝手口の前でそうやって深呼吸を繰り返したあと、わたしの足がまず向くのはお不動さんではなく、哲治が眠っているはずの鶴ノ家でした。

鶴ノ家は八重が面している通りからもう一本南の通りに入り、仕出し屋さんの角から続く小さな路地を奥まで行ったどんづまりにありました。あたりに料亭はなく、小さな置屋ばかりが軒を連ねている暗い小路です。ですから昼間はよっぽどの用事がないと、堂々と家の前でなかの様子を窺うことなどできないのです。

明るくなる前に急がなければとあせるわたしは、かぼそい街灯の光をたよりに鶴ノ家までの道のりを走っていきました。下駄では派手な音が鳴ってしまうのでゴム底のズックを履いていましたが、それでもタッタッと鳴ってしまう靴音に、誰かが気づいて捕まえにくるのではないかといつもどきどきしていました。でも、恐れていたようなことは一度も起きませんでした。時折風呂敷包みを持ったどこかの女中さんと出くわしそうになりましたが、わたしは人の足音にはとても敏感ですから、それがどんなに小さな足音であっても耳の端に捉えられないことはまずないのです。人の気配を感じたときはすぐに近くの物陰に身を隠し、それが充分に遠のいたのを確認してから、わたしは再び走り出しました。

鶴ノ家は本当に小さな置屋でした。九段一帯は空襲のときにほとんどの家屋が焼けてしまいましたから、当時建っていたのはほぼすべて戦後に新しく建てられた家です。でも鶴ノ家に関しては、戦後すぐの混乱期にありあわせの材木で造った建物がそのまま残っているような、見るからに安普請（やすぶしん）で粗末な造りの家でした。屋根は瓦でしたが、とりあえずトタンをかぶせ、そのままになっているらしいところもありました。二階の窓の外側についた手すりはところどころ折れてしまっているのか、すきっ歯のように不規則に隙間が空いています。街灯の灯りのもとで見てもそんなふうなのですから、真昼の太陽の光の下で見たならばもっと気の毒になるような外観に違いありません。母の料亭は確かに豪奢とは言えませんでしたが、よく注意して見れば門に繊細な彫りの細工がしてあったり、幹が細くて頼りない八重桜も雰囲気があるといえばあるように見えましたし、地味ながらもそれを人に見られて恥ずかしく思うようなことはありませんでした。一方哲治は、自分の暮らすこの置屋について、どう思っていたのか……それに加えて、わたしは鶴ノ家の前に立つと（ここに、まくらの人たちが……）と思い出さずにはいられませんでした。

検番にお稽古に来るよそのおねえさんたちのなかには、浴衣の着方だとか踊りのまずさをあげつらって、ある特定のおねえさんたちを仲間内で笑い物にしている人がありました。そういうとき、彼女たちの口から出るのが「あの人はまくらだから……」とか、「まくらのわりには……」とかいう言葉なのでした。

哲治のことを聞いて回っていた一時期、「鶴ノ家」と口にした途端「あそこに男の子がいるの？　よくないわね、あんなまくらばっかりのところに……」と眉をひそめる人がいたのを、わたしはよく覚えています。なかには「オネンネの誰かの子じゃないの」と露骨な言葉を口にして、幼いわたしの反応を窺うような人もありました。つまりまくらとかオネンネの芸者というのは、唄や踊りの芸を売るのではなく、体で商売をする芸者のことです。花街の芸者というのは遊郭にいるお女郎さんとは違って、あくまで芸を売るのが仕事です。ただそれは表向きのことで、よそでも九段でも、芸者個人の事情や駆け引きによって、線引きにあいまいな部分があったのは事実なのでしょうが……。

とはいっても、この頃のわたしにはまくらだとかオネンネだとかいう言葉が何を意味するのか正確にわかるはずもありません。わたしはただ、おねえさんたちの言い方から、まくらの人たちとは言葉どおり枕のようにぼってりとして動きが鈍く、あまり行儀がよくなく、芸も大してうまくない人たちなのだろうと推測し、芸がまずいのならばどうしてもっと練習しないのかと不思議がっているだけなのでした。

薄闇のなかわたしは鶴ノ家の前に立ち尽くし、その内側で眠っているはずの哲治のことを考えました。その寝顔はどんなふうか、仰向きか、横向きか、どんな恰好で眠るのか、どんな夢を見ているのか……。「きっと来るわよね」心のなかでそう念を押すと、わたしは再び駆け出し今度こそお不動さんに向かうのでした。たいがい疲れて途中で歩き出してしまうのですが、そこから子どもの足で五分とかからないところにお不動さんはありました。境内は周囲に比べて闇が一段と濃く、足を踏み入れたなら何か得体の知れないものに首根っこをつかまれてそのまま二度と外の世界には戻れないような気がして、わたしは鳥居の外でいつも後悔に似た思いを抱いて立ちすくんだものです。でもそんな恐ろしさを乗り越えてこそ人の願いは叶うものなのだ、特に自分はちっぽけな子どもなのだから、そのくらい我慢しなければそうそう願いなど叶うものではないのだと自らを奮い立たせ、薄目を開けて息を止め、鳥居をくぐってお堂まで一気に走り抜けるのです。

小さなお賽銭箱の前まで辿りつくとお堂もろくに見ずに深くお辞儀をして両手を合わせ、「哲治が海に来ますように」と真剣に祈りました。そして再び暗い境内を走り抜け、ぐずぐずしていたらすぐにでも明けてしまいそうな薄闇のなかを一目散に家まで走っていくのでした。

先ほど、この夜明け前のお参りの途中には誰とも出くわさなかったとお話ししましたね。

お話しするようなことではないと思ってそう申し上げたのですが、このまま通り過ぎてしまったら、やっぱり筋が通らなくなってしまう気がしてきました。とはいっても、それは本当になんでもない、だいたいこの話に筋があるかということからして怪しいところですが、仮にあるとしてもそこにこの出会いを付け加えないで済ますことが後にどんな支障となって現れるのか、まったく見当もつかないのですが……だからこそお話ししなくてはいけないような気がして……実はわたしは一度だけ、お参りの途中にとても意外な人に会ったことがあるのです。

あれは長者ヶ崎旅行まであと一週間というところの、雨上がりの早朝でした。わたしは雨のあとのふくよかな香りを堪能しながら――この頃には薄闇の街並みにもすっかり慣れて、口笛でも吹き出しそうなほどでした――いつものように鶴ノ家の前まで行き、それからお不動さんまで走っていって、鳥居をくぐって境内に入りました。手を合わせてお祈りの文句を心に唱え、さあ振り返って走り出そうとしたそのときです。突然右の肩に冷たくとても重いものを感じ、わたしはあっと低く声をあげ、気を失いそうになりました。力が抜けて崩れかかった腰のあたりに新たに冷たいものが触れて、浴衣越しに薄い肉と腰骨をぐっと摑まれました。

「ちいさんじゃないの」

遠のきかけた意識のなかで見えたのは、芳乃ねえさんの小さな白い顔でした。

わたしはすっかり動転してしまい、こんなところにねえさんがいるはずはない、つまりこれはねえさんの幽霊に違いないと思い込んでしまいました。いくら大好きな芳乃ねえさんでも、幽霊となってしまってはー刻も早くその手を逃れなくてはいけません。わたしは力の入らない手足を必死で動かして、どうにか境内の外に向かって走り出そうとしました。しかし彼女はそんなわたしの体を冷たい腕で後ろからぎゅうっと抱きしめ、逃がそうとしてくれません。「離して、離して」わたしはじたばた手足を振りまわしながら、恐怖のあまり情けなく裏返った声で訴えました。そのうちねえさんの腕から急に力が抜け、その反動で抵抗していたわたしの体がくるりと回転し、彼女と正面から向き合う形になりました。もみあっているうちにわたしたちは境内の端まで移動していて、背の高い木の梢から差し込む街灯の光が、こちらを見下ろす彼女の顔を照らしていました。

ねえさんは泣いていました。

「どうしたの、おねえちゃん」

思わず彼女の顔に手を触れて、そう聞いていました。ねえさんは幾筋も頰に涙を流しながら、それでも首を横に振って、そっと微笑んでくれました。いつもの優しい笑顔でした。途端にさっきまでの恐怖は消え去りました。

「おねえちゃん、どうしたの、どうしたの」

いくら聞いてみても、彼女は何も言いません。そして涙も止まりませんでした。わたしは必死でその涙を指でぬぐってあげながら、突然の激しい恐怖から解放された安心の気持ちからか、泣いているねえさんへの驚きからなのか、同じように泣き出してしまいました。

「ちいさんまで、泣いてしまって……」

ようやく口を開いたねえさんは困ったように呟いて、わたしがしているように指の腹で涙をぬぐってくれました。さっき摑まれたときには川底の石のように冷たく感じたその手は、とても温かくなっていました。手だけではなく、わたしを抱いている腕も、わたしの頰に当たっている乳房も、今ではとても温かいねえさんの体でした。

わたしはどうしようもなく胸が苦しくなって、そのまま彼女に抱かれてしばらく泣いていました。理由などなくても、涙は次から次へと流れていきます。いくら泣いても涙は尽きなくて、そして夜は明けないようでした。頭のつむじの上に、ねえさんの熱い息が感じられました。

「あなたには、あなたの理由があるのだから、このことは誰にも言わずにおきましょう」

彼女の声は頭の内側から響くように聞こえました。ようやく顔を上げると、ねえさんの浴衣の胸のあたりがわたしの涙でびっしょり濡れてしまっているのがわかりました。しゃくりあげながら、わたしはなんとか言いました。

「あたしも、誰にも言わない」

わたしたちは皮膚が溶けてそのままくっついてしまうのではないかと思うほど互いの腕にしがみつき、二人で八重に帰りました。その日の午後に顔を合わせたときには、何も言いませんでした。母やほかのおねえさんたちの前で、今朝のことは二人だけの秘密だと目配せし合うこともありませんでした。芳乃ねえさんがあまりにいつもと変わらないので、わたしはそれが本当に起こったことなのか半分眠っていたかもしれない自分の夢の続きに過ぎないのか、よくわからなくなってしまったほどです。

それでも、あれから半世紀以上の時が経った今でも、冷めかけたコーヒーや、冬の朝に布団から取り出す湯たんぽや、突然の雨に取り込んだ洗濯物の表面に、わたしはそれらを感じるのです。それらは思わぬところに、しかし至るところに現れます。生きている限り、いいえ、いつかわたしという人間がこの世から消え去るときが来ても、それらは——あのときのねえさんの涙の温度や、体の温かさ、わたしが濡らしたねえさんの浴衣の湿り気だけは——永遠にこの世のどこかに留まり続けるように思うのです。

とうとうやってきた旅行当日の朝、わたしははやる気持ちを抑えきれず、予定よりだいぶ早い時間に家を出ました。

寝起きの悪い父はまだ布団から起きだしてもおらず、母は「お母ちゃんたちは荷物を持って飯田橋まで都電で行くから、お前は芳ちゃんたちと先に歩いていきなさい」と麦わら帽子をかぶせて送り出してくれました。わたしと同じようにこの旅行を心待ちにしていたのか、珍しく早起きしていた芳乃ねえさんと、八重にもう二人いた抱え芸者の鞠枝ねえさんと小梅ねえさんは、互いの腕をからめてはしゃいだ様子でわたしの後ろを歩いていました。

飯田橋駅に着くと廿日会の人たちはすでにちらほら集まっていて、二つか三つの輪になってお喋りに興じています。その輪のすぐ脇にそれぞれ子どもたちの小さな輪があったので、わたしはその大小の輪のなかに哲治を探しました。二本向こうの通りにある料亭の娘の三津子ちゃんが「おはよう」と肩を叩いてくれましたが、わたしはろくに挨拶を返さず、きょろきょろあたりを見回していました。

駅前では廿日会の面々のほかに近所のおじさんたちが座って碁を打ったり、煙草を吸ったりしています。わたしはそのあいだを縫って、哲治の姿を探しました。そしてようやく広場から少し離れた線路の鉄柵の前にあの小さな後ろ姿を見出したときには、思わずお不動さんの方向に向かって心のなかで手を合わせずにはいられませんでした。でもいったい、哲治は誰と一緒に来ているのでしょう。鶴ノ家のおかあさん（彼の本当のお母さんということではなく、置屋の女将さんという意味ですが）も、おねえさんたちの顔も、わたしは知りませんでした。鶴ノ家にはおとうさん（これももちろん、誰かの本当のお父さんという意味ではありません）もいるのでしょうか？　わたしの知っている料亭や置屋さんに、おとうさんの姿はほとんどありませんでした。いえ、いたとしても、わたしが知らなかっただけなのかもしれません。料亭といい置屋といい、花街の内側に男の人の影は薄いのです。

とにかく哲治が来ていることに安心したわたしは、ようやく三津子ちゃんのもとに戻って、落ち着いてお喋りができるようになりました。彼女の家にも、確かおとうさんはいませんでした。

「さあ乗りますよ」誰かが大きな声を張り上げ、切符が配られ始めました。待っていた人たちはぞろぞろと列を作って改札を通り抜け、次々ホームに入っていきます。芳乃ねえさんたち、それから遅れてやってきた父と母の姿も見えました。わたしも女の子たちと連れ立って列に並ぼうとしましたが、鉄柵の前にいる哲治はいっこうにこちらを振り向きません。となると、ここにいる人たちは誰一人として彼の存在に気づいていないのではないか、切符も渡されぬまま彼はあそこに置いていかれてしまうのではないか……わたしは気が気ではなくなって、一人でぐずぐずしていました。「早くおいで！」改札の向こうから三津子ちゃんに手招きされて、わたしはもう一度哲治のほうを振り向きました。もし彼がまだ一人きりならば、自分が駆けていって電車に乗る時間だと教えてやるつもりで。

果たして、彼は一人きりでした。駆け出そうとしたその瞬間、天まで突き抜けるような甲高い汽笛が鳴って、新宿方面からゆっくり列車が近づいてきました。

それは飯田町の貨物専用駅を目指す真っ黒な蒸気機関車でした。世にも悲しげな音を立てながら、機関車は煙を煙突から高く噴き上げ、哲治が立っている鉄柵の前を通り過ぎていきます。改札の脇でそれを見ていたわたしは、はっと気づきました——そう、哲治が待っていたのは出発を知らせる誰かの呼び声などではなかった、彼が待っていたのは、この黒い機関車だけだったのだと！

わたしは一瞬、怒りのために我を忘れました。そんなに見ていたいなら、いつまでも見ていればいい！　心のなかでそう怒鳴ると、腹立ちのあまり元の列に割り込んで、そのまま改札を通ってしまいました。しかしながらホームに降り立ちすでに入線してきた電車に乗り込んだとき、わたしは自分の目を疑いました。なぜならそこには、すでに哲治の姿があったからです。

ドアのすぐ近くの席に、哲治は白髪混じりの肥った小さな老年の女の人と座っていました。今頃一人で蒸気機関車に見とれているはずの哲治が、どうしてそこにいるのでしょう。見間違えだったのでしょうか、あれは哲治ではなかったのでしょうか。いえ、そんなはずはありません、わたしが彼の後ろ姿を誰かと間違えることなど絶対にありえません。呆然とそこに突っ立っているあいだに、電車は動き始めました。わたしは車窓からあの鉄柵の前の少年の顔を確かめようとしました。あれが哲治でないとしたらいったい誰だというのでしょう?

　電車はさっき哲治が立っていたはずの場所を通り過ぎつつありました。そこにはやはり一人の少年が立っていましたが、着ているものも背丈も、わたしが見つめていた少年のそれとはまったく違っていました。電車は速度を上げて、少年はすぐに見えなくなりました。

　電車のなかで、三津子ちゃんは自分の隣にわたしのための席を取っておいてくれました。わたしたちと通路を挟んで芳乃ねえさんと鞠枝ねえさんが座り、父と母はその一つ後ろの席に座っています。首を伸ばして二人にぎこちなく笑ってみせると、きれいに髭をそった父と薄化粧の母は、どこか似たところのある笑顔を向けてくれました。「ちい坊、大人しくしてなさいね」まるで若い恋人同士のように体を寄せ合って、こちらを愛おしそうに見つめてくれる二人の視線を浴びたわたしは、先ほどの不可解な事件などどうでもよくなるほど嬉しくなりました。父と母が揃って外出することなど、その頃にはもう、本当に珍しくなっていたからです。

　もともとあまり料亭にいるのを好まなかった父は、いつからか週のほとんどを茗荷谷にある祖父の家で過ごすようになっていました。週末には帰ってきてくれましたが、わたしを連れてすぐに祖父の家にとんぼ返りしてしまうこともたびたびでした。母はそのことに、少なくとも表面上は不満を漏らしたりはしませんでした。たまには静かなところでお父ちゃんと遊んでいらっしゃい、でも気をつけるのよ。そんなふうに言って、まるで父娘で遊園地にでも出かけるみたいに、さっぱりと送り出してくれるのです。この頃には何かにつけて祖父を悪く言うことも少なくなっていましたし、夫婦で口論しているところなどほとんど目にしませんでした。わたしはほかの家とは違って、自分の両親がきちんと二人揃っていて、しかも仲の良い夫婦であることを嬉しく思っていました。でも、いったい何をもって、二人が「仲の良い夫婦」であると言えるのか、考えだすとよくわからなくなることもしばしばでした。だって、夫婦の関係が文句のつけようもないほど円満であるならば、どうして二人は毎日一緒にいないのでしょう。

その疑問に出くわすたび、わたしはなんとも言えず暗い気持ちになりました。理由を考えようとしても、認めたくない理由ばかり頭に思い浮かぶからです。だからその日のように、父と母が並んで座り、夫婦らしく和やかに言葉を交わしているのを見ると、心の底から安心することができました。だって父と母は二人きりであんなにも美しいじゃないか、わたし抜きにしたってあんなに楽しそうじゃないか、子どものわたしが心配することなど最初から何もなかったんだ……。そう穏やかな気持ちに落ち着くと、今度はやはり、いったん頭の外に追いやった哲治のことが気になってきます。

わたしはさらに首を伸ばして、向こう側にいる哲治と隣の老婦人の様子を窺おうとしました。あの人が鶴ノ家のおかあさんなのでしょうか。その場でじっと観察してみましたが、そんなふうには見えません。十中八九、あれは本当のお母さんではないでしょう、何しろお祖母さんと言っていいくらいの年なのですから。そして二人の後ろには、浴衣姿のおねえさんが何人か座っていました。あの人たちが、鶴ノ家のまくらのおねえさん……。思っていたより――そうです、わたしは枕のようにぼってりした人を想像していたのです――ずっとほっそりしていて、きれいな人たち。

そういえば千恵子ちゃんとなみ江ちゃんが最初に言っていました、哲ちゃんの家のおねえさんたちはみんなきれいだと。どうしてそれを忘れていたんだろう、電車を降りたらよくよく観察してみなくてはいけないな……。そう心に決めて、わたしはようやく三津子ちゃんのほうに向き直りました。


長者ヶ崎の海は七月の太陽の下で目がくらむほど青く光っていました。

浜に降り立って、初めて目にした海にわたしは言葉を失いました。まったく自分はなんという世界に生きているんだろう！　この海と、あの九段の料亭が同じ地続きの場所にあるなんてとても信じられませんでした。そしておそらく、この海のずっとずっと向こうには、わたしの知らない言葉を話す異人さんたちの国があるのです。地球は丸い形をしているのだから、一つの道をどこまでもまっすぐ進めばいつか元の位置に戻ってくるのだと、以前祖父の屋敷の森のなかで父から教えられたことを思い出しました。父の説が正しいのだとすれば、この目の前の海をまっすぐに進み行き当たった異人さんたちの国をいくつも突っ切り再び海をまっすぐ進んだなら、今わたしが立っているこの場所に帰り着くことになるはずです。ただ、地球が本当に丸い形をしているのだとしたら、このおびただしい水の集まりを遥か彼方で空と区切っているあの線は、どうしてあんなにも一直線なのでしょう。これでは説明がつきません。今すぐ父を探さなければと思いました。三津子ちゃんやほかの女の子たちは早く着替えて泳ごうとはしゃいでいましたが、わたしはとてもそのような浮かれた態度でこの海のことを受け止められませんでした。はしゃいでいる場合ではないのです。わたしは真剣でした。

「先に行ってて」三津子ちゃんの手をほどき、わたしは大人たちのなかに父を探しにいきました。途中で何人か知り合いのおねえさんたちに聞きましたが、誰も父がどこにいるか知りません。鮮やかな緋色の水着に着替えて出てきた芳乃ねえさんをつかまえると、彼女は向こうの茶店のほうを指さして言いました。

「おかあさんなら、さっきあっちのお茶屋さんに座っているのを見たけれど」

わたしはねえさんにありがとうも言わず、彼女が指さした方向に走っていきました。

確かに、茶店の縁先に母は腰を下ろしていました。母はほかの人たちのように水着には着替えておらず、わたしが一番よく似合うと思っている藍染めの百合柄の浴衣を着たまま、片手を団扇のようにして顔に風を送っていました。

「お母ちゃん、お父ちゃんは？」

母はわたしの顔を見ると、微笑んで「知らない」と答えました。

「探しているんだけど……」

「あっちのほうに行っちゃったわ」

母は沖を指さして言います。

「あっちって？　泳ぎに行ったの？」

「さあ……」

「一人で？」

「どうかしら」

母はそう言って横にあったラムネの罎をつかみ、ごくごくと音を立てて飲みました。子どもの飲み物であるはずのラムネをそんなふうに母が飲んでいるのを見るのは初めてでした。わたしは要領を得ない母の言葉にいらいらしてきました。「あたしも飲みたい」母が体の脇においた罎を手に取りましたが、中身はもう空っぽです。母は上体を反らせて両手をござの上につき、顔を仰向けて言いました。

「みんなと一緒に泳いできなさい」

わたしは罎を砂の上に落としズックをその場に脱ぎ捨て、母が指さした方向に走っていきました。言われた通り、海のなかに父を探すつもりでした。「危ないから、よしなさい」そう母が止めに来てくれるかと思いましたが、いくら走ってみたところで母の声は聞こえません。結局意気地のないわたしは、近づけば近づくほど荒々しく危険に見える白い波しぶきに恐れをなして、海には入らずに濡れた砂を踏んだだけでした。新たに波がやってくれば少し後ずさり、引いていけばそのぶんだけ前に進みました。

そうやって浜を細かく前後に行き来しながら、どれほどの時間が過ぎたことでしょう。

わたしの心は砂に落としてきたラムネの罎のように空っぽでした。探していた父のことも母のことも、三津子ちゃんたちのことも哲治のことも、まくらのおねえさんたちのことも、いつしかすっかり忘れてしまい、空っぽの頭のなかを波の音だけが行ったり来たりしていました。

ひときわ大きな波が来て後ずさりしたとき、わたしは足の裏にちょっとした違和感を感じ、直後カシャリという小さな音を聞きました。すぐに何か乾いた尖ったものの感触とぬるりとした水気を感じました。あっと叫んで慌てて足を持ち上げると、そこにはぺしゃんこになった小さな蟹の姿があります。わたしは波がやってくるのを待たずに海のなかに入り、足の裏を冷たい砂地にこすりつけました。ところが死んでしまった生き物の感触は、いくらこすってもなかなか消えていきません。

波が太ももの高さまでやってきて、スカートをすっかり濡らしました。わたしは不思議と恐怖を感じず、どうせ濡れてしまったのだからぜんぶ濡らしたって同じことではないかと、思い切って頭から水のなかに潜りました。そして——どうしてそんなことを思ったのか——こうして全身潜ってしまったのなら、このまま目をつむって息を止めて死んでしまっても同じことではないかという気がして、その通り試みました。思いきり口を開けて海水を飲み込もうとしましたが、小さな体にだって生命を維持するための本能的な欲求が残っています、中途半端に起こした幼い気まぐれなどより、そういうものはずっと強いのでしょう……。

しばらくすると、わたしは飲んでしまった塩水にむせかえりながら水面に顔を出しました。強く目をつむったあまり、再び開けた視界に入るすべての物体が目のなかで鮮やかな点滅を繰り返していました。自分の持っている何もかも、潔く死んでしまおうとした試みも、そして生の誘惑に抗えず死に損なった情けなさも、その点滅の前ではまったく意味のないことのように感じました。

やっとの思いで浜に上がって、疲れ切ったわたしはその場に仰向けに寝そべりました。顔を横に向けると、そこには先ほど殺してしまった小さな蟹が引いていった波に濡れてつやつやと割れた甲羅を光らせています。わたしは目をつむりました。そして次に目を開けたとき、死んだ蟹の向こうに誰かの足が見えました。

「一度波にさらわれたら」

足の主は言いました。

「一生海のなかで生きることになるんだよ」

わたしは寝そべったまま、目を上げました。

そこに立っていた哲治は教室のなかで見たあの落胆の表情を再び浮かべて、わたしではなく、蟹の死骸を見ていました。

どうしてこの子は、いつもこんなにがっかりした顔をしているんだろう？　まるで今日がこの世の終わりみたいに、今晩にも死ぬことがわかってる人みたいに、でもいざ死んでみようとしたってそれは本当に無理な話なのに、それを知るほどの勇気もきっとないくせに、この子は、この子は、こんなにも暗くていやあな顔をしている！

軽蔑とも怒りともつかない、嫌なにおいのする感情がわたしの心を満たしました。

彼と一緒に海水浴に行きたいばかりにあれほど必死に夜明け前のお不動さん参りをしていた自分が、別の人間のようでした。

わたしは起き上がって言いました。

「人が海のなかで生きられるわけない。海のなかでは息ができないのよ。だからみんな死んじゃうのよ」

哲治は何も言わず、蟹の死骸を見下ろしています。彼はランニングシャツに小さな紺色の海水パンツを身につけていました。わたしは急に、自分が普段着のまま濡れねずみのような姿で寝そべっていたことが恥ずかしくなりました。

「死んでる」

哲治はようやく、つぶれた蟹を指さして言いました。わたしは黙ってうなずきました。

「お墓を作らないと」

彼はわたしの隣に座って、落ちていた棒切れで砂に穴を掘り始めました。わたしも棒を拾ってそれにならいました。

長い時間をかけて、二人は死んだ蟹のための穴を掘りました。

そのあいだわたしはずっと考えていました、もし地球が本当に丸いのならば、この穴をずっと奥まで掘り進めたら、地球の反対側の国まで突き抜けてしまうに違いない……

そうしてできた穴にこの蟹を落としたならば、蟹は穴のなかをまっすぐ落ちていき、その勢いで宇宙まで落ちていってしまうに違いない……しかし宇宙というものは、遥か頭上にあるあの空の、もっと上にあるものではなかっただろうか？

わたしはまたしてもこの世界にはびこる途方もない不可解さに囚われて、思わず手を止めました。

この蟹だって、さっきわたしの足の裏に潰される前まではわたしと同じ命を持って生きていたはずなのです。同じ命と言いましたが、どちらの命がより偉いか、大事かと聞かれれば、わたしは自分の命のほうが偉いし大事だと答えるでしょう。だってわたしは人間で、蟹よりもずっとたくさんのことができて、ずっと長く生きることができるのですから。ただ、横に歩く以外にほとんど何もできないからといって、どうせ放っておいたってそのうち勝手に死んでしまう命だからといって、蟹の命というものはこんなにもあっけなく、蟹自身の了解もなく、そしてそれを熱望するほかの誰の意志もなく、この世から失われてしまってよいものなのでしょうか？　ただ、そういうふうに考えるのならば、人間も蟹もたいして違いはないのかもしれません。わたしの祖母だって、誰もその死を望んでいなかったのに、誰も死んでよいなどとは言っていないのに、祖母自身も自分が今死んでよいなんて一瞬たりとも思わなかっただろうに、ある日突然死んでしまったのです。そして今日、わたしも蟹も互いの死などこれっぽっちも望んでいなかったのに、わたしの体のいくらかの目方のせいで、蟹は死んでしまったのです！

わたしはこのとき初めて、自分が生きている世界というのは実はそれほど優しくはなく単純でもなく、わざといろんなことを簡単にはわからないようにしつらえられているのではないかと、仄暗い疑いを持ちました。自分自身がこのとき浜の上で——海のなかで死に損なって——蟹のお墓を掘っているという事実が、何よりそれを証明している気がしたのです。

自分がこれからの長い一生、死ぬまで永遠に死に損ない続けるような気がして、わたしは真夏の太陽の下で身震いしました。それは不快で、恐ろしいことでした。ふと視線を上げて哲治の顔を見ると、哲治も同じように手を止めてこちらをじっと見つめていました。

あの冬の雨の朝以来、二人は初めて目を合わせました。

彼の目のなかには、わたしの内に生まれたばかりの得体の知れぬ恐怖ととても似ている何かが見てとれました。

わたしたちは再び、それぞれの棒切れを持って一つの穴を掘り始めました。

4

長者ヶ崎の浜辺で過ごしたあの日から夏休みが終わるまで、わたしは一度も哲治と会いませんでした。

その夏、昨日が明日であり明日が昨日であっても取り立てて嘆くこともない、代わり映えのしない一日一日は永遠に続くように思われました。熱に浮かされてよく働かない頭の片隅に時折、哲治と過ごしたあの浜辺でのひとときが、実際に行われた動作や発せられた言葉の順序を少しずつ違えて甦りました。日焼けのせいで象の肌のように粗いひびが入った腕の古い皮膚を剝きながら、わたしは一連の出来事を正しい順番で思い出そうとしましたが、それは畳の上に払い落とした皮膚のかすと同じで、どれも重なりあいくっつきあい、一つ一つを別のものとして区別することはほとんど不可能でした。

しかし残されたのはそのようなあいまいな思い出だけではありません。千恵子ちゃんたちと千鳥ヶ淵の水際で遊んでいるときや塗り絵や着せ替え遊びをしているとき、首元に何かくすぐったいようなものを感じて振り向くと、そこには眼差しの名残がありました。それは間違いなく、あの冬の日から長者ヶ崎の浜でのひとときを真っすぐ貫いてそこに至る、長い長いひと続きの哲治の眼差しなのでした。それは以前のようにこちらから手を伸ばしてつかむものではなく、向こうからこちらに伸びてくるものへと変わっていました。

二学期が始まり、日焼けした同級生たちが騒がしく夏の思い出を語り合っているあいだ、哲治は相変わらず青白い顔をして教室の前のほうに座っていました。長者ヶ崎での痛々しい日焼けの跡は嘘のように消えていました。ただ教室でも校庭でも、ふとした瞬間にそれまで見ていたところから視線をずらすと、わたしは必ず哲治の視線にぶつかったのです。夏休み前まではあれほど熱望していたその視線をわたしはごく冷静な気持ちで受け止め、じっと見返しました。そのたびに哲治の眼窩には、あの海辺の強い日差しの下で互いに見出し合ったそのままの恐怖が映り込むように見えました。本当のところ、あの蟹を殺したのは誰だったのか、この頃のわたしの記憶ではもう判然としなくなっていました。つまり、あのとき確かに足の裏に感じたはずのつぶれた蟹の感触も海水に濡れて太ももにまとわりつくスカートの感触も、どこか預かり物の記憶のようで、それらを本当に感じていたのはわたしではなく、別の誰かであったのかもしれないというような……。

哲治は何も言いませんでした。先に目をそらすのはいつも彼のほうでした。

わたしが初めて鶴ノ家に入ったのは、夏休みが明けてまもない九月の午後のことです。なみ江ちゃんの家に遊びに行こうと一人で道を歩いていたところ、ばったり哲治に出くわしたのです。

角を曲がってすぐのことで、わたしたちの距離は何メートルもありませんでした。哲治は吉井さんという古道具屋さんの家の塀の傍らに一人でしゃがみこんでいました。

「何してるの」

声をかけると哲治ははっと顔を上げ、わたしを視界に認めたのちに再び地面に目を落としました。視線の先には、薄茶色をした細長いものがたくさん落ちています。一つ一つは中指ほどの長さで、両端はつままれたように先細っていました。「それ、何？」わたしは彼の隣にしゃがみこみました。

「ジグモ」

哲治は持っていた細い枝の先でその細長いものたちを転がして、横一列に整列させました。

「ジグモって何？」

「地面の下にいる蜘蛛だよ」

わたしはぞっとしました。蜘蛛や蛾の類が当時は大の苦手だったのです。でも、地蜘蛛たちはもともとそのような性質なのか、哲治がいくら棒で乱暴に転がしても少しの抵抗もせず、乾いてねじくれた葉っぱのようにぴくりとも動きません。

きました。

恐怖を気取られないよう、わたしは地面の何もないところにじっと焦点を合わせて聞
「これは巣だよ。蜘蛛は逃げた」

「どこに？」

「知らない」

「この巣は全部、空っぽなのね？」

「うん」

「空っぽの巣を、どうするの？」

「どうにもしない」

「どうにもしないんじゃ、どうするの？」

哲治は機嫌を損ねたように顔を伏せて、整列させた地蜘蛛の巣を再び枝の先でばらばらに乱します。わたしはそれ以上何を言ってよいのかわからず、しかしそのまま立ち去りがたくもあったので、仕方なくそこにしゃがんだまま地蜘蛛の巣を見ていました。

西に傾いた九月の太陽が、わたしたちの背中をじわじわ熱くしていきました。

今頃なみ江ちゃんはあの山のような時計のなかから今日の特別な一つを選び出して、小さなピンセットを磨いているところだろう、早く行ってあげないと……内心ではそう思っていたのですが、どうしてか立ち上がることができません。おそらく哲治と黙って

そこにしゃがんでいることが、何かの許しを得てあるべき順番をすっとばして自分に特別にめぐってきた、貴重な幸運であるかのように思えたのでしょうね。

　それにじっと見ていると、地蜘蛛の巣もそんなに悪いものではありませんでした。わたしはその巣の主であった蜘蛛たちに、憐れみを感じ始めていました。こんなに薄汚く細長く、なかはまっくらに違いない巣であっても、きっと地蜘蛛にとっては唯一の安全な家だったのです。それはわたしが時折こっそり忍び込んでいる、階段の奥のお風呂場のようなものではないでしょうか。哲治につつかれさえしなければ、地蜘蛛たちは居心地の良い巣のなかでいつまでも終わりのない想像の世界に身を浸していられただろうに、まったく、哲治は考えなしです。目の前に並んだ地蜘蛛の巣のぶんだけそれぞれの想像の世界があったのだと思うと、わたしは隣の哲治に代わって地蜘蛛たちにとても悪いことをしたような気になり、できるなら巣をぜんぶ元の場所に返して彼らがもう一度そこに潜り込めるようにしてやりたいと願いました。

「これ、どこから持ってきたの」

　小声で聞くと、彼は黙って塀の下のほうを指さしました。見るとそこには何十という数の地蜘蛛の巣が地面からびっしり、短い紐のように塀沿いに伸びています。わたしは再びぞっとしました。それはなかにいるはずの蜘蛛に対する恐怖からではなく、もっと違う何かのためでした。

「これからラジオを聴くんだ」

哲治はそう言っておもむろに立ち上がりました。わたしも慌ててそれにならいましたが、途端に立ちくらみがして、目の前の哲治の顔をぬるりとした黒いものが撫でていったように見えました。

誘われたわけでもないのに、わたしはそれが当然の権利であるかのごとく彼のあとをついていきました。長者ヶ崎の旅行から帰って来て以来、例の早朝のお参りをやめてしまっていましたから、鶴ノ家の小路に入ったのは久々です。明るい太陽の下で鶴ノ家の正面に立ったのは初めてでした。哲治はいかにも建てつけの悪そうな玄関の引き戸をがらがらと開けズックを脱ぐと、何も言わずにさっさと二階へ上がっていきます。わたしは「お邪魔します」と早口で言いましたが、暗い家のなかはしんと静まり返っていて、誰の声も聞こえてはきません。

おそるおそる哲治の後をついて一段上がるたびにみしりと嫌な音がする階段を上がっていくと、廊下とも呼べない狭い空間を挟んで左右に一つずつ部屋がありました。左側の襖が半分開いた部屋に気配がしたのでなかを覗き込んでみたところ、立っている場所から三歩分の歩幅も空けないところに、女の人が並んで二人寝そべっている姿が目に飛び込んできました。

（まくらの人……）わたしは久々に、その言葉を胸の内に呟きました。めくれた掛布団からは上半身がのぞいていましたが、二人とも裸に近い恰好をしています。鼻孔の奥につんとするような、奇妙な匂いを感じました。わたしはそれまで何度も、八重の二階で抱え芸者のおねえさんたちが眠っている姿を目にしていました。でも彼女たちは、決してこんなふうには眠りません。どんなに暑いときだってきちんと肌襦袢を身に着けて床に入りますし、結った頭を崩さないように常に仰向きになり、寝相だってわたしなんかよりずっと、お人形のように良いのです。それにおねえさんたちの部屋はいつだって、白粉や鬢付け油のいい匂いがします。夜遅くには少しだけお酒の匂いが混じることもありますが、どのおねえさんの腋の下や足の裏からだって、こんな匂いはしそうにありませんでした。

あっけにとられているあいだに突然哲治が目の前に現れて、わたしに見向きもせず横をすり抜けていきました。階段を下りていく彼の右手には、うちにあるのと同じ型の五球スーパーラジオがぶらさがっています。わたしは視線を再び襖の奥に戻して、しばらくそこに横たわる二つの人の形を息をつめて見ていました。そのうち階下から雑音混じりのラジオの音が聞こえてきて、その音で目覚めたのか、「だあれ」と目の前の人の形のどちらかが動かぬままに言いました。わたしは慌てて襖を閉めると、早足で階段を下っていきました。

哲治はお勝手の奥の、八重で言ったら玄関脇の女中部屋くらいの狭い一室にいて、電源を入れたラジオの前に座っていました。

「何を聴くの?」

哲治は質問には答えず、むっつり押し黙ったままです。わたしは仕方なく彼から少し離れたところに座り、同じように黙ってラジオに耳を傾けました。そのうち『尋ね人』が始まりました。

『尋ね人』というのは、戦争のあいだに生き別れてしまった家族や知り合いを探す人々のために情報提供を呼びかける五分ほどの短い番組です。当時は終戦からもう十年近く経っていましたが、依然としてそのような戦争の暗い余韻を残す放送があったのです。××島の戦闘に参加した××連隊の××少尉、××年頃の××村での訓練にいらしていた上背があり左手が少し不自由だった××さん、空襲前の××市で理髪店を営んでいた××さん、満州の××通りで毎朝灰色の短毛犬を連れて歩いていた女の子……。行方不明者の手掛かりを求める人々からの手紙をもとに、機械で作ったような特徴のない男の人の声がそれらの文章を次々と読み上げていきます。

わたしの家にもラジオはありましたが、この『尋ね人』を聴いたことはほとんどありませんでした。これがかかるとすぐ、おねえさんたちが「辛気臭いわね」と言ってほかの放送に変えてしまうからです。確かに、実際の戦争を知らない子どものわたしからみても、それはあまり楽しい番組とは言えませんでした。文章を読み上げる男の人の声はどこまでも一本調子でしたが、発音される文節のほんのわずかの間の一つ一つに聴く者の鼓膜を圧する何かがありました。耳を塞いだとしてもすでにその内側に先回りしていて、そこからさらに十年も百年も続いていきそうな声でした。

わたしはこの日初めて『尋ね人』を真剣に聴いたのですが、途中で突然、誰かを求める何千本もの人の腕がラジオの四角い箱のなかに蠢いている光景が目に浮かんできて、思わずぶるっと身震いしました。ところが哲治はひどく真面目くさった顔をして、じっとラジオの前に座っています。とても長く感じられた五分間の放送がようやく終わると、彼は何も言わずに電源を切りました。わたしはさっきの気味の悪いイメージを払拭するべく、そのもっとあとに始まる『子供の時間』とか『紅孔雀』を聴きたかったのですが、もう一度ラジオをつけてくれとは言い出せませんでした。かといってこのまま帰る気にもなれません。

仕方なく、顔を上げて哲治に聞きました。

「こういうの、好きなの？　おもしろい？」

哲治は質問に質問で返しました。

「誰かを真剣に探したことある？」

わたしは少し考えました。長者ヶ崎で父を探したことを思い出しました。そして、

「ないと思う」と答えました。

「僕はある」

それだけ言って、哲治は再び口をつぐみました。

このときわたしにはぴんと来ました。哲治が探しているのは、きっと彼のお父さんとお母さんではないでしょうか。電車のなかで見た鶴ノ家のおかあさんは、明らかに彼の本当の母親ではありませんでした。さっき二階で見たおねえさんたちも、彼の本当の姉

であるようには見えませんでした。この家に漂っている雰囲気はわたしの家のそれとはまったく違っていました。どこも薄暗く湿っていて、ただ座っているだけでも鳥肌がたちそうなくらいに居心地が悪いのです。二階の部屋は妙な匂いがするし、いま座っている狭い部屋もどこかかびくさいようですし……。それらのすべては、この家に暮らす人たちの互いに対する関心の薄さから来ているように思えました。

あんたのお父さんとお母さんは、いったいどこにいるの？

質問が喉元まで出かかりましたが、わたしはぐっとこらえました。誰かのことを心から知りたいと思ったら、どこまでも辛抱強く黙っているべきだと以前に誓ったことを思い出したからです。

わたしは何も言わずに立ち上がり、鶴ノ家の玄関を出てなみ江ちゃんの家まで走っていきました。

息を切らしながら金物屋の二階の部屋に入ると、それまで分解式の二人分の観客役を引き受けていた千恵子ちゃんが「遅かったじゃない。何してたの」と口を尖らせてわたしの腕を小突きました。

なみ江ちゃんの時計はすでに分解されていて、こまごまとした部品が畳の上に整然と並べられていました。わたしはふと、巣から逃げ出した地蜘蛛たちのことを思い出しました。

「大事なところを見逃したわね」

なみ江ちゃんは銀色のピンセットを手に取りました。

その日、彼女は時計を元通りに直すことに成功しました。


哲治は、本当のお父さんとお母さんを探している——。

ラジオの一件でそう思い込んでしまってから、わたしの意識は自然と自身の父と母のことにも向いていきました。当時の両親の関係については、長者ヶ崎の話をしたときにも少しだけお話ししましたね？

その頃の父は相変わらず、茗荷谷の祖父の家に入り浸っていました。そして毎週日曜日には有無を言わせず娘のわたしをそこに連れて行きました。祖父はいつ会っても尊大で不機嫌でした。ときどき足を踏みつけられた猫のような耳障りな咳をしていましたが、目つきは鋭く腕に残る筋肉の名残は不気味なほどに張りがあり、この人に死が訪れることなど永遠にないように思えたくらいです。老いさらばえれば老いさらばえるほど、祖父の魂は肉体を喰って増幅し肥大化していくようでした。仮にわたしたち一族がすべて滅びてしまっても、祖父だけは意志の力だけでいつまでも生き長らえそうでした。

実際祖父は長生きでした。百六歳まで生きたのです。

祖父が死んだのは今からたった数ヶ月前のことで、父と母はその二十年近く前にすでに亡くなっていました。

祖父を看取ったのはわたしです。最後には人間らしい意識もほぼ失われてしまいましたが、それ以前にも、この祖父の口からねぎらいや感謝の言葉が発せられることは一度としてありませんでした。それでもわたしは、約八ヶ月にわたって彼の死の経過を目前にしているうち、自身のなかに思いがけないほどの悲しみが凝り始めていることに気づきました。病室で祖父の顔をぼんやり見ていると、いつのまにか涙が頰を伝っていることさえありました。寂しかったのではありません、悲しかったのです。

わたしは途切れ途切れに呼吸を繰り返すだけの祖父の体に過ぎ去った、膨大な時間を思っていました。寝間着から覗く衰えた筋肉や、色褪せて皺と一体化したためにもはやそれとして判別のつかなくなった唇や、まだらな染みだらけの禿げ上がった頭皮は、かぼそい糸状になった過去の時間によって人の形として縫い合わされ、そこにどうにか横たえられているようでした。消えていくのは祖父の肉体や魂ではなくて、糸のような一本の細長い時間でした。わたしはどうしてか、そのことが心底悲しいのでした。夜明け前から同じ一匹の蟬が鳴いていた真夏の早朝、祖父がとうとう息絶えたとき、わたしは初めて自らその体に手を触れてみましたが……乾燥した額や手の甲の皮膚越しに糸の端を探し当てることはもうできませんでした。

とはいっても、幼い頃のわたしにとってはやはり怖くて近寄りがたい祖父です。

父に連れられて屋敷に向かう途中、わたしはいつも（お祖父ちゃま、いませんように）と祈りながら、憂鬱な気持ちで父の手を握って歩いていました。そんな祈りも虚しく、祖父は必ず屋敷でわたしたちを待ち受けていました。その頃には一人前の口をきけるようになっていたからか、祖父のほうでは以前にも増して孫娘を煙たがっているようすでした。何かの用事で父がちょっとでも席を立ったりすると祖父も一緒にどこかに行ってしまい、もう昔のようにぽち袋のお小遣いも用意してくれなくなったのです。どうして祖父のような老人が自分のような子どもをこれほど嫌ってあからさまに避けるのだろうと、わたしは本当に不思議で不愉快でした。

　とはいえ祖父の存在さえ目に入れなければ、この屋敷はなかなか興味深い代物でした。朝鮮戦争での特需によって祖父はさらに資産を増やしたようで、何度も改築と増築を繰り返した屋敷は、外から一見しただけでは容易に推しはかることのできない複雑な間取りになっていました。八重にあるのと同じような狭い台所のすぐ隣にリノリウムの床がピカピカ光る西洋風のモダンな台所があったり、森に抜ける裏口に行くにはお風呂場の後ろの焚き口のある部屋を通らなくてはいけなかったり、住む人にわざと使いづらいように設計されているような、まったく人を食った造りなのです。幼いわたしにとって最もいやらしく思われたのは、お手洗いが玄関ホールの真ん前にあることでした。お手洗いから出てすぐ、女中さんがお客様の取り次ぎなんかをしているところに出くわしたときには、とても恥ずかしい思いをしたものです。

　覚えている限りの記憶で言うと、もともとの祖父の屋敷は昔ながらの日本家屋で、すべての部屋がいかめしく整えられた和室でした。それから長い時間をかけて内装も外観も少しずつ西洋風に造り替えられていったのですが、それに際して設計図なんてものが存在したのかどうか、存在したとしてもそれを目にしたことがある職人さんが一人でもいたのか、本当に怪しいものです。まるで日本式の装飾を餌にする虫が屋敷に棲みついて、内部を好き放題に喰い荒らしているみたいでした。この年の初めのほう、祖父に何かの事情があって週末の訪問が中断されていたことがあったのですが、その後一月ぶりに父に手を引かれて屋敷の玄関に一歩足を踏み入れたとき、わたしは言葉を失いました。玄関ホールには耳を広げた象の頭くらいはありそうな豪奢なシャンデリアがぶら下げられ、その真下にはタキシードを着ていかにも精悍な表情を浮かべた祖父のブロンズ像が置かれ、それまでは一直線に二階まで続いていた階段は波型の手すりのついた白い螺旋階段に変わっていたのです。何を思うよりも先に、祖父はとうとう気が触れてしまったのだと思いました。娘の沈黙をその桁違いの豪華さに圧倒されているためだと思ったのか、父は得意気に「すごいだろう」と言ってわたしの顔を覗き込みました。とても正気の沙汰とは思えませんでしたが、わたしは二度も三度もうなずいておきました。

父と祖父は——もちろん、それを望んだのは主に祖父だとわたしは信じたいのですが——相変わらず二人きりでいることを好みました。

この頃には、進駐軍のフレンズが祖父の家を訪ねることはもうなくなっていました。結果、父は誰にも邪魔されず常に祖父と一緒にいられるようになりましたので、わたしの手を引いて裏の森を散歩してくれることもなくなってしまいました。

屋敷にいるあいだ、わたしは広い応接間で持ってきた本を読んだり表の庭に落ちている木の実や石ころを拾ったり、あまりに退屈で腹立たしくなったときは父の気を引こうと一人で森を散歩したりしていました。屋敷で過ごしたこれらの憂鬱な日曜日に一つでも救いがあったとしたら、そこで働いている女中さんたちがいつもわたしを気にかけてくれていたことでしょう。とはいっても、ずっと以前から屋敷で働いているがりがりに痩せたお婆さんのハマさんは、祖父と同じような目つきで屋敷内を闊歩し、あからさまにわたしを邪魔っ気に扱うので苦手でした。ただ、そのほかの若い女中さんたちはとても感じが良くて、仕事の合い間に幼いわたしと一緒にお手玉をしてくれたり、折り紙を折ったりしてくれました。彼女たちから聞いたことには、祖父はその前の年に発売されたばかりの、一般家庭にはとても手が出なかったテレビを購入したそうなのです。しかしテレビは祖父の書斎に設置され、女中さんたちがそれを見ることは許されませんでしたし、彼女たちの代わりにわたしがどんなに父にせがんでも絶対に見せてもらえませんでした。

四人いた若い働き手のうち、わたしは年少の桜子（さくらこ）さんが特別に好きでした。まだ十七、八歳くらいの、色白で睫毛が人形のように長い、少し西洋風の顔をした小柄な人です。

初めて桜子さんを目にしたとき、わたしはこの人もきっと祖父の西洋趣味のためにどこからか連れてこられたに違いないと確信しました。彼女は台所仕事をしながら、当時よくラジオで流れていた流行歌を一緒に歌ってくれました。桜子さんはとても美しい声をしていました。その美しい声が語ったところによると、彼女は戦争でお父さんもお母さんも亡くしてしまい、以来田舎の親戚のおばさんの家に小さな妹たちと暮らしていたのですが、働けるようになって家を出てからはずっとお金を妹たちに送り続けているそうなのです。ここでの仕事は前の屋敷をくびになってしまったあと、ようやくおばさんの口利きで見つけた仕事らしいのです。

そんな話を聞いたものですから、当時のわたしから見たら立派な大人の女の人に見えましたが、今振り返ってみれば、桜子さんはあどけないまだ少女のような人でした。でもとてもきれいな人であることには間違いありません。偏屈な祖父がふんぞり返って君臨しているこの奇妙な屋敷で働いているより、母の料亭に来てきれいな着物を着て踊ったり歌ったりしているほうがよっぽど似合いそうでした。小さな手をあかぎれだらけにして洗い物や洗濯物に精を出している桜子さんを見ていると、胸の内にもどかしさが募りました。この人をうちに連れていって踊りや唄のお稽古をつけてあげたらきっと売れっ子になるに違いない、西洋風の顔だちが逆にお客様の気を引くかもしれない、お母ちゃんだってこの人を見たらきっとそう思うだろう……。料亭育ちの性（さが）なのでしょうか、わたしはきれいな女の人を見ると、生意気なことについついそんな商売っ気を出してしまうところがあったのです。

想いがあまりに募ったために、わたしはある日心を決めて三畳間の母の隣に座って切り出しました。

「お祖父ちゃまのお屋敷にとてもきれいな人がいるのだけど」

帳簿をつけていた母は顔を上げました。

「なんだって？」

母の咎めるような視線を前にして、すぐさま仕事の邪魔をしてしまったことを後悔しました。もっと別のとき、ご飯を食べているときや、くつろいでお茶菓子なんかを食べているときに言えばよかったのです。しかしながら母には誰かが何かを言いかけて途中でやめるとひどく怒り出す癖があるので、これ以上母を不快にさせてはならないと思って言葉を続けました。

「お祖父ちゃまのお屋敷に、桜子さんというとてもきれいな女中さんがいて……」

言いながら、わたしは緊張のあまり話そうと思って練習していた文章をすっかり忘れてしまいました。桜子さんがどんなに楚々として可憐な雰囲気を持っている人であるか、人柄も温かくて優しくて、とても放っておけない人なのだ、そういうことを母の前で熱心に話して興味を持ってもらうつもりだったのに、突然舌の付け根がからからに乾いてしまったのです。

わたしは情けなく口を開けたまま、母の視線にさらされていました。最後まではっきり言いなさいといつものように叱咤されることを覚悟しましたが、母の口から出た言葉は意外なものでした。

「ふうん？　その人、いつからいるの？」

母はどうやら、話に興味を持ったようでした。緊張から解放されたぶん、わたしは一気にまくしたてました。

「今年の初めからだって。まだとても若くて、優しいの。色が白くて、目もぱっちりしてて、鼻は少し低いけれど、口は小さくてきれいな色をしてる。声もかわいらしくて、歌もお上手で……とてもきれいな人なのに、毎日たいへんな仕事をさせられていて、お手々なんかすっかり痩せちゃって、いつもかさかさでかわいそうなの」

「ふうん。それで？」

母は手に持っていた鉛筆を帳簿の上に置き、体ごとこちらに向き直りました。もうさっきまでの険しい表情は消えて、機嫌がいいときの、唇の両端が美しくきゅっと持ち上がった独特の表情に変わっていました。

「桜子さん、前のお屋敷をくびになっちゃって、おばさんの紹介でようやくあのお屋敷に住まわせてもらうことになったんだって。戦争で家も全部焼けちゃって、お父さんもお母さんも死んじゃって、桜子さんが一人で小さい妹さんたちの面倒を見なきゃいけないんだって。お祖父ちゃまにもらったお金は全部妹たちに送ってしまうから、ちっとも自分のお金にはならないけれど、それでも嬉しいんだって。お顔だけじゃなくて、心のなかもとってもきれいな人なの」

母はにっこり笑って「偉い人ね」と言いました。わたしはその言葉でますます自信を深めて、肝心なところを口にしました。

「だから、うちに連れてきて、お稽古を受けさせてあげたらいいと思うんだけど……」

母の顔に一瞬影が差しました。見間違いではありませんでした。それまでの美しい微笑みは消え、そこにはみるみるうちに取りつくしまもないほどの厳しい表情が浮き上がってきました。

わたしは再び舌にひりつくような乾きを覚え、何も言えなくなってしまいました。

「子どもが生意気言うんじゃない」

母は早口に言い捨てると、再び帳簿に向かいました。握られた鉛筆は止まったままでした。いくら待っても、母はその場に凍りついてしまったみたいにぴくりとも動きません。わたしはさっきの母の厳しい表情や言葉より、その不動の状態の母をより恐れました。鬼の形相で、「さっさと宿題しなさい」とか「気が散るからあっちへ行っていなさい」と怒鳴られたほうが、よっぽどましです。ところが母はいつまで経っても振り向こうとはしませんし、鉛筆を動かす気配もないのです。わたしはひりつく舌の付け根を唾で濡らしながら、自分の部屋に戻りました。

いったいお母ちゃんは、何をあんなに怒っているんだろう？　あたしが生意気を言ったから？　もともと機嫌が悪かったから？　料亭にもっとたくさんお客さんを呼ぶために、桜子さんのことを教えてあげたのに……。叱られた恥ずかしさで心の芯から裏返ってしまいそうだったわたしですが、その一方で、自分の親切心などしょせんうわべだけのもので、すべては料亭を継ぐ将来の女将として母に一目置かれたいという我欲からの行動であったこともうっすら自覚していたのかもしれません。そして母はそれを見抜いたからこそ、あんなに怒ったのかもしれません。とにかくわたしは自分の愚かしさが悔しくて情けなくて、夕飯の時間まで部屋にこもって畳の上にうつぶせていました。もう何年も表替えをしていない畳の目が頬にちくちく染み込みましたが、依怙地になっていたわたしは誰に見られているわけでもないのに断固として顔の向きを変えようとはしませんでした。

このとき以来、誰かに認められたいという欲を持ったび、何度こんな気持ちを味わってきたかしれません。その欲はときに叫びだしたくなるほど切実でしたが、わたしはそれが願うとおりに満たされて、分解されていく過程を知りません。それはいつも風船のように徐々にしぼんでいくだけでした。すっかり空気が抜けて床にひしゃげて落ちている風船が、残骸として虚しく心に残るだけなのです。わたしたちは一つの生のなかで何人もの人と出会い、そのうち限られた何人かとは深く関わり合うことができるのかもしれませんが、一人に与えられるのは一つの心だけです。その一つの心さえ上手に満たせれば、わたしたちの人生はたちまち幸せなものになるはずなのです。それなのに、どうしてそれがこんなにも難しいことなのでしょう？

この秋の夕暮れ時、わたしは母から認められ褒められなかったことで、幼い自分の存在すべてが取るに足りないものであるような錯覚に陥っていきました。長者ヶ崎の浜辺で溺れかけたときに味わった、この世の万物に与えられているはずの意味が一気に薄れていき、すべてがどうでもよくなるあの感じが、このときも同じようにわたしの全身を麻痺させました。

　自分は死に損なったのだ、やっぱりあのときから、ずっと死に損なっているのだ……。わたしは涙ぐみながら、畳にごしごしと強く頰をこすりつけました。お母ちゃんがなんだ、お母ちゃんがああ言ったからって、なんでもないじゃないか！　必死にそう言い聞かせて、心を慰めてくれるようなほかのことを頭に思い浮かべようとしましたが、ちっともうまくいきません。このときわたしが求めた〝ほかのこと〟——それは後年、自然であったり、音楽であったり、自身の胸の内にしまいこんだいくつかの言葉であったりしました。自分に与えられたたった一つの心を満たすためには、そういうものこそが必要なのであって、そこには必ずしも母の評価、母でなくてもほかの人間の評価など必要ではないということをわたしは知りました。それは時に心に致命的なひびを入れ、二度と元には戻らないよう割れた破片をどこかに持ち去ってしまうものです。でもそのことを悟ってからもなお、わたしは誰かに認められたい、受け入れられたい、という欲を捨て去ることはできませんでした。それは幽霊のように行く先々についてまわりました。今ではもう、そう容易く幽霊にとりつかれたりなどしませんが……。

　この日さんざん頰を畳にこすりつけたのち、わたしはようやく仰向けにひっくり返って、母には今後二度と桜子さんの話はするまいと決めました。桜子さんのことでなくとも、誰をうちに連れてきて誰に稽古をつけさせるか、そんなことはしょせん母だけが決められることであって、子どもには口の出しようもないことなのです。

今後はどんなにきれいな女の人を見つけようと自分の胸にだけしまっておこう、そして将来女将になったときに再び訪ねていくために、その人に会った場所と時間をよく覚えておこう……。わたしは頬の痛みに悔し涙を塗りたくって、固く決心しました。

ところがそれから数日して、意外なことが起こりました。いつものように二人きりで夕飯を食べているとき、母が突然箸を置いて口を開いたのです。

「お前がこのあいだ話していた、きれいな人のことだけど……」

聞いて思わず、芋の煮転がしをつまもうとしていた箸が止まりました。

「その人のこと、もう一回話してくれるかい」

母が何を考えているのか探ろうと、わたしはその目をじっと見つめました。母は少し恥ずかしそうに微笑みを浮かべていました。あまり見たことのない表情でした。

「また怒られると思ってるんだろ。怒りゃしないよ。お前が言うようにうちの抱えにはしないけど、ただ話が聞きたいんだよ。お前がそこまで褒めるんなら、それは素敵なお嬢さんなんだろうと思ってさ」

畳の上での固い決心がありましたから、わたしは即座に警戒しました。いくら自尊心をくすぐられようと、調子に乗ってべらべら喋るような失態だけは犯したくありません。わたしは桜子さんについて、このあいだ話したぶんとほぼ同じか、ちょっと少ないくらいのことを繰り返しました。母は調子よく相槌(あいづち)を打って聞いていました。

「それでお前のお父ちゃんは、その子と仲がいいのかい？」

話し終えた直後、間を置かず母はそう聞きました。わたしはぽかんとして母の顔を見ました。どうして突然、この話に父が出てくるのでしょう。可愛らしく優しい桜子さんは、父とはまったく別の世界に生きているはずの人でした。

「お前はその人と、お父ちゃんが話しているのを見たことがあるかい？」

訳がわからないながらも、わたしは懸命に思い出そうとしました。父と桜子さんが話しているところ……？　桜子さんはお勝手や洗濯物の係でしたので、ハマさんのようにいつも祖父にくっついているわけではありません。ですから当然、父と一緒にいることなどめったにありません。ところがじっと考えているうちに、二つか三つ、父と彼女が言葉を交わしている場面が思い浮かんできました。

「ある。お父ちゃんが、お庭の洗濯物が落ちてるから拾いなさいと言ったときと、桜子さんがハマさんの代わりにお茶を持ってきたとき……お茶の色が濃すぎると言って……あと、お父ちゃんの上着を桜子さんが持ってきたこともあるよ」

「あらそう」

母はそう言うと、何事もなかったかのように再び箸をとって食事を続けました。

わたしはそんな母の言動を奇妙に思いましたが、それよりも桜子さんのことで自分が何か余計なことを喋ってしまったのではないかと気が咎めました。人のことででしゃばったことは言うまいと誓ったばかりなのに、これでは失敗です。しかしそんなことで嘘をつくのもおかしな話、でしゃばったことは言わず、同時に嘘はつかないこと……この二つを両立させるために、わたしはうまくごまかすという技術を身につけなくてはいけないと思いました。でもそれは漢字や算数のように、教科書や練習帳が用意されているわけではありません。あったところで練習すればするほどうまくなるものでもないでしょう？

わたしは今になっても、何かをうまくごまかすことができません。でしゃばらず、かつ嘘もつかない、それを両立させるためにわたしが長い時間をかけて身につけたのはたった一つのこと――黙っていること、それだけでした。

母の謎のような質問の真意をわたしが知ったのは、その年が明けて間もない頃でした。年の初め、花街の芸者衆は美しい日本髪に芸者の正装である黒紋付の出の衣装を着て、置屋の屋号入りの手ぬぐいなんかを配り物に年始の挨拶にまわります。よそのおねえさんたちは門松で彩られた九段の往来で行き合うわたしにも手を振ってくれましたが、普段の装いと違う彼女たちはどこか厳かで近づきがたく見えました。わたしが家のおねえさんたちのご挨拶についていくことはありませんでしたが、年に一度のお正月ですから、毎年母はわたしにも立派な晴れ着を着つけてくれます。黒い着物のおねえさんたちのなかでぱっと目立つ、明るい桃色の着物を着て千恵子ちゃんたちと羽根つきやカルタ遊びをすることを、わたしはとても楽しみにしていました。

毎年のことですが、この年も母は店の決算やら新年に向けての諸々の手筈やらで年末から大忙しでした。年が明けてもお世話になっている各方面へのご挨拶まわりがあるので、起きている時間はほとんど食べることも休憩することもなくせわしなく動き回っていたのです。一方父は、年の暮れくらいは一家の長らしくあるべきだと思ったのか、それとも母と父とのあいだにそのような決まりでもあったのか、十二月の最後の日曜日以来祖父の家には行かず、ずっと家にいてくれました。ただしいるといっても本当にそこにいるだけで、大掃除も料亭の仕事も何も手伝わずに二階の部屋でごろごろ寝そべっているか、難しそうな本を読んでいるかのどちらかです。時折、わたしが学校で使っている書き方練習帳のようなものに熱心に何か書きつけていることもありました。そして隣にいるわたしが塗り絵に夢中になっていると、決まって「おい、ちょっと貸してみろ」と手を出し、輪郭の線を無視して女の子の洋服にどぎつい色をつけていくのです。

この年の大みそか、布団のなかで除夜の鐘を聞いているとき、わたしと父は八重に二人きりでした。母は芳乃ねえさんやほかの家のおかあさんたちと大勢で連れ立って、年が明ける前からはりきって初詣に出かけていったのです。本当はわたしも連れていってもらうはずだったのですが、数日前から風邪をこじらせて熱を出していたために、大人しく家で床についていなくてはいけませんでした。鐘が鳴り始めると、「おい、ちい坊、鐘が鳴ってるぞ」と父が暗がりのなかでわたしの肩を揺すりました。わたしは目をつむったまま起きていましたが、そのときやっと父に起こされたふりをして、いーち……にーい……さーん……と、一緒に鐘の音を数えました。途中でふいに父は数えるのをやめてしまいましたが、どうしたのだろうと思いながらもわたしは一人で数え続けました。三十くらいまで数えたとき、父はおもむろに口を開きました。

「ちい坊、この鐘はな、人間の煩悩と同じ数だけ鳴るんだ」

「えっ、何？」

わたしは布団から顔を出して、父のほうを向きました。徐々に暗みに目が慣れて、仰向けになり両手を頭の下に敷いて、天井を睨みつけるようにまっすぐ上を向いている父の姿が見えてきました。

「お前、煩悩っていうのを知ってるか」

「ううん、知らない」

「煩悩っていうのはな、くだらないことを考える心のことだ」

「くだらないこと……？　例えば？」

「お前だっていろいろあるだろう、お小遣いがほしいとか、きれいな着物が着たいとか」

「それはくだらないの？」

「くだらない。何かを欲しがる心は大抵みんなくだらない。特に金に関することは」

「でも……」

わたしは言いかけてやめました。お父ちゃんがボンヤリしているあいだにお母ちゃんが毎日一生懸命働いているのはお金を稼ぐためなんじゃないの、お金を稼ぐのはあたしにおいしいものを食べさせたり自分にきれいな着物を買ったりお店をもっと立派にしたりするためで、そうして毎日いい気持ちで過ごすためなんじゃないの、そういうことはぜんぶ、くだらないことなの？

わたしの頭に浮かんだのはそんな疑問だったのですが、それらの言葉を思ったまま直接父に差し出すことはできませんでした。「そうだ、くだらないんだ」と身も蓋もなく一蹴されるのが怖かったのです。それが父の言うくだらないものであったならば、生活するために働くこの世のすべての人が、くだらない人になってしまうではありませんか。わたしは父の一言で、自分の知っている人がくだらない人になってしまうのは嫌でした。

でもただ一人、嫌ではない人がいました。祖父です。

「でもお祖父ちゃまは、あんなにお金持ちじゃない。お金を稼ぐのがくだらないことなら、お祖父ちゃまはどうなるの」

「あの人は、心の奥では金なんか欲しがっちゃいないんだ。あの人が欲しがってるのは、もっと別の何かなんだ」

父の言葉は、わたしにはとても信じられませんでした。仮にそれが本当だとしたら、あのごうつくばりの祖父は、わたしにも女中さんにもテレビを見せてくれないケチの祖父は、いったい何を欲しがっているというのでしょう？　そのまま沈黙していたら父は何らかの説明を加えてくれそうでしたが、聞きたくありませんでした。

「お父ちゃん、それじゃあ、くだらなくないものっていったいなんなの？」

「さっき言ったことの逆だよ。なんにも欲しがらないことだ」

なんにも欲しがらないこと……。どういうことだかわからなくて、わたしは黙ってしまいました。

「ちい坊、お前にも心当たりはあるだろう、欲しがって手に入らないから苦しいんだ。最初からなんにも欲しがらなければこの世は万事が平穏なんだ。でも人間には、生まれたときから欲というものがある。赤ん坊にはお母さんのおっぱいが必要だろう。あれがなければ赤ん坊は死ぬ。人間っていうのは、欲しがらなければ生きていけないようになってるんだ。欲しがることは苦しむことなんだから、つまり、人間っていうのは苦しまなければいけないようにできてるんだ」

「でも、何かを欲しがることはくだらない煩悩なんでしょ？　お父ちゃん、さっきそう言ったじゃない。それをくだらないからだめだって言ったら、赤ちゃんはおっぱいを飲めなくなっちゃうし、誰も立派に生きていけないじゃない」

「そうだ。そこが問題だ」

わたしはすっかり混乱してしまいました。父の言うことは滅茶苦茶でした。欲しがることはくだらないことで、かつそれが人間の宿命であるというのなら、くだらない人間になりたくないのであれば、もはやわたしたちは人間ではいられないということになってしまいます。これではまったく筋が通りません。

わたしは布団を頭まですっぽりかぶって、ぎゅっと目をつむりました。
「おいちい坊、寝るな、煩悩の音を聞くんだ」
布団の外側で父がそう言うのが聞こえましたが、わたしはまもなく眠りに落ちました。

お正月の花街に、お客さんの姿はほとんどありません。普段あのあたりで遊ばれている方々も、さすがにお正月ばかりはご家族と一緒に過ごされるのが当たり前だったのでしょう。抱えのおねえさんたちと得意先へのご挨拶まわりを済ませると、母はいつものように料亭を開ける準備ではなく、美しい晴れ着をさらに上等なものに着替えて、祖父の家を訪ねる準備を始めました。

父と母とわたし、一家の三人が揃って祖父の家を訪ねるのは一年のうちでお正月の一度きりでした。祖父に対する激しい憎悪はこの頃の母からはもう感じられませんでしたが、祖父とわたしの仲が奇妙に裂かれているのと同様に、祖父と母の関係も依然として一般的な舅と嫁のそれではないことはわたしたち家族全員に明白なことでした。訪問の最初と最後に簡単な挨拶くらいはしますが、それ以外のとき、母と祖父は目も合わさなければ一言たりとも言葉を交わさないのです。

父と祖父が奥の書斎に二人きりでこもっているあいだ、母はわたしに手を引っ張られるがまま表の庭をぶらついたり客間でぼんやり頬杖をついているだけで、料亭では気丈夫でいきいきとした精彩を放っている母がまるで別人のようでした。屋敷内では常に無口で顔色の悪い母でしたが、祖父のでたらめな西洋趣味については娘のわたしとまったく同じ態度でそれを軽蔑していました。

この年も表門の前で見上げるほどに大きな門松を目にするなり、それから玄関ホールの派手なシャンデリアやブロンズの全身像や螺旋階段を一瞥するなり、母がそれとはわからぬほどに眉をひそめた瞬間をわたしはしっかり目撃し、心のなかに留めておきました。女中さんの手が空かない限りいつも一人ぼっちで遊んでいるわたしですから、ここに母がいてくれることはとても嬉しく、心強いことでもあります。普段一人では恐ろしくて入れない部屋の一つ一つを母と一緒に開けてまわり、そこに備えてあるだろう奇妙な家具の一点一点に母と揃って眉をひそめたらどんなに楽しいだろう、そんなときのわたしたちの顔は、きっととてもよく似ているだろう……そう夢想しながらも唯一、屋敷の裏の森にだけは母を連れていく気にはなりませんでした。あの森に一歩でも足を踏み入れたら、母のようなまともな人はきっと気が変になってしまうに違いないと思ったからです。でもそんな心配は杞憂でした。母は決して自分から森に近づこうとしませんでしたし、表の庭から屋敷を貫くようにぬっと突き出して見える、この世のあらゆる不幸な出来事の象徴であるような巨大な糸杉などには目もくれませんでした。

そしてこの年の訪問では、ちょっとした事件が起こりました。

それは到着してから一時間も経たないうちの出来事でした。挨拶を済ませて客間に四人で座っていると、ハマさんがお茶を出してくれましたが、父と祖父はそれを合図にしていたかのように立ち上がって無言で奥の書斎に入っていきました。残されたわたしと母は、表の庭の大きな松の木の下に松ぼっくりを拾いに行きました。すぐ近くの柵で囲われた一画では寒牡丹が早くも満開になって、幾重にも重なった淡紅色の花びらをわたしたちに差し出すように咲きほこっていました。

どこかで百舌(もず)が鳴いていました。より美しい形の松ぼっくりを選別して幹の周囲に並べていくのに夢中になっているうち、ふと目を上げると、すぐ後ろにいたはずの母の姿が消えていました。

お手洗いにでも行ったのだろうと作業を続けましたが、五分経っても十分経っても母は戻ってきません。わたしは着物の裾についた土をよく払い、屋敷に戻りました。玄関の扉を開けると、なかはしんと静まり返っていました。玄関ホールの真正面にあるお手洗いは空っぽでした。広いほうのお勝手から物音がしたように思って半分開いた扉から覗き込んでみると、驚いたことに、あの桜子さんが泣いていました。畳二畳分は優にありそうな大きな作業台の上に上半身を突っ伏して、肩を震わせ、しくしく泣いていました。

桜子さん、どうしたの？　声をかける前に、とても嫌な予感がしました。

次の瞬間、向こうの部屋から母の怒鳴り声が聞こえ、何かが割れる音が聞こえ、扉が乱暴に開く音が続きました。振り向いたわたしは、弾かれた鉄砲玉のように事件が起こっている部屋へと駆け出しました。

玄関ホールに出ると、書斎に続く廊下の奥に探していた母の姿がありました。娘のわたしでさえはっとするほど艶やかな晴れ着姿の母は、今にも倒れてしまいそうな前傾姿勢でこちらに向かって走っていました。

その光景を目にした途端、わたしはひどい狼狽に襲われ、慄き、シャンデリアの下から一歩も動けなくなってしまいました。猛烈な勢いで走っているはずの母は、まるで悪夢のなかの人のようにいっこうにわたしに近づいてきません。ずっと同じところを走っているようなのです。

助けなければと蠟で固められたような膝でようやく一歩を踏み出したとき、母はすぐ目の前に立っていました。

「お母ちゃん、どうしたの？」

言い終える時間も与えぬまま、青ざめて完全に表情を失った母はそのままもつれるような足どりで外に駆け出していきました。

わたしはその場に立ち尽くして、母の姿が庭の枯れ木のなかに吸い込まれていくのを見ているだけでした。牡丹園の柵に丸々と膨れた雀が一羽止まっていて、じっとこちらに顔を向けていました。

「あの軍人の子もついでに追い出してしまえばいい！」

おそらく扉は開いたままになっていたのでしょう、奥の書斎から屋敷じゅうに響きわたる祖父の怒鳴り声が、わたしの耳のごく浅い窪みにも届きました。

5

あの日、父はわたしを八重の門の前まで送り届けると、すぐに祖父の屋敷に引き返していきました。家には入らず、なかにいたはずの母とは顔を合わせずに。

何か伝えることはないのだろうかとわたしは去り際にその顔を見上げましたが、父は目を伏せぴかぴかに磨き上げた革靴の底を地面にこすりつけているだけで、何一つ口にはしませんでした。

靖国通りからチンチン電車の鐘が鳴り出すと、父はわたしの頭に手を置き泡立ちすぎたシャボンを鎮めるように上のほうの髪だけを軽くかき混ぜました。そして背を向け、少しずつ遠ざかっていきました。向こうの角から現れた箱屋のしげさんがすれ違いざまに何か話しかけたようですが、父は彼のほうなど見向きもせず、そのまま角を曲がって視界から消えていきました。くたびれた半纏姿のしげさんは父の後ろ姿をそこで見送っていましたが、やがて門の前にいるわたしに気づくと仄かに照れたような笑いを浮かべてみせました。彼が近づいてくる前に、わたしはニコリともせず家のなかに入りました。

その日はもう誰とも、お正月らしい楽しい言葉を交わせる気がしなかったのです。

玄関の靴脱ぎに腰かけて草履を脱いだとき、履いていた足袋の裏がひどく汚れていることに気づいてなんともいえず暗い気持ちになりました。掌でこすってもはたいても、その汚れはなかなか取れません。朝にはあれだけ真っ白だったのにどうしてこんな汚れがついてしまったのか、いったい何に由来する汚れなのか、そしてどうして、こんなに汚れた足袋を履いていたことに今まで自分は気づかなかったのか……そんな理不尽はすべて祖父と祖父の屋敷に結びつけることでしか、わたしは自分を納得させることができませんでした。忌々しい足袋を乱暴に脱ぎ左右合わせて玄関のたたきに投げつけてみましたが、それだけではとても気が済みません。わたしは出来の悪い仕掛け人形のようになって、足袋を拾いあげては叩きつけることを何度も何度も繰り返しました。しっかり着つけてもらった着物の帯がゆるんでおはしょりが崩れ始めましたが、そんなことには少しもかまいませんでした。

そうやって足袋に制裁を加えているあいだも、家のなかからは物音一つ聞こえてきません。新年を迎えてあわあわと浮かれた気持ちのまま、おねえさんたちも女中のクニさんも遊びに出かけてしまったのでしょうか。わたしは万感の思いを込めて足袋に最後の制裁を与えると、どうにか息を整えて、家の奥に続く廊下に向き直りました。そしてすり足で廊下を進み、おそるおそる襖の隙間から三畳間をのぞきました。

火鉢の傍らに、いつもの地味な和服姿で帳簿を開く母の横顔がありました。

「帰ったの？」

襖の向こうでわたしに気づいた母は、視線を帳簿に落としたまま言いました。何も答えないでいると、母はゆっくりとこちらに顔を向け少し前こごみになって、まるで癇のきつい三歳の女の子を相手にしているかのような優しい声で、「帰ったの？」ともう一度問います。

「うん」うなずくと、母はかすかに微笑んで、指一本ぶんほどの襖の隙間からわたしの全身に視線を走らせ、再び帳簿に目を落としました。玄関に叩きつけられる足袋の音はここからも充分聞こえていたはずなのに、母はそのことについては何も言いません。着物の裾から覗く娘の素足にもちゃんと気づいたはずなのに、やはり何も言いません。

襖をぴっちりと閉めてから、わたしはしばらく三畳間の外に座っていました。襖一枚を隔てて、母と仲良く隣り合って座っているつもりで。数時間前に松の木の下にいた自分たちが今、住み慣れた狭い家のなかで物言わずじっとしている、ここには祖父も松の木も桜子さんも膨れた雀も父もいない、だからここではもう何も起こらない！　波立つ心を落ち着かせるために、わたしは墨を塗った想像の手を松の木の下からこの三畳間まで何度も往復させました。そうしてそのあいだに起こった出来事が墨で塗りつぶされ、濡れて穴が空きそうなくらい真っ黒になったのを感じると、立って二階に上がっていきました。寝室の襖を開けた途端に目に飛び込んできたのは、脱ぎ捨てられた母の晴れ着でした。花模様の豪奢な生地の上に細かな刺繍が入った暗褐色の帯がいびつな円を描いていて、その中心に向かってわたしの視線はみるみる吸い取られていきました。

着物は部屋じゅうを堂々と占拠していました、父と幼いわたしが祖父の森で見つけようとしていた、あの蝶の女王様のように。

これはこんなところに打ち捨てられているべきではない、これは母の体を覆い、母をより美しく引き立てる高価な布の集まりであるべきなのだとわかってはいても、わたしはその布が今すぐにでも金色の鱗粉(りんぷん)を部屋じゅうに撒き散らし翅を広げ、ひとりでに窓から飛び去っていってくれることを祈りました。しかしいくら待ってみても、着物は蝶の形を成さず畳の上にへばりついているだけです。さっきの足袋と同じように着物をえいと持ち上げて階下に投げつけたいという衝動にかられましたが、わたしは唾を飲んでこらえました。そうするかわり、たっぷりとした生地の端をおそるおそるつまみあげ、そこから全体をきれいに広げて、自分の浴衣を畳むときのように丁寧に畳もうとしました。ところが美しい生地は指のあいだにしっかりとらえたかと思うとするすると滑ってしまって、何度やってもちっともうまくいきません。

諦めたわたしは、このまま中途半端に手を触れた形跡を残すよりはせめて元の状態に近づけたほうがいくらかましであるように思い、着物をできるだけ高いところに持ち上げ、手を離して下に落としました。すると上等な生地が畳を打つ乾いた音と同時に、「あの軍人の子もついでに追い出してしまえばいい！」という祖父の怒鳴り声がすさまじい音量で頭のなかに響きました。布の落下で乱れた空気のなかに祖父の息づかいまでが生々しく感じられるようでした。再び畳に広がった美しい布の下から覗く二本の裸の足は真っ赤になっていました。

間違いではない、あれは父相手に叫んだのではない、わたし自身に聞かせるために祖父は叫んだんだ！　足の痺れがじわじわと体じゅうに伝わっていくのと同じ速度でそう悟ったわたしは、こみあげる屈辱に耐えられなくなって階下に走り、そのまま家を飛び出しました。

新学期が始まっても、わたしはお正月の一件のことばかり考えていました。

何より祖父のあの一言が不快な暗い影となって常にわたしを追いかけ回し、その影は自身の影を咀嚼しながら巨大化していく一方でした。破裂させるつもりでその膨らみに指を突っ込んでしまったのがいけませんでした、指を突っ込んでしまったら最後、わたしはもう、それ以外のことは何一つ考えられなくなりました。つまり、祖父の言う「軍人の子」とはわたしのことに違いないのだと。

それが真実だとすると、すべての辻褄が合うように思えました。戦争のあいだこの料亭に若い将校さんを預かっていたこと、その将校さんがどんなに行儀がよく真面目であったか、生前の祖母はわたしによく話してくれました。しかしながら母の口からは決して彼の話題は出なかったことを、わたしはこのときになってようやく不自然に思うようになりました。母がどんなふうに彼のことを思っていたのか、それだけはどうしてか、数ある昔話の裏側に注意深く隠されていたのです。

母が昔の思い出話をしてくれるのは、決まって父がいない二人きりの寝室でのことでした。

お座敷の後片づけや帳簿の管理なんかで、母が床に入るのはたいてい毎晩夜中の三時過ぎでしたが、眠りの浅いわたしはその音で目を覚ましてしまうことがよくありました。そうなるとなかなか寝つかれない体質のわたしのために、母はいろんな話をしてくれます。幼い頃どんなに祖母が怖かったか、それから父との出会いのこと、戦争中に街頭で千人針をしたり検番で配電盤を作ったこと、臨月のお腹を抱えながらの疎開生活のこと……。暗い寝室での母は、とても話し上手でした。どうしてでしょう、それ以外の場所でも時間でも、母がわたしに対してそこまで饒舌になることは決してなかったのです。こんなに長々とお話ししながら、ごめんなさいね、わたしも寝室での母のようにもっと話し上手だったならばと残念に思うのですけれど……。

ただ、母は決しておとぎ話などしませんでした。母が話すのはいつも、本当にあった過去の話ばかりでした。そしてそんなときの母は、芯から嬉しそうなのです。今となってはどうしようもない、過ぎ去ってしまったことを、母はあたかも今朝起こったばかりの出来事のように興奮しきった口ぶりで話すのです。

母の口から語られる思い出は、すべて「格別な」思い出だけでした。

何を話しても、「本当に、あれは格別だった」で終わり、「でももっと格別だったのは……」と続くのです。それらの格別がすべて本当に格別であったならば、それ以外のことが何も起こらなかったのであれば、母の人生とはどんなにか恵まれた、それこそ格別な人生だったことでしょう。

過去を語る母は、きちんと身なりを整えてきびきびとクニさんやおねえさんに指図する普段の母とは違っていました。なんと言いますか、一種の過激な幸福症とでも言うのでしょうか……。本来踊りのお稽古をするところである検番の二階で配電盤を組み立てるなんて、幼いわたしにはちっとも格別なことには思えません。疎開先の田舎の夕焼けの美しさや木陰で聞く鳥の鳴き声なんかにだって、特別心を動かされたりなんかしません。でも母にとっては、それらの一つ一つが替えのきかない唯一の思い出なのです。どんなに些末な出来事だって、そのかけらのたった一つでもなくしてしまったら生涯の記憶すべてをなくしてしまうみたいに、後生大事にしているのです。

暗闇のなかに白っぽく浮かび上がる母の横顔を、わたしはなんだか恐ろしいような気持ちで見つめていました。隣にいる娘に向かって話しているにもかかわらず、母があまりに一人っきりで、あまりに幸福そうに見えたので……。そうやって思い出を語っている限り、母はどこまでも一人きりで、同時にわたしもまた一人きりだった。母の口元は、言葉が途切れるときでさえ無邪気な赤ん坊のように半開きになっていました。

不規則に、そして時には文章ではなく単なる単語の羅列として語られる母の記憶は、眠りと眠りのあいだのわたしの灰色の意識に流れ込んできてはそのまま小さな斑点となってまだらに滲み出していったり、鋭い光の刀となってわたし自身の記憶の層に差し入り、その断面に痕を残していったりしました。そうやってわたしを通り過ぎていったすべての言葉は、最後には再び母の半分開いた唇を目指していました。真珠の首飾りのように一列に整然と連なった言葉たちは、そこを出発したときと何一つ欠けることのない完全な形で、美しい母の唇に吸い込まれていったのです。

わたしは時々、それらの帰還する言葉が母の喉を一度につまらせ、そのまま死に至らせてしまうのではないかと怖くなることがありました。そうさせないために、九段じゅうの人々が目を覚ますような長い長い叫び声をあげその首飾りの糸を断ち切りばらばらにしてみたくなったのですが、世にも幸せそうな母の横顔を見ていると……声は生温かい吐息に変わり布団のなかにあえなく消えていってしまうのでした。

とにかく、母の昔話にはそれらしき人が語られたことがなかったので、祖父の口から出た「軍人の子」という言葉でわたしがまっさきに想像したのは、生前の祖母の口から語られた、あの「将校さん」でした。間接的にではありますが、わたしが知っている軍人さんといえば彼しかいなかったのですからね。

将校さんについて語られた祖母の言葉を、わたしは懸命に思い返そうとしました。それは野原で気まぐれに吹いて散らしたたんぽぽの綿毛を一つ一つ拾い集めるような、途方もない作業でした。ところが二つ三つの綿毛も見つけられないうちに、わたしはその作業を早々に諦めてしまいました。こんなのはもう、まったく意味のない作業だと思ったからです、だってわたしはどう考えたって、母とその将校さんとのあいだにできた子どもに違いないからです！　そう認めてしまえば、すべて納得がいくではありませんか。父は、あの美しくて優しい父は、わたしの本当の父親ではないのです。だからあの祖父はわたしをあんなにも嫌うのです、そしてわたしも祖父を好きにはなれないのです。

そういうことだったのか、ならば何もかも仕方のないことだった……。物ごころついたときから長くとりつかれていた不愉快な謎からあっけなく解放され、わたしは溜飲を下げました。ところがそれもつかのまのこと、これは祖父が自分を嫌う理由がわかってよかった、というだけの話ではないのです。

もしわたしが本当に母と父の子どもではないのだとしたら、どうして今まで、誰も本当のことを言ってくれなかったのでしょう？　なぜ母はわたしの本当の父である将校さんを探しもせず、一緒に暮らすための努力もしないのでしょう？　そしてどうして父は、本当の娘ではないわたしのことを本当の娘のようにかわいがってくれるのでしょう？

次から次へと湧き出してくる疑問のなかで、わたしは急に自分の周りにいる大人たちが信じられなくなりました。それを突き詰めていくとおかしなことに、わたしに露骨な嫌悪感をあらわにする祖父だけが、唯一正直でまっとうで信ずるに足る人間に思えてきました。

しかし実際のところ、父と母の関係はわたしの知る限りそれまでと少しも変わりませんでした。

　正確に何をしていたのかはわかりませんが、父は相変わらず祖父の屋敷に入り浸り、週末だけ九段に帰ってくるという生活を改めません。母もそれを当然のように迎え、屋敷での事件のことなどすっかり忘れてしまったかのように父に接する態度はまったく以前と同じなのです。そうなると、わたしははっきり摑み取ったつもりの確信に自信が持てなくなり、実はあの出来事も屋敷の森の魔術のようなもので、あのとき本当のわたしは一人で裏庭にいて、シャンデリアの下でなかなか近づいてこない母の姿も森の糸杉の影に見た一瞬の幻想だったのではないかと本気で疑うようになりました。それに、あの日二階の部屋で目にした美しい母の着物は、家を飛び出して夕飯前に帰ってきたときには忽然となくなっていたのですから。

　混乱をきたしたわたしは、真実を示す証拠を鏡のなかに求めるようになりました。つまり家じゅうの鏡に自分の顔を映して、じっくり眺めてみたのです。今も昔も、わたしは美人ではありません。ねえ、あなたもそう思うでしょう、わたしの顔をよく見てください。ほら……どこにでも見かける、いたって平凡な顔つきでしょう？

　それでも、少し狭い眉間から伸びる鼻筋の線は父のそれとよく似ているように思えます。特に斜め横から見たときには本当にそっくりです。それから笑ったときの両頰の膨らみの形、右に二つできる笑窪の位置もまったく同じです。そうです、それまでだって、わたしはどちらかと言えば「ちいさんはお父さん似ね」と言われることのほうが多かったくらいなのです。美男子の父と美人ではないわたしが似ているなんて、なんとも皮肉でややこしい話ではないでしょうか？　とにかく、父と母の関係が変わらないこと、そして自分が父親似であること――この二つの事実は、わたしの心に生まれたある確信を、もしかしたらそうであるかもしれないというより弱い疑惑の水準に引き下げました。しかしそれも一時的なものです。幼い心のなかに一度でも疑惑が生まれてしまったら、あとは火薬を集めて火をつけ木っ端みじんに爆発させるしか、それを消し去る方法はありません。

以来わたしは、目に見えるすべてのことを疑ってかかるようになりました。

母はもちろん、抱えのおねえさんたちや料亭に出入りするよそのおねえさんたちやクニさん、もしかしたら千恵子ちゃんやなみ江ちゃんも、とにかく知る限りの九段じゅうの人たちが、わたしが母と父の子ではないことを知っていて平気な顔をしているのかもしれません、そして本人のいないところで、気の毒がったり笑ったりしているのかもしれません。そのことについてはいくらでも憤慨のしようがありましたが、思いがけないことに、それ以上にわたしを打ちのめしたのは猛烈な悲しみでした。

学校に行っても踊りのお稽古をしていても、わたしはまるで楽しくありませんでした。二人の大切な女友達にこの苦しい気持ちを打ち明けようかとも思いましたが、到底うまく説明できないだろうし、説明できたところで彼女たちには理解できないだろうという気がしてひたすら口をつぐんでいたのです。ただ、そういう後ろ暗い秘密を持ったことで自分が彼女たちより一歩先に大人の世界に近づいたような気がしたのもまた事実、わたしは二人をとても遠くに感じていました。あたしはこの子たちとは違う、自分の生になんの疑問も持たずただ笑ったり食べたり飛び跳ねたりしている幸せなこの子たちとは、何かが決定的に違うんだと……。

宿題も三度の食事も、この頃になると何をしても手につきませんでした。学校帰り、わたしは日当たりのよい屋根の上でひょうたんのような形になって眠っている鯖寅（さばとら）の猫を見て、自分も人間なんかやめてしまって猫になりたいと強く思いました。猫だって親から生まれてくるのでしょうが、生まれて独り立ちをするまでに人間ほどの長い時間はかからないでしょう。でもわたしがこの疑わしい家を離れどこか遠くで暮らすまでには、あと十年近くの歳月が経つのを待たなければならないのです。

わたしは毎日家に帰ると自室にこもり、猫のように体を丸めました。目が覚めたらどうか猫になっていますようにと一生懸命お祈りしながら目を閉じましたが、そんな恰好ではとても寝つけず、目を開けたところで見えるのはそれまでとまったく同じ、くたびれたセーターに包まれた人間の腕だけでした。

学校のなかでも家のなかでも、気づけばわたしは一人きりでいることが多くなりました。

いいえ、気づけば、なんてことは決してなかったのです、わたしは自ら望んで、今まで当たり前に暮らしていた世界に背を向けることを選んだのです。

　嘘の用事を言い訳にして、千恵子ちゃんとなみ江ちゃんとは別の道から家に帰るようになり、以前は毎日のように遊びに行っていたなみ江ちゃんの家を訪ねる回数も徐々に減っていきました。時計の分解式などもう知ったことではありません。彼女が時計を分解しそれを元通りにするのをじっと眺めるかわりに、わたしは短い助走もなしにロマンスの綿毛の吹きだまりに体を投げ出し、ふわふわの綿毛に埋もれながら母と将校さんのあいだで交わされたはずの言葉を夢中でかき集めました。

　なみ江ちゃんに分解され元通りにされた時計は、大きさも外見も以前とまったく異なることのない芯から元通りの時計でしたが、わたしが摑み取ったロマンスの断片から再現する母と将校さんの物語は、おそらく個々の物語よりずっとずっと強い、物語以上の物語になりました。長くなればなるほど、それは本当にあった話としか思えなくなりました。何度も頭のなかに繰り返し思い描いているうち祖母から聞いた話と自分で補った話の境もあいまいになり、それは一つの独立した絵巻物として手から離れていってしまいそうで、わたしは必死にその想像の余白につかまり続けました。もし手を離してしまったならば、母と将校さんが交わした優しい言葉や眼差しや共に過ごした時間のすべてを宙に放つことになります。二人は永遠に二人きりのままで、わたしを見捨ててどんどん離れていってしまいます。そうなったら何が残るというのでしょうか？　二人がどこかへ行ってしまっては、わたしはそこに存在することだってままならないのです。

そんなふうに自分の出自に対する疑惑のことばかり考えていたものですから、哲治のことなどすっかり忘れていました。前にわたしは、彼は一冊まるまる落丁した教科書のようだったとお話ししましたね。でも、落丁しているのは彼だけではありませんでした。びっしり文字で埋め尽くされているはずだった自分自身の教科書にも、よくよく見てみれば思いがけぬところに落丁はあったのです。

わたしは母と本当の父とのあいだに起こったはずの物語をできるだけ細部まで再現し、二度と消えてしまうことがないよう白紙のページを継ぎ足し、そこを文字で埋めて定着させていく作業に没頭しました。哲治のことばかり考えていた日々は、もう呼びかけるのも不可能なほど遥か彼方に退いていました。実際のところ自分は哲治その人に惹かれたわけではなかったのだ、自分が惹かれていたのはおそらく哲治の落丁だけだった、それ以外には何もなかった！　ここに来てわたしはようやくいくらかの冷静さを手に入れることができました。自分は彼の落丁を辿って自分自身の落丁へ至ろうとしていたのではないか、そういうことならば、あの熱に浮かされた混乱の日々の謎もすっかり解けます。そしていまや欲していたものを手中にしたわたしにとって、哲治はもう無用の人物となるはずでした。

ところが哲治のほうでは、決してわたしを忘れていませんでした。

彼の姿は気づけば視界のうちにありました。哲治が道端で地蜘蛛の巣を並べていたり、葉も実もすっかりなくなった柿の木に登ってこちらを見下ろしていたり、どこからとってきたのか枯れたすすきを何本も集めて校庭の隅で俵のようなものを作ったりしていたのをわたしはちゃんと知っていました。知っていて、無視したのです。

「家でラジオを聴くんだ」

学校帰りに後ろからその声を聞いたとき、わたしは母と将校さんが庭で花火をして遊んだ夜の二人の体の向きや声の大きさについて考えているところでした。とはいえ花火をして遊んだ話など、祖母から一度だって聞いたことはありません。それにあの時期、家で食べるだけの食糧を手に入れるのにも相当な苦労があったはずなのに、花火などという呑気なものが庶民の手に入ったものなのでしょうか？　でも母とわたしの本当の父は、あの狭い庭で絶対に花火をしていたはずなのです。

「家でラジオを聴くんだ」

二度目に声をかけられたときも、わたしは返事をせずにいました。頭のなかでは、母と本当の父が線香花火の光越しに見つめ合う場面が繰り広げられていたのです。二つの線香花火の玉が同時にぽとりと石に落ちたときの母の笑い声が少し大袈裟(おおげさ)すぎるように思えて、わたしはもう一度注意深く、父がマッチで火をつけるところからその場面を始めようとしました。

「家でラジオを聴くんだ」

とうとう哲治は、目の前に立ちはだかりました。すぐ前に立ったので、さすがに足を止めざるを得ませんでした。

目に映ったのは、絶対に割ってはいけない皿を割ってしまったかのような、不器用できまり悪げな小さな少年の顔だけでした。わたしはその顔をじっと見つめました、彼の真意を汲み取ろうとしていたわけではなく、母と父がいる薄暗い夜の場面から、二月の午後の太陽の下に立っている目の前の少年へと徐々に目を慣らすために。

「一緒に聴かない?」

そう言われて初めて、母と父の姿がすっかり消えてなくなりました。それにしても変です。どうして哲治がわたしをラジオに誘うのでしょう。二人は確かに一度、一緒にラジオを聴きました。そのときのわたしはそんなに熱心に聴き入っているように見えたのでしょうか、彼はわたしがあのラジオを気に入ったとでも思っているのでしょうか?

返事を待たず、哲治はくるりと背を向けて一人で歩いていってしまいました。このとき突然、苦い疑惑が頭の端をかすめました。もしかしたらこの哲治も、わたしが今の父の子でないことを知っているんじゃないだろうか?

それが本当だとしたら、ひどく腹立たしいことでした。彼がわたしに彼の教科書を読ませないのなら、わたしだって彼に自分の教科書を読ませたくはなかったのです。

抗議の気持ちを示すために、わたしはわざと足音を鳴らして彼についていきました。哲治は一度も振り返らず家まで歩きました。玄関でさえ振り向きませんでした。家のなかは相変わらず薄暗く、少なくとも一階に人の気配はありません。わたしはふと、鶴ノ家のおかあさんには一度もこの家のなかで会ったことがないことを思い出しました。哲治は前と同じように階段を上がりおねえさんたちの部屋に入っていきましたが、わたしはなんとなく気おくれがして階段の下で待っていました。上のほうからは、女の人が何か言う声とそれに応える哲治の声が聞こえてきます。階下で待っているわたしのことなど忘れてしまったのではないかと思うほど、会話は長く続きました。そのうち笑い声さえ聞こえてきました。

人の家のなかでそうやって一人で所在なく立っていることは、とても奇妙で寂しいものです。わたしは仕方なく階段の一番下の段に腰かけて、古びた玄関の引き戸、その前にハの字の形に脱ぎ捨てられているズック二足と大人用の下駄をぼんやり眺めていました。このあいだ来たときには気がつきませんでしたが、靴脱ぎを上がってすぐ横の古い紙類が積み上げてある脇に、小さな金魚鉢が置いてありました。水は半分ほど入っているのに、魚はいません。近づいて、人さし指の先をその水につけてみました。

「このあいだまではいたんだよ」後ろから声がして、わたしは肩を短く震わせました。振り向くと、ラジオを抱えた哲治が階段の中段に立ってこちらを見下ろしています。わたしは立ち上がってオーバーのポケットのなかで冷たく濡れた指をぬぐいました。

わたしたちはお勝手の奥の小さな部屋に入りました。哲治がラジオの電源を入れると、ひどい雑音の向こうに男の人の声が聞こえてきます。つまみで調整しているうちに声は徐々にはっきりしてきました。どうやらニュースを読んでいるようです。わたしは早く終わってラジオドラマか歌謡曲の時間になればよいと願いながら黙って聴いていました。

しかし始まったのはまたしても、『尋ね人』でした。

哲治はやはり真剣な顔で、微動だにせず聴き入っています。こんな放送に一縷の望みをかけなければならないほど、彼の両親を探す手がかりはすっかり失われているのだろうかと思った瞬間、わたしははっとしました。もしかしたらあたしの本当のお父ちゃんも、この放送をどこかで聴いているんじゃないか？　そして娘のあたしを探しているんじゃないか？　そう、本当のお父ちゃんは今までずっと、あたしの返事を待っていたんじゃないだろうか！

読み上げ係の男の人が最後の尋ね人の情報を読み終えて番組が終わると、哲治はようやく視線に気づいて、驚いたような表情を浮かべました。わたしは泣いていました。

「待ってて」

哲治は部屋を出ていきました。

ラジオからは次の番組の始まりを告げる明るい音楽が聞こえてきます。音楽が止まって誰かが喋り出すその一瞬の間に、窓の外のどこかの家からかぼそい三味線の音が聞こえました。その音はラジオからの声の洪水に押し流されてすぐに聞こえなくなってしまいましたが、確かにわたしの耳に引っ掛かり、今でもどこかで続いているはずの音でした。

わたしはこのとき、自分の体がちょっと弾いたらすぐに切れてしまうような、目に見えないくらいに細い糸でこの世界のあらゆるものとつながっているような感覚に打たれていました。そしてその膨大な糸のうちのただ一本だけが、本当の父の手とつながっているのです。その一本に行き当たるまでは、自らの手ですべての糸の先を手繰っていかなければならないのです。そう、誰かを真剣に探すということは、それだけ気が遠くなるような途方もない作業に自分に与えられたすべての時間をなげうつことだったのです！

何かとてつもない正しさの拳に心を突かれたようで、思わず胸に手を当てました。そのたった一本の糸を探り当てられないうちに時間が尽きてしまったって誰にも文句は言えない、でも自分は必ずやろう、わたしは強く決心しました。本当に父を見つけたいと思うのなら、当然、飽くまでも辛抱強くあらねばならないのでしょうから。でも、もし父がもう死んでしまっているのだとしたら？　わたしが生まれる前に、どこか遠い外国のジャングルのなかでお腹をすかせたまま誰も看取る人もなくみじめに息絶えて、娘に聴かせるための優しい声も娘を抱くためのたくましい腕も失い、骨ばかりになってしまっているのだとしたら……？

わたしはこのとき初めて、まだ見ぬ本当の父のために涙を流しました。

それは先ほどまでの、訳のわからないままに流れる涙とは少し違いました。泣けば泣くほど、父に近づける気がしました。そしてこの涙だけが、遠いジャングルの奥地で体を横たえた父の渇いた喉を潤すことができるのだと思いました。

「これ」

声に振り向くと、哲治がすぐ背後に立っていました。手にはあの小さな金魚鉢を持っています。わたしはしゃくりあげながら、涙でぐしょぐしょになった頰を手でぬぐおうとしました。すると哲治はすばやくその手を摑んで、持っていた金魚鉢をわたしの顎の下に差し出しました。わたしはただぽかんとして哲治を見上げているだけでした。

「泣くときはこのなかに入れるんだよ」

哲治はふいにしゃがんで、摑んだわたしの手を金魚鉢の底へと導き、もう片方も同様にしようとしています。わたしの両手がその底に触れてからも、場所を少しずらして一緒に両手で鉢を支えたままでいてくれました。意図を測りかねたわたしはただ彼の顔をじっと見ていました。すると哲治は「こうやって」と金魚鉢のなかに顔をうつむけてみせました。それでようやく、哲治が自分にさせようとしていることがわかりました。

わたしは哲治がしたように金魚鉢のなかを覗き込みました。なんの匂いもしない水の表面が、わずかに揺れています。顔を上げようとすると、ちょうど左の頰の真ん中に留まっていた涙がその角度のままゆっくり頰を滑り出し、唇のすぐ横を通り、少し速度を緩めて顎の先まで辿りついたのちためらうような数秒を置いて、音もなく金魚鉢のなかに落ちていきました。

わたしはまばたきをして、同じように何滴かの涙を鉢のなかに落としました。

氷の上を滑るようにまっすぐ鉢のなかに落ちる涙もあれば、顎の先に長く留まったあとゆっくりと首のほうへ流れていく涙もありました。流す涙がなくなってしまったあとも、わたしはしつこくまばたきを続けました。乾いた目のなかには熱だけが残っていて、滲み出る涙をすべて焼いてしまいました。金魚鉢の底には、ガラスのなかで揺れる水のせいで不恰好に大きくなったわたしと哲治の指が見えました。

「もう終わり？」

哲治はじっとこちらを見つめています。ラジオを聴いているときと同じ、馬鹿みたいに真剣な顔……。わたしはうなずいて、金魚鉢から手を離しました。

「泣くときはこのなかに入れるんだよ」

もう一度同じことを言って、哲治は畳の上にそっと鉢を置きました。

「これはぜんぶ、そうやって集めたんだから」

かすかに表面を揺らしている鉢の液体を、わたしは無言で見つめました。

玄関で指を浸したときに感じた冷たさが、少しずつ人さし指の先に戻ってきます。哲治はこれはぜんぶ涙なのだと言いましたが、人間の涙というのはこんなにもひんやりとして、無色透明なものなのでしょうか。金魚鉢のなかで揺れている液体は、やはりただの水にしか見えません。それにさっき、哲治自身が「このあいだまではいたんだよ」と鉢のなかの金魚の存在を匂わせることを言ったではありませんか。いったい、生き物がほかの生き物の涙のなかで生きるなんていうことができるのでしょうか？

「本当に、本当に、涙なの？」

思い切って聞いてみると、哲治は平然と「そうだよ」と答えました。

「うちのおかあさんやねえさんたちの涙だよ」

わたしはもう一度鉢のなかを覗き込み、鉢の縁をそっと揺すって波を立てました。わたしの流した数滴の涙はこの水全体にどれほどの温かみを与えたのでしょう。老婆のようなここのおかあさんと二階でだらしなく眠っているねえさんたちとわたし自身の涙が今、目の前で混じりあって揺れているのだと、本当に信じていいのでしょうか。

鉢のなかが元の完全な静寂を取り戻すまで、哲治もまた無言でその水面を見つめていました。


この日以来、わたしは毎日哲治と一緒にラジオを聴くようになりました。

そしてわたしは少しずつ、自分の頭のなかで完成しているところから、母と将校さんの物語を哲治に聞かせていったのです。「お母ちゃんから聞いたんだけど」物語を始めるのはいつも決まってこの言葉でした。哲治は何も言わずにただ聞いていました。

そうやって哲治の前で話していると、母と父の物語はより本物らしく思えました。これは自分の作り話ではないとますます確信を得たわたしは、先を急ぎました。まったく奇妙なことです、それが作り話ではないという確信のために、わたしはいっそう熱心に物語を作り続けたのです。

いくら話しても、話が尽きることはありませんでした。それどころか話せば話すほど、物語はその速度を増していきました。わたしはついに、頭のなかにまだ完成していない細部までその場で行き当たりばったりに話を作って哲治に聞かせるようになりました。うるさい祖母の目を忍んで二人で上野の桜を見にいったこと、結婚の約束をした半月の夜のこと、出征する直前に父が母に贈った髪留めのこと、母が父に贈った血書きの文字入りのハンカチのこと……。とはいえどんなに話に熱が入っていても、『尋ね人』が始まるとわたしたちは息をのんでそれに聴き入りました。文章を読み上げる男の人のひゅっと息を吸い上げる音さえ聴き漏らすまいとしていました。そして五分後すべての情報が読み上げられると、毎日味わっていても決して慣れることのない落胆の気持ちを引きずったまま、わたしは中断された物語の続きを始めるのでした。

場面と場面との境に時折生まれる沈黙に、わたしはふと哲治の感想が聞きたくなって、わざとその沈黙を引き延ばすようなことがありました。しかしすぐにその沈黙はなんの効果もないことを知りました。哲治はいつまでもいつまでも黙っていることができる人、沈黙を少しも気まずいものだとも何かを促すものだとも考えず、完全に自分の呼吸のために使える人なのです。

「どう思う?」わたしはいつも自らが意図した沈黙の重さに耐えきれず、そう問いかけなくてはいけませんでした。哲治の答えはたいてい決まっていました。「聞いてたよ」と困ったように微笑むか、「それから?」と目を伏せて続きを促すかのどちらかです。でもわたしが聞きたいのは哲治の感想なのです、「そうじゃなくて、今の話、どう思う？」何度聞いても答えは同じでした。わたしはそのうちこの質問自体を諦めざるを得ませんでした。

饒舌に父と母の物語を語るわたしとは対照的に、哲治は決して自分から両親の話をしませんでした。もともと無口な彼なのですから、わたしが水を向けない限り、自分から身の上を話すことは永遠にないように思われました。この頃になると、わたしは思い切って「あんたのほんとのお父さんとお母さんはどこにいるの」とか、「どうしてこの置屋にいるの」とか、そういう無遠慮な質問を哲治本人にぶっつけて、最初の頃に周囲から収集しようと目論んでいた情報を彼の口から直接得ようとも試みましたが、それもうまくはいきませんでした。彼は首を振って「わからない」とか「知らない」とか言うだけで、それ以上の言葉はどうやったって引き出せないのです。わたしがこんなにも豊かに父と母の恋愛物語を胸に膨らませている一方で、哲治の胸の内にはいったいどんな物語が温められていたのでしょう。自分の両親の物語、自分がその場に生きている要因そのものである両親の物語を、一瞬でも心が求めたことはなかったのでしょうか。あるいはのっぺらぼうの影のような姿でしか、二人の姿は彼の胸に存在していないというのでしょうか。

哲治の頑なな沈黙から、わたしは何一つ読み取ることができませんでした。

「あたしたちも、手紙を書かない？」

ある日の『尋ね人』が終わってすぐ、わたしはそう提案しました。父と自分のためでもありますが、哲治の心を探ってみるためでもありました。哲治はいつもの無表情で即座に答えました。

「もう書いたよ」

わたしは言葉を失いました。しかしこれくらいのことで一度出した手を引っこめることはできません。

「……いつ、書いたの？」

「ずっと前」

「ずっと前っていつ？」

「おととしの、冬か……」

「そんなに前？」

「去年の秋にも……」

「じゃあ二回書いたの？」

哲治はうつむいて「二回どころじゃない」と呟きました。「その手紙、読まれた？」聞くと、今度は首を横に振りました。

「一回も読まれたことない。だから待ってるんだ」

その答えを聞いて、再び気が遠のくのを感じました。

というのもわたしはてっきり、ラジオに送った手紙はすべて読まれるものだと思い込んでいたのです。そうではないと言うのなら、読まれなかった手紙はどこへ行ってしまうのでしょう？　くじ引きのはずれの紙のように、ぽいとどこかへ捨てられてしまうのでしょうか？　そんなことがあってよいはずがありません。誰かが誰かを真剣に探そうとする気持ちをそんなふうに無下に扱うことなど何者にも許されることではないはずです。

「じゃあまた書けばいいじゃない。あたしは書くわ」

わたしはランドセルのなかから漢字の練習帳と鉛筆を取り出しました。そして「お父さんをさがしています」と書きつけました。哲治は無言で見ているだけです。「戦争のあいだやす国神社の近くの八重という料ていにいたしょう校さんはわたしのお父さんです　どうぞれんらくをください」

ラジオでよく聞くような、「白髪頭に顎までのひげをはやした……」だとか「目の下に二つ大きいほくろがある……」だとか、本当の父の外見上の特徴をわたしは知りません。想像のなかでも、父はなかなか顔を見せてはくれないからです。それでも時折、厚い雲に覆われた太陽がわずかな隙間から一瞬だけその光を地上に落とすように、母を見つめる父の顔がはっきりと見えるときがありました。彼は背が高く美男でした。若く美しい母と本当によく釣り合っていました。もっとよく見なくては、覚えなければ、と意識を尖らせると、彼は再びこちらに背を向けてしまいます。わたしは一瞬だけ目にした彼の顔を懸命に思い出して、それでやっと気づくのです、あの顔はほかでもない、わたしの今の父、偽物の父、あの美男の父の顔だったと。

そう、上野の桜の下でも半月の月明かりの下でも鬱蒼（うっそう）と茂ったジャングルの大樹の幹の下でも、あの本当の父は偽物の父と同じ顔をしていました。でもそんなはずはありません。いくら娘とはいえ、会ったこともない本当の父の顔をわたしが知っているはずはないのです。

ですからわたしは、手紙に顔の特徴などは書かないことにしました。特徴を書こうとすれば、それは必ず偽物の父の特徴になってしまうからです。どこかで生きている父に対して、そんな失礼なことはしたくありませんでした。書きあげた文章のなかから目につく不恰好な文字を消しゴムで消しきれいに書き直すと、最後に自分の住所と名前を書き加えてわたしはその一ページを注意深く切り離しました。そして練習帳と鉛筆を哲治の前に置きました。

「あんたも書くのよ」

ところが哲治は、畳の上に視線を落としているだけで指一本も動かしません。わたしは哲治の膝小僧まで練習帳を押しつけました。するとようやく哲治は不器用に鉛筆を握り、その上にかがみこみました。哲治の書く字はひどくいびつで、反対側からはとても読むことができません。長い時間をかけて、哲治はその手紙を書き終えました。そしてわたしと同じようにその一ページを切り離すと、三つに折り畳んで表側に内幸（うちさいわい）町の日本放送協会の住所を書き始めました。何度も手紙を書いたからか、どうやらそっくり住所を覚えているらしいのです。読み取るのに苦労しましたがわたしもそれを見せてもらい、折り畳んだ紙の表面に同じ住所を書きつけました。

それからわたしたちは外に出て、靖国神社にいちばん近いポストにその手紙を投函しました。手紙を出すのには封筒や切手が必要であることをわたしはちゃんと知っていましたが、口には出しませんでした。どうしてか、こんなに意義深い手紙の場合には例外的にそれが免除されるように思ったのです。

二人に必要だったのは手紙に封をすることやそこに切手を貼ることではなく、それが幾千の手紙のなかからあの読み上げ係の男の人の目に留まり、ラジオの前で読まれるようにポストの前で祈ることだけでした。

わたしたちはそれからも毎日『尋ね人』の放送を聴き続けました。

今日こそはその日なのではないかと、ラジオの両側でそれぞれに体を硬くし、息をひそめて、馬鹿みたいに真剣な表情で……。まるで放送を聴く五分間のために一日を過ごしているようなものでした。ほかの時間はその五分間を一日のなかで最も正確な五分間として鋳造するための型でしかなく、その型はまた、以前に比べてより精巧な失望を生みだす鋳型でもありましたが、わたしたちは決して諦めませんでした。手紙は必ず読まれる、そしてわたしたちの声はこの世の果てまで響く、その結果ある声が必ずわたしたちの名を呼び返してくれるはずだと、信じて疑わなかったのです。

そうやって今日こそはとひたすら集中して耳を傾けているうち、わたしは自分が書いた文章さえ徐々に忘れていきました。ラジオから聞こえてくる「戦前××市××街で貿易商を営み、昭和十九年に××に入営され、のち南方に向かった××さんをご存じの方は……」というような呼びかけの数々、そこで読み上げられる場所や名前や特徴にどんな差異があろうとも、それらすべての尋ね人はわたしの父一人だけを指しているように思えてきたのです。

冬のあいだ、わたしは自分のちっぽけな人生が少しずつ変わり始めていることを感じていました。春は静かに確実に近づいていて、瀕死の冬を九段の街から蹴りだそうとしていました。

そして三月のある日の夕方のことです、わたしは家の郵便受けに、すっかりくしゃくしゃになったあの三つ折りの手紙が入っているのを見つけました。

慌てて取り出してみると、内幸町の宛先の上に料金不足の赤いスタンプが押されています。鉛筆書きの文字は無残に滲んでほとんど読み取れなくなっています。文字たちはその書き手の代わりにいわれのない罰を受け、雨風にさらされあちこちを引きずりまわされてきたかのようでした。そしてわたしの手のなかで、自分たちを忘れたその書き手をひどく恨んでいました。

どうして？　思わず呟きましたが、当然応える声はありません。

徐々に湧き上がってくる憤怒と恥ずかしさが、鋭利な鋲(びょう)となってわたしをその場に打ちつけ始めました。ちょうど髪結いさんに行くためになかから出てきた芳乃ねえさんに「ちいさんどうしたの」と聞かれても、顔を上げることができませんでした。

「今日はあったかいわね。もう春なのね」

梅は咲いたか、桜はまだかいな……ねえさんは小さく歌いながら、わたしに顔を近づけました。

「お手紙？」

手に持った紙の上に、ねえさんの影が落ちてきました。

「なんて書いてあるの？　ちっとも読めやしない」

紙を取ろうとしてねえさんの手がわたしの手に触れたとき、わたしはようやく「違うの」と声をあげることができました。

「あら、違うの？」

「違うの」

「ちいさん、いつもいつも、違うって言って……じゃあ、なんなの？」

優しく問いかけるねえさんの声も無視して、わたしは手紙を握ったまま哲治の家に向かって全力で駆け出していました。小路へ続く角を曲がると、臙脂色(えんじいろ)の浴衣を着たすらりと背の高い女の人がちょうど奥に向かって歩いていくのが見えました。

わたしは足を止め、脇の家の軒先に身をひそめて、じっと彼女を見つめました。無造作に結わえてある髪の毛の下で、細いうなじが夕日を受けてほとんど金色に輝いています。耳を澄ますと彼女が歌っているのか、楽しげな鼻歌まで聞こえてきます。どこか夢見ているような軽い足どりで、彼女はとうとう鶴ノ家の前で足を止めました。そして郵便受けにうなじと同様にまばゆく輝いている細い腕を差し入れ——わたしは確かに見たのです——あの三つ折りの手紙を取り出しました。

彼女は手紙を開いて、そこに視線を落としました。西日に照らされた横顔にかすかな笑みが浮かびました。

彼女は手紙を裏返し元の三つ折りよりさらに小さく折り畳むと、下駄の先でちょいちょいと垣根の下の土をつつき、それを花の種でも蒔くかのように土のなかに落としました。そして再び下駄の先で土をならすと、何事もなかったように家のなかに入っていきました。そのあいだ、彼女の明るい鼻歌は一度も途絶えませんでした。

わたしは夕日を背中に浴びたまま、しばらくその場に立ち尽くしていました。それからこわごわ四、五歩前に進みましたが、手紙が埋められたあたりにオオイヌノフグリの小さな青い花が土に混じって蹴り散らされているのが目に入り、足が止まりました。わたしはそれ以上前進することができぬまま、ただ掌に手紙をきつく握りしめていました。どこかの家から女の人の笑い声が聞こえてきました。

空が突然暗くなったように思いました。

わたしは頭から勢いをつけて後ろを振り返り、猛然と走り出しました。気づいたときには、握りしめていたはずの手紙は跡形もなく掌から消えていました。それでもわたしは当てのないどこかに向かって、自らの手から逃れていった手紙からさらに遠くへ逃れるように、夢中で走り続けました。

6

もうはっきりとは覚えていないのです、二人はいったいいつから『尋ね人』のラジオを聴くのをやめてしまったのでしょう？　送り返された手紙を手にしたあの日からでしょうか、それとも道端に凍りついた雪の塊が往来人の足に踏まれ陽にさらされ徐々に溶けてなくなるように、あのラジオの五分間もほかの時間のなかへ溶けて流れていってしまったのでしょうか……。

思いがけない手紙の逆襲に打ちのめされ本当の父を探すことをやめてしまったあとも、わたしは胸の内に何度も繰り返した母と父との恋物語を以前と同じように再現してみようと試みました。ところがいくらやってみても、彼らの姿が見えたと思った次の瞬間には端から火がついたように何もかもが焦げ付き始め、最後には誰の面影も映さない真っ黒な張りぼてが残るだけなのです。苦心して織り上げてきた世にもロマンチックな物語は、今や金魚を掬う小さな円に張られた薄紙よりも容易くふやけて破れる何物かに成り果てていました。おそらくわたしのほうが、物語から追放されたというわけなのでしょう。乳くさいうぬぼれ屋の語り手などあちらではもはや必要としてはいなかったのです。なんの恩義も示さずに去っていった母や父の亡霊がいつか語り手を求めて戻って来ても、決してこの口を開いてやるものか、彼らのためにはもう何一つ語ってやるまいと、腹を立てたわたしは心を決めました。自分はあまりにお喋りが過ぎたのだ、だからこれからはそのぶんだけ口をつぐんで陰気なだんまり屋になるべきなんだ、そうも思いました。

そしてこの沈黙という不慣れな難所における先達は、もちろん哲治でした。

わたしたちはラジオがなくとも語る人がいなくとも、いつも周囲のあらゆる声や音に耳を傾けていました。そこに自分たちがどんな箴言（しんげん）やお告げを見出そうとしているのかもわからぬまま、幼い唇の上下を溶接してしまいそうなほどそれぞれにきつく結んで……。

哲治は相変わらず、地蜘蛛の巣を道端に並べたり飯田町駅に発着する貨物列車を眺めているのが好きでした。

わたしたちはよく操車場近くの線路前に二人並んで、列車が重たい車両を引きずるようにして行ったり来たりするのを無言で眺めていたものです。列車見物のあと家に帰るつもりが、なんとなく九段の小さな路地を端から端まで塗りつぶすように歩くこともありましたが、そのときだって一言も喋りませんでした。それは一つのお饅頭を二人で分け合って食べているようなものでした。わたしたちはどちらかがより多く、またはより少なくならないよう注意を払って、沈黙をちょうど半分に分け合って食べていました。何年にもわたってそうやって同じものを食べ続けていたのですから、当然のことながら二人はだんだん互いに似てきます。ある夏にうっかり頭に虱（しらみ）をわかせたせいで、わたしは長らくおさげにしていた髪を切ってしまったのですが、その厚ぼったいどんぐりのような髪形はますますわたしに自分と哲治との似通いを強く意識させ、あんなおさげ髪など本当に無用の長物であったと苦々しさと嬉しさを同時に味わったものです。背丈はちょうど同じくらいでしたし、肩が薄くて腕だけがひょろひょろと長いのも、何か喋ろうとするときには少しばかり上半身を横に傾げる癖も、二人は確かに似ているようでした。しかしながら中学校に上がってすぐわたしの背が伸び始めてからは、均衡は無残に崩れていきました。

その後わたしたちが再び同じ高さの目線でものを見られるようになるまで、また数年の歳月が必要でした。

わたしと千恵子ちゃんとなみ江ちゃんは、まるで約束でもしていたかのようにほぼ同時期に初潮を迎えました。

一番早かったのはなみ江ちゃんで最後がわたしですが、その差はひと月もありません。わたしたちは自分たちにとんでもない災難が落っこちてきたかのように嘆き、興奮し、その災難がどんなふうに自分の身の上に起こったのか、ある日突然下着に付着していたあの小さな茶褐色の染みにどんなに失望したか、声をひそめて話し合いました。

　当時のわたしたちはもう、塗り絵や着せ替えごっこには興味がなく、互いの髪をいじったり時計を分解しては元に戻すこともやめてしまい、しじゅう人の噂話ばかりしていました。誰が誰を好きだとか、誰と誰が一緒にどこを歩いていたとか、その類の軽率な話です。

　あれは確か中学二年生に進級したばかりの春でしたでしょうか、わたしたちは皇太子さまのご成婚パレードを一目見ようと連れ立って出かけたのですが、半蔵門近くの沿道でもみくちゃにされているあいだにパレードはあっという間に通り過ぎてしまいました。その場でぴょんぴょん跳びはねながら辛うじて目撃できたのは、馬に乗った護衛官の後ろ向きの頭だけです。かつて二七不動の縁日でそうしたように、三人揃って特等席に潜り込めなかったのは残念でしたが、それでもわたしたちはなんとなく満足して家路につきました……皆が皆、沿道に満ちて湯気も立てんばかりのおめでたい熱に感染していて、並んで歩く六つの膝小僧までがすっかり桃色に染まっていたことでしょう。

「あたしも早くお嫁さんになりたいわ」

　言ったのは千恵子ちゃんでした。

「お嫁さんって、誰の？」

　なみ江ちゃんがにやにやして聞き返しました。

「知ってるくせに！」

　千恵子ちゃんは肘でなみ江ちゃんのお腹のあたりをつつきました。彼女に意中の男の子がいることはなみ江ちゃんもわたしもすでに知っていることで、それは当然、三人のあいだだけの秘密ということになっていました。

「ねえ、なみ江ちゃんは何歳で結婚したい？　あたしは次の学校を卒業したらすぐに結婚して、赤ちゃんを作りたいわ」

「あたしは二十歳くらいで結婚して、男の子と女の子を二人ずつ産むのよ。それで全員にピアノを習わせて、ピアノの先生にするの。それかもし四人に一つずつバイオリンを買うお金があるのなら、バイオリンの先生でもいいわ。だからあたしの旦那さんは、きっと偉くてお金持ちの音楽家よ」

「そうなの、あんた、ヒゲモジャみたいな人と結婚するの？」

　ヒゲモジャというのは、わたしたちの中学校で音楽を教えていた髭をもじゃもじゃにはやした偏屈な老教師のことです。

「もちろん、あんなおじいさんは嫌よ。若くて、ハンサムな先生でなきゃね」

「なみ江ちゃん、贅沢ね」

　千恵子ちゃんは顔をくしゃっとさせて笑いました。昔からきれいな女の子でしたが、この頃には夜の九段を行き交う芸者のおねえさんたちのように、人の心をそわそわさせるような不思議な大人っぽさを漂わせていた千恵子ちゃん……彼女がそうやって笑顔になるとき、大きな瞳は途端に三日月の形になり、三重にも四重にも見えるまぶたはなんとも優しい感じで、ばら色の唇は触れればぽろりと落ちてしまいそうなほど儚げに見えます。その顔を間近にして、わたしはどきどきしながら「ほんとね」とうなずいたのですが、「じゃああんたはどうなのよ」と今度はなみ江ちゃんがお腹をつついてきました。

「今日こそは言ってもらうわ。一人だけ秘密にしてるのはどうしたってずるいわ。あんただって、本当の本当は、好きな人がいるんでしょう」

これには困ってしまいました。それまでも何度か、彼女たちはわたしにも意中の人がいるに違いないのだからそれを告白するよう迫っていたのです。ところが何度聞かれたってわたしの心にそんな男の子はいないのですから、答えようがないのです。わたしはこのときも正直に「いないわよ」と返しました。しかし二人はそんなはずはないと言って引きません。

「でも本当に、いないのよ」

「嘘おっしゃい。白状なさい」

「本当に、本当に……」

わたしたちは一対二になってしばらく不毛な言い争いを続けましたが、「だったら哲ちゃんはなんなのよ」とうとう痺れを切らしたなみ江ちゃんが言いました。千恵子ちゃんも加勢します。

「そうよ、そうだわよ。あたしたちと一緒でないときには、あんたはたいがいあの子と一緒にいるじゃないの。それはあんたたちが好きあってるからなんでしょう？　あんたたちは、恋しあってるのよ」

　わたしたちが、恋しあっている！　わたしは思わずその場で足を止め、皇居のお濠（ほり）の向こうで午後の陽光を受けふさふさと茂っている濃い緑色を見つめました。

　確かに自分には哲治がいる、今までもいたし、きっとこれからもいるだろう……。まばゆく輝く緑の奥から徐々に伝わってきた予感を、わたしは感慨深く、ゆっくり体に染み入らせていきました。その間の沈黙が、どうやら二人の女友達には質問に対する全面的な肯定として受け止められたのでしょう。とにかくこのときから、わたしの意中の人は哲治であるということに決まってしまったのでした。あえて反論はしませんでした。今後本当に好きな男の子ができたならそのとき正直に二人に報告すればいい、そう思っただけで、これでもううるさい追及を受けることもなくなったのだとはしゃぐ二人を傍らにほっとしてさえいたのです。

　二七通りにぶつかる角で二人と別れると、わたしは家には帰らず鶴ノ家の戸を叩きました。戸を開けたのは珍しく白髪頭の肥ったおばあさん、つまり鶴ノ家のおかあさんでした。お目にかかれることは家の内外を問わずめったにありませんでしたが、稀に見かけるこの無愛想なおばあさんは人の倍の速さで年をとっていっているように思えました。

　花街の芸者はどんなに年をとっても「おばあさん」にはなりません。お座敷で三味線を弾いたり唄を歌ったりする地方（じかた）の芸者はたいてい、年から言ったら「おばあさん」なのでしょうが、彼女たちは永遠に「おねえさん」と呼ばれる存在なのです。母の料亭にもこういう地方のおねえさんが出入りしていますが、実際彼女たちは着物の着こなしも垢ぬけていますし髪の毛もお化粧もきちんとしていて、とても気軽に「おばあさん」などとは呼べない人たちでした。ところがここの置屋のおかあさんは、どんなに優しく贔屓目に見てみたって、紛うかたなき完全な「おばあさん」なのでした！

戸を開けてくれた彼女にわたしは「こんにちは」と挨拶しましたが、相手は無言で家の外に出ていってしまいました。来客を迎えに出てきたわけではなく、たまたま彼女が外出しようとするときにわたしがやってきたということなのでしょう。この日に限ったことではありませんが、彼女は常にわたしに無関心でした。

家主の留守をいいことに妙に気を軽くしたわたしは、たまにはあの無表情な幼馴染みを驚かしてやろうと抜き足差し足でお勝手の奥の部屋まで進み、一気に襖を開けました。哲治は部屋の隅に寝転がって新聞を読んでいましたが、こちらの企み通りに飛び上がって驚いたりはしません。わたしは反対側の壁に背中をもたせかけ、憎たらしいほどに落ち着き払っている相手を見下ろしました。哲治はほかの男の子のように、少年漫画など読みません。彼が読むのはどこからか拾ってきた新聞です。新聞であれば、それがいつ印刷されたものであるかは問題にしないようでした。

「何か、おもしろいニュース、あった？」

この質問にはまったく意味がないことを知りながら、わたしは聞きました。

「何もない」

哲治は視線も上げません。いつもならそこに用意されている沈黙を黙って貪り始めるわたしですが、この日は少しだけ普段と違っていました。パレードの熱気のせいか、それとも女友達との問答のせいだったのでしょうか、とにかくわたしは畳にべったり座りこむと、身を乗り出して哲治に話しかけました。

「千恵子ちゃんたちと、パレードを見てきたの」

哲治は相槌も打ちません。

「あんなにたくさん人がいるの、見たことないわ。日本じゅうの人がみんな集まってるみたいだったんだから。でもあんた、行かなかったのね。ここのおかあさん、さっき外に出ていったけど、今から見物しに行くつもりなのかしら？　あのお二人はもうとっくに御所に着いてるはずだわ。あたしたち、馬に乗った護衛の人の頭を見たのよ」

返事をしようと思案する気配はみじんも感じられませんでした。当時のわたしとしては珍しいこの饒舌さも、読み物に夢中の哲治の耳には届かないようでした。わたしは畳の上を滑って彼に近づき、広げられた紙面の上に両手をついて言いました。

「新聞なんかより、実物を見たほうが早いのよ」

哲治はようやく顔を上げました。わたしは自分の顔が赤らむのを感じました。「新聞なんかより、実物を見たほうが早いのよ」そう確かに言ったつもりだったのに、彼の視線にさらされた途端、もしかして自分は「あたしを見て」と言ってしまったんじゃなかろうかと急に自信がなくなったのです。

哲治はこのとき初めて見知らぬ闖入者の存在に気づいたかのように、こちらをじいっと見つめました。わたしは内心の狼狽を隠して体の後ろに手をつき、元いた場所までずるずる下がっていきましたが、哲治は地蜘蛛の巣でも見ているように視線をどこにもずらしません。見ているとおもむろに哲治の右腕だけが動き始め、その腕の先の掌が丸まり人さし指だけが伸びて、彼自身の胸のあたりを指しました。今度はわたしが地蜘蛛の巣を見るように彼の謎めいた動作をじっと見つめる番でした。いつもとは違って、上手に嚙み砕けない苦い沈黙が体を外から固めていきました。

「何？」

耐えられなくなって聞きましたが、哲治は答えません。彼は明らかに、その謎をわたし自身に解かせたがっているのです。

わたしは再び注意深く、そのポーズを眺めました。そして自分の右手を彼の右手と同じ恰好にして、体の同じあたりに当てました。人さし指が示す先には当然、白い綿のシャツに包まれたまだ膨らみきらない胸の感触がありました。ところが直ちにわたしはそこに激しい違和感を抱きました。見下ろしてみれば予想通り、胸元のボタンが一つはずれて、だらしなく開いたシャツの隙間から木綿の下着の生地がのぞいています。わたしは反射的に両手指を広げ、胸のあたり一面を覆いました。そのときにはすでに哲治の注意はこちらから失われていて、彼の視線は再び何日前、何年前に印刷されたものとも知れない紙面に注がれていました。

わたしは何かよくしなる硬いもので自分をめった打ちにしてやりたいほどの恥ずかしさと、同時にわっと泣き出したいような惨めさに慄きながら、取れかけていたちっぽけなボタンを震える指ではめました。それから部屋を出て家まで逃げ帰りましたが、手を洗おうと向かった洗面所の鏡には、涙ぐみ、不恰好なほど紅潮した顔が映っていました。

あなたはもうお気づきでしょう、こんな過敏な反応に象徴されているとおり、当時のわたしは明らかに、哲治を単なる幼馴染み以上の存在として特別に意識していました。ただ、この意識にまつわる何もかもを千恵子ちゃんたちの言う「恋」の一言で片づけてしまうには、どうにも納得できないところがあったのです。

鶴ノ家の前で自分を待っているその背中を見つけたときの一瞬に、もしくは帰宅の時間になって互いに交わす眼差しの寂しさに、千恵子ちゃんたちの言うとおりこれは恋なのかもしれない、と感じることはありました。しかし決まって次の瞬間には、激しく首を振ってその不吉な想念を頭から追い出してしまいました。というのも、この頃のわたしにとって――理由はのちほどお話ししますが――恋というものは、巧妙に仕組まれた甘い香りで人を誘惑し屈服させ、おかしな方向に走らせる道理にはずれた何物かであったのです。ですからわたしはどうしても、哲治と過ごす静かで清潔な二人の時間を、そして自分の似姿を持った哲治自身を、そんな得体の知れない悪しきものから遠ざけておきたかったのです。

説明しづらいことなのですが、例えばあなたは、その人が困っているなら身を粉にしてもどうにか助けたい、そしてどこにいようが駆けつける覚悟のできている、そんなお友達をお持ちですか？　その人がいなくなってしまったらこの広い世界でたった一人ぼっちになってしまう、そんな恐ろしい孤独の可能性を互いの背中に預けられる、心からのお友達をお持ちでしょうか？

わたしと千恵子ちゃんとなみ江ちゃんは、本当に仲良しの三人組でした。お休みの日には一緒に遊びに行きましたし、誰か一人が病気になったら季節のくだものを持ってお見舞いに行きました。二人のうちどちらか一人でもいなくなってしまったら、わたしの毎日はとてもつまらないものになっていたと思います。優しくて美人の千恵子ちゃんと活発で少し変わっているなみ江ちゃん、わたしは二人が大好きでした。それでも心のどこかでは疑っていたのです、彼女たちが本当に困ったとき、にっちもさっちもいかなくなったとき、果たして自分に助けを求めるだろうか？　翻って、自分が本当に困ったとき、助けを求めるのは彼女たちなのだろうか？　そうです、そんなことを考えるときにわたしの頭にまっさきに思い浮かぶのは哲治の顔だけだったのです。

中学生になっても、哲治は教室でいつでも一人ぼっちでした。お調子者の男の子にからかわれても、乱暴な男の子に出会いがしらに突き飛ばされても、ただ黙って悲しげな表情を浮かべているだけでした。わたしはそれを遠くから見ているだけで、一度も助けに行ったことはありません。昔に比べたらずっと無口な少女になっていましたが、根拠のない妙な誇り高さをわたしは依然として失っておらず、人から馬鹿にされたり笑われたりすることを何より恐れていたからです。それでも、もし一度でも哲治が助けを求めてわたしを探しているのを認めたなら、何を措いても助けに行くつもりでした。そしてもし哲治が何かとんでもない悪さをして、食べ物もろくにない寂しい無人島に逃げなくてはならなくなったとき、彼がわたしに一緒に来てくれるよう頼んだならば、自分はほかの友達も自分の将来も何もかも捨ててついていくだろうと思っていました。なおかつその島に追っ手がやってきて、とうとう囚われた哲治が死刑に処されるとき——幸運にも寛大な裁判官から特別なお慈悲がくだされて誰か一人だけを道連れにしてよいと言われたら、哲治は必ずやわたしを指名し、わたしも喜んでそれに応えるだろうと思っていました。

わたしにはその覚悟がいつだってあったのです。自分の数少ない持ち物のなかに彼が必要としているものがあるのなら、すべて差し出すつもりでいたのです。

まったく、わたしはどうしてそこまで、ほかの誰にも抱けない特別な感情を綱にして自分に巻きつけ、あの寡黙な少年から離れようとしなかったのでしょうね？　それは二人が共に過ごしてきた幼い日々に対するある種の責任だったようにも思えますし、この頃わたしたちがある秘密の習慣を持ち始めたことにも関係していたのかもしれません。

そしてもしこの習慣が二人のあいだに生まれていなかったならば、わたしたちは人生の最も傷つき易く繊細な時期にこれほど不器用に寄り添うことなく、自分たちを取り巻く世界にそれぞれの足で踏み出せていたのかもしれません。

それが習慣となったのはあの日、郵便局から返された手紙が埋められるのを目にした春の初めの夕暮れ時のことでした。

あの日、混乱して当てもなく走り始めたわたしは、気づけば鶴ノ家の前に立っていました。そこに背を向けて走り出したはずなのに、結局最後に行き着いたのはほかでもないあの家なのでした。引き戸の前には待ち構えていたかのように哲治が立っていて、その青ざめた顔に向かって「あたしもう、手紙なんか書かない」と叫んだ瞬間、両頰を涙が伝うのを感じました。咄嗟に顔を覆いかけましたが、哲治はその手を捕まえ家のなかへと引っ張り、いつもの奥の部屋にわたしを導きました。「きみのだよ」そう言って哲治はジャンパーのポケットから何かを取り出し、わたしの手に押しつけました。それは小さな壜でした。何も言わずにぽかんとしていると、哲治は再びその壜を手にとりわたしに握らせ、その右手ごと頰の真ん中あたりにくっつけました。頰の膨らみに留まっていた涙の一滴が、ようやくお迎えが来たとばかりにすぐに壜の口から内側をつたって底へ落ちていきました。わたしは外の灯りが漏れる窓辺に移動して、その壜をじっと見つめました。涙は壜の内側に透明な筋を残し、底にごく薄い膜を張っただけです。振り向こうとする前に、後ろから声が聞こえました。

「泣くときは、その壜のなかで泣くんだよ」

以来長らく、これがわたしたち二人の秘密の習慣となったのです。

つまりわたしは、どんなに悲しいことがあっても、決して一人で泣いてはいけなかったのです。わたしが泣くときはいつも、哲治と、彼の差し出す壜がそこになくてはいけなかったのです。

その日からというもの、どれほど惨めな思いをしても、すぐにでもうずくまって泣き叫びたいときでも、わたしは衝動にじっと耐えて、哲治の家に辿りつくまで懸命に涙をこらえるようになりました。

鶴ノ家の前で彼の名を呼べば、それがこらえ続けた惨めさや悲しみのためにどんなに震えたかすれた声であっても、哲治はすぐに戸を開けてくれました。そしてわたしをあのお勝手の奥の暗い部屋に連れていき、ポケットから小さな壜を取り出してコルクの栓をとり、そっと差し出すのです。それを手にするやいなやわたしの両目からはこらえていた涙が一気に溢れ出し、頬に押し当てた壜のなかに落ち、水面に小さな波紋を広げました。涙がようやく止まると、哲治は壜を受け取ってしっかり栓をしてくれます。泣いている理由を聞かれることはありませんでした。わたしは話したいと思ったときはその理由を話しますが、話したくないとき、もしくは話すには値しないと思うときには、そのまま黙って家に帰ってしまいました。少女時代のわたしは、ちょっとへまをして母に叱咤されたときでも、努力にもかかわらず試験の結果が思ったように芳しくなかったときでも、ただ一人で遠い空の夕焼けを見ているときでも、今では本当に些末に思えるようなことで容易く泣きたい気持ちになったのです。

わたしが初めて哲治の前で泣いた日――『尋ね人』の放送を聴いて、父のために涙を流した日のことです――に使った金魚鉢は、目にするたびになかの水かさが増しているように見えました。ということは、それだけあの家で涙が流されているということだったのでしょうか。しかしその金魚鉢も、いつしか玄関の脇から消えてしまいました。目につかないところに移されただけなのか、中身もろとも処分されたのかはわかりません。いずれにせよ、あの鉢に溜められていた液体と同様に、哲治が差し出してくれる壜のなかの液体はいつ見ても無色透明でした。何週間ぶりかに見るときも濁ったりどろついたりはせず、見た目は本当にただの水と変わりませんでした。ところが栓を開けて渡されるときの一瞬、その液体からは塩辛い、神経をひりひり焼くような独特の匂いが立って、鼻孔を刺激するのです。それが呼び水のようになり、こらえていた以上の涙が出てくるのをわたしはどうにもできませんでした。

それにしても、哲治が用意してくれる壜はいつもまったく同じ形をしていました。人さし指の半分くらいの大きさの、飾り気のない透明な壜です。

「これ、どこから持ってくるの？　なくなったりしないの？」

ある日いつもながらの些末な理由でひとしきり泣いたあと、そう聞いてみたことがありました。哲治は憮然（ぶぜん）とした表情で「たくさんあるから大丈夫だよ」と答えるだけでした。

「あたしがもし、今日から死ぬまで毎日ずっと泣いたとしても、足りなくならない？」

「人は、死ぬまでそんなに泣けるわけないんだ」

「あたしは、きっと泣けるわ」

「だとしても、壜はたくさんあるんだ」

「じゃあ、絶対に、足りるのね？」

「足りるよ」

「約束するわね？」

哲治は黙ってうなずきました。

「だったらいいわ。でも、あたしの今までの涙が入ってる壜はどこにやったの？」

「ちゃんと持ってるよ」

「使い回したりしてないのね？」

「そんなこと、するわけないじゃないか！」

哲治は珍しく顔を赤くして怒りました。わたしはそれがなんだか可笑しくて、以来それらの壜がどこからやってくるものなのか、そして涙で満たされた壜がどこに行くのか、気には留めなくなりました。

初潮を迎え少しずつ大人になりつつあったわたしは、芸者になり、のちにこの料亭を母から引き継ぐことなどもはや考えてはいませんでした。それどころか、一刻も早くそこから出ていきたくて仕方がなかったのです。

毎晩大人たちのどんちゃん騒ぎで賑わう母の料亭を、わたしは少しずつ蔑み始めていました。立派な背広を着込みながら子どものようにはしゃいでいる男の人たち、歌ったり踊ったりして彼らのご機嫌をとるおねえさんたち――思春期の子どもらしくこの頃目立って尖り始めたわたしの潔癖は、それまで抱いていた母の料亭やそこで繰り広げられる大人の世界への憧れをすべて叩きつぶし、荒っぽくどこかへ掃き去ってしまいました。笑い声や歌声が溢れきらびやかで現実離れしたその世界より、わたしは哲治と二人だけで過ごす、この世の誰の気晴らしにもならないささやかな沈黙の時間をずっと切に愛したのです。

中学二年に進級する前に、わたしは踊りだけでなく小唄も華道もお習字も、将来に備えるための習い事は一切やめてしまっていました。一度何かをやめてしまえば、残りの全部をやめるのも簡単でした。最初にわたしが踊りをやめたいと告げたとき、母は理由を問い質すこともなく「お前がそう言うのなら」とあっさり承諾しました。母は母で、娘を芸者にする気などとっくの昔に失っていたのだ、もしくはそんな気などさらさらなかったのだと、わたしはそれで悟りました。難しい年頃の少女にこのような変化を強いたのは、家のなかの二人の失踪者であったことも否定できないでしょう。そう、この頃、母の料亭からは二人の人間が静かに消えていきました。一人はある日突然に、もう一人は、そうとも言えないやり方で……。

突然消えてしまったのは芳乃ねえさんです。

その年のお正月が明けてまもなく、彼女はなんの伝言もなく、皆が寝静まっている早朝に姿をくらましてしまったのです。あれは確か、何日か静かに降り続いていた冬の雨が夜の内にようやくやんだ翌日のことだったと思います。

その日学校から帰ってくると、抱えのねえさんたちが興奮したようすで近所のおねえさんたちと立ち話をしているので、わたしは「どうしたの」と首を突っ込まずにはいられませんでした。

「芳乃おねえちゃんが逃げたのよ」

「逃げたって？」

「夜逃げよ。やられたわ」

反応を窺おうとするおねえさんたちの好奇の目にさらされながら、わたしは彼女たちの言葉を頭のなかで反芻しました。子どもらしい大袈裟な反応を示そうとしないわたしに呆れたのか、おねえさんたちは再び仲間内で噂話を始めました。

「あたし全然気づかなかったのよ。昨日は三つもお座敷があったからね、すごく疲れてたの。遅い時間にあたしが帰ったときには、おねえちゃんはお布団ですやすや寝てたんだから。信じられないわ、本当に、いつ出ていったのかしらね？」

「それにしても昨日今日の付き合いじゃないんだから、置き手紙くらいしてくれてもいいじゃないの。こんなのって薄情だわよ」

「でもおねえちゃん、最近はお稽古中もどこかお空だったわね。おうちでは本ばかり読んで……」

「きっと悪いお客さんにつかまって惚れこんじゃったのよ。おねえちゃんああ見えてすごくうぶだったんだから。そんなきざな本をくれたのもきっとその人に間違いないわ、気取っちゃっていやね。残されたあたしたちもいい迷惑よ、逃げるんだったらおかあさんのご機嫌とりをしてから逃げてほしいわ」

「それ、ほんとなの？」

　わたしはおそるおそる口を挟みました。おねえさんの一人が、「ほんとって、何が？」と聞き返しました。

「その、芳乃おねえちゃんがいなくなったって……」

「お馬鹿さんね、さっきからその話をしてるんじゃない。嘘だと思うならあんたのおかあさんに聞いてらっしゃいな」

「取って喰われなければ、儲けものよ」

　笑い声を背に受けながら、わたしは一人で家のなかに入りました。おねえさんたちの言うとおり、夜逃げが本当だとしたら母は気が立っているに違いないでしょうから、とても三畳間に入っていく気にはなれません。

　わたしはそっと二階に上がり、開けっぱなしになっているおねえさんたちの部屋を覗きました。一組の布団がまだ敷いたままになっていて、三台ある鏡台のうち真ん中の一台だけがいつもどおりにすっきりと片づいていました。何事もきちんとしている芳乃ねえさんですから、出ていくときもきっとお布団はきれいに畳んでから行きたかっただろうなと思いながら、わたしは布団を丁寧に折り畳んで押入れのなかにしまってあげました。それから鏡台の前に座って、そこに置いてある化粧壜を一つ一つ大事に手に取っていきました。そうしていると、ちいさんがもっとお姉さんになったら、このあたりの髪結いさんとは違う銀座のおしゃれな美容室で二人一緒にパーマを当ててもらって、それから写真を撮ってフルーツパーラーに行こうねと約束してくれた、いつかの芳乃ねえさんの顔がぼんやり甦ってきます。あのとき指切りげんまんをしたねえさんの小指は、もう昔のようにふっくらと温かくはなく、関節の形が浮き出て乾いた指でした。涙が出そうになりましたが、わたしは例の壜のことを思い出して、どうにかこらえました。

あとからわかったことですが、芳乃ねえさんはほとんど身一つで八重を出ていったようです。化粧品や着物の類はほかのおねえさんたちが分け合いましたが、何冊かの本と黄色いフラフープだけは貰い手がつきませんでした。少し前に流行したこの間抜けな輪っかは（わたしは大嫌いでした、いくら腰を振っても上手に回ってくれないんですから！）、お客さんの誰かが面白がってねえさんにプレゼントしたものでした。当時はおねえさんたちも調子に乗って「コンテストに出るのよ」などと発奮し、お稽古の合い間にぐるぐる回して遊んでいたものです。

フラフープはそのままごみに出されましたが、彼女が残していった数冊の本はわたしが譲り受けてよいことになりました。それらはすべて聞いたこともない外国の人が書いた小説でした。書かれている文章は気難しくてややっこしくてほとんど理解できなかったのですが、ねえさんが辞書を片手にこれらの本を耽読していた姿を思い出すと、わたしは恋しさのあまりその本を胸に抱き締めずにはいられませんでした。

この出奔に相当腹を立てたらしい母は、少しするとほかの二人のおねえさんたちもよその店にやってしまいました。そして以来、二度と料亭に抱えの芸者を置きませんでした。芳乃ねえさんは八重に長くいた母の一番のお気に入りでしたから、それだけ裏切られたという落胆の気持ちも大きかったということなのでしょう。

ねえさんたちが寝起きしていた部屋は、すぐに改築されてお客さんのためのお座敷に変わりました。部屋が一つ増えたぶん料亭はより賑やかになり、お客さんも派手に遊びましたから、母は前にも増して忙しそうにしていました。一階だけがお座敷だった頃、子どもは階下に降りさえしなければ二階のどこにいてもよかったのですが、改築後はそんなわけにもいきません。二階にも人の出入りがひんぱんになって、わたしは寝室に閉じこもることしかできず、階下のお手洗いに行くことも禁じられてしまったのです。どうしても我慢できなくなったら窓から梯子づたいに外へ出て、お隣の家のお手洗いを貸してもらうようにと言いつけられていました。

お隣に住んでいたのは三河さんという煙草屋の老夫婦で、ここの家のお手洗いは母屋の外にありました。とはいえ年頃のわたしには、夜にそんな理由でわざわざ隣家の敷地にお邪魔することが恥ずかしくって仕方ありません。特に時々、何を生業にしているのかよくわからない中年のブンさんという息子が家に帰っていることもあり、戸を開けてたまたま彼がお手洗いのなかに居合わせたりするとことさらきまりが悪いのです。ブンさんのあとにお手洗いを使ったり、その逆に自分のあとにブンさんが使ったり、はたまたお手洗いを使おうと庭を横切る姿を誰かに見られることすら嫌だったのです。

この過剰な羞恥心のために、わたしはやがて夕方以降は水分をなるべくとらないよう気をつけるようになりました。そしてどうしても我慢できなくなったら、隣家ではなく、裏庭の笹の茂みで用を足すことにしました。お茶の間に面している裏庭ですからお客さんから見つかる心配はありませんし、わたしのほうからも賑やかなお座敷は見えません。ただ誰かの歌う小唄や三味線の音、それからお客さんとおねえさんたちの笑い声が聞こえてくるだけです。熱心にお稽古に通っていた以前なら、聞こえてくる歌声や三味線の音色で、家のねえさんのほかにどこどこの誰々ねえさんが来ているなと察しがついたものですが、すっかり芸事に興味を失っていたその頃のわたしには、どれも同じように聞こえました。

抱え芸者を置かなくなったものですから、母はそのぶん気持ちが少し楽になったらしく、昔より肉づきが良くなり、肌もどこか艶めいて見え——若い半玉さんのすべすべした白い肌とはまた違う、皮膚のすぐ下に古い宝石を隠しているような秘密めいた艶でした——料亭の女将としてはなかなか貫禄がついてきたようでした。こんな母の姿を見たら、亡くなった祖母もさぞかし満足だったでしょう。

母はもう、わたしにはかまいませんでした。ですが決して、娘に対する愛情がなくなったというわけではありません。昔のように機嫌の悪さをあからさまにぶつけるようなことはしませんし、わたしの舌を瞬時に乾かすような厳しい表情も浮かべません。話しかければたいていい相手をしてくれ、何か欲しいものがあれば、そして欲する理由にきちんとした筋があるのなら、それをどこかで買うなり貰うなりしてきてくれました。ただその一方で、わたしは確かに感じ取っていたのです——母の心はお客さんへのお追従や回収しなくてはいけないお勘定やどこの芸者をいつ呼ぶかという段取りでいっぱいになっていて、娘のわたしが手足を伸ばして思い切りくつろげるほど充分な場所は用意されていないのだと。

それでもわたしはそんなに悲しくはありませんでした。放っておかれて嬉しいくらいでした。幼い頃に憧れていた歓楽の世界、当然身を置くべき場所だった芸の世界をわたしは年々遠ざけるようになりましたが、年をとるごとに美しく、ますます自分の仕事に熱中していく母だけは、とても嫌いにはなれませんでした。それでも、母が本当に困ったときに助けを求めるのは娘のわたしではないでしょうし、わたしが本当に困ったとき助けを求めるのも母ではないということは、定まりきったものの道理として苦労せず理解することができました。

例えばある晩、寝入りばなに突然寝室の襖が開いて、むっとするお酒臭さと下品な大声と共に隣のお座敷のお客さんの一人がわたしの布団に覆いかぶさってきたことがあります。あまりに突然のことで悲鳴をあげることすらできませんでした。すぐにお座敷からおねえさんが駆けつけてきて、泥酔しているお客さんを布団からはがしてひきずっていってくれましたが、頭からかぶった布団のなかでしばらく震えが止まりませんでした。泣きたいくらいに怖かったのですが、無論わたしは泣きません。お母ちゃん、助けて、とも思いませんでした。それどころか母がこの騒ぎに気づかずにいてくれればいいと遮二無二祈っていました。しかしほどなくすると、二階に上がってきたらしい母が廊下におねえさんを呼び出して、厳しく問いつめている声が聞こえてきます。そのあいだも、お客さんの耳障りないびきは低く続いていました。

「大丈夫？」

寝室に入ってきた母は布団の上から優しくわたしの体を撫でてくれました。見えるはずはないと思いながらも、わたしは布団のなかで小さくうなずきました。

「不用心だったわ。この部屋には鍵をつけないとね」

母はそう言ってわたしの頭のあたりの布団をぽんぽんと叩き、部屋を出ていきました。

次の日学校から帰ると、部屋の襖の外側には赤銅色の小さな部品が取り付けられていて、そこに頑丈そうな錠前がぶらさがっていました。階下から呼ばれて三畳間に行ったわたしに、母は小さな鍵を握らせました。

「夜はお母ちゃんがきちんと開け閉めしてあげるから、もう大丈夫よ。これはお前が予備で持ってなさい。自分の身は自分で守るのよ」

わたしはその足で哲治の家に行き、昨夜辛抱したぶんの涙を壜に流しました。母がくれた小さな鍵は、その日哲治にあげてしまいました。

「絶対になくさないで」

哲治は黙ってうなずきました。鍵は涙の壜と一緒に彼のズボンのポケットに落ちて、底のほうでかちゃりと小さな音を立てました。お座敷の準備で賑やかになっているだろう料亭の家に帰ることが、この日はいつになく厭わしく感じられました。

自分の身は自分で守る、そうできなかったときには哲治がいる、でももし、もしあの家に、あたしを守ってくれるべき強い男の人、例えば、お父さんがいてくれたなら——。そう、わたしはこのとき久々に父のことを思い出したのです。もし父がいてくれたなら、我が家はこんなに身動きのしづらい、他人だらけのややこしい家にはならなかったんじゃないかと、わたしはこのときになってようやく、父を心底恨んだのです。

父が帰らなくなってから、もうかなりの時間が経っていました。芳乃ねえさんのほかにこの家から消えていったもう一人の失踪者とは、父のことでした。


あの思春期のひととき、家のなかで何が最初に起こったのか、何が原因で何がその結果なのか、記憶は千々に入り乱れてしまって……正しい順番通りにはとても思い出せそうにないのです。それはわたしと哲治がラジオと決別したときのように、何かとまったく同時に起こったような気もしますし、長い時間をかけて徐々に変化していったもののようにも思えます。ですから父が完全に家に帰らなくなったのがいつのことなのか、正確にお話しすることはできないのです。

　父が九段の家に帰ってくる間隔は、一週間ごとから二週間ごと、月ごと、季節ごと、と徐々に長くなっていきました。そして今週もやはり来なかった、そういえば先週も、先月も、今年に入ってからは一度も……と遡って考えてみたときにふと、最後に父が来たのはいつのことだったのか、すっかり忘れてしまっていることに気づいたのです。それでようやくわたしは理解しました、父は二度とこの家には帰ってこないのだと。

　それに気づいたのと芳乃ねえさんが失踪して母がおねえさんたちをよそへやった時期と、どちらが早かったのか、これも判然とはしていません。芳乃ねえさんがどうこうというより、消えた父とより関連があるように思われたのは、祖父の屋敷で働いていた桜子さんでした。あの忌わしいお正月にお勝手で泣いているのを見て以来、わたしは彼女には一切近づかなくなっていたのですが、桜子さんはおそらくあれから三月もしないうちに祖父の家から放り出されてしまったようです——祖父はまったく気まぐれに、ちょっとした粗相を理由に住み込みの若い女中さんをくびにしていましたから。

　彼女の代わりにやってきたのは、桜子さんよりもっと年かさの、日焼けしてがりがりに痩せた背の高い女の人でした。不注意な失敗ばかりするらしく、お勝手からはハマさんの怒鳴り声がよく聞こえました。しかしその直後に聞こえてくるのはわたしの予想していたような悲しげなすすり泣きではなくて、ハマさんの声よりもっとこちらの神経をいらいらさせる、甲高い抗議の声でした。

威勢の良かったその人も、まもなく屋敷を去りました。新たにやってきた女中さんは桜子さんに少し雰囲気が似ているようでした。一目見て、桜子さんが昔話してくれた、面倒を見ている妹さんの一人が大きくなってやってきたのかと思ったくらいです。

「お姉さんはいますか」

彼女がやってきてしばらく経った頃、台所で一人洗い物をしているときを狙ってわたしは思い切って尋ねてみたことがあります。

「お姉さん?」

彼女はゆっくり振り向いて言いました。

「いませんけれど」

しかしながら、そう答える彼女の口元にも諭すように首を傾げる角度にも、やはり桜子さんの面影が色濃く映っているように思われるのでした。優しさと苦々しさが入り混じった遠い記憶が途端に胸に泡立って、わたしはしばらく言葉を失いました。

「そのかわり、お嬢さんと同じくらいの妹がいます」

彼女は再び洗い物を始めました。流しにはたくさんの美しいカップが並んでいました。少しも汚れているとは思えないそれらのカップを彼女は一つ一つ繊細な手つきで泡で包み、鉛筆くらいの細さの水でゆっくり流していきます。その手つきをぼんやり見ているうち、今はそんなふうに優美な仕草で洗い物をしているこの人ももうまもなく、桜子さんのように惨めに泣くことになるのだという強い予感がわたしを捉えました。

「あなたのお祖父様は……」

彼女は縞模様の布巾で洗い物を終えた手を拭きながら言いました。

「ご立派な方ですね」

わたしははっとしました。

「それにお父様も」彼女は布巾を真四角に畳んで台の上に置きました。「紳士です」

彼女は椅子に腰かけて大理石のテーブルに頬杖をつき、わたしの顔をじっと見つめました。その表情から、無邪気な桜子さんの面影はすっかり消え失せていました。

「お祖父様は、どうして立派なのですか？」

「こんなご立派なお屋敷に住んでいらっしゃるのですから、お祖父様も、お父様も、ご立派な方に決まっています」

「お屋敷とお祖父様は違います。別のものです。それにお父さんはここには住んでいません」

「へえ、じゃあどこに？」

わたしが黙ってしまうと、彼女は耳の横で軽く握っていた掌を伸ばし、細長い指で頬全体を覆いました。くりくりとした丸い目が、猫の目のようにいっそう光って見えました。

「お嬢さんは、どこに住んでいるのですか」

「家は、九段の……靖国神社の近くの……坂を上がったところにある……」

この猫の目をした美しい人に自分がやってきたところを告白することに、そして父の本当の家はここではなくそこなのだと宣告することに、わたしは体験したことのない、それゆえ防御のしようもない未知の苦痛を感じました。言葉を終えぬうちに再び黙ってしまったわたしに、彼女は親密な微笑みを浮かべて言いました。

「お父様のお顔を、もう長いことご覧になっていないでしょう」

わたしは沈黙を守りました。それは事実でした。そもそもこの日屋敷に来たのは、しばらくぶりに父への用事を言いつかったためだったのです。わたしは母から父宛の中身がわからない包みを持たされ、ただのお使いとして、一人でそこに来たのです。強く望んでもいませんでしたが、父に直接包みを渡すことは叶いませんでした。台所に入る数分前、「お話し中です」という理由で包みはハマさんの手に渡り、彼女から書斎にいる父に手渡されることに決まってしまったのですから。

「毎晩このお屋敷でお父様のお部屋を整えているのは、あなたのお母様ではなく、ほかでもない、わたくしなのですよ」

後ろのほうでかたんと音がして、何か灰色の動くものが視界の隅に映りました。その灰色のものはわたしの靴下履きのふくらはぎにかすかな風を与え、彼女の膝の上に乗りました。

「お嬢さんは、まだどなたかに恋されたことがないでしょう。でもきっと、そのうちこんな気持ちがわかるようになるでしょう。それは学校でするお勉強なんかより、ずっとずっと良いことですよ。わたくしはそんなもの、ろくにしませんでしたけど」

　彼女は膝の上の猫を撫でながら言いました。猫はその丸い頭を彼女のエプロンの腹にこすりつけてごろごろ喉を鳴らしています。彼女は耳と耳のあいだの窪みからふさふさしたしっぽの付け根まで撫で、そして再び耳と耳の窪みを目指して毛の流れに逆らって撫でました。その仕草は、さっきのカップを洗う仕草とは打って変わって下品で慎みのないものに見えました。

「あなたは……」

　彼女は微笑んでいました。細くなった目が、ぞっとするほど光っていました。

「あなたは、お父様に似ていませんね」

「そんなわけ、ありません！」

　わたしは台所を出ていこうとしました。ドアの取っ手をつかんだ瞬間、下方に真四角の小さな窓のようなものがついているのが目に入りました。その窓が向こうから押され、もう一匹、さっきよりもっと肥った灰色の猫が台所に入っていきました。「ピーター」猫を呼ぶ声が後ろから聞こえました。声だけは、やはり桜子さんにそっくりでした。

　恋という言葉と、それが人の心に引き起こす作用にわたしが何かよからぬものを感じ取るようになったのは、おそらくこのときからなのです。

秘密めいた彼女の言葉は湿った紙の上に高いところから垂らされた墨のように、わたしの心に奇妙な形の染みをつけました。それはいくらこすっても消えず、それどころかますます薄汚く広がって、こすったぶんだけひりひりとした痛みが増していきました。

　わたしは自分を戒めました、恋というものは幼い頃に想い焦がれていた甘く優しい夢ではないのだと、それは傾けた硯（すずり）から流れる墨のように清らかなものを好き放題に汚してまわる、しごく迷惑な心の一作用に過ぎないのだと。

　この日屋敷から家に帰っても、母は父の近況など一言も聞きませんでした。それに続く日々のなかでも、まるでそんな人など最初からいなかったかのように、母もわたし自身も、父のことを決して話題にしませんでした。時々ふと思い出される父の姿は薄めた墨の風呂から上がったばかりのように濃い灰色をしていました。それもきっと恋の作用だったのです、灰色に染まって背中を丸めている父は、惨めで哀れでした。

　ですからわたしは、誰のことも恋しませんでした。そうする代わり、哲治と自分を結びつけているこの世で唯一清らかなもののようにも思える名前のつかない優しい気持ちを、あの悪しき墨から必死で守ろうとしていました。

　哲治と一緒に飯田町の操車場を眺めたり地蜘蛛の巣をつついたり哲治の前で気のすむまで泣くこと、それは恋などというものより、ずっと価値のある何かでした。それは誰の心も汚したりはしません、それは完全にわたしたち二人だけに等分された時間と気持ちであって、ほかの誰の役にも立たないし、誰の毒にもならないのです。

　少年少女が哀れなほどに惑わされるはずのあの思春期特有の情熱は、二人を避けて通り過ぎていきました。わたしたちは静かに混乱していましたが、その混乱も二人の沈黙をかち割って、破片を舟としてわたしたちを個々に押し流すほどのものではありませんでした。青草の茂みに滞った水流に並んで身を浸すような長い長い時間のあと、ある晩わたしたちを唐突に分かつことになったのは思いもかけない別のもの、それはつくづく因果なことに、あれほどわたしが忌み嫌い、警戒していた——恋というものにほかなりませんでした。

7

　そもそもの始まりは夏の暑い盛りのこと、わたしはもうひと月ほどで十六歳になろうとしていて、相変わらず起きているあいだは笑ったり歌ったりしているより上下の歯をかみしめ顔をしかめている時間のほうがずっと長い、偏屈で気難しがりの少女でした。

　以前には行き合うたび「八重のちい坊」にちょっかいを出してきた箱屋のしげさんからもこの頃にはすっかり煙たがられてしまって、通りですれ違っても彼はわたしと目を合わせようともせず、あらぬ方向に向かってたいして意味もなさそうな言葉をぶつぶつ独りごちているだけでした。しげさんだけではなく、母と仲良くしていた近くの料亭や置屋のおかあさんも、そこにいる芸者のおねえさんたちも同じです。通りで出くわすことはあっても、彼女たちはわたしに気づいた途端それまでの表情をむっつりと不機嫌そうなお面で隠し、道の反対側をそそくさと歩き去っていくように見えました。原因はわたしにあったのかもしれません、というのも、九段の人々に向けるわたしの凝視は数年をかけて日に日に意地悪く、子どもらしからぬ嫌みなものになっていったのですから。

そのように見つめられたなら血気盛んでない人なら誰だって、同じ視線で対抗するよりそこに相手が存在しないかのように振る舞うことを選ぶでしょう。

ただ正直なところ、わたしはこの近隣の人たちの態度に対してほとんど爽快な気持ちを味わっていました……彼らがそうするのは、わたしを軽んじているのではない、わたしを恐れているからなのだと。自分の境遇に漠然とした恨めしさを感じている十五歳の少女にとっては、この種の優越感はひとときだけでもその惨めさを忘れさせてくれるものだったのです。

高校の夏休みが始まって以来、わたしは毎日朝食をとるとすぐに麦わら帽子をかぶって外に出て、人気のない千鳥ヶ淵の木陰に日がな一日座っていました。しかつめ顔の頭上を太陽が一日かけてゆっくりと横切っていきました。時折一人でそうしていることがたまらなく寂しくなり、どこか自分と同じくらいの年頃の人がいる盛り場に行ってみたくなるのですが、高校の数少ない友人はみな部活動に夢中でしたし、とっぽい大学生たちがたむろしているような暗いジャズ喫茶店に一人で入るような勇気もありません。できることといえばせいぜいお濠を丸の内方面に向かって半周し楠公の像のところまで行って、その近くの木陰に腰を下ろしてみることくらいでした。

家から持ち出した缶入りのオレンジジュースを飲みながら、まるでそれがその場で自分一人のみに与えられた特権であるかのように、わたしは広場を行き交う万物の影の形をじっと眺めていました。やがてそれにも飽きてしまうと、退屈を少しでも紛らわすため低い草の間にのぞく灰色の土を唾で湿らせた指で少しずつ穿り返しては埋めていきました。蟻んこや名前も知らない小さな虫が土と一緒に爪の奥に入り込んでしまうこともありましたが、依怙地になって夕方家に帰るまで一度も手を洗いませんでした。わたしがこの世で唯一隣にいてほしいと願う人物、それなのにわたしをここに一人置きざりにしてどこかの調理場で皿洗いをしている、あの無口で辛抱強い相棒を恨めしく思いながら……。

　こんな日が夏休みじゅう続くのだとしたら、この猛烈な暑さと退屈は確実に地表に堆積し続けていずれは入道雲さえ突き抜けて夜の通い路を塞いでしまうに違いない、わたしはそう確信していました。にもかかわらず、いえ、当然といったら当然なのでしょうが、夜は毎日の終わりに必ずやってきました。

　八重は母の手によって相変わらず順調に営まれ、毎晩おおいに賑わっていました。二階の寝室には依然として外から鍵がかけられ、わたしは階下や隣室の賑わいに耳を塞ぎながら眠りに落ち……そして翌朝目を開けた瞬間から、再び暑さと退屈のなかに一人置きざりにされているのでした。

　季節がめぐるごとに尖っていく一方の潔癖のため、当時のわたしは料亭に来るお客さんたちのことを遠ざけるどころかすっかり軽蔑しきっていました。襖の向こうから聞こえる彼らのいやらしい笑い声を、おねえさんの三味線を台無しにしてしまうほどひどく音程のはずれた下手な小唄を、そしてお手洗いの向こうで大袈裟にえずく音を、心底疎ましく思っていたのです。

　あちこちから少しずつ継ぎ接ぎしてきた耳学問で、どうしてこの料亭に客用の浴室があるのかも泊まっていくお客さんが何をしていくのかも、この頃のわたしはちゃんと知っていました。ですから余計に、一刻も早くそこを出ていきたくて仕方がありません。

　ある日の朝お手洗いの白い便器のふちに貼り付いた縮れ毛を目にして以来、わたしはお座敷だけではなくそこでも何か不潔なことが行われているのではないかという考えを起こしてしまい、お客さんたちと同じお手洗いを使うのがどうにも我慢できなくなりました。この家の人だけが使えるお手洗いを作ってくれと懇願しましたが、「御不浄が二つもある家なんて聞いたことがない」と母は聞く耳を持たないのです。

「作ってくれないのなら、裏庭でする」

　わたしはそう食い下がりましたが、母は「馬鹿だね、お前がそうしたいのならそうしなさい」と言い放ち手元の伝票を繰っているだけでした。おそらく、娘が口先だけの最後の切り札としてそのような突拍子もないことを言い出したものと合点したのでしょう。実際それは切り札でもなんでもなく、現にわたしは数年前から夜の用は裏庭で足していたのですけれど、もしこのとき真実を告げたなら母はどれほど呆れ返ったことでしょう。必要以上に母を失望させることはしたくありませんでしたので、わたしは裏庭での用足しが公式に認められたというだけでその日は満足せざるを得ませんでした。

しかしながら、性的な嫌悪感のためにますます鋭く研がれつつある十五歳の少女の痫性が、その程度のことで収束するはずはありません。

その晩、母が自ら許可を下したのだからと半ば当てこすりのような気持ちで、わたしは裏庭で用を足すついでにわざとお座敷の前の庭を通ってやろうという悪戯心を起こしました。もしこちらの姿がお客さんの目に入りそれがもとで座の興がそがれたとしても、母がわたしを責めることはできないでしょう、なぜなら母は「お前がそうしたいのならそうしなさい」と確かに言ったのですからね！　わたしは大人たちのいやらしさにはたいそう敏感であった一方、自身のそれに関してはいつだって無自覚だったのです。

中庭に面しているお座敷の障子は体半分ほどの幅に開けてありました。いざとなると堂々とそこを横切ってみるほどの度胸はないわたしは、暗がりの草の茂みにしゃがみこんでなかを窺ってみることにしました。小さい頃から決してお客さんの前には姿を現すなと言われ続けてきたのですから、こんなに間近にお座敷の様子を目にするのは初めてです。数分も経たないうちに、わたしはどうしてか、首の後ろあたりがぞくぞくするような不思議な快感を感じ始めていました。障子の隙間からは、一つ筋向こうの松本屋の渚ねえさんと小夜ねえさんがワイシャツ姿の肥った男の人の両隣で徳利を持って控えているのが見えます。それから間もなく踊りが始まり、それが終わるとまたしばらく酌が続き、今度は「とらとら」が始まりました。恰幅のいい立派な男の人がさも得意げに四つん這いになったりへっぴり腰でおばあさんのポーズを取ったり、それで勝っただの負けただの、罰盃のたびにお猪口からお酒をこぼして大騒ぎしているのはまったく子どもじみていておかしな光景です。やがてそれを覗き見ている自分自身までもが馬鹿馬鹿しくなって、わたしはようやく二階の部屋に引き上げました。あんなのはもうたくさん！そのときは確かにそう思ったはずでした。にもかかわらず、わたしは翌日からも裏庭で用を足すたび、半ば義務感のようなものにかられてお座敷を覗き見るようになったのです。

そこから得られるものは後ろめたさと苛立ち以外に何もないことはわかっていましたが、一度茂みにしゃがんでしまうとなかなか立ち上がれませんでした。湿った夜気が軟膏のように肌の上で溶け、体内に沁み入っていくのが感じられました。

わたしはごく一部の例外をのぞき、ほぼすべてのお客さんについて、自分の勝手な審美眼に従って容赦ない判断をくだしていきました。大はしゃぎしている立派な男の人たちに向かって、空想のなかだけでも大鉈を振り下ろして彼らの無様さを罰してみるのは爽快なことでした……もし本当に手に鉈があったならばそれはいつも血だらけだったでしょう。そしてその湿った感触を想像しながら周りの雑草を引っ張ったりつぶしたりしていると、完全に清潔であるとは言えないこの我が家に対するうっぷんが、とても一時的なものなのですが、かすかに、しかし確かに晴れるような気がしたのです。

庭の茂みのなかから見える光景はいつ見ても同じようなものでした。紙芝居のように毎回決まった流れを繰り返すだけ、おねえさんやお客さんがただ入れ替わっていくだけです。披露される唄や踊りや三味線には、もちろん多少の違いはありました。でも途中で投げられるからかいの言葉やそれに切り返すおねえさんの言葉、たしなめる大きいおねえさんの言葉は、台本が用意されているかのごとくそっくり同じなのです。お客さんと「金毘羅船々」で遊んでいるおねえさんが徳利の袴を持ち上げる順番でさえ決まりきっているように見えましたし、罰盃の回数もまったく変わらないように見えました。本当に、陰からこっそり覗いているわたしのために、皆が口裏を合わせてそんな舞台を演じてくれているのだろうかと疑ってしまうくらい……。

芸事にはすっかり興味を失っていたわたしですが、それでもおねえさんたちの小唄や踊りには、時折時間も忘れて見入ってしまうことがありました。とりわけ上手な人を目にすると、どうして自分はあんなにも軽々とこの道を諦めてしまったのだろうと暗闇で唇を噛んだものです。そしていかにもお客さんの前で踊り慣れていない半玉さんをお座敷に見つけると、彼女が何かへまをしでかさないか、自分のことのようにはらはらしました。時には、何かの用で不意に座敷に入ってきた母がお客さんに囃し立てられて一曲歌うこともあります。そんな雰囲気になると、わたしは唄が始まる前にさっさと梯子の下まで戻って部屋に引き上げることにしていました。「勘弁してくださいな」と言いながらもどこか物腰が緩慢になる母の姿を目にすると、お座敷に飛んでいってそのうっすら赤く染まった耳朶を思い切り引っ張ってやりたくなるからです。

夜毎にそんなことを繰り返していたのですから、最初の悪戯心を起こしてから半月も経たないうちにわたしはすっかり覗きの熟練者になったつもりでいました。わたしは常に優位にあって、その場にいる誰からも決して認められず、それゆえたった一人の勝者でした。見つかるかもしれないという恐れなど、もう一瞬たりとも胸をよぎることはなかったのです。

　ですからその晩、「きみ」と呼ぶ声が聞こえたときもまるで意に介さず、草むらのなかで頬杖をついたままでした。

「きみ、きみ」

　さわさわと草が揺れてこすれる音がすぐ近くで聞こえたときには、もう遅かった！重みのある掌がわたしの肩を摑んでいました。

「何をしているの」

　声の主はわたしの肩を摑んで体を反転させ、同時にこちらと同じ低みまでその大きな体をかがめました。暗がりのなか障子越しの薄明かりに照らされ、不思議に緑がかって見える二つの瞳がわたしをじっと見つめていました。

　生まれてこのかた感じたことのない恐怖に体を凍らせながら、それでもわたしはその二つの瞳をとてもきれいだと感じました。

「何してるの」

　彼は肩に置いた手を一度離し、それから再び、今度はより軽く、より顔から遠いところに置き直しました。彼は微笑んでいました。

「怒られると思ったの？」

わたしは首を縦にも横にも振ることができません。

「僕は怒りませんよ」

そう言って彼は肩から手をはずし、しゃがんだまま少し後退しました。おかげで瞳だけでなく、彼の全体を眺めることができました。

彼は白いシャツに白いズボンを穿いていました。手には何も持っていないようです。髪の毛はお座敷でよく見る若い男の人のようにポマードでぺったりさせてはおらず、横に自然に流してありました。さっきまで走ってでもいたのか、風を含んだその髪の感じは、昔祖父の家に遊びに来ていた外国人のお友達の巻き毛と似ていました。切れ長の目は優しげで、眉は太く長く、定規を使って描いたような二等辺三角形の鼻の下にはいかにもふざけ好きな感じの薄くて横に長い唇が半分開いていました。

「この家の子？」

彼は障子のほうを指さして言います。わたしはここでようやく、顎を少しだけ動かしてうなずくことができました。

「見てるのかい」

彼は首を傾げて、かすかに口の両脇を吊り上げてみせました。その少しユーモラスな表情も、わたしは美しいと思いました。はい、と口を動かしましたが、声にはなりません。唾を飲み込み唇を湿らせてやっと、はい、と辛うじて聞きとれる音が出てきました。

「おもしろい？」

「……いいえ」

「じゃあどうして見ているの」

わたしは答えを探しました。しかし口をついて出たのは、またしても「いいえ」というつまらない言葉だけです。

「わかったよ」

彼は笑って立ち上がりました。それで気づいたのですが、彼はびっくりするほど背の高い人でした。見上げると首が後ろに折れてしまいそうで、わたしも一緒に立ち上がりました。

「いつもここから見ているの？」

首を縦に振ると、「一人で？」と彼が聞きます。

「はい」

「毎晩？」

「はい」

「じゃあ明日も？」

「…………」

彼はやや表情を改めて「明日もきっとそうだね」と言い足しました。そしてわたしを草むらに一人残して庭を堂々と横切り、通りに出ていってしまったのです。

次の瞬間、いったいわたしの心には何が起こったのでしょう！

突如空の高いところに向かって叫び出したい衝動に襲われ、わたしは必死で口を押さえました。すると今度は足の裏のほうから地面が波打つようなものすごい震動がやってきて、弾丸のように隣の三河さんのお手洗いに向かって走り出すと、誰かがなかに入っているのかも確かめず思いきり引き戸をひいて飛びこみ、叩きつけるように戸を閉めました。バンと大きい音が鳴って鍵の一部か何かが吹っ飛びましたが、それにはかまわず何度も戸を開けたり閉めたりして、わたしはそうすることで自分のなかに生じた危険な圧を排出しようと必死でした。母屋のほうで物音が聞こえた気がして慌てて家に戻り部屋に上がりましたが、布団に寝転がってみても動悸はいっこうに収まりません。頭が痛みました。出血しているのではないかと何度も頭に手を当ててみましたが、湿り気はどこにも感じられず、それなのに頬を押しつけている蕎麦殻の枕はどこからか流れる液体をふくんでぬくまりどんどん肥大していくようなのです。わたしは枕を部屋の壁に向かって投げつけました。

これは何？

あの人は誰？

二つの問いかけが、一晩じゅうわたしを眠らせませんでした。

しかしながら心の深い部分はすでに理解していたのでしょう、肩に置かれたあの大きな手によって自分のこれからの暮らしがいとも容易くかつ決定的に変えられてしまうであろうこと、あるいはすでに変えられてしまったのだということを。

翌日、わたしは鶴ノ家に哲治を訪ねました。

中学校を卒業後、彼は朝に新聞配達、昼間は洋食屋の皿洗いをしながら定時制高校に通い、夏休みに入ってからは夜も知り合いの飲食店で給仕か何かの仕事をしていました。夏休みは一日働いて過ごすつもりだと言われたとき、わたしは不満を漏らしましたが、彼が自身の意志とは関係のないところでそうしないといけない事情はなんとなくわかっていました。ですから仕事の合い間の貴重な休み時間を邪魔しては悪いと思って会いに行くのを控え、彼なしで寂しく夏の一日一日を過ごしていたのです。

でもこの日だけは我慢ができませんでした。汗だくになって走っていくと、わたしは挨拶もそこそこに鶴ノ家の引き戸を開け、奥の部屋までまっすぐ進みました。部屋の襖は開けっ放しになっていて、哲治が窓辺の壁に寄りかかっているのが見えます。わたしはその前に座り、なんの前置きもなく昨晩自分の身に起こったこと、あの奇妙な邂逅のなかではっきりしているところだけを哲治に話しました。話しているうちに額から再び汗が噴き出したらたら流れていきました。ここ半月、夜になると用を足すために梯子で庭に降り、ついでにお座敷をこっそり覗き見ていたことも正直に話しました。

すべてを共有すること、哲治とわたしの関係においてはそれが何より重要でした。でもこの日はとにかく、わたしは昨晩の出来事を誰かに話したくて仕方がなかったのです。

あの人の目、あの人の髪、あの人の声……それらはすでに、直後にやってきた得体の知れない衝動の波によって遠くへ押し流されてしまいました。ところが一夜明けても間欠的に湧き起こる激しい胸騒ぎは、とても一人で持ちこたえられるものではありませんでした。

わたしには助けが必要でした。そしてわたしが心から助けを求めたいと願う人は、いつだって哲治一人だけなのでした。

「どう思う？」

話しているあいだ、哲治は壁に寄りかかったまま団扇を膝の上でぶらぶら揺らしていました。団扇には派手な胃腸薬の広告が印刷してありました。竹ひごの隙間に穴が空いているところがあり、そこから哲治が着ている袖なしシャツの白がちらちらのぞきます。

哲治の顎には剃刀(かみそり)でできた小さな傷が点々とあり、その赤く短い線がまだ幼さの残る彼の顔に妙にちぐはぐな印象を与えていました。とはいってもこの頃の哲治はわたしより頭一つぶんほど背が高く、そのぶんもともとの骨格が目立つようになってきて、少なくとも外見的にはかつての似姿が嘘のようにわたしたちはちっとも似ていませんでした。

「ねえ、どう思う？」

わたしは額の汗をぬぐって、もう一度聞きました。哲治は団扇の柄を持ち直し、こちらに風を送ってくれました。

「作り話みたいだよ」

わたしはその返事を大変な感嘆の言葉として受け取り、耳を綿毛で撫でられたかのような懐かしいくすぐったさを味わってから、すぐに考え直しました。

「作り話みたいって？」

「それ、本当なの？」

「もちろん本当よ、全部本当よ。作り話みたいだけど本当にあったことなのよ。でも信じられる？」

青年らしい鋭利な骨格に収まるにはまだ少し優しすぎるような目をこすって、哲治は「信じるよ」と言いました。その瞬間、彼を措いて本当の友達と呼べる人はほかに誰もいない、この人以外には絶対にありえない、という実感が心の奥底からそれまでにないほど強く湧き上がりました。

頰に当たる風が少し弱まったのを感じながら、わたしは「どうすればいいのかしら……」とほとんど自分自身に向かってつぶやきました。

「また来るの、その人？」

「さあ……わからない……」

畳の上に扇状に広がる青いスカートのひだに目を落としたまま、わたしはしばらく無言でいました。油蟬の声だけが部屋に満ちていくなか、わたしの心はばね仕掛けの人形のように何度も何度も勢いよく飛び出しては、昨晩の暗い草むらのなかに彼の瞳を捕まえにいきました。

「でもきっと、来ると思うの……」

ようやくそう言い足したとき、スカートの周りには生け捕りにした彼の瞳が何十個と転がっていました。これだけのかたをとっているのだから、彼がそれを取り戻しにこないはずはない！　確かにそう思えたのに、「じゃあ今日も来るんだね？」そう哲治に聞かれると急に自信がなくなって、強くうなずくことができませんでした。

うつむいて爪で畳を引っかいているわたしの代わりに答えてくれたのは、哲治自身でした。

「きっと来るんだね」

はっとして、わたしは顔を上げました。哲治も爪で畳を引っかきながら、小さく繰り返しました。

「きっと、今日も来るんだね……」


その晩わたしは自室の時計で時間を確認し、昨日の夜とだいたい同じ時間に梯子を降りていきました。そして庭の草の茂みにしゃがみこみ、彼を待ちました。

約束などしていないのに、彼は必ず来るとわたしは確信していました。だってそれはわたし一人の確信ではなくて、哲治の確信でもあったのですから。そして彼はもちろん、その確信に応えてくれました。

障子の隙間から、彼はわたしを見つめていました。同席のお客さんもお酌をしているおねえさんたちも、誰もそれには気づきませんでした。わたしはその視線におずおずとした微笑みで応えました。暗闇にいるこちらの姿が見えるはずはないのに、彼はまったく正確に、同じぶんだけの微笑みをわたしに返してくれました。おねえさんの踊りが始まる前、膳の縁にかけた彼の右手が軽く上に払われたのを合図にわたしは部屋に引き上げました。布団に横たわってもしばらく胸がどきどきして、心臓のあたりをずっと押さえていましたが、そこを押さえている手はすでに自分のものではないようでした。

翌日の夕方、わたしは再び鶴ノ家を訪ねました。そして哲治の機嫌を伺いもせず前夜の出来事を一気にまくしたてたのち、おそるおそる尋ねたのです。

「あの人、今日も来るかしら？」

「きっと……」

くたびれた、わたしの優しい予言者はそう答えました。

「きっとなの？」

「きっと……？」

「きっとだと困るの」

「そういうことなら、きっとじゃない。絶対、来るんだろう……」

このときほど哲治のことを愛しく思ったことはなかったでしょう、わたしは言いようのない感動に襲われて、哲治の首に両腕を回して抱きしめたいような気持ちになりました。改めて二人の結びつきの深さを感じながら、これからはぜんぶあんたの言うとおりにするわ、あんたが男であるという理由で我慢していたり禁じられたりしていることはぜんぶあたしがやってあげるのよ！　と叫び出しそうになりました。そしてこの健気な思いつきに目に涙を浮かべずにはいられませんでした。

感動にうち震えているわたしを尻目に、哲治はどこかおぼろげな目つきで窓辺で団扇を揺らしています。この気持ちをどうにかうまく伝えられないだろうかと思案していると、突然二階から「ボンちゃん！」と呼ぶ声が聞こえました。おねえさんが哲治のことを呼んでいるのです。ところが哲治は座ったまま返事もしません。するとまもなくおねえさんが降りてきて、わたしたちの部屋に顔を出しました。

「何よ、呼んだのにさ」

彼女は裸に薄いタオルを一枚巻いただけの恰好で、その姿に圧倒されているわたしを一瞥するとフンと鼻をならして背を向けました。それからお勝手でコップに水を一杯汲んで、また階段を上がっていきました。

こんなふうにこの家のおねえさんたちに出くわすたび、わたしは母の料亭に抱えの芸者さんたちと一緒に暮らしていた昔のことを懐かしく思い出したものです。最初は閉口したあの二階の部屋の匂いはいつしかこの家じゅうにうっすら漂っていましたが、その匂いを吸い込むたび記憶に降り積もった灰色の埃が宙に舞い散り、わたしは芳乃ねえさんの優しい眼差し、頭をそろって仰向けてお行儀よく眠っているほかのおねえさんたちの寝顔を再び見出すことができるのでした。

鶴ノ家のおねえさんは、見かけるたびに新しい顔が混じっているように思えました。わたしが訪ねる時間はたいてい二階で身支度を始めている頃なのですが、時折お風呂に行くため不機嫌そうな顔をして降りてくる姿を目にすることもありました。彼女たちがわたしに興味を持ったことは一度もないように思います。彼女たちだけでなく、この家の年老いたおかあさんからも、わたしは依然として徹底的に無視されていました。哲治と二人一緒にいるときも、おねえさんたちに見つけられ話しかけられるのは哲治だけでした。かろうじて聞きとれるその言葉も、「おかあさんは」「あれどこ」「猫が」「お湯」などという、わたしの耳には異国の言葉のように響く、分断された言葉の破片でしかありませんでした。

家のなかで見かける彼女たちは、たいていお化粧していない、浅黒い肌に骨っぽい体つきの人が多いのですが、なかにははっとするほど美しい女の人もありました。そういう人を見かけると、わたしはどうして自分はこの人を美しいと思うのだろう、どこがどのように自分やほかの人と違っているのだろうと、まるで縁日の出店で珍しい髪留めやブローチでも見つけたかのように、じっと見入ってしまうのでした。ただそうやってよくよく観察するうちに、わたしはなんとなく個々の美しさの内側に共通するものを摑み、それを言葉に置き換えて心のなかに分類できるようになりました。

例えばわたしが美しいと感じる人の多くは、少しふっくらした体つきをしています。色白であることも重要です。肌の質感としては、柔らかで艶々しているのではなく、日向(ひなた)の貝殻のように少し乾いた感触を想像させる肌のほうが、好みらしいのでした。次に多く共通しているのは、目と目の間隔が少し開いているという特徴でした。少しふっくらしていて、色白で、目と目の間隔が開いている人ならば、分類するのはごく簡単です。しかしながら、これらの特徴を備えたすべての人がわたしの審美眼にかなったわけではありません。同じような体型、肌、顔つきをしていても、やはり美しいと感じる人とそうでない人がいるのです。時には象のような大きな体をして頬に脂を滲ませ、指でつままれたような鼻のすぐ両脇に目がついているような女の人を、わたしはどうしようもなく美しく、自然界の素晴らしい神秘のように感じてしまうこともあるのです。

そういった、自分の貧弱な秤(はかり)では分類のしようのない美しい人たちの面影を、わたしは心の奥のほうに注意深くしまっておきました。そういう人たちを決して邪険に扱ってはいけませんでした。わたしにはそういう人たちこそが、この世で真に価値のある人たちなのだと思われたのですから……。

哲治の言葉通り、彼はそれからも毎晩八重のお座敷に現れ、障子の隙間からわたしにその姿を覗かせ、合図を送り続けました。

幾日か経ったある晩、彼は初めて会ったときのように突如わたしのすぐ隣に現れました。そして再び言葉を失って息をのんでいるこちらの手を取って、一言「歩こうか」と囁きました。

気づいたときには、わたしはこの秘密の恋人に手をとられて夜の街を歩いていました。時折お座敷帰りかこれからお座敷へ向かうおねえさんたちとすれ違うことがあっても、不思議なことに、彼女たちは立派な男の人に手を引かれているわたしに少しも気づきませんでした。つないだ手の感触だけでは不安になって、わたしは隣の彼の横顔を数秒見つめ何か言おうとしました。そのたびに彼はこちらの視線に気づき、拙い言葉を押しとどめるような微笑みを返しました。

空の高いところには月が出ていました。満月には左半分がやや足りない、でもとても明るい月——二人はいつしか、月の光にも街灯の光にも照らされず、夜の蜜が溜まっているだけの暗い道を歩いていました。もし目覚めたあとにそれが夢だと気づいても、わたしはちっとも落胆しなかったでしょう。もうずいぶん歩いた、これ以上歩いたなら自分はこれから一生かけて何万回という朝に背を向けて歩き続けることになるのだと覚悟を決めかけた頃、彼はふと立ち止まりました。そこは夜の空気が凝固してもっともひんやり濃くなっている一角、どこかの家の塀際に植えられた大きな欅の木の下でした。

彼は何も言わずわたしを強く腕に抱き、唇に接吻しました。

接吻のあいだも彼はじっとわたしの顔を見つめ続けていました。目をつむるべきなのかそれともこのまま彼を見返すべきなのか、迷っているうちに彼の形の良い鼻がわたしの丸い鼻をこすり、ゆっくり離れていきました。そのあと彼は少し笑って、欅の幹に背中から寄りかかり両手を頭に乗せました。

わたしは吸い寄せられるように背伸びをして、その顔に自分の顔を近づけ、接吻を返しました。

こうしてわたしはたった数日のうちに、長らくその顔を支配していたこわばった冷笑を解き、なんの屈託もなく恋に身を委ねた少女らしい少女に変貌したのです。

これが恋というものだった、千恵子ちゃんやなみ江ちゃんや祖父のお屋敷にいた桜子さんの妹が言うところの恋というものに違いなかった！　それがかねてから危惧していたように自分の心に悪しき作用を及ぼす気配をまったく見せないことに、わたしは拍子抜けする思いでした。それは世界を墨色に染め上げるものではなく、反対にすべての遠近感を無視して世界の色彩を際立たせるものだったのです。

わたしは何か不愉快なものを目にしても、冷笑ではない、単純な微笑みを浮かべるようになりました。新学期が始まり教室で先生の話を聞いていても家でご飯を食べていても考えるのは彼のこと、そして数時間後の夜のことばかりでした。一度それが始まってしまうとしばらくは何も手につかなくなり、ただ目の裏側に浮かんでくる彼の面影を追い、その面影がもたらす甘い追想を一滴たりとも逃さず啜（すす）ろうと必死になってしまうのです。

そんな追想の合い間に、懐かしい女友達の顔がふと脳裏に浮かぶこともありました。かつてはどこか疎ましく感じた彼女たちの恋に対する能天気さを、わたしはこのときになってようやく愛しく思い出しました。中学校を卒業してから、千恵子ちゃんは美容師になるための専門学校へ行き、なみ江ちゃんは私立高校に通いながら家業の金物屋を手伝っていました。ばらばらの進路を選んだわたしたちは、もう昔のように打ち明け話をすることはなくなってしまいました。道で行き合ったとしても、共通の話題がなくなっていることにどちらともなく気づき、たいした話もできないまま手を振り別れを告げるだけの仲になっていたのです。ですからわたしは高校のクラスメイトの祥子ちゃんにこの恋を打ち明けようとしたのですが、自分以上に内気で引っ込み思案なところがある彼女にこんな突拍子もない話をするのは気が引けて、一人悶々としていました。あなたにも身に覚えがあるのではないでしょうか？　恋のときめきを誰とも共有できないということは、十五歳の少女にとっては恋の苦しみとはまた別の部分で心に苦しみをもたらすものなのです。

彼の名は英而さんと言いました。

英而さんは毎晩やってきました。梯子を降りていくとすでにそこでわたしを待っていることもありましたし、草むらにしゃがんで一時間も待った挙句ようやく現れることもありました。わたしたちは手をつないで夜の街を歩きました。逢瀬はたった五分程度のこともあれば長い時には三時間に亘ることもありました。

英而さんは日によって饒舌だったり寡黙であったり、そのつかみどころのない感じがわたしをさらに熱狂させました。饒舌なときの彼はいろいろなことを話してくれました。彼は伯父さんの食品輸入事業を手伝っている二十二歳の青年でしたが、仕事の話はどうも難しくてよくわかりません。わたしにやっと理解できたのは、彼の伯父さんが輸入している食品の一つにパイナップルの缶詰があるらしいということです。英而さんはときどきその缶詰をポケットから取り出し、銀色の缶切りを使って上手に開けてみせました。そして楕円形の光る石が埋め込んである小さな小さなフォークともナイフともつかないものを長い指で器用に動かし、細かく切ったシロップ漬けパイナップルの一片を口に入れてくれるのです。甘酸っぱい果実を噛みながら、わたしは幸福感から息も絶え絶えに「おいしい」と呟きました。実際そうやって食べるパイナップルは本当においしかったのです。その軽くて黄色いかけらは食べられる喜びに身をよじらせるように口のなかのあらゆるところにぶつかり、飲み込んでもなかなか舌の上から味が消えず、なんと言いますか、食べもの自体にとても惜しみない感じがあるように思いました。

英而さんはパイナップル缶ばかりではなく、ごく稀にビスケットやヌガーと呼ばれる甘ったるいお菓子を持ってきてくれることもありました。そうやって彼が運んできてくれる甘い食べものを摂取すれば摂取するほど、わたしは逆に何かに摂取されているような、そのひたすら甘い食べもの自体に吸収されていくような気がしました。実際わたしの体つきは変わっていきました……外からはそれとわからないようなところから、少しずつ柔らかい肉をつけていったのです。ただ本当のことを言うなら、わたしは同じ年頃の女の子ほどには甘い食べものに興味を持っていませんでした。つまりわたしは同じ缶詰であったら、パイナップルよりもコンビーフ缶やツナ缶のような塩気のあるもののほうが好きなのでした。

十六歳の誕生日の夜、彼は「もっとも高級な人だけが口にする」黄金色のラベルが貼られたパイナップル缶一つと、それぞれ美しくリボンで飾られた小さな包みを十六個プレゼントしてくれました。中身はすべて、当時はまだ珍しかった真っ白なマシュマロ菓子でした。わたしはなんとなく心配になって言いました。

「こんなにパイナップルだのお菓子だの、食べていたら、体に悪いんじゃないかしら……」

彼は驚いたような顔をして「どうしてだい」と聞きました。わたしは「それは、その……」と言葉につまってしまいました。具体的に自分の体のことを口にするのは慎みがあることとは思えなかったのです。

「おいしいと思って食べるのなら何も体に悪いということはないんだ、その証拠に……」

彼は自分のお腹のあたりを叩いて言いました。

「僕はこの一年ほど、ほとんどそういうものしか食べていない。でもこんなに元気なのさ」

わたしは本当に驚きました。こんな立派な男の人が、パイナップルとお菓子しか口にしないなんてことが本当にあるのでしょうか。来る日も来る日もお米や野菜や魚を食べずにすますなんて、そんなことが可能なのでしょうか。

「そのお菓子というのは、どういうお菓子なんですか？」

「うちで輸入しているクッキーや、甘い菓子パンだね。それから何より、パイナップルだよ。これは、滋養があるんだ」

「お米は食べないんですか？」

「お米より僕はパイナップルのほうが好きなんだ」

わたしは再び言葉を失って、まじまじと彼の顔を見ました。彼は本当に健康そうでした。それまでまったく考えつかなかったのですが、この彼の立派な肉体を目前にする限り、人間がパイナップルとお菓子だけを食べて生きることもあながち不可能ではないのかもしれません。自分にはごく当たり前に思えることが人によっては必ずしも当たり前ではないのだと、わたしはこのとき初めて知りました。

「きみが僕と一緒になったら、毎日そういうものばかり食べて暮らすことになるよ」

彼はそう言って笑いました。途端にパイナップルの問題など、どこか遠くへ吹っ飛んでしまいました。きみが僕と一緒になったら。わたしはその言葉だけを強く頭のなかに留めたのです。

彼はわたしに熱心でした。お座敷のおねえさんたちのように愛嬌のある相槌も打てず面白い話もできず、身体的にもなんら艶めかしいところのない、ただひたすら若くて無知だったわたしを、まるで正当な婚約者のように扱ってくれるのです。一方で、わたしは彼がどこに住んでいるのか、昼間はどんな生活をしているのか、晩にやってくる前にどこかのお座敷で遊んでいるのか、何も知りませんでした。それにもかかわらず、この年頃に始まった恋ならば当然の成り行きですが、やがてわたしは彼との結婚を夢見るようになりました。

高校を卒業するまで、まだ二年以上もあります。でももし彼が本当に自分を奥さんにしてくれるなら、あと二年と少しで母の料亭を出ることができるのです。そのことが単調な毎日をどうにかやり過ごすためのどんなに蠱惑的な未来の像となったことか！

わたしは彼を、彼が約束してくれるはずの幸福な未来ごと恋していました。ただ時々、自分が恋すべきは彼だけであって、恋の結果の一つに過ぎない結婚生活までを最初から当てにするのは欲深いことのように思え、そのよこしまな考えを振り切ろうとすることもありました。どちらにせよ、夜の闇のなか二人きりで見つめ合っていると、今この瞬間、彼と一緒にいられることだけが最上の幸せなのだと思えるのです。過去も未来もなくなってしまうのです。ところが部屋に戻って布団のなかに入った途端、退去したはずの未来だけが戻ってきて、現実にとって代わるのでした。ずっと昔に母と幻の父の物語を想像したように、わたしは自分と英而さんとの未来の物語を想像しようと試みましたが、それはうまくいきませんでした。わたしはおそらく、人として生まれながらに備えられた大半の想像力を、母と父のために使い果たしてしまったのです。

ゆえに手助けが必要でした。わたしを導き、際限なく未来の優しい予言を聴かせてくれ、そしてその予言を現実のものにする力を持った誰かがどうしても必要でした。わたしは学校の授業が終わると一目散に鶴ノ家に行き、その予言者を質問攻めにしました。少なくとも哲治とそうやって過ごす数十分のあいだ、未来は幸せに染まり、不安の影はみるまに消え去ってしまうのでした。

ですからそれまで何度も繰り返していたはずの「あたし、彼と結婚できるかしら？」という問いかけに、ある日突然哲治が「そんなことは、俺の知ったことじゃないんだ」と答えたとき、わたしは本当にびっくりしてしまったのです。

「どうしたの？　急に……」

哲治は答えませんでした。冗談でも言ってこっちを笑わせるつもりなのかしらとも思いましたが、彼が冗談を言ったことなどそれまで一度もありません。わたしは混乱しました。彼はいつでも「そうだね」とうなずいて、わたしを心から安心させてくれるべきなのです。

「そんなことは、俺の知ったことじゃないんだ」

哲治はもう一度言って、目を伏せました。

「どうして、そんな意地悪言うのよ……」

言い返すのがやっとでした。哲治は目を合わせてもくれず、ただ畳の上の一点を見つめているだけです。藪（やぶ）から棒の無関心と素っ気なさにわたしの心は急激に冷えていき、そこから締め出された温かさが涙となって目のふちに噴き出しました。

　そんなふうに哲治の前で泣いたのは、久しくなかったことでした。ところが哲治は依然として目を伏せたまま、あの壜を取り出す気配もまったくないのです。

「あたし、泣いてるのよ」

　訴えると、哲治はようやくこちらに目を向けました。ちょうど涙の一粒が頬を伝って畳に落ちていきました。

「どうしてあれを出してくれないの」

　泣きながら言いましたが、哲治は格別の素っ気なさで「あの壜は、もうないんだよ」と言い捨てるだけです。

「ないですって?」

　哲治は浅くうなずきました。

「たくさんあるって、言ったじゃない」

　彼は目をそらして、窓の外を見ました。

「でももう、ないんだ」

「どうして?」

「ないものはないんだ」

「嘘!　あたしが死ぬまで毎日泣いたって、足りなくなることはないって、前に言ったじゃないの」

　哲治は何も言いませんでした。わたしは一瞬はっとして、自分がぽたぽた涙をこぼしているのも忘れてその横顔に見入ってしまいました。なぜならこのとき哲治は、唇を強く結び何度もまばたきをし、肩を細かく震わせ、今にも泣き出しそうに見えたのです！

わたしは彼に近づいて、肩にそっと触れました。哲治はその手を振り払い、両耳を押さえるように頭を抱えてこちらに背を向けました。

「何よ」

ひどく侮辱されたように感じたわたしは、即座に立ち上がって抗議しました。

「今さら知ったことじゃないなんて、そんなの無責任だわ」

哲治は頭を抱えたままでした。

「ぜんぶあんたが言ったんじゃないの、あんたが、あの人はきっと来るって言ったから、あの人は本当にあたしのところに来たんじゃないの。あたしとあの人は結婚するのかしらってあたしが前に聞いたとき、あんたは確かにうなずいてそうだって言ったんだから、あたしが同じことを尋ねたときには決して答えを変えちゃいけないのよ、それであんたがそう言うからには、あたしは絶対そうしなきゃならないのよ！」

興奮に任せて叫んでいるうちに、自分の言っていることがよくわからなくなりました。哲治はさらに深く腕のなかに顔をうずめ、吐き出した言葉は何一つその耳に触れさせてもらえないようでした。

わたしは急に居たたまれない気持ちになり、再びお互いに優しい気持ちを取り戻せることを祈って、今度は指先だけでその肩に触れてみました。

「哲治、何か言ってくれないの？」

「あんたは、俺に何を聞いてるんだ？」

　哲治は頑なに顔を隠したまま、それ以上何も言いません。「そんなに頭を抱えたら、まるごと体に飲まれてしまうでしょ！」わたしは叫びたかったのですが、二階から誰かが降りてくる気配を感じて黙ってその場を立ち去りました。

　外では雨が降っていました。

　向こうから鼠色の傘を持った誰かが近づいてきました。わたしはわざとゆっくりと、一歩一歩踏みしめるように家に向かって歩き始めました。八重の門に辿りつく頃には全身びしょぬれになっていましたが、待っていた後ろからの足音はついに聞こえてきませんでした。


　わたしが初めて約束を破ったのは、この雨の日の晩のことです。

いつもの時間に梯子を降りるために布団のなかで体を起こしてすぐ、開いた窓から英而さんの姿を目にしたとき、わたしはそれがとうとう自分の身に起こることを覚悟しました。

　彼は窓枠をつかむと一瞬こちらに背を向け、後ろ向きに部屋に入ってきました。わたしは布団に体を起こしたまま彼を待ちました。英而さんは微笑みながら隣に座りこむと、右の頰にそっと接吻をして、わたしの体を布団の上に横たえました。大きな体は濡れていて、外では雨が降り続いていることがわかりました。隣の部屋からはおねえさんとお客さんたちの笑い声が聞こえていました。彼はわたしの浴衣を脱がせ、平らな胸やお腹に接吻していきました。それからわたしをうつぶせにすると、背中やお尻に接吻しました。「やめようか」わたしの背中に体を伏せて、彼は後ろから囁きました。わたしは「いいえ」と震える声で答えました。彼は続けました。

すべてのことが済むと、英而さんは耳元で永遠の愛情を匂わす言葉を呟いて、梯子を降りていきました。

わたしは布団のなかでこみあげてくる涙をじっとこらえていました。なぜならわたしは決して、一人で泣いてはいけなかったからです。わたしの涙はすべて、哲治のポケットにあるあの小さな壜に落ちていくべきだったからです。

それなのにこの晩のわたしは、とうとう涙を我慢することができませんでした。最初の一粒が流れてしまったら、あとは止めようがありませんでした。

二人の秘密の約束をそうして自分一人であっけなく破ってしまったことが悲しくて、そして一人で泣くこと自体の寂しさに震えてしまう自分が情けなくて、わたしは長いこと泣き続けました。

窓の外で物音がするたびにはっと息をのんで顔を上げましたが、待っていた人の影はいつになっても現れませんでした。

8

あの晩以来、英而さんは以前のようにわたしを夜の街には連れ出さなくなりました。代わりに週に一度——決まって木曜日の夜、料亭の二階の寝室に梯子で登ってきて、その体を小さな竜巻のようにわたしの布団のなかに滑り込ませました。事が済むと英而さんはその接触の痕を示すものをほれぼれするほど手際よく、すべて元通りにします。わたしはそれが寂しくて「もう少し一緒にいて」とお願いすることもありましたが、彼はそっと微笑むだけでした、「お母さんが戻ってくるよ」と言って。

わたしはたいていそれで黙ってしまうのですが、時には窓辺に現れた彼が自分を抱えて体を揺すり始めた途端、まもなく訪れる別れの予感にたまらなく寂しくなって、涙を見せて懇願することもありました。すると彼は事の始末をしてからもいつものようにすぐには起き上がらず、小声でお話を聞かせてくれました。東南アジアの国々にあるパイナップルの缶詰工場のことや、缶詰の技術を発明した外国の偉人たちのこと、調理、注液、脱気、殺菌などという製造工程なんかのことを……。恋人同士の行為のあとにどうしてそんな話をするのかさっぱりわかりませんでしたが、いとしい人との時間を一分でも増やすためわたしは熱心に相槌を打って夢中で聴きました。眠気に誘われて少しでも反応が遅れると、彼は目ざとくそれに気づいてさっと起き上がってしまうからです。ところがどんなに努力してみても、最後には彼は必ずわたしから離れていきました。

黒々とした髪の毛を風になびかせながら窓から去っていく英而さんの姿を見ていると、昔、千恵子ちゃんやなみ江ちゃんとキャラメルの券を集めてもらった、どこか遠い国の童話の本を思い出しました。あの本のなかのどれかに、確かにこんなふうな場面——近い日にまた来るよと言って去っていく王子様を見送る寂しい娘の場面——があったように思うのです。一人ぼっちの部屋の暗闇で目を閉じると、少し前まで触れていた彼の二の腕や背中の筋肉や、指の先でどこまでも探っていけそうな豊かな髪の毛の感触が目の裏にまで熱を持って甦りました。そうなるとわたしは自分が朝までには視力を失ってしまうのではないかと怖くなって、再び目を開け暗い天井にこびりついた夜が更けていくのを眺めていました。

この頃、お座敷の片づけを終えた母が寝室に入ってくるのは三時や四時だったと思います。その時間にはもちろん、わたしはぐっすり寝ていなくてはいけません。ところが英而さんを迎えた晩は、この恐ろしさと生々しい恋の動悸のためにちっとも寝つけないのです。ですから疲れた母が隣の布団に身を横たえたら、できるだけ自然な呼吸を心がけ、上手に寝たふりをしなくてはいけませんでした。横から深い寝息が聞こえてきても母は実は起きていて、娘の顔を凝視しそこに恋の痕跡がないかじっくり検分しているような気がして、わたしは目をつむったままどきどきしていました。今日こそ母は布団越しに背中を揺り動かし、事の真相を話すよう迫るのではないか、そう思うと醜態をさらす前に自ら一切を打ち明けてしまいたいような気にかられたものです。

しかしどれだけ体を硬くしても、聞こえてくるのは穏やかな寝息ばかりでした。幼い頃とは打って変わって気難しがりのだんまり屋になってしまったこの娘に秘密の恋人がいることを、果たして母は本当に知らなかったのでしょうか、それとも知っていて何も言わなかったのでしょうか？　どちらにしろ、母が昔のように彼女自身の「格別な」思い出を語ることはもうなくなっていました。ちゃんと眠れているかと隣の布団から声をかけてくれることもなく、一度眠りこんでしまえば人形のように朝まで眠ったままなのです。

わたしは時間になると母のつかのまの休息を妨げないよう静かに体を起こし、部屋を出て、住み込みのクニさんが作ってくれる朝食を食べました。家を出る直前、階段を登って襖越しに「行ってきます」と声をかけてみるのですが、「行ってらっしゃい」と眠たげな声が返ってくるときもあれば、何も聞こえないときもありました。

「お母さん、あたしが誰かと結婚して、この家を出ていったらどうする？」

ある日曜の昼、前夜に特別羽振りの良いお客さんでもあったのか、ひどくご機嫌な母が近くの洋食屋さんに連れていってくれたとき、わたしはそう聞きました。

「お前が？　まあいずれはそうなるだろうね」

「あたし、いつからそうしていいの？」

「何言ってんの、まったく気が早いんだね。もしお前にこれからいい人ができて、その人が飲んだくれでもなく甲斐性（かいしょう）なしでもなく、お前の面倒を立派に見てくれるって言うんなら、いつでも好きなときにそうすりゃいいじゃないの。その人が車だの宝石だのを飴玉みたいにぽんぽん買ってくれるくらいの大金持ちで、年寄りにも優しい男前だったらお母さんも嬉しいわ。でもそんな生意気は十年早いわよ」

「十年経ったらあたしはもう二十六歳なのよ？　それまで待たなきゃいけないの？」

「お前みたいなしかめっつらの赤ちゃんにはそれでも早いだろうよ」

どうしてお母さんは気づかないんだろう、娘のあたしがこんなにも、こんなにも恋をしているというのに！

白いナプキンを海老茶色（えびちゃいろ）の着物の胸に垂らした母は、娘の当惑などおかまいなしにフォークで不器用にご飯をすくって小さな口に運んでいました。わたしはこのとき生まれて初めて、この母には致命的に愚鈍な一面があるかもしれないと気がつきました。そのしかめっつらの赤ちゃんがすでに清らかな体ではないことを知らずにこんなふうに平気で軽口を叩いているなんて、なんと気の毒な母親なんだろう？　哀れな母に対して、わたしは自分がいかにも慈悲深い娘になったような気持ちで聞きました。

「お母さん、あたしがお嫁に行ったら嬉しい？」

「ああ、食いぶちが一つ減って嬉しいだろうね」
「寂しくなるかしら？」
「そりゃ、少しは寂しいだろうね」
「お母さん、あたしの旦那さんは、あたしを一生大事にしてくれる？　どこにも出ていかないで……つまり……」

母はフォークを持った手を止めました。銀色のフォークがちょうど窓から差し込む陽ざしに触れて、反射した光がわたしの目を焼きました。窓の外から子どもたちの笑い声と都電のベルの音が聞こえました。長い時間が過ぎたように思いました。

「馬鹿なこと言ってないで、さっさと食べなさい」

お母さん、あたし、立派でハンサムでこのうえなく優しい男の人と結婚するかもしれないのよ、あと二年も経ったらあたしはきれいな花嫁になって、あの家から出ていっちゃうかもしれないのよ！　そんな言葉が喉まで出かかりましたが、わたしはぐっと我慢してソースをたっぷりかけたポークカツの切れ端を口に入れました。

それからは互いに一言も口をきかずに、わたしたちは食事を続けました。

母だけではなく、どうして九段の人たちが英而さんのことを噂にしないのか、それがわたしにはとても妙なことのように、もっと言えば、不吉なことのように思えました。

夏のあいだ、二人は毎晩のように手をつないで夜の街を歩いていたのですから、噂好きの九段の人々のなかでは必ず話題になっているはずです。そしてここでは、どんな噂も当事者の耳に触れるまではその遠心力を弱めることはないのです。ところがわたしは誰からも秘密の恋人の存在をほのめかされたり、直接問い質されることがありませんでした。結局皆わたしのことなど忘れてしまったのだ、彼らには何も見えていないし聞こえていないのだ……意外なほどあっさりと、わたしは自分の消滅を受け入れることができました。「八重のちい坊」は、もう九段の人々の心には存在していないのです。目だけが肥大して声を失った幽霊がどこの男と手をつないで歩いていようが、人々はちっともかまわないのです。

それでますます周りの世界に興味を失ったわたしの心は、いつも秘密の恋人と共にありました。

わたしはもし、自分の人生にそれまで生きてきたより長い時間が残されているのなら、その時間は英而さんと共に生きるためだけに残されているのだと思うようになりました……故にこの予感に背いて彼から離れてしまったら、そこで自分の人生はぱたんと折り返され、あとは元来た道を辿って何もない真っ暗な場所に至るだけなのだと。若い頃の恋とは恐ろしいものです、それは諸々の事物に対する愛着や反抗心を根こそぎ絶やして、そこに蠟のような情熱を流し込み、恋の初心者を身動きできなくさせてしまうのですからね！

木曜の晩の逢瀬（おうせ）は相変わらず続いていましたが、体を重ねる回数が増えるにつれて、彼と離れているときの寂しさがたまらなく募っていきました。やがて、事を終えて彼を見送った途端に次の別れの寂しさが冷えた油のように未来から逆流してきて、そこへ続く七日間を隙間なく満たしていきました。どう考えても、どれほど自分に丈夫な生命が与えられているのだとしても――こんなことは長く続けられることではない、自分は彼とできるだけ長く、可能であるならば二十四時間ぴったり横にくっついて彼の影のようにして生きねばならない、わたしはそう決心しました。しかし彼がここから無理やり連れ去ってくれない限りこの家を出ていくことはできないでしょうし、もし母との縁を切る覚悟で自分から出ていくにしたって、肝心の英而さんがどこの街に暮らしているのか、わたしはちっとも知らないのです。寂しさは徐々に青みがかった濃い灰色に色を変えて、体じゅうに染み込んでいくようでした。

冷たく濁りつつある現実から少しでも逃れるために、わたしは芳乃ねえさんが残していった外国の書籍を手にとって読むようになりました。

ややこしい言い回しにうんざりして途中で投げ出してしまう本もありましたが、まだほとんど新品のようだった『ジェーン・エア』というイギリスの小説に登場する勇敢で潔癖な女主人公には強く心を惹きつけられるものがありました。生真面目で自制の利いたジェーン・エアの恋心と彼女に対するロチェスターの思わせぶりな態度に、わたしは漠然と自分と英而さんの姿を重ねながら文字を追っていたのですが、話が進むにつれ甘い感傷の代わりに腹立たしさが勝ってきて、ページをめくる仕草も洗濯籠の汚れものを扱うように乱暴になっていきました。ロチェスターのような大嘘つきの不誠実な輩など火に炙られてとっとと死んでしまえばいいのにと何度も強い憤りを感じましたが、彼は結局死にませんでした。最後に彼に示したジェーンの寛容な心も、わたしには不愉快でした。

とはいうものの、実際のところこの律儀な女主人公にすっかり感服してしまったわたしは、その週英而さんが部屋に上がってきたとき、いつもの通り黙って浴衣を脱ぐことはしませんでした。代わりに服を着たままの彼を布団のなかに入れて仰向けにし、その胸の上から彼の顔を覗き込んでみたのです。わたしは自分の最愛の恋人がロチェスターではないことを確かめなくてはなりませんでした。

「今日はおかしいな」彼は言いました、「きみ、どうかしたの?」

「教えてほしくて……」

「何を?」

わたしは一つ唾を飲み込んで言いました。

「あたしはとてもあなたを好きなんです」

彼の顔から一瞬だけ表情が消えたように思いましたが、すぐにいつもの優しい微笑みが戻ってきました。それでなんとか、「英而さんは、どうですか。嘘はなしに、あたしだけを好きですか。隠し事はありませんか」と聞くことができました。彼はわたしを胸に乗せたまま下から手を持ってきて、片方は自分の頭の後ろに、片方はわたしの頭の上に置きました。後頭部を撫でる彼の手の重みにうっとりとして、自分が今したばかりの質問を忘れてしまいそうでした。

「どうしてそんなことを聞くの？」

彼は愛撫の手を止めて、少し強くわたしの髪を引っ張りました。それは二人がもっと深い接触をしている最中に彼が好んでよくする行為です。痛みと共に肉体の記憶が心の産毛を震わせました。

「そんなこと聞くなんて……きみは僕を愛しているって言いたいのかい」

彼は髪を摑んだ手を離し、代わりに頰を優しく叩きました。それでようやく、わたしの心は外に向かって引っ張りだされました。本当のところ、「好き」なんていう子どもが使うような言葉ではなく、もっと強くてロマンチックな「愛」という言葉を使いたかったわたしは、彼が進んでその言葉を使ってくれたことで、今までになく大胆な振る舞いを許されたように感じたのです。

「ええ、愛してます。とても愛してます」

「きみは以前に誰かを愛したことはある？　つまり、僕のような男の人を……」

「いいえ、ありません」

「それならどうして、自分が僕を愛しているとわかる？」

ジェーン・エアがその雇い主を愛したように、あたしはあなたを愛しています！　すぐ下にある英而さんの夜のように大きな胸に思いきり顔をうずめると、彼はわたしの髪を強く摑んで再び頭を引っ張りあげました。

「ねえ、どうしてわかるんだ、言ってくれ」

じっと見つめられているうちに、先ほどまでの強い想いが急速に冷やし固められ、表面がひび割れていくのを感じました。なぜならその眼差しはくだらない言い訳など一秒たりとも聞かぬという凄みを持って厳しく問いかけてくるのです、ジェーン・エアの愛を知ったからと言って、どうしてお前が愛を知っていることになる？　と。

確かにわたしは、彼に対して抱いている気持ちが愛と名づけられるものなのかどうか、正確には知りません。つまりわたしは、ラジオや小説で読んだ知識をもとに、愛という言葉に今抱えている自分の気持ちを置き換えているだけなのかもしれません。ただそうすることで、この形の定まらない激しい感情を彼に、そして世界じゅうに堂々と宣言し、正当化することができるように思ったのです。

半分凍りついてしまったような舌を動かして、わたしは必死に言葉を続けました。

「でも……あたしは、しじゅうあなたのことばかり考えて、昼も夜も落ち着かないんです。勉強もお友達も、ぜんぶが遠いものになってしまって、英而さんと一緒にいる時間だけがあたしの生きている時間で……あとの時間は死んでいるのと一緒なんです、だって英而さんがここに来ることを信じて待っていることだけが……あたしのぜんぶなんですから……」

言ってしまったあと、舌の根元はさっきとは反対に焼けるように熱くなっていました。

英而さんは自分の頭の下に敷いていた手で少し額を触ってから、「そうか」とだけ言いました。そのまま長く黙ったままでいたので、わたしは再び唾で喉を湿らせ最後の勇気をふりしぼって続けました。

「だからあたしは、英而さんがあたしと同じ気持ちを持っているのかどうか、どうしても知りたいんです。もしそうでなかったらと思うと、あたしは恐ろしくって、今すぐ死んでしまいたいような気持ちになるんです」

「死んでしまう必要はないよ」

彼は手の動きを止めて言いました。

「そのことについては、今度話そう」

英而さんは額に優しく接吻すると、大きな体を巧みにしならせて窓から出ていきました。顎のすぐ下で感じていた恋人の心臓の鼓動が、本人がいなくなったあともしばらく体のあちこちで感じられました。

窓から覗く白い半月が、二重に見えました。

そのまま見つめているとそれは三重になり、四重になり、幾重にも重なったセロハン紙のように視界を覆っていき、最後には何も見えなくなりました。

それに続く数日のあいだ、ほとんど眠れずにいたわたしの顔は青白く、目の下には深いくまが浮かんでいました。

次の晩にはきっと彼に別れを告げられるに違いない、あの晩の彼の反応の薄さ、去っていくときの素っ気なさは、落胆の海を眺める断崖へわたしをじりじりと追い詰めていきました。ひどい空腹感を覚えるのに、口に運ぶ食べ物は何も飲み込むことができません。自分は余計なことを言ったのだ、こんなことになるならおかしな小説など読まなければよかった……後悔ばかりが胸を塞ぎ、ただでさえ浅い呼吸の回数も減っていくようでした。

そして次の木曜の昼過ぎ、とうとうわたしは高校の体操の時間に激しいめまいを感じて倒れ、保健室に運びこまれました。教師から早退を命じられましたが、そのまま家には帰りませんでした。昇降口で外履きに履き替えた瞬間から、わたしの足はある一つの場所以外を目指してはいなかったのです。空が高く気持ちの良い小春日和でしたが、その空気の清らかさも家の本棚に並べられた外国の小説も、きっと自分を救うことはできないとわかっていました。そう、わたしはうんざりするくらいよくわかっていたのです、この恐ろしい不安から自分を救うことができるのは、世界じゅうでたった一人、あの陰気な少年だけなのだと！

わたしはふらつく両足で空気をかき混ぜるように駆け出しました。まったく都合のいいことに、わたしはこのときまで哲治のことをほとんど思い出しもしませんでした。世界じゅうでたった一人だけの、長らく自分の分身であったはずの少年は、荒々しい恋の圧力によってずっと後方に押し流されていったものの一つだったのです。あの日哲治に罵声を浴びせて立ち去ってしまったことも、その晩約束を守らずに一人で泣いてしまったことも、自分たちは本当に分身のような二人なのだから、お互いの動揺が響き合って増強された結果あんなことになってしまったのだというくらいにしか考えていませんでした。それに先立つはずだった反省も後悔の念も、とっくの昔に遥か遠くに流されてしまっていたのです。

皿洗いの仕事が終わるにはまだ早い時間でしたから、わたしは鶴ノ家のなかに勝手に入り奥の部屋で待っているつもりでした。断りもなくあの部屋に入ったところで、誰も責め立てる人などいないのですから。そろそろと鶴ノ家の戸を開けると、わたしは形だけ一礼し「おじゃまします」と二階に向かって声をかけ、あまり音を立てないよう奥の部屋へと向かっていきました。ところがお勝手の奥の襖を開けてみると、働きに出ているはずの哲治が寝転がっていたのです。窓を閉めた薄暗がりに、哲治は小さな枕を頭に当てて眠っていました。そっと近づくと気配に目を覚ましたらしく、低いうなり声をあげて上半身を起こしました。

「ごめんね、寝てたの？」わたしは襖を閉めて、哲治の前に座り込みました。

「お皿洗いは？」

哲治は重たげな両手を持ち上げ、長いことゆっくり顔をこすっていました。ようやく手が畳の上に落とされたのちに覗いたその顔をひとめ見て、わたしはあっと声をあげました。

彼の左目のすぐ上に大きな痣(あざ)ができていました。さらに頬には、二筋の切り傷が見えました。

「どうしたの、それ?」

近寄ってその痣に手を触れようとすると、哲治はさえぎってわたしの手を畳の上に置きました。

「なんでもない」

「誰かと喧嘩したの?」

「誰でもない」

「誰でもないなんて……」

「誰でもないいんだよ」

「本当に?」

「本当に……」

最後に哲治の顔を見たのはいつのことだったか、わたしは正確に思い出そうとしました。あれはまだ夏の暑さが少し残るような日でしたから、もしかしたら二ヶ月近く、あるいは三ヶ月以上前だったかもしれません。

痛々しいその顔を見つめているうち次第に罪悪感がこみあげてきて、いっそ哲治に頭を下げて謝ってしまいたくなりました。前回の諍いについてではなく、約束を破ったことについてでもなく、その傷はこの数ヶ月間のわたし自身の無関心のためにつけられてしまったもののように思われたのです。ところがその罪悪感も、そのとき胸の内にあった不安の前では波に洗われる砂に書かれた文字のようにすぐに見えなくなりました。

「どうしたの？」

彼は体を起こして壁に背をもたせかけました。懐かしいその問いかけを耳にした瞬間わけもなく涙があふれそうになりましたが、わたしはじっと畳の目を見つめて目の奥の熱を冷ましました。もしここで泣いてしまったら、今この瞬間も背後から迫ってくる恐ろしい絶望を自ら迎え入れ、未来に修復不可能なひびを入れることになる気がしたのです。

「あたし、まだあの人と会ってるの」

「知ってるよ」

哲治は答えました。

「知ってるの？」

「ああ」

「それであたし、馬鹿なことを言ったの。馬鹿で馬鹿で、もう仕方なく馬鹿で……そのうえ怖いの」

「それも知ってるよ」

「どうしてよ、あんたが知るわけないじゃないの！」

思わずあげた大声にも、哲治は少しも動じません。

壁にもたれた彼は両手を頭の後ろにやって、お城の窓から肥沃な領地を眺める小国の王様のようでした。その姿を前にしているとお腹の底からじりじりと何かが焦げ付いていくような感じがして、わたしは早口にまくしたてずにはいられませんでした。

「あたし、あの人のこと愛してると思うの。それであたし、あの人もあたしのことを愛してるかどうか聞いたの。彼は今晩やってきて、答えを教えてくれるの。あたしはそれがものすごく怖いのよ、毎日眠れないくらい、息をするのも苦しいくらいに……あんたが今目の前にいるのと同じくらい、それは本当のことなのよ。ねえ、これまでにあんまり何かを怖がって死んじゃった人間ってあるかしら？　あたしが怖くて死んだ最初の人間になるのかしら？」

「ならないよ」

「だったらあたしはどうなるのよ、こんなに怖いのに？」

「怖がるだけじゃ、人は死なない」

それでもとても怖い、怖くて怖くて仕方ないのだと、わたしはどうにもならないことをひたすら喋り続けました。哲治に向かってこれほど長く一人で話したのは初めてだったと思います。内にある恐怖をすべて吐き出そうとしても恐怖は出ていったぶんだけ正確に継ぎ足され、なくなることがありませんでした。

そうやって夢中で話している最中わたしはふと気づきました……芳乃ねえさんも祖父のお屋敷にいた桜子さんも、そして父だって、この並はずれた恋の恐怖のために姿を消してしまったのに違いないと。すると歴代の逃亡者たちの悲鳴が今ここにある恐怖と反響して頭が割れそうになるほどわんわんと鳴り響き、わたしはとうとう我慢しきれなくなって、最後には畳の上に突っ伏して泣き出してしまいました。あなたはもう呆れているでしょうね、十代の頃のわたしは本当に泣き虫だったのです。

彼はこの日も、わたしを一人で泣かせるままにしておきました。わたしもわたしで、あの日のようにどうして壜を出してくれないのか、責めることはしませんでした。あの壜の時代はもう終わった、哲治が英而さんのことを知っているのならば、わたしがあの晩家で一人で泣いてしまったこともおそらく知っているし、それならあの壜はもう二度と差し出されることはないのだからと。

さんざん泣きわめいたあと顔を上げようとすると、頬が何か冷たいものに触れました。哲治の荒れた指先が、わたしの頬に触れているのでした。じっとしているとその指は頬の涙をぬぐい、目の下の曲線に沿って優しく肌を撫でていきました。

「あんたがそんなになんでも知ってるって言うのなら……」わたしは彼の目を見つめ、震える声で聞きました。

「哲治、あの人はあたしを愛している？」

お願い、言って！　わたしは間近に迫った哲治の黒い瞳に祈りました。そしてそっと目を閉じて、答えを待ちました。

「あんたが本当にその人のことを愛しているなら……」

その声は目の下に置かれた指先から直に伝わってくるようでした。

「きっと、そうなんだろう……」


その晩、わたしはいつもより早く床につきました。

階下の三味線、歌声、手拍子、笑い声……聞き慣れたそんな音はもう耳には入らず、わたしは自分の鼓動だけを強く感じていました。その規則正しい音は暗闇に響き渡り、鼓動というより揺れやうねりに近いものになって、家ごと薙ぎ倒してしまいそうでした。

英而さんがやってくるまで、決して眠るつもりはありませんでした。眠ろうと努力したところで、そんな獰猛(どうもう)な心臓を抱えている人間にはまったく不可能なことだったでしょう。ところが実際のところ、毎晩続いた夜明かしのためなのか、わたしは不覚にもいつのまにかぽとりと眠りに落ちてしまったのです。

夢のなかで、わたしは誰もいない灰色の浜辺に立っていました。

凪(な)いでいる海の沖から時折静かな波がやってきて、浜にレースのような模様を残していきました。ゆっくり速度を落としていく汽車の音が聞こえて後ろを振り向きましたが、そこには見渡す限り荒れた原っぱが広がっているだけです。「早くしなさい!」今度は近くから声が聞こえ、わたしは慌てて海に向き直りました。途端、空からいっせいに霰(あられ)のような小さな粒が降ってきました。体を丸めてしゃがみこみ砂の上に落ちている粒を拾って顔を近づけて見てみると、それは赤銅色をしたコの字型の金属片で、もう一つを手にとってみると、それは先端に角の丸い三角形をつけた小指ほどの長さの細い棒でした。顔を上げたとき、浜辺はありとあらゆる形の小さながらくたで埋め尽くされていました。近づいてくる汽車の音は、いつのまにか時計の秒針の音に変わっていました。ずっと握りしめていた左の掌を開くと、銀色の小さなピンセットが光っていました。わたしははっとしました――いけない、あたし、大事なところを見逃しちゃったんだ！

小さな悲鳴をあげて目を覚ましたときには、英而さんの体がすでに隣にありました。髪を撫でる指の温かさに、そして暗闇でほの明るく光る緑がかった二つの目に、わたしは痺れたように身動きがとれませんでした。

「苦しそうに、寝るんだね……」

彼の微笑みを前にして、わたしは恥ずかしくなりました。男の人に寝顔を見られるのは初めてだったのです。わたしは彼を畳の上に追い出し布団を引っ張りあげ、まだ顔に残っているはずの夢のしるしを掌でこすって拭き取ろうとしました。すると彼はその手を掴み、布団越しに接吻しました。そして自分から布団をかぶって本当の暗闇を作ると、わたしを胸のなかに抱きすくめました。

「夢を見ていたんだろう？」

声を出す代わりに、わたしはうなずきました。

「僕の夢を、見ていたんだろう？」

手のなかにはまだあの金属片の感触が残っているようで、わたしは彼の太い腿の上に掌をなすりつけました。そのまま動かずにいると、彼は髪を摑んで顔を上げさせ、指先で顎の線をなぞりました。

「かわいそうに……」

大口を開けた恐怖が、いよいよわたしを吞み込もうとしていました。彼に髪を強く摑まれたまま目をつむり歯を食いしばって、わたしはその瞬間を待ちました。

「そんなに怖がらなくてもいいんだよ。僕のために死にそうだと言うきみを、放っておけるわけなどないんだから」

さっきまで彼の指先がなぞっていた顎に、温かな唇の気配を感じました。その唇は耳朶から顎へと下りてきて、わたしの下唇を優しく嚙みました。震えながら恋人の白くて大きな歯を舌の先で触ると、突然彼は体を引き離してこちらの肩を摑み、何か熱くて分厚いものを急いで切り落とすようにまくしたてました。

「こんなことは当然のことじゃないかい？　きみのような人は僕の生涯にはおそらく二度と現れないし、きみの生涯における僕もおそらくそうなんだ。だから僕たちはどうしたって一緒にならなくてはいけない、そのためにどんな犠牲を払おうとも僕たちはそうしなくちゃいけないよ！」

一気に言い終えると、英而さんはわたしをそれまでになく強く抱きしめました。わたしも彼にしがみついて何度も何度もうなずきましたが、幸福感よりも先に心に現れたのは、南の方角に眠っているはずの幼馴染みの顔でした。哲治、あんたが男であるという理由で我慢していたり禁じられたりしていることは、ぜんぶあたしがやってあげるのよ！　いつか胸に浮かんだその言葉を、心のなかでわたしは叫びました。そして、だからあたしはこの人と一緒になるの、とも……。

それからいつもの短い行為を終えると、英而さんはこの婚約については当面二人だけの秘密にしておこうと言いました。婚約を秘密にしておくという行為自体が、わたしにとってはまぎれもない結婚の始まりでした。なおかつ高校を卒業するまでという具体的な期間の指定は、その結婚にさらに儀式的な趣を与えてくれるようにも思いました。わたしは秘密を守ると彼に約束しました。ただし一つだけ、ちょっとした例外を請うことも忘れずに。

「英而さん、あたし、ある人だけにはこのことをきっと言わなくちゃいけないと思うの」

「誰だい、それは。まさかきみのママさんかい」

彼はシャツを着ながら言いました。ボタンをかけちがえているようでしたので、わたしはそれを直してあげようと手を伸ばしました。

「お母さんなんかじゃないわ。それよりずっとずっと大事なお友達。その人はとてもよくあたしを知っていて、もう一人のあたしのような人なの。今まであたしたちのあいだに秘密なんてなかったから、内緒にしているのは具合が悪いの」

「口は堅いの？」

「それはもう、貝みたいに無口な子で……あたしといたって、ほとんど喋らないくらい」

「本当にきみが大事にしている友達ならば、それは言うべきなのかもしれないね。しかし、しっかり念を押さなきゃいけないよ、このことは絶対にほかの誰にも言ってくれるなって……」

「ええ、決して。あたしたちの命にかけて、誰にも言わないって約束させます」

窓に手をかける前に、彼はわたしを優しく抱いてくれました。窓の縁をまたいで再び二人が向かい合ったとき、わたしは愛する婚約者を一秒でも長く引き留めたい気持ちから、「その子、哲治っていうの」と言いました。

「その子って?」

「さっき話した、お友達……」

「男なのか」

「男じゃないわ。言ったでしょう、ずっと昔から一緒にいる、あたしの分身のような人なの」

「男じゃなくてきみの分身か。誇らしいだろうね」

彼は軽くわたしに接吻すると、夜のなかに消えていきました。

いつもの寂しさはやってきませんでした。もう何年もなかったことですが、わたしはこの晩、完全な安堵と幸福に穏やかに包まれたまま眠りにつくことができたのです。そしてまた、夢を見ました。

夢のなかで、わたしは先ほどと同じ灰色の浜辺に立っていました。

砂を埋め尽くさんばかりに落ちていた金属片はどこかへ消え去り、代わりに今は、小さなガラスの壜が点々と落ちています。しゃがみこんでその一つを手に取ると、あっというまに砂になって手からこぼれていきました。わたしは壜の中身をどうにか掌に空けたくて次から次へと手に取るのですが、触れるそばから壜は砂になって落ちていってしまいます。とうとう浜の壜をすべて砂にしてしまうと、わたしは裸足になって乳色がかった海に入り、炭酸水のように細かな気泡がたくさん浮かんだ水のなかに手を伸ばしました。水平線の手前から突然大きな波がやってきて、わたしの体を横倒しにして浜に打ち上げました。「一度波にさらわれたら……」濡れた砂の上で目を開けると、細い白樺の枝が二本、砂に突き刺さっていました。

「一生海のなかで生きることになるんだよ」

目覚めたとき、わたしは泣いていました。

今すぐに哲治のもとに行かなければならないと思いました。

わたしは彼に言わなくてはいけない、幼い日、長者ヶ崎の海で向かい合ったあのときから二人は本当にずっと一緒だった、でも今、とうとうお別れの時が来たのだと。自分にはもう涙の壜も優しい予言もいらないし、二人はすでに互いに寄りかかることができないくらい、手を伸ばしても捕まえられないくらい、遠いところに離れつつあるのだということを。

底冷えのする、冬の朝でした。窓から斜めに差し込む光が、反対側の壁を菱形にくり抜くように照らしていました。

わたしが実際に鶴ノ家の哲治に会いにいったのは、それから一週間も後のことです。一度心に決めてしまったことを動かすわけにはいきませんでしたが、それでもやはり、わたしはためらっていたのです。何しろその決心があまりに強かったので、今度会いにいったら、もう一生哲治には会えなくなるような気がして……。そして今晩再び婚約者がやってくるという日、ようやく覚悟を決めたのでした。

仮病を使って再び体操の時間に倒れてみせたわたしは、早退の許しをもらって鶴ノ家に向かいました。最初は重い足を引きずるように歩いていましたが、冷たい風も吹かない暖かな日で、陽光が沈んだ気持ちを少しばかり明るく透かしました。

夜にばかり会わず、たまにはこんなに暖かな日差しのなかを英而さんと手を取りあって歩けたらどんなに素敵だろう？　空想の羽を展(ひろ)げていると緊張もわずかに和らぎましたが、鶴ノ家の安普請を目にした途端に足は再び重たくなりました。相変わらず目を覆いたくなるほどの粗末な造りの家屋は、この柔らかな日差しにさえ耐えられず、口のなかで温めた息を吹きかけたらたちまち溶けていってしまいそうです。その場でしばらく逡巡(しゅんじゅん)したのち覚悟を決めて玄関の引き戸を開けると、おねえさんたちの下駄やハイヒールが山のように脱ぎ散らかっているなかに哲治の汚れた運動靴が揃えてありました。家のなかはしんと静まり返っています。わたしはその散らかりの隅に靴を脱いで揃えもせず、まっすぐお勝手の奥の部屋へと向かいました。

閉められた襖の前で祈るように「哲治」と呼びかけましたが、返事はありません。そっと襖を開けると、窓辺に横たわっている哲治とそれに寄り添う白っぽく細長いものが見えました。夢のなかで浜に突き刺さっていた白樺の枝の、もっと大きくて、もっと丸みを帯びた、柔らかな白いかたまり……。部屋の入口に突っ立っているわたしに最初に反応したのは、その白いかたまりのほうでした。それはちょうど長さの半分のあたりからゆっくりと壁沿いに折れ曲がって、「だあれ?」と声を発したのです。

窓から差し込む光のなかで、わたしはゆっくりとその正体を見定めていきました。ふっくらと色白な、そしてやや離れ目の女の人の顔が、まだ寝ぼけたような眼差しでこちらを見つめていました。

わたしは自分の名前を告げ、哲治に会いにきた旨を伝えました。すると彼女は隣の哲治の体を揺すり、「お友達よ」と声をかけました。哲治は目覚めの低いうめき声をあげて、上半身を起こそうとしています。その目がわたしを捉えた瞬間、彼の体を満たしていた眠りの潮が一斉に引いていくのが見てとれました。

女の人は体を起こして、わたしと入れ違いに出ていきました。横になっていたときは哲治より大きく見えましたが、立ってみれば哲治より、いいえ、わたしよりもずっと小さな女の人でした。すれ違いざま、この家では嗅いだことのないシャボンの匂いが鼻の奥をくすぐりました。

哲治は体をひきずって、壁に上体をもたせかけました。

「座ったら？」

おそるおそる足を踏み出すと、ぎしりと畳がきしむ音がしました。ずっと昔、初めてこの部屋に足を踏み入れて以来、一度も聞いたことのない音です。長い時間のあいだに、この畳がそれだけ古くなったのでしょうか、それともわたしの目方がそれだけ増えたということなのでしょうか？　ぎこちない動作でどうにか彼の正面に腰を下ろすと、わたしは正座した足を横にくずすような恰好で座りました。スカートと靴下のあいだの素肌に触れる畳が、ほの温かいのを感じました。

「あたし、結婚するの」

哲治は表情を変えませんでした。わたしは念を押すために、一音一音をお腹の底から出す強い息でしっかり包むようにして言いました。

「今すぐではないけど、あの人と約束したのよ」

今度は少し効果があったようでした。哲治は微笑みに似たような表情を浮かべ、「本当？」と聞きました。わたしは「ええ、ええ」と強くうなずきました。

「哲治の言うことは本当だった。あたしが真剣に彼を愛していたから、彼もあたしを愛してた。だから二人は結婚するの」

「いつ？」

「あたしが高校を卒業したら」

「まだずっと先じゃないか」

「あの人はあんたの名前だって知ってるのよ」

哲治はふん、と鼻を鳴らしました。

「でもね、このことは秘密にして。本当なら二人だけの秘密なの、でも特別にあんただから、言うことなの。誰にも言わないって約束するわね？」

「………」

「約束、するわね？」

「ああ、しろっていうなら、するよ」

「それだからもう、あたしたちは、離れ離れになるのよ」

「離れ離れ？」

「そうよ、あたしたち、今までみたいにはいられないんだわ。だけど、結婚しても、どんなに遠くに行っても、あたしは哲治のことを絶対に絶対に忘れない。あんたもそうよね？」

哲治は笑いました。珍しく、大きな声を出して。

わたしはどうして哲治がそんな笑い方をするのかわかりませんでした。でもその笑いも、長くは続きませんでした。

かなり長い沈黙のあとで、わたしは彼に聞きました。

「どうして笑ったの？」

「ごめん」

彼はいつもの無表情に戻っていました。

「さっきの人は、誰なの？」

「うちのねえさんだよ」

「どうしてここにいたの？」

哲治は目を伏せました。わたしはその顔を食い入るようにじっと見つめました。するとそこには、久しく目にしていなかったあの懐かしい表情がありありと浮かんできたのです。そう、幼い頃の彼がその小さな顔に始終浮かべていた、憤怒とも落胆ともつかない、なんとも言えないあの表情……。近づこうとすると、哲治はその表情を打ち消して言いました。

「うちのねえさんなんだから、うちじゅうどこにだっているよ」

「でもここは……」

言いかけましたが、やめました。哲治の顔には再びあの表情が浮かび、あまり強く見つめていると、視線の重さに耐えきれず溶けて流れ出していってしまいそうだったのです。今度はわたしが目を伏せる番でした。

「哲治、今日は何枚お皿を洗ったの？」

「もうあそこには行ってないよ。学校にも行ってない」

「行ってないって？」

「どっちもやめたのさ」

「やめたって？」

「やめたってことは、やめたってことだよ」

それから十分ほどかけて乏しい問答の末にわたしがようやく理解したのは、彼が高校をやめたのは夏休みが終わったすぐあとのことで、皿洗いの仕事を辞めたのもだいたい同じ時期だということでした。わたしはいよいよ二人の別れのときが近づいているのを感じながら、冷静を装って聞きました。

「じゃあいったい、毎日何をしていたの？」

「何も……」

「ここで寝てただけ？　日がな一日？　あのおねえさんと『尋ね人』でも聴いてたの？」

「そんなの、あんたの知ったことじゃないだろう」

言い捨てると彼は力なく壁からずるずる背中を滑らせていき、畳に仰向けになりました。わたしは立ち上がって彼の顔をまっすぐ見下ろしました。そして思わず自分の口を押さえました。

見下ろした哲治の顔には、前回見たときのそれとはまた異なる痛々しい傷がついていました。

額、それに顎から右頬にかけてそれぞれ人さし指ほどの切り傷があり、首元には円形の小さな赤茶色の染みのようなものが二つ見られます。わたしはついさっきまで、かつてないほど熱心にその顔を見つめていたのに、左の小鼻の脇に赤く腫れている小さな吹き出物にだって右のまぶたにひっついた抜け睫毛にだって気づいていたのに、どうしてか、その派手な傷にはまったく気がつかなかったのです。

わたしはひどくうろたえてしまい、自分が落とす影で黒く染まった哲治の顔をただ見つめていました。哲治は大きな賭けに勝った人がそこに至るまでの過程を思い出すかのように、満足気にゆっくり目を閉じました。そのとき突然、もう何年も前の冬の朝に彼に投げつけたあの不遜な言葉が頭に鳴り響いたのです。

あたしだって、あんたのことはよく知ってるんだから！

わたしは哲治をよく知っているつもりでいました。

それなのに、わたしは哲治が泣いているのを一度も見たことがありません。彼のポケットのなかに、彼自身のための壜が用意されていたかどうかも知りません。『尋ね人』を聴かなくなってからもう久しい時間が過ぎていましたが、哲治が依然として両親を探しているのか、それともすっかり忘れてしまったのか、わたしは知ろうともしませんでした。

一つ一つの仕草や沈黙に隠されている哲治自身の物語を、落丁を補って白紙に書かれるはずだった物語を、わたしはすっかり諦めてしまっていました。だからこの日から何年も経ったのちようやく後悔することになるのです、もしあの頃、早いうちに自分と哲治との関係に恋だの友情だのそんなありふれた名を与え、自身の恐怖や幸福のことばかりでなく哲治のことにもう少し心をかけていたならば――わたしはもっと違うやり方で、手遅れにならないうちに、哲治を助けてあげられたのではないかと。もし二人が本当に、沈黙だけでなくもっと多くの何かを分け合っていたのであれば、ほかの何を措いても、そうすべきだったのではないかと。

この日、傷の理由を聞くことなく哲治から離れ部屋を出たわたしは、呆然としたまま玄関に脱ぎ散らかされた山ほどの履物を揃え始めました。揃えても揃えても履物は散らかったままでした。どれほどの時間が経ったのか、外がすっかり暗くなった頃、わたしは立ち上がりました。そして引き戸を開け、自分の家に向かって歩き出しました。

以来、鶴ノ家を訪ねることは二度とありませんでした。

9

英而さんとの婚約を母に告白したのはそれから二年後、高校の卒業式の帰り道でのことでした。

爪を真珠色に光らせ渋い色紋付に袋帯をふっくらお太鼓に締めた母は一点の隙なしに美しく、控え目に装った同級生のお母さんたちと並ぶとかなり浮いていたものの、どこか超然とした輝きを放っているように見えました。こんな立派な母に、明日自分がある人と一緒になって家を出ていこうとしていることなど舌が二枚あっても言えないような気がしましたが、それは英而さんとのずっと前からの約束です。

体育館で同級生の答辞を聞いている最中も、わたしは後方から何十人もの少年少女たちの体を射抜いて自分の背中に達する母の視線を感じていました。加えてその視線は時間が経つにつれ、酸のように細かな気泡を立てながら硬く塗りかためたはずの決心に染み入ってくるのです。わたしはせわしく息を吸い、その倍の回数吐き出さなくてはなりませんでした。そしてその息がよく見知った二つの目の形に凝固してこちらを睨み返すのではなく、前に立っている女の子のセーラー服の襟をかすかに震わせるのをじっと見つめていました。

　式が終わり下級生の拍手に包まれて体育館を出ていくとき、わたしは父兄席にいる母を探しました。目につく衣装のせいもあってすぐに視界に飛び込んできた母は、艶のある手に白いハンカチを握りしめ、卒業生の列に向けてかっと目を見開いています。いくら手で小さく合図してみても、母はわたしを見つけられませんでした。あの人が、あたしのお母さんなんだ――わたしは手を振るのをやめ、遠くの母を見つめました。母は群衆のなかに一人きりでした。料亭の三畳間で帳簿を開いている母、道端で近所の女将さんたちと軽口を叩いている母、わたしの隣ですやすや眠っている母は、そこにはいません。そこにいるのはかつて夫を失い、今は娘を失いつつある、そしてそのことには一寸たりとも気づいていない――虚しく着飾った一人の中年の女でした。

　十八年前、あたしが出てきたのはあの人のお腹からなんだ、でもあたしは勝手にこんなに大きくなってしまった、だから可哀想(かわいそう)に、お母さんはもうあたしをどこにも見つけられない！　わたしはとうとう、母から、そしてあの家から離れるときが訪れたことを知りました。古くなったかさぶたのようにわたしはこの瞬間、母という有機物から完全に剝がれ落ちました。体育館を出ると外は晴天でした。

　帰り道、卒業証書が入った筒を命綱のようにしっかり手に握りながらわたしは覚悟を決めて、ある人と長いあいだ婚約状態にあること、誰がなんと言おうと明日から彼との生活を始めるつもりであることを母に告げました。

「そんな馬鹿な話があるか」

母は相手の名前も聞かずに言いました。でもそのくらいの返答は予測済みです。わたしは決してそれがいい加減な約束ではないこと、彼がとても誠実な人であること、その証拠に二人が住むべきアパートはすでに彼の名で契約されていることを落ち着いて言い足しました。歩きながら隣の母は長らく黙っていましたが、しばらくして、「お前、騙されているんじゃないのかい」とわたしを睨みつけました。

「違うわ。信じられる人よ。相手の人は岡倉さんというの。岡倉英而さんよ」

「岡倉？　岡倉……」

「最近は来ないけど、何年か前には八重にも時々来ていた人なの。覚えてる？」

母ははっとした表情を浮かべ、「あの岡倉さん？」と半分独り言のように呟きました。

「そうよ、きっとその岡倉さんよ」

「社長じゃなくて、若いほうのだね？」

「ええ、たぶん……そうよ、英而さんは若いわ」

「どうしてお前と岡倉さんがそんな仲になるのよ」

「お母さんが忙しくしているあいだに、あたしも大きくなったのよ」

「だからってどうして、どうしてこんなに急に……」

「昨日今日に始まったことじゃないの。もっと前から始まっていたことなの。お母さんには言わなかっただけだわ、あたしはもう赤ちゃんじゃないのよ」

すぐに何か言い返されるものと思っていましたが、母は口のなかで悪態のような言葉をもごもご呟くばかりです。わたしはそのつかのまの後退につけこみ、とにかく明日の朝には彼が迎えにやってくること、そのとき婚姻の挨拶が正式にされることを、ぬかるんだ地面に泥玉を叩きつけるように一気にまくしたてました。

「でもお前、卒業したら銀座のデパートの売り子だか、もぎり嬢になるんだって言ってたじゃないの。それじゃあ、あれは嘘だったのかい?」

「まるっきりの嘘ってわけじゃないわ」

「嘘じゃないか、お前は今、働かないでお嫁に行くって言ってるんじゃないか」

「英而さんもあたしが働くことには賛成してるわ、でも結婚してすぐにってわけでもないのよ」

「どっちにしろ、そんな大事なことが今簡単に決められるわけないだろう。呆れてものが言えないよ。相手の顔も見ないうちに娘を嫁にやれるもんですか」

母はすっかり機嫌を損ねてしまいましたが、翌朝の十一時、英而さんは約束どおり料亭の戸を叩き、非の打ちどころのない紳士的な態度で母に挨拶を済ませ、修学旅行用の大きなリュックに荷物をつめたわたしをその腕のなかに引き取りました。

それまでの成り行きを思えばなんとなく予想のついたことですが、あれだけ強気だった母もその美貌と語り口で有無を言わせず人の心を奪ってしまう彼の魔法には抗いきれず、ちゃぶ台の向こうで話を聞きながら黙って涙をぬぐっているだけでした。でも、わたしは泣きませんでした。この上なく愛しい人との新しい生活が始まるのに、どうして泣くことがありましょう?

「お母さん、長いあいだお世話になりました」

別れ際にそう言ったとき、母はまだ目に涙を浮かべて青ざめた顔をこわばらせていました。かつては夜な夜な美しい思い出を語ったその唇から、この日、お嫁に行く娘のための優しい言葉が溢れ出ることはありませんでした。それでもわたしは目いっぱい笑顔を浮かべ、母を抱擁しました。

熱っぽい額に触れた母の頰は硬く、厚い肉の内のほうでぽきんと小さく骨が鳴るのが聞こえました。

こうして、わたしと英而さんは晴れて夫婦になりました。

結婚式も披露宴もない簡素な結婚でしたが、わたしは充分に幸せでした。二人の約束がついに果たされたということが、何より嬉しかったのです。式や披露宴を省略したのは、英而さんがそのような格式ばったものを嫌ったからでした。本当なら婚姻届などというのも互いに誠実な二人の生活には必要のないものなのですが、それはただわたしの身分を保障するためだけに存在しているのだと彼は言うのです。

下落合の小さなアパートで、二人は慎ましく新婚生活を始めました。この年はちょうど東京でオリンピックが開催された年です。それに合わせて街は急激に変貌しつつあり、首都高速も整備されていきましたし、東海道新幹線も開幕直前に開通しました。騒がしい時代の波に乗って、英而さんの伯父さんが経営する会社もかなりの利益を出しているようでした。相変わらず海外の食料品の輸入を専門にしている会社でしたが、この頃には輸入が自由化されたばかりのバナナに力を入れていたそうで、たまに食事に呼ばれて伯父さんの家を訪ねると、いたるところにくだもの皿に載ったバナナが絵画のように飾られていたものです。

新しいもの好きの英而さんは、ぴかぴかの昆虫のようなスクーターの後ろにわたしを乗せて、これみよがしに街中を走りまわるのが大好きでした。新居のアパートにも最新式の冷蔵庫や洗濯機を備えてくれました。そのうえ週末にデパートなんかに行きますと、これ以上なんの不自由もないというわたしの言い分も聞かずに、またあれやこれやと新たな電気器具を買ってくれるのです。まだかなり高価だったカラーテレビも、オリンピック観戦のために購入しました。せっかく東京で開催されているのですから、わたしは入場券を手に入れてどうにか開会式を観にいきたかったのですが、少々ひねくれたところのある英而さんは「あんな群衆のなかに飛び込む必要はない、テレビで観たほうが何百倍もよく見える」の一点張りです。そして大会が始まると会社の仕事もそっちのけで、毎日かじりつくようにテレビに見入っているのでした。

「外国の人は、みんな強そうね。女の人は、きれいね」

体操競技を観戦している英而さんの隣に座って言うと、彼はテレビ画面から視線をはずさないままわたしの肩を抱きました。

「きみは、どういう男が好みだ」

画面では牛乳色の大きな体が電気仕掛けのブランコのように鉄棒の周りをぐるぐる回転しています。

「あたしは……わからないわ。あたしは、もっとおとなしい体のほうが好きだわ。あなたはどんな人が好みなの？」

「僕は断然、陸上のパッカーだ。短髪で生意気そうなのがいい。足の速い女は見ていて気持ちがいいね」

「あたしとは、まるで反対の人なのね」

「きみは走らないのかい？」

「あなたを助けるためなら走るかもしれないけれど、そのとき以外は、走らない。それに走る人を見てるとつらいわ、なんだか苦しそうで、悲しそうで……」

「そうかい、悲しそうに見えるかい。そう言うきみも悲しそうだな」

わたしはわざと大袈裟に笑顔を作ってみせ、英而さんとテレビ画面とのあいだに割り込みました。すると彼はわたしの両頬をつねって、「作り笑いはきらいだ」と笑いました。

「ねえ、せめてマラソンは観にいきましょうよ。いろんな国の足の速い人たちの全員が今、世界じゅうから東京に集まってるのよ。あたしたちのすぐ近くに来てるの。そんなすごいこと、見逃すなんてもったいないわ」

「きみはまったく大袈裟だな。でもそうだな、テレビで観るのとその場にいるのじゃあ感じ方も違うのかもしれない。せめてマラソンは観にいこうか……」

「ええ、ぜひとも行きたいわ」

「よし決まりだ。そうとなったら二人で朝早く起きて、いい場所に陣取るんだ。早起きするためには、早く寝なくてはいけない。さあ、もう寝よう！」

言うなりまだ日も暮れていないというのに、英而さんはわたしを隣の寝室に引っ張っていくのでした。

毎日が信じがたいくらいに幸せでした。もし真実の愛というものが運命の料理人によってわずか数滴だけこの世の隠し味として地上に落とされているのだとしたら、当時のわたしは間違いなく、その滴を額に受けた幸運な人間の一人であったことでしょう。

なんの前触れもなく突然訪れた初恋に少女時代を押し流され、その流れに導かれるがまま彼の妻となった今、こんなにもまっさらの大きな幸せが長く続くはずはない、いつか何かと引き換えることを前提に今の幸せが成り立っているに違いない……結婚したばかりの頃、わたしは幸せをかみしめるたびそんなふうに怯えていました。ただ日が経つにつれ、自分の内には夫に対する無尽蔵の愛があるということが結婚前よりも強く感じられるようになり、真摯な信仰心にも似たその確信はそれ自体が強力な搾乳機のようになって、わたしの心と体から絶え間なく愛情を搾り出していったのです。どんなに激しく滅茶苦茶にその取っ手を回そうとも、愛は決して底をつきませんでした。下落合のアパートで、わたしはそうやって搾り出した愛情をひたすら夫と自分に塗りつけていくことに熱中しました。乾いてひびが入った部分があれば上からさらに塗りつけるか、じゃがいもの芽のようにそこだけ切り取ってしまえばよいのです。そうすることで、二人はこの世のあらゆる悪意や暴力から守られているのだと信じられるのです。

そうしてあっというまに一年の月日が経ちましたが、愛情はなお尽きることを知りませんでした。唯一、わたしの体がまったく妊娠の気配を見せないことが気がかりではありましたが、二人を包む愛情の殻の強固さに比べれば些細(ささい)なことでした。

ところが変化は徐々にやってきたのです。

それは不吉な積み荷を載せた海賊船のようにわたしたちが眠っている間にこのアパートに乗り上げ、到着を告げる警笛も鳴らさず巧妙に二人の生活に侵入していきました。

英而さんの伯父さんの食品輸入会社の経営がその年になって急激に悪化していることを、わたしは少しも知りませんでした。

英而さんの話によると、当時会社が輸入を手がけていたエクアドル産バナナは、数年前の疫病のせいで台湾バナナが一時衰退していた時期には売り上げが急伸したのですが、回復した台湾バナナの増産に押され徐々に人気が落ちていったそうなのです。それでなくても、中南米の国からの輸入は台湾とは勝手が違って船舶と長期の契約を結ばないといけないし、何しろかなり高額の資金が必要なので、輸入組合の皆が苦しいのだということでした。その後、伯父さんは仲間たちとあれこれ思案した末に、台湾でもエクアドルでもない新しいバナナを売り出そうと南太平洋の彼方に浮かぶ小国に目をつけました。それで諸方から出資を募って輸入に踏み出したのですが、船に積まれて遥々やってきたバナナは加工室で追熟させても黄色にはならない、灰バナナと呼ばれる不良品ばかりだったのです。本来なら損傷分は追送が受けられるはずなのですが、現地との意志疎通がうまくいかなかったのか、仲介業者に何か不正があったのか、いつまで経ってもバナナは送られてきませんでした。わずかに残っていた不良品ではないバナナも市場では思ったほど歓迎されず、結局今回の輸入は大赤字を出して惨憺たる結果に終わってしまったということでした。なんの前触れもなく朝の食卓でこの話をした日以来、英而さんは週末ごとにデパートにわたしを連れていくのをやめ、自慢だったスクーターも売りに出してしまいました。

それから少し経って、買い手のつかないバナナをもらいにおいでと英而さんが言うので、わたしは家の用事を済ませてから青山にあった伯父さんの事務所に赴きました。事務所の扉を開けて一足踏み入れた途端、腐敗が進行しつつある南国のくだものの強烈な匂いに鼻がつぶれそうになりましたが、伯父さんは笑顔で迎えてくれました。

「ごくろうさん。あいにく英而は今、出先でね」

「すみません、バナナをもらいに来なさいと……」

「ああ、好きなだけどうぞ。一緒に詰めてやろう」

言うなり、伯父さんは近くにあった木製の箱を開けて半分茶色くなったバナナを買い物籠に放り始めました。

「これくらいでどうかな、あまり重くなってもいけないしね……それにしても悪いね……英而も毎晩持って帰ってるだろうに」

「いいえ、あたしも英而さんも、大好きですから。いつもいただいてしまってすみません」

部屋の隅には、黒いバナナばかりがつまった箱の蓋が半分開いていました。伯父さんはわたしがそれを見ていることに気づくと、「遠い海を渡ってきたやつらだから、どうにも捨てがたくてね……」と顔を赤らめました。

「まったく、肌にまでバナナの匂いが染みついちゃって、体を洗ってもバナナの石鹸で洗ったみたいな気がするのよ」

二人いる事務員のおばさんの一人が、そう言って笑いました。今回の一件で伯父さんがかなりの痛手をこうむったことは確かに事実なのでしょうが、どこかほのぼのとしたこの事務所の雰囲気から、そんな切迫感は特に感じられません。わたしは安心して差し入れのお煎餅を置いて家路についたのですが、それから数週間して英而さんの忘れ物を届けに行ったとき、二人の事務員さんの姿はもうありませんでした。彼女たちが座っていた椅子や机もすっかり消え失せていたのです。それでもわたしは大して悲観してはいませんでした。その晩英而さんから、伯父の共同経営者として抱えることになった借金の額を聞いたときには冷や汗が滲みましたが、それならばこの自分も働けばよいと思っただけです。

時代は高度成長期の真っただなかで、世間は好景気に沸いていました。働いてお金をもらったことのないわたしには、お金稼ぎは簡単なことのように思われました。働き口ならどこにでもあるだろうし、このまま子どもを作らず二人が一日じゅう汗水たらして一生懸命に働いたならば、数年後には人並みの生活に戻れるだろうと甘く見ていたのです。

「申し訳ない」

英而さんはわたしに謝りました。

「謝ることなんてないわ。あたしたち夫婦なんだもの、二人で一生懸命に働きましょうよ」

「きみの面倒を見ると約束したのに、こんなことになって、まったく面目がない。お母さんにも合わせる顔がないよ。すまない」

「お母さんは関係ないわ。言わなきゃ気づかないわよ」

彼は視線を下に向けましたが、すぐに目を上げテーブルの上でぎゅっとわたしの手を握りました。

「ほんの少しの辛抱だ。きみにつらい思いはさせたくない。僕は今までの十倍も働く覚悟だ」

「だったらあたしはその百倍も働くわ！」

花街の料亭育ちとはいえ、もともと裕福な家の子どもではありませんでしたから、経済的な貧しさはわたしの誇りを大して傷つけませんでした。ただ、自分と愛する夫のあいだに貧乏であることに由来する惨めさや苦しみが入り込むことには我慢なりませんでした。それは夫婦の愛情の殻に染み入り、ふやかし、接合をほどこうとするものに違いなく、なんとしても駆逐しなければならなかったのです。

手始めに、わたしは高校時代の数少ない友人である祥子ちゃんに電話をかけました。祥子ちゃんは高校を卒業後、新宿の食品会社で秘書として働いていたのですが、人員が不足しているから一緒に働いてみないかと以前に何度か誘われていたのです。祥子ちゃんはわたしからの電話に驚いたようすで、いったいどうしたのかと開口一番に尋ねました。驚きも当然だったでしょう、何しろ結婚してからわたしは一度だって、自分から誰かに電話をかけることなどなかったのですからね。

不義理を詫びたのち何か仕事を紹介してほしいと頼むと、祥子ちゃんは「秘書の仕事にもう空きはないけれど」と前置きしてから、「何かほかにあなたにふさわしいようなものがないか、聞いてきてあげる」と言ってくれました。翌日の夕方彼女から電話があり、わたしは経理課の事務員として翌週から働きに出られることになりました。

仕事始めの朝、会社の外で待ってくれていた祥子ちゃんは、近づいてくるわたしの姿を認め一瞬戸惑いの表情を浮かべましたが、すぐに笑顔を見せました。

「いったいどうしたの？」彼女はわたしの両腕に優しく触れ、言いました。

「あなたまるで中学生みたいよ。そんなに小さくなっちゃって……」

微笑んでいる彼女は、実年齢より五つか六つは年上に見えます。高校生のときはかなりあどけない容姿をしていて純朴な印象の子でしたが、久々に会ってみると彼女はずいぶん変わっていました。若く有能な秘書らしく、美しくお化粧を施し体の線に沿った柔らかそうな深緑色のワンピースを着ていて、長い髪の毛は後ろでシニョンにまとめてあります。そうやって両腕をつかまれていると、彼女の言うとおり自分は無知な中学生に過ぎず、一方彼女は森羅万象の原理を解している理科の先生であるかのように思えました。

「赤ちゃん、できた？」

わたしは首を横に振りました。

「まだ新婚さん気分なのね」

彼女は白い歯を見せ、先生らしくというよりはやはり秘書らしく、優しく上品に笑いました。

手を引かれて会社のなかを歩きながら、わたしは祥子ちゃんが言った言葉について考えていました。高校時代から身長はもう伸びていないはずで、肥ったり痩せたりもしていないはずなのに、彼女はわたしが小さくなったと言うのです。でもある意味、それは事実だったのかもしれません。肥大する愛情の殻のなかでうずくまっているわたし自身の存在は、もう豆粒くらいにすり減ってしまっていたのかもしれません。

そこで与えられた仕事は単純な事務計算やお弁当の注文や自転車でのお使いが主で、経理の知識などまったく必要ありませんでした。わたしは言われたことをきちんとこなし、不注意か無知のためにしくじってしまったときには、二度と同じ過ちを繰り返さぬよう細心の注意を払って仕事を続けました。

周りには同じくらいの年頃の若い娘が同じような仕事をしていましたが、皆独身でした。わたしが結婚していることを知ると、彼女たちは口々に驚きと羨望の言葉を口にしました、「わたしも早く結婚したい」「早く赤ちゃんが欲しい」などと……。そんなとき、わたしは自分が経験してきたようなロマンスを知らない無邪気な彼女たちを哀れに思いました。皆高校を卒業して、地方から就職のために上京してきた子たちです。東京の出身だと言うと、再び羨望の声があがりました。そのうちの一人から東京のどこのあたりなのと聞かれたとき、わたしは即座に「飯田橋の近く」と答えていました。「九段」という名前を出すことはためらわれました。結婚して以来、九段の街やそこで過ごした少女時代を懐かしく思うことなど一瞬たりともありませんでした。だからそこではっきり「九段」と口にしてしまったら、あの九段の街自体がもくもくと隆起して地面を離れ、下落合のわたしたちの部屋に巨大な影を落としにやってくるような気がしたのです。

仲良くなってくると、仕事帰りに彼女たちはわたしを遊びに誘ってくれました。映画を観に行かない？　ショッピングに行かない？　ケーキを食べに行かない？　……既婚とはいえまだ二十歳前後の娘でしたから、わたしもそういうことにはとても興味がありましたが、すべて断ってしまいました。何しろもらったお給料は大事に使わなくてはいけませんし、仮に月に一度くらいはちょっとした贅沢が許されるのだとしたら、英而さんと一緒にそういう贅沢を楽しみたかったからです。それに何より、一日働きづめで疲れたわたしが一刻も早く目にしたいのは、映画のなかの美しい俳優ではなく、流行のミニスカートでもなく、クリームでたっぷり覆われたケーキでもなく、優しい夫の顔でした。

終業のベルが鳴ると、わたしは毎日家路を急ぎました。英而さんの顔を思い浮かべながら台所に立っていれば、夕飯は勝手にできあがっていきました。帰ってくる彼はいつも疲れきった顔をしていましたが、背広を受け取ろうと手を伸ばすわたしに、最初に会った晩とまるきり同じ、優しい笑顔を向けてくれました。そのたびにわたしは、あの夜の草のざわめきやお座敷の三味線の音、汗で額に貼り付いていた髪の毛の感触まではっきりと思い出すことができたのです。

何がどう作用したのかはわかりませんが、働きに出るようになってから、わたしたちはいっそう強く求め合うようになりました。

二人は毎晩のように、時には何度かのうたたねを挟んで一晩じゅう愛し合いました。

それなのに、わたしの体が新たな命を宿すことは決してありませんでした。

そんなある日、買い物袋を下げて会社から帰ってくると、珍しく英而さんが先に帰宅して部屋で新聞を読んでいました。彼は新聞から目を上げて——わたしが会社からもらってきた昨日の朝刊です——「お帰り」と微笑みました。嬉しさを隠そうと、目を伏せて早口に「すぐに作るわ」と夕飯の準備にとりかかろうとしましたが、彼は「ちょっと来てくれないか」と引き止めました。冷蔵庫にしまいかけの買い物袋の中身を床に残したまま、わたしはテーブルの前に立ちました。

「かけてくれ」

言われたとおり英而さんと向かい合う形で椅子に腰かけましたが、食事のとき以外そのように差し向かいで座るのは珍しいことです。だとしたらわたしたちは普段いったいどこで二人の時間を過ごしているのだろう？　疑問が頭の隅に芽を出しかけましたが、わたしは目の前の夫の顔に意識を集中させました。

「どうしたの？」

英而さんは新聞の上に置いた手をこちらに伸ばしてきます。わたしも両手を差し出して、彼の手を握りました。

そのまましばらく、二人は互いの顔を見つめて静止していました。

夫の瞳にある欲望を見出しそれを眼差しのなかにそっと溶かそうとしましたが、わたしの心はいつしか再びあの夜の草むらに帰っていきました。わたしの耳にだけ届く囁き声、接吻、窓がかたりと鳴るたびに心臓が高鳴ったいくつもの夜の連なり……そして今、わたしは英而さんと一つでした。いいえ、わたしは彼と、そして座っている椅子とも、肘の下の新聞とも、二人が営む暮らしを構成するものすべてと一つでした。この人と絶対に、未来永劫決して離れるものか、わたしはただそれだけのことを思っていました。

英而さんは一つ長い息をついて、話し始めました。

「ここに来て、台湾バナナの生産が落ちている。僕たちのエクアドルバナナが、盛り返せるチャンスなんだよ。でも伯父さんも僕も、もう同じ過ちは繰り返したくない。だからね……きみに、お願いしたいことがあるんだ」

英而さんは握った手に少し力を込めて、笑みを浮かべました。

「きみのお母さんに、いくらか融通してもらえないだろうか」

それから彼は、伯父さんとの事業を大きく方向転換して家庭用の運動器具を売る会社を新たに立ち上げるつもりであること、その際に一つまとまった大きな資金が必要だということをわたしに話して聞かせました。

「ある程度うまくいったら数年のうちには借金は完済できるはずなんだ。多少うまくいかなくても、いったん始めてしまえば確実に定期的な利益が見込める事業だから、これ以上の損失は決して出ないことになっている。無利子で貸してもらえればそれ以上ありがたいことはないが、きみのお母さんに厚かましい無理を言うのは申し訳ない。条件はある程度お母さんの希望を優先するつもりだから、店の忙しくない時間や都合の良いときにでも話してきてくれないか。それでもし色よい返事がもらえそうだったら、あとで僕が直接頭を下げにいくから」

考える余地などありませんでした。とうとう彼の役に立てるときが来たのだという高揚感が泡のように体じゅうをくすぐり、わたしは立ち上がって「わかったわ！」と叫んでいました。

英而さんは安心したように口元の緊張をほどき、わたしの頰を両手で包んで接吻しました。それを合図にしたように二人は寝室に向かいました。

翌日仕事を終えると、わたしは九段の母の家に向かいました。

英而さんは急がなくても良いと言いましたが、夫婦の日常にほんの少しでもひびを入れそうな案件は、早めに処理しておきたかったのです。九段に帰ったのは、結婚してから二度のお正月だけでした。帰ると言っても、お茶の間に上がってお菓子を食べ、いくらか白々しい世間話をしたきりです。そこはもはやわたしの家ではなく、育ててくれた母が今も暮らしている場所でしかありませんでした。

飯田橋駅で下車したわたしは、九段の方向に向かって大通りをゆっくり歩いていきました。往来のなかに知った顔があるまいかと注意して見ていましたが、懐かしいと思える顔は一つも見当たりません。

九段坂を登り母の料亭に近づくにつれ、雨の戸外に落ちた手ぬぐいのようにじっとりと湿ったものが心に膨らんでいくようでした。靖国通りから一本奥に入って少し歩くと、どこからか三味線の音が聞こえてきます。髪結いさんに行くのか、半纏姿のほっそりした女の人とすれ違いましたが、やはり知らない顔です。踊りのお稽古に熱中していた小さい頃は、この町のなかの芸者さんに知らない顔など一つもなかったのですけれど……。料亭の女将になるならば、そんなことは知っていて当たり前だと思っていました。とはいえまったく、幼いわたしはどうしてあれほどがむしゃらに自分は料亭の女将になるのだと信じきっていたのでしょう？　どうしてそれが人生で一番価値あることなのだと思えたのでしょう？

　しばらく離れていたせいか、そこで過ごした幼い時代の夢のすべてが馬鹿らしい妄想であったように思えてきました。しかし今、こうしていい年のおばさんになってあなたの前でお話ししている身からすれば、短い過去を振り返りそこに憐れみと虚しさを感じていた二十歳のわたしも、それを向けられた幼いわたし自身とほとんど変わりはないのかもしれません。ただ信じていることが変わったというだけで——つまりその日一人で九段を歩いていたわたしは、愛する人に愛され、いつまでも一緒にいることだけが人生の価値なのだと信じて疑わなかったのです。

　母にはこの訪問を予告していませんでした。ちょうどお座敷の準備が始まる時間ですから、お勝手口に回って「ごめんください」と引き戸を開けると、ひっつめ髪の女の人が床を磨いていて、こちらをぱっと振り向きました。それは馴染みのクニさんではありませんでした。しかし向こうはこちらの顔を知っているらしく、そのまま「お帰りなさいませ」と頭を下げてきます。白髪と黒髪がよい具合に混ざり、美しい灰色の渦巻きのようになって後ろでまとめられている彼女の髪の膨らみを眺めながら、「母はいますか」とわたしは聞きました。

「はい、お隣においでです」

「ちょっと話がしたいのですが」

「伺ってまいりますので、どうぞお入りください」

彼女は隣の三畳間に行ったまま、しばらく戻ってきませんでした。わたしはそこが自分の家であった時代を信じられないような思いで振り返りながら、お勝手の土間で靴を脱がずに待ちました。襖が開く音と同時に「どうかしたの」と声が聞こえ、顔を上げるとそこに母の姿がありました。相変わらずきっちりと品の良い着物を着て、艶のある髪の毛も形よく結ってあります。ほとんど化粧もせず英而さんのお古のジャンパーに灰色の分厚いスカートを穿いただけの自分の垢ぬけない恰好が、ここではひどく礼に反する気がして、わたしは心中で練習してきた角度よりもさらに深く頭を下げて言いました。

「お母さん。ちょっとお願いしたいことがあって来たの。今忙しい？」

「少しだけならいいわよ。何の用？」

母はこちらが頭を上げるのを待たず、三畳間に戻っていきました。そのあとからのろのろ入っていくと、母は開いていた帳簿をちゃぶ台の上に閉じ、その上に重石(おもし)でもするように、老眼鏡らしい眼鏡を置きました。先ほどの女の人がお茶を運んできましたが、わたしは彼女がひっこまないうちに用件を切り出すことにしました。母が「少しだけなら」と言うときは、本当に少ししか時間がとれないことを知っているからです。

現状の要点だけをつなげたわたしの話が終わると、母は黙って老眼鏡をかけ、再び帳簿を開きました。そしてそのページをぱらぱらとめくりながら、「お前はそれを本気で言ってるの」と聞きました。

「具体的にはいくら必要なの？」

わたしは英而さんから聞いていた金額を伝えましたが、母はじろりとこちらを睨んで、黙って帳簿に目を落としたきり何も言いません。

「無理かしら？」

母はまだ黙っていました。そしてちらりと腕に目をやりました。そこには小さな光る石がいくつもついた銀の腕時計が巻いてあります。視線に気づいたのか、母は文字盤を指の腹でぬぐって「素敵でしょ」と手首を差し出してみせました。

「素敵ね」

答えると、母はにっこりと笑いました。

「無理ってことはないわ。あんたたちがそんなに困ってるならね。でもうちだっていろいろとお金が必要なのよ。外からも見たでしょ、また二階をきれいにしたし、門だってもっと立派に直して、松かなんかを植えたいのよ。だから全部ってわけにはいかない、出せても半分ってところね」

「お母さん、でも……」

「本当に困っているのなら」

　母は再び帳簿を閉じて、眼鏡を上に置きました。

「あんたにはもう一つ手段があるのよ。すっかり忘れてるだろうけど」

　母はそう言って、背後の板敷きに置いてある黒い金庫のダイヤルを回し始めました。その動作で、残された時間があとほんのわずかであることを感じました。

「手段って、何？」

「あんたにはお父さんがいたでしょ」

「忘れてないわ。覚えてるわ」

「あんたのお父さんは大金持ちだったでしょう」

「お父さんが……？」

「正確に言えば、あの耄碌爺（もうろくじじい）がよ」

　耄碌爺という言葉を、母ははっきり悪意を込めて発音しました。でもその尖った悪意は、わたしの心を少しも乱しませんでした。

「確かにお祖父さんは立派なお屋敷に住んでたわ。立派だけど、本当におかしな家だった」

「そう、あの人たちはおかしいのよ」

　母は金庫に帳簿をしまい、再びダイヤルを回し始めています。それが終わると立ち上がって壁かけの鏡で髪形を整え、「どう？」と聞きました。「素敵ね」さっきとまったく同じようにわたしが答えると、再びにっこりと笑いました。

「正式な話はまた今度聞くわ。岡倉さんに宜しく伝えてちょうだいね」

　もうこれ以上は聞かぬとばかりに母が手を振り払ったので、わたしは一礼して三畳間を出ました。

　お勝手では先ほどの女の人がお茶を飲みながら婦人雑誌を読んでいます。靴を履いて通りに出ると表門の前で背広姿の男たちが談笑しているのに出くわしましたが、もちろんそこに知っている顔はありませんでした。

　その晩さっそく食卓で英而さんに一連の話を聞かせましたが、話が終わっても彼は深く考え込んでいるようすで、何も言いません。わたしは夫の意見を聞くつもりでしたが、沈黙に先導されるように自ら言い放ちました。

「近々、お父さんのところに行ってみようと思います」

　英而さんは顔を上げました。考えを頭のなかで整理する間もなく、言葉はすらすらと勝手に流れていきました。

「つまりお母さんが言っているのは、半分はお父さんから出してもらいなさいということだと思うの。ずいぶん会っていないから、お父さんが今何をしているのかは知らないけれど、お祖父さんの家に行ってみることはできます。正確に言えば、お金を貸してくれるのはきっとあたしのお父さんではなくお祖父さんなの。お祖父さんはすごく広いお屋敷に住んでいて、あたしが小さいときには何人もお手伝いさんを雇って、一人で贅沢に暮らしていたから……。実際どれくらいのお金持ちだったのかはわからないけど、景気が悪くなっていなければきっと今でもお金持ちのはずなのよ。具合が悪いのは、あたしがお祖父さんに嫌われているということなんだけど、お父さんを通して頼んだらきっといくらか貸してくれるわ」

「そうか、お父さんか……」

英而さんは目を伏せて、グラスについだビールを一口飲みました。どことなく居心地が悪そうに見えるのが、わたしの挺身欲をさらに刺激しました。

「きっと大丈夫よ。今度の土曜日にでも行ってみます」

明るい声でわたしが言うと、英而さんはもう一口ビールを飲んで「ああ、ありがとう」と言いました。わたしはグラスを包む彼の手に自分の掌を重ねました。

土曜日はお昼で仕事が終わるので、わたしはその足で茗荷谷の祖父の家に向かいました。

屋敷の前の道が狭いものですから、父と一緒に行っていた頃は最寄りの大きな通りでタクシーを降りて、そこから歩いて向かうのが常だったような気がします。この日も大通りで都電を降りて途中何度か迷いかけましたが、あの巨大な糸杉を家々の屋根の上に見つけてから道はずっと簡単になりました。

糸杉は相変わらず黒っぽい緑色の先端を空に突き立てていて、何かの墓標のようにも見えました。

久々にあのお屋敷のなかに入るのだと思うと心からぞっとしましたが、同時に奇妙な胸の高鳴りを覚えました。猥雑（わいざつ）で悪趣味な改造をこれでもかとばかりに重ねたお屋敷もその裏の森の不気味な緑の群れも、小さい頃は考えるだけで細かな鳥肌が立ったのに、数年ぶりに訪ねることになった今、なぜかそれらの全部が自分を待ってくれているように思えたのです。あの森は、そしてどこかの葉の陰で今も生きているはずの蝶の女王様は、何年振りかに現れたわたしの成長を喜び、翅を震わせて懐かしがってくれるのではないか……。祖父の顔を見ることだけが唯一気を滅入らせましたが、祖父のほうだって、おそらくわたしの顔など見たくはないはずなのです。わたしが会って話をすべきは父一人だけ、そして父の要求ならば、祖父はなんだって聞くはずなのです。

小路を通り抜けようやく屋敷を覆う立派な塀の通りまで辿りついたとき、一瞬自分の目を疑いました。高い塀の上からのぞく屋敷の屋根は、おぼろな記憶が留めているものではありませんでした。それは太陽を反射して不遜なほどに輝く黒い瓦葺（かわらぶ）きの屋根ではなく、淡いオレンジ色の屋根でした。塀沿いに歩いていくとやがて表門に出ましたが、そこには昔から変わらない大きな木製の表札が掛けてあります。長年雨風にさらされところどころひびが入り全体的に黒ずんでいる表札、それは記憶にある表札とまったく同じものです。目新しいのは、そのすぐ下に取り付けてある白いブザーでした。昔はこんなものはなく門はいつも開けっ放しで、すぐ内側に砂色の制服のようなものを着たおじさんが立っていて、わたしと父の顔を見れば「お帰りなさいませ」と頭を下げてくれたものです。

わたしはそのブザーを押しました。するとどこからか、「どちらさまですか」と問いかける女の人の声が聞こえました。その声は目の前の白いブザーではなく、どちらかと言えば地面の下から聞こえてくるようでした。咄嗟に音の出そうな装置を足元に探しましたが、それらしきものは何も見つかりません。わたしはためらいながらも、ブザーに向かって父の名と自分は彼の娘であることを伝えました。地面から再び「お待ちくださ い」という声が聞こえました。わたしは一歩退いてよくよく地面を観察し、少し盛り上がっているように見えたところを片足で強く踏んづけてみましたが、やはりただの地面です。背後に重たげな低い音を聞きはっとして振り向くと、門がひとりでに奥に向かって開いていました。

「お入りください」

地面が言いました。わたしは白い砂利の道に一歩踏み出し、目に飛び込んできたものに再び呆然としました。

それはわたしの記憶に残っている祖父の屋敷とはまったく別の屋敷でした。それはお城でした。王子様とお姫様が住んでいるような、あのお城です。

　塀の向こうから見えたオレンジ色の屋根は太陽の光をたっぷり吸い込んで、真っ白な壁に光を垂れ流しているようでした。広い芝生に向かってコの字型になっている建物の中央には、四階くらいの高さの塔が突き出ていて、てっぺんには小さな風見鶏がくっついています。そしてその塔よりやや小さく、風見鶏もつけていない塔が、コの字の直角を作る箇所にそれぞれそびえ立っています。芝生の真ん中には裸の女の彫刻を中央に備えた噴水が勢いよく水の槍（やり）を空に突き立て、向こうには薔薇（ばら）のアーチが見えました。そのアーチからピンク色の薔薇でいっぱいの籠を抱えた小さな女が走り出てきて、玄関に続く階段を駆け上がっていきました。

　耄碌爺、という母の声がこのときわたしの頭を内から打ちました。

　幼い少女の夢をでたらめに継ぎ接ぎしたようなこのお城にあの祖父が威張りくさりながら今日まで生きながらえてきたのだと思うと、激しいめまいに襲われました。そしてそれに続いたのはひたすら空っぽの感じ、自分はその長い時間とこのおびただしい富を前に、信じがたいほどに無力なのだという、まったくの脱力感でした。すぐにでも元来た道を引き返し愛しい我が家へ帰りたくなりましたが、わたしは夫の顔を思い出し深呼吸をしてじっとこらえました。そして先ほど花を抱えた女が駆け上がっていった階段を一歩一歩、自らを励まして上っていったのです。

　建物の二階部分に相当する玄関の扉は三十センチメートルほど開いていました。さっきの女があわてて閉め忘れたのか、もともとこうなのかはわかりません。少しためらいましたが、その扉に手をかけて「ごめんください」と声をかけました。何も返事はありません。開いているぶんだけの隙間から覗いてみると、なかには誰もいないようです。上方にはあの大きなシャンデリアの一部が見えます。隙間から床に差し込む細長い平行四辺形の光が、わたしの影の形にくっきりくり抜かれていました。奇妙に足長の、頭の尖ったその影をじっと見つめていると、心の昂りがやや収まっていくのが感じられました。

しばらく待ってもいっこうに何の気配もないので、わたしは思い切って扉を大きく開け、屋敷のなかに入りました。玄関ホールは薄暗く、中央に置かれた大きな花瓶にピンク色の薔薇があふれんばかりに活けてあります。薄闇のなかで上の階へ続く螺旋階段はそれ自体が発光しているかのようにぬめぬめと艶めいて見え、好きなだけ獲物を飲み込んで満足した蛇のようにそこに鎮座していました。わたしは花瓶に近づいて、薔薇の匂いを嗅ぎました。

「お父様はすぐにいらっしゃいます」

背後からの声に振り向くと、黒い洋服を着た背の高い女の人がわたしを見つめていました。背筋をぴんと張り両腕で菱形をつくり、つないだ両手をお臍の下のあたりにぴったりとくっつけています。美しい人でした。彼女はその恰好のまま、ぴくりとも動きませんでした。わたしは「はい」と小さく返事をして、再び薔薇の花瓶に向き直りました。

何秒とも何分ともつかない、沈黙の時間が過ぎました。

わたしは喉の奥から噴き出したむせるような激しい呼吸音に驚き、それでようやく自分が長いこと息を止めていたことに気がつきました。呼吸を取り戻しきらぬうち、その声は遥か上方から聞こえてきたように思いました。それは屋敷じゅうの壁にわたしの名に似た音を響かせ、ゆっくりと耳の芯に痺れるような余韻を残して花の香りのなかに消えていきました。

振り向くと、螺旋階段の手すりに身を乗り出した父がわたしを見下ろしていました。

10

「よく来たな」

父はそう言って、螺旋階段をゆっくり下りてきました。徐々に近づいてくるその顔に、わたしは時の靴底に踏み荒らされた痕を見出さぬわけにはいきませんでした。

父は老けました。豊かにふさふさしていた髪の毛は薄くなって灰色に変わり、微笑んでいるわけでもないのに目の横には裂け目のような深い皺が刻まれ、喉仏が鋭い角度を作るほど痛々しく痩せています。思い描いていた父の姿は消えました。そうなれば最後、いくら記憶の穿孔(せんこう)に指を差し込みそこに折り畳まれているはずのかつての姿を取り出そうとしてみても、目前に立っている父の圧倒的な老いがすべての穴を塞いでしまうのです。

「久しぶりじゃないか」

父は今、わたしの目の前に立っていました。

その低い声、痙攣(けいれん)じみたまばたき、わずかに左に傾いた首の角度……わかりやすい全体を侵している暴力的なまでの老いに引き換え、一つ一つの細部には緩やかでより繊細な老いがありました。

「お父さん、あたし……」

「結婚したんだろう」

にべもなくさえぎって、父は屋敷じゅうに響きわたるような大声で笑い出しました。

「知ってるぞ」

煙草をたくさんのむのか、口元からのぞく父の歯は軒並み鼈甲のような茶色に変色していました。それはわずかに父に残されている貴重な美しさを大きく損ねていました。

わたしは少しよろけ二、三歩退いてから、父の老いの全容を隅々まで把握しようと試みました。花瓶から溢れんばかりに活けられたピンク色の薔薇が視界の隅に映りましたが、その新鮮な香りはすでに消え失せ、柔らかな弾力を持って咲きほこっていたはずの花びらの一枚一枚は今や死人の舌のようにだらしなく垂れ下がっていました。

わたしは新たに強いめまいを感じ、額に手を当てました。父はもう、かつての美しい父ではない――そうだ、そして美しくない父ならば、それはもはやわたしの父ではない――湯気の立つようなめまいのなかで、その言葉だけが黒鉛の冷たい硬さでわたしの輪郭を引き直していきました。額に当てた手を下げ顔を上げたとき、目の前に立っている父は先ほどまでより鮮明に見えました。わたしは彼を少しも美しいとは感じませんでした。それで初めて、父に微笑みを向けることができたのです。

「お父さん、お願いがあって来たの」

ようやく発した声は、門の外の地面から聞こえてきた見知らぬ女の声に似ていました。

「金のことだろう」父はまた笑いました。「それも知ってるぞ！」

「お母さんに聞いたの？」

「お母さん？　まさか、そんなことあるわけないだろう。お父さんには何もかもお見通しなんだ」

父は突然わたしにぐっと近づき、強く肩を抱きました。瞬間、猛烈な違和感が体じゅうを駆けめぐりました。父はそんな冗談を口にする人間だっただろうか？　その冗談をごまかすように娘の肩を抱くような人間だっただろうか？　わたしはひどい混乱と嫌悪感のために、ひたすら息を止めてこのぎこちない抱擁の終わりを待ちました。夫以外の人間と肉体的な接触を持つことは、たとえ血のつながった肉親であろうとも苦痛でしかなかったのです。

数秒経って父がようやく体を離すと、わたしは止まらない身震いを隠そうともせず急いで口を切りました。

「お父さん、いくらかお金を貸してほしいの。あたしたち困ってるの」

父はにやりと笑い、階段の手すりに寄りかかりました。

「あたしたちというのは……お前とお前の旦那のことか」

「はい」

「写真を見せろ」

わたしは震える手でハンドバッグからお財布を取り出し、内にしまってある英而さんとわたしの写真に触れました。それは二人が結婚して間もない頃、近所の写真館で撮ってもらった記念写真でした。真珠のネックレスに襟付きの白いツーピースを着たわたしは椅子に腰かけて笑顔を浮かべ、その後ろに立った英而さんは同じく白いスーツを着て、わたしよりも上手にカメラに向かって微笑んでいます。

「なかなか美男子じゃないか」

父は写真を奪うと、まるで怪しい紙幣を検(あらた)めるようにそれを高く掲げました。

「お父さん、あたしたち、たくさん借金があるの。それで新しい事業を始めなきゃならないの。そのためにどうしてもまとまったお金が必要なのよ」

「ああ、やっぱり金だろう。この世でものを言うのは、結局そいつだからな」

「久々に会ってこんなお願いをするのは申し訳ないけれど、こうするしかなくて……あたし、お母さんとお父さんにしか頼れなくて……」

「お前に金を貸したら、お前の家の庭にお父さんの銅像を立ててくれるか？」

父は写真を宙にゆらゆらと揺らして、呆(ほう)けたような半笑いを浮かべています。

「お父さん、あたし本気でお願いしてるのよ」

「お前はお父さんをなんだと思っているんだ？」

わたしははっとしました。次に目を合わせた瞬間、落ち窪んだ眼窩に黒瑪瑙(くろめのう)のようにはめ込まれた冷たい瞳が光りました。父は笑っていませんでした。

「お前はお父さんをなんだと思っているんだ？」

父がゆっくりと近づいてくるのがわかりました。

わたしは動くことができませんでした。

すぐにでも求められている答えを口にするべきなのに、喉から下のほうが初めて感じる恐怖に冷たく麻痺して何も言うことができないのです。父はもう、すぐ前にいました。小石を飲み込んだような尖った喉仏がわたしの両目を突き刺そうとしており、思わず目をつむった瞬間、父は先ほどとは明らかに異なる次元の力を込めてわたしを抱きました。垂れ下がった薔薇の花びらが閉じた目の裏で揺れ、抱擁は長く、長く続き……ようやくその腕が解かれたとき、まるで何百もの人の腕から抜け出したように、わたしは激しく疲弊していました。押しつけられた肉の表面に生まれた熱が、再び体の輪郭を溶かそうとしていました。

気づくと父は階段の手すりにもたれ、長い足の先だけを交差させています。それは父を父らしく見せる、とても優雅なポーズでした。父は右手の人さし指と中指でわたしと夫の記念写真をつまんで、あたかもそれが小さな女の子たちの気を引くとっておきの小道具であるかのように、思わせぶりに宙の高いところで揺らしていました。

「返して」

わたしは手を伸ばして写真を奪おうとしました。しかし父は床に視線を落としたまま、そのポーズを崩しません。無理やりその人さし指と中指を写真から剝がそうとしましたが、二本の指は写真と一緒に固められてしまったようにまったく動かないのです。

わたしは諦めて父の隣で同じように手すりにもたれ、次の言葉を待ちました。うつむいて黙っていると、やがてみぞおちのあたりが重たくなってきました。一呼吸するごとに体のなかに丸まっているすべての臓器から柔らかな弾力が失われていくよう、そしてそこに通う血管がまとめてひねりつぶされていくようなのです。

「どうしても必要だというのなら……」

父は長い沈黙ののち、ようやく口を開きました。

「無理な話ではない。ただし条件がある」

かすれた声と一緒に苦く酸っぱい息がもれるのを感じながら、わたしは「何？」と聞きました。

「お前たちにはまだ子どもがないんだろう？」

父はわたしのお腹に険しい視線を向けました。わたしは二日ほど前に月のものを終えたばかりでした。

「ええ、まだ……」

「だったら諦めなさい」

そう言う父の視線は鋭い針となり、不吉な言葉を糸にしてわたしの下腹部と背中に当たっている階段の手すりをきつく縫い合わせていくようでした。

「子どもを産まないと約束するなら金を貸してやると言っているんだ」

　何度も唾を飲んで口のなかを湿らせてから、わたしはかすれた声でようやく言い返しました。

「……そんなこと、お父さんに命令される義理はないわ」

「命令じゃない、約束だと言ってるだろう。これは平等な個人のあいだで交わされる約束だ」

「そんな、馬鹿馬鹿しい……」

「だったら帰れ」

　父の言っていることは滅茶苦茶でした。おそらく父は、ここの空気を長く吸い過ぎたのです。この屋敷の欺瞞にとりつかれ徹底的にその賤しい手下となること、もしくはその役柄を演じることを選んだのです。どちらにせよ、彼はもうわたしの知っている父ではありませんでした。

　薔薇の香りが鼻孔を通り抜けていきました。鉄の塊のようになっていた二つの肺が再び柔らかな粘膜に包まれ、穏やかな弾力を取り戻していくように感じられました。

「さあ、どうする」

　わたしの顔にはおそらく、いかにも偽悪的な微笑みが浮かんでいたでしょう。この種の仕組まれた狂気に自らの羞恥心や誠実さを並べて手を結ばせることなど決してできませんでした。どんなちっぽけなことだってこの道化の父に誓うことなどできない、道化の前で口にする嘘は嘘にはなりえない。ですからわたしは、父の目を正面から見据えてはっきり答えたのです。

「わかりました」

「約束するな？」

かっと目を見開き、父が装える精一杯の狂気で怯える娘を打ちのめそうとしているのがわかりました。それをわたしは笑ったのです。笑って、「約束します」と言ったのです。

「それならいいぞ」

父はようやく手すりから体を離し、大きく伸びをしました。指でつまんでいた写真は当然のごとくジャケットの内側のポケットに入っていきました。

「ではお祖父さんにお願いしてこよう」

父は廊下に向かい、一番奥の大きな扉を開けました。わたしが立っている玄関ホールからも、扉の隙間から大きな大理石のテーブルの一角が見えました。後方の窓から差し込む光が部屋をまばゆい白さで満たしていました。わたしは目を閉じ、静かに呼吸をして待ちました。

どれほどの時間が経ったのか、再び父がホールに現れたとき、その手には真新しい光を吸い取ったような白い紙がありました。そしてその光の余韻に導かれるように、わたしの視線はゆっくり閉まっていく奥の扉に引きつけられたのです。

先ほどは誰もいなかったテーブルの向こうに、祖父が立っているのが見えました。

祖父は白いスーツを着て、パナマ帽をかぶっていました。

祖父は若かった頃の父に似ていました。父以上に父の面影をとどめていました。わたしはあそこにいる祖父こそが、自分の本当の父なのではないかと思いました。


英而さんの伯父さんが失踪したのは、この奇妙な訪問の翌日のことです。

いつも通り英而さんが事務所に行くと一枚の事務便箋がセロハンテープで机に貼り付けられてあり、そこには伯父さんの手書きの文字で、自分はこの一連の悪夢にすっかり疲れてしまった、新しい事業を興す気力はとうの昔に尽きた、申し訳ないがあとの処理はまだ若く将来もあるきみに任せたいという旨のことが書かれていたそうです。わたしもその書き置きを見せてもらいましたが、伯父さんは「本当に申し訳ない」という言葉を便箋一枚のなかで四度も使っていました。わたしはその四度の申し訳なさを言葉通りに受け取りました。そして伯父さんに同情しました。事業を始めるお金は準備できたのだから、失踪する必要なんかなかったのにと思いながら……。

「あなた、伯父さんにお金のこと言わなかったの？　これだけ集まったんだから、あとは一生懸命働くだけでよかったのに」

「確実でないことを言って期待させるのは気の毒だと思ったんだ。でも言うべきだった。しまったな」

「なんとか連絡のつきそうな当てはないの？　お友達とか、ほかの会社の人だとか……」

「思い当たるところには、訪ねるか電報を打ったよ。しかしどうにも見つからない」

「伯父さん、なんだか可哀想ね」

「ああ。でもこうなったら仕方ない。僕たちだけでどうにかしなくては」

　その言葉通り、わたしたちに嘆いている時間はありませんでした。英而さんはさっそくわたしが借りてきたお金を元手に、「信頼のおける友人」たちと事業を始めました。

　それからは働きづめの毎日でした。わたしは夕方まで新宿の食品会社で経理の事務をとり、夜は英而さんの知り合いが経営していた荒木町のバーで雑用や会計の仕事をするようになりました。とりあえずは伯父さんが残した借金の返済から片づけていくつもりでしたが、同時に父と母から借りた分も、微々たる額ではありながら毎月決まった額を返済していきました。父のほうへは郵便為替を使っていましたが、母のほうへは、わたしが直接お金を持っていくことになっていました。

　伯父さんの失踪から一年ほど経った頃でしょうか、夜の仕事の前に九段の母のもとに赴きお金の入った封筒を手渡すと、母は一つ大きなため息をついて、出し抜けに「お前は知らないだろうけど」と切り出しました。

「言っておくけどね、岡倉の社長さんは一人で失踪したんじゃないんだよ。芳乃を連れていったんだよ」

芳乃、と言われたとき、わたしはたいした考えもなく「芳乃って誰なの」と聞きました。すると母はまるで空の皿を舐める猫のように目を光らせ、黙って封筒の中身を検め始めたのです。その思わせぶりな沈黙が久々に、母に対する憧憬と軽蔑の入り混じった好奇心を煽りました。

「誰なのよ。教えて」

「覚えてないの？　うちにいた芳乃だよ。お前もずいぶんなついてたじゃないか」

「……まさか、芳乃ねえさんのこと？」

「ああそうさ」

母はぺろりと舌を出し、その舌の先で指を湿らせ紙幣を数え直しました。

「嘘でしょう。どうして伯父さんとねえさんが関係あるのよ？」

「お前が気づかなかっただけさ。あたしだって気づかなかったんだからね」

「それならどうして知ってるのよ？　どうして今頃そんなことを言うのよ？」

「そういうことは、ほとぼりが冷めた頃に自然と耳に入ってくるものなんだよ」

「誰から聞いたの？」

「それはお前の世話じゃない」

数えた紙幣を封筒にしまうと、母はさっと立ち上がって三畳間から出ていきました。

地方の芸者が早めに着いているのか、面会の終了を告げるように二階のお座敷から三味線の撥を鳴らす音が聞こえてきます。わたしは話の続きを期待してしばらくそこに座っていましたが、半時間待っても母は帰ってきませんでした。

釈然としないまま、その晩わたしは夜遅くの食卓で英而さんに母の話を伝えました。そして何年も前にうちから突然いなくなった芳乃ねえさんがどうしてあなたの伯父さんと一緒に失踪などするのか、まったく見当がつかないとぼやいてみせました。彼はいかにも驚いたという顔つきで相槌を打って聞いているだけでしたが、数時間後、行為を終えた布団のなかでようやく打ち明け話をする気になったようです。

「これまで黙っていたんだが……」

実は伯父さんはもう十年近くも昔からとある芸者と内縁の関係にある、その芸者というのはおそらく母の料亭にいた芳乃ねえさんであろう、英而さんはそう言いました。その芸者について伯父さんは多くを語りませんでしたが、数年前に花柳界から身を退かせ、駒込のほうで小料理屋をやらせているのだと話したことがあったそうなのです。

「じゃあ伯父さんが、芳乃ねえさんをうちから出ていかせたの？」

あの穏やかな伯父さんが芳乃ねえさんに痴情がらみの出奔をさせたなんて、信じがたいことでした。

「おそらくそうだろうね……あの頃はまだ、伯父さんも若かったからな。会社の仕事が波に乗り始めて、幸先は明るかったんだ」

「どうして今まで言わなかったのかしら？」

「口の堅い人だからね。それにきみが八重の娘さんだとくれば、なおさら言いづらかったんだろう」

「でも伯父さん、お一人なんでしょう？　どうしてきちんと芳乃ねえさんと一緒にならないのかしら？」

「これもきみには黙っていたことなんだが……」

英而さんは一つため息をついて言いました。

「伯父さんには実は今でも奥さんがいるんだよ。もうずっと長いこと会っていない奥さんだが、伯父さんは彼女と離婚する気はさらさらない。それがどういう理由のためかは知らないけれど、伯父さんには伯父さんの事情があるということだろう」

「ええ、きっと難しいことなのね。でも逃げるのは、やっぱりずるいわね？　あたしは芳乃ねえさんをとても好きだったのに……あの人は、すごくきれいで優しいおねえさんで……あたし、たくさん泣いたわ……そういう芳乃ねえさんを伯父さんがあたしたちから奪って、今度は芳乃ねえさんがあたしたちから伯父さんを奪ったんだわ。あの人たち、残された人のことなんか考えもしないのね」

わたしはずっと昔、芳乃ねえさんとお不動さんの境内で一緒に泣いた夜明けのことを思い出しました。となるとあのときの芳乃ねえさんの涙は、英而さんの伯父さんのことを想って流れていた涙だったのでしょうか？　そしてあの涙の十数年後の続きとして、この失踪が起こったというのでしょうか……？

わたしにとって過去の思い出とは、皆それぞれに独立しているものでした。それは夜空に浮かぶ星のように、一つ一つを組み合わせて星座のようなものを作ることはできましたが、実際の星と星とのあいだが何光年と離れているのと同じように、一つ一つの思い出は決して互いに近づいたり重なったりはしませんでした。一度思い出となってしまった出来事はほかのどの星の時間にも永遠に関与されない、どこまでも孤独なたった一つの星として記憶の宇宙を漂っているのです。ですからあの夜明けの思い出と今度の伯父さんの失踪を結びつけることは、とても容易くできることではないのです。

ところがこの晩、温かな夫の体に身を預けながら、わたしは自分が何か深刻な思い違いをしているような気がしてなりませんでした。

わたしが記憶に留めている個々の思い出は、どこまでも独立し、介入しがたく、その時を永遠に止めてしまうことで時を超えていつまでも存在し続けることを許されているはずです。でも、そうやってへし折ってしまった時間の続きを、わたしはいったいどこへ捨ててきたのでしょう？　それらの時間が自ら終わりを迎えることなどあるのでしょうか、わたしたちが死に絶えてからも、それらの捨てられた時間はどこかで生き続けるのでしょうか……？

磁石に吸い寄せられる砂鉄のようにおぼろげな思考が言葉となってその問いを形作った瞬間、わたしの内にある一つの予感が生まれました。同時に、それまで無造作に捨て去ってきた時間の続きがどこかに穿(うが)たれた暗く深い穴に蓄えられ一つの巨大な実体となり、後ろからわたしを抱く夫の体を乗り越えて、その手をこちらに伸ばそうとしている様がまぶたの裏に浮かびました。

わたしはもうすぐ、さほど遠くはない時間のうちに、ここではないどこかへ連れ去られるのかもしれない――それは恐怖を伴うものではなく、抜けた睫毛を掌に載せて眺めているような、なんの感慨も呼び起こさないうっすらとした予感でした。


とはいえ、この晩の予感とその後に訪れた生活の変化を、わたしはすぐに結びつけて考えることはできませんでした。振り返ってみれば、それは確かに何かの始まりに違いなかったにせよ、当時のわたしは未来を必要以上に掌握することを恐れるあまり、その奇妙に乾いた予感を――ゆえに何より危険に思われる予感を――目に触れない引き出しの奥にしまいこみ、鍵をかけてしまっていたのです。

懸命に働いているうちに気づけば結婚してすでに四年以上の月日が流れていましたが、依然として妊娠の兆しはありませんでした。もしかして、あの日お金欲しさに父との交換条件をのんで、約束してしまったからではないかしら……？　月のものを見るたびにそんな暗い疑いが頭をよぎることはありましたが、わたしはそこまで迷信深い人間ではありません。そもそも、あれはまともな人間が交わすような約束ではなかったのです。あの奇怪な屋敷とそこで起こった一連の出来事を一個人の生理現象と関連付けて考えることは、人類の生に対する冒瀆(ぼうとく)であるような気さえしました。わたしの不妊に何か原因があるとすれば、もっと現実的で、手に触れて確かめられる何かでなくてはいけませんでした。するとやがて、まさにおあつらえ向きと言って良いほどの原因が現れました。つまりこの頃、英而さんが帰宅する回数が目に見えて減っていったのです。

借金の返済に追われるようになってから、わたしの仕事が終わるのは夜の十一時、帰ってくるのは真夜中近くで、英而さんが帰ってくるのはもっと遅くでした。それでも二人は毎朝同じ時刻に起きて一緒に朝食をとるのが習慣だったのに、この頃になると、英而さんは帰ってくることがあっても疲れ切ったようすで一人で深く眠りこんでしまいますし、朝には一緒に起きてくれなくなったのです。ゆえにいつしかわたしは九段の料亭で暮らしていた少女時代のように一人寂しく朝食をとり、寝室に向かって「行ってきます」と声をかけてから昼間の仕事に出るようになりました。

英而さんから生活費として月に一度銀行に振り込まれる金額は、月によってかなりのばらつきがありました。ただわたしには会社とバーからの定期的な収入がありましたので、いろいろと調整して、方々への月々の返済だけは必ず果たすよう気をつけていました。もしこの借金さえなければ、英而さんと水入らずで旅行に出かけたり、夜はレストランで食事をしたり、そのあとで映画を観に行ったりできるだろうに……ぼんやりとそんな空想をすることはありましたが、その淡い空想だって一分と続けていられないほど、お金と夫の不在は狭いアパートのいたるところでわたしの頰を打ち、横暴な君主のように生活の中央に堂々とのさばっていたのです。

稀に英而さんが帰宅するたび、わたしはこの絶えまない打擲から逃れるがため彼の振る舞いになんらかの兆候を発見しようと必死でした。ところが視線の端にようやくからめとったその兆候が絶望を示すものであっても希望を示すものであっても、手に入れた瞬間それは表面上の意味を失い、ただ一枚の巨大な絵を前にしているように感じられて……わたしはそこに立ち尽くすほか何もできないのでした。

「今度はいつ帰るの？」

遅い夕飯の支度をしながらさりげなく発したつもりの一言に、冷遇されている妻の精一杯の媚態が漂っていることに気づいて、わたしは思わず赤面しました。

「わからないな。何しろいろいろとやっかいな仕事が多いものでね」

「お手伝いできることはあるかしら？」

「きみにか？」

「ええ」

抑えようとしても体臭のように滲み出てしまっているはずの厚かましさを恐れ、わたしは白熱灯の灯りが届かない暗い壁のそばに立ちました。

「きみが手伝うことなどないよ。ただきみはきみの仕事をして、こうしてたまに僕の世話をしてくれればいいんだから」

「でも……」

うつむくと、先が汚れたスリッパの足元が見えました。それは新婚当時お揃いで英而さんが用意してくれた対の片方でした。テーブルの下におそるおそる目をやると、そこには灰色の靴下履きの大きな足が見えました。あのスリッパはどこへ行ったのかしら？彼の足は小さなテーブルの暗がりに不恰好に大きく見えます。もしかしたら、靴下の下にあのスリッパを履いているのではないかしら？　朝起きたときから、会社に行くときも、そして今も……？　ぼんやり考えているうち、彼は目の前から消えていました。テーブルの上には半分ほど中身が空になった食器が残り、お風呂場からお湯を使う音が遠い滝の流れのように聞こえてくるばかりでした。

やがて彼が最後に帰宅した日から一週間が経ち、二週間が経ち、一ヶ月、二ヶ月が過ぎ……一日の仕事を終えてくたびれて帰宅し、一人で冷たい布団に入って眠る前、わたしは（こうなることはわかっていたのだ、自分はちゃんと予感していたではないか）と何度も心に繰り返しました。

それは伯父さんの話をした晩に感じたあの予感ではなく、新婚当時あまりの幸せに怯えていた時代の、〝こんな大きな幸せが長く続くはずはない、いつか何かと引き換えることを前提に今の幸せが成り立っているに違いない……〟という、より素朴で茫洋とした予感でした。

わたしは眠りにつく前この虚しい慰めに似た言葉を自身に投げかけ、それが与えてくれるつかのまの安息を味わってから枕に冷たい頬を押し当て、いったいどうしてこんなことになってしまったのだろうと考えました。あれほど愛し合っていた二人がどうしてこう離れ離れに存在していられるのか、一方がこれほど強く求めているのにどうしてもう一方はそうではないのかと……。わたしはそのときになって初めて、ある一組の夫婦として父と母のことを想いました。母とわたしを置いて帰らなくなった父、父のことなど忘れてしまったかのように振る舞っていた母……もしかしたら、父と母とのあいだに起こったことが今自分と夫とのあいだに起ころうとしているのだろうか？　だとしても、わたしが今英而さんに抱いているような愛情を果たして母も父に抱いていただろうか、そして父は、今英而さんがわたしに対して見せているあの取りつくしまもない素っ気なさを母に浴びせていただろうか？

かつての輝きを失って記憶の宙にそれぞれ浮遊している父と母の姿は、小さな寝室に充満しているわたしの孤独に暗く重い影を落としていました。

彼らはこの一件に関して、二十数年前に彼らがこの世に生みだした一人娘の孤独に関して、逃れがたい責任があるとさえ感じられました。と同時に、彼ら自身が抱えていたかもしれない孤独については、その娘である自分に責任があったように思いました。

仮に父と母にわたしという娘がいなかったなら……いいえ、そもそも最初から母か父のどちらかがいなかったら……わたしたちは多過ぎたということだろうか……だから欠けざるを得なかった……そう、いなくなることでしか……？　そうだ、寸法の揃わない材料で行き当たりばったりに作られた模型みたいに、わたしたちは自らの一部を次々に欠いていくことでしか重心を得られない家族だった、そんな人間が新たに家族を持ったならば、やはりそこにできるのは家族という名の不細工な模型でしかなかった……。

　不毛な考えをめぐらせていると、夜は永遠に長く続くように思われました。


　翌年のお正月、わたしは一人で母の料亭に帰りました。

　正月恒例の紋付を着て髪を結い上げ、せわしなく家のなかを行ったり来たりしている母は、勝手口から入ってきたわたしを一目見て「一人なのね」と言いました。その言い方がどこか得意げに耳に響いて、わたしは外套も脱がずに黙ってテーブルに座り、そこに置いてあった婦人雑誌を開きました。

「仕方ないわね」

　目を上げると、母は微笑んでいました。その微笑みを、わたしは自分でも思いがけないほど憎しみに近い気持ちを抱いて見返しました。

「あんたのその顔を見ればわかる。だってね……」

「お母さん、何も言わないで」

「もったいぶらなくたっていいのよ、あたしにはちゃんとわかるんだから」

「勝手に決め付けないで、あとで話すから……」

「旦那と何かあったんだろう？　帰ってこないんじゃないのかい？」

「お母さん！」

　初めてその言葉を口に出すように、わたしは一音一音を明瞭に発音しました。母は何か言いかけた顔のまま、不服そうに立っていました。

「お母さん……」

お母さん、お母さんはちゃんとお父さんを愛していたの？

わたしはその問いかけを口にしませんでした。ただ乾いた唇を強く押し合わせ、母の目を真っすぐに見つめ、心のなかで叫んだだけでした。

それでも母は、おそらく理解したのです。

母は今、完全に表情を失い、先ほどまでありありとその顔に浮かべていた苛立ちさえ消し去って、質の悪い粘土で作った鈍重な仮面のような顔で宙を見つめていました。同時にわたしにはわかったのです、このひどく貧しい表情こそが、今の自分が抱えている孤独の一つの解答に違いないのだと。

それは強奪された女の顔でした。微笑みだけでなく悲しみも怒りも、快楽も絶望も、そして何より時間を奪われた女の顔でした。

これほど恐ろしく空っぽな顔を、わたしはそれまで見たことがありませんでした。自分がこの女から生まれてきた女であるならば、やはり自分もいつかはこのような顔を鏡のなかに見ることになるに違いない、わたしはそうはっきりと悟りました。

「夜まで出かけてくるから、お前は一人で食べなさい」

母は仮面の表情のまま呟くと、三畳間に引っ込みました。一人きりになった台所で、わたしはしばらく開いたままの婦人雑誌の上に視線を落としていました。そこには蝶の模様が入った、くるぶしまで届く丈のワンピースを着た若いモデルが写っていました。夕映えの空の色の生地に、今にもこちらに向かって舞い飛んできそうな朱色の翅の蝶が、何匹も何匹も……。ふと、背後に蝶の気配を感じました。あの艶やかな朱色の翅が妖しく揺れ、金色の鱗粉が宙を舞い、ほつれてそのままになっているレースのような長い触角が肩をくすぐり——振り返ればすぐそこに、あの蝶がわたしを待ってくれている気がしたのです。

「何をぼんやりしてるの」

気づくと、目の前には再び母が立っていました。先ほどの表情は嘘のように消え失せ、クリームをたっぷり塗り込んであるらしい肌は冷たく輝き、皺の寄った唇は季節外れの躑躅（つつじ）の色に燃えています。

「まったく、いつもぼんやりして！　お前は昔から何を考えてるのか本当にわからない娘だよ。扱いにくいったらありゃしない……旦那に放っとかれるのも当然だね」

「お母さん、怒ってるの？」

「怒ってるんじゃないよ、ただ一つ言わせてほしいのはね、あたしにはこうなることがとっくの昔からわかってたってことだよ。で、どうなんだい、旦那が帰ってこないんだろう？」

わたしは大人しくうなずきました。

「だろうね、あたしはあの人があんたをもらいにここにやってきたときからそうなるだろうと思ってた。いいや、もっと昔からかもしれないね、もしかしたら……」

「お父さんがうちを出ていったとき？」

目の前の顔にまたしてもあの巨大な空虚が表れかけましたが、母自身がそれを許しませんでした。母は鮮やかな石の指輪をいくつもはめた拳をテーブルにつき下ろして怒鳴りました。

「関係あるわ、だってお父さんがうちを出ていったとき、お母さんは何もしなかったんでしょう？　そうでしょう、すべきだったのに、しなかったのよ……お母さんだってわかってるはずだわ、その続きがこれよ……これなのよ！」

「このこととあんたの父親のことは、まるきり関係ないじゃないの！　つまりね……」

わたしは立ち上がって母に近づきました。罵倒するつもりなのか抱擁するつもりなのか自分でもわからぬまま、その唇に唇が触れそうになるくらいに、そう、ちょうど父があの屋敷でわたしにしたように……。そして黒い線で丹念に縁取られた両目に見覚えのある恐怖の色が浮かんだのを見た瞬間、わたしは母を強く腕のなかに抱き締めていたのです。

「あたしはお母さんとは違うの。あたしは絶対、お母さんみたいにはならない……母親だからって、ぜんぶわかったつもりにならないでちょうだい」

ありたけの真心を込めて、わたしは囁きました。母の体は震えていました。もう少し腕に力を込めれば、骨までばらばらになって床に崩れ落ちていきそうでした。しかし母は醜いうめき声を発してわたしから逃れようと必死です。

「何もわかってないんだから、あんたは……」

ようよう母が言うのを聞くと、力が抜けて腕を解きました。背後の食器棚の暗いガラス戸に、母の背中と自分の顔が映っているのが見えました。わたしは微笑んでいました。

「ええ、わからないわ。でもお母さんだって、あたしのことは何もわからないのよ」

「いいや、あたしにはわかる。だってあんたはあたしの娘なんだもの、あたしの血が通ってる、あたしの産んだ娘なんだから」

美容室で丁寧に艶をつけたばかりに違いない結い髪を乱し、白粉が落ちて火傷（やけど）のように紅潮した肌をあらわにした母は、せわしく肩で息をしていました。胸元を見下ろすと、彼女の肌から削げ落ちた肌色の粉がわたしの黒い外套を汚していました。それでもわたしは微笑みを絶やしませんでした。

「でもあたしは、お父さんの娘でもあるのよ」

母は後ずさって、わたしをまじまじと見つめました。そして長い沈黙ののち、事務的な口調で言いました。

「そんなことが今さらなんだって言うんだい？　お前があたしの母親なんじゃない、あたしがお前の母親なんだよ」

母はこちらの答えを待たずに背を向け、乱れた着物の襟元を直して表の玄関から出ていきました。

外から女の泣き声が聞こえた気がしましたが、それは低い軒先を通り抜けていく新年の乾いた風の音でした。

その後も英而さんは帰らぬまま、いつにも増して長く感じられた暗い冬が終わりました。

ようやくやってきた春は冬を追い出したようにわたしの暗鬱な現実までをも一掃することはできませんでしたが、街を行く人々は誰もが一命を取り留めたかのように顔をほころばせ、歓喜に沸いているように見えました。

昼間勤めている会社でも、上野での花見の計画が持ち上がりました。その日は午後の早い時間に仕事を切り上げて上野公園へ移動し、日が暮れたのちには有志だけが残って楽しめばよいという話でしたが、そんな行事にわたしはまったく気乗りせず——というのも、その月は英而さんからの入金がほんのちょっぴりだったこともあり——検討するまでもなく断るつもりでした。ところが同僚たちは絶対に来てと言って引きません。

「あなた、最近元気ないのね。そういうときこそ、みんなでお花を見るものよ」

机まで領収証を持ってきた祥子ちゃんが、そう言って優しく腕を叩いてくれました。

「ね、行きましょうね？」

微笑んでいる彼女は久々に再会したときの印象と少しも違わず、やはりこの世の森羅万象を理解している女教師のように見えました。だとすれば自分の卑小な苦悩もまた、季節の移り変わりや株価の指数と同じように公平に理解されることもあるのかもしれないという安堵感が、わたしを淡い歓びのうちにうなずかせました。「そうね、行くわ」精一杯の微笑みを浮かべてみせてから、わたしは再び棲み慣れた孤独のなかに潜って伝票を繰り始めました。

お正月に母のもとを訪ねて以来、わたしは自分が新たな方向に向かって歩を進めている気がしていました。確かにあの日、自分は母に勝利したと思いました。今後何が起ころうと決して母のようにはならない、そのためにも幼い頃からあの家で吸い込み蓄積してきた驕慢やうぬぼれを自分の内から完全に追い出し、心をできるだけ平静に保ち、この不幸に至った道のりを遡って自身の落ち度を探し出そうと決めたのです。それは雨上がりの朝の森に群生する茸のように、ちょっと表面の落ち葉をつついてみればいくらでも見つかるものでした。しかしどれだけ内省してみたところで、英而さんはやはり帰ってきません。このような生き方はつらい、何度も思いました。それでもわたしは父と母の生き方にならうことだけは絶対にしたくないのです。わたしは必死で目の前の生活にしがみつきました。愛する人を待ちながら生きるという綿菓子のような孤独のなかに、すべての苦痛を麻痺させようとしていました。

お花見の当日、経理課の同僚の若い三人娘と場所取りを命じられたわたしは、少し早く仕事を切り上げて彼女たちと山手線に乗りました。

電車が目白駅に停車したときには、結婚以来もう五年も暮らしている下落合のアパートの方角に目をやり、そこで今もわたしたちを待っている小さな台所やテーブルや布団や揃いのスリッパのことを思いました。

電車のなかには反対側の窓から午後の柔らかな日差しが差し込み、三人の若い同僚は明るく罪のないお喋りを続けています。すぐ右隣に座っている同僚の腕時計が太陽の光を反射して、向かい側に座っている幼い女の子の右頬に小さな菱形の印を映し出していました。女の子はその印に気づくことなく、隣の母親らしい人の膝を摑むように手を置いて掌をゆっくり閉じたり開いたりしていましたが、そのうち飽きてしまったのか座席からぴょいと飛び降り、窓から床に差し込む白い光を踏みつけようと足をばたばた動かし始めました。光は小さな足の裏をからかうように床の上に現れては消え、微笑みを誘う小景を車両のなかに作りました。

わたしは同僚たちのお喋りを聞きながら何気なくそのようすを見ていたのですが、次の瞬間、彼女のはめているおもちゃの指輪が何かのはずみで鋭く日の光を捉えたとき、なぜだか猛烈に胸が苦しくなったのです。

それはどこか懐かしい、何かじっとりと生温かいもので胸が押しつぶされるような、あまりにも強い幸福感にも似た苦しさでした。だとすれば当然、次にやってくるのはおなじみの不幸の追憶であろうとわたしは咄嗟に目をつむり、しばしの痛苦に耐えようとしました。しかしいくら待っても予期したものはやってきません。それどころか、その重く生温かいものはわたしの胸に深く沈んでそこからそのかさだけの恐れや不安を溢れ出させ、午後の光のなかへと流していきました。

　名状しがたい感覚に囚われ戸惑ったままわたしは目を開け、車両の四角い窓を、前に座る母子を、窓の向こうに見えてきた上野の駅舎を、そして隣に座っている同僚たちの顔を見つめました。

「どうかしたの？」

　そう言って彼女たちがいっせいにこちらに笑顔を向けた瞬間、まばゆく新鮮な感情の波がわたしを洗いました。まったく不思議なことに、視界に満ちる万物がすべてまっさらに優しく、そしてこの世界を代表して自分を歓迎してくれているように見えました。

　わたしは確かに以前のわたしではない、愛する人に愛され、欲されている人間ではない、それでもやはり、九段の小さな家のなかで世をすねていた小さなわたしではない！自分というちっぽけな人間でさえかような変化を遂げたのだから、世のなかのすべてが不変であるということがどうしてありえよう？　すべては変わり続けている、生まれ変わり続けている、すべてが、すべてが……。突如として目の前に展けた新たな世界に微笑みを返すことさえできず、わたしはただ訳もわからずにこみあげてくる涙と動悸を静かに堪えているだけでした。

　上野に着いたわたしたちは売店に立ち寄って買い物をすませ、会社の人たちがやってくるのを待ちました。桜はちょうど満開を迎え、周りにはすでに宴会を始めているグループもいくつか見られます。ビニールのシートの上に車座になり、同僚の女の子たちは桜を見ながら愉快気にお喋りを続けていました。わたしは一人、電車のなかで不意に囚われたあの不思議な感情に包まれたまま、喧騒のなかに散っていく桜を見上げたり、落ちた花びらを指の腹にくっつけて眺めていました。そのうちに会社の人たちが少しずつ合流し、宴会はいつのまにかだらだらと始まっているようでした。

もうすぐ日没を迎えるという頃、わたしはふと、はす向かいの宴会グループに艶やかな着物姿の女の人が混じっていることに気がつきました。よく見てみればそれは一人ではなく、何人か同じように着飾った女性が楽しそうに笑ったり誰かの冗談に手を叩いたりしています。

一瞬で視界に暗転が起きました。

目の奥で再び明るくなった世界では、桜もビニールシートも向かいに座った女の子の丸い膝も消えてしまって、代わりに広がっていたのはもう何年前のことかも判然としない、九段の廿日会のお花見の風景でした。

わたしのすぐ隣には芳乃ねえさんがいます。少し離れたところには母がいて、ほかの料亭のおかあさんや箱屋のしげさんたちとお酒を飲んでいます。父はいません。ござの真ん中では大きいおねえさんが三味線を弾いて、赤い着物を着たほっそりした半玉の女の子が二人で踊っています。わたしは少し体を後ろに反らし、芳乃ねえさんのふっくらした上体越しに誰かを探しています。いくつもの体の向こうにようやく見つけたその少年はほかの人のように車座のなかには入らず、ござの縁ぎりぎりのところに座ってあらぬ方向を見ています。左足で立て膝をして、手には細い枝の切れ端を持って、頭を少し傾けて、なかなか落ちてこない桜の花びらの最初の一枚を待っています。

思わず叫び声をあげそうになりました。

そうです、どうして忘れていられたのでしょう、わたしは上野公園のまさしくこの場所で、以前にお花見をしたことがあったのです。気づいてみれば、今シートを敷いている場所も座っている場所も、あの廿日会のお花見のときとまったく同じでした。

わたしはなんだか恐ろしくなりました。電車のなかで不意に訪れたあのまばゆい瞬間とこの偶然の一致には何か巨大な罠が仕掛けられているように思えました。もしくは、今日たまたま気づいただけであって、わたしは今までもずっとこうして、気づかぬうちに自分の過去を忠実になぞるように生きてきたのでしょうか。結婚も就職も、まったく新しい未知の体験としてそれに飛び込み流されるがままここまでどうにか辿りついたというのに、それはすでに過去に体験したことの形式を変えた繰り返しに過ぎなかったのでしょうか。

「どうしたの」

肩を揺すられて振り向くと、そこには懐かしい芳乃ねえさんの顔がありました。

「酔った？」

そう言って笑った人は、もう芳乃ねえさんではありませんでした。それは桜と同じ淡いピンク色のツーピースを着た祥子ちゃんでした。

　わたしは残された芳乃ねえさんの余韻をいつまでも捕まえておきたくて、彼女の顔をじっと見つめました。ううん、少しぼんやりしていただけなの……、言い切らぬうちに、突然空間を裂くような悲鳴が聞こえました。

　その場にいた全員が、悲鳴が聞こえたほうへ振り向きました。もう一度、女の人の悲鳴が聞こえました。すでに録音済みの悲鳴を再生してそれをさらに録音したような、重みのなく、奇妙に干からびた悲鳴でした。少し遅れて何かが割れる音も聞こえました。わたしたちの座からも「どうした、どうした」と立ち上がって様子を見に行く人が出始めています。はす向かいに座る着飾った芸者たちは、宴に水を差されうんざりした顔をしています。

「いったいなんの騒ぎかしら？」

　祥子ちゃんも立ち上がってハイヒールを履き、踊るような足どりで人々のあとに続いていきました。

　シートの上には誰もいなくなりました。悲鳴はもう聞こえません。聞こえてくるのは遠い人々の怒鳴り声と何かが何かにぶつかる鈍い音、そして風に舞って落ちてきた花びらがさらに風に乗ってどこかに低く運ばれていくささやかな音だけです。誰もいない広いシートの上で、膝の前に落ちてきた花びらは空になったお弁当の箱や転がったビール瓶を巧みによけ、先へ先へと進んでゆきます。それを目で追っているうちに、わたしはシートの向かい側に、枝の切れ端が垂直に地面に突き刺さっているのを見つけました。瞬間、けたたましいサイレンの音があたりに響き渡ってすべての音を征服しました。

気づいたときにはわたしは無我夢中で人ごみに向かって走り、その中心部に向かって人々の体を押しのけていました。分厚い人の輪は突然の乱入者を簡単には目的の場所へ通してくれません。それでもわたしは必死で温かな体のなかを進んでいったのです、足を踏まれ肩をこづかれ腰の脇の肉をつかまれましたが、決して立ち止まらず、幼い頃、千恵子ちゃんやなみ江ちゃんと二七不動の縁日でしたのと同じように、ひたすら前へ前へと……。

ようやく人の輪をくぐり抜け中心に顔を出したとき、そこではもはや事が収まり、人々の鼻白んだ野次が飛び交っているだけでした。灰色のアスファルトには割れたガラスの破片が落ちていて、いびつな形の大きな血痕が一つと、その周囲に細かな血痕が点々と残されているのが目に入りました。あれだけ強固だった円陣はその統制の起点を失って、円の外側の部分から人々は退散し始めています。ほどけていく円の向こうでは、警棒を持った大柄な警察官が二人、体をぴったりと寄せ合い赤いランプを載せたパトカーに向かっています。わたしは熱に浮かされたような足どりでそのあとをついていきました。そしてすぐに自分の認識の誤りに気づきました。そこにいたのは警察官だけではなかったのです。彼らのあいだには一人の男が挟まっていたのです。

彼はとても小さくて、瘦せていて、とても自分の意志で歩いているようには見えませんでした。両側からの警察官の圧力に与って移動しているふうにしか見えませんでした。

警察官は押し込むというよりは腕に止まった蛾を払い落とすように彼をパトカーの後部座席に乗せると、サイレンを鳴らして去っていきました。強い風が吹き、地面は揺れているように思いました。ふと足元に視線を落とすと、そこには落ちたばかりと見える小さな血痕がありました。

わたしはしゃがんでその暗い色の染みをじっと見つめ……長らく忘れていたあの少年の名を、心のなかに叫びました。

——哲治!

11

　あれから下落合のアパートまでどうやって帰ってきたのか、よく覚えていないのです。気づいたときにはわたしは台所の硬いビニール椅子に座り、上野公園で目にした小さな背中のことばかり考えていました。あれは哲治に違いなかった、ずっと長いこと思い出しもしなかった——わたしの哲治に違いなかったと！

　昼間の電車のなかで不意に訪れたあの生まれ変わったような新鮮な感覚は、彼の背中を認めた瞬間やってきたときと同じ唐突さで跡形もなく消えていきました。わたしは決して生まれ変わったりなどしていませんでした、なぜならわたしはその日、十数年前にお花見をした場所で再びそっくり同じようなお花見をし、十数年前に見つけた哲治を再び二人の警察官の体のあいだに見出したのですから……。

　すべての繰り返しは巧みに企てられていたのかもしれません。白々しく驚いてみせるようなことなどもはやどこにもなかったのかもしれません。わたしが生きているのはひっかき傷のように生まれたひと続きの時間であり、それは一度流れ出したならいくら細かな支流に分かたれようが、最終的にはただ一つの目的地に向かって蛇行しながら進んでいくしかないのです。あの背中を目にして以来、大小の岩礁に阻まれいくつもに分岐していた流れは再び一つに合流し、大きくうねりながらすべてを飲み込んでいきつつあるようでした。

暗い台所に座ったまま、どれほど時間が経ったのでしょう。目を焼くようなまぶしい光に照らされ荒々しい物音の連続にふと顔を上げると、テーブルの向こうに見知らぬ男の姿がありました。

「帰ったよ」

見つめていると、それは徐々にわたしの知っている顔――長いあいだ切望していた、英而さんの顔に変わっていきました。

この人も過去からやってきた人だろうか？　そしてこの先の未来のどこかでわたしを待ってくれている人だろうか？　灯りが目になじむまで、わたしはぼんやり夫の顔を眺めていました。撫でても引っ張っても最後まで辿りつけないような、あの豊かな毛髪は見る影もなく短く刈られていて、頬全体に無精髭が散っています。その髭に埋もれかけた薄い唇が大きく開かれ、「何も食っていないんだ」と苛立たしげな声がしんと静まり返った台所に響きました。音量の狂ったラジオのように、その声は鼓膜に鋭利な棘を突き立ててました。

「そんなにぼんやりして、何を考えてるんだ？」

わたしは慌てて腰を上げ、お米を研ごうと米櫃の前にしゃがみこみましたが、目がくらんで立ち上がることができません。すると彼は近づいてきて腕を引っ張りあげ、かさばる荷物を無造作に置き去りにするようにして再びわたしを椅子に座らせました。

「少し痩せたんじゃないのか？　まるで……」

言いかけたまま、英而さんは矯めつ眇めつわたしを見つめていましたが、急に見飽きてしまったのか、ポケットから煙草を取り出してうっとうしげに吸い始めました。この人は、煙草をのむ人だったかしら……？　そう思いながらも、わたしの手は自然とテーブルの隅にあった灰皿を彼の正面に置いていました。

「帰ったら、きみは喜ぶだろうと思った。が、そうでもないらしいね」

彼の指先で弾かれた煙草の、その先から落ちた灰は灰皿ではなく水玉模様のテーブルクロスの上に落ちていきます。水玉に重なる小さな灰色の点の上に公園のアスファルトに残っていた暗い色の血痕がさらに重なり、それらの色の層は不穏な音楽のようにテーブルの表面を震わせました。

悠々と煙草を吸い終えると、彼は一つ大きく息をついて言いました。

「そういうことならば、僕はまた来よう」

「違うのよ」わたしは咄嗟に言いました。

「違うって？」

「違うの……」

「違うって、何が違うんだ？　僕が違うか？　それともこの家が違うのか？」

英而さんは唇の端をねじり上げるようにして、薄い笑みを浮かべています。そこには何の兆候も見えません。希望も絶望もなく、ただ堅固な楼閣のような無関心だけがあるのです。彼はまた一本ポケットから煙草を取り出し、火をつけました。

「今日、お花見に行ったときにね、あたし、あの子に会ったの」

「あの子って誰だ？」

「あの子、あたしの、あたしの……」

「あたしの、なんだ？」

「あたしの……」

言いかけると、舌が奥に引っ張られるように痛みました。突然喉に生じた小さな重力が、声を内に押し込めようとしていました。

「あたしの、あたしの……友達に」

ようやく絞り出した声は、歯のあいだを虚しく通り過ぎていくだけでした。

「そうかい、友達とお花見か。亭主が汗水流して働いているっていうときに、きみは呑気なもんだな。妻がそうして幸せなら僕は本当に嬉しいよ」

そう言って彼は立ち上がり玄関に向かいかけましたが、わたしはその腕を摑んで引きとめました。

「あなた、覚えている？　あたしの友達の、哲治よ。九段の置屋にいた……あたしの……大事な友達の……結婚の約束をしたとき、あなたとあたし以外にそれを知ってたのはあの子だけだったのよ」

「それで、それがどうした？」

「その哲治に、今日ばったり会ったの」

「それで？」

「それで……」

「僕らの結婚生活に何か問題があるとそれでようやく気づいたのなら、今度日を改めて話し合おう」

「違うの、そういうことではなくて……でもあたし、わからなくなったんです、今あたしはどっちの時間を生きているのか、あたしとあなたとの時間を生きているのか、それともあたしと哲治との時間を生きているのか……」

「どちらでもかまわないさ、少なくとも僕は僕の時間を生きているから」

英而さんは玄関を開けて出ていきました。吸いさしの煙草がまだ灰皿の縁で細い煙を立てていました。その煙のなかから、幽(かす)かに水の音が聞こえた気がしました。

翌日、わたしは会社を早引きして久方ぶりに九段の母の家を訪ねました。

お正月に起こした口論のせいで、それまで通り月に一度お金を持って母に会いにいくことはやめていましたが、この日は何か抗いがたいものがわたしの体を両脇から挟みこみ、九段の街へと連れていったのです。そう、ちょうど上野公園で見たあの小さな背中が二つの大きな体に挟まれ、半ば物体のように運ばれていったように……。

春にしては日差しが強くやや蒸し暑い日で、都電を降りて歩いているだけで小粒の汗が額にじっとりと浮かんできました。新宿方面の空に浮かんでいる派手な色のアドバルーンは、昼下がりの陽気にぼんやり霞んで見えます。

靖国通りから左に延びる小路を入っていくと、おなじみの料亭や置屋の建物が狭苦しげに並び、夜の喧騒の残滓（ざんし）を垂れ流すかのように灰色の道に重たげな影を落としていました。前の日に哲治の姿を見たからでしょうか、歩いているうちに、この街で幼い時代を共に過ごした友人たちが記憶とはまるで関係のないところで実体を持ち、今この瞬間も存在しているのだということが薄気味悪くも喜ばしくも思われてきました。わたしの足は自然と幼馴染みの千恵子ちゃんの美容室に向かっていました。

彼女の実家であるソノダ美容室は、お座敷へ出る芸者さんたちの髪を結う、九段にいくつもあった美容室の一つです。小さい頃は二階にある彼女の部屋によく遊びにいったものですが、わたしのお気に入りは一階の表側にはめ込まれた教会のステンドグラスのような細長い窓でした。しかし今何年かぶりに目にするその窓は、全体的に黒ずみ蔦（つた）に覆われ、ひび割れのためなのか裏から幅広のテープを貼っているように見える箇所もあり、太陽の光を受けて輝くこっくりとした艶もすっかり失われています。

わたしはおそるおそる窓の端に近づき、指先で蔦を除けてできた隙間からなかの様子を窺ってみました。色つきのガラスの向こうには、花柄のエプロンをつけた女の人がこちらに背を向けてお客さんの髪を梳いているのが見えます。大きなウェーブがかかって、背中の半分まで垂れた髪とふっくらした丸いお尻が、動きに合わせて揺れています。前にある鏡に映っている彼女の顔は、記憶のなかにあるよりほんの少し面長で鼻が尖っていましたが、すぐにそれとわかるくらい昔の面影を残していました。千恵子ちゃん！わたしは指先で窓を叩きかけました。するとその瞬間、彼女が突然こちらを振り返ったのです。千恵子ちゃんはわたしが立っている窓のほうを数秒見つめていましたが、眼差しはそこに立っている人間を見極めようとしているわけでも、ましてやその視線に対抗しようとしているわけでもなく、ただ窓の色を確かめているだけのように見えました。やがて千恵子ちゃんは再びお客さんのほうに向き直り、鏡越しに優しく微笑みました。窓づたいに微弱な振動を感じて思わず後ずさると、蔦の間に覗く暗いガラスに怯えた眼差しの女の顔が映っていました。わたしは逃げるようにそこを離れ、母の料亭に向かいました。

お風呂に向かうのか、途中で何人か浴衣姿の芸者たちとすれ違いましたが、知っている顔はありません。もちろん彼女たちもこちらに少し目をくれるだけで、目礼も挨拶もしませんでした。芳乃ねえさんに手を引かれてお風呂に通っていた時分、「いまほど」と笑いかけてくれた芸者衆はもうこの街にはいないのかもしれません。

八重のお勝手口に回って引き戸を開けると、また見覚えのない中年の女性が床磨きをしていました。「どちら様でしょうか」と聞く彼女にこの家の娘だと告げると、「まあ、娘さんが……」と驚いた顔を見せましたが、わたしは靴を脱いで勝手に上がり込み、傍にあった椅子に腰をかけてハンカチで額の汗をぬぐいました。

「母はいますか？」

「ええ、いらっしゃいます」

「会えるかしら？」

「はあ、それでは、お聞きして参りますので……」

彼女が後ろを向いた途端、隣の三畳間から白いワンピースを着た母が出てきました。それは一目で普通のありふれた白ではないとわかる、険のある警告じみた白でした。一緒に暮らしていた頃は、特別なよそいきでもない限り、母が家のなかでそんな洋装をしているのは見たことがありません。目を合わせるよりも早く、わたしはその白の白さに毒されていました。

「何よへんな顔して。また突然来たのね。お金の話？」

立ち上がると、母の目に一瞬強い狼狽の色が浮かびました。それを悟らせまいとしたのか、こちらが何か答える前に、「ナツコさん、悪いけどお茶出してくれる？」と背を向け、母は三畳間に戻っていきました。

わたしはその狼狽がお正月の奇妙な抱擁に由来するものだと気づき暗い喜びを感じましたが、三畳間に入ってみてすぐ、驚きがその喜びにとって代わりました。そこには見慣れた座布団とちゃぶ台ではなく、一畳ぶんくらいはありそうな樫材の机と、クッション付きの革張りの椅子が部屋からはみ出さんばかりに鎮座していたのです。

「どうしたの、これ？」

母はふんと鼻を鳴らし、自慢げに答えました。

「いい人が買ってくれたの」

「いい人って？」

「あたしだって、まだ若いのよ。机を買ってくれる男の人の一人や二人はいるわ」

「机なんて……」

「机だけじゃないわよ」

機嫌を損ねたのか、母はクッション付きの椅子にどっかりと腰かけ、不自然にワンピースの生地を張らせている乳房の下に腕を組みました。

「それでお前、今日は珍しくどうしたの。今月のぶんはもう振り込んでくれてるじゃないの。お金を持ってきたわけじゃないとなると、いったいなんの用だい？　用もなしにやってきたわけじゃないんだろう？　岡倉さんとは相変わらず仲良くやってるのかい？」

母の口調には明らかに皮肉の響きが混じっていました。わたしは薄く唇を噛みました。その些細な動きに注がれる母の視線がひび割れた唇に残る血の味と一緒になって舌に染み入り、わたしをうつむかせました。先ほどしっかり記憶に留めたはずの狼狽の色は、すでに目の前のワンピースの白さによって微細な凹凸さえも失ってしまうほど完全に塗り込められていました。

「さあさあ、金の無心でもなんでも、用事があるなら早く済ませておくれ。あたしは忙しいんだよ」

深呼吸をして顔を上げると、母は手鏡の前に唇を突き出し鮮やかなピンク色の口紅を引き始めています。

「お母さん、その色、少し派手じゃない？」

「相変わらず野暮な子ね。あたしくらいの年じゃないと、こういう色は映えないんだよ」

こちらをひと睨みしてから満足げに手鏡を覗き込む母を、わたしは一瞬だけ美しいと思いました。

「お母さん」

「何よ」

「さっきね、久々に千恵子ちゃんを見かけたの」

「ああ、園田さんとこの、あんたの仲良しの千恵子ちゃんね。あの子はよそでひと遊びして出戻ってきたのよ」

「ひと遊びって？」

「あんたがここを出ていったちょっとあとに、駆け落ちみたいにチンピラの小僧と一緒になったのよ。知らないの？　それでどういうわけだか、ついこないだ喧嘩疲れの猫みたいにひどい恰好で、突然ふらっと帰ってきたのよ」

「千恵子ちゃんが駆け落ちをしたの？」

「そうよ、痛い目に遭ったのね。あんなにきれいな子なのにね、でも痛い目に遭うのも美人の特権なんだから……」

「どうして駆け落ちなんかしたの、それでどうして今頃戻ってきたの？」

「そんなことまであたしが知るわけないでしょう。仲良しのお前が行って、お茶飲みがてらにちょっと聞いてくりゃいいじゃないの」

　母は引き出しから乳白色の壜を出し、蓋を開けてなかのクリームを目の下の窪みに塗り込み始めました。わたしは先ほど目にした千恵子ちゃんの揺れる髪や大きなお尻を思い出しながら、その熱心な動作をぼんやり眺めていました。

「さあさあ、ぼうっと突っ立ってないで早く用件を言いなさいよ。あたしは忙しいのよ。まさかお前もここに戻ってきたいなんて言うんじゃないでしょうね？　この家に人が寝泊まりする部屋はもうないわよ」

「違うの、あたし……」

「何よ？」

「あたし……お母さん……」

　わたしは短く息を吸って言いました。

「一つ向こうの筋の、鶴ノ家って置屋は、まだあるの？」

「鶴ノ家？」

　母は指を止めて、眉をひそめました。

「鶴ノ家、鶴ノ家……」

「すごく古くて、小さい置屋。覚えてる？　あたしと同じ年の、哲治という男の子がいて……」

「ああ、思い出したよ。あのオネンネばっかりの家か」

　オネンネという言葉を久々に聞いて、あの家に漂っていた独特の匂いが鼻の奥につんと甦ったような気がしました。そうです、オネンネの、まくらのおねえさんのいるあの家に、哲治は暮らしていたのです。

「あの家はもうないよ」

　言い放つと、母は再び新たな壜を取り出して唇の周りに塗り始めました。

「ないって？」

「ないものはないの」

「お店を畳んだってこと？　あの家の人たちは、じゃあどこへ行ったの？」

「そんなことあたしが知るわけないいじゃあないの。よそさまはよそさま、うちはうちなのよ。そんなことにしょっちゅうよそのことにかまってたらこっちが商売する暇なくなるじゃないの」

「でも、哲治は……」

「哲治？」

「その家にいた男の子よ」

「男の子か……ああ、その子かどうかは定かじゃないけどね……だいぶ前にこのあたりの男の子が半玉芸者と向島のほうに逃げて、あのへんでつまらない悪さをして何度かお縄になったらしいわよ。でもそもそも、男の子なんて本当にこの界隈にいたのかしらね？　あたしはぜんぜん記憶にないんだけどね。ともかく、園田さんとこの千恵子ちゃんをさらっていったチンピラは、その子の仲間らしいってことよ」

　わたしが黙っていると、母は「まったく、このあたりの子はどうも落ち着きがない」と呟いて、机の上にずらりと並べられていた化粧道具を引き出しにしまい始めました。

気づけばその肌はワンピースの白にも引けをとらぬほど人工的な白に塗り固められ、目元と唇だけが熱を持ったように鮮やかに色づいていました。

「ところでお前、まだ子どもはできないのかい？」

　髪の毛を直しながら、母が聞きました。

「ええ、まだ……」

「そりゃおかしいわね。一緒になってもう何年なの？」

　母はわたしのお腹をじろりと眺めやると、首を振って立ち上がりました。

「世のなかおかしなことばっかりだ。さあ、聞きたいことは聞いたかい？　あたしは行くよ」

「行くって、どこに？」

「ほんとにいくつになっても野暮な子だよ、あんたって子は……」

そのとき「失礼します」と襖の向こうから呼びかける声が聞こえ、襖が開いてナッコさんの顔がのぞきました。

「あぁナツコさん、あたしはもう出るのよ。お茶は向こうに運んでちょうだい。この子が飲んで帰るから」

わたしたちを追い払うように片手を振ると、母は「じゃあね」と玄関に向かいました。母は必要以上にわたしを近づけませんでした。それはやはり、あのお正月の抱擁が母に与えた屈辱のせいだったかもしれません。となると、不愉快なまでのワンピースの白さも人工的な肌の白さも、長い時間をかけて後々わたしにやり返すための、母の周到な準備の一段階に過ぎぬのかもしれません。

「では、こちらに……」

ナツコさんについていくと、昔わたしたちが食事をしていたお茶の間に通されました。ところがその部屋にももはや昔の面影はなく、先ほどの母の三畳間のように、ひなびた和室にはまるで似つかわしくない葡萄色（ぶどういろ）の革張りのソファと分厚いガラスのテーブルが置かれていました。ところどころ点状の染みの浮き出た砂壁には、わたしの背丈ほどもあるけばけばしい色使いの油彩画が飾ってあります。ナツコさんはそのガラスのテーブルに二人分のお茶を置くと、静々と台所に引っ込んでいきました。

趣味の良かったはずの母が、いったいどうしてこんなに野暮ったい調度に囲まれ平気で暮らしているのでしょうか？　目に入るものすべてが居心地の悪さを誘うお茶の間の変貌は、祖父の家の変貌ぶりに通じるものがあるように思えてなりませんでした。娘のわたしとひそかにあの趣味の悪さを嘲笑していたはずなのに、自身もそんなおかしな趣味をここで発揮してしまっていることに、彼女は気づいていないのでしょうか？　今になって母もとうとう、祖父の毒に侵され始めてしまったのでしょうか？　自分の身にもいつか同じようなことが起こるのではという暗い予感が首筋をひやりと伝いました。湯呑のお茶に一口だけ口をつけると、わたしは立ち上がって料亭を後にしました。

依然として日差しは強く、空は痛々しいほど清潔な水色をしています。通りで新宿方面に向かう都電を待とうとしましたが、そこでじっと立っているとあのしつこい白が狭い路地を這って背中にとりつきそうな気がして、足早に九段坂を下って十字路を左に折れ飯田橋の駅に向かいました。

大通りに人影は少なく、両側に立ち並ぶ商店の窓ガラスだけが気の早い街灯のように銀色に光っていました。しばらく歩いてようやく駅舎が近づいてきた頃、東京大神宮に続く細い参道から赤ちゃんをおんぶした若い母親が歩いてくるのが見えました。ちょこちょこと小股に歩き、やや憂鬱そうな表情を浮かべ、小さな声で子守唄を歌っているその母親は——間違いなく、金物屋のなみ江ちゃんでした！　すれ違いざまに声をかけようとしましたが、彼女はまるでこちらの視線には気づかず見えない大波に押されるかのように、近づいてきたときの何倍もの速さであっというまにわたしから離れていきます。背中の赤ちゃんが男の子かも女の子かもわかりませんでした。

あのなみ江ちゃんが、お母さんになった！　彼女がかつて望んだとおり、赤ちゃんのお父さんは音楽家だったでしょうか、なみ江ちゃんは赤ちゃんにピアノやバイオリンを買ってあげるのでしょうか……。わたしはその場に立ち尽くして母子の後ろ姿が遠ざかって行くのを眺めていました。それにしても何もかも変わってしまった、千恵子ちゃんは駆け落ちをしたし、なみ江ちゃんには赤ちゃんがいる、そしてあたしは？　あたしはここで、何をしているのだろう……？

歩き始めたわたしが向かったのは、飯田橋の駅ではなく、飯田町の操車場でした。すぐ近くにある国鉄職員宿舎のほうから、缶蹴りでもしているのか金属が跳ねる音と子どもたちの甲高い歓声が聞こえてきます。わたしはしばらく一人きりで、鉄網の向こうの空っぽの車両を眺めていました。昔はよく哲治と二人並んでここにしゃがみこみ、重たい音を立てて近づいてくる汽車の到着を眺めていたものです。でも今は、わたし一人でした。今だけではなく、家に帰っても一人、眠りにつくときも一人、翌日の朝目覚めたときもおそらくわたしは一人でした。こんなに大きくなったのに、それなりに世の道理を知ったはずなのに、自分はいまだにこの広い世界で一人ぼっちなのだという気がしました。

「哲治」

わたしは彼の名前を小さく呼びました。そしてもう一度、彼に会いたいと思いました。

次の日曜日、わたしは隅田川の桜を見にいこうと祥子ちゃんを誘い、向島の墨堤に出かけました。

「あなたから誘うなんて、珍しいわね」

電車のなかでも祥子ちゃんは不思議そうな顔をしていましたが、わたしは「桜が見たいの」の一点張りです。もちろん、本当の目的は桜などではありません。

母の話を聞いて以来、向島に行けば哲治に会えるのではないかという淡い希望が胸の深いところに息づき始めていました。日が経つにつれて、それは希望と言うよりもむしろ抗いがたい誘惑に形を変えつつありました。半玉芸者と逃げた男の子というのが哲治であろうがなかろうが、一度その話を耳にしてしまったからには、どうしても向島に赴かなくてはならない気がしたのです。

一人で行かず、祥子ちゃんを誘ったのはわたしの気弱さのせいでした。向島でもし哲治を見つけ出すことができたとしても、この長い空白の時間のあとでは、彼とやにわに一対一で顔をつき合わせることが恐ろしいような気がしたのです。

「桜なら先週たくさん見たじゃないの……旦那さんは誘わなくていいの？」

「いいの。うちの人、仕事が忙しいのよ」

「お気の毒ね、こんな春の日にも仕事だなんて」

「お仕事が好きな人だから、いいのよ。桜はまた来年見ればいいんだわ……」

「あなた、幸せね。ねえ、ほかの人にはまだ内緒なんだけどね、あたしも来年、結婚する予定なの。六月には結納よ」

　都電のなかで途端に彼女は顔をほころばせ、婚約者の話を始めました。わたしは熱心に相槌を打ちながらも心の内に言い聞かせていました、こんなのはしょせん母から聞かされたあやふやな噂話に基づく馬鹿げた行動だ、この広い日本で一人の人間を探し出すことがどんなに困難なことか考えてみるがいい、と……。ところがそう言い聞かせれば言い聞かせるほど、お前はあと数時間以内に彼と再会できるに違いないという予言めいた声が、脆い言葉の連なりを薙ぎ倒してわたしに迫ってくるのです。藁の家で嵐を待つような心細さのなか、隣にいる祥子ちゃんの邪気のない明るさは救いになりました。できることならこのまま車両から降りず、いつまでも彼女の話を聞いていたいとさえ思いました。

　都電を降りると、わたしたちはそのまま人の波に乗ってだらだらと歩き、隅田公園に向かっていきました。墨堤の桜はもう満開の頃を過ぎて、薄い茶色にふちどりされた小さな花びらがコンクリートを覆っています。時折強い風が吹くと、枝に残った花びらがそれ来たとばかりに威勢よく舞い落ちていきます。

「ほらね、もう散ってるじゃないの」

祥子ちゃんが腕をつついて言いました。

「そうね。少し遅かったわね」

「そうよ。やっぱり先週がちょうどよかったんだわ」

それからわたしたちは桜並木をゆっくり歩いていきました。彼女のたわいもないお喋りに付き合っているあいだも、わたしはこのごつごつとした岩のような群衆のなかに哲治の顔が混じっていないかどうか、じっと目を凝らし続けていました。祥子ちゃんは今になっても、婚約者の話をしています。

「背が高くて、とてもハンサムなの、それで優しい、男らしい顔してるわ。誰に似ているかというとね、そうね……あら、あの人はちょっと似てるわ！」

彼女は顔を近づけてきて、顎の先で甘酒の屋台の人ごみを指しました。

「ほら、あの青いシャツの人よ。見える？」

その青シャツが目に飛び込んでくる前に、わたしはそこから足早に去っていく小さな背中を見たように思いました。

「いやだ、目が合っちゃったわ……」

顔を赤らめている祥子ちゃんをほったらかしにして、わたしは無我夢中でその背中を追いました。人ごみをかきわけ、手が届くまであと数歩というところで背中の持ち主がこちらを振り向きましたが、それはまだごくあどけない顔をした中学生くらいの男の子でした。その場に立ち尽くしていると、後ろから祥子ちゃんに強く腕を摑まれました。

「ちょっと、どうしたの。突然すたすた行っちゃうんだから……あたしの話、聞いてなかったでしょう」

「ごめんなさい、でも似ている人が……」

「あたしのフィアンセに似てたのは、青いシャツの人よ。ううん、もういいわ、くたびれたから、向こうであんみつでも食べましょうよ。靴がきつくって……少し腰かけたいの」

彼女は頰を膨らませながら、フレアスカートから出た爪先の丸い靴を突き出してみせます。

「いいわよ。食べましょう。今日付き合ってくれたお礼に、ごちそうさせてね」

「まあ、ご親切ね」

祥子ちゃんは再びご機嫌な表情を取り戻し、向こうに見える茶屋へとわたしを引っ張っていきました。

そこは向島の芸者衆が給仕を務める茶屋らしく、空いている席に腰かけると、大きな桃割れの結い髪に桜の飾りを挿した年若の芸者が注文を取りにやってきました。まだ慣れていないのか、少しはにかんだように頰を赤らめ、華やかな振り袖姿で微笑む彼女はそれはそれは可憐です。じっと見つめていると、わたしにはその少女が九段で見知っていたおねえさんの誰かであるような気がして、彼女たちにもこんなに可憐な時代があったはずなのに、その時代の彼女たちを自分が知らず、これからも永久に知ることはないのだという埋め合わせようのない時の谷間を目の当たりにしたようで、思わず涙ぐんでしまいました。

茶屋は混み合っていて、注文したあんみつはなかなか運ばれてきません。わたしたちは辛抱強く待ちました。そのあいだも祥子ちゃんはいまだ飽かずに婚約者の話をしていて、わたしは黙って哲治の姿を探していました。そしてそこにいる理由を二人が忘れかけた頃にようやく運ばれてきたあんみつは、艶々と幸福そうに光っていました。黒蜜につかった寒天を一口食べると、強烈な甘みが疲れと一緒になって口のなかで溶けていきました。

「おいしいわね」

祥子ちゃんも満足そうに、餡をつつきながら食べています。一方わたしは、あんみつの塗り椀にうつむいている一瞬の隙に哲治が目の前を通り過ぎやしないかと心配で、匙を握りながらも群衆に向かって目を見開き続けていました。

「あなたまるで平目みたいよ。そんなにじろじろ人の顔を見て……」

祥子ちゃんは呆れていましたが、わたしはその平目のような間抜けな表情を笑って消し去ることができませんでした。そんなふうに匙に空気を載せるようにして食べていたものですから、祥子ちゃんの器が空っぽになったときも、わたしの器にはまだ半分以上も残っていました。

「ずいぶんゆっくり食べるのね。それともあたしが速く食べすぎたかしら？」

ながら言いました。

「ごめんね、すぐに食べ終えるから、待ってて」

はっとしたわたしが初めてしっかり餡に匙を差し込むと、祥子ちゃんはお茶をすすり

「いいのよ、ゆっくり食べてちょうだい。急いでるわけじゃないもの」

匙一杯に載せた餡を口に運ぼうとすると、椀のなかに桜の花びらが一枚ひらひらと舞い落ちてきました。「まあ、風流じゃないの。きれいね」祥子ちゃんが笑い、わたしも笑おうとした瞬間——横から突然激しい衝撃を感じ、何が起きたのか悟る前にわたしは腰かけから派手に転げ落ちていました。

「ちょっと、大丈夫?」

祥子ちゃんはわたしの腕を抱え、叫びました。

「あなた、何するのよ!」

茶屋の芸者さんが心配げに走り出てきて、通りを歩いていた人も驚いてこちらを見ています。足元では、椀からこぼれた蜜が音もなく灰色のコンクリートに染み込んでいきます。地面にみるみる広がっていく染みの形を見ているうちに、わたしは何か恐ろしいような予感に全身を打たれて、ゆっくり顔を上げました。そして見たのです——ずっと探していた、あの青白い、懐かしい顔を!

哲治はそこに立って、わたしを見下ろしていました。

彼の顔に浮かんでいるのは驚き以外の何物でもありませんでした。それでもわたしは、

長い年月を超えて彼と共有していた表情をそこに見出すことができました。今ここに向けられている何十という顔のうち、いいえ、この世のどこを探したって、この顔と同じ顔をしているのは自分しかいない、わたしの分身はこの哲治以外にいるわけがない！

　じっと見つめていると、彼の顔に徐々に微笑みが浮かんできました。それでわたしも、自分がうっすら微笑んでいることに気がつきました。わたしは彼の名を呼ぶこともできず、ただただその懐かしい眼差しを全身に浴びていました。

「ちょっと……」

　おそらくこれは奇妙だと思ったのでしょう、祥子ちゃんがわたしの体を揺すると、途端に哲治の顔から微笑みが消えました。遠くから怒号とともに騒々しいいくつもの足音が聞こえ、哲治はそちらを振り向きました。そしてもう一度こちらに向き直ったとき、彼はもう、わたしのことなど最初から知りもしなかったかのようなひどく冷たい表情を浮かべていて、呼び止める間もなくそのまま人ごみのなかへ走り去っていきました。

「ひどい災難だったわね。怪我はない？」

　祥子ちゃんはまだ呆然としているわたしの腕をつかんで、顔を覗き込みました。再びざわめきが起こり、目の前の通りを派手なシャツを着た男たちが慌ただしく駆けていきました。

「まったく、馬鹿なチンピラ！　あの男、捕まってこてんぱんにやられちゃえばいいんだわ」

驚いて立ち止まっていた花見客も、男たちの一群が消え去った今では何事もなかったかのように桜を眺めてのんびり歩いています。茶屋の芸者衆もあちこちから注文に呼ばれ、せわしげに店と腰かけのあいだを行き来しています。

転がったあんみつの椀はすでに誰かによって片づけられていて、わたしの左手には新しい椀が載せられていました。

「さ、早く食べて。寒くなってきたから、どこかなかに入りましょう」

祥子ちゃんはぶるっと体を震わせて、わたしに微笑みかけました。

祥子ちゃんと上野で早めの夕食をとっているあいだも、左腕に受けたあの強い衝撃はまだ生々しい実感を伴って体の内外に留まっていました。その実感は由のない微笑みとなって、わたしの顔に絶えず染み出していました。「あなた、どうしてそんなに幸福そうなの？」祥子ちゃんは不思議そうな顔をしていましたが、わたしはどうにもその理由を説明できませんでした。

彼女と別れてからも、微笑みは剝がれ落ちてはいきませんでした。電車を降りて我が家へ向かう足どりは軽く、鼻歌まで歌い出しそうなほど奇妙な高揚感が全身を満たしていたのです。純粋な幸福とはこのように生まれてくるものなのだろうかと、わたしは哲治がぶつかってきた左腕に手を触れました。あのたった数秒の荒々しい邂逅が、この数年間の空白の蠟をたちまち溶かして、哲治は今、誰よりも近しい存在としてわたしの心のなかに戻ってきていました。そして今日会えたのなら明日も明後日も同じように会えるはずだという根拠もない確信が、わたしをますます高揚させました。

ところがそれも長くは続きませんでした。アパートのドアを開けた瞬間、上がり口に英而さんの大きな黒い靴が脱ぎ捨てられているのが目に飛び込んできたのです。

「お出かけかい」

テーブルに座っている夫を目の前にしても、顔に貼り付いた微笑みは消せませんでした。表情を隠すようにうつむくと、わたしはそのましゃがみこんで彼の靴をきれいに揃え、隣に自分の靴を脱ぎました。

「ずいぶんご機嫌じゃないか」

英而さんは冷たく言い放ち、テーブルの上のウィスキーの壜を手にとりました。わたしは震えないよう足の裏に力を込め、その場に立ったままでいました。

「どこに行ってた？」

「向島に」

「向島？」

「お友達と、桜を見に……」

「そうか、また桜、桜か……」

「お夕食、作りますね」

壁に吊るしたエプロンを手に取ると、英而さんはがたんと音を立てて壜をテーブルに置き、「座ってくれ」と言いました。わたしは背中のひもを結びかけたまま、彼の正面に腰かけました。

「考えたんだが、僕はしばらく海外に行くことにした」

先ほどまでの冷酷な表情とは一転して、彼の顔には世にも晴れやかな表情が浮かんでいます。しかしそれは見せかけの、一枚めくればどんな恐ろしい顔が下に潜んでいるか知れない、信用しがたい表情でした。

「海外に？　どうしてですか？」

「フィリピンにバナナ農場を造るんだ」

「フィリピンに？　それに、またバナナをやるんですか？　運動器具のほうは……」

「今度は前回と違う。アメリカの資本も動いてるし、かなり大きな話だ。これを逃したらもうチャンスはない」

「それならあたしも連れていってください。あたしはあなたの妻なんですから、あなたの行くところならどこでも行きたいんです」

「それは無理だ。きみはここにいてくれ」

「どうして？　あたしたちは夫婦でしょう？　だからあたしは待って、待って……今までずっと、あなたが帰ってくるのを待ってたのよ。昔みたいにあなたが毎日帰ってきて、あたしに優しくしてくれるのを……」

「そういうことなら、きみはわかってると思ってたよ」

英而さんはもう一度壜に口をつけ、しばらく黙っていました。

「きみはずっと昔、僕が自分を愛しているかどうか、聞きたがったね？」

わたしははっとしました。英而さんは二人が結婚する以前の、あの夢のようなひとときのことを言っているのでしょうか？　彼もまた、あの美しいロマンスをわたしが記憶に留めているのと同じ鮮度で今その心のなかに思い描いているのでしょうか？　すると俄かに、少女時代の向こうみずな勇気が胸に溢れてきました。

「ええ、聞きました。あたしはあなたのことがすごく好きで仕方なかったんですから。だからあなたも同じ気持ちかどうか、知りたかったんです」

「あのとき僕は、それについては返事をしなかった。一緒になろうと言っただけで、きみも僕も満足してしまった」

「ええ……」

「でも僕は、あのとき確かにきみを愛していた。そして今もきみを愛している、でも……」

英而さんはわたしの手を握って言いました。

「僕たちの愛は不可能な愛なんだ」

重苦しい沈黙がたちまち台所を満たしました。テーブルクロスの水玉模様の一粒一粒にもコンロの上に置かれた鍋のなかにも沈黙は万遍なく行き渡り、そのままわたしたちを石膏のように固めてしまいそうでした。

「まったく不幸なことに！」

沈黙をやぶったのは英而さんでした。彼は突然立ち上がると、いつからそこに置いてあったのか、銀色の大きなトランクケースを持って寝室に入っていきました。

「待って」

身の回りの品を機械的に次々に投げ込んでいく英而さんに必死で話しかけますが、彼は何一つ言葉を返してはくれません。やがてわたしも諦めてしまって、ただ後ろからおろおろ彼の作業を眺めているだけになりました。

すべての荷物を詰め込み終え玄関で向かい合った英而さんは、トランクを置いておもむろにわたしを抱きしめ、「不幸なことに……」ともう一度囁きました。わたしは彼の首にしがみつきました。

「英而さん、あなたの考えていることは、あたしにはちっともわからない！　どうしてそんなに変わってしまったの？　だけど置いていかないで、こんなの急すぎる、いくらなんでも勝手すぎるわ。一人ぼっちになるのはもう嫌なの」

「きみには悪いが、僕はここにはいられないよ」

「だとしても、せめて手紙だけは書いてくれるわね？　どこにいるか知らせて、訪ねていけるようにしてくれるわね？　そしていつかここに帰ってきてくれるわね？」

「手紙は書くだろう、ただし、きみのほうからは決して書かないでくれ」

「どうして？」

「読めないからだ」

「どうして読めないの？」

「僕たちの愛は、不可能な愛だからさ。僕にはきっときみの字が読めない」

　彼は突き飛ばすようにわたしの体を離し、玄関を出ていきました。その最後の一瞥に、初めて出会った夜に見た暗い緑色の光が弾けたような気がしました。

「わからないわ！」

　わたしは大声で叫びました。開いたドアから洩れてきた闇には落ちた花びらの湿った匂いが混じっていて、かすれた声も涙も何もかもを飲み込んでしまいました。

　なぜなの、なぜなの——わたしは一晩じゅう考え続けました。

　二人の愛が不可能な愛だと言うならば、この世のどこに可能な愛があるのでしょうか？　そして可能な愛というのはどのような愛なのでしょうか？

　わたしは完全に混乱してしまいました。長い辛抱の末にこんな仕打ちを受けるとは、人生とはあまりに惨めで耐えがたく、生きている意味などとうに失われているようにさえ思えました。そして死というものが今までになく安寧な優しい存在として感じられた瞬間、ある声が脳裏に響きわたりました。……人間っていうのは、欲しがらなければ生きていけない……欲しがることは苦しむことなんだから……人間っていうのは苦しまなければいけないようにできてるんだ……

　それはいつかの年の暮れに聞いた、父の声でした。

こんな状況で思い出すその言葉は、娘に対する忠告というよりも、父の一生をかけた呪わしい遺言のようにしか感じられませんでした。

しかしながら、絶望がそれ以上に状況を悪く変えることはありませんでした。英而さんが帰ってこないのは前々からのことで、この日を境にそれがはっきり宣言された状況に変わっただけなのです。わたしは惰性に身を委ねて下落合のアパートに残り、それまで通りの生活を続けました。しばらくすると英而さんは便りをよこして、出発の日時を知らせてきました。まだ二ヶ月以上も先のことでしたが、見送りは不要と書いてあります。居場所は知らせると言ったのに、住所は書いてありません。わたしは便箋をタオルのように顔に押しつけ、めいっぱい匂いを嗅ぎました。馬鹿みたいですが、そうすれば、彼の居場所を探り当てられるのではないかと思って……。顔から離した便箋は湿ってくしゃくしゃになっていました。わたしはそれを元通りに畳んで封筒にしまい、枕の下に潜り込ませました。

そして考えるのは、哲治のことでした。

ああして哲治と向島で再会した日に、それをどこかで聞きつけたかのように英而さんが家でわたしを待っていたことは、ただの偶然とは思えませんでした。つまりあの日、わたしが哲治を探しに向島に行かなければ、こんな結末を迎えることもなかったように思えるのです。そう、もしわたしがあの日終日家にいて部屋じゅうの窓を磨き、テープルには花を活けシーツにアイロンをかけ温かな食事を作り、英而さんを待っていたとしたら……こんな結末を迎えるはずはなかった、自ら仕掛けた罠に嬉々としてかかってしまった結果がこれなのだと！

わたしの手元にその罠を解く鍵はありませんでした。ならばそれを手にしているのは罠の共謀者である哲治以外には考えられませんでした。だったら一刻でも早くその鍵を取り返さなくてはいけないのではないか？　ええ、でも本当のところ、こんな支離滅裂な理屈などつつけばすぐに破れてしまう紙風船のようなものでした。とはいえこの脆い紙風船以外に、わたしが自らの腕に守れるものはもうなかったのです。九段に暮らしていた子ども時代のように、なんの目的もなく、約束もなく、二人で同じ沈黙を分け合っているだけで満たされていたあの頃のように——わたしはもう一度、哲治に会いたかったのです。

左腕に触れるたび、あの夜のつかのまの高揚感が全身に満ちていきました。それはやがてほのかな熱を帯びた微細な泡となり、体の奥深くに沈んで動かなくなった孤独の錨(いかり)を包んで温めました。

わたしは再び、向島に赴くことに決めました。

12

　向島に哲治を探しにいく——そう心に決めた週の金曜、昼間の仕事を終えたわたしは荒木町のバーには向かわず、都電を乗り継いで隅田川にかかる吾妻橋の手前で下車しました。蒲鉾型の雲が空の低いところにかかる、五月初めの蒸し暑い夜のことでした。

　夜の隅田川はくたびれ投げ出された巨人の腿のように、橋の下に横臥しています。昼間の陽気の余韻を残すぬるい風は人々のざわめきや車の騒音を包み込みながら、対岸に向かって吹き抜けていきます。

　わたしはしばらく欄干にもたれ、豊かな体毛のように一定方向にそよぎ続ける川面のさざ波をぼんやり眺めていました。時折水中から魚か何かが跳ねて不意にその均衡を破り、空ではかもめに似た灰色の鳥が大きな八の字を描いて飛んでいました。橋の向こう側では、今では新緑に変わっているはずの桜並木の堤防がまばらな電灯にほの明るく光っています。麻のワンピースの布地を通して伝わる欄干の冷たい硬さは、この先に待つ不毛な試みを警告しているようでした。わたしは欄干から体を離し、橋を渡り始めました。

　数週間前には大勢の人が行き交い桜吹雪が舞っていた墨堤の道はすっかり人通りが絶え、むっとするような新緑の匂いに満ちています。堤防を降りると、わたしはそこから始まる向島の街をなんの当てもなく歩き出しました。花街育ちとはいえ、九段以外の花街にこうして自ら足を運んだのは初めてのことです。母の料亭で暮らしていた頃から、向島の花柳界には若くて気さくな芸者が多く、お客さんにも飾らない人が多くて、宵の口からどこも賑わっていると噂に聞いてはいました。確かにここに来てみると、近くに大きな川が流れているせいなのか空気にも一定の流れがあるように感じられ、あちこちから聞こえてくる三味線の音色の響き方も、こぢんまりとした九段の花柳界とはずいぶん違っているような気がします。慣れない土地を歩く心細さは、やや潮気を帯びた川風に削られいよいよ鋭く際立ってくるように思えました。

　いくつもの料亭らしき建物が立ち並ぶなか、わたしは一つ一つの路地に目を凝らして哲治を探しました。何度も同じ道を行ったり来たりしているうち、靴のなかで縮こまっていた指がいっそう圧迫され、じくじくと痛んできます。角にあった薬屋の軒下にしゃがみこみ持っていた絆創膏を貼り付けましたが、手当てを終え使った紙くずをハンドバッグにしまった人さし指の先にはうっすら血液が付着していました。ふと視線を感じてあたりを見回すと、道路の向こう側の民家の門の脇からハクビシンのように額から鼻まで縦一本の白い線が入った猫がこちらをじっと見つめていました。その視線が一瞬直角に折れ曲がり、つられてそちらに顔を向けたわたしは思わず息をのみました。幾筋か先の細い通りを、藤色の着物を着た芸者が一人、音もなく横切っていく姿が見えたからです。芸者のおねえさんなど九段でいくらでも見て育ったというのに、この慣れない土地をひたひたと水のように渡り歩いていく白塗りの女の姿は、ひどく現実離れした儚い存在に映りました。そうだ、そもそも哲治は、九段の半玉芸者と逃げてこの土地に流れてきたのではなかったか？　わたしは先月母から聞いた話を思い出しました。それが本当だとすれば、哲治のロマンスの相手もまた、この土地に生きているかもしれないのです。そしてその相手とは、たった今通りを横切ったあの白塗りの女であるかもしれないのです。ざわめきはじめた胸を押さえ、わたしは力なく立ち上がりました。ハクビシンに似た猫はもうそこにはいませんでした。

それから一時間ほどは歩き続けたでしょうか、絆創膏を貼り付けた足指の痛みがいよいよ辛抱しがたいものになってきたので、わたしはなんの収穫もないまま大通りに出て、上野駅に向かう都電に乗りました。吾妻橋を渡っていく人気の少ない車両のなかから振り向くと、向島はすでに桜並木の向こうで闇に沈み、上空にかかる厚い雲がその上に頑丈な蓋をしつつあります。無益な時間の報酬として残された失望と疲労を、大声で笑いたいような気持ちでした。こうして最初の探索は不首尾に終わりました。ところがわたしはこれに懲りることもなく、次の金曜日もその次の金曜日も、向島に足を運んだのです。

一度決めたからには、わたしは哲治とどうしても再会しなければなりませんでした。しかしながら――とても矛盾したことですが――そうして哲治を探し続けている限り、自分は永久に彼との再会を回避することができるのだという確信だけが日に日に膨らんでいきました。

奇妙に引き裂かれた状態で、わたしはひたすら街を彷徨い続けました。見つかるはずがない、見つからないほうが本当なのだと心の内で呟きながら、それでも目を見開き、どんな微かな風の吹きだまりさえ一つとして見逃すまいと、電流を帯びたようにぴりぴりした皮膚を路地の暗がりに浸しながら……。

わたしはいつも川の向こう岸ではなく、わざわざこちら側で都電を降り、暗い川面と魚と鳥を眺めてから橋を歩いて渡っていくのが好きでした。慣れてくるにつれ、向島界隈だけではなくその北にあるかつての赤線地帯まで足を延ばしてみることもありました。多少身構えていたのですが、薄暗い路地を一人で歩いている若い女を見咎める人は不思議なことに誰一人いませんでした。考えてみれば、九段に暮らしていた最後の数年間もわたしは同じように誰にも声をかけられずに過ごしていたのですから、それも当然のことなのかもしれません。わたしは誰からも気づかれたくありませんでしたし、誰にも気づきたくなかったのです。

バーや居酒屋の灯りを頼りに、窓があるところはそこからなかを覗き、ないときには扉の前で耳を澄ませ、回数を重ねれば重ねるほどわたしは哲治探しにのめり込んでいきました。ふと視線を感じて振り向くと、そこでわたしを見つめているのは子どもが遊ぶゴム鞠くらいに大きな鼠、青い藻の塊にも見えた雨蛙、それから最初に会ったあのハクビシンのような猫……天性の眼差しを持った、そんな動物たちでした。彼らは誰よりも雄弁な証人でした。彼らの眼差しに行きあたるたび、わたしはこの探索の目的が永遠に達成されないことを知らされ、几帳面に処方されるその日一回ぶんの失望を安堵と一緒に飲み込んでしまうのでした。

ところがある日、鳩の街の飲み屋が立ち並ぶ通りで絵はがき大の窓から狭い居酒屋のなかの様子を窺っていたときのことです。かすかな気配を感じて振り向くと、そこには鼠でも蛙でも猫でもなく、腕組みをしている一人の若い男が立っていました。

「あんた、一人か」

はっとして動けずにいるわたしのすぐ目の前まで、男は大股に近寄ってきました。虎の刺繍が入った派手なシャツを着ていて、硬そうな短髪は街灯の下で黒々と光っています。

「こんなところで、あんた、何やってるんだ?」

男の声には尋問めいたきつい調子があり、逃げ出すことなどとてもできそうにありませんでした。しかしどうして、この人にはわたしが見えるんだろう? 亡霊に遭遇したように、わたしは男を薄気味悪く思いました。しかしその顔をよくよく眺めてみれば、赤ちょうちんに照らされた口元には妙に感傷的なひきつりが見え、平たい額を走る濃い眉の線には青草のような清々しさが漂っています。そのすぐ下にある潤んだ黒目は、見知らぬ女の視線に耐えきれないとでもいうのか、すでにきまり悪げに足元のコンクリートに向いていていました。

「何も……」

わたしは初めて、この街で声を発しました。

「何も、していません」

男は腕組みを解き、体の両脇でぶらぶらさせてから再び胸の前で組み直しました。そしていかにもしかつめらしい表情を作ってこちらを睨みつけ、「何もしてないってことはないだろう」と、再びどすの利いた声を通りに響かせました。卵型の顔やはだけた胸元のつるりとした肌に赤ちょうちんの色を映したこの男は、けばけばしい色に染められているがゆえ、いっそう若さと弱さが引き立てられているように見えました。そしてその繊細な顔つきとは裏腹に、厚みのある健康そうな胴体のなかに桃色の臓器がぴっちりと秩序正しく収められているところが容易に想像できました。

「でも本当に……何もしてないんです」

「でもあんた、そこから覗いてたろう」

彼はわたしを乱暴に押しのけ、小さな窓から居酒屋のなかを覗き込もうとします。

「なんだ、汚ねえおやじが飲んでるだけじゃねえか。何もおもしろくねえや」

「はい……」

「あんた、こういうのが好きなのか？」

「いえ……」

「見ねえ顔だな」

そう言うと、男は一歩後ろに下がってわたしの顔をじろじろと眺めまわしました。こちらも負けじと、彼の顔を無作法に観察しました。厚かましい態度の割に絶えず顔の上に見え隠れする不安げな表情から、自分より少し年下くらいだろうと見当をつけると、警戒心は少しずつ薄れていきました。

「女が一人でこんなところをぶらぶらしてるってことは……」

彼は目を細め品定めするような表情で、下唇を噛んでいます。その白くて大きな二本の前歯は、水分の多い果実のように並んで爽やかに光っていました。

「本当は一人じゃないんです」

男は美しい歯を引っ込めて「ああ？」と顔をしかめました。

「人を探してるんです」

「人って誰を？」

「若い男の人……哲治っていう……お兄さん、知らないかしら」

「テツハル？　知らねえな。どんな奴だ」

「痩せていて、いつも顔色が悪くて……顔の形は、そうね、丸いと言ったら丸いし、少し角ばっていたような気もするし……それに背丈はちょうどお兄さんよりちょっと低いくらい……いえ、そんなことないわ、高校生のときはあたしより頭一つぶんは大きかったんだから、あなたと同じくらいかもしれない、ああ、でも最後に見たときは……」

「なんだそりゃあ。まるで謎々じゃねえか」

彼はぺっと唾を吐き、ポケットから煙草を取り出しました。そして一本をこちらに差し出しましたが、わたしが首を横に振ると妙に大袈裟な動作で火をつけ、空に向かって太い煙を吐きました。

「そうね……ええ、まるで謎々なのよ」

「そんな男は放っておいて、俺と遊ばねえか」

「遊ぶ？」

思わず笑ってしまうと、彼は顔を赤らめて吸い始めたばかりの煙草を地面に落とし、靴の底で踏み潰しました。

「ごめんなさい、何しろ人を探してるものだから、遊んでいる時間はないの……。でも、このあたりであなたみたいな若い人が溜まり場にしている場所があるなら、教えてくれないかしら？」

「哲治なんて奴、このあたりじゃ聞いたこともねえ」

「それでも、ここにいるかもしれないのよ」

「それに俺は、タダで人助けするほど暇じゃねえよ」

「タダとは言いません、あとでちゃんと……。お願いします」

頭を下げると、髪の毛と同じようにぴかぴか光った彼の黒い革靴が目に入りました。次の瞬間、その黒光りする革靴と先の色が剝げてしまったわたしのみすぼらしい靴のあいだにどこからか一匹の蜥蜴(とかげ)が走り込んできて、胡麻粒よりも小さな黒目でこちらに鋭い一瞥を投げかけました。

「でもまあ、そういうことなら……」

声がしたと同時に、蜥蜴は路地の暗がりへ吸い込まれていきました。顔を上げると、男は叱られた少年のようにいまだ顔を赤らめ、不服そうな表情を浮かべたままです。わたしが口を開く前に、彼はさっさと背を向けて路地の奥に向かって歩き始めました。

しばらく一列に並んで歩き続けようやく男の足が止まったのは、毒々しいネオンで飾られた古い映画館の前でした。壁一面に任俠(にんきょう)映画やピンク映画の派手な絵看板が照らし出されています。彼は振り向いて、「入りたいか?」と聞きました。哲治は映画を観たりするだろうか? いいや、そんなはずはない! わたしは哲治が映画を楽しめる人間だとは思いませんでした。彼の興味は読むことにあるのです、本を読んでいる姿など一度も見たことがありませんけれど……そう、でもわたしたちが共に過ごしていたあの頃、置屋の奥の小部屋で哲治はいつも新聞を読んでいたのではなかったでしょうか、目の前にいるわたしの話を聞き流しながら、どこから貰ってきたのか、拾ってきたのか、いつのものとも知れない新聞を……。首を横に振ると、男は首をすくめて再び歩き出しました。

それから彼はわたしを雀荘へ、おでん屋へ、居酒屋へ連れていきました。どの店でもわたしは入口からなかを見回し、哲治の姿がどこにも見えないことを確かめると、たいした落胆も見せずにさっさと離れていきました。案内人の男にとっては、まるで哲治がどこにもいないことを証明するために、その不在の証拠を集めるためだけに、わたしがそういう店の一軒一軒を訪ねて回っているように見えていたかもしれません。

「おい、ねえちゃん、もういい加減にしてくれよ」

十数軒ほど回ったところで男はうんざりした様子を見せ、居酒屋の脇の低い塀に腰かけて言いました。わたしは無言でその隣に腰かけ、足の指の絆創膏を貼り直しました。

「あんたも相当な変わり者だな……これだけ案内してやったんだからそろそろご褒美の時間だ」

「ええ、そうね。お礼をしないと」

ハンドバッグの奥から財布を取り出すと、彼は「おいおい」とわたしの手をつかみ、「そいつはちっと色気がねえな」と呆れ顔で言います。それでもわたしは千円札を一枚取り出し、彼の手に握らせました。

「少しで申し訳ないですけれど、これで一杯飲んでください」

「なんだよ、ずいぶんつれねえな。あんたもどうせ暇なんだろ、一杯くらい付き合ってくれよ」

「いえ、でも……夫がありますから……」

「夫？　ねえちゃん旦那がいるのか？　そのテツハルってのが旦那か？　旦那を探してるのか？」

「ええ、夫のことも、探しているのですけど……。でも今探しているのは哲治なんです。あたし、また来週来ますから、何かわかったことがあったらそのとき教えてくださいな……」

「まだ探すつもりなのか？　あんた、そんなに切羽つまってんのか？」

　仮になんらかの下心を抱いているとしても、彼のあどけなさを残す顔には早くもわたしに対する憐れみの情が湧き始めているように見えました。今までこの街で出くわしてきた猫や蛙、隅田川で跳ねていた魚や鳥、それから子どもの頃に九段の街で鳴いていたミンミンゼミや哲治がおもちゃにしていた地蜘蛛——そういう言葉を持たない小さな生き物たちに通じる素朴な命の力が、彼の黒々とした瞳のなかにも躍っているように見えました。

「あなた、なんていう名前？」

「俺は、テツオっていう」

「どういうふうに書くの？」

「徹頭徹尾の徹に英雄の雄」

「徹頭徹尾の徹に、英雄の雄……」

「あんたのテツハルさんは、どういうふうに書くんだ」

「哲学の哲に、さんずいの治るって字よ……」

「哲学の哲に、さんずいの治る……」

彼は向島須崎の停留所までわたしを送ると、手も振らずに元来た商店街のなかに去っていきました。

吾妻橋から振り返って眺めた向島の街は、いつものように暗闇に沈んではいても、耳をすませば小さな虫や鳥たちの鳴き声が聞こえてくるようでした。そしてわたしは初めて、この川の向こうの慣れない土地、哲治をどこかのひさしの下に隠すためだけに存在しているこの街に、愛着に似たものを抱くことができたのです。


以来徹雄さんには会いませんでしたが、わたしはその後も一人で哲治を探し続けました。徹雄さんに案内してもらった道のりを歩きながら、時には錦糸町のほうまで足を延ばし、一週間の仕事から解放された人々で賑わう江東楽天地をうろついてみたりすることもありました。靴ずれで痛んでいた足の指の皮は厚くなり、陽の光の下を歩いているわけでもないのに肌の色は日に日に濃くなっていきます。会社やバーで働く同僚の女の子たちはそういうわたしの変化に目ざとく気がつき、「何か運動を始めたの？」とか、「彼氏ができたの？」などと、冗談混じりに聞いたものです。

そんなある日、昼の仕事を終えて荒木町のバーに行くと、「岡倉さん、ちょっと」とマスターから手招きで呼ばれました。カウンターに腰かけて向かい合った途端、彼は表情を一つも変えず「ここは閉めることになったから、今日限りでさよならだ」と言ってのけました。

「どうしてですか、こんなに急に……」

「ここのオーナーの具合が前々から悪くてね、こんなバーが残っても仕方ないって、生きてるうちに売り渡すことに決めたんだよ。俺はしょせん雇われだからね、どうにか考え直すように言ったけどだめだった。特に奥さんが頑固でさ、まったく参ったよ……。確かきみの旦那さんが、オーナーと知り合いだったたっていうのが縁で、ここに来てくれたんだったたね。旦那さんから何か聞いてなかったかい？」

「いえ、夫からそんな話は少しも……」

咄嗟についた嘘に思わずうつむきましたが、よく考えてみればそれは少しも嘘などではありません。夫は何しろ二月も前から家に帰っていないのですから、病に臥せっている知り合いの老人の話など聞きようがないのです。

「そうか……俺はちらほらそんな話も聞いていたんだがね……。それで今日とうとう、この店も買い手がついたんだとさ。岡倉さん、長いあいだ一生懸命やってくれたのに悪いね。奥さんが明日、みんなの今月の給料と合わせて心ばかりの退職金みたいなのを持ってきてくれるそうだからさ、夜にでも取りにきてよ。今日はもう、帰っていいよ」

なんと言えばいいのかわからずまごまごしているうちに、すでに接客用の化粧を済ませ露出の多い衣装に着替えた若い女の子がカウンターに入ってきてしまいました。マスターは同じように彼女を近くに座らせると、今終えたばかりの話を再び一から始めました。話し好きの彼女は、どうしてですか、オーナーそんなに悪かったんですか、と素っ頓狂な声をあげていろいろ詮索しはじめています。わたしはその傍、小声で「失礼します」と挨拶をして一人でこっそり店を出ました。

夜の七時過ぎでした。梅雨はまだしばらく明けそうになく、この日は朝から降ったりやんだりの不安定な天気でした。路上には動物たちの吐く息と屎尿、かすかに何かが焼けたような香ばしさが混じった水の匂いがむっとたちこめ、白い街灯は湿気に潤んで一つ一つが小さな惑星のように見え……向島に行こう、わたしの足は自然と都電の停留所に向かっていました。このまま家に帰って無益な長い夜を過ごすより、あの川べりの街で水の匂いを嗅ぎながら彷徨い歩いているほうがずっとましに思えたのです。

わたしは都電を乗り継いで、いつものように吾妻橋の手前で降りました。大事な副収入であったバーの仕事をくびになってしまったのは経済的にはまったくいただけないことでしたが、どこか爽快な気持ちでした。少し休んでからまた新たに働くところを見つければいい、昼間の仕事は依然として残っているし、金曜夜の探索のおかげで体はますます丈夫になっている、少し働き過ぎるくらいがちょうどよいのだからと……。

吾妻橋を渡りながら、わたしは夫に出奔されて以来染みついて離れない体臭のような惨めさを抱えつつ、その惨めさとは完全に断絶した体の奥底から重油のようなものがふつふつと湧き出し、全身を満たす熱い力に変わっていくのを感じていました。そうです、だってわたしはちょうど今のあなたと同じくらいの、二十代の若い娘だったのですから！　あなたもきっと、時折こんなふうに感じることがあるのではないでしょうか？　それは最も純粋な喜びのような、もしくは最も純粋な怒りのようなものです。若さというものはなかなか自覚しがたい特質ですが、あまりにそれを蔑(ないがし)ろにしていると若さ自らがその権利を振りかざし、体じゅうの細胞を乱暴な熱で満たし弛緩していた肉を内からきつく張りつめさせ、たちまち心身を征服してしまうことがあるのです。

「哲治、今日こそあたしはあんたを見つけてしまうんだわ！」

治まりきらない熱を放出するように口にすると、橋の低いところから蝙蝠(こうもり)のような蝶のような、ひらひらした黒い生き物がいっせいに飛び立ちました。長いあいだなおざりにされぎりぎりまで圧をかけられていたわたしの若さは、胸のなかの小さな水門を破り隅田川の暗い水面に溢れ出て、河岸の街まで水浸しにしてしまいそうでした。

向島の花街から鳩の街商店街へ続く路地の一つ一つを、わたしは普段より丹念に歩いて回りました。

どの路地にも、今では何かしら動物や虫たちの思い出があります。前の週の金曜日、小学校の裏手にある民家に挟まれた細い路地では、お玉の柄ほども太さのある立派なみみずを見かけました。その前の週は、地蔵坂通りの八百屋の軒先にぶら下げられていた鳥籠のなかから、色鮮やかな鸚鵡(おうむ)がこちらを凝視していました。そういう動物たちに行き合うたび思い出されるのはあのぶっきらぼうで親切な徹雄という青年のことでしたが、彼もまた記憶の鍋のなかで数々の視線と一緒くたに煮込まれ、一人の人間としての姿を徐々に失いつつありました。

　気の向くままに歩くうちに、やがてわたしは徹雄さんに連れていかれた映画館のある通りに出ていました。映画館に近づくにつれ、その前にたむろしているらしい若い男たちの笑い声や奇声も大きくなっていきます。正面までやってくると、わたしは通りの反対側から煙草の煙をもうもうと立ち昇らせている男の群れを見つめ、そのなかに哲治の姿を探しました。すると端のほうにいた紫色のシャツにサングラスをかけた男が近寄ってきて、突如わたしの手首を摑みました。

「何見てるんだ？」

　咄嗟に、「やめてください」と体をひねりましたが、男は力を緩めることなく、それどころかよりきつくねじるように手首を締め上げてきます。

「どこぞのお嬢様が、動物園にでも遊びに来たつもりか、ええ？　ずいぶんじろじろ見てたじゃねえか」

「いえ、人を探していたもので……」

「なんだ、どこのお嬢様かと思ったらただの商売女か？」

「違います、放してください」

　この乱暴者の仲間に一人くらい話のわかる男がいないものかと後ろの一群に目をやりましたが、男たちは黙ってにやにや笑っているだけです。さすがに身の危険を感じて周囲を見渡しましたが、警官や徹雄さんや、屈強でものわかりのよさそうな人は一人も見当たりません。どうにか男の手をすり抜けようともがきましたが、もがけばもがくほど男は手首を締め上げてきて、わたしの右手は頭よりずっと高い位置で奇妙な角度にねじれていました。

「痛い！」

あまりの痛みに耐えかねて叫ぶと男はその手を放しましたが、今度は反動でふらついたわたしの顔を湿った両手で強く挟み込み、親指と人さし指で眼科の先生のように無理やりまぶたを押し広げました。恐怖に声を出せずにいると、男は「ハハハ！」と笑って、乱暴にわたしの体を地面に投げつけました。ハンドバッグが転がって、中身が道に散らばっていきます。手を伸ばす間もなく、男の足がお財布やら家の鍵やらを遠くへ蹴り飛ばしました。ワンピースの裾がめくれ上がるのもかまわず、四つん這いになって必死に持ち物を回収しようとした途端、男はお財布や鍵と同様にわたしのお尻を思いきり蹴り上げました。

気が遠のくような痛みをこらえ立ち上がろうとしましたが、激しい恐怖と屈辱から体がまったく動きません。一刻も早くここから立ち去るべきだとわかってはいたのですが、男たちの笑い声が耳のなかにこだまして体じゅうを震わせ、腕にも足にもまったく力が入らないのです。

昼間の雨に濡れた路上に体を丸めて、わたしはただただ震えていました。頬に触れるぬるいアスファルトはふくらし粉のような匂いがしました。

「おいテツ、お前は見物か？」

丸めた背中に冷たい靴底の感触があり、わたしは目を閉じていっそう体を硬くしました。

橋を渡っていたときにあれほど満ち溢れていた若く獰猛なエネルギーは、嘘のように消え去っていました。もう殺されても仕方ない、きっと罰が当たったんだ、あたしは夫に出ていかれ可愛い子どももなく一人ぼっちでこんな知らない土地で男たちに乱暴されて一生を終える！　わたしは覚悟を決めました。男たちの煽り声が飛び交うなか、靴底はしばらく薄い麻の布地越しに背中に当てられたままでした。やがてその靴の先が背中ではなくお腹と地面のあいだに潜り込み、鉤のような動きをしてわたしの体を仰向けに転がしました。脇腹をきつく押さえつける足の重みが一瞬遠のき――男たちの野次はいっそう強くなり――わたしは自分を死に至らしめつつある男の顔を一目見るため、最後の勇気を振り絞って目を見開きました。

ああ、そこでわたしを待っていた、あの眼差しの弱々しさといったら！　目が合った瞬間、すべての喧騒が遠のき、すべての街の光は消えてしまったように感じました。

男たちが吐き出す煙と映画館を彩るネオンの残光のせいで、わたしを見下ろしている哲治の顔は青銅色にぼんやり霞んで見えました。

「哲治！」

わたしは半身を起こし、脇腹に当てられた爪先をぐっと摑んで叫びました。その瞬間、男たちの野次が耳に戻り、一瞬凍りついていた臀部の痛みも元の通りになりました。

我に返ったように哲治は爪先を振って手を払おうとしましたが、絶対に放してやるものですか！　わたしはかけられるだけの体重をかけて彼の足にしがみつきました。

「おうテツ、そいつはお前の知り合いか？」

哲治は男たちのほうを振り返ったものの、肯定も否定もしません。ただ一つ舌打ちをしてポケットから煙草を取り出すと、震える指で火をつけました。そして一呼吸ぶんだけ吸うとすぐに地面に投げつけ、わたしに摑まれていないほうの靴底でその火をねじ消しました。

「帰れ」

こちらを見下ろして一言、哲治は言いました。先ほどの弱々しい視線とは打って変わって、その顔には驚きでも後悔でもない、これまで一度も目にしたことのない表情が浮かんでいます。

「おう悪かったな、お前の女だったたか。許してくれよな、俺はこの手の気取った女を見ると虫唾が走るんだよ」

先ほどの男が哲治の肩を摑んで言いましたが、哲治は黙ってその手を振り払うだけです。男はまだ震えの止まらないわたしを見下ろしながら、満足そうにもう一度「ハハハ！」と笑いました。

　男たちは劇場のなか、あるいは次の盛り場へと去っていきました。彼らがいなくなったあとも、わたしは哲治の爪先を摑んだまま濡れたコンクリートの上に半身を起こして転がっていました。ところがいくら待っても、哲治はそこに突っ立って煙草を吸っては消し、吸っては消しを繰り返すばかりなのです。

　激しい失望が、いつしか体の震えを止めていました。

　深く息を吸ってからわたしは素早く上半身を倒し、抱きかかえるように哲治の足を引っ張り、彼を地面に投げ倒しました。そして握った拳を宙に高く振りかざし、勢いに任せてその頰を思いきり打ちました。

「どうして助けなかったのよ！」わたしは我を忘れ、手当たり次第に哲治の胸やお腹を殴りつけました。「あんたは女が男に乱暴されるのを黙って見てるような男なの、それどころかそれを平気で手伝えるような男なの、あんたがこんなろくでなしになってるなんて知らなかった！　あんたなんか大嫌い、大嫌い、大嫌い！」

　叫んでいるうちに頰を涙がつたいましたが、わたしは手を緩めずに哲治をでたらめに殴り続けました。次第に視界が曇ってきて何も見えなくなり、手には力が入らなくなって、最後には哲治の平べったい胸の上に顔を突っ伏してしまいました。

　哲治はゆっくり呼吸していました。その懐かしい呼吸音、恐怖から解放された安堵(あんど)、そしてこんなふうにして哲治と再会しなくてはならなかった運命に対する恨みのために、わたしは一晩じゅうでもその場で泣いていられそうでした。ところが突然、何者かがわたしの両脇に腕を差し入れ、強い力で引っ張りあげたのです。

「やっぱりあんたか」

振り返ってみると、あの徹雄さんでした。

「ねえちゃん、道の真ん中で何やってんだよ。そんなにワンワン泣いてよ……」

徹雄さんは困ったように、まだ仰向けに転がっている哲治とわたしの泣き顔を見比べています。それでようやく恥ずかしくなったわたしは、汚れていない腕の内側で顔の涙をぬぐいました。

「もしかして、こいつが、その……？」

「ええ、そうよ。この人が哲治よ。人でなしの、弱虫の、哲治よ」

わたしは徹雄さんの脇に立って、まるで家の布団の上でくつろぐかのように悠々と地面に転がっている哲治を睨みつけました。今度は哲治が立っているわたしたち二人の顔を見比べ、すねたようにそっぽを向きました。

「それにしても、あんた、すげえ恰好だな。喧嘩でもしたのかよ」

見下ろしてみると、新婚時代から愛用している明るい水色のワンピースは見るも無残に汚れきり、ところどころ破れてもいます。きっと顔も見られたものではなかったでしょう。

「地面に転がされて、蹴られたのよ。ひどかったわ……」

「若い女が一人で来るようなところじゃねえんだよ。自業自得だな。そこ、血が出てるぞ」

　徹雄さんはそっと肘を取り、ポケットから取り出したくしゃくしゃのハンカチをあてがってくれました。

「本当にひどかったわ、こんな目に遭ったのは初めて……殺されるかと思ったの……それもこれもこの人を探すためだったのに、この人はあたしが乱暴されるのを平気で見てて、助けもしなかったのよ、そしてあたしは、この人に殺されるかもしれなかった！こんな奴に……こんな奴に！」

　わたしは徹雄さんの手からハンカチをもぎ取り、血に染まったそれを思いきり哲治の顔に投げつけました。

「ひでえ話だ」徹雄さんが隣で呟きました。

「そう、ひどい男、本当にひどい男……」

　言いながら、目のふちに熱い涙が再びせり上がってくるのを感じていました。というのも、血染めのハンカチで覆われた彼の顔には、きっとあの懐かしい表情、決して忘れることのできないあの表情、憤怒とも落胆ともつかない表情が浮かんでいるはずなのですから……。

　わたしは地面に膝をついて、哲治の顔からハンカチを取り去りました。そして頰に手を当てこちらを向かせ、その目をじっと見つめました。

哲治は静かにまぶたを閉じました。

「哲治……」

彼は何も言いませんでした。

「あたし、あんたに会いにきたの。あんたを探してたの」

「帰ってくれ」

「嫌なら、もう帰るわ。でも、あたし……」

「帰ってくれよ」

「あんたに会いたくて……」

哲治は差しのべた手を乱暴に振り払い、のろのろと立ち上がりました。そして傍らに突っ立っている徹雄さんを睨みつけると、墨堤のほうに向かって歩き始めました。

「待って」

わたしは慌てて立ち上がり、彼の後を追いかけました。

「待って、哲治！　あたし、あんたに会いに来たのよ。このあいだの桜の日だって、あんたに会うためにここに来たの。それに、気づいてないだろうけど上野公園のお花見でだってあんたを見たわ。だからこれで三回目よ、あたしたちが会うのは……」

「三回目じゃない、もっとだ」

「もっとって？　あたしたち、それ以外にも会ってるの？」

「子どもの頃、死ぬほど会ってたじゃないか」

「でもあたしたち、死んでないじゃない！」

　ようやく追いついて見つめることができた哲治の横顔は、硬く削られたような顎の線が痛々しいものの、不健康そうな顔色や唇の不安げな結ばれ方は、やはりわたしのよく知っている少年のそれでした。上野公園で二人の警官のあいだに見かけたときはあれほど小さく見えたのに、今隣にいる哲治の体はわたしより頭一つ分は大きく、ひどくほっそりした体型の割にいっそう背が高くなったように見えました。

「哲治、すっかり大人になったわね。いっぱしのあんちゃんじゃないの」

　空元気を出し、からかうように袖口を引っ張って言うと、彼は忌々しげにそれを振り払いました。

「哲治、あんたはどうしてここにいるの？　いったい何をして暮らしているの？　教えてよ……」

「嫌だ」

「どうして？」

「ほっといてくれ」

「時間がないの？」

「ああ」

「嘘つき！」

　哲治は突然立ち止まりました。

「あんたいったい、何しに来たんだ？　あんたは俺に用があるのかもしれないが俺は用はない。それにそんな恰好じゃあ……」

哲治はぼろぼろになったわたしのワンピースに目をやり、再び「帰ってくれ」と呟きました。そして背を向けて走り出し、細い路地を右に折れていきました。追っていってしつこく話しかけましたが、走っている哲治は一切返事をしてくれません。そのままたっぷり半時間ほどは不毛な追いかけっこをしていたでしょうか、最後にはとうとうわたしが音(ね)を上げて彼の腕を摑み、無理やりこちらを向かせました。

「いいわ、あんたがそんなふうなら、あたし、もう喋らない。でもきっとまた来るわ。それであんたが喋ってくれるまで、あたし、喋り続ける。あの男たちにボコボコにされたってかまやしないわ。これ、持ってて」

荒い息を弾ませながら、わたしは中身がごちゃごちゃになったハンドバッグから荒木町のバーの名入りのマッチ箱を取り出し、哲治に渡そうとしました。

「夜はたいていここで働いているの。会いたくなったら、いつでもここに来て」

一度は受け取りましたが、哲治は箱をそのまま地面に落としました。わたしはそれを拾い、今度は手渡さずにズボンのポケットに強引にねじ込みました。

いつのまにか、雨が降り始めていました。

足元の水たまりから視線を上げると、哲治はすでにそこにいませんでした。

どうせ汚れた恰好なのだから雨に濡れてもどうということもないと、わたしはのろのろ停留所に向かって歩き出しました。歩きながらふと、あのバーは今日限りで閉店になったことに気づきましたが、どちらにしろ哲治は訪ねてはこないだろうと思いました。

雨はますます激しくなっていきました。

都電のなか吾妻橋から振り返って眺める向島の街は、この二月近く塗り重ねてきたよそよそしさも親しさも一緒になって、あと数時間のうちにまるごと川底へ姿を消してしまいそうでした。


ところが翌日、わたしは自分の予想が誤っていたことを早々と知ることになりました。昼間の仕事を終えてバーにお給料を取りに行くと、お金の入った封筒と一緒にマスターから「これもだよ」と風呂敷包みを手渡されたのです。

「なんですか、これ」

「きみにだって」

「あたしに？　誰からですか？」

「まあ、旦那さんではないらしいね」

マスターはわたしの顔を見つめてにやにやしています。わたしははっとして、その包みをカウンターの上でほどきました。そこにはわたしが昨夜着ていたのとよく似た、水色の麻のワンピースが入っていました。

「なかなか洒落(しゃれ)たことするな、きみの彼氏は」

心臓の鼓動が速くなるのを感じました。わたしは震える指で包みを元通りにしながら、聞きました。

「マスター、これ、いつ届きましたか」

「さっきだよ。奴さん、ずいぶんぶっきらぼうな感じで……きみにって言うなり逃げるみたいに出ていった」

「さっきって、どれくらいさっきですか」

「さっきはさっきさ。いや、けっこう経ってるかもしれないな、というのも……」

マスターの言葉を最後まで聞かずに、わたしは包みを抱えてバーを飛び出しました。

哲治が、哲治が、これを持ってきてくれた！

風呂敷包みから半分はみ出してしまっている水色の布地が、驚いて道を開ける人々の姿と一緒になってちらちら視界の隅に映りました。わたしは全力で通りを走り抜け、似た姿の男がいれば腕を摑んで振り向かせ、彼ではないと知ればすぐに次の誰かに向かって走り続けました。そうやって何人もの男のあいだをくぐり抜けたあと、ようやくわたしは最後の腕を摑みました。

走ってくる車のクラクションを全身で浴びながら、彼は赤信号の横断歩道を前かがみに突っ切っていました。

「哲治！」

横断歩道の真ん中で、わたしたちは互いの顔を再び見出しました。

けたたましいクラクションが二人を取り囲み、窓から運転手が罵声を浴びせてきます。わたしは風呂敷包みから麻のワンピースを取り出し、体の前に当ててみせました。哲治はうつむきました。やがて顔を上げて何か言おうとした彼を制して、わたしは言いました。

「いいのよ」

言った瞬間、最初の涙が頬をつたいました。

「いいのよ……いいのよ……」

それは昨夜の路上で流した涙とはまったく別のところから溢れてくる、さらさらとした快い涙でした。

長い長い時間、二人はその場から一歩も動かず向かい合っていました。

両脇を車が通るたび、体に当てた水色の布地が風をはらんでぱたぱたと音を立てました。絶え間ない騒音に埋もれていきそうな横断歩道の真ん中で、その微(かす)かだけれど快活な音だけが、わたしをわずかに微笑ませました。

そして哲治は、そんなわたしをじっと見つめていました。

13

　わたしたちはネオンの光が揺れる明るい表通りをのがれ、裏通りの小さな喫茶店に入りました。

　青い箱型のランプに店の名前と思しきアルファベットが照らされている、誰からも忘れられた倉庫のような喫茶店……ドアを開けるとベルがちりんと鳴り、横に長い店内の隅には二人の老人が向かい合って座っています。窓際の席では、抽象画がプリントされたような重たげなドレスを着た若い女が煙草を吸っていました。彼らと正三角形を作る位置にある席に腰を下ろすと、すぐに店主らしい肥った男が水のグラスを持ってきて注文を促しました。わたしは温かい紅茶を頼み、哲治も同じものを頼みました。

　店主が行ってしまったあと、わたしたちはそれぞれに視線をさまよわせながらひたすら黙りこくっていました。後ろにある厨房には水の気配も火の気配もありませんでした。隅の席で向かい合う二人の老人は唇をかすかに開いたまま、地中のずっと深くから秘密の言葉が浮き上がってくるのを待ち受けているかのようです。ドレスの女の鼻歌が途切れ途切れに聞こえてくるのが、このしじまに不思議な温かみを添えていました。窓の外では表通りから漏れてくるネオンの光や人々の気配のなかに、夜の粒子が漂い始めていました。

ようやく紅茶が運ばれてくると、わたしはカップに手を伸ばし、できるだけ音を立てぬよう唇の裏側にカップの薄いふちを当てました。目を上げると、哲治もまたカップのふちに唇を当ててこちらを見ています。二人の視線は腐ったくだもののようにつんとした匂いを放ってテーブルの上に落ちていきました。わたしたちは長い時間をかけて、浅いカップに入った一杯の紅茶を飲みました。

「閉店です」

声にはっとして顔を上げると、肥った店主がすぐ横に立っていました。彼は空になった二つのカップと水のグラスを砂でもかき寄せるようにあっというまにお盆に載せ、汚れた布巾でテーブルの上をひと拭きしてから体を横に揺らして去っていきました。気づけば先ほどまであれほど静かだった厨房から、音楽が流れ始めています。歌のない、低音部と高音部を絶えず行ったり来たりするとても優しいピアノ曲でしたが、いったい何という曲だったのでしょう。それは水滴だけが残ったテーブルと、夜と、この終わりのない沈黙に、いかにもふさわしい曲でした。わたしは指先で見えない旋律に触れるように、じっとピアノに聴き入りました。

「閉店です」

曲が終わったところで、店主がもう一度近づいてきて言いました。哲治は立ち上がりました。

「行かないと……」

口にした紅茶の熱が体の奥のほうで再び甦り、重たるい体を温めました。わたしは横に置いてあった風呂敷包みを手にして立ち上がりました。奥に目をやってみると、あの二人の老人も煙草を吸っていた女も、今ではどこにも見えません。入口のドアは入ってきたときと同様に、レジスターの向かいで安っぽい銀色のノブを光らせていました。

わたしたちは店を出て、どこへともなく歩き始めました。

すでに十一時を過ぎていました。哲治は何も言わず、背中を丸めて少し前を歩いています。わたしもまた、こんな状況にふさわしい言葉が見つからず無言のままでした。深夜の歓楽街を一列になって、二人は葬列のようにうつむきながら歩きました。家に帰らなければいけない、最後の電車を逃してはいけない、明日はまた会社に行かなくてはいけない……数々の「いけない」ことは脳裏に浮かんだ途端に靴の底に踏みつけられ、路上に置き去りにされていきました。

やがて踏みつけるべきものは何もなくなり、足裏に直に地面の硬さが響き始めました。ふと顔を上げると、そこは露骨なネオンがひしめくホテル街でした。驚いて一瞬足を止めかけましたが、前を行く哲治はみじんも速度を緩めません。

ホテル街は長く続きました。こんなにも広い一画が人々の性愛のためだけに開放されていること、そして今現にそこで行われていること――あの十メートル先の密室に、今も愛を交わしている男女があるかもしれないのです――を思うと、そこを歩いている自分の奇怪さがより際立ってきて、その窓の形、ネオンの光、すれ違う男女の二人連れにわたしは特別な想いを込めて視線を当てていきました。その合い間にかすめ見る哲治の後ろ姿は、突然大きくなったかと思えば次の瞬間には子どものように小さくなったりしました。哲治はもう経験しただろうか？　ふいにそんな疑問が頭に浮かびました。哲治もまた、あの優しいぎこちなさを、一瞬の乱暴を誰かの体に与え、与えられたことがあるのだろうか？　例えば向島に一緒に逃げたという半玉芸者に、あるいは……わたしはもう何年も前に目にした、鶴ノ家の小部屋で白い寝間着姿のおねえさんに添い寝されていた哲治の姿を思い出しました。そう、あの日を限りにわたしが鶴ノ家に出入りしなくなったのは、ほかでもない、あの添い寝のせいだったのではないでしょうか？　そこにはおそらく、思春期の虚栄心がおおいに働いていたのです。当時のわたしには年上の裕福で美しい婚約者があり、この上なく幸福であるはずの自分が哲治や置屋のおねえさんに嫉妬しているなんて、決して認めることはできなかったでしょうから……。

「哲治！」

遥か遠い沖に浮かぶ何万トンもの客船に向かって叫ぶように、わたしは前を行く哲治に呼びかけました。足を止めた彼は、体をひねってゆっくり振り向きました。

「足が疲れたの」

哲治はただ眉をひそめただけで、何をしてくれる気配もありません。わたしはそういう、こちらの強い要求に対して見せる哲治の薄ぼんやりした反応を懐かしい気持ちで見つめていました。彼がこんなふうな反応を見せるときには、ただひたすらこちらの要求をより詳しく、具体的に言い張らなければ何も起こりはしないのです。

「足が痛いのよ。どこかで休まない？　あんただって疲れたでしょう」

「休むと言っても……」

わたしたちはホテル街を抜けたばかりでした。哲治の表情に微妙なためらいが生まれたのを、わたしは見逃しませんでした。通りにはランプを灯したタクシーが時折通りかかりましたが、その一台を拾って帰る気にはまだなれませんでした。

「座りたいの。疲れたんだから……一晩じゅうこうやって歩いてることなんてできっこないんだから……」

哲治はうなずきもせず、背を向けて歩き出しました。そして次の角で大通りをそれコンテナのように無機質なアパートが並ぶ住宅街に入り、やがて行きあたった小さな公園にベンチを見つけると、無言で指さしてみせました。

「そう、あれでいいんだわ……きれいなベンチだわ……あたし、本当に疲れたの」

腰かけると、わたしは靴を脱いでストッキング越しに足の裏をもみ、膝から下をぶるぶると震わせました。哲治は何も言わずにベンチの端に座り、青白い公園の街灯を見つめています。硬く張っているふくらはぎとは反対に、疲労が心を柔らかくしていくのがわかりました。そこにじっとしていると、喫茶店で向かい合っているときよりずっと、哲治を近しく感じられました。

「あんたは足、疲れてないの？」

「ああ、疲れてない」

「いつもこんなにたくさん歩くの？」

「別に……」

「じゃあ毎日何してるのよ？」

「別に……」

「別に別にって、もったいぶって……九段には帰ってないのね？」

「あそこにもう家はないんだ」

言われて、はっとしました。もう鶴ノ家はなくなってしまったことは母から聞いて知っていたのに、どうしてか、あの家は今も昔と変わらずそこにあって、哲治もいつかは――というより今晩だって、当然そこに帰っていくもののように思えたのです。

「そうよね、あたし、知ってたわ。お母さんに聞いたの。でも、あたしも、めったにあそこには帰らないから……。あんたの家のおかあさんたちはどこに行ったの？」

「知らない」

「知らないって？」

「あの人たちは結局、俺の家族じゃないのさ」

「でも……」

哲治はポケットから煙草を取り出して火をつけ、大きく煙を吐き出しました。やつれた頬は煙によってさらに削られていくように見えます。

「哲治、あたし結婚したのよ」

哲治は煙草を唇に持っていこうとした手を止めました。

「覚えてるでしょ？ ほら、あんたによく話した、あの英而さんとよ、あたし、本当にあの人と結婚したのよ……」

その日初めて、彼はわたしに向かって微笑みました。すると突然こらえがたい胸苦しさがやってきて、ぬるい夜風が気に障る素振りをしてそっぽを向かずにはいられませんでした。

それから長らく座って足を休ませていましたが、だんだんと硬い木の板に触れるお尻が痛くなってきて、わたしは腰を上げました。哲治も立ちました。そうなると、ただ立っているだけでは手持ちぶさたになってしまいます。そこでわたしたちはどちらからともなく自然と元来た大通りに向かい、再び一列になって歩き始めました。そして少し歩いては適当なベンチを見つけてしばし休憩し、また歩き始める、ということを朝になるまで繰り返したのです。

ビルの隙間から白っぽい朝陽(あさひ)が道に落ち、どこからか犬の長い遠吠(とおぼ)えが響き、それを追うように都電のベルが鳴っているのを、わたしは心地よい疲労のなかで聞いていました。路上には背広姿の男たちが目につきはじめ、低いざわめきのなかに車のクラクションが交わされ、あちこちに凝固していた夜は爽快な空気に溶かされつつあります。

夜と一緒にしぼんでいくようなわたしたちは身を縮め、明るい表通りをのがれて裏通りに入り、青い箱型のランプに店の名前と思しきアルファベットが照らされている倉庫のような喫茶店へ……ええ、そこは昨晩二人が長い夜の出発点にした、あの喫茶店でした。昨晩と同じように肥った中年の店主が水を持ってやってきて、わたしたちはトーストに茹で卵がついたモーニングのセットを頼みました。空腹が女らしい躊躇や恥じらいに打ち勝って、わたしはその簡素な朝食をみるまに平らげてしまいました。一方、哲治は鉄の塊でも持ち上げるかのように大儀そうにトーストを口に運び、いかにもまずそうに咀嚼しています。

奇妙な夜の冒険は、終わりを迎えつつありました。窓の外で夜が再び二人を待ってくれていることを祈りましたが、いくら目をやっても、そこにあるのはまばゆいばかりに清々しい朝でした。

やがて哲治も食事を終えました。二つのカップの中身が空にならないうちに、わたしは言いました。

「もう行かなきゃいけないわ」

「………」

「あたし、仕事してるのよ」

「…………」

「新宿の会社で事務をしているの。もうすっかり慣れたわ、もともとは高校時代の祥子ちゃんという……」

「行かなきゃいけないなら、行けばいい」

哲治は窓のほうを向き、そこから差し込んでくる朝陽に目を細めました。彼のその表情に、この先の長い時間自分を幸福にしてくれる、この夜がわたしの人生にとって重要な一夜だったと明かしてくれる動かない証のようなものを見出そうとしましたが、そこにあるのはどこからも指を差し入れられない、塞がった手袋のように頑なな横顔だけです。まっさらの白い朝陽に洗われている向かいの薄汚れた壁に、わたしは彼の眼差しの残像を探しました。

「また会ってくれる？」

哲治は何も言いません。十数え、二十数えたところで、それ以上沈黙に耐えられなくなりました。

「あんたが会いに来ないなら、あたしのほうから行くわ。あたしを見ても、絶対に逃げちゃだめなのよ……」

哲治は力なく笑い、「逃げるのはあんたのほうだ」と呟きました。わたしも笑って、

「いいえ、逃げるのはあんたよ」と言い返し、風呂敷包みを持って立ち上がりました。

この包みのなかに入っているワンピースこそ二人が過ごした夜の何よりの証拠ではない

かと思うと、いくらか気が慰められました。心の弱い者にとっては、時にはこうして目に見えるものだけが未来への確かな道しるべとなることもあるのです。

この日を境に、わたしたちは逢瀬を重ねるようになりました。

逢瀬と言っても、それは世の男女のあいだに起こるような甘い予感や倦怠(けんたい)に満ちた色っぽいものではなく、保護司とその対象者とのあいだに持たれる面会と言ったほうが近いような、事務的でよそよそしい感じのする逢瀬ではありました。ただ、それは飽くまでも二人がその体裁を必要としていたからで、そんな馬鹿げた体裁なしには、成長したわたしたちが二人きりで会うことなどとても叶わなかったのです。ぎこちない他人行儀に時折のぞく昔の近しさを、わたしは一人で懸命に引っ張りだそうとしていました。

毎週金曜の夜、わたしたちはあの薄暗い喫茶店で会いました。二人組の老人はいつ行っても同じ場所に静かに座っていましたが、奇妙なドレス姿の若い女はめったに見かけませんでした。

テーブルを挟んで向かい合いながら、わたしは九段を離れてからのいっさいの出来事を少しずつ哲治に聞かせていきました。彼は少年時代と同様たいした感想を口にしませんでしたが、少なくとも、こちらの話に耳を傾けていることはわかりました。話し疲れると、今度は逆に哲治の話を聞かせてくれとせがみましたが、彼は決して口を開きませんん。哲治は相変わらず白紙でした。少なくとも、わたしの手が触れることができるページに、なんらかの意味を成す文字は書かれていませんでした。大人になった今でも、彼は依然として、わたしに読まれることを拒み続けているのです。

ある金曜日、部内の調整で仕事が半ドンになり、わたしは午後早い時間にあの喫茶店を訪ねました。そこで本でも読みながら、夜まで哲治を待つつもりだったのです。ところが驚くことに、哲治はすでにいつもの席に座り、広げた漫画雑誌の上に頭を伏せていました。

「哲治」

肩を揺すると彼はすぐに顔を上げわたしを認めましたが、特に驚きを見せることもなく、目をこすりながら雑誌を畳んでテーブルの脇に押しやりました。

「あんた、いつからいたの？」

「さっきから……」

「ずいぶん早いのね」

「あんたも……」

「会社が半ドンになったの。今日は半日遊べるわよ」

わたしは彼の向かいに座り、その顔をまじまじと見つめました。昼でも夜でもたいして変わらない喫茶店の薄暗さでしたが、寝起きのままやってきたのか、不意をつかれた哲治の顔には少年時代の面影が色濃く残っているように見えます。その面影を見つけたわたし自身にも、少女時代の軽やかな気まぐれが戻ってきていました。

「あたし、隅田川が見たいわ」

哲治は「隅田川？」と顔をしかめました。

「そうよ、それで、水上バスに乗りたいの。ねえ、いいでしょう？　あんたも一緒に乗るわね？」

「水上バスなんか……」

「いいえ、一緒に乗るのよ」

わたしは立ち上がって彼の腕を摑み、喫茶店を出ていきました。

平日の中途半端な時間だからでしょう、吾妻橋の水上バス乗り場に列をなす人の姿はなく、船内にもほとんど客はありません。夏休みの最後の思い出にやってきたのか、よく日焼けした小学生くらいの男の子三人が船尾の席を陣取って賑やかにはしゃいでいます。

わたしたちは風通しの良さそうな前のほうの席に並んで腰かけ、石灰をまぶしたように白っぽく見える街の風景が遠ざかっていくのを眺めていました。哲治は後ろを向いて吾妻橋の上を向島方面に走っていく都電を見ていましたが、その車体もまた、水面の輝きを受けて白く光っていました。

「このまま船が進んだら……」

日差しにきらきら光る水と空の濃い青が、ある遠い記憶を呼び起こしました。眩しさの余韻をなじませるように、わたしは目を閉じて言いました。

「海に出るのよね？」

目を開けて隣の哲治を見ると、哲治はもう後ろを向いてはおらず、わたしの体越しに視線を水の上に投げていま す。問いかけには「ああ」とだけ答えましたが、目を合わせようとはしません。哲治は見えない釣り糸を水のなかに垂れ、何かを釣り上げようとしているかのようでした。彼の心はすでにこの小さな船の上にはなく、その釣り糸の先に吊るされて水のなかをたゆたっていました。

「海に出たら……一度波にさらわれたら……」

半分独り言のようなわたしの言葉に、哲治は何の反応も示しません。

「一生海のなかで生きることになる……」

エンジンの低い音と船に引き裂かれた水の音だけが二人を取り巻いていました。わたしは哲治に向かってもう一度、繰り返しました。

「一度波にさらわれたら、一生海のなかで生きることになる……」

水上バスは大きな橋の下に入り、二人の顔を暗く染めました。後ろで子どもたちが一斉に上げた歓声がこだまのように船内に響きました。

「人が海のなかで……生きられるわけない……」

哲治は途切れ途切れに言いました。

「人が海のなかで生きられるわけない……海のなかでは、息ができない……だからみんな、死ぬだけ……」

水上バスが再び明るみに出て、わたしは眩しさに目をぎゅっと閉じました。

「……って、あんたは言った」

目を開けると哲治はこちらを向き、力ない微笑みを浮かべています。

「長者ヶ崎の海で……」

もう十年以上も前、長者ヶ崎の浜辺に転がっていた蟹の死骸、熱い砂、遠い水平線がより鮮烈にまぶたの裏に甦りました。わたしは決して、あの風景を忘れませんでした。生きることと死ぬこと、希望と絶望、そして幼いわたしと哲治が焼けつくような太陽の下で見つめ合ったあの夏の浜辺……ラムネを飲んでいた母、いつまでも見つからなかった父……。哲治が今口にしたのは、溺れて死に損なった幼いわたしが呟いた言葉でした。

あのとき体の下に感じていた砂の熱さが今再び、全身を浸していくのがわかりました。

「哲治、あんたも覚えてるの？」

そんなつもりはなかったのに、わたしの声は泣きだす間際の子どものように頼りなく震えていました。

「ずっと、昔の話だ……」

「そうね、ずっとずっと昔……あたしたちがまだほんの子どもだった頃ね。でも、あの浜辺で途方に暮れていたあたしと、今のあたしは、そっくりおんなじだっていう気がするわ……」

「同じじゃあないだろう。あんたは大きくなって、結婚したんだから」

「したけど、同じなのよ。哲治だってそうでしょう？　あたしたちは何も変わってないのよ、だから今だってこんなに二人して途方に暮れてるんじゃないの……大きくなったって結婚したって、悪ぶってみたっておんなじなんだわ、あたしたちはずっとあの浜辺に置き去りにされてるようなものだわ……」

「相変わらず、大袈裟なんだな。あんたのお話し好きは確かに変わってないな」

哲治は珍しく、皮肉っぽい目つきでわたしを見つめています。その珍しさがわたしを奇妙に嬉しくさせ、同時に苛立たせもしました。

「大袈裟じゃないわよ、あたしはいつも、ほんとのことを言ってるのよ。あんたもしかして、あたしの話をずっと嘘だと思って聞いてたの？」

「ああ、そうだね」

「嘘でしょう、白状なさいよ、あんたはいかにも話半分に聞いてる素振りをしていたけど、心の底ではそうじゃなかった、あんたはいつだって、あたしの話をちゃんと信じてたわ」

とはいうものの、実際のところ哲治が話を信じていたかどうかなど少しも問題ではなかったのです。何しろわたしは、哲治という聞き手の耳に自分の言葉が触れたからには、その言葉はどこか手の届かない彼方で必ず実現されているはずだと信じていたのですから……。

「それにね、逆にどんなにそれが本当のことだって、あんたに言わないことだって、あるのよ……」

わたしは家を出ていった英而さんのことを思い出して黙りました。手紙に書いてあったフィリピンへの出発の日は、とうに過ぎています。彼からの連絡はもちろん何もありませんでした。

夫の顔を思い出した途端、重苦しい空虚さがわたしの視界を曇らせました。目に映る水の輝きも川風の快い重みも、すべてのものが作りもののように感じられてきました。

いったい自分はここで、何をしているのだろう？　英而さんはもう二度と、わたしのもとには戻ってこないでしょう。それなのにわたしはまだ長い夢から完全に覚めることができず、新婚時代に自ら作り出した愛情の殻に一人取り残され、そこで窒息するのを待っているばかりなのです。こうして哲治と会っているのも、それまでの時間つぶしにしか過ぎないのでしょうか？　それとも――わたしにもいよいよ認めるべき時が訪れたということなのでしょうか、その崩落寸前の殻のなかで叫ぶ自分の声を長く聞き捨てにしてきたことを、こんな不毛な生活にはつくづく倦（う）んでしまったのだと、甘い空想のなかに自らを砂糖漬けにする時代はもう終わったのだと、わたしはもっと、生きたいのだと！

船は幅の広い橋梁（きょうりょう）にさしかかっていました。ちょうどわたしたちが橋の陰に入ったとき、電車の轟音（ごうおん）が頭上を通り過ぎていきました。明るみに出ると哲治は再び後ろを向いて、橋を東に渡っていく銀色の車両を目で追っています。

「飯田町の操車場に、よく行ったな……」

「え？」

哲治はわたしに背を向けたまま続けました。

「操車場……飯田町の……長い貨車が出たり入ったりして、荷物が積み下ろしされて、ずっと見てた……」

「ええ、覚えてる、覚えてるわ。あんたは、そういうのが好きだったわ……」

哲治はああ、と小さくうなずきました。

「ねえ、いつか電車に乗って、遠くに行きたいわね……あんたとあたしと二人きりで、長者ヶ崎よりもっと遠くに……夜は眠らないで、ずっと起きてるの。それで今まであたしがあんたに聞かせたお話を、全部一からやり直すのよ……」

哲治は振り向いて、じっとわたしの顔を見つめていました。それはあと数歩のところで閉ざされた電車のドアに向けられるような、途方に暮れて悲しげな眼差しでした。

わたしは自分の手を彼の手の上に重ね、川の流れに目をやりました。浜離宮の緑が、粉っぽい日差しの遠くに霞(かす)んで見えました。

ところが、そうやって夏の川風にさらされとうとうひしゃげかけたあの愛情の殻は、わたしを容易に逃がしてはくれませんでした。哲治と水上バスに乗った日の晩のことです。

「ただいま」

玄関に立つ英而さんの姿を目にした途端、洗い物をしていた手から泡だらけのお皿が滑り落ちました。咄嗟に、これは英而さんの生霊であるに違いない、彼は今どこかで死んだのだと思いました。英而さんはこちらの驚きをよそに靴を脱いで台所の椅子に座り、「お土産だよ」と笑って菓子箱を体の横で揺らしています。わたしは彼から視線をはずさずにお皿を拾って水で流し、タオルで濡れた手をぬぐいましたが、喉を蠟で塞がれたかのようにまるで声が出ませんでした。

「やあ、驚いてるね」

英而さんは椅子に背中をあずけて大きく伸びをし、悠々と足を組みました。久々にそうしているのを見ると、自分の夫は記憶にあるよりもずっと美男子であることがわかって、わたしを少しだけ嬉しい気持ちにさせました。が、乾いた唇からは依然として何の言葉も出てきません。

「まあ、そりゃそうだろうがね。とりあえず、ビールでももらおうかな」

冷蔵庫の扉を大きく開け、わたしはそこに彼の望むものはないことを示しました。何しろ、普段飲んでいるのはやかんに沸騰させたのを冷ました水道水だけなのです。彼は残念そうに唇を歪め、首を振りました。わたしは庫内に顔を近づけ、そこから流れ出してくる冷気を顔いっぱいに受け大きく吸い込み、扉を閉めました。そしてまだ幻か現実か定かではない夫に対峙すべく、テーブルの向かいに腰かけました。

「じゃあお茶でも淹れてくれないか。ここにクッキーがあるんだから、一緒に食べよう」

わたしは再び立ち上がって、お茶の準備を始めました。そのあいだ何度も不安になってテーブルを振り返りましたが、英而さんは幽霊のように一瞬で消えたりなどしません。準備が終わり緑茶の湯呑を差し出すと、彼は淹れたての熱さにもかかわらず一気にそれを飲み干し、「もう一杯」とテーブルの上に置きました。わたしが急須でお茶をつぐあいだ、彼は包み紙を無造作に破り缶の蓋を開け、市松模様の四角いクッキーをばきばき噛みくだき始めました。その丈夫そうな顎の動きに見惚れているうち、湯呑からはお茶があふれ、テーブルクロスが濡れました。

「まったく、きみは相変わらずのボンヤリだな」

唇の周りに薄茶色のクッキーのかすを貼り付けたまま、英而さんは笑っています。慌てて布巾を取って濡れたテーブルを拭こうとしましたが、英而さんの腕が伸びてきてぐっと手を摑みました。

「いいから、そこに座ってくれ」

布巾をそのままにして大人しく彼の向かいに腰かけると、英而さんはクッキーの缶をこちらに向かって押してよこしました。目をやると、中身はもう半分の量になっています。

「きみも食べなさい。甘いものはいつだって気持ちを楽にしてくれるんだからね」

わたしはおそるおそる手を差し出し、四角いクッキーの一枚をつまみました。唇を湿らせ端をかじると、口のなかにバターとチョコレートの温かな香りが広がっていきます。少しの塩気を感じた瞬間、あとからやってきたすさまじい甘さがすべてを覆しました。わたしはすぐに湯呑に口をつけ、熱いお茶で口のなかの甘みを喉に流し込みました。こわばった胃にまんべんなく染みわたるような快い熱が、恐怖にも似た緊張を多少和らげました。

「さっきから一言も喋らないでいるが、きみは病気なのか？」

わたしは首を横に振りました。

「じゃあ自分は病気でないとはっきり言ってくれ」

「病気じゃありません」

「ああ、聞こえたよ。よかったよ、きみが病気じゃなくて」

「でもどうして……どうして帰ったの？」

「ここが僕の家だからに決まってるじゃないか」

「でも、あなたは……」

「僕は、なんだ？」

「あなたは外国に……それに……あたしたちはもう……」

英而さんはポケットからきちんと折り目のついたハンカチを取り出し、口の周りや指先を拭きました。そしてまだわたしが言葉に迷っているのに気づくと、快活に笑いながら言いました。

「まったく、はっきりしないんだな。ああ、そうだよ、僕はもうここには帰らないつもりでいたよ。きみと過ごす時間はもう終わったものだと考えたんだ。言ったとおり、僕らの愛はもう不可能なんだとね。きみはいつだってぼんやりとして、夢のなかを生きているみたいだ、少女時代から何も変わっていないよ……しかし僕は実際家なんだ、実際家は常にそこにある実情に順応していかねば生きていけないんだ」

　それではあたしの存在は、あなたの妻の存在は、あなたの実情ではないのですか？

そう咎める代わりに、わたしはうつむいて唇を噛みました。

「ああ、そんな顔をしないでくれ！　……きみも今では、僕の言ってることがわかるだろう？」

「いいえ、あたしは馬鹿だからよくわかりません。不可能な愛だかなんだか、ちっともわからないけれど、あなたはきっと、あたしに飽きたというだけなんでしょう」

　言い返しましたが、英而さんは再び笑って「完全ではないが、そういう理解もあり得ないことはないだろうね」とはぐらかすだけです。

「それでもやっぱり、きみはどうして戻ってきたのかと聞きたいんだろう。少し事情が変わったんだよ。アメリカ資本の農場の土地のことで、当局とちょっとした問題が起こってね……事情が整うまで、日本で待つことにしたんだ。ただ、よその農場はすっかり準備万端らしい。来年の日本人はものすごい量のフィリピンバナナを消費するだろうね」

「バナナのことなんか、どうでもいいわ」

「そうだね、きみにとってはどうでもいいことだろうが……まったく、そんなにつんけんしないでくれよ。きみらしくない」

　そうやって言葉を交わしているうちに、わたしの心には不思議な優越感が生まれてきました。ずっと待ち焦がれていた英而さんの帰宅——それがどんな理由であろうと、かつてのわたしは彼を二度と行かせないために自分はなんでもするだろうし、それが自分に残されている情熱の最後の発露になるだろうとずっと考えていたのに、どうしたことでしょう、こうして彼を目の前にしていても、胸の内にはなんの感慨も情熱も湧いてこないのです。それどころか、わたしは故なく叱られた子どもが見せるようなむっつりとした態度を彼に向かって示しているのです。

　そう、この無感動こそ何よりの証拠ではないか、あたしはもう彼を愛してはいないのだ、今なら彼を憎むことができる……もう彼を待たないと誓うことができる！　強く確信したわたしは、テーブルのクッキーを一枚取って一気に噛み砕きました。恐ろしい甘さは憎悪の芽の滋養となって、体の奥深くに沈んでいきました。

　ぬるくなったお茶をゆっくり飲んでいると、英而さんはおもむろに立ち上がって寝室に向かいました。新婚時代に彼が買ってくれた豪華なベッドはとうの昔に売りに出してしまい、今では小さな鏡台と一人分の布団が隅に畳んでおいてあるだけのちっぽけな寝室です。英而さんはかつての華やかさを失った部屋の入口で振り返り、動かないわたしをじろりと睨みつけると、なかに入っていきました。彼は鏡台にも布団にも触れることなしに一直線に窓辺まで行き、カーテンを開けました。そしてしばらく外の風景を眺めていました。

「来てくれ」

唐突に振り返って、英而さんは言いました。

わたしは腰を上げて寝室に入り、彼の隣に立ちました。暗い住宅街には生活の灯りがぽつぽつと浮かんでいます。歯の裏に残るクッキーの甘さは、少しずつ刺すような苦みに変わっていきました。

「どれも似通っているつまらない灯りだ……おそらくは僕たちが立っているこの部屋の灯りも、外から見れば街を成している平和な灯りの一つに過ぎない、そこにどんな欠陥があろうと……」

わたしは黙って聞いていました。思えば英而さんはこうして一人で喋るのが好きな人だった、出会った頃も、共寝をするようになった頃も、ずっと一人きりで喋っていた……。

戻ってきた夫をすでに死人のように取り扱っている自身の心のありように、わたしははっきり気がついていました。その認識を祝うかのように、懐かしい英而さんの熱く重たい手がわたしの肩に置かれました。そして抵抗する時間も与えられぬままその唇がわたしの唇を塞ぎ……わたしたちは布団も敷かず互いの素肌にもろくに触れず、そこで短い行為を果たしました。二人で暮らしていたときのそれと同じ行為とは思えぬほど、厳密に取り決められていたはずのあらゆる順序が反故にされ、優しい言葉は省略され、これからいよいよ始まるのだと覚悟を決めた頃にはすべてがとうに終わっていました。

わたしから離れた英而さんは壁の鏡に向かって髪の毛を整え、台所で水を一杯飲んで、そのまま家を出ていきました。

英而さんは次の日も、またその次の日もやってきました。

何日か後には行為の後に食事までとっていきました。そしてそれから数日すると、行為はなしに食事だけとなり、お風呂にも入っていきました。どんなに遅くなっても泊まることだけはしませんでしたが、彼は再びわたしを妻として扱い出し、時には恋人時代に戻ったかのような優しい言葉をかけてくれることさえありました。

ようやくあの殻から抜け出せると思ったのに、もう彼を愛していないとあれほどしっかり自覚したはずなのに――心のなかに剣呑な幸福感が居座り始めていました。長いあいだ孤独に毒されていたわたしは、その幸福に分厚い座布団やごちそうを勧め、精一杯の歓待をせずにはいられなかったのです。わたしは再び、彼の魔法に嬉々としてかかりつつありました。一度はひしゃげそうになっていた愛情の殻は、今再び昔の威力を取り戻していたのです。この殻を破り、もっと生きたいなどと願った軽率をわたしは恥じました。申し訳ばかりの自尊心が彼のここ数年の仕打ちを思い出させようとしましたが、目の前にある美しい顔、豊かな毛髪、大きな逞しい体が与えてくれる愛撫に引き比べてみれば、そんなことなどなんでもなかったのです。

幸福は自尊心を打ち負かし、その不恰好を嘲笑いました。わたしはどこにも寄り道をせず、夫との夕食をより豊かなものにするために会社からまっすぐ帰るようになりました。そして昔と同じように彼の顔を思い浮かべながら米を研いだり肉を焼いたりしたのです、きっと何かが報われたのだと、その「何か」に向かって心のなかで手を合わせながら……。

金曜日の夜、哲治が待つあの喫茶店に行きませんでした。もし彼に会いに行ったなら、英而さんは間違いなくここから再び離れていくだろうと思えたからです。

哲治に会いに行ったことを夫が知ろうが知るまいが、必ずそういうからくりになっているのだという確信が、わたしを哲治から遠ざけました。それでも英而さんと向かい合っての食事中、痺れるほどの幸福感に浸りながら、あの暗い喫茶店で自分を待っている小さな背中を想像せずにはいられませんでした。しかしその金曜が終わってしまえば、哲治の気配は元の通りに薄れていきました。部屋の掃除や献立の工夫に精を出しているうち、英而さんへの愛情はみるみるわたしの心身を覆い尽くしていったのです。

こうしてわたしたち夫婦に新婚時代の奇妙な焼き直しが訪れました。夫婦が新たな段階に進むということはこういうことなのかもしれない……英而さんの沈黙の意味を探ることもなく、日向の野原のような明るい匂いのする楽観的な思考に、わたしは酔いました。再び湧き起こったこの幸福の感じは決して小出しにはできず、いざというときのために蓄えられるようなものではありません。それは瞬間瞬間に消費されるためだけの喜びであって、あとには何も残らず、それがゆえにわたしはいっそう幸福になれるのです。

　そんな幸福感が最高潮に達したのは、ある晩英而さんが出て行く前に振り返ってこう言い放ったときでした。

「出発は明日の夕方だから、きみ、見送りに来てくれ」

　彼が頼んでいる、この自分を必要としている！　それだけのことがくらくらするほどの陶酔をわたしにもたらしました。

「明日？　出発って、フィリピンに？」

「ああ。横浜に五時だ。来てくれるね？」

「ええ、必ず行きます」

「それでは明日」

　言うなり彼はドアを開けて出ていってしまいました。わたしは台所の椅子に腰かけて、激しい動揺を逃がすように足裏を床にこすりつけ始めました。出発……明日……横浜……五時……そばにあった紙切れにそう書きつけると、わたしはその紙を高く掲げじっと文字を見つめ、そこにある意味をあますところなく汲み取ろうとしました。彼は明日出発すると言う……出発……出発ですって？　妻であるわたしなしに、一人きりで？

たちまち先ほどの陶酔は激しい怒りに変わりました。この二週間余りの帰宅はいったいなんだったのか、急ごしらえの幸福のなかにわたしを悪びれもせず漬けておいて、彼は今、再び一人で旅立とうとしているのです。ある不在からより長い不在へ跳びあがるための足場として、彼にはこの日数が必要だったということなのでしょうか、それともわたしによりいっそうの苦しみを与えるため、わざわざここへ足を運んだというのでしょうか？　我に返ったわたしは再び彼がわからなくなりました。英而さんの愛する「実情」とは、結局どこにあるのでしょう？　その実情がどこにあろうとも、こんな勝手な振る舞いを、どうして許すことができましょう？

それでも翌日、わたしは会社を半休して横浜へと向かいました。かばんのなかには、最低限の化粧品と替えの下着と、銀行から下ろしてきたなけなしの預金が入っています。無益な行為だと思いながら、この期に及んでも一縷の希望を断ち切ることはできませんでした。旅券など持っていなくとも、もし彼の心にほんのわずかでも愛情や誠意や優しさが残されているのなら、自分を哀れに思って一緒に海の向こうへ連れていってくれるはずだとわたしは望みをつないだのです。

電車に揺られていると、不思議と九段の料亭で過ごした少女時代の最後の日々が思い出されました。英而さんとの結婚だけを心の支えに仏頂面で退屈な毎日をやり過ごしていた頃の幸福と、一人港に向かおうとしている今の孤独を並べてみて、ふと、今日こそが最も自分の死にふさわしい日ではないかと思いました。万が一あの人が自分を捨てて本当に一人で旅立ってしまうのならば、そのときは悲しみではなく目の前にある海に身を投げて死んでしまえばいい……。この考えは不思議に甘やかな匂いを放って、心を温めてくれました。わたしは微笑んでさえいました。

港には見上げるほど巨大な白い貨客船が停泊していて、英而さんは軍人風の重たげな外套姿で乗り場のすぐ横にトランクケースを持って立っていました。おしゃれな中折れ帽からは美しい髪の毛の束がこぼれ、背の高い彼は一見日本に降り立ったばかりの西洋人のようにも見えます。そんな彼が自分の夫として共に寝起きしていた日々があったなんて、まるで現実とは思われませんでした。同時に、やはりそうなのだ、あんなのは夢でしかなかった、最初からこうなることになっていたのだという諦めが血液と共にひえびえと全身をめぐり、先ほどの死の誘惑と結びついてわたしの体をこわばらせました。

「よく来てくれたね」

英而さんは蜂蜜色の西日を全身に浴びながら機嫌良さそうに笑っています。わたしは声に出さずにうなずきました。

「今日発ったら、いつ帰れるのかは誰にも知れない……僕にもわからないんだ」

「そうね」

「きみには悪いことをしたと思っている。人さらいのようなことをして、こうやってここに一人置き去りにするのだから……」

「いいのよ」

「僕を待っていてくれるかい？」

「………」

「待っていてくれるね？」

答えることができませんでした。本当にわからなかったのです、あと数分もしたら自分が本当に海に身を投げるのか、それともうなだれて元来た道を辿り電車に乗って家に帰るのか、そして再び殻のなかに閉じこもり、彼をじっと待つ生活に戻るのか……。

返事をする代わりにあいまいな微笑みを浮かべて、わたしは彼を見上げました。瞬間、彼の瞳が緑色に光ったように思いました。それは二人が初めて出会った晩に暗い茂みのなかで目にした、あの忘れがたく鮮烈な深い緑色でした。

「待てないと言うのなら、今一緒に来てくれ」

わたしははっとしました。それまでの笑顔が一変し、英而さんの精悍な口元は奇妙に歪み、わなわなと震え始めています。

「待てないと言うのなら、今、ここで僕と一緒に来てくれ！」

「もちろん行くわ」

すべての理屈を捨てて、わたしは夢中でそう答えていました。そして伸びてきた英而さんの手を握った瞬間、何者かが強い力でわたしの肩をぐいと引き、つないだ手は再び離れました。

振り向くと、哲治が立っていました。

何が起こったのかわからず、わたしはただ呆然と彼を見つめることしかできませんでした。

くすんだ辛子色（からしいろ）のジャンパーを羽織りぼろぼろの汚い革靴を履いた哲治は、周囲を行き交う港の労働者とほとんど見分けがつきません。唯一彼らと違っているのは、その病的に青白い顔色だけです。英而さんの手が再びわたしの手に触れて、優しく握りました。

「哲治、どうしたの？　どうしてここにいるの？」

渇いた喉からやっと声を絞り出すと、哲治は聞こえるか聞こえないかの声で言いました。

「あんたに、言いに……」

「言いにって、何を？　あんた、どうしてここにいるのよ？　あたしをつけてきたの？」

「あんたとは、お別れだって……」

「お別れ？　ええ、でもあたしは今から……」

わたしは振り返って夫の顔を見つめました。英而さんは帽子を取って、わたしの幼馴染みなどそこには存在していないかのように穏やかな微笑みを浮かべています。

「あたしは今から外国に行くのよ、でもそうね、あんたの事情は知らないけれど、あたしたちはもう……」

「だから来てくれと言いに来たんだ！」

そう叫ぶなり、哲治は身を翻して人ごみのなかに駆け去っていきました。

「さあ、行こうか」

英而さんが握った手を揺すって言うのが聞こえました。振り返ると、彼はまだ優しい微笑みを保ったままじっとこちらを見つめています。

西日を受けたその瞳はもう緑色に輝いてはおらず、口元からのぞく白い歯だけが外套のボタンと競い合うように清潔に光っていました。わたしは手を離しました。彼は再び、その腕のなかにわたしを引き取ろうとしていました。

気づいたときには、わたしは夢中で人ごみをかきわけ哲治の後を追っていました。

「待ちなさい！」

背後に夫の怒号を聞きながら、あの小さな後ろ姿に追いついてその痩せた手を握るために、そしてその顔の上に憤怒とも落胆ともつかないあの表情を再び見出すために――わたしは必死に走っていました。

14

窓の外で刻々と移り変わっていく風景を、哲治とわたしは電車の硬い座席の背にもたれてぼんやり眺めていました。

西の低い空では薄い雲に透ける太陽が一日の最後の光を放ち、立ち並ぶ住居の窓や看板や、突然ひらけては再び狭められていく原っぱを橙色に染めています。同じ夕日が先ほどまで横浜の港に立っていた自分にも等しく降り注がれていたはずなのに、それはもうずいぶん遠い昔に見た夢のように思われました。

隣り合って座ってはいても一言も口をきかず、たまたま乗り合わせた見ず知らずの客同士かと思われるほど、わたしたちは他人行儀に黙って電車に揺られていました。駅までの長い距離を歩き続けたせいか、座席に腰かけた途端疲労が溶けた飴のようにみぞおちのあたりから染み出し、ゆっくりと全身を浸して今や床にまで滴り落ちていきそうです。哲治は時々ポケットから皺くちゃの路線図を取り出し、息をつめてじっと見つめていました。どこまで行くの？　東京にはもう戻らないの？　そのまま黙り続けていたら二人は本当に見ず知らずの他人になってしまう気がして、電車が駅に停車するたび口を開きそうになりました。でもいざ哲治の青ざめた横顔を目にすると、そんな質問は沈黙以上に二人を完全な他人として切り離してしまいそうで、わたしは口をつぐみ続けました。やがて太陽は西の果てに姿を消し、窓の外の景色は薄い藍色の宵のなかに沈んでいきました。

電車の終点は小田原でした。どうするのかと思って様子を窺っていると、哲治は改札には向かわず新たに入線してきた島田行きの電車に乗り換えていきます。乗客は少なく、彼らはそれぞれに雑誌や夕刊を広げたり連れの人と小声で言葉を交わしたりして、わたしたちに注意を払う者は一人もありません。疲れと不安から少しうとうとしかけた頃、電車が大きくカーブした拍子に向かいの暗い窓に横浜で別れた英而さんの顔が見えたような気がしました。中折れ帽の下にはなんの表情もなく、ただ虚ろな二つの瞳がわたしをじっと見つめていました。思わず隣の哲治の腕を摑みましたが、驚いてこちらを見た彼の瞳もまた恐ろしいほどにがらんどうでした。わたしは手を離し、再び目を伏せて電車の揺れに身を任せました。

自分はここで何をしているのか、来てくれと言った夫とどうして一緒に行かなかったのか、いくら考えてみても筋の通る答えは見つかりません。いいえ、記憶を遡れば遡るほど、そもそもすべてが筋の通らないことばかりに思われてくるのです。英而さん、母、祥子ちゃん、会社や荒木町のバーの同僚たち……慣れ親しんだ彼らの顔を思い出そうとしてみても、それは幼い頃に縁日で見ていた無数のお祭りのお面のようにいかにも作りものじみた不気味な色彩に攪乱(かくらん)されて、個々の特徴、愛着を誘った細部をはっきり認めることは不可能でした。いったい彼らは本当にわたしが記憶するとおりに存在していたのでしょうか？　誰にともなく問いかけてみたくなるほどわたしは途方に暮れていて、自分が一瞬のうちに選びとった現実に圧倒されているばかりなのでした。

　その晩、浜松まで来てとうとう乗り換える電車がなくなると、哲治は二人分の切符の精算を済ませ、駅から少し離れたところにあった小さな居酒屋に入っていきました。そしてその後に続いたわたしがカウンターの隣に座ってひと息ついた途端、ようやく口を開いたのです。

「あんたは帰ったほうがいい」

　笑おうとしましたがうまくいかず、わたしはすぐに顔をそむけて言い返しました。

「帰るって、どこに帰れって言うのよ……」

　カウンターの向こうから割烹着(かっぽうぎ)姿の老婆が長い腕を伸ばし、枝豆と乾きかけた白和(しらあ)えの小皿を二人の前に置きました。哲治は焼酎を頼み、お酒を飲みつけないわたしはオレンジジュースを頼みました。一人でこの店を切り盛りしているらしい老婆は無言で飲み物を運んできたきり、カウンターの奥にある小さな椅子に腰かけ眠ったように深くうつむいたままです。その姿を見ていると、電車のなかで全身にからみついていた疲労感がまたしても甦ってきました。ぼやけていく視界を正しカウンターの小皿に焦点を合わせようとしましたが、頭の奥のほうに硬い粒がはぜるようなぴりぴりした痛みがあって、絶えず集中を妨げます。わたしは瓶のオレンジジュースを一息に飲み干しました。

「本当に来るなんて……」

哲治は枝豆に手を伸ばし莢から素早く三粒の豆を掌に取り出しましたが、口には運ばず皿の隅に置いただけです。

「あんたが来いって言ったのよ。ねえ、どうして東京を離れなきゃいけないの？」

「………」

「ねえ、どうしてよ」

「あんたには……」

「何よ？」

「もういいんだ。帰ってくれ」

「哲治、あんた何言ってるのかわかってるの？　そんなこと、本気で言ってるの？」

答える代わりに、彼は先ほど皿に置いた枝豆を三粒まとめて飲み込みました。それからは憑かれたかのように次から次へと枝豆の莢に手を伸ばし、直接唇に当てて中身を口に入れていきました。

「だとすればあんたは本物のろくでなしだわ……本当にそう思ってるって言うんなら……まったく……こんなところまで来て、どこに帰れって言うのよ……」

わたしの口から洩れる言葉は、機械的な動作に没入している哲治の表面をただ滑っていくばかりです。目を上げると、奥に座る老婆がやや顔を仰向け誰にともなくうなずいているのが目に入りました。一瞬、もしかしたら自分に向かってうなずいてくれているのではないかと思いましたが、彼女の視線の先を追うとそこには音の出ない小型テレビが据えてありました。わたしはこの日初めて、自分は取り返しのつかない軽率な行為をしたのかもしれないという後悔の念を抱きました。

夜中の二時過ぎに居酒屋が閉店してしまうと、哲治は駅の外のベンチに座って身を縮めました。そのまま朝を待つつもりらしいので、わたしも仕方なくその隣に腰かけました。昼間はまだ暑さが残る秋の初めとはいえ、夜更けはさすがに冷え込みます。哲治は羽織っていた辛子色のジャンパーを貸してくれましたが、それも心地よい眠りを誘ってはくれませんでした。全身が疲れと眠気にとりつかれているはずなのに、重いまぶたを閉じてみると些細な物音や不自然な姿勢を強いられる体の節々の痛みがしつこく眠りを妨げるのです。

目の前の路上を古雑誌の破れたページや潰れた紙コップなどが夜風に吹かれて行ったり来たりしているさまは、いかにもこの地方の町が暗い季節に向かって時を進めつつあるという感じがして、いっそう気がふさぎました。まるで布団に寝ているのと変わらない穏やかな寝息を立て座ったまま眠る隣の哲治を半ば憎らしく思いながら、わたしは惨めな一夜を過ごしました。（でも、船の上よりずっとましだわ……）呪文のように繰り返してみても、そこにある惨めさは少しも消えていきません。しかし惨めであればあるほど、その言葉には真実の重みが増していく気がするのです。

じっとしていると、時折何かの発作のように体が細かく震えました。それが寒さから来るものなのか不安や恐怖から来るものなのか、それともある種の武者震いのようなものなのか、わたしにはわかりませんでした。


翌朝、線路を走り始めた電車の音でようやく目覚めた哲治は、隣にいるわたしの顔を一目見た途端、夢の続きのような滑らかさで「あんたはもう帰ってくれ」と昨晩と同じことを口にしました。

紫がかったくまを浮かべ、頬は落ち込み、無精髭を生やした真面目な顔でそう言う哲治はどこか滑稽に見えます。

「何よ、起きぬけに……」

「俺は行くから、帰ってくれ」

手の甲で頬をごしごしこすりながら、彼は大儀そうに立ち上がりました。

「あんたは昨日もそう言ったけど、帰るって、どこに帰るのよ？　それに行くって、いったいどこに行くのよ？」

「あんたは家に帰るんだ。俺は朝飯を食いにいくんだ」

「じゃああたしも行くわ。お腹がすいたもの、あんたと違ってぜんぜん眠れなかったんだから！」

哲治は答えず、とても寝起きとは思えぬほどの力強い大股歩きで街のほうに向かっていきます。幸い昨日入った居酒屋の隣に早くから開いている蕎麦屋があったので、わたしたちはそこに入り、水気のない刻み葱と湿った天かすが申し訳程度に載った温かい蕎麦を食べました。食べ終えて駅に戻ると、哲治は京都までの切符を一枚買って一人でさっさと改札に向かって行ってしまいます。「待ちなさいよ！」わたしも急いで同じ切符を買い、後に続きました。

まだ通勤や通学の時間には早いのか、乗客はまばらで車両は広々として暖かでした。空腹が満たされた心地よさもあって、電車というよりはホテルのロビーに置かれたソファにでも座っているような心地がします。これから京都に向かうのかと思うとわたしは睡眠不足も忘れ、奇妙に心が浮き立つのを感じました。

「ねえ、京都で何をするのよ？」

最初から期待などしていませんが、哲治はやはり答えません。「あんたは何度も帰れと言うけれど……」わたしは哲治の耳に触れそうなほど口を近づけ、はっきりと宣言しました。

「あたし、帰らないわよ」

哲治は体の前で腕を組み、眠ったふりをしています。

「あんたが来てくれと言ったんだから、帰れなんて今さら言うのはなしよ。それに帰るところなんて、あたしにはもうないんだし……見たでしょう？　あたしの旦那さんはあの船に乗って外国に行ったの。きっと、二度と会わないわ……でもいいの、あたしは船より電車のほうがずっと好きなんだから……」

無理やり顔を覗き込みましたが、哲治は心底迷惑そうに顔をしかめてそっぽを向くだけです。

「それより、あんたはどうして東京を離れるのよ？　何か悪いことでもしたの？　泥棒？　人殺し？　それとも、それとも……ねえ、なんなのよ？」

腕を揺すると、哲治はそれを振り払って体を横にずらし、わたしから遠ざかろうとしました。それでもめげずに密着して腕を激しく揺すり続けるうちに、やっと諦めたのか、チッと軽く舌打ちをして言いました。

「あんたはいつも質問してばっかりだ」

「だって哲治が答えないんだもの。ちょっとでも答えてくれたら、あたしだって少しは黙ってられるのよ。あんただって聞きたいことがあるんなら好きに聞けばいいじゃないの」

「…………」

「何よ、何かあるなら聞きなさいよ」

「……どうして来なかった？」

「えっ？」

「質問しろって言うから、今度は俺が質問してるんだ……あんた、どうして来なかったんだ……金曜に……あの喫茶店に……」

　哲治は唇を噛んで黙ってしまいました。わたしは正直に答えるべきか、素早く自分の胸に問いかけました。哲治、あんたと会ってしまったら、英而さんと会えなくなると思ったの――そんな筋の通らない、でもそれ以外には何も存在しなかった言い訳を今、彼の目の前で口にすることができるだろうか？　答えは否でした。わたしは哲治の常套手段であるところの、沈黙をもって答えとしました。しかしこの沈黙は哲治のそれとは違い、どうにも耐えがたく、気まずさをごまかすために別の話を切り出さずにはいられませんでした。

「ねえ、京都に着いたらすぐに旅館を探しましょう。安いところでいいから、横になって休みたいの。あたし、昨日の夕方から座りっぱなしでお尻と背中が痛いのよ」

「あんたはそうしたらいい。俺にはもう金がない」

「お金なら、あたし、たくさん持ってるのよ。ううん、たくさんではないけど……向こうで預金を下ろしてきたの。旅館のお代くらい、一人でも二人でも変わらないわ」

「でも……」

「いいの。もう決まりよ」

　昼過ぎに京都に着くと、わたしは明らかに乗り気でなさそうな哲治を引っ張って駅を出ました。そして観光客の賑やかなざわめきにのまれるがまま駅前のタクシーをつかまえ、哲治を押しこめるようにして奥に乗せて清水寺に向かいました。この春に京都に旅行した職場の同僚の女の子が、清水寺からの眺めが素敵だったと嬉しそうに話していた姿を思い出したからです。

　清水の舞台から広がる市街の眺めに飽きることなく次から次へと感激の言葉を言い散らすわたしの傍ら、哲治はいじけたように下ばかり見て少しも楽しそうではありませんでした。それから金閣寺や銀閣寺、思いつく限りの有名な観光名所に足を運びましたが、哲治はどこまで行ってもしかめっつらを崩さず、おみくじもひかず土産物に一瞥もくれず、わたしばかりが修学旅行の高校生のようにはしゃいでいるだけなのです。

「哲治、せっかく来たんだからもっと楽しみなさいよ」何度そう言っても、彼の態度は頑として変わりませんでした。

　やがて京都も日が暮れ始めました。御所を出たところでさすがに疲れてきたわたしがそろそろ宿を探そうと提案すると、哲治は断固とした口調で言い放ちました。

「俺は駅に行く」

「駅？　駅に行くって？　どうして？」

「電車に乗るんだ」

「ちょっと待ってよ、今日は京都に泊まるって話だったじゃない」

「気に入ったならあんたはここに残ればいい」

　言うなり哲治は突然走り出し、道端に停まっていたタクシーに乗り込もうとしました。わたしは慌てて後を追いました。今になっても何を考えているのかさっぱりわからない哲治が腹立たしく、徹底的に問いつめたいという思いはありましたが、こうなっては何を言ってももう無駄なことです。

「さあさあ、どこへ行くの？」

ようやく駅に着いたところで、手元の路線図と壁にかかっている路線図を見比べている哲治に聞きました。もちろん答えはありません。

「いいわ、こうなったらあんたについていくしか方法はないんだから……どこへでも行ったらいいわ」

「鳥取に行く」

それまで一度も目にしたことのない、確固とした意志を示す何かが彼の口元を固く引き締めていました。その日寺院や仏像や庭園を前にして味わった感動とはまた異なる不思議な感動に打たれ、わたしは半ばぼんやりしたまま「どうして？」と聞きました。

「友達か親戚でもあるの？　鳥取なんて……」

戸惑っているあいだに、哲治は二人分の切符を買いその一枚をこちらに押しつけ、一人でさっさと改札を通っていってしまいます。ホームに登る階段の途中で追いつくと、わたしは矢継ぎ早に問いかけました。

「ねえ、鳥取なんて、どうしてなの？　行って何をするのよ？　それに鳥取って言っても、鳥取のどこに行くの？　米子(よなご)？　それとも、因幡(いなば)の白兎(しろうさぎ)の……」

「因幡の白兎？」

「小学校の頃、運動会でやったわ。みんなで列になって、土の上にしゃがんで道を作って、兎役の子がその背中をぴょんぴょん跳び越えていくの。上を兎が通ったと思ったら、列の先に回ってまた上がりの白線に向かって道を作るの……この道を作る子たちは、みんな鰐（わに）なのよ。覚えてない？」

「ああ、覚えてない」

「あれは女の子の競技だったかもしれないわね。でもとにかく、それは因幡の白兎って言って、その因幡の白兎のお話は鳥取のどこかにあるのよ」

「またお話か……」

哲治はこちらに顔を向け、口元だけで薄く微笑みました。

電車を乗り継ぎその日じゅうに鳥取に到着するつもりだったのかもしれませんが、空腹感と疲労でぐったりしたわたしが無理を言って、結局は最初に乗った電車の終点で下車することになりました。駅前の繁華街にある定食屋で食事を終え外に出ると、そこからほど近いところにいかにも古めかしくひなびた旅館が「空室あり」の看板を下げていました。

受付の宿帳に名前を書くとき、わたしは何も考えず自分の名と住所を書きました。書き終わってすぐ、目尻に大きなほくろのある受付の女性の眼差しに何か問いかけるような色を感じて、こういう場合は偽名や仮の住所を使うのがある種の礼儀であるのかもしれないと思いましたが、書いてしまったものはもう仕方がありません。ペンを置くとってしまいました。「お連れ様は……」と言われ、はっとしました。振り向くと、所在なげにうつむいて立っている哲治の姿があります。わたしは自分の名の隣に点を打って、「哲治」と書き加えました。受付の女性は細長い箱型のキーホルダーをつけた鍵を手にして、部屋に案内してくれました。それからお茶を運んできて、てきぱきとした動きで布団を敷いていってしまいました。

「待合だったのかしらね、昔は……」

ぬるいお茶を飲みながら、安っぽい調度が置かれた部屋を見渡しわたしは言いました。

哲治は靴下を脱いで、青白く縮こまった足の指を開いたり伸ばしたりしています。

「あんた、こういうところに来たことある？」

質問には答えず、彼は一口お茶を飲むと布団の上に寝転がって顔を伏せました。

「何よ、聞こえてるくせに……」

わたしは隣に寝転がり、その肩をつつきました。

「ねえ、こういうところに来たことある？　あるでしょう？」

哲治はうっとうしげに布団のなかに潜り込み、顔を隠します。

「恥ずかしがりなのね。あたしはね、こういうところには一度も来たことないの。まさかあんたとこんなところに泊まるなんてね。驚くわね」

「…………」

「お風呂に入りなさいよ。汚れてるわ」

「…………」

「不潔なのが好きなのね。いいわ、あたしは入ってくるから」

わたしは更衣箱に出されていた浴衣を持って、浴室に向かいました。それから体じゅうを泡だらけにして洗いさっぱりして出てくると、哲治はもうすっかり眠りこけていました。顔を近づけてみましたが、たぬき寝入りではないようです。

わたしは濡れた髪をタオルで拭きながら、しばらくその寝顔を眺めていました。日焼け、骨格はますます際立って、眉は薄くなり、唇は乾燥して白っぽく、頰の高いところと顎の下には浅い切り傷があります。ずっと昔こうして彼の顔の傷を見つめていた記憶が、おぼろげながら目の裏に甦ってきました。この数年間で哲治は哲治なりに、年を重ねてきたのです。そしてもちろん、わたしもわたしなりに……。

あれから二人それぞれが通り抜けてきた年月、それは並行する二本の滝のように今このひなびた旅館の一室に流れ込んで、二人をまたどこか別の場所へと押し流してしまいそうでした。

「哲治、疲れたの？」

問いかけても、彼は目を開けません。わたしは音を立てぬよう静かに自分の布団に入り、やがて深い眠りに落ちました。

翌朝早い時間に宿を出てから再び数時間も電車に揺られ、わたしたちは夕暮れ近くにようやく鳥取駅に行き着きました。

改札を出ると、哲治はまっすぐ駅前のタクシー乗り場に向かっていきます。乗り込んですぐ、「砂丘にやってくれ」と白い手袋をはめた顔じゅう深い皺だらけの老運転手に言うのを聞いて、わたしは顔をしかめました。

「砂丘？　砂丘に行くの？」

「ああ」

「どうしてよ？」

哲治の顔が窓の外に向いたので、わたしは答えを諦め反対側の窓から外の景色を眺めました。

人気の少ない鳥取の市街は夕日の橙色よりその影になっている部分の色のほうが圧倒的に濃く、今にもその分厚い黒炭のような影の舌で街ごとぺろりと飲み込まれてしまいそうです。タクシーは街を出て、しばらく二車線の寂しい幹線道路を走っていました。やがてふいに視界の一部が開け、そこに浜と空が覗きました。窓を開けると、吹きつける風に潮の匂いが混じって頭がくらくらしてきます。わたしは空気に酔いました。そして突然、地面が終わりました。

「ああ、あれだわ！　哲治、砂丘よ！」

浅い砂の谷の向こうでは、こんもりと盛り上がった馬の背が夕日を浴びて金色に輝いていました。

タクシーを降りると、わたしたちはどちらからともなく砂の上を歩き出し、駆け出し、最後には子どものように歓声をあげながらその優しい形をした丘に向かって全速力で走りました。丘を上りきったところからは、濃い藍色に夕日を映した日本海が見渡せます。馬の背の尾根から浜辺へは角度のきつい斜面になっていて、少しでもよろければそのまま一直線に転げ落ちていってしまいそうです。わたしは手を額にかざして、深く息を吸いました。

哲治は丘の上の道を夕日に背を向けて歩き始めていました。わたしはその腕をとろうとしましたが逆に腕を摑まれ、砂のなかに埋もれては現れる靴の先を見つめながら彼の隣を歩きました。一つの生き物のように、わたしたちの歩みは砂に足跡をつけていきます。立ち止まればたちまちすべてが砂に埋もれてしまいそうです。必死に歩を進めながら、わたしは薄いセーター越しに腕を摑んでいる哲治の掌や指の感触を捉えようとしました。伸びっぱなしの爪が毛糸の編み目に食い込む感触、あとでセーターを脱いでみればわかる、柔らかい肉にうっすらついた、三日月のような小さなへこみのことを……。

あるところまで来ると、哲治は突然立ち止まって海のほうに向き直りました。もうすっかり日は暮れて、西の空は淡水魚の鱗（うろこ）のような薄い青緑に染まっています。砂丘にはぬるい風が吹き、空に月はなく、遠い海と空の境目はぼんやりとかすんでいます。沖にはさっきは少しも目に入らなかった亀の甲羅のような形の小さな島が暗い影になって浮かんでいました。

わたしは靴を脱いで、底に溜まった砂を落としました。ストッキング越しに感じる砂は冷たくて、みるみるうちに体の熱が吸い取られていくようです。

「暗くなったわね。もう帰る？」

哲治の顔を見上げましたが、すでにその表情がはっきり見てとれないほど海辺の暗闇がわたしたちを染めていました。

「帰ると言っても……」

やってきた幹線道路のほうを振り返ると、かなり遠方に街灯の白い灯りが見えます。それは望遠鏡を反対から覗き込んで見る世界のように、不自然に歪められ、現実味に乏しい遠さでした。

「あそこまで帰れるかしらね？　それとも、夜通しここで過ごせるかしら？」

「あんたは帰ればいい」

昨日から何度も耳にしている言葉ですが、その声には何かこれまでにない冷ややかな拒絶が含まれていました。わたしは間髪を入れず「嫌よ」と答えました。

「一人でこんな砂の坂を下るなんて絶対に嫌よ。さあ、街まで帰りましょう。あたし、疲れた」

「それなら一人で帰ってくれ。俺は、帰らない」

「こんなところでわがまま言うのはよしてよ。さあ、帰るのよ」

哲治の腕を引っ張りましたが、彼は鉄塔のようにびくともしません。わたしは一歩近づいて、彼の目の表情のなかに真意を探ろうとしました。ところが薄闇に浮かぶ呆けたような眼差しには、どんなかすかな手掛かりすら感じられないのです。

「哲治。何を考えてるの？」

「あんたはどこでも好きなところに帰ればいいんだ」

「嫌よ」

「俺は帰らない」

「そんなのはだめよ」

「あんたは帰るんだ！」

「嫌だって言ってるでしょう！」

するると哲治は奇妙なうめき声をあげ、頭を抱えてその場にしゃがみこんでしまいました。そのいかにも弱々しい仕草と頑なさは、わたしの神経を激しく刺激しました。

「そんなポーズはやめなさいよ！　わかってるでしょ、あんたは絶対に一人にはなれないの！」

たまらず怒声を浴びせましたが、哲治はいっそうきつく頭に腕を巻きつけ、わたしを拒み続けます。しゃがんで肩に腕を伸ばすと、全身が細かく震えているのがわかりました。

「目を開けなさいよ……あんたがいくら消えてほしいと思ったって、そんなに目をつむったって、あたしは絶対にここから消えないいんだから！」

両腕を回し無理にその頭から腕をはがそうとすればするほど哲治は全身を縮め、攻撃された虫のように不恰好に砂の上に丸まっていきます。仕方なく力を抜いて肩のあたりを優しく抱くだけに留めると、やがて彼の体も元の柔らかさを取り戻していくのが感じられました。

わたしの息で湿り始めている彼のジャンパーの襟には小さなボタンがついていて、まばたきをするたびそれがかすかに白く発光して見えます。波の音が強まると、その光も強くなるようでした。わたしは腕をゆっくり下ろし、赤ん坊でもあやすように彼の背中をさすりはじめました。

「消えたりなんかしないわ……あたしは、いつだってあんたと一緒だったんだから……ずっと昔からそうだった、でもあたしたち、ずいぶん長いあいだ離れ離れだったわね……きっとあたしが……あたしがいつか、道を間違っちゃったのね……」

「間違ったのは……」哲治のくぐもった声がすぐ耳元で聞こえました。「間違ったのは、俺がおととい港に行ったことだ」

言うなり、彼は突然強い力でわたしを押しのけました。

「どうしてあんたを追いかけて、あんなことを言ったのか……あんたはいつもみたいにうぬぼれて、俺をかわいそうがってついてきただけなんだ！」

重心を失って砂の上に倒れたわたしは、薄闇を通して憎悪さえ滲んだするどい眼差しがこちらに向けられているのを見ました。「哲治だって！」その眼差しに弾かれたようにわたしは勢いよく起き上がり、一気にまくしたてました。

「哲治だって同じだわ、あんたはいつもしおらしく黙ってあたしの話を聞いてるふりして、本当のところは何も聞いちゃいないのよ！　今だってそう、今だって、あたしをとんでもない空想家だって、とんでもない頓馬だって、かわいそうに思ってるだけ……あたしがどんな思いをして今日まで生きてきたか、どんな思いであんたについてきたか、どんなに易しく話してやったって、そのちっぽけな脳味噌じゃあ、とてもとてもわかりっこないんだわ！」

「ああ、その通りだ、あんたはいつもくだらない作り話ばかりして、この世に自分一人しか生きてないっていうような顔をしてる！　そのうえ雨が降っただの、蚊に刺されただの、そんなことにだっていちいちめそめそするんだ……俺はそういう奴にはもう我慢ならないんだ！」

　張りつめて今にも破裂してしまいそうな哲治の怒号は、波の音と混ざりあって冷たい砂のなかに沈んでいきました。

　彼がわたしの前でこれほど饒舌に話したことはかつて一度もありませんでした。声を荒らげたのも初めてのこと……。砂の上で離れていても、彼の全身がさっきよりももっと震えているのが見てとれました。

「そのうえおせっかいで自分勝手で……好きなときにやってきては、勝手に泣いたり怒ったりして消えていくんだ……あんただけの都合で、なんにも言わずに……」

「でも、そんなあたしに来てくれって言ったのはあんたじゃないの」

　哲治は何か言いかけた口をつぐみました。わたしは息を大きく吸って続けました。

「忘れたの？　おととい、そんなあたしに助けを求めたのはほかの誰でもない哲治じゃないの、あんたが来てくれと言ったからあたしは英而さんと船に乗らないで、ここに、今ここに、あんたの目の前にいるんじゃないの」

「俺は助けなんかいらない」

「いるわ、いい加減に認めなさいよ、この嘘つき！」

　獣じみた激しいうなり声を聞いたと思った瞬間、わたしは顔じゅうに大量の砂を投げつけられました。目をつむって咳き込みながらも、負けまいと両手いっぱいに砂を摑み彼に向かって思いきり投げつけると、今度はさらに大量の砂をかけられ、いっそう激しく咳き込んでいるうち哲治は立ち上がって砂丘の尾根を走り始めました。わたしは必死に起き上がってその後を追い、体ごとぶつかって彼を砂の上に押し倒しました。

「あんたなんか、弱虫で嘘つきのあんたなんか、殺してここに埋めてやる！」

　哲治の上に跨がると、わたしは両手にあふれるほどの砂を摑んでその体に押しつけました。

「埋めてやる、埋めてやる！」

　哲治は抵抗せず、まるで自ら望んでそうするように、めちゃくちゃに手を動かすわたしの下でじっとしています。咳き込んだりうなり声をあげたりもせず、本当に死体のようになって、顔も手も足も冷たい砂に埋もれていくがまま……。

気づいたときには、哲治の全身はほぼ砂で覆われていました。

力尽きたわたしは手を止め、砂越しの体の上にぐったりと自分の体を伏せました。

横を向いて片頬を砂につけると、遥か彼方に空との見分けがほとんどつかなくなっている暗い水平線が見えます。わたしは哲治の顔のあたりの砂を払いました。湿った砂が掌に残り、それを夜風が撫でていきました。

「あんたは信じないだろうけど……」

眠ってしまいそうなほど長く心地よい静けさのあと、哲治は静かに口を開きました。その声は、砂の奥の地中深くから立ち昇ってきた遠いこだまのようでした。

「昔、置屋のかあさんが言ってた……」

目を閉じると、その声はより近いところで聞こえました。

「俺の本当のおやじとおふくろは……鳥取の砂丘近くで生まれたんだって……」

わたしは顔を上げて、すぐ下にある哲治の顔を覗き込みました。残っている砂を指の腹で丁寧にのけていくと、対になった深い傷跡のようにきつく閉ざされた両目が現れました。

「だから、俺は……」

「……だからここに来たの？」

哲治は黙ってうなずきます。

「あんたの父さんと母さんに会えるかもしれないって？」

「でももう、ここにはいない……」

　哲治は目をつむり、顔を横向けて砂の上に押しつけました。わたしはずるずるとその体から這い降り、隣に横たわって彼の右手を探り当てるとそっと握りました。

　わたしたちはしばらくそうして、冷たい砂の上に半分埋もれたような恰好で横たわっていました。

　この街のなか、いえ、世界じゅうのどこを探しても、自分たち二人にここ以上にふさわしい場所は見つからないように思えました。

　遥か彼方の暗い水平線を見つめながら、わたしはもう何年も昔の長者ヶ崎の浜辺を思い出していました。そしてこの水平線も、あの長者ヶ崎の水平線とつながっているのだと思いました。眩しいほどに輝いていたあの長者ヶ崎の海……隣には細い白樺（しらかば）のような足の少年と蟹の死体が転がっていて、わたしたちは黙ってお墓を掘って……。

「ここで行き止まりね」

　わたしは遠い水平線に向かって口を開きました。

「あそこにある水平線と、長者ヶ崎の水平線と……あたしたちは二つの線のあいだを行ったり来たりしているだけなのかもしれないわね。ここがきっと、行き止まりなのね……」

　哲治は何も言いません。

「ここが行き止まりなんだとしたら……もうこれ以上進めないんなら……来た道を引き返して、あたし、戻りたい……港じゃなくて、東京の家でもなくて、あんたと蟹のお墓を掘ってた、あの頃に……」

「ここに蟹はいない」

哲治が呟きました。わたしは上半身を起こし、彼を見下ろしました。

「こんなに高いところまでは、蟹も登ってこられないよ……」

そう言うと哲治は目を開けて少しだけ微笑み、ゆっくり体を起こしました。

「哲治、あの頃に戻れないいんだとしても、あたし、帰りたくないの」

水平線よりももっと遠いところ、暗い海の彼方に、さっき哲治のジャンパーの襟に目にしたような淡い光が瞬きました。それは少しずつ、近づいてきているように見えました。

「だから……一緒にいてくれるわね？」

哲治は黙ってわたしを見つめています。

「大丈夫よ。怖がることなんてないのよ」

わたしは再び海のほうに向き直り、あちこちに留まっている光の残像を見つめながら、自分に言い聞かせるように繰り返しました。

「怖がることなんてないのよ……」

その晩、二人は駅の近くの昨日よりももっとうらぶれた旅館に宿をとりました。並んだ布団のなかでじっと眠りが訪れるのを待っていても、まだ砂丘の冷たい砂が体の隅々に残っているようで落ち着かず、わたしは繰り返し寝返りを打ちました。

枕に触れた頬に不思議な冷たさを感じて思わず目を開けると、向こうの布団でこちらに顔を向けて目を閉じている哲治の顔が見えました。「哲治、眠ったの？」小さく呼びかけても、彼は穏やかな呼吸を繰り返しているだけです。哲治、もう一度呼びかけようとするとその目が開き、何も言わずにわたしの顔をじっと見つめました。二人はそのまま黙って、互いの顔を見つめ合いました。哲治の視線は蜘蛛の糸のようにかぼそく今にも闇のなかに溶けて消えていってしまいそうで、わたしはゆっくりと彼に近づき、その頬に手を伸ばしました。ざらついた硬い頬はみるみるうちに掌の体温を吸い取って、温かく、柔らかくなっていきます。やがて哲治の手がわたしの手の上に重なり、ああ、離されるのだという予感に忠実に、その手はゆっくりとわたしの手を頬から離していきました。そして二枚の布団の境界で二人の手が離れる直前――それまでに感じたことのない、酸のような強烈な名残惜しさのあと――気づくとわたしたちは夢中で互いを求め合っていました。

睦み合うというより取っ組み合うような乱暴さで相手の浴衣や下着を剝いでいくあいだずっと、耳の奥で細かな金属の粒が幾千も硬い床に跳ねているような音が響いていました。裸になった哲治の平たい体は外見からは想像できないほどずっしりと重く、わたしはその体の下で息がつまりそうになりました。ひっくり返ってわたしが上になったとき、彼は驚いたような顔をしていました。わたしたちは体を重ねたままじっと見つめ合いました。かつてないほど露出して触れ合っている肌と肌、互いの息づかいが直に感じられるような近さ、皮膚のごく浅い層にぴりぴりした刺激を与える体毛の熱——数秒前まで確かに二つの体が共有していたはずの、この行為の拠りどころとなるはずの差し迫った何かはすでに失われていました。

わたしは砂丘でそうしたようにずるずると彼の体から這い降り、隣に横たわりました。欲望の波は嘘のように彼方に退いていき、そこにはただ気づまりな沈黙だけが残されていました。

わたしたちはまだ体温を残したままの下着や浴衣を身につけ、それぞれの布団に戻って目を閉じました。

それからまもなく、哲治とわたしは砂丘近くの古いアパートの一室で生活を始めました。

そこは二人にふさわしい、ちっぽけで寂しい二階建ての木造アパートでした。ようやく安全な場所を見つけたという安堵と、ここも何かから逃れるための仮住まいに過ぎないのだという不安が混じり合って不思議に心地よい熱を持ち、わたしは考えることをすっかりやめてしまいました……東京の家のことも、仕事のことも、返すべきお金のことも、海の向こうの夫のことも。やがてわたしは駅の裏手にある居酒屋の仕事を、哲治はビルの清掃の仕事を見つけ、生活を賄うためにそれぞれ働きに出るようになりました。

　朝目覚めると、わたしはごく短い時間、二人の寝息が混じり合って部屋にこもった匂いを嗅ぎながら、隣で眠る哲治の寝顔をなんとも言えない安らかさに包まれて眺めました――どうして彼が東京を離れなくてはならなかったのか、いまだ聞けずにいるというのに。そんな理由などより、この朝のひととき、見知らぬ土地で目を覚ますたびに穏やかな寝息を立てて眠っている自分とよく似た人間を発見する喜びを、心ゆくまで一人で味わいたかったのです。やがて起き出して仕事に出かけていく哲治を見送ると、わたしはその喜びの余韻をひきずりながら砂丘に出かけ、靴を砂だらけにして馬の背を登っていきました。そのなだらかな丘の形は日によって、哲治の横顔にも、腕のカーブにも、ふくらはぎの膨らみにも似ています。大きな哲治の体の上に座り掌で細かな砂の感触を確かめながら、わたしはできるだけこの生活が長く続くよう祈りました。「あんただけ、夏休みみたいだ」日に日に日焼けしていくわたしの顔を見て、哲治は笑いました。

　ところがこんな生活が始まってからひと月が過ぎても二月が過ぎても、二人が同じ布団に眠ることは決してありませんでした。実際、わたしたちはあれから何度も試みてはいたのです、そして肌が触れ合えば狂おしいほどより多くに触れたくなるのに、それでも最初の日に経験したあの不可解な一瞬が訪れると――途方に暮れているうちに恐ろしいほどの速度で欲望が萎えてしまうのです。しかしそのあとに訪れるあの気まずささえ、わたしは愛し始めていました。どんな覚悟も決めずに何かを愛することは、東京から遠く離れたこの海と砂の街ではとても容易いことでした。

働いている駅裏の居酒屋には、直子（なおこ）さんという少し年上の女の人がいて、何かとわたしの世話を焼いてくれました。大声を張り上げることもできず、もともと要領の悪いわたしがビールやおつまみのお盆を持ったまま厨房とテーブルの間でまごまごしていると、彼女はすぐに「声が細せ！」「もちょこっと、笑ってごせ、明るげに！」などと、聞き慣れないこの地方の方言で一喝します。ふっくらした丸顔に肩の上で少女のように切りそろえたおかっぱ頭がトレードマークで、仲の良いお客さんからは「おかっぱさん」と呼ばれてかわいがられていました。最初は怒られてばかりだったのですが、一緒に休憩したり閉店後の片づけをしているうちに少しずつ仲良くなり、やがて砂丘の家まで一時間ほどかけて自転車を漕（こ）いで帰ろうとするわたしを見かねて、彼女は「乗っていきゃい」と声をかけてくれるようにもなりました。車のなかで、わたしたちはお互いの境遇をぽつぽつ話しました。直子さんは五歳の男の子の母親で、子どもの父親とはしばらく音信不通なのだそうです。

「まあなんとかやっていくだに、あたしが働きさえせば」

笑ってそう言いますが、夜遅くまでの居酒屋の仕事に加え昼間は不動産会社で事務の仕事もしている彼女は一日じゅう働きづめです。近くに住む母親に預けているというお子さんと会える時間もほとんどなかったでしょう。

　明るく話してはいても、直子さんの痩せた体や目の下のくぼみには時折生活の濃い疲労が見てとれました。そのせいか、わたしに活を入れながらも当の本人が瓶ビールの本数を何本か少なく計上してしまったり、会計でお釣りの数え間違いをしてしまったりして、閉店後に店長から叱られることもたびたびでした。まだ三ヶ月も働いていないわたしよりそういう誤りが多いので、「あたし、うっかりしちょって……」と本人も恥ずかしがるのですが、たいして落ち込む素振りもなく、次の日にはまたあっけらかんと同じような誤りを繰り返しているのです。ただ、十二月の忘年会シーズンに電話の聞き違いで一組多く予約を受けてしまったのが発覚したときには、直接店に来てから事態を知ったお客さんにも店長にもきつく叱られ、さすがの直子さんも少し応えたようです。短い休憩の時間、厨房の隅にある椅子で水を飲みながらため息混じりにこう洩らしました。

「ほんにね……亭主がおらんやんなってもやっていけえけど、おうにこしたことはないけんね。あなたも大事にしてやらんといけんよ。言いたいことはいろいろああけど、そこはぐっと飲み込んで、好きにさせてやあだがん。大事にしすぎるくらいがちょうどいいけん」

　わたしはどう答えればいいかわからず、あいまいに笑うだけでした。直子さんには、事情があって東京から引っ越してきたばかりで、夫と二人で砂丘の近くに住んでいると話してあったのです。

「こおで子どもがおらんだったら、あたし、とてもやっていけんわ。あの子がおらんだったら、あたし、とっくの昔にだめになっちょるわ……ねえ、この子見て。これ、こないだ遠足で動物園に行ったときだが。けっこういい男になりそうだがぁ？」

直子さんはポケットから写真を取り出して見せてくれました。彼女に似て目がくりっとして、少し内気そうな雰囲気はありましたがとても可愛らしい男の子です。思ったままを伝えると、直子さんは嬉しそうに笑いました。

「ね、そげでしょう？　でもちょっと内弁慶でね、泣き虫だもんで困あわ。そげだ、今度の週末、旦那さんと一緒にうちに遊びにきない。この子と友達になってやってごせ」

「でも、せっかくの水入らずのお休みに……」

「いいけんいいけん、人はたくさんおったほうが楽しいけんね。ね、来てごいてね？」

約束通り、その週末の日曜にわたしと哲治は直子さんの家を訪ねました。哲治は仕事の用事があって行けないと渋っていましたが、この土地でできた最初の友達の好意をむげにしたくない一心でしつこく頼むと、最後には折れてくれたのです。

直子さん親子が住んでいたのは、わたしたちの家と店のちょうど真ん中あたりの地区にある集合住宅の一室でした。息子の博（ひろし）君はしばらくお母さんの後ろに隠れて恥ずかしがっていましたが、お土産に持ってきたチョコレートケーキの箱を開けると目を輝かせて「ありがとう」と言ってくれました。

「初めて見たとき、双子の弟かお兄さんかと思ったわ。あんたたち似ちょるね、やっぱり夫婦は似てくうもんだでな」

　お茶を淹れてくれた直子さんは、ちゃぶ台の前に並んでいるわたしたちをまじまじと見比べて笑いました。哲治を自分の友人に会わせるのはこれが初めてだったので、どんな態度をとるものか心配だったのですが、予想通り哲治はいつにも増して無口で、わたしたちの冗談にもちっとも笑いません。ただし博君とは気が合ったらしく、気づくと二人は大小の膝を並べてジグソーパズルで遊んでいました。遠足で行った動物園で買ってきたパズルだそうで、博君はピースが揃ってキリンやゾウの絵柄が現れるたび、動物園で見たそれらの動物の印象を幼い言葉で哲治に説明しようとしています。

「だんまり君同士、仲良くなったもんだわね。今度は一緒に動物園に遠足に行く？」

　直子さんは笑いましたが、幼い男の子と遊んでいる哲治を見てわたしはなんだか胸が熱くなってしまい、力なく笑って応えるのが精一杯でした。そうです、わたしの頭にはこのとき突然、今まで考えもしなかった具体的な二人の未来が像を結んだのです。いえ、それは未来と言うより、何かの手違いで果たされなかったというだけの、本来そうなるべきだった過去の記憶のように……もしかしたら、もしかしたら……わたしたちは本当に夫婦になって、子どもを持っていたかもしれない……わたしと哲治の子ども……父親に似て、無口で、不器用で、深い眼差しを持つ男の子……その子があの砂丘の家でわたしたちの帰りを待っていることだってあったかもしれないのに、と……。

　夕方になりわたしたちが帰り支度を始めると、博君はすっかり涙ぐんで「帰らんで」

とだだをこねはじめました。

「ほんにね、よかったら夕食も一緒に食べていってごせ。遅くなったら送るけん」

直子さんはそう言ってくれましたが、せっかくの休日にそこまで甘えるのはさすがに申し訳ないことです。「お邪魔しました、今度は狭いけれど、ぜひうちにも……」と玄関先で哲治と同時に頭を下げたとき、二人がもう何年も夫婦同然に一つ屋根の下に暮らしてきたように思われて、再びわたしの胸はつまりました。先ほど頭をよぎった果たされなかった過去の記憶は、まだ完全には消えていないようでした。

「博君、なついてたわね」

最寄りのバス停に向かって歩きながら言うと、哲治はぶっきらぼうに「ああ」と答えましたが、表情はどこか嬉しそうです。

「哲治が誰かのお父さんになることとなんてあるのかしらね？」

「さあな」哲治は答えましたが、すぐに「あんただって、誰かの母親になるとは思えないな」と付け加えました。わたしは再び、砂丘の家で二人の帰りを待つ小さな可愛い男の子のことを想像してみました。湯たんぽを抱え、毛布にくるまって、今か今かとわたしたちを待っている男の子……それは一片の恐れも不安も影を落とさない、思いがけないほど完全な幸福の世界の像でした。

「そろそろストーブを買わないとね。いつまでも湯たんぽだけに頼ってたら風邪ひいちゃうわ」

「ああ、そうだな」

　やってきたバスに乗り、近くの小さな商店でちょっとした買い物を済ませてから、わたしたちはアパートに戻りました。二階に続く狭い階段に帽子をかぶった小柄な男が背中を丸めて座っているのが見えましたが、気にせず一階の隅にある部屋のドアを開けると、朝に煮ておいたおでんの匂いが鼻をつきました。

「ああ、お腹がすいたわ」

　先に入って靴を脱ぎながらドアを支えていましたが、哲治はあさっての方向を向いたままいっこうに入ってくる気配がありません。

「哲治、寒いから入ってよ」

　声をかけても、こちらを向きません。

「哲治！　どうかしたの？」

　手を伸ばしてその腕を揺すると、ようやく彼ははっと向き直りました。

「先に食べててくれ」

「先にって？　どうして？」

「牛乳を買い忘れた、出がけに切らしたんだ」

　哲治は無理にドアを閉めてわたしを部屋のなかに押しこめました。靴を履き直して外に出ましたが、すでにその姿は見えません。一瞬不安にかられましたが、室内に戻って冷蔵庫を開けてみれば確かに彼が毎朝仕事の前に飲んでいく牛乳が切れています。それほど離れた店ではないのですぐに戻ってくるだろうと思い、わたしは夕食の支度を始めました。二十分ほどして、哲治は二本の牛乳瓶を片手に帰ってきました。わたしたちはそれから向かい合って夕食を食べ、寝支度をして床につきました。

心地よい眠りに誘われる前のまどろみに、わたしは今日直子さんの家で目にした、子どもと膝を並べてジグソーパズルに熱中する哲治の姿を思い出しました。そして再び、今わたしたち二人の布団に挟まれ、すやすや眠っているかもしれない小さな男の子のことを想像しました。その柔らかな髪の毛、おそらく練乳のような甘い匂いのする頬、丸い膝小僧の温かさ……彼はどんなかわいい声でわたしを「お母さん」と呼ぶだろう？

「明日、電車で出かけないか」

哲治が出しぬけに言いました。空想の世界に没入していたわたしは、一瞬その意味を摑みあぐねました。

「出かけるって……どこに？」

「わからない。ただもっと西のほうまで、行ってみたいんだ」

「急にどうしたの？　早速あんたも遠足に行きたくなったの？　それとも仕事が嫌になった？」

わたしは笑って言いました。ところが返ってきた哲治の声に、期待していたような陽気さはありません。

「あんたが行かないなら、俺一人で行く」

「ちょっと待ってよ、本気なの？」

哲治のほうに体を起こしましたが、彼は壁のほうを向きこちらには背を向けています。

「本気なのね？」

哲治は、ああ、とだけ答えました。その短い返事を耳にした途端、細かく砕いた氷を内臓いっぱいにつめこまれたような、冷たい不快感がわたしを襲いました。

「理由を聞いても……きっと答えないわね？」

彼は何も言いません。わたしは体を元通り布団のなかに寝かせ、ゆっくり息を吸って吐きました。

「一日で、戻るの？」

「わからないけど、そのつもりだ……明日一日だけ休んだら、またここに戻ってくる」

「本当？」

「ああ」

「本当に本当ね？　ただちょっと、気分転換がしたくなったってだけよね？」

「ああ、そうだ」

哲治は寝返りを打ちました。薄闇のなかで二つの瞳が声の冷ややかさとはうらはらに、嘆願するようにじっとこちらを見ているのがわかりました。

「いいわ」わたしは言いました。「あたしも明日、休ませてもらう。たまには息抜きも必要ね。そういえばここ三ヶ月、仕事以外にはどこにも出かけていなかったものね。せっかくだから、出雲大社にでも行ってきましょうか」

するとふっと力の抜けた、今日博君とパズルで遊んでいたときに見せたあの微笑みが哲治の顔に浮かびました。

おやすみ、彼は言って、壁のほうに向き直りました。

わたしは自分の布団から彼の布団にそっと潜り込み、その背中に頬をつけて目を閉じました。

翌朝早く、わたしたちは揃って山陰を西に向かう電車に乗りましたが、出雲市駅に降り立つことはありませんでした。

哲治が買ってくれたのは確かに出雲までの切符なのに、昼前に到着しても彼は「ここでは降りない」と首を振るばかりで、いっこうに腰を上げようとしなかったのです。わたしは何度も下車をうながしましたが、そうこうしているうちに電車は動き始めてしまいました。

「ちょっと、どこまで行くつもりなのよ？」

このまま電車に乗り続けていたら、山陰から下関を通り九州にまで行ってしまいます。

「ねえ、まさか九州まで行くつもりじゃないでしょうね？　そしたら、とても今日中には戻れないわよ」

せっつくわたしに哲治はいつものようなむすっとした沈黙では応じず、どういうわけだか、昨日見たあの微笑みをおずおずと浮かべて返すのです。その笑顔を目にすると、きつく問いつめる気が瞬時に失せてしまって、途中からは半ば投げやりな気持ちでただ電車に揺られるばかりになりました。

哲治は窓の外に時折現れる海や変わった形の大木などを見ると、それを指さしていちいちわたしに知らせました。今日の彼にはどこか、初めて遠出をする少年が抱く緊張と、まるで一生に一度きりの旅をしているかのような、視界に映る何もかもを目に焼き付けて忘れまいとする依怙地さが同居しているように見えました。そこにはわたしたちが数ヶ月前横浜から乗ってきたときの車中の様子とは異なる必死さがあって、なんとなく自分も同じくらい真面目に付き合ってやらねばいけないような気になってしまって……哲治がわたしの前でそんな表情を見せたことは長らくありませんでした。そう、小さかった頃、ラジオや貨物列車や地蜘蛛の巣と真剣に向き合っていたときのあの表情、それがこの日、わたしの目の前に再び現れたのです。今日一日限りでもいい、もう少しこの表情が見られるのだとしたら、九州まで行ってしまっても今日中にあの砂丘の家に戻れなくても、大した問題ではないように思われました。

そしていよいよ下関駅への到着がアナウンスされると、哲治が唐突に口を開きました。

「下関から、東京に戻る」

「なんですって？」

「下関から東京に戻るんだ」

驚きと呆れで、わたしは言葉を失いました。哲治はきゅっと口を真一文字に結んで、また黙ってしまいます。

「……どうしてよ？」

ようやく言った一言にも、彼は答えません。わたしはその腕を強く揺すりました。

「戻って……話をする」

「話って、誰と？　誰と話すの？」

「………」

「あんた、やっぱり何かまずいことをしたのね？　向島で何かあったの？」

「……面倒がぜんぶ終わったら、またすぐにあの家に帰る」

「あたしも一緒に行っていいわね？」

哲治はこちらに体を向けました。わたしはその目を見るのが、その目に映っている本意を悟ってしまうのが怖くなって、そっと視線をそらしました。

「ああ……来てくれるなら」

「よかった」ほっとして呟きましたが、不安は完全には消えません。

「でも、いつ戻れるの？」

「面倒がぜんぶ終わったら……」

「だから、その面倒はいつ終わるのよ？　一日で終わるの？　それとも一週間？　一ヶ月？　一年？」

哲治は少し笑いました。

「うまくいけば一日で終わる。話をするだけなんだから」

「……でも本当に？　本当にね？」

「下関から寝台特急が出る。それに乗ろう」

「寝台特急に？　あたし、一度は乗ってみたいと思ってた。でもお金は？　あたし、まさかこんなに遠出するなんて思わなくて……」

「金ならある。引き出しのなかのを全部持ってきた」

「全部？」

眉をひそめると、哲治は「たまには、あんたに贅沢させてやろうと思って……」と居心地悪そうに顔を赤らめます。その様子がなんとも可笑しくて、思わず吹き出してしまいました。わたしはバッグからお財布を取り出して、哲治のズボンのポケットに押し込みました。

「いいわ、そういうことならあたしのお金も全部あんたに預けておくわ。これも足して、もっと贅沢させてちょうだい」

下関駅に降り立つと、哲治はわたしをベンチに待たせて二人分の切符を買い求めに行きました。

これから東京に戻る、明日の朝にはあの東京にいるのだと思うと、それまで抱くことのなかった不思議な感慨がゆっくりと胸に広がっていきます。戻ったら、まずは九段の母の家に顔を出しにいって……いいえ、それはあまりぞっとしない案だから……それより は下落合のアパートに戻って、掃除をして、こっちで必要な荷物をまとめて……そんなことを考えているうちに哲治が戻ってきて、列車の切符を差し出しました。

「最後の一室だったよ」

「本当？　運がよかったわね。でも、最初から東京に戻るつもりだったなら、何もこんな西の端っこまで来なくたってよかったのに」

「でも、俺は……」

哲治は何か言いかけましたが、またさっきのように顔を赤らめると、口をつぐんでしまいました。

「まあいいわ。戻ると思ったら、あたし、なんだかわくわくしてきたの。寝台列車だし、あたし一人じゃこうはならないけど、きっとあんたも一緒に戻るから、こんなに楽しい気がするんだわ。食堂車で何か食べられるかしら？　朝になって目が覚めたら東京だなんて、夢みたいね」

「一晩中起きてて、一から話をやり直すつもりじゃないのか？」

「話って、何を？」

哲治は一瞬息をのみましたが、すぐに「乗り遅れたら大変だ」とわたしの腕をとって、ホームに向かって早足で歩き始めました。

薄暗いホームに人はまばらで、わたしたちは一番端のベンチに座って待ちました。冷たい木枯らしが絶え間なく頬に吹きつけ鼻や耳が冷たくなり、手がかじかんできます。ふと一人きりで見知らぬ街に旅立つような心細さに襲われて隣の哲治の手に自分の手を重ねると、彼はその手を摑んでくたびれたジャンパーのポケットのなかに入れてくれました。

列車がホームに入線してくると、ほかのベンチで待っていた人たちが重たげなかばんを手に持ってばらばらと立ち上がり始めました。哲治が予約したのは値段の安い開放寝台ではなく、二人きりの個室です。なんだか身の丈に合わない贅沢をしている気がしましたが、これが自分に対する哲治の精一杯のもてなしなのだと思うと、やはり嬉しくなりました。

ドアが開くと同時に乗り込み、こぢんまりとはしていても予め暖められきちんと整えられた個室に入って外套を脱いでいると、ズボンのポケットに手を当てた哲治が、あっ、と声をあげました。

「財布がない」

「いやだ、お財布が？　どこかで落としたの？」

「たぶん、ベンチのところだ。あんたの財布がかさばるから……」

窓の外を見ると、確かにわたしたちが座っていたベンチに黒い財布らしきものが置きっぱなしになっています。ハンガーに吊るしかけたジャンパーはそのままに、哲治は慌てて「取ってくる」と走って個室を出ていきました。わたしは窓から外を眺めていましたが、もしかしたら上着のポケットに入れたのを忘れているだけなのではないかと思い、辛子色の擦り切れたジャンパーを手に取りました。すると何かが床に滑り落ちました。かがんで拾ってみると、それは中身が空っぽの、小指ほどの大きさの壜でした。

確かに見覚えのある、懐かしいその形……一目でわかりました。そう、それは間違いなくあの壜、懐かしいあの壜、幼い頃わたしが泣くたびに魔法のように哲治が差し出してくれた、あの涙の壜だったのです！

どうしてここに、こんなものが？

窓の外に目をやると、ちょうど哲治がベンチにかがんでいる後ろ姿が見えます。彼はこちらに振り返って手を振ってくれました。笑っているようにも見えました。手を振り返すと発車のベルが鳴って、哲治は急いで列車の乗車口に向かって走っていきました。

わたしは個室の電灯に照らされ手のなかに光っている壜を見つめ、哲治が戻ったらすぐに聞いてみるつもりでそれをスカートのポケットに入れました。手持ち無沙汰にジャンパーをハンガーにかけ直したり、木枯らしにもつれた髪の毛を備え付けの鏡で直したりしているうち、やがて電車はゆっくり動き出しました。それにしても、お財布を落とすなんて……幼馴染みの粗忽(そこつ)な一面が、わたしをかすかに微笑ませました。まもなく息を切らしてここに駆け込んでくるはずの彼、そのきまり悪げな表情、寒さに赤くなった指や頬を早くからかいたいと思いました。ところが何気なく窓の外に目をやった瞬間、わたしはそこにまったく思いがけないものを見たのです。

それは哲治の顔でした。

青ざめて、凍りついた、そして憤怒とも落胆ともつかないあの表情……そんな表情を浮かべた哲治が、ホームに立って、こちらを見つめていました。

その一瞬、わたしは恐ろしい事実を悟りました。

最初から、切符を買い求めに行ったときから、いえもしかしたら、二人並んで下関までの車窓の風景を眺めていたときから……あるいはそもそも、昨日出かけようとわたしを誘ったときから……彼はこの列車に乗るつもりなど決してなかったのだと！

「どうしてなの？」

わたしは厚い窓ガラスに顔を押しつけ叫びました。

哲治は何も言いませんでした。空っぽの両手をぶら下げ、目を見開いて柱の影のように暗いホームに突っ立っているだけでした。

「哲治！」

列車は徐々に速度を上げていき、やがてわたしの視界から彼を奪いました。開かないはずの窓から突然冷たい風が吹き込み、強烈な閃光（せんこう）が目の前に弾けた気がしました。

それから視界が一転して、わたしは窓の外の夜よりいっそう濃く暗い闇のなかに沈みこんでいきました。

15

時々、人の一生というものは連なる山の尾根を延々と歩くようなものではないかと思うことがあります。

やっと辿りついた頂上、そこが最後の目的地だと思って息もきれぎれ辿りついた頂上の先には必ず次の頂上に続く道があり、わたしたちを片時も休ませることなく先へ先へと進ませる……まだ終わりではなく、先があるということ……そのことに人はいつまで喜びや安堵を感じられるものなのでしょうか。

物ごころついたときから一つの頂上に辿りつくたび、わたしはひどい裏切りを受けたような恨みがましい気持ちで足の下の道を見つめていたような気がします。いったいどこまで行けばそこに辿りつけるのだろう？　この果てしない縦走にはなんの意味があるのだろう？　わたしたちは答えを知らされぬまま、くたびれた体を揺すって目の前の道に再び一歩を踏み出すことしかできません。歩いていればいつかは必ずそこに辿りつける、そんな保証はどこにもないのに、血豆だらけの硬くなった足を無理やり前に出し、新たな失望の予感を胸に進んでいくしかないのです。

哲治と鳥取で過ごした二十四歳の秋から冬にかけて——わたしは初めて、この縦走を拒否したのかもしれません。でも、目の前に続く道に背を向け来た道を戻ることもなく、誰にも邪魔をされずあの砂丘の家で哲治と暮らしているあいだ、わたしはその先に新たな尾根道があるということを本当に忘れていられたのでしょうか？　それとも、忘れたふりをしていただけだったのでしょうか……？

あの晩の記憶としてはっきり残っているのは、食堂車に行って一人きりの夕食をとったことだけです。

個室のドアをノックする音で、わたしは塩辛く湿った闇のなかからはっと目覚めました。ドアの外に立っていた若い乗務員は、手帳のようなものを片手に食堂車の予約をするよう勧めました。涙でべたべたに濡れていたはずのわたしの頬には目もくれず、背筋を伸ばした彼は体育教師のように潑剌（はつらつ）とテーブルが空いている時間を読み上げていきました。「以上、一番ごゆっくりできますのは、八時三十分からのテーブルです」乗務員は人好きのする丸い目を輝かせ、にっこりと屈託のない笑みを浮かべました。「お待ちしております」部屋に残されたわたしは、暗い窓に映る醜い泣き顔を見つめながら静かに八時三十分が来るのを待ちました。そして時間になると、指先まで冷えきった足をひきずって食堂車に向かったのです。

運ばれてきたサンドウィッチをゆっくり、時間そのものを噛みほぐすようにのろのろと食べるわたしの傍らでは、同じテーブルの子どもがオレンジジュースのグラスを倒し、ウェイトレスが真っ白なテーブルクロスを替え……あのウェイトレスは黙って食事を続ける青ざめた女のことをどんなふうに見ていたのでしょうね？　テーブルは予約でいっぱいだったでしょうに、どうしてか一人で食べているわたしはいつまでも退席を促されることはありませんでした。

やがて食堂車の営業が終わり、最後の客の一人となってテーブルを後にしたわたしは、客室には戻らず通路の硬い椅子に座って夜が明けるのをじっと待っていました。どうして哲治は……哲治は……もう二度と、哲治とは……。次々と頭をよぎる思いはどれも明瞭な音を持った言葉として固まらず、ただ熱い液体となって両目から外に溢れていくばかりです。スカートのポケットに入れたままの涙の壜——その冷たい表面に指先が触れるたび、下関の暗いホームで立ち尽くしていた哲治の黒い影が甦りました。この壜に涙を入れて中身をいっぱいにしてみたところで、新たな壜を差し出してくれるあの手の持ち主が目の前に現れることはないのです。

わたしは壜を握りしめながら泣き続けました。列車は広大な一枚のびろうど布のような濃い闇のなかを東に進んでいきます。嗚咽のあまり時折喉や鼻腔(びこう)に広がる痙攣がレールと車輪の摩擦音と混じり合い、わたしは自分が制御の利かない大きな列車になったような気さえしました。空っぽの列車はどこまでも走っていくように思えました、朝も夜もない、ただ靄がかった乳白色の混沌のなかへと……。

三十年以上が経った今となっては、その朝がどんなふうに明け、自分がどんな体裁で東京駅で列車を降りたのか、記憶があいまいで思い出すことはできません。気づけばわたしは、哲治が置いていったジャンパーと小さなハンドバッグを手に下げて九段の母の料亭、八重の前に立っていました。

とても風の強い朝で、冷ややかな日の光に照らされた玄関横の八重桜の細枝はちぎれんばかりにゆらゆらと揺れ、見上げる二階のガラス窓は冬の路地に張った薄氷のように今にも亀裂が走りそうでした。半ば無意識に外套のポケットに手を入れると、かじかんだ手が何かに触れました。取り出してみるとそれは見覚えのない白いハンカチで、なかには涙の壜が丁寧にくるまれていました。検札に来た車掌さんが泣きじゃくる客を気の毒に思って置いていったのか、それとも哲治のジャンパーのポケットから見つけたものなのか……どちらにせよ、泣き疲れ意識も薄れかけたわたしは濡れてくしゃくしゃになった自分のハンカチの代わりに、その折り目のつけられたハンカチで大事な壜をくるんだのでしょう。壜をポケットにしまうと習慣通り勝手口に回って引き戸を開けようとしましたが、そこには鍵がかかっていました。しかし表に引き返す間もなくすぐに引き戸は開いて、肉付きの良い見知らぬ女性の白くて険しい顔がぬっと現れました。その顔にくっきりと表れていた憤り、軽蔑、暴力の予感——思わず後ずさりしかけた瞬間、彼女は世にも優しく微笑んで、「お帰りなさいませ」と言いました。わたしは彼女の大きな体のなかに倒れ込み、すぐに眠りに落ちました。

わたしはそのまま、丸一日眠っていたようです。とはいえ翌日目を覚ますとすぐ、母から脅しのようなやり方でお金を借りて身一つで鳥取に引き返しました。ようやく辿りついた砂丘近くのアパートに哲治の姿はありませんでした。それどころかわたしの身の回りの品も、二人で古道具屋でそろえた茶碗(ちゃわん)やちゃぶ台も、部屋のなかには何一つ残されていなかったのです。打ちのめされてその日のうちに東京の母の家に帰ったわたしは高熱を出し、食欲も失い、お粥(かゆ)か何かを口にしてもたちまち戻してしまうようになりました。そしてしばらくは料亭の二階で布団のなかに身を横たえたまま、時にハンカチのなかから涙の壜を取り出し、じっと見つめたり握り締めたりしながら、誰の話にも耳を貸そうとしませんでした。

ところがそんな状態が一週間ほども続いたある日、それまで何も言わずに世話をしてくれていた母がさっと襖を開けるなり、こう言い放ったのです。

「お前はいつまでそうやって寝ているつもりなの？　さあ、今すぐ起きて帰って働きなさい。忘れたわけじゃないだろう？　親子といえども貸した金は貸した金だからね」

母の乾いた冷たい口調にもかかわらず、わたしは一人では何もできない赤ん坊のように、その大きな体の前に身を投げ出して泣いてしまいたい気持ちにかられました。母はなんでも知っている、横浜の港で何が起こったかも、鳥取で自分と哲治がどんな生活を送っていたかも、どんなやり方で彼がわたしを遠くに離したのかも……。それならば、り出し、その豊かな胸やどっしりした太ももにしがみついて、もう二度と危険な罠ばかりの外の世界に見向きさせずにすむよう眼球さえもその肉のなかに深く深く埋めてしまって……。でも母に、わたしのための肉はもう残されてはいませんでした。わたしはそこを出ていかなくてはなりませんでした。

　それから十二年ものあいだ、細くて暗い尾根の道をわたしは一人で進みました。登っているのか下っているのかもわからない、平坦で変化の少ない道……次の頂上には永遠に辿りつけない気がしましたし、辿りつきたいとも思いませんでした。先にどんなに美しい景観が広がっていようが、どんなに壮麗な東屋が立っていようが、これまでどおりつかのまの安堵のあとに待つあの激しい落胆に耐えられる気はもはやしませんでした。望んでいたのはただ一つ、足元の道がどんづまりになり、それ以上はどこにも進めなくなることだったのです。

　わたしは以前と同じ下落合のアパートで暮らし、地方に大きな缶詰工場を持つ神田の保存食製造会社の経理課員として働きました。かつて働いていた新宿の職場ほど若い人は多くおらず、事務的で素っ気ない雰囲気の職場でしたが、同僚たちと深く関わらずにすむ環境はかえって居心地の良いものでした。ただ、毎日の仕事が終わったあと、誰とも言葉を交わさずにアパートで暗い夜の時間をぼんやり過ごすことには次第に我慢がならなくなり――そこではいつも恐ろしいほどの孤独がわたしを窒息させようとしていました――昔働いていた荒木町のバーのようなところで夜の仕事を見つけたのですが、人々の喧騒にも居たたまれない思いがしてすぐにやめてしまいました。

そして代わりに見つけたのが、数年前から流行りだしていた、サカサクラゲだとか連れ込みなどと呼ばれる今でいうラブホテルの清掃の仕事です。人手が足りないらしく、大して事情も聞かれずにわたしはすぐに採用され、昼間の仕事を終えてから深夜までの短い時間、毎晩のように清掃員として働きました。会社に知られれば問題になったでしょうが、同僚の誰一人としてわたしが深夜までそんな仕事をしていることに気づいてはいなかったでしょう。ホテルの清掃員仲間もまたそれぞれに事情を抱える人たちらしく、若い学生のような女の子からくたびれたおじいさんまでが親しい言葉を交わすこともなく二人一組になって淡々と働いていました。時には吐き気を催すほどにおぞましく汚された部屋を目にすることもありましたが、汚れたものをきれいにすること、乱れたものを元通りにすること、その明快で単純な作業は不思議と心に落ち着きを与えてくれたのです。部屋を使って帰っていくお客さんたちと顔を合わせることはめったになかったものの、わたしは時折、見ず知らずの恋人たちに感謝の言葉を胸に呟くことさえありました。

昼間は電卓を片手に経費を計算し、夜は見知らぬ男女の秘め事の生々しい後始末に明け暮れ……こんな生活は体力的にも精神的にも長くは続かないだろうと思っていましたが、心身にとりつく疲労はほかの何ものにも癒しがたい空虚さを満たしてくれました。あの暗い尾根道を一人で進んでいくこと、そして心身の疲労だけが心に静かな安息を与えてくれ、働けば働くほどに、わたしは豊かな睡眠を必要としない体になり、病も避けていくほどの潔癖な規則正しさのなかに生きていくことができました。ただ、いくら仕事に没頭し茫漠とした不安や欲望をその疲労のなかに埋没させることに成功しても、心のなかにはただ一つ、どうやったって消すことのできない面影がありました——そう、わたしはいつだって、哲治のことを考えていたのです。

暗い下関駅での別れから何年が経とうとも、彼のことを考えずに過ごした日は一日たりともありませんでした。

神田のオフィスで数字を相手にしているとき、掃除機を転がしてホテルの廊下を歩いているとき……気づけば考えているのはいつだって哲治のこと、そして遠い砂丘近くのアパートで営まれた二人のささやかな生活のことでした。あの続きはいったいどこへ行ってしまったんだろう？　何がどう間違って、自分は今ここでこんなことをしているのだろう？　あの夜、わたしと哲治が列車の窓を挟んで見つめ合った瞬間、砂の土地での二人の生活はぽきんと折れて夜のなかへ消えていきました。でもその生活の続きは今もわたしの手の届かないどこかに存在し、当時と同じ穏やかさを保ったまま営まれているような気がしてならないのです。哲治、哲治！　わたしは一日に何度もポケットのなかの涙の壜に触れ、彼の名を呼び、駅のホームで最後に見たあの黒い影に向かって問いかけ続けました。あんたはいったいどこへ行ってしまったの？　と……。

駅での別れから一、二年のあいだは、何度か鳥取に足を運んだり向島で話を聞きまわったりしていましたが、哲治に関する情報は何も得られませんでした。時には母にも九段界隈で何か彼に関連する噂話がないか尋ねてみましたが、まともな返事が聞けたためしはありません。それどころか、母はわたしが哲治の名前を出すたびに一瞬呆けたような表情を見せ、「それよりお前のご亭主は……」ともう何年も会っていない英而さんへの嫌みを口にするのです。

英而さんからの送金は時々思い出したように銀行口座に振り込まれていました。どこで何をしていることやら、便りがないので手掛かりはありませんが、振り込まれる金額を見るとそれほど苦しい生活はしていないように思われました。ところが横浜の別れからちょうど十年が経ったある秋の日、わたしは一通の航空便を受け取りました。シンガポールから届いたその封筒のなかには、捺印済みの離婚届が入っていました。英而さんからのメッセージは何も書かれていません。わたしはそれに判を押して区役所に出しにいきました。これで二人の夫婦関係は完全に解消されたはずなのに、わたしは彼の残していった借金を返し続けました。なぜならそれは完済まであともう少しのところだったのです、馬鹿馬鹿しいとは思っても、勤労と疲労だけがわたしを生かす糧だったのですから、自らそれを放棄することなどできなかったのです。しかしそれから二年後には、もう十五年も会っていない父に郵便為替を送るのも、母にお金入りの封筒を手渡すのもついに終わりの日を迎えました。

最後に母に封筒を渡したときのことを、今でもよく覚えています——三畳間の机の向こうで、彼女はいつもどおりに「ごくろうさま」とだけ言い、広げていた帳簿に目を落としました。この頃の母は、一時期の派手好みとはかけ離れた地味な恰好をするようになっていました。恰好だけではなく、ぴんと張りつめ真珠のように白く艶のあった肌はすっかり衰え、細かな皺が顔一面を覆い、表情だけがますます険しくなっていくばかりで……。わたしは改めて、母の顔に表れている老いをじっと見つめました。するとどういうわけだか、それまでの十数年間自分が封筒に入れて渡し続けた何百枚という紙幣が母の肌の内部に堆積し、今そのような醜い皺となって浮き出し、自分を責めているように思えてくるのです。

「何よ？」

母がじろりとこちらに一瞥をくれました。

「なんにも……」

「しばらく見ないうちに、お前、老けたわね」

母は顔を近づけ、じろじろとわたしの顔を眺めまわします。「でも、先月だって来たわ」お母さんもよ、という言葉を飲み込み、わたしは言い返しました。

「あたしはいつも忙しいんだから、お前のことをまともに見るひまなんかなかったわよ」

「そうね、お母さんはいつも忙しいものね……」

「まったくなんだい、前はもうちょっと見られた顔だったのに、今じゃあすっかりやつれちゃって、かわいそうなおばさんじゃないの。それもこれも金のせいだね、挙句の果てに亭主には離縁されて、結局お前はいいように使われたのさ」

「お母さん、お金、今日が最後だったのよ」

「ああ知ってるよ、おかしな間違いがあっちゃかなわないからね、あたしはちゃんと数えてたよ。これからはせっせと貯金して将来に備えるんだね、まったく……」

母は少し黙ったあと皺の寄った薄い唇を開きかけましたが、そこから溢れ出てくるであろうおなじみの小言にわたしが身構える間も与えず、すぐに唇を閉ざしてしまいました。

「お説教でもなんでも、言いたいことがあるのなら、わたし、聞くわよ」

「用事が済んだのなら帰りなさい。出戻り娘と呑気にお喋りしてる時間はない、あたしは忙しいんだからね」

わたしは諦めて立ち上がり、お勝手から外に出ていきました。

土曜の昼下がりのことでしたが、九段の街は水を打ったように静かでした。半纏姿のおねえさんたちが手ぬぐいを持ってわいわいと銭湯に向かう姿も見えず、三味線の音も聞こえません。かつては屋根の低い二階建ての木造家屋ばかりだったこのあたりにも、ここ何年かで丈夫な鉄筋のオフィスビルが建ち始めるようになりました。夜の時間に九段を訪ねることは久しくありませんでしたので、近隣の料亭が連夜昔と変わらない賑やかな喧騒に包まれているのか否か、わたしにはもうわかりませんでした。変わりゆく街、老いていく母、そして老いていく自分……そこにあるのは過去の変化の積み重ねだけです。これまで同様、何か希望を持てるような未来を示す道しるべなどどこにもありません。自分はこれからも機械のように働き続け、疲れ続け、だんだんと朽ちていくことだろう……。

道の真ん中に立ち止まって顔を上げると、冬の夕日が空の低いところを濃い橙に染め、黒い鳥の群れが北のほうに向かって飛び去っていくのが見えました。

十二年も働いている昼間の職場で友人と呼べるような人は一人もできませんでしたが、高校時代のクラスメイトであり、前の会社の同僚でもあった祥子ちゃんだけはいつもわたしのことを気にかけてくれていました。実を言うと、神田の会社を紹介してくれたのも彼女です。

祥子ちゃんはずっと昔、墨堤のお花見のときに話していた例の婚約者と無事に結婚式を挙げ、その頃には八歳の女の子のお母さんになっていました。出産前に会社を辞めて専業主婦になった彼女は、週末に旦那さんの出張があるたび、数年前に新築した阿佐ヶ谷の家にわたしを招いてくれました。娘の牧子ちゃんも、母親譲りの素直でかわいらしい子でした。

「あなたって本当に年をとらないわね」

　ある夏の日、三人で縁側に腰かけて西瓜（すいか）を食べていると、祥子ちゃんが突然そう言い出しました。

「おばちゃん、年とらないって」

　ぽかんとしているわたしに、牧子ちゃんがふざけて繰り返します。

「そう？　でも、こないだうちのお母さんに、お前はすっかり老けたって言われちゃったのよ」

「おばちゃんのお母さん、ひどいのね！」

　不満げな表情を浮かべる彼女の口元には、涙の形をした西瓜の種がほくろのようにぽつぽつ散らばっています。

「牧子の言うとおりよ、あなたはぜんぜん老けてないわよ、不思議なくらい……わたし、なんだかあなたに会うたび、自分ばっかり年をとっていくような気がするの。いやあね、悔しいわ」

「そんなことない、人は変わるのが当然よ、変わらないほうが嘘だわ。牧子ちゃんだってあっというまにこんなに大きくなったんだもの、それと同じ時間がわたしたちにも過ぎてるんだから、変わっていくのが当たり前だわ」

「ええ、そうだけど……」

いかにも器用なお母さんらしいおしゃれな手作りのエプロンをかけた祥子ちゃんは、ためらいながらもまた少し西瓜を切り分けて言いました。

「どうしてかしら、あなたってね、どんどん昔のあなたに似てきている気がするの。性格とかのことを言ってるんじゃないのよ、あなたの顔とか、ちょっとした仕草のことよ……」

「昔のわたしに？　変なこと言うのね」

「昔のおばちゃんてどんなふうだったの？」

牧子ちゃんが母親の袖を引っ張って聞きます。

「昔のおばちゃんはね、そうね、ほかの女の子たちとは違って、大人っぽくて、神秘的なイメージっていうのかしら？　でも時々、牧子くらいの年の女の子がデパートで迷子になっちゃったときみたいに、泣きそうな顔をしてることもあったわ……」

「ママたち、どうして仲良くなったの？」

「ママのほうから頑張って話しかけたのよ。誰とでも喋ってみれば、仲良くなれるの。でもお喋りしてるうち、おばちゃんはやっぱり急に黙っちゃうことがあって、そんなときはいつも今にも泣き出しそうな、笑いだしそうな、よくわからない顔だから、ママ、どうしたらいいかわかんなくて困ってたわ」

「なあにそれ？　おばちゃん、本当は泣いてたの、笑ってたの？」

西瓜にかぶりつきながら不思議そうな顔をしている牧子ちゃんは、昔教室でわたしの顔を覗き込んだ祥子ちゃんの表情にそっくりです。思わずじっと見つめていると、祥子ちゃんが笑って言いました。

「そうね、あの頃、あなたは何を考えていたの？」

昔に比べたら少しふくよかになった優しげな顔が、わたしを見上げる幼い牧子ちゃんのそれと重なり、二人は時を隔てて現れた同じ一人の人間のように感じられました。黙っていると、祥子ちゃんは微笑んで言いました。

「わたし、ほんとに困ることがあったわ。あなたはいつも何か言いたそうで、でも何を聞いても押し黙っていて……もしかしてわたし、軽蔑されてるんじゃないかと思ったくらい」

「軽蔑なんかしてないわ。きっと、ただよくわからなかっただけなの……でも時々、ほかの女の子を可哀想に思うようなことはあったわね。わたし、生意気だったのよ」

「可哀想に？　どうして？」

「それは……」

「あなたが秘密の恋をしていたからね」

祥子ちゃんはいたずらっぽい目をして、西瓜の甘い汁で濡れた娘の指を布巾で拭き取りました。

「ねえ牧子、おばちゃんてね、婚約者がいるってことずっとママに秘密にしてたのよ。結婚してから教えてくれたの」

「おばちゃんの旦那さんってどんな人なの？」

「さあ、ママは知らない。お友達なのに、最後まで会わせてくれなかったのよ、信じられる？　それにしても素敵だと思わない、初恋の人とそのまま結婚するなんて……」

「でもね、おばちゃんは離婚しちゃったの。牧ちゃんわかる、離婚って？」

わたしが口を挟むと、牧子ちゃんは「わかる！」と目をきらきら輝かせ、自慢げに胸を反らします。

「そんなこと、牧子がわからなくていいのよ」

祥子ちゃんは呆れ顔で娘の肩をつつくと、お盆の上に畳んであった新しい布巾をわたしに差し出してくれました。

「結局はそういうことになっちゃったけど、結婚したって聞いたときの驚きに比べたら、なんでもなかったわ。あのときは本当に驚いたのよ。あなた、それまでなんにも教えてくれなかったんですもの。わたしてっきり、あなたは銀座の映画館でもぎり嬢になったものだと思ってたのよ」

わたしも少し微笑んで、布巾を受け取って濡れた指をぬぐいました。

「結婚のことは、卒業するまで誰にも言わない約束だったの。内緒にしていてごめんなさいね。でも、祥子ちゃんだけじゃなくて、誰にも言わなかったのよ、誰にも……」

「おばちゃん、それ本当？　本当に本当に、誰にも？」

牧子ちゃんのまっすぐな視線を正面から受け、妙に心が騒ぐのを感じました。彼女の目は磨きあげられた一対の天然石のように黒く光って、こちらに向けられています。

「牧ちゃん、お口の周りを石鹸で洗ってきなさい」

祥子ちゃんは娘の口元を布巾で軽く拭き取り、所在なく縁側からぶらぶら揺れていた細い足をつかまえて運動靴を脱がせにかかりました。立ち上がってすぐ、牧子ちゃんは「あ！」と声をあげ、わたしににっこり笑いかけました。

「そうだ、おばちゃん。あたしね、おばちゃんにお土産買ってきたのよ！」

「まあ、お土産？　どこに行ったの？」

「ああ、このあいだ臨海学校で逗子に行ったときのね」

母親が代わりに答えると、牧子ちゃんはぷうっと頬を膨らませましたが、「待っててね！」と言い残し、ばたばたと洗面所のほうに駆けていきました。

「おてんばなんだから……」

祥子ちゃんはその後ろ姿を愛おしそうに見守り、肩をすくめてみせます。

それからしばらく、わたしたちは団扇を片手にとりとめのない会話を交わしていました。言葉が途切れたところで、祥子ちゃんは何気なく「聖者の行進」を鼻歌で歌い始めました。

「牧子が今、リコーダーで練習してるの」

わたしも合わせて口ずさんでみましたが、あるところまで来ると彼女は突然歌うのをやめ、言いました。

「あなたはいつだって秘密だらけ……」

わたしは驚いて、祥子ちゃんの顔を見つめました。

「それに時々、すごく悲しそうな顔をする……さっきだってそうだったわ」

彼女はそう言ってうつむきました。なんと答えればいいのかわからず、わたしはやめてしまった「聖者の行進」の続きを一人で歌い始めました。やがて口もとを洗ってご機嫌な顔で戻ってきた牧子ちゃんが加わり、最後には祥子ちゃんもまた歌い出しました。

歌が終わると、牧子ちゃんは「はい、これ!」とはにかみながら、赤い格子柄の小さな包みをポケットから取り出しました。そしてわたしの掌を前に出させると、包みを開いてぽとりと中身を落としたのです。

わたしは思わず、あっと声をあげました。

掌に落ちてきたのは、白い砂と色とりどりの美しい星の形の石が入った小さな壜でした。その壜は、十二年前、夜行列車のなかでわたしが見つけたあの小さな壜、それ以来いつも肌身離さず持っているあの涙の壜とそっくり同じ形をしていました。

言葉を失ったわたしを、牧子ちゃんは不思議そうな目で見ていました。震える声でどうにか「ありがとう」と言うと、彼女は「どうして泣いてるの?」と、聞きました。

しかしこのとき泣いていたのはわたしではなかったのです。

泣いていたのは彼女でした。

一点の曇りもない澄んだ黒い瞳が涙に濡れて、わたしをじっと見つめていました。

思いがけぬ再会が訪れたのは、その年の秋の終わりのことです。

土曜の深夜から日曜朝までのホテルの清掃の仕事が終わり、家路につこうとしたときでした。人通りの少ない暗い路地を駅に向かって歩いていたところ、後ろから「おい」と呼びとめる声が聞こえたのです。

前にも何度か仕事帰りに怪しげな男に声をかけられたことがあったので、わたしは咄嗟に身を硬くし、声に気づかぬふりをして早足で歩き続けました。ところが足音は後ろから決まった間隔で近づいてきます。走り出すと足音はさらに近づき、とうとう重い掌がわたしの肩を捕まえました。

「おい！」

強引に振り向かされて目に入ったのは、どこか見覚えのある男の顔でした。黒々と短く刈られた髪に形のよい卵型の顔、いかつい体格の割にややあどけない印象を残す丸い目、そしてその上に走る清々しい濃い眉の線……。

「やっぱり、あんただ」

男は親しげににやりと笑ってみせました。

「あんた、忘れてるんだろう。俺だよ、向島の、徹雄だよ」

その口元に覗いた大きな白い前歯に、わたしははっとしました。するとたちまち、遠い昔の夜の記憶が甦ってきました。そう、哲治を探し求めて一人彷徨（ほうこう）した薄暗い向島の路地の記憶が……。そして今目の前にいるのは、慣れないわたしに一度だけ道案内をしてくれた、あの人のいい青年ではありませんか！　驚きで言葉を失っていると、彼は嬉しそうにうなずいて言いました。

「ああ、思い出したみたいだな。向島で会った徹雄だよ。あんたもつれない人だな、俺はあんたを遠くから一目見てすぐにわかったっていうのに！　それにしてもあんた、昔とちっとも変わってないじゃないか」

「徹雄さんも……」

「お世辞はよしてくれ」

恥ずかしそうに笑い、彼は少し曲がっていた上着の襟を直しました。

「俺はもうすっかり丸くなっちまって、やんちゃなことはやらねえんだ。でもあんたは変わらない、あの頃も場違いのところに間違ってお散歩に来た若奥さんふうだったけど、今も同じだな。なんだってこんなところに？」

「それは……」

言葉につまって二、三歩後ずさると、路地の向こうに派手なピンク色のスーツを着た女の人がビルの壁に手を当ててこちらを向いているのが見えます。わたしの視線を追った徹雄さんが振り向くと、彼女は何か聞きとれない言葉を叫んでぷいとそっぽを向き、少しよろけながら大通りの方角に歩き出してしまいました。

「また今度な！」

徹雄さんが手を振って叫びましたが、彼女は振り返らずまた何か大声で叫んで、肩をいからせながら大股で角を曲がっていきます。

聞くと、彼は「いいんだ、いいんだ」と顔の前で手を振って笑います。

「いいの、あの人……?」

「またつまんない女にひっかかっちまった。あれでも、なかなか女らしいところがあるんだよ」

わたしはなんと返せばよいのかわからず、困惑したまま目を伏せました。

「せっかくこんなところで会ったんだ、お茶でも飲んで、ちょっと話さないか? それにしても変だな……また会うなんてな。不思議なもんだな、向島で会って以来、何かの拍子であんたの顔が頭にふっと浮かぶことが時々あったんだよ。しかしまったく、何年ぶりだ?」

「十二年です。あれからもう、十二年です」

「そうか、そんなに経つのか」

ハハハ、徹雄さんは能天気に笑い、わたしと並んで歩き始めました。

「さあ、話してもらおうか。まず第一に、どうしてあんたはこんなところにいるんだ?」

わたしたちは近くのこぎれいな喫茶店に入り、そこで一緒に朝食をとりました。

十二年も前に二度会っただけなのに、わたしはこの男をなぜか昔からの友人のように感じました。この人がいなければ、向島で哲治と再会することもなかったかもしれないし、言葉を交わすこともなかったかもしれません。徹雄さんもまた十二年間という時をどこかで過ごしてきたはずなのに、その年月の重みはほとんど感じられませんでした。依然としてあどけなさの残る顔には、よく見れば細かな皺の予兆もあったのかもしれませんが、彼は甦ってきた記憶のそれとほとんど変わらぬ姿でテーブルの向こう側に座っていました。

徹雄さんは向島近辺で飲食店やパチンコ店を経営しているお父さんの仕事をいくつか引き継ぎ、これでも今はそれなりの「お偉いさん」なのだと言って、どこか他人事のように笑っています。

「それで、あんたの男とは、あれからどうなった？」

あれから、というのがいつのことなのか、すぐにはわかりませんでした。黙っていると、彼は苦笑いをして続けました。

「俺が最後にあんたに会った、ほら、あの夜だよ、あんたがあんたの男を……」

「哲治よ。あの人、哲治というの」

「そう、道のど真ん中でその哲治さんに馬乗りになったあんたが、ギャーギャー泣いてた夜のことさ」

「そうね、そうだったわね……」

「それからあんたがたは、俺を置いて行っちまった。俺にはなんにも言わずに、二人だけで……」

「そうだったわね。あの夜は皆どうかしてたわね……」

「それで、それっきりさ。あんたも哲治さんも、あれ以来向島で見かけることはなかった。でも俺はさっき言ったとおり、時々あんたのことを、あんたたち二人のことをふっと思い出すことがあったんだよ。あのあと、何があったんだ？」

聞かれるがまま、わたしは話し始めました。あの夜に起こった出来事、翌日哲治と行った喫茶店、夜通し歩き続けて再びもとの店に戻ってきた朝、金曜ごとの他人行儀な逢瀬、隅田川の水上バスに乗った午後……。いつしかわたしは夢中になって、記憶にある限りのことを徹雄さんに話していました。横浜の港で起こったこと、鳥取での短い生活、そして駅での別れのことも。そのあいだ徹雄さんはじっとテーブルに目を伏せて、辛抱強く話を聞いていてくれました。

すべてを話し終えた後も、彼はコーヒーカップの持ち手に指を当てソーサーの上でくるくると回しているだけで、何も言いません。わたしは一人で感情のままに話し過ぎてしまったことが急に恥ずかしくなり、席を立とうとしました。

「おいおい、ちょっと待ってくれよ」

「ごめんなさい、わたしばっかり話し過ぎてしまったみたいで……」

「話を聞きたがったのは俺なんだから、これでいいんだ」

「でも……」

「考えてたんだよ、世のなかはつくづく不思議なもんだなあって」

　徹雄さんは煙草に火をつけて言いました。

「何度も言うけど、向島で最後にあんたたち二人を見て以来、なんでもないとき、例えば夕方に小雨が降ったときだとか、遠くにサイレンが聞こえたとき……どうしてだろうな、俺はあんたたちのことを思い出したんだ。ぐちゃぐちゃになって道の真ん中でとっくみあってたかと思えば、走って逃げていったあんたと哲治さんのことを……」

「そうなの？」

「すると小雨もサイレンも、あの二人が俺の知らないどこか遠くの国で幸せにやってるっていう合図なんだろうって気がして、そのたびにチッと舌打ちしてたよ。でも現実はそうでもなかったんだな。ただの思い違いか……でもなあ、俺って、けっこう義理がたい奴だろう？」

　わたしは思わず吹き出して、「ええ、そうね」と答えました。笑いはどうしてか、すぐには止まりませんでした。そしてその笑いはいつのまに涙に変わったのか……気づくとわたしは顔を両手で覆って、徹雄さんの前で泣いていました。この十二年で初めて、哲治を知っている人とこうして思い出を語り合うことができたのです。そのことがどうしてか、わたしを言いようもなく嬉しがらせ、みっともないほどに涙を流させたのです。

「おいおい、こんなところで泣かないでくれよ……あんた、いい年して……俺がどうにかしたって思われちまう」

涙をぬぐおうとすると、徹雄さんはポケットから古びた台布巾のような皺くちゃのハンカチを取り出して、頬に無理やり押しつけてきました。わたしは首を強く横に振って、ハンドバッグから自分のハンカチを取り出し頬に当てました。

「あれからもう十二年も経ったんだわ……十二年っていうのは決して短い時間じゃないわ」

「あれから一度も、哲治さんには会ってないのかい」

頬の涙をぬぐってうなずきましたが、目の縁に溜まった涙は次から次へと流れ出しすぐには止まりそうにありません。

「探しもしなかった?」

「最初のうちは……でも……」わたしはまた首を振りました。「生きてるのか死んでるのかも……わたし、ずっとこのまま哲治のことを考え続けて生きるのも……そのうち彼のことなんか忘れてしまうのも……怖くって……」

「生きてたら、会いにいきたいかい」

顔を上げると、徹雄さんは皺だらけのハンカチを手にしたままゆっくり言いました。

「それであんたは、久々に会った俺に、そういう頼み事をするくらいの図々しさを、まだ持ってるかい……」

その人懐こい顔に浮かんでいる緊張は、いかにもぎこちなく、場違いなものに見えました。わたしはまだ涙に濡れたままの顔で、再び吹き出してしまいました。

「泣くのか笑うのか、どっちかにしてくれよ。まったくおかしなもんだな、あんたに会うと、どうしても俺は自分が何かに試されている気がして……親切にしないと、明日にでも雷に打たれて死んじまうような気がする」

徹雄さんはああ、と低くうなって片手で頭をかきました。

「これも腐れ縁ってやつかな。でも仕方ない、声をかけたのは俺だしな、あんたがもうそれだけの図々しさを持ってないにしろ、俺はやるよ。そう、仕事だってどんな面倒な頼まれ事だって、俺にとっちゃ死ぬまでの暇つぶしみたいなもんなんだから」

徹雄さんはポケットから緑色の手帳を出して、「ここに連絡先を書いてくれ」と差し出しました。名前と電話番号を書いているうちに彼はさっと席を立ち二人分の朝食代の支払いを済ませ、わたしがその半分を渡そうとしても絶対に受け取ってくれませんでした。

「すみません、ご馳走（ちそう）になりました」

諦めてお礼を言ったときの、彼の苛立たしげな、そして恥ずかしげな表情が、口のなかに残る久々の涙の味をそっと消し去りました。

それから一週間ほど経った日の夜、さっそく徹雄さんから電話がありました。その方面の知り合いを使って調べたところ、哲治に似た男を千葉の田舎のスナックで見かけたという人がいたそうなのです。

「いちおう、店の名前を聞いてきたけど……あんた、行ってみるかい？」

わたしはすぐに言葉を返せませんでした。正直なところ、これほど短い期間にそんな具体的な情報が得られるとは思ってもみなかったのです。

「徹雄さん、あの……すみません、少し考える時間をもらえますか」

「考えるって、何を？」

「……………」

「何を考えるんだ？　哲治さんのことをか？」

「……………」

「なんだよ、この十二年間、あんたは毎日哲治さんのことを考えてたっていうのに、まだ足りないのか？」

「ごめんなさい。でも急だわ、急過ぎて……こんなふうに、突然会えるかもしれないってなると……」

「怖気づいたのか？　あんた、やっぱり怖いんだな」

電話口で、徹雄さんはわざとらしいため息をつきました。

「あんたは年とったみじめな恋人の顔を見るのが怖いんだ。それと同じくらい、年とった自分のみじめな姿を恋人の前にさらすのが怖いんだろう？」

「そんな単純なことじゃなくて……わたしと哲治のことはこないだ話したことが全部じゃないんです……徹雄さんにはきっとわからないかもしれないけれど……」

「そんなこと言って、あんたは奴さんから逃げようとしてるんじゃないか？　この十二年間は逃げ穴を掘るための時間稼ぎだったのか？　いいや逆だ、あんたは十二年かけてこつこつ道を作ってきたのさ。怖がることなんかどこにもない。会ったら心配も吹き飛んじまうよ」

十二年かけて道を作った……その言葉にわたしは強く胸を突かれました。それではあの尾根道は、元から作られていたものではなかったというのでしょうか？　あの道は、わたし自身が十二年かけて切り拓いてきた道だったというのでしょうか？　黙っていると、徹雄さんはやれやれと言うようにもう一度ため息をつきました。

「努力を無駄にしちゃ、いつまでも報われねえな」

「徹雄さん……どうして、そんなことが言えるんですか？」

「あんたを助けるためさ」

「どうしていつも、わたしを助けてくれるんですか？」

「前に言っただろう、理由は俺にもわからねえ。ただあんたには親切にしないと、罰が当たりそうで怖いのさ。さあ、俺の友達が苦労して調べたんだから、すぐにでも支度して行ってくれ」

「だったらあなたも……」

わたしは思い切って言いました。

「あなたも、一緒に来てくれる？」

「喜んでとは言えないが、あんたの頼みなら仕方ない。行くよ。明日の都合はどうだ？」

待ち合わせの場所を決め電話を切ってから、わたしは一杯の冷たい水を飲んで、台所の椅子に腰かけました。

十二年ぶりに会う哲治がどんな顔をしているのか少しも思い描くことができず、ましてやその哲治と自分がどんな会話をするのかも、まったく想像できません。それに今さら会って、何を確かめればいいというのでしょう？　どうしてあのときわたし一人を列車に乗せたのか、どうして何も言わずにあんな残酷なやり方でわたしを遠ざけようとしたのか……。

十二年間心に問いかけ続けた疑問も今では紙に染みついたインクのように複雑な心の模様の一つになり、真実を見出そうとする気力はもはや消え失せています。確かにわたしはこの十二年間、心のなかで彼の名を呼び続けました。しかしそれは、再び生きて彼に会うためだったのでしょうか？　わたしがこの手に取り戻したいと切に祈っていたのは、あの鳥取で過ごした二人の生活の続きではなく、哲治その人、あれから十二年の年月を別々に過ごしてきた哲治その人だと、胸を張って言い切ることができるのでしょうか？

考えれば考えるほど、本当の心は灰色の泥濘（ぬかるみ）へと沈みこんでいくようでした。ただその泥濘の奥底にあっても、電話口で聞いた徹雄さんの声は消えませんでした。いいや逆だ、あんたは十二年かけてこつこつ道を作ってきたのさ……怖がることなんかどこにもない……怖がることなんかどこにもない……。

わたしは立ち上がって衣装簞笥を開け、十二年前持ち帰ってきたままの哲治の辛子色のジャンパーと、ほかの服に比べたらいくらかましな卵色のツーピースを取り出し、並べて鴨居にかけました。そして翌日そこに当てられるはずの哲治の視線を想像し、その強烈な眼差しを前もって吸い取るように、質感の異なる二着の布地を長いこと見つめていました。


翌日、朝一番で会社に欠勤の連絡を入れてからいつもより時間をかけて身支度を終え、あとは出ていくばかりになったときです。前の晩に磨いておいた靴に片足を入れかけたところで突然電話が鳴り出しました。スリッパも履かずに慌てて受話器を取ると、小さくわたしの名前を呼ぶ声が聞こえました。母の声でした。

「お母さん、どうしたの？」

少しの沈黙がありました。ねえ、どうしたのお母さん……苛立つわたしの呼びかけを遮り、母はまるで感情の窺えない声で言いました。

「お前のお父さんが死んだよ」

16

「なんですって？」

母は答えませんでした。受話器越しの気配の底にジーと鳴る低い音が、沈黙を塗り込めるように強まった気がしました。

「お母さん、なんて言ったの？」

「………」

「ねえ、なんて……」

「お前のお父さんが死んだんだよ」

それから母は、今すぐ九段の家に帰るようにと機械的な調子で告げ、一方的に電話を切りました。わたしは受話器を耳に当てたまま、しばらくその場を動けませんでした。

父が死んだ……あの父が、死んだ？

予め準備された原稿を読み上げるような母の口調は冷たく不自然で、現実の重みが少しも感じられません。きっとわたしをからかっているのだ、それとも母もとうとう、寄る年波に心身を乱されるようになったということなのか……空々しい理屈をこねて冷静さを保とうとする心とは裏腹に、受話器を握る左手は震えていました。時計を見ると、徹雄さんとの待ち合わせのために家を出る予定だった時間はとっくに過ぎてしまっています。慌ててハンドバッグから彼の電話番号を引っ張りだし電話をかけてみましたが、すでに出かけたあとなのか、呼び出し音が虚しく鳴るばかりでした。わたしは叩きつけるように受話器を台に置くと、そのまま家を飛び出しました。

九段の家に着いて勝手口を開けると、正面のテーブルに母とお手伝いの女性がうなだれて座っているのが目に入りました。テーブルの上には湯気の上がらない緑茶の湯呑が二つ、間隔を置いて載せられています。ゆっくり首をもたげてわたしを一目見た母は、「そんなおめでたいような恰好で来て……」と呟き、すぐに目を伏せました。

「お母さん、お父さんのこと……」

「…………」

「本当なの？」

「本当よ」

靴を脱いで隣の椅子に座っても、母は目を伏せたままこちらを見ません。言うべき言葉が何も見つからず、それ以前にこの場で何を考えるべきなのかもわからず、わたしは母が何か言ってくれるのを待ちました。いつものような叱責の言葉でも嘲笑の言葉でもなんでもいい、とにかく、台所じゅうに充満するこの重苦しい静けさを破ってくれる言葉を……。しかし沈黙はいつまで経っても破られません。じわじわと喉の奥に沈み呼吸を妨げるほどになっていった静けさにとうとう堪え切れなくなったわたしが「いつ？」と聞くと、母はようやく顔を上げて、焦点の定まりきらない目をこちらに向けました。

「昨日の、朝……」

「昨日？　昨日……何があったの？」

「車に轢（ひ）かれて……」

「車？」

「今日はお通夜で……あたしたちはお呼びでないんだよ」

「そんな、嘘でしょう！」

わたしは思わず叫びました。父が死んだ、昨日の朝車に轢かれて、そして今日はお通夜で、彼の妻と娘は呼ばれていないという！　馬鹿らしさのあまり、全身がぶるぶる震え始めました。

「お母さん、そんな冗談趣味が悪いわ。お母さんらしくないわよ。いったいどこまでが本当なの？」

「本当も嘘もない」

「お父さんが死んだってことも？」

「ああ、本当さ」

「死んだって、本当の意味で言ってるの？」

「死んだって言ってるだろう、何回言ったらわかるの、この馬鹿娘！」

テーブルに拳を打ち下ろすなり、母は突如顔を突っ伏して激しく泣き出しました。母がそんなふうに泣いているのを見るのは、いいえ、どんな泣き方であっても、母が泣いているのを見るのは初めてのことでした。

「情けない、情けない……」

濁流に溺れかけている人が必死で口を開け空気を求めるように、慟哭（どうこく）のあいだ母は苦しげにそう繰り返していました。向かいに座っているお手伝いさんは青ざめて、口元をわなわな震わせたまま状況を見守っているばかりです。じっと座っていることに我慢がならず、立ち上がって狭い台所をうろうろしてみましたが、こんな状況にふさわしい行動を教えてくれるものは何も見つかりません。

わたしは半ば無意識に、テーブルの上の冷めたお茶を一気に飲み干しました。すると喉に走る冷たく苦い後味が、いくらか心に平静を与えてくれました。さあ、どうすればいい、母の話がすべて本当だとすれば、わたしたちは、どうすればいい？　――思いつく限り、するべきことは一つしかありません。

「お母さん」

わたしは母の隣に椅子をひいてきて腰かけ、その背中に優しく手をかけました。

「わたしたち、お通夜に行かなくちゃ」

「呼ばれてないんだよ、お前もあたしも！」

顔を上げた母の尋常でない形相に一瞬息をのみましたが、わたしはできるだけ冷静な口調でゆっくり彼女を諭そうとしました。

「お通夜に呼ばれるも呼ばれないも、そんなの何もないでしょう？　お母さんはお父さんの奥さんで、わたしはお父さんの娘なのよ。ここにいること自体がおかしいわ。いろいろ準備して、今すぐ行かなくちゃ」

「おかしいのはいつだってあの爺だ、狂ってるのはあの爺なんだ！　あの爺のせいで、あの爺のせいで……」

最後まで言葉を終えることなく、母の目にはみるみるうちに涙が溜まっていきます。流れ出した涙は迷路のような細かな皺の畝(うね)に入り込み、襞(ひだ)のよった皮膚の内側に音もなく吸い込まれていきました。短くうめいた母は再びテーブルに突っ伏そうとしましたが、わたしはその腕を摑んで止めました。

「お母さん、もう泣くのはよして。いい年してみっともないわよ。そう、まず服をどうにかして……わたしたち、喪服を着なくちゃあ……」

「まさかお前、行くつもりなのかい？」

「当たり前でしょ？　お母さん、しっかりしてよ。お母さんまで、お祖父さんみたいにおかしくならないで」

「あたしがあんな爺みたいにはなるわけがない」

母はテーブルの上に手をつきやっとのことで立ち上がると、その弱々しい動きにはま

るで似つかわしくない凄みのある一瞥をお手伝いさんに与え、一緒に二階へ上がってい
きました。少しするとお手伝いさん一人だけが降りてきて、ナフタリンの匂いのする黒
い洋服をおずおずとわたしに差し出しました。
「母は？」
「お着替えをされています」
「あの、あなた、なんていうお名前？」
「雛子と言います」
「雛子さん、母は一人で大丈夫そうかしら？」
「お一人でお召しになると、仰いました」
「髪の毛を、ちょっと手伝ってあげてね」
「ええ、御髪も、お一人でなさると……」
「そう、でも、なるべく近くにいてあげて……」
深々と頭を下げると、彼女はそのまま後ずさりするように暗い廊下へ下がっていきま
した。
わたしはお茶の間に行って喪服に着替え、化粧を直し、母が降りてくるのを待ちまし
た。手持ちぶさたに障子を開けると、相変わらず荒れ放題の情緒に乏しい裏庭が目に入
ります。昔はよくこのお茶の間の窓を開け放して、宿題をしたりお絵かきをして遊んだ
ものでした。庭の向こうにはみすぼらしい竹林があり、夏には風鈴が鳴って涼しい風が

通り、冬には隙間風が容赦なく吹きこんできて……ところが今見えるのは、向かいの家とこちらの敷地を区切る味気ない灰色のコンクリートの壁だけです。その取りつくしまもない無機質な灰色に、この家で過ごした子ども時代の思い出は一片も映りませんでした。そしてもちろん、小さい頃に一緒に過ごした父の思い出も……。そこはもう、わたしが暮らした家とはまったく別の家でした。何も驚くことはない、これでは父が死ぬのも当然だ——諦念とも感慨ともつかない思いが、水面に投げられた小石のように心に静かな波紋を作っていきました。ごわごわとして肌になじまない喪服の匂いを嗅ぎながら、わたしはぼんやりと父の思い出を記憶の奥の層から引っ張りだそうとしていました。祖父の家で一緒に森のなかを歩いてくれた父、この家の二階で何かを夢中で書きつけていた父、わたしの色鉛筆を奪ってめちゃくちゃに塗り絵に色をつけていった父、大みそか、一緒に除夜の鐘を聴いてくれた父……。

ようやく降りてきた母はさっきまでの慟哭が嘘のように、首をしっかりと伸ばして落ち着き払っていました。黒紋付をきっちりと着こなし黒々とした髪の毛を高く結いあげた母は、さすがに長年にわたって料亭の女主人を務めてきただけあって、堂々たる風采です。

「行くわよ」

母は返事も待たず表玄関に向かいました。わたしは勝手口に脱いであったパンプスを拾い、母のあとに続きました。母娘でこうして表玄関から連れ立って出ていくのは、覚えている限り、それが最初で最後のことでした。

　ところがそれから半時間後、久々に訪ねた茗荷谷の祖父の屋敷を前にして、わたしと母は言葉を失っていました。お屋敷は見る影もなく荒廃していました。十数年前、父に金を無心しにきたときに目にしたあのお城は、まるで見捨てられて久しい廃墟のように、すべての色と輝きをなくしていたのです。

　庭は雑草だらけで粉っぽい土がいたるところに顔を出し、そこいらじゅうに半円型の浅い穴が空いていました。かつては女王様のように堂々と君臨していた噴水もピンク色の薔薇のアーチもこじゃれた東屋も、ひび割れて惨めに黒ずんでいます。わたしたち二人が苦労なく敷地に入れたのは、表門が開けっぱなしになっており、地面から声が聞こえたあの奇妙なブザーも見当たらず、出入りを見張る者が誰もいなかったからでした。

「ひどいわね」

　母はいかにも忌わしいものを目にしたように首を振りました。

「覚えているのより、ずっとひどいわ」

「お母さん、ここに来るのは何年ぶりなの？」

「覚えてないね」

「本当にここでお通夜なの？　誰もいないし、お坊さんの声だって聞こえないし……」

「間違いないわよ」

　母は厳しい眼差しを屋敷の玄関に定めてからためらいなく階段を上がり、辛うじて昔の威厳を保っている重いドアに手をかけました。勢いよく開いたドアの向こうから、信じがたいほどの冷気が溢れだしてきました。外は久々の小春日和で、少し歩けば汗ばむほどの陽気だったというのに……。

　立ち止まっている母の肩越しに、玄関ホールの中央、螺旋階段の中腹あたりに大きな黒い額縁に入れられた父の遺影が見えました。そしてその真下に、精巧な彫刻が施された大きな柩(ひつぎ)が横たえられているのが目に入りました。母は一歩進み、屋敷のなかに入りました。しんと静まり返ったホールでわたしたち母娘を迎えたのは祖父一人でした。一目見て、驚きました。祖父は柩の傍らの椅子に座っていました。頭髪は抜け落ち、露出している皮膚は醜い皺だらけで、痩せ細った足をひきずる祖父――わたしが密かに想像していたそんな姿は一瞬で打ち砕かれて、そこにいたのは、昔よりずっと堂々とした体(たい)軀(く)を持ち、肌は川に洗われた岩のように毅然と張りつめ、灰色の髪の毛をますます豊かに頭の周囲にうねらせている祖父でした！

　喪服を着た祖父は立ち上がらず、柩の番人のように上目づかいにわたしたちをじろりと睨みつけました。老人らしからぬ立派な体軀が霞んでしまうほど、その目には鋭利な敵意が浮かんでいます。誰も口を開きませんでした。凍りついたような空気を切り裂いたのは母でした、彼女はつかつかと柩に近寄って、上部についた小さな窓に触れようとしたのです。するとその瞬間祖父のステッキが高く振り上げられ、あっと思ったときには母の手の甲に痛々しい赤い痕がついていました。

「何するの！」

咄嗟にわたしは祖父の手からステッキを奪い、その後頭部目がけて思いきり振り上げました。しかし母が後ろからわたしの手をつかみ、ステッキを床に落としたのです。

耳障りな禍々しい音が、屋敷じゅうに長く響きました。祖父は先ほどまでの鋭い眼差しを失って、人形のように無感動な目で玄関ホールの中央あたりをぼんやり見つめているだけでした。

母は改めて、祖父に打たれた手を柩の小窓にかけました。その手は細かく震えています。横たえられた父の顔は、ひどく変容していました。凜々しく高貴な雰囲気さえあった美しい鼻はつぶれ、閉じられたまぶたから頰にかけて走る傷を境に乾いた肉がめくれあがり、ほとんど皮膚と区別のつかない薄い唇からは茶色い歯と紫色の舌が未練がましくのぞいていました。

それが情け容赦ない車輪の仕業なのか、それとも十数年という長い時間をかけて彼を侵した老いの仕業なのか、わたしには判断がつきませんでした。突然、母がわっと泣き出しました。彼女は変わり果てた父の両頰を挟み、背中を丸め、そこに自分の頰をつけて泣きました。

「こいつは殺されたんだ！」

祖父が叫びました。

「殺された！」

その声は、落ちたステッキの音など比にならないほど屋敷じゅうに細かく反響しました。そのまま不気味な譜面となって壁の表面に染みついてしまいそうな……本当に、世にも恐ろしい声でした。

わたしたちは一晩中、父の亡骸のそばに座っていました。

これで何が変わる？　この柩のなかの父と、昨日の朝までの父と、その存在の違いと自分にどんな関係があるだろう……？　夜通し、わたしは自問していました。実の父親の死を前にして薄情だと思われるかもしれませんが、正直なところ、悲しみや後悔といった感情は少しも湧き出てきませんでした。いえ、その気配は確かにあったのです、ただそういった感情の前には、あまりに巨大で堅固な堤防がありました。表情を失ってただ丸太のように座っているわたしとひきかえに、母は断続的に激しい慟哭を繰り返し、祖父はそのたびに「息子は殺された！」とかすれた絶叫で応えました。耐えがたく異様な光景を前に、わたしはひたすら自分の内にこもって夜が明けるのを待ったのです。

朝になるとどこからかお坊さんがやってきて、柩の前でお経をあげ始めました。するとその声に引き寄せられたのか、喪服姿の弔問客がまばらにホールに入ってきました。若い人は一人もおらず、皆細い足をひきずるように歩く、誰が誰とも区別のつかない老人たちばかりです。そのなかに鶴のように頭が小さく足の長い男が一人いて、弔問客から香典を受け取ったり、いろいろと案内をしているのが見えました。やがて見たことがないほど壮麗な霊柩車が玄関の前に乗り付け、降りてきた黒服の男たちは泣きどおしで立ち上がることもできない母には目もくれず、父の柩と祖父だけを乗せて突風のように去っていきました。わたしは大通りまでタクシーをつかまえに走りましたが、いざつかまえてみたところで肝心の火葬場の場所がわかりません。「この近くに、火葬場は……」運転手さんに聞きましたが、「火葬場？」と眉をひそめられるばかりです。どう指示したものか後部座席でまごついていると、「もういいわ」と横に座る母が乾いた声で言いました。

「済んだことよ。帰りましょう」

泣きやんだ母の顔からはすっかり化粧が剝げ落ちていました。わたしはハンドバッグからハンカチを出し、頰に残っている涙を拭き取ってやりました。料亭の女主人としての風格はまたもや消え失せ、そこにいるのはただの疲れた老婆としか言いようのない、失意と諦めを剝き出しにした弱々しい母でした。

「あたし、帰りたいのよ」

「帰るって……今すぐ帰るの？」

「そうよ、あとは焼かれるだけなんだから」

「それはそうだけど……お骨とか、そういうものはどうなるのよ？」

「骨なんていているもんですか」

母は突然、目をかっと見開いてわたしを睨みつけました。

「骨は骨じゃないの。そんなのはあの人でもなんでもないわ」

「でも……」

「あたし疲れたの。こんなところにもう用事はないよ。さ、帰るのよ」

母はぐったりと窓にもたれ、もう口を開きそうにはありません。わたしは仕方なく運転手さんに九段の住所を告げ、車を発進させました。

走り始めて間もなくふと窓の外に目をやると、祖父の屋敷から帰るところなのか、喪服の老人たちが歩道に列を作ってうつむきながら歩いているのが見えました。あのなかに父の友人はどれくらいいるのだろう？　父と親しんだ、父を友人として心から愛してくれた人たちが、あのなかにどれほどいるんだろう……？　愛してくれた人、そんな言葉を思いついて、わたしははっとしました。そして初めて、彼女たちのことを思い出したのです。彼女たち……そう、あの屋敷の台所で幼いわたしに向かって父に恋しているとと宣言した、あのきれいな女中さんは今何をしているのだろう？　そしていつかのお正月に台所で泣いていた、あの、あのかわいらしい桜子さんは、今どこで何をしているんだろう……？　彼女たちが愛していた父は死んだ、それを知ったら、今、彼女たちは悲しむだろうか？　涙を流すだろうか？

父がどんな一生を過ごしたのか、娘や妻に対してどんな思いを抱いていたのか、本人の口からわたしが聞くことは結局ありませんでした。父は遠く、生きていても死んでいても、こちらからは関与のしようがない存在でしたから……。

でもタクシーのなか、陰気な老人たちの歩みを目にしながら父に思いを寄せていた若い女中さんたちのことを思い出したとき、わたしは初めて、一筋の悲しみが堤防を乗り越えてこちら側に流れ出してくるのを感じたのです。少なくともあの頃、あの女の人たちだけは、実の娘以上に父を愛してくれていたからです。父はあのとき美しかった、そして父は愛された、若くて美しい女性に愛されていた、その父が死んでしまった！　そんなふうに思って初めて、目の奥に涙が滲んでくるのを感じました。

九段の料亭の前に車がつくと、母は何も言わずにさっさと降りていきました。支払いをしていると慌てた様子で雛子さんが出てきて、「このまま、これでお帰りなさいと……」と数枚の紙幣を差し出してくれました。

「母が？」

「ええ、そう仰って……」

「一人にしておけないわ」

「でも、奥様は……」

雛子さんは困ったようすで、あかぎれの目立つ手で紙幣を差し出したままです。

「帰るように言ってるのね？」

彼女は申し訳なさそうに浅くうなずきました。わたしは黙って紙幣を受け取り、そのまま下落合のアパートに向かって車を出させました。

家に帰って喪服を脱いだとき、あの一張羅のツーピースを九段の家に忘れてきたことに気がつきましたが、取りに戻る気にはなれませんでした。おそらく、もうしばらくは必要のないものですし……それに母は、一人になりたがっていました。そしてわたしもまた、誰とも言葉を交わす気にはなれませんでした。玄関には哲治のジャンパーを入れた紙袋が転がったままになっていました。わたしは中身を取り出して、元通り箪笥のなかにしまいこみました。

火にかけたやかんのお湯が沸くのを待つあいだ、徐々に温かい波のような眠気が体に染みていきました。一晩中枢の前で目を覚ましていたことを思い出し、ゆっくりと深呼吸を繰り返しているうち、意識は少しずつ遠のいていき、このまま本格的な眠りに落ちる前に火を消さねばと手を伸ばした瞬間——電話が鳴りました。

わたしははっと身を起こして、受話器をとりました。

「おい」

聞こえてきたのは、不機嫌そのものの徹雄さんの声です。こちらが何か言う前に、彼はすごい剣幕で話し始めました。

「あんた、いったい昨日はどうしたんだ？　あんたが来いっていうから、俺はずっと待ってたんだ。二時間しても三時間しても来ないから、俺は一人で千葉まで行ったんだぜ。それで電話をかけても誰も出やしねえ、昨日の夜も、今朝も、昼も、それでやっと今頃だよ。あんたいったい、どういうつもりなんだ？」

ひと息に言い切ると、徹雄さんは黙ってこちらの返事を待ちました。わたしは深く息を吸って、言いました。

「父が死んだんです」

電話口の向こうで、彼がはっと息をのんだのがわかりました。

「え、なんだって？」

「父が死んだの、昨日……正確に言えば、おとといだけれど……」

「父親が死んだ？　あんたの？」

「ええ……」

長い間を置いて、徹雄さんは「そりゃあ、悪かったよ」と呟きました。

「いいの。突然だったから。事故だったから……それで今日がお葬式だったの。待たせてしまってごめんなさい。それから、千葉まで行かせてしまったことも……」

「いいよそんなの。そんなのどうしようもねえよ。さっき言ったことは、忘れてくれ」

「ええ……」

「それで、あんたは大丈夫なのか」

「わたし？」

「その、おやじさんが亡くなって……」

「大丈夫です。でも、今、とても疲れていて、眠いから……」

「そうか、じゃあ休んでくれよ、千葉の話は、また今度だな」

「ええ、すみません」

電話を切るとわたしはやかんの火を消し、布団を敷いて服を着たまま横たわりました。父が死んだ、父が死んだ！　何度言い聞かせてみても、その亡骸の隣に夜通し座っていたことを思ってみても、それはいまだに夢のなかの出来事のように、現実の重みを持って心と体に馴染みません。一連の経過をたぐりよせるのを諦め、代わりに徹雄さんとのやりとりをぼんやり思い出しているうち、ある一つの考えが心のなかにゆっくりと芽を出し暗い色の葉を茂らせていくのがわかりました。その葉は重なり合って音を立て、ある一つの方向へわたしを導こうとしているようでした。そう、そもそもお前は哲治に会いにいくはずだった……お前は哲治に会いにいくはずだった……でもお前の父は死んだ……お前の父は、死んだ……。

やがて体は眠気に満たされ、すべては暗い色の葉の陰に隠れて見えなくなりました。

翌日、神田の会社で仕事を終えると、わたしは九段の母の家を訪ねました。気丈で商売好きの母ですが、まさか夫の葬式の翌日に店を開くことはあるまい、でもあの母ならばもしかして……と、とりとめなく想いをめぐらせて店の前まで歩いていきましたが、やはり表玄関に灯りはついていません。

勝手口から入ってみると、黒い服を着た雛子さんが台所で洗い物をしていました。わたしの顔を見ると彼女は慌てて手の泡を洗い流し、「すぐに、お茶を……」とやかんを火にかけました。

「いいのよ、かまわないで。母は？」

「今日はずっと、お床にいらっしゃって……」

「一日じゅう？」

「はあ……」

靴を脱いで一足板の間に上がった途端、わたしは家のなかの違和感に気がつきました。

何が違うとはっきり説明できる類のことではないのですが……強いて言えば、置いてある家具一式を磨きあげ、配置を変え障子紙を貼り替え時計の電池を交換したすぐあとに、そっくりそのままわざわざ手をかけて元の薄汚れた状態に戻したかのような、目には見えない奇妙な居心地の悪さを感じたのです。でもそれは当然だったのかもしれません、なぜならこの家の女主人が初めて、一日中臥せっていたというのですから。女主人が病んでいるのであれば、その家全体が病んでいたところで、さほど不思議なことでもないでしょう……。

「具合が悪いのね？」

「ええ、昨日お帰りになってから、お水以外に何もお召し上がりにならなくて……」

「何も食べないの？」

「はい、消化に良いものをご用意して差し上げても、ひどくお気に障るみたいで、入ってくるなと……それでも、一時間ごとにお声がけはしています。お休みのときにはお返事がありませんが、お目ざめのときには、何か仰ってくださいます」

「わたし、会えるかしら？」

「申し訳ありません、お嬢様。しばらくはどなたにもお会いにならないと……」

「どなたにもって……わたしにも？」

「ええ、申し上げにくいのですが……絶対に、と……」

雛子さんは顔を赤くして薄い唇を噛み、濡れ衣を着せられた少女のように哀れっぽくうつむいてしまいました。

「いいのよ。母の絶対は絶対なんだから、無理やりどうにかしようとは思わないわ。今日は帰るけど、しばらくは毎晩様子を見にくるわね。母は勝手ばかり言うだろうけど、とりあえず毎日何か食べさせて」

「はい、かしこまりました……」

この日を境にわたしは長らく勤めたホテル清掃の仕事をやめ、昼の仕事を終えるとその足で九段に立ち寄るようになりました。

二階に閉じこもった母は娘に限らず誰の面会も拒み続けていましたが、ひと月近くが過ぎたある日、雛子さんを通じてようやく二階へ上がっても良いという許しが出ました。

「短い時間であれば、お会いになると仰いました」

「今、起きてるかしら？」

「ええ、おそらく。三十分ほど前に伺ったときには、お水を持ってくるよう仰いましたので」

「じゃあ行ってみるわ……ここ、寒いわね。そろそろストーブを出したら？」

わたしは外套を着たまま二階に向かいました。

普段母を訪ねるときはたいがいお勝手かお茶の間で話をすませてしまいますので、二階に上がるのは十二年ぶり、鳥取から帰ったあとに世話してもらって以来です。襖が閉まり、灯りのついていないお座敷を見るのもずいぶん久しぶりだという気がしました。静かに階段を上がって母の寝室の前に座って耳を澄ますと、部屋のなかの母も同様に、こちらに耳を澄ませている気配がしました。

「お母さん、起きてるの？」

声をかけると、少しの間のあと「ああ」と声が返ってきました。

「入っていいかしら？」

待ってみましたが、今度は返事がありません。

「入るわよ」

わたしは返事を待たず、そっと襖を開けました――そして目にした光景に、思わず言葉を失いました。なんということでしょう、暗い橙色の光が広がる部屋の真ん中には、信じられないほど巨大な赤い蝶々が翅を広げていたのです。大きな深紅の翅に、まばゆい金色の斑点が連なる蝶々……それはどんな図鑑のなかにも見たことのない、華麗で、優雅で、艶めかしい大きな蝶でした。わたしは息をのんで、目の前に広がる奇観に圧倒されていました。やがてその片方の翅がふんわりと持ち上がり、金色の鱗粉が部屋中に舞い、芳しい香りの風がわたしの顔に吹きつけ……。

「何しに来たの」

はっとして再び焦点を合わせたとき、大きな蝶は姿を消していました。部屋の中心には、金色の刺繍がある羽布団から半身を起こしてこちらを見ている母の姿だけがありました。芳しい香りの風は消え去り、長い時間人がこもった部屋特有のじめっとした空気が廊下に流れ出してきました。

「具合はどうなの?」

わたしは静かに呼吸を整えて部屋のなかに入り、母の枕元に腰を下ろしました。

「具合も何も……」

母はお盆の上の水のグラスを手に取り、一口飲むと布団の上に身を横たえました。その手はすっかり肉が削げ骨と皮ばかり、かつての母からは考えられない痩せ細り方です。

「少しはまともに食べてるんでしょうね?」

母は寝返りを打ってこちらに背を向けます。向こう側に移動して額に手を当てようとすると、むずかる子どものように眉をひそめて顔をそむけました。

「雛子さんに迷惑かけて……」

「あたしが雇った子だよ、たっぷり払ってやってるんだから文句は言うまい」

「そんなに具合が悪いなら、いい加減お医者さんを呼ぶわよ」

「医者なんていらないよ」

「でも……」

「あたしは生まれてこのかた一度だって医者の世話になったことはない、静岡で真夜中にお前を産んだときだって農家の女たちが取りあげてくれたんだ」

「わたしが生まれたとき……？」

わたしは記憶にはない、静岡の田舎の夜を頭に描きました。きっとたくさん虫が鳴いていたでしょう、空気にはまだ夏の気配が残っていて、星々が輝く空は薄い布をかけたようにぼんやり霞んでいて……。

「わたしが生まれたとき……お父さんは何をしていたの？」

母は答えませんでした。

「お父さんは、そこにいたの？」

沈黙は長く続きました。

やがてわたしは、布団のなかで静かに母が泣いていることに気づきました。それは通夜の晩から何度も目にした光景で、父の柩の前ではさほど不思議には映りませんでしたが、見慣れたこの料亭の二階で泣いている母の姿はそうではありませんでした。わたしは目の前で体を震わせ、一人泣いている母に憤りさえ感じました。母が母であるならば、この家のなかで決してそんなふうに振る舞うべきではないのです。

「お母さん、どうして泣くのよ。もうよして。泣くなんてやめてよ」

布団越しにも目立って薄くなったとわかる肩を揺すっても、嗚咽はいっこうにやみません。

「お母さん、やめてよ、お父さんが死んだからってなんだって言うのよ？　あの人はずっと前からここにはいなかったじゃない、生きてても死んでもおんなじことだったじゃないの」

次第に大きくなっていく自分の声に気づいていましたが、次から次へと言葉は溢れて止めることはできませんでした。

「お母さんだってわかってたでしょう、あの人はわたしとお母さんを置いて出ていったのよ、わたしたちよりあのお祖父さんと暮らすことを選んだ人なのよ？　でもわたしたちどうにかしたじゃない、お父さんがいなくったって、ちゃんと生きてきたじゃない。どうして今さらそんなに悲しむ必要があるの？　わたしはあの人が父親だっていう気なんてしないわ、最後にお父さんって呼べなかったことを悲しんだりしないわ、ねえ、だから……」

「あの人はお前の父親だよ！」

母は布団から顔を出し、わたしをじっと見つめました。落ち窪んで涙に潤む瞳が電灯の橙色の光を映し、何か人間ばなれした正体不明の命の火を灯しているように見えました。

「あの人が死のうがお前が死のうが、いつまでもお前の父親なんだよ」

「でも……」

「お前だって、それをよくわかってるはずじゃないか？」

こちらをじっと見据える眼差しに映る光が怖くなって、わたしは思わず目を閉じました。

「認めなくちゃいけないよ、これが……これが……これが、あの人のやり方なんだから……」

閉じた目の奥に広がる暗闇に、金色の粉がふんわりと舞っているのが見えました。

ここには父がいる、暗闇のなかでわたしはそう悟りました。

父は確かに、そこに存在していました。

目を開ければすぐ前にあの美しい父の眼差しを見つけてしまいそうで、わたしは長いあいだ、まぶたの裏に舞う金色の粉を見つめてじっと息をひそめていました。


次に徹雄さんに会ったとき、彼は前回の千葉行きの報告をしてくれました。

知り合いから聞いたスナックに行くと、やはりそこには哲治らしき人物を見知っているホステスがおり、週に何度か顔を出す客だと教えてくれたというのです。徹雄さんはそのまま店で哲治を待っていたそうですが、彼はとうとう現れず、その晩の終電で帰ってきたということでした。

「これは俺の勘だけど、かなり可能性は高いと思うんだ。これといって特徴がないのが難点だけど、信頼できる筋の話だし、年の頃も合ってるし、とにかく無口な男だそうなんだ……。女が一人で行くようなところじゃないから、あんたの都合がつけばまた一緒に行ってもいいが、さあ、どうする？」

　都心の高台にある喫茶店の片隅で、わたしたちは向かい合っていました。徹雄さんは窓からの西日を受けながら、やや顔をうつむけて返事を待っています。その真剣な表情に、わたしは言おうと思っていたことを一度は飲み込みました。でも代わりに言うべき言葉はどこにも見つかりません。

「ほら、黙ってちゃわからないじゃないか。さあ、どうする？」

　首を横に振ると、彼の目にかすかに失望の色が浮かびました。

「どういうことだ、それは……」

「わたし、行きません……千葉には、行きません」

　はっきりそう言うと、徹雄さんはテーブルに乗り出していた体を後ろに引いて、わたしの顔をまじまじと見つめました。

「どうしてだよ？」

「いろいろ考えたんですけれど……」

「いろいろって、なんだ」

「つまり、その……」

　言いあぐねていると、徹雄さんは小さくうなって胸の前で腕を組みました。その責めるような強い視線に耐えきれず、わたしは下を向きました。長い沈黙の末おそるおそる目を上げると、彼はまだこちらをじっと見つめていましたが、ついに時間切れだというようにかすかに微笑み「わかったよ」と呟きました。

「俺の余計なおせっかいだったたってことだな」

「ごめんなさい。せっかく骨を折ってもらったのに」

「俺が勝手にやったことさ。無理強いはできねえよ」

徹雄さんはいつものようにハハッと明るく笑いました。「ごめんなさい」もう一度謝ると、彼は不意に笑うのをやめ、また少し黙った後、テーブルに身を乗り出して真剣な顔で言いました。

「でも、どうして気が変わったのか……言えるものなら、ちょっと聞かしてくれねえか。これはあんたを責めてるんじゃない、俺の単純な好奇心で聞いてるんだ」

今度は、その視線から逃げることはしませんでした。わたしは拙いながらも言葉を選んで、自分の胸の内にあるものを豆粒でも数えるようにゆっくり取り出していきました。

「徹雄さん、わたしは小さい頃から、すごくおかしな考えを起こす人間なんです……自分で勝手にお話を作って、それを本当のことだと信じてしまうような……そう考えたのなら、その通りに行動しなくてはいけないって、自分から喜んでインチキな暗示にかかるような、人間なんです……こんな説明じゃあ、とてもわかってもらえないと思うけど……」

「いいよ。わからなくても、いいんだ。俺はあんたの話を聞きたいだけなんだから」

徹雄さんは紙芝居を前にした子どものような目をして、わたしを見つめています。その眼差しには生き生きとした好奇心のほかに、ほんの少しの慰めや、いたわりの情が含まれているような気がしました。

「わたしは、父のことを考えていたんです」

「お父さんのことを？」

「父が……」わたしは息を吸って言いました。「父が、わたしを止めたんじゃないかと……」

彼は相槌も打たず、その瞳の穏やかな動きで続きを促しました。

「父は、遠い人でした……昔からあんまり家にはいなくて、わたしが中学生くらいの頃にはもう、家に寄りつかなくなって……それ以来、会ったのは結婚してからお金を借りに行ったときくらいなんです。そのときお金を貸す条件として、父はおかしなことを言いました。その……絶対に……」

「絶対に？」

「絶対に……子どもを作るなって……」

ふん、と徹雄さんは首を傾げ、胸の前に腕を組み直しました。わたしはテーブルの紅茶を一口飲んで、慎重に言葉を選びながら途切れ途切れに話を続けました。

「おかしな条件だけれど、どうしてもお金が必要だったから、わたし、その条件をのんだんです……白状すれば、のむふりをしたんです。そんな約束には何の意味もないと思っていて……お金を借りられたなら、あとは自然の成り行きに任せてしまおうと思って……実際に子どもができたところで、父にはどうしようもないんですから。でも……わたし、どうしても妊娠しなかったんです。機会はたくさんあったのに……父の約束は関係ないと思ってました。そんなこと関係あるはずないって。でも今回、父が死んで思ったんです。やっぱりあの約束は、約束だったんじゃないかって」

「約束したから、できなかったってことか？」

　ためらいながらもわたしはうなずきました。

「でも、それと今回のことと、どういう関係があるっていうんだ」

「説明しづらいのだけど……でも思うんです、父は、そういう方法でしかわたしの生活に関与できなかったんじゃないかって……普通の父親みたいに、遊んだり何かを教えたりすることじゃなくって、こんなふうなやり方で、わたしに関わることを選んだんじゃないかって……今回の事故のことだって、父がいつまでもわたしの父であることの、宣言みたいなものだったんじゃないかって……」

「だから、あんたの哲治さんにはもう会いにいかないっていうのか？　哲治さんのこととお父さんのことと、どんな関係があるんだ？」

「でも、父が死んだからあの日、わたしは哲治に会いに行けなかったんです。それはこの先ずっとわたしが彼に会えないっていうことを、父が宣言したようなものだと思うんです。そうでなければもう、哲治の時代は終わったんだって、あの時代は、終わったんだって……父が死んで悲しいとか寂しいとか、そんな気持ちはちっとも感じなくて……今残ってるのは、そういう、何かの終わりの余韻だけなんです……」

「俺にはさっぱり、わからねえな」

徹雄さんは笑って言いました。その屈託のない鷹揚な笑い顔が、緊張で縮こまっていたわたしの心を和らげてくれました。

「ええ、こんなこと、誰に言ったってわからないわね」

「あんたの理屈で言うと、おやじさんはあんたに不吉な遺言を残していったってことだな」

「遺言なんて、そんな大それたものじゃあないけれど……」

「いいや、あんたの考えてることはかなり大それてるね。それにやっぱり、よく聞いてみても俺にはちんぷんかんぷんだ」

「話すのが下手で、ごめんなさい……」

徹雄さんは今一度、わたしの目をじっと見つめました。その眼差しには先ほど感じた慰撫のほかに、今まで誰の目にも見たことのない、わたしだけに向けられた優しさが蓄えられているような気がしました。

それを意識した瞬間、自分がそれまで一人で暗い尾根道を歩きながら求めていたのは、幼馴染みの面影でもあの砂丘の家の続きでもなく、ただここにある、ほんのわずかな優しさだったのではないかという気がしました。すると長いあいだ胸のなかでもつれていた糸がするするとほどけ、その糸の先に引っ掛かっていた想いが口の端にせり上がってくるのがわかりました。

「でも、本当のところ、わたし、なんだかもうくたびれてしまって……もう、一人ではどこにも行けないという気がして……何か大きな流れがそこにあるんだとしたら、その流れに逆らうことなんてしたくないんです……何もしないで、ただそのまま、流されていたいんです……」

「まったく、あんたにはお手上げだな。あんたの話には通訳が必要だよ」

笑った徹雄さんの目が細くなって、そこに溜まった優しさがじょうろのような目尻から溢れだしそうでした。

「あんたは本当におかしなことを言う……初めて会ったときからそうだ。だから俺はあんたのことが忘れられないんだ」

彼は突然その大きく逞しい手でわたしの手を取り、そっと握りました。

「千葉になんか、行かなくっていい。その代わりにこれからも俺に会って、あんたの話を聞かせてくれ」

眺めの良い喫茶店の窓の外には、夕焼けが広がっていました。細長い雲が薄紫色に染まって、西の空の低いところに柔らかく重なっていました。一日の終わりを告げる光がその隙間から洩れて、家々の屋根を包むように照らしていました。

わたしはテーブルの端に載せていたもう片方の手を、徹雄さんの手の上にそっと重ねました。

17

母が亡くなったのは、それから二月も経たないうちのことでした。そうです、わたしはこの数ヶ月のうちに続けざまに両親を失ったのです。

父と同じように、母の死因も車の事故でした。でも——どうしてそんな偶然を信じられたものでしょうか？「奥様が、事故に遭われて……」電話口で震える雛子さんの声を聞いた瞬間、わたしはすでに起こってしまった出来事を支配している母の意志を感じました。それは娘としての、強い直感でした。

訃報を聞いたのは昼間の会社でのことです。動転して取り乱している雛子さんからどうにか母が運ばれた病院を聞きだすと、わたしは会社を飛び出しました。教えられた九段の病院の一室に入ったときには母の顔はすでに白い布で覆われていて、青ざめた雛子さんが隅に立っていました。わたしはベッドに駆けより白い布を顔から取り去りました。父の死以来、別人のように痩せ細ってしまった母の顔には奇妙に丁寧な化粧が施されていました。しかしながらその一部は事故の痕を隠しきることができず、見るからに痛々しい色に変色していました。

「お化粧道具は？」

振り向かずに言うと、雛子さんが早足で病室を出ていくのが気配でわかりました。

一人残されたわたしは母の顔をじっと見つめました。美しく強かった母、気丈でいつも自信がみなぎり、上品な着物を着こなして、重たげな宝石を指に輝かせていた母――悲しみよりも先にわたしの心に浮かんだのは、もし自身がこんな姿で最期を迎えることになるとかつての母が知ったなら、激しく憤って、容赦なくやり直しを命じたに違いないだろうという思いでした。

「お母さん」

呼びかけてみても、彼女は何も言いません。

「お母さん、お母さん！　……お母さん、お母さん、お母さん！」

呼び続けているうちに、想像上の母の憤りがわたし自身のものとなって激しく湧き上がってきました。

お母さん、どうしてこんな死に方をするの、お母さんにはもっとふさわしい時が、もっとふさわしいやり方があったはずなのに！　気づけば頰には涙が流れていました。わたしは遺体の傍らの椅子に力なく座り込んで、改めて母の死に顔を眺めました。深い皺の寄った皮膚の下では尖った頰骨ばかりが目立ち、紫色の乾いた唇を半開きにしている母は、わたしの視線を頑なに拒んで沈黙を守っています。ところが久々の涙で沁みる目を堪えてその顔をじっと見ていると、徐々にそこには何か違った印象が浮かんでくるように思われるのです。――まったくお前はお馬鹿さんだね、お前が何を抗議しようとも、お前が見ているものだけがこの現実なんだよ。人間のあり方は、今そこに存在しているあり方以外には、何一つ、ありえないんだよ。悲愴に変わり果てた容色とは裏腹に、母は生きていたときには久しく見せていなかった優しさで、わたしにそう諭しているように見えました。

目の前にある彼女の死に顔は、父のそれとどこか似ていました。

母はようやく父と一緒になった、これでよかったのだ……。そう思うと、母がこの世に生を享けた瞬間も死に至った瞬間も何も見ていないというのに、彼女の一生を最初から最後まで誰よりも近くで、誰よりも冷静な観客として見届けたような気にさえなりました。母がその鋭い眼差しでわたしを睨みつけることも、よく響く低い声できつく叱咤することも、もう二度とありません。こみあげてくる嗚咽を堪えることはできませんでした。父の死後、巨大な堤防が内からの感情の波を妨げたときとは反対に、このときわたしは何の制御をすることもなく、打ち寄せる悲しみや憤りに全身を委ねて幼い子どものように激しく泣きじゃくり始めました。

しばらくして戻ってきた雛子さんはわたしが泣きやむまで何も言わず、ベッドの向こう側に立って待っていてくれました。どれほどの時間泣き続けたのか、ようやく涙がひいてくると彼女はわたしの頰を清潔なハンカチでぬぐってくれ、手に持った化粧箱をそっと差し出しました。わたしはしゃくりあげながら白粉で母の化粧の剝げた箇所を直し、一つ一つの皺に沿うよう丁寧に粉をはたき、尖った頰骨の上に桃色の頰紅をさし、最後に口紅をひきました。それでも母の顔は昔の生き生きとした艶を取り戻すことはなく、灰色の死の影にとりつかれたままでした。

「おきれいですね」

後ろで雛子さんが呟きました。

「そうかしら……ちっとも変わらない、死んだ人にお化粧したって……」

「いいえ、おきれいです」

雛子さんは化粧箱から栗鼠毛の筆を取り出し、母の頰に紅を足しました。そして鼈甲の櫛で髪の毛を少しとかしつけると、部屋の隅に下がっていきました。

「これから、どうしたらいいのかしら……これから……お葬式は……」

「お嬢様」

「確か、そう、まず……まずは検番に電話して……それから……」

「お嬢様」

「雛子さん、そのお嬢様っていうのはよしてくれない？」

振り向くと、彼女は目に涙をいっぱいにためて怯えるようにこちらを見つめています。

「わたし、もうそんな年じゃないんだから……」

「お嬢様、奥様からのご伝言がございます」

「伝言って？」

彼女はすうっと深く息を吸ってわたしのすぐ近くまで来ると、細かく震える薄い唇を開きました。

「わたしはこれまでどんな孤独にも一人で耐えてきた。そしてわたしは勝った。しかしお前の父親にはいつまでも勝つことはできなかった。お前には、人生をきちんと選んでもらいたい」

雛子さんはひと息に言い終わると、うつむいて後ずさりました。

「それで？」

続きを促しても、困ったような顔で首を横に振るだけです。

「それは、どういう意味なの？　何かに書いてあったの？」

「奥様が以前、ご自分に何かあったときにはお嬢様にそのままそっくり伝言するよう仰いました。わたくしが先ほど申しましたのは、一言一句、奥様の仰ったとおり、間違いございません。何度も練習いたしました」

「勝ったとか、勝てなかったとか……いったいどういうことなの？」

「わたくしには、わかりかねます」

「意味もわからずに、練習していたの？　わからないところを、母に尋ねなかったの？」

「はい、それはいたしかねました」

「どうしてよ！」

思わず声を荒らげると、雛子さんはさらに深くうつむいて黙りこくってしまいました。

「ごめんなさい……でもわたしには、わからないわ……あなたよりずっとずっと、わからないんだわ……」

母の顔に白い布をかけ、わたしは傍らの椅子に腰かけました。

いつからそこに立っていたのか、白衣を着た大柄な医者と小肥りの看護婦とが神妙な顔で事故の詳細と母の容体の変化を説明し始めました。「なすすべがなかった」という言葉を医者は二度も発しました。

それはどんな言葉よりも的確に、この病室に蔓延（まんえん）する空虚な感じを言い表しているように感じられました。


母の葬式には九段の花街から大勢の人が駆けつけてくれました。

顔に見覚えはあっても、もうほとんど名前を忘れてしまった髪結いさんや料亭の人が手伝いに出たり入ったりして、喪主のわたしが呆然としているうちに式はすべて滞りなく進んでいきました。そしてわたしの隣には、常に徹雄さんが控えていてくれました。彼は似合わない喪服を着て愛想よく弔問客の相手をし、雛子さんやお手伝いの人に指示を出し、時折わたしに水を飲ませたりもしました。

そして八重の建物はほかの遺産ともども一人娘のわたしが相続することになりました。

小さい頃にあれだけ夢見ていたように、ついにこのわたしが料亭の持ち主になったのです。とはいっても、祖母の代から続いたこの料亭を存続させるつもりは毛頭ありませんでした。

帳簿上では借金の類は少しも見当たりませんでしたが、お手伝いの雛子さんを置いていることを考えればどうやってやりくりをしていたのか不思議なくらい、八重のひと月の売り上げは微々たるものでした。時代の波もあって、もう昔のようにお客さんも派手には遊ばなくなったということなのでしょう。いえ、それ以前に九段の街全体に、わたしが幼かった頃のような花街ならではの雰囲気が薄くなっていました。そんなことにも、わたしは母が死んでから初めて気づいたのでした。どちらにせよ、検番の人たちがすすめるように、母が営んだ八重を同業者に看板ごと売ってしまう気にはなれませんでした。八重は母そのものでした、それを人の手に渡すなんて、母は絶対に許してくれないだろうと思いましたから……。遺品を整理しにいくと言うと、徹雄さんは一緒に行って手伝うよと申し出てくれました。どんなに気持ちが塞いで押し黙っていても、両親を続けざまに亡くしたわたしを気の毒に思ったのか、徹雄さんはいつも優しく、葬式の準備以来自分の仕事も放り出していろいろなことを手伝ってくれていたのでした。

何から処分していけばいいのか途方に暮れてしまいましたが、まずはお茶の間の簞笥の引き出しから始め、わたしたちはゆっくりと、この家に蓄積された時の痕跡を畳の上に広げていきました。するとあるものはあるべきところから、またあるものはまったく思いがけないところから、次々と見つかっていきました。電話台の一番下の引き出しには別珍（べっちん）の小箱に入った何かの動物の骨がひそんでいましたし、表玄関の靴箱からは誰に描かせたのか、油彩の母の肖像画が出てきました。絵と言えば、小さなブラウン管テレビと台の隙間には小学生の頃わたしが画用紙に描いた三味線と猫の絵が挟まっていました。

何度もそんな驚きが続くとやや目も慣れてきて、やがてはどんなに珍奇な品にもさほど驚くことなく、淡々と作業は進んでいきました。ただ、夕方近くに三畳間を整理していた徹雄さんがその写真を持ってきたときには、わたしは思わず声をあげ、手を止めて見入ってしまいました。

「このなかに、あんたは写ってるかい？」

先が汚れた指で二つの角を持ち、彼は写真をよこしてくれました。それはもう三十年近くも昔の写真――長者ヶ崎の海で撮った、廿日会の慰安旅行の写真でした。

「これ、どこにあったの？」

「三畳間の机の引き出しに、これが一枚だけ……」

「懐かしいわ……この写真、子どもの頃は、そこの壁に貼ってあったのよ」

わたしは写真を手に取り、目を近づけて眺めました。穏やかに傾斜している浜にぎこちなく微笑んでいる九段の花街の人たち、後ろの小高い丘に並ぶ松の木、気難しそうにカメラを睨んでいる八歳のわたし……そして一番端にランニング姿でしゃがみこみ、あらぬ方向を向いている哲治……。あの夏、わたしはお茶の間の暦の横に貼ってあったこの写真を毎朝飽きもせずじいっと見つめ、この坊ちゃん刈りの少年のことを想って小さな胸を熱くしていたものです。いつ写真が取り外されたのかはもう覚えていませんが、母はこの三十年近くのあいだ、三畳間の引き出しにこの写真をこっそり大事に取っておいたのです。

「わたしはこれよ」

指さすと、徹雄さんは写真のなかの少女と目の前のわたしを見比べ、呆れたように「ずいぶん大きくなったなあ」と笑いました。

「そして、これが母……」

真ん中の列の右端のほうでつばの大きな帽子をかぶって微笑んでいる母は美しく、白黒写真でも充分それとわかるほど、いきいきとした若さにあふれています。おそらく三十を少し過ぎた頃ではないでしょうか、それでも丸みを帯びた体の線にはどこか娘のようなあどけなさが滲み、一児の母親とは思えないくらいでした。数日前の母の死よりも、自分がこの頃の母の年齢をとうに追い越してしまったことのほうがわたしには信じがたく感じられました。

「きれいだな、あんたのお母さん」

徹雄さんも感心するように、隣で見入っています。

「そうでしょう？　母は美人だったのよ」

「隣にいるのはお父さんか？」

言われて初めて、わたしは母の左隣に立っている人物に目を留めました。そう、それは間違いなく父でした。母同様、若く潑剌として、美しい父……。父は少しだけ歯を見せて微笑み浴衣を着た体を正面に向けていましたが、よくよく見てみるとその視線はカメラに向いているというよりも、母が立っている右のほう、つまり遠い海のほうに向いています。それに気づいた途端、わたしははっとしました。どうして母はこんな写真を三十年近くも取っておいたのか、ずっとこもっていた三畳間の、いつでも取り出せるような場所に大事にしまっていたのか、一瞬だけでもわかったような気がしたからです。

それはもしかして、この父の視線のせいではなかったでしょうか？

わたしが写真のなかの哲治の視線を目で追い、その視線が自分に向けられていると祈るように思っていたように、もしかしたら母も、同じように父の視線の向く方向を見つめ、そこに自身の姿を見出すことを祈っていたのではないでしょうか？

写真を見つめながら、わたしは三十年近く前の夏の一日を最初から思い出そうとしました。

早朝、飯田橋駅で出発を待っていた廿日会の人々、輪に加わらず鉄柵の前で蒸気機関車を見つめていた哲治、列車から見つけた彼にそっくりの少年、年老いた鶴ノ家のおかあさんの姿とまくらのおねえさんたち……幼いわたしがそれらに目を瞠っているあいだ、父と母はいったい何をしていたのでしょう？　長者ヶ崎の海に着いてわたしが彼らを探し始めたとき、父はすでに姿が見えず、母は一人でラムネを飲んでいました。でも――でも、それまで二人はきっと、仲良く一緒にいたに違いないのです、なぜならあの列車のなかでわたしは確かに見たではないですか、隣り合って座り、わたしに兄妹のように似通った優しい笑顔を向けてくれた二人のことを！

そこまで思い当たって、ようやく気づきました。あの旅行はわたしと哲治だけの旅行だったのではない、父と母の旅行でもあったのだと。父も母も何も言いませんでしたが、おそらく二人がそのように遠出をしたことは、戦争末期の静岡への疎開以来、それが最初で最後だったのでしょう。もしかしたら母は……子どものわたしにはまったく考えもつかないことでしたが……もしかしたら当時の母は、わたし以上にこの旅行を楽しみにしていたのかもしれません。そして愛する夫と隣り合って座り、どこにでもいるようなありふれた夫婦の一組として海に出かけたこの旅行の思い出を、生涯大事にとっておいたのかもしれません。

「父と母が一緒に写っている写真、初めて見た気がするわ」

「でもそこの壁にずっと貼ってあったんだろう？」

「ええそうなの、でもずっと、気づかなかったんだわ……わたし、自分のことしか見ていなかったのよ……」

じっと見つめているうち、雛子さんから聞いた母の伝言が甦ってきました。わたしはこれまでどんな孤独にも一人で耐えてきた、そしてわたしは勝った、しかしお前の父親にはいつまでも勝つことはできなかった……。その言葉が母の本心であるというのなら、母は命が絶える最後の瞬間まで、この父のことを愛し、父に屈服していたのではないでしょうか、そして父の帰りを待っていたのではないでしょうか？　そう考えると、母が父を待ち続けた長い長い時間の重みが突然両肩にのしかかってくるようで、わたしは思わず写真を徹雄さんに突き返しました。

「どうするんだ、この写真」

「捨てるわ」

「でも、お母さんが大事に取っておいた写真だよ。ほかのアルバムのなかにでも……」

徹雄さんが持っていってしまおうとするのを、わたしはもぎ取るようにして写真を取り返しました。

「なんだよ、今すぐ捨てちまいたいのか」

わたしは首を横に振りました。それはもう、遥か昔に熱っぽい視線で見つめていたわたしと哲治の写真ではなく、父と母の写真でした。

徹雄さんは首をすくめ、元いた三畳間に戻って作業を再開しました。

わたしは立ったまま、じっと写真を見つめました。そうやって見つめていれば、その視線の強さが何十年もの時を超えて写真のなかの父の視線をへし折って、完全に隣の母のほうへ向かせることができるとでもいうように……。

お前には、人生をきちんと選んでもらいたい。

最後に母は、わたしに伝えました。人生をきちんと選ぶこと……自分が今まで選んできた道が正しかったのか誤っていたのか、わたしは少しも自信が持てませんでした。でもお母さん、お母さんはこのとき、人生を選んでなかったの？　お母さんは、この人を愛するほかに、何も選べなかったというの？

心のなかで問いかけながら、わたしは長い時間、写真のなかの母と、母が愛した男を見つめ続けていました。

父と母のあいだに何が起こったのか、どちらも死んでしまった今は何も知りようがありません。でもわたしはこの日長者ヶ崎の写真を目にして以来、幼い頃の切れ切れの思い出から想像していたほど父と母との関係は複雑なものではなく、もっと単純なものだったのではないかと考えるようになっていきました。

母は父を愛していた、そして父を待っていた……。そう、新婚時代わたしが英而さんを愛し、彼の帰りをひたすら一途に待っていたように、母は父を待っていたのです。いいえ、真実の順序はおそらく逆でしょう、母が父を待ったから、わたしは英而さんを待ったのです。つまるところ、娘のわたしは父母の歴史の一部を短く繰り返しただけだったのです。違っていたのは、娘には母親ほどの根気と忍耐力が欠けていたということだけでした。わたしはあっさりと孤独に敗北し、逃げ道を見つけたのです。しかし母は堂々たる勝者でした。そして同時に愛の敗者であることをも引き受け、生涯それを貫いたのです。母にはどうやってもかなわない、幼い頃から何度も感じたこの屈辱感はもはやわたしに何の痛みも与えませんでした。わたしはただ、自分の体に流れる血は紛れもなく父と母から受けついだ血だということを、相次ぐ二人の死を通して初めて心底思い知ったのです。

九段の家の整理は二週間ほどで終わりました。雛子さんに暇を出したとき、彼女は少し涙ぐんで「お世話になりました」と深く頭を下げました。

「こちらこそ、母のわがままに付き合ってくださってありがとう。大変だったでしょう、ああいう人だから……」

「いえ……」

「突然のことで、悪かったわね。次のおうちも紹介してあげられたらよかったのだけど……」

「いいえ、お気になさらないでください」

雛子さんはもう一度頭を下げて勝手口から出ていこうとしましたが、少しためらってから、おずおずと口を開きました。

「お嬢様、奥様はよく、お嬢様のことをお話しになっていました」

「…………」

「可哀想なことをしたと、あの子があんなふうなのはご自分のせいなのだと……」

「母が？」

雛子さんはうなずきました。

「あなたに言ったの？」

彼女は再びうなずきました。そのふっくらと紅潮した頰、柔らかく潤んだ瞳に改めて正面から向かい合って、わたしはふと、その顔に見覚えがあるような気がしました。しかし呼びとめる間もなく、彼女は荷物を持って勝手口から出ていってしまいました。

やがて雑巾を手にした徹雄さんが台所に入ってきて、お茶の支度を始めました。

「これでようやく、片づいたな。やっぱりこの家、売るつもりなのか？」

「どうして言わなかったのかしら……」

「え？」

「お母さん、どうして、わたしに言わなかったのかしら……」

徹雄さんは手を止め、肩にそっと温かな手を置いてくれました。そして椅子を引いてわたしを座らせると、お茶の支度に再び取り掛かりました。

「この家はできるだけ早く売ってしまおうと思うの。花柳界の関係ではない人に……ここは母の家で、もうわたしの家じゃないんだから……どんな値段だって売れたらなんでもいいわ」

「そういうことなら、できるだけ高く売ろう。不動産をやってる知り合いがいるから、うまくやってくれるはずさ。相続税だかなんだかで、いろいろ持っていかれちまうだろうが……でもちょっとばかしまとまった金が入ったら、あんたもあくせく働かなくってよくなるだろう」

「あくせくなんてしてないわ。わたしは仕事をするのが好きなのよ。ホテルの仕事はもう辞めてしまったけれど……」

「昼間の仕事だって辞めてしまえばいい」

「辞めないわ。辞めてしまったら、わたしきっと、なんのために生きてるのかわからなくなるわ……」

「やることはたくさんあるじゃないか」

手を止めて、徹雄さんは振り返りました。

「きれいな服を買ったり、旅行に行ったり……なんでも好きなことをやればいいんだ。あんたはまだ若いんだから」

真面目な顔でそう諭されると、わたしはなんだか急に気づまりになって、思わずうつむいてしまいました。徹雄さんは「まあ、あんたの好きにすればいい」と微笑み、急須にお茶っ葉を入れてやかんの湯を注ぎました。

「徹雄さん」

その背中に向かって、わたしは思い切って口を開きました。徹雄さんの後ろ姿は前よりほんの少しだけ、丸くなったように見えました。

「徹雄さん、どうもありがとう。あなたがいなかったら……こんなふうにはいかなかった」

「困ったときはお互い様だ」

「でも、困ってるのはいつもわたしばっかりね……」

「本当だよなあ、俺はいつ困ったらいいんだ」

　ハハハ、徹雄さんの明るい笑い声ががらんとした台所に響きました。つられてわたしも笑いました。笑っているうち、ここしばらく自分がそんなふうに笑ったことはなかったし、彼の笑い声を耳にしたこともなかったと気づきました。

「本当に、どうもありがとう。おかげでだいぶ、気が紛れました」

「突然だったよな。実を言うと、俺のおふくろも事故だったんだよ。俺がまだ、子どもだった頃……近所で火事があってさ、それで……」

　急須を傾けて均等に湯呑にお茶を注ぎながら徹雄さんは淡々と話していますが、その顔は少し寂しそうです。

「バケツを持って助けにいこうとして、巻き込まれたんだ。まったく、お人好しだよな」

「そうだったの……」

「親子揃ってお人好しだよ」

　そう言ってまた笑うと、彼は湯呑についだお茶を差し出してくれました。

「そうね、やっぱり親子は親子なのね……わたし、どうあがいても自分は死ぬまで母と父の子なんだって、今度のことでやっとわかったの」

「ああ、きっとそうだな」

「今思うと笑っちゃうんだけどね、昔、自分には本当の父がいるはずだって、信じてたことがあったの。わたしの父さんはあの人じゃない、きっとどこかに本当の父さんがいて、自分を待っていてくれるはずだって……『尋ね人』っていうラジオに手紙まで書いたのよ」

「へえ、子どもなのにずいぶん思い切ったことしたんだな」

「可笑しいわよね……でもわたしの本当の父さんはやっぱりあの人。何も証拠がなくったって、あの人以外にはあり得ないんだわ」

「そう言えば、前にあんたが言ったこと……お父さんがあんたにさせた約束だとか、なんとか……」

「ええ、そんなこと、言ったわね……」

「お父さんとの約束は、まだ有効か？」

「えっ？」

「あんたは約束したんだろう、金を借りる代わりに、子どもは作らないって……」

「そうね……どうなのかしら……父は死んでもわたしの父なんだから、お金を返しきった今だって、きっとそうかもしれないわね。どちらにしろ、わたしが決めることじゃないわ」

「そうか……」

わたしたちはしばらく黙って、熱いお茶を少しずつ飲みました。外は明るく、窓から吹いてくる風には近づいてくる春の気配がありました。

「さっきの話だけれど、あんたはまだ一人で働くつもりなのかい」

ふいに徹雄さんが、思いつめたような表情で聞きました。

「ええ、そうね。情けないけれど、働く以外に取り柄がないんだもの」

「でも……買い物だとか、旅行だとか、仕事以外に少しは人生を楽しむ気はないのか」

「そんなこと、もう興味がなくなっちゃったわ。もっと若い頃なら違ったかもしれないけれど……わたしにはそういう生きる楽しみとか、目的みたいなものが一つもないのよ」

「じゃあこれからは、自分のために生きてくれ」

わたしは驚いて、徹雄さんの顔を見つめました。彼の手が、そっとわたしの手の上に重なりました。

「あんたはいい加減、幸せになるべきだ。もっと気楽になるべきなんだ。あんたはいつだって暗い顔をしてる、笑ってるときだってどこか申し訳なさそうな顔をしてる、幸せになったら罰が当たると思ってるみたいに……人間は誰もそんなふうに生きるべきじゃないんだ。どんな人間にだって、身のほどに合った幸せが用意されてるはずなんだ。そういう幸せが手に届くところにあるのなら、それを堂々と手に入れて生きていくべきなんだ……」

徹雄さんは一気にそう言うと、うつむき、再び顔を上げて言いました。

「俺と結婚してくれないか」

一瞬、何を言われたのか理解ができませんでした。しかし徹雄さんの顔は真剣そのものので、わたしをじっと見つめています。

「徹雄さん、そんなこと……」

「あんたはまだ、奴を待ってるのか?」

わたしは口をつぐみ、彼の視線から目をそらしてうつむきました。

「どこにいるのかも、何をしてるのかもしれない奴のことを?」

「………」

「俺はあんたに幸せになってほしい。あんたはもう、誰も待つことはないんだ。俺と一緒になって、家族を作ってほしいんだ。お父さんとした約束なんか、デタラメだ」

わたしはさらに深くうつむいて、徹雄さんの言葉を頭のなかで反芻しました。

「さあ、そうやって黙っているってことは、俺を納得させるような言葉が出てこないってことだ。俺たちは似た者同士だ、きっと幸せになれる……たいした幸せじゃないかもしれないが、俺たちの身のほどに合った幸せだ」

徹雄さんは重なったわたしの手をしっかり握りしめ、じっと返事を待っていました。彼の手の温もりはわたしのもはや若くはない肌にゆっくりと沁み入り、血となって体をめぐっていくようでした。わたしはうなずきました。徹雄さんもまた、うなずきました。

主人を失い静まり返った建物のなかで、わたしたちは互いの目のなかにようやく許された未来を見出していました。

結婚を機にわたしは二十年近くも暮らした下落合のアパートを引き払い、八重を売ったお金と徹雄さんの貯金で買った千駄木の一軒家に移り住みました。

そしてまったく予期せぬことに、まもなく自分が妊娠していることに気づきました。これには本当に驚いたものです――父との約束のことはさておき、一度目の結婚の経験からその方面のことはすっかり諦めていたのですから。徹雄さんとわたしの結婚は、一度目のそれのような激しい情愛を根拠になされたものではありませんでしたが、わたしは母の言うとおり、今度こそ自分で自分の人生を選んだのだという確信を持っていました。

三十時間近くもかかった難産のすえに生まれてきたのは、女の子でした。出産の朝にちょうどその年初めての雪が降りだしたので、わたしは娘を雪子と名づけました。雪子はあまり泣かない子どもでしたが、父親の明るく陽気な性格を引き継いだのか、成長するにつれてお喋り好きでおしゃまな性格が引き立ってきました。父や母がもし生きていたら、この雪子をどんなふうに可愛がったものだろう、そう思うと涙が浮かんで、あわてて我が子から目をそらしたこともありました。

家庭を持ってからというもの、それまでの長い混乱の時間が嘘のように、生活はごく穏やかに流れていきました。暗室から突然陽がさんさんと降り注ぐ野外へ引っ張りだされた人のように、わたしは似通ってはいても一日として同じ日はない家庭の日常、娘のちょっとした仕草、些細なきっかけで起こる取るに足りない諍い——そういったすべてのものが放つ眩しさに目を瞬かせたものです。そして深まっていく夫との結びつきやめまぐるしい娘の成長のなかでこの安寧な家庭生活を全うし、果てない時間の蓄積のうちに静かな死を迎える約束がされているのを、おぼろげながらも幸福に感じていました。

「お母さん、大好き。お父さん、大好き。雪子、大好き！」

ある冬の日曜日、まだ三つか四つになったばかりの雪子の手を引いて三人で外を散歩していたとき、ふいに雪子がそう言い出したことがあります。

わたしは驚いて「あなたが教えたの？」と徹雄さんに聞きましたが、彼はいたずらっぽく笑うだけで答えません。父親になってからその顔にいっそう人の好い穏やかさを増したように思われる徹雄さんは、雪子がかわいくて仕方がないらしく、毎晩仕事から帰ってくるとすぐに寝ている娘の枕元に座り込んで、わたしが声をかけなければ一晩中そうしているのではないかと思われるほどその寝顔に見入っていました。

「あなたが教えたんでしょう」

「いいや、俺じゃない」

「ううん、あなたね。わたしがいないあいだに教えたんでしょう？」

「いいや、違うよ。そうだよな、雪子？」

徹雄さんは腕を広げて、歩いていた雪子をひょいと抱き上げます。

「お母さん、大好き。お父さん、大好き。雪子、大好き！」

抱き上げられた雪子は戸惑う母親の顔が可笑しくてしょうがないというふうに、きゃっきゃと笑いました。そうなると、わたしも同じように笑いを返さずにはいられません。以来、この言葉が家族三人の合言葉のようになりました。

お母さん、大好き。お父さん、大好き。雪子、大好き……。

何かにつけてそう言ってくれる娘がわたしは本当に愛しく、同時にやりきれない気持ちを抱くこともありました。子どもの頃のわたしが「大好き」なんていう言葉を誰かに発したことなど、一度だってあったでしょうか？

娘をあいだに夫と川の字になって寝ている夜、一人だけ目を覚まして二人の寝息を聞いていると、その静けさ、安らかさがあまりにも完璧なものに思われて、手の内にすっぽり収まったはずの幸福がわずかな身震いで溢れだしてしまいそうで、怖くなることがありました。その恐怖を追いやるために思い出すのは、今はもう絵本のなかのおとぎ話のように遠くかけはなれてしまった、九段での子ども時代のことでした。誰かに「大好き」なんて言ったことはなかったかもしれませんが、あの頃のわたしの毎日は、喜びと驚きと熱中に満ちていました。そう、あえて口にはしなかっただけで、そこには確かに大好きなものがあったはずなのです。八重のおねえさんたちとの賑やかな生活、外を歩けばすぐに聞こえてきた三味線の爪弾き、お風呂場での空想の時間、母の昔話、二人の女友達、そして、小さな、幼馴染みの少年……。

　不思議なことに、この頃の雪子は時々、幼い頃の哲治を思わせるような行動を見せることがありました。

　道を歩いていると急に立ち止まって、足元に転がっている名前もよくわからない小さな虫をじっと見つめたり、線路の上にかかる陸橋の上で電車が通り過ぎていくのを無言で眺めたり、わたしが家事の合い間にかけているラジオの傍に張りついて、その幼い顔には神妙すぎる表情を浮かべて聴き入っていたり……それらは年端のいかない子どもによく見られる自然な行動だったのかもしれませんが、そんな娘の姿を目にするたび、幼馴染みの遠い眼差しを思い出さずにはいられませんでした。そして雪子が成長していけばいくほど、彼女が見ている景色を共有すればするほど、わたしはその幼い瞳のなかに少年時代の哲治の面影を見出していったのです。

　夫と娘と同じ部屋で眠りにつく幸福な夜の底で、わたしは子ども時代の思い出に浸ることが多くなりました。

　哲治、哲治、あんたは今どこにいるの？

　一度はやめてしまったこの内からの呼びかけが、今度は遥か遠くから聞こえてくるように思えました。わたしは心の中でその声に叫び返しました。哲治、わたしはようやく自分の幸福を見つけたの、遠回りをしたけれど、やっと居場所を見つけたの、でもあんたは、あんたは今どこで何をしているの？　するとかすかな罪悪感がわたしを苛むのです。彼を置いて自分一人だけ心地よい、幸福の世界に生きていることが、あの忘れがたい幼少時代への裏切りのように思えて仕方がなくなってしまうのです。

　結婚を機に捨ててしまった水色のワンピースや辛子色のジャンパー、そしてわたしが今までへし折ってきた時間の続きと一緒になって、哲治はこの世の果てにある巨大な穴の奥底で今でも無益にもがいているように思えました。

　でもわたしはその罪悪感さえ、懐かしい昔の写真の一葉のように朝が来る前にきちんと胸の引き出しにしまいこんでしまいました。どんなに追憶に引きずられそうになっても、夫と娘が与えてくれる今の家庭生活の幸福は、茫漠とした過去を過去としてあるべきところに押し込める強い力を持っていたのです。


　やがてすくすくと育っていった雪子が学校に通う年になると、わたしにも少し自由な時間ができるようになりました。そんなときは、高校時代からの唯一の友人である祥子ちゃんと映画を観にいったり、お茶を飲んだりすることもありました。今思えば、二度目の結婚を誰よりも喜んでくれたのはこの祥子ちゃんだったかもしれません。

　早いもので、かつてわたしを「おばちゃん、おばちゃん」と慕ってくれた娘の牧子ちゃんは、その頃にはもう高校生になっていました。祥子ちゃんは心強い育児の先輩であり、互いの環境が変わっても常に朗らかで誠実な友人でいてくれました。年をとればとるほどそんな友人は得がたいものだと実感するようになっていたわたしは、彼女に言いようのない感謝の念を抱いていました。

「四十を越えてもこうやって高校生みたいに二人でお茶してるなんて、なんだか可笑しいわね」

阿佐ヶ谷にある祥子ちゃんの家の近くの喫茶店で、チーズケーキをつつきながら彼女は笑いました。

「わたしたち、高校生のときにこんなことしたことあった？」

わたしは笑って首を横に振りました。

「二人ともずいぶんおばちゃんになっちゃったわね。時が経つのって本当に速いのね。こんな言葉、聞き飽きてうんざりしちゃうけど……本当にそうなのね」

「ええそうね、あっというまだったわ」

「でもわたし、嬉しいのよ。今になってあなたとこんなふうにケーキを食べて、呑気にお茶できるのが」

「そう？」

少女のようにまっすぐな祥子ちゃんの視線に少し照れ臭くなって、わたしは目を伏せました。

「そうよ、わたし、あなたが幸せになってくれて嬉しいの。若い頃の苦労は、きっと全部このためだったのね。人生って、こういうふうに落ち着いていくのね……」

黙っているわたしが泣き始めるとでも思ったのか、祥子ちゃんはおどけるように口を大きく開けてケーキを食べ、おいしい、と満面の笑みを浮かべます。

「牧子ちゃんは、元気？」

「ええ、元気よ。でも最近は反抗期の真っ最中。こっちが何か言うと、つんけんした答えが返ってくるのよ。自分もそうだったんだろうけど、あれにはちょっと苛々するわね。雪子ちゃんくらいのときが、一番かわいいわ」

「そろそろ受験勉強が大変なんじゃない？」

「そのことでも昨日大喧嘩したのよ。まったくいやになるわ、まともな会話もできやしないんだから。これ以上うるさくしたら彼氏と一緒に家出するなんて言って……」

「牧子ちゃん、彼氏がいるの？」

「そうなの、二言目には『カケオチしてやる！』よ。馬鹿馬鹿しいけど本人はなんだか真剣な顔してるんだから、笑っちゃうわよね」

「わたしも高校生のときには、母と喧嘩するたび心のなかでそう叫んでたわ。実際には言わなかったけど……」

「それでほんとに結婚しちゃったのね！　でもうちのあの子に限って、それはないわね。まだ一人じゃ何もできない赤ちゃんなんだから」

　こんな会話の席でも、わたしはもう過去の苦い味を舐めることなく、ただただ懐かしい思い出の数々を笑って話すことができたのです――唯一の例外を除いては。

　それまで祥子ちゃんと交わした思い出話は数えきれないくらいあっても、わたしは哲治のことだけは、一度も話しませんでした。二十代半ばに起こした失踪事件にしても、彼女は今でも、それはほかの誰かと駆け落ち同然に決行されたものではなく、わたし一人でしたことだと信じていました。

これでいいのだ、わたしはそう自分に言い聞かせました。

誰かに哲治のことを知ってもらう必要は、もうありません。おそらく、こうして人は人の心から消えていくものなのです。

哲治と下関の駅のホームで別れてから、すでに二十年近くの月日が流れていました。子ども時代の彼の姿は、まるで雪子が昨日家に連れてきた友達であるかのように生き生きと思い出せるというのに、夜の列車のなかから見つめた最後の彼の顔を、わたしは忘れつつありました。正確に思い出そうとすればするほど、大人になった哲治の顔や声やその眼差しは夫や雪子や知っている誰かのそれと重なり、やがては見分けがつかなくなりました。

こうしてわたしは今度こそ、哲治のことを少しずつ忘れていったのです。

18

徹雄さんと雪子と共にした十数年の歳月は、これまでの人生でもっとも心安らかに日々を過ごした優しい時代の記憶として、思い出すたびに胸を温かく慰めてくれます。今こうしてあなたにお話ししていても、徹雄さんの優しい眼差しや雪子のあどけない仕草がすぐ目の前に浮かぶようで、わたしはとても幸福な気持ちになるのです。

三人で囲んだ毎日の食卓、庭から見た花火、初めて行った海外旅行、雪子の十歳の誕生日にプレゼントした文鳥のピッピ、ピッピが死んでしまったときに一日中泣いていた雪子、そのすぐあとにわたしが自転車で転んで足を骨折してしまったこと、退院後久々に我が家を目にしたときに感じた、思わず涙が滲むほどの家庭生活の愛おしさ……。そういう些細な日常の積み重ねのうちに、年月は確実に過ぎていきました。ただ、何もかもが過ぎ去ってしまった今だからこそ不思議に思うのです、当時のわたしはその幸福が死ぬまで永遠に続くものだと本当に信じていられたのでしょうか？　過去は過去としてあるべき場所に収まり鍵をかけられ、もう二度とその手が自分の肩を摑んで暗い脇道に引きずり込むことなどないのだと、心の底から安堵していられたのでしょうか？

　父も母も死んでしまって生まれ育った料亭を手放したあと、わたしと過去を結びつけるものは記憶以外に何もなくなってしまいました。それでも、自分が育った場所を見たい、昔馴染みの友達に会いたいという気持ちはまったくと言っていいほど起こりませんでした。むしろわたしはそういったものをすっかり忘れて、目の前にある家庭生活のなかだけに自分を埋没させてしまいたかったのです。長い孤独の年月を経た末にようやく築き上げた家族との生活だけを、わたしは残されている時間のすべてをかけて愛したかったのです。夫も娘も、その思いに充分応えてくれました。なのにいったいどうしてなのでしょう、死ぬまで絶えることはないと確信していた家庭の日常、そこに注がれていたわたしの愛情はある日突然、もっと大きくて強靭な力――これを運命と呼んでいいものなのか、今でもためらってしまうのですが――に屈してしまいました。いいえ、悪いのは、その圧倒的な力に最後まで抗うことができなかったわたし自身の弱さだったのでしょうか？

　生きることとは、この世のあらゆる偶然が果実のように実る森のなかを目をつむって手探りで歩いているようなものだと、前にあなたにお話ししましたね……でも時折、ちょっとしたことがきっかけで、運命が手の施しようもないほど定まりきっているような感覚に打たれることもあるのだと。長い長い時を経て、わたしと哲治があんなふうに再会したのは単なる偶然だったのでしょうか、それとも二人に定められた、手の施しようもない「運命」だったのでしょうか……？

しかしいずれにしても、あの出会いが元になってわたしは今、この列車のなかに座っているのです。

そしてこうして、あなたに長いお話をしているのです。

そう、あらゆる物事にどれほど人智の及ばぬ神秘的で厳かな理由があったとしても、人々に解釈を許されているのはその一時的な結末だけ……原因なんていうものはあってもなくても、おそらく結末は等しいはずなのに、やっぱりわたしたちは後になって呟かずにはいられないものなのですね、「どうしてこうなった？」と、「あのとき、ほかに道はなかったのか？」と。

わたしと愛する家族との道、いつまでも一本に続くと思われた長い道——結局、その道を最後まで歩むことはわたしには許されていませんでした。いいえ、もしかしたら分岐点などなく、わたしは最初から一人で、ただ一つの道を歩いていただけなのかもしれませんが……。

とにかく、そこで新たに道を示したのは雪子でした。彼女が二つの時間の輪を再び一つの輪に結び合わせたのです。しかしながら彼女を産んだのはほかでもないこのわたしです。だからこそ、わたしはこの奇妙な因果を繰り返し問いかけずにはいられないのです。どうしてこうなったのか、ほかに道はなかったのかと……。

雪子はもともと成長の早い子でしたが、中学を卒業したあたりから背がますます伸び出して、ただ愛らしいだけだった顔の造作にも何か一筋縄ではいかない、独特の雰囲気が現れてきました。ただ、活発でややもすれば落ち着きがないともいえる性格は高校生になっても変わらず、父親似のよく動く丸い目にも愛嬌があって、何かに熱中するととことんまでやってみないと気のすまない性分で……そういうところは少しだけ、わたしの母に似ていたかもしれません。高校で吹奏楽部に入りトランペットを始めた雪子はたちまち夢中になって、暇さえあればミュートという音消しの筒を使って家のなかでも熱心に練習していました。

「あたし、大学なんか行かないで、サーカス団に入りたい」

二年に進級してそろそろ進路を考えなければいけない頃になっても、雪子はろくに志望校の名前もあげず、そう言ってけらけらと笑うばかりでした。勉強はまったく不得意で、ひょっとしたら本気で旅芸人になるつもりなのかとわたしは一人でやきもきしていたのですが、無条件に娘の味方である徹雄さんは輪をかけて呑気なもので、「雪子のやりたいようにやらせればいい」の一点ばりです。彼が父親から引き継いで経営していた飲食店は不況のあおりで半分以上のお店が閉店となってしまい、家庭の経済には決して以前ほどの余裕があるわけではありません。でも結局わたしは二人の説得に根負けして、雪子の希望通り彼女を受験のための予備校ではなく音楽教室に通わせることにしました。スポットライトを浴びる娘の笑顔以外にそれが何に繋がっているのか、当然予想もしないまま……。

　あれは教室の発表会のためにワンピースを買ってほしいとせがむ雪子を連れて、上野のデパートに買い物に出かけた日曜日のことでした。家計の事情を推しはかったのか雪子もあまり高いものは欲しがりませんでしたが、応援する意味もこめて、わたしは彼女がじっと見つめていた水色のワンピースを奮発してやりました。雪子は「いいの？」と心配顔ですが、その目が明るく輝いているのを見るのはやはり母親として何よりも嬉しいものです。それから二人で散歩がてら上野公園のなかの甘味処であんみつを食べ、駅に向かって歩き始めたとき、「お母さん！」雪子が突然袖を引っ張りました。何よと聞く前に、彼女は叫びました。

「トランペットの音が聞こえる！」

　背伸びをしてきょろきょろあたりを眺めまわしていたかと思うと、雪子は隣に立っている母親のことはおかまいなしに音のするほうへ一人で走り出しました。

「雪子、待ちなさい」

　慌ててあとを追いかけようとしましたが、すばしっこい雪子の後ろ姿はすでに人ごみのなかに消えてしまっています。仕方なくわたしは耳をすませて、トランペットの音を聞きとろうとしました。音はどうやら、駅とは反対の方向から聞こえてくるようです。人々の流れに逆らってなんとかそちらの方向に進んでいくと、途切れ途切れの旋律が滑らかに耳に入ってくるようになりました。それはいつも雪子が吹いている楽器と同じものとは思えぬほど寂しく悲しげで、初夏の空に虚しく突き刺さって割れていくような音でした。そして同時に、こちらに拒む隙を与えず気づいたときには胸の奥深いところにまで入り込んで、全身に沁みわたっていくような音でした。

「雪子！」

ようやく娘の後ろ姿を見つけて人ごみのなかから呼びかけてみても、彼女は振り向きません。往来をかきわけて隣に並ぶと、彼女はこちらを見てにっこり笑い、まるで宝物を見つけたかのように目を輝かせながら音の源をゆっくり指さしました。

「お母さん、見て……」

そこに立っていたトランペット吹きの男は、小さくて、痩せていて、注意していなければ木立にそびえる幹の一本と見紛いそうなほど薄汚れた恰好をしていました。背中を丸め首をうなだれているその体勢からは、とても自分の意志で楽器を吹いているようには見えませんでした。

でも次の瞬間、耳を裂くような高音と共に彼が苦しげに顔を空に向けたとき、わたしははっと息をのんだのです。

目に映っているものすべてが、激しく点滅し始めました。

心臓の動悸の音しか聞こえなくなりました。

めまぐるしい点滅のなか、隣の娘の息づかいもあたりに充満していた木立の匂いも、遠くの大通りの車のクラクションやほかの雑音も消え去って、すぐそこに立っているトランペット吹きの男だけが、くっきりとした輪郭を持って両目に痛みを感じるほど近くに迫ってきました。

杉の幹のように乾燥して日に焼けた頬を破裂しそうなほど膨らませ、きつく閉じた二つの目が鋭い亀裂のように走っている、確かに見覚えがある、その顔……。

哲治！

声は音にはならず、喉の奥のほうで焼け焦げたように消えてしまいました。口からは煙のように乾いた息しか出てきませんでした。

いつしか動悸の音はトランペットの高音に吸い込まれ、一つの高音が次の高音を招き耳をつんざくまでに高まったところで、演奏は突然終わりました。彼は目をつむったまま静かにトランペットを下ろし、それからしばらくして、ゆっくりと目を開けました。

「お母さん、どうしたのよ？」

雪子が腕をつついたとき、わたしはようやく我に返りました。

「ねえ、お母さん、どうしたの？　具合が悪いの？　顔が青いよ。ねえ、お母さんってば！」

哲治が手にしているトランペットは初夏の午後の日差しを受けて、白く、まばゆく、光っていました。

どれほどそこに立っていたことでしょう？　容赦なく降り注いでいたはずの夏の日差しの気配は薄れ、腕を摑む娘の手はどこまでも深くめりこんでいき、自分がゴム人形にでもなってしまったような気がしました。トランペットが照りかえした強烈な白い光はいつのまにか消えてしまい、表面のあせた金色のなかに弱々しい光を蓄えるばかりになりました。そしてその光のなかに映っていた、哲治の顔――。

　哲治はすっかり変わってしまっていました。

　子どもの頃には病的なほど青白かった皮膚は濃い茶色に変色してくしゃくしゃになり、顎のあたりまで伸びている毛髪はところどころ抜け落ち、地肌に惨めなまだら模様を描いています。わたしの知っている少年時代のひよわでいたわしげな表情、青年時代の精悍な表情はすでに失われていました。そこには長年にわたる心身の痛苦を連想させる、厳しい時の痕跡がありありと刻まれていました。そして哲治は、わたしのなかに何を見たでしょう？　表情のない空虚な目には、何も映り込んでいないように見えました。わたしも、隣にいる雪子も、通り過ぎていく人の波も……。

「お母さん！」

　とうとう痺れを切らした雪子が、わたしと哲治のあいだに立ちはだかりました。雪子の白い顔は鈍い金色の光をさえぎって、東の低い空に浮かぶ満月のように輝いていました。

「お母さん……」

　やっとの思いで微笑みながら雪子の肩に手を置くと、彼女はぽってりとした唇から白い歯をこぼしました。そしてすぐに、愛らしい顔立ちに似合わない警戒の表情を浮かべて、後ろの男を振り向きました。彼はわたしたち母娘が見ている前で革が破れた黒いケースに楽器をしまい、背を向けて駅とは反対方向の木立のなかに消えていきました。

「お母さん、あの人を知ってるの？」

再びこちらに向き直った雪子の顔は、あどけない十六歳の娘の表情を取り戻しています。ところがその二つの瞳にはどこか、去っていった哲治の眼差しが残っているように見えました。わたしは首を縦に振ることも横に振ることもできず、ただ黙ってあいまいに微笑むことしかできませんでした。

「あの人、とっても上手だけど……なんだか可哀想ね……きっと住むところもないんだわ」

それはこの年頃の娘にはごく自然な、軽い綿菓子のような憐れみの言葉でした。でもわたしは、そう言う娘の眼差しのなかにうっすらとした非難と軽蔑が隠されている気がしてならなかったのです。それは哲治やほかの誰かに向けられているのではなく、わたし自身に向けられたもの――すなわち、わたしがそこに立っていること、美しく成長した娘と連れ立って、片手には買ってやったばかりの高価な洋服の紙袋をぶらさげ、平凡だけれど幸せな母親の顔をして、これから夫が留守番をしている小さな一軒家へ帰っていこうとするわたしに対する、哲治の非難と軽蔑でした。

雪子はその晩、ご機嫌でした。夕食の席ではさっそく新しい水色のワンピースを着こんで、徹雄さんが手をかけて作ってくれたカレーライスを頰ばりながら、一日の出来事を話してきかせました。

「それでね、一つおかしなことがあったの」

食事が終わりかける頃、娘は意味ありげに身を乗り出して父親の注意を引きました。

「なんだ、どうした。階段でずっこけでもしたか？」

彼は雪子に調子を合わせて、同じようにテーブルに身を乗り出します。

「全然違う。あのね、あたしもびっくりしたの。だってお母さんがね、いきなり真っ青になって固まっちゃったんだもん」

「お母さんが？」

徹雄さんはかすかに眉をひそめたあとわたしのほうを向き、娘の大袈裟な言い方に苦笑してみせました。

「嘘だと思ってるでしょう。ほんとよ、ねえお母さん？」

ふくれっつらをして同意を求める雪子に、わたしは仕方なしにうなずきました。

「ほらね、お母さんだって認めたでしょう。嘘じゃないのよ、お母さん、道の真ん中で突然固まったの。トランペット吹きのおじさんの前で……あたしほんとに、びっくりしちゃった」

「そりゃまた、どうしたんだ。雪子が何か意地悪したのか？」

「違うったら！　でもあたしにもどうしてかわからないの。具合が悪いの？　って聞いてもお母さん、ちっとも理由を教えてくれなくって……お母さん、本当はおじさんのトランペットに感動しちゃったんじゃないの？　あの人、すごく上手だったもんね」

　徹雄さんの表情に一瞬、翳り（かげ）が見えた気がしました。でもすぐにその翳はいつもの穏やかな微笑みにとって代わり、彼は「そうなのか？」とわたしに聞きました。そこにはなんの疑惑も非難もなく、十七年あまりも連れ添った家族としての温かな親愛の情だけがありました。

「ええ、そうなの。年なのかしらね、気づくとぼんやりしてしまうことがあるのよ」

「そんなのおかしいよ、お母さん。あたしはね、最初、あのトランペット吹きのおじさんにお母さんがショックを受けてるんだと思ったの。あの人、ぼろぼろの服を着て、髪もぼさぼさで、それにまわりを歩いてる人のだあれも、あの人の演奏なんか聴いちゃいなかったから」

「トランペット吹きなら、雪子と同じだな」

「そうね、でもあたしがあんなふうに公園のなかで演奏して、そこにいる誰にも見向きもされなかったら、泣いちゃうな。あの人、あたしとお母さん以外には誰にも見えてないみたいだったよね」

　あたしとお母さん以外には……、わたしは心の内で繰り返しました。繰り返すうちに、またしても目の奥に熱いものがこみあげてくるのを堪えきれず、思わず下を向いてしまいました。

「ねえ、お母さん、大丈夫？　また顔色が悪いよ」

目を上げると、スプーンを持った雪子が心配げにこちらを見ています。わたしは笑顔を浮かべたつもりでしたが、思ったほどうまくはいかなかったようです。雪子は怪訝な顔をして黙ってしまいました。

「ちょっと疲れてるんじゃないのか。具合が悪いなら少し休んだらどうだ」

徹雄さんが言いました。

「片づけは、俺と雪子がやるから」

「そうよ、お母さん。今日は暑かったし……」

二人の優しい眼差しに挟まれてもわたしはまだ自然な笑顔を取り戻すことができず、黙ってうなずくのがやっとでした。ぼんやりしているあいだに、徹雄さんと雪子はてきぱきとテーブルを片づけ、食器を洗い風呂を沸かして、わたしに一番先に入るように命じました。

あたしとお母さん以外には、誰にも見えてないみたいだった……。

雪子の言葉は路上に響いていたトランペットの音色と同じように心の奥深いところまで落ちてきて、いつまでも消えていきませんでした。誰にも見えていない、誰も彼のことを覚えていない……そう、おそらく哲治は今でも変わっていないのです、九段の街で誰からも気に留められなかった哲治は、今でもそんなふうに生きているのです！

暗い部屋の布団に横になっても、わたしの目は冴え冴えとしていました。およそ三十年ぶりに再会した哲治の容貌と突き刺さるようなトランペットの高い音が近づいてきては遠のき、わたしをいつまでも眠らせませんでした。

「お前、大丈夫か」

そう声をかけられて初めて、隣の布団に徹雄さんが横たわっていることに気がつきました。声の震えを悟られぬよう、わたしは少し咳をしてから答えました。

「ええ、平気よ」

「暑さにやられたんだろう、きっと……」

「そうみたいね……」

「雪子は……」

「はい？」

「雪子は、大丈夫みたいだ」

「あの子は暑さには強いのよ、冬生まれなのにね」

「そうか……」

年をとるにつれ雪子のお喋りに負かされるように口数が少なくなっていった徹雄さんですが、この晩はどこか様子が違っていました。それ以上言葉を交わし続けたら耳の内側で絶えず鳴り響いているトランペットの音が言葉の隙間から漏れ出してしまう気がして、わたしは固く口を閉ざしました。徹雄さんは咎めるでも責めるでもなく、ただわたしと一緒になって、その音色に隠されている影に怯えるように低い声で言葉を続けました。

「さっき、雪子が話したことは……」

窓の外の駐車場に車が入って来て、ヘッドライトが天井に光のまだらな模様を描きました。刻々と姿を変えて流れていく白い線を見つめながら、わたしは夫の言葉の続きを待ちました。

「もしかして、あの男に関係があるんじゃないのか？」

エンジン音が鳴りやみ、光の模様も消えました。そして残ったのは、やはり耳の奥で響くもの悲しいトランペットの音と二人の沈黙でした。

わたしは寝返りを打って夫のほうに顔を向けました。彼はもうすっかり寝入ったように仰向けになって目を閉じ、規則正しい呼吸を繰り返しています。

「あの男って？」

「奴だ」

薄闇のなか徹雄さんは目を開け、こちらに顔を向けてわたしをじっと見つめました。何を言わなくとも、わたしも徹雄さんも、それが誰を指しているのかちゃんとわかっていました。

「……そう思うの？」

徹雄さんは少し微笑んで「ああ」とだけ答えました。

「どうして？」

「どうしてかはわからないな。でも雪子の話を聞いたとき、すぐに奴のことを思い出したんだ……」

「………」

「もしかして、そのトランペット吹きの男というのが、奴だったんじゃないのか……」

「そんな偶然、あるわけないわ」

「違ったのか？」

「……似ていただけかもしれないの」

「いや違う、きっと奴だったはずだ、きっと……お前には、わかったはずだ」

「どうしてそんなこと、あなたが言うのよ？　おかしいわね」

少し笑うと、徹雄さんも同じくらい静かに笑いました。わたしはそれ以上じっと見つめられるのが怖くなり、寝返りを打って壁のほうに向き直りました。

「昔のお前だったら、確信を持ってそう言ったはずだ」

「昔だったらね。でも、今は違うわ。何しろもう、長い時間が経ったんだから……哲治のことは、もうすっかり忘れてた……時々思い出すことだって、なくなってたんだから……」

「こっちが忘れても、彼が忘れているとは限らないよ」

「いいえ、彼もわたしのことなんか忘れちゃったはずよ。それでいいのよ、わたしたちはもう、二度と会うことはないのよ。だってわたしにはあなたと雪子がいるし、哲治だってきっと誰かが傍にいるはずなんだから」

「でもだったら……どうして泣いたりなんか……」

「わたし、子どもの頃はすごく泣き虫だったのよ。へんよね、自分がどうして泣くのかもわからないまま泣いてたの……今でもよくわからないわ……」

徹雄さんは何も言いませんでした。

わたしは体を縮め、無理やり目を閉じました。隣の夫は沈黙のうちに一つの決断を迫っているように感じました。「大丈夫、わたしはここからどこにも行きはしない」すぐにでも起き上がって、彼の体を揺すって大声で言いたいのに、いつまでも暗闇にじっと横たわっていたのは——そう、このときすでにわたしは知っていたのでしょう、いずれ自分が再びあの場所に戻っていくことを、そして哲治の前に立って、許しを乞うように、あの懐かしい眼差しを求めて彼の目をじっと見つめるであろうことを。


翌日、前日に雪子とトランペットの音を聴いたのと同じ時間に、わたしは上野公園の路上に立っていました。

後ろの深い木立に響くトランペットの音はやはりもの悲しく、そこに吹いている人間自身の悲しみを感じ取ろうとしても音はどこまでも硬く透き通って、一方的な感傷を一切拒んでいました。哲治は前日とまったく同じ恰好でトランペットを吹いていました。

わたしは少し離れたところに立ち、甚だしく変わってしまった哲治の容貌を目になじませようとしましたが、どんなふうに眺めてみてもそれが知っている哲治の姿だとは認めがたく、しかし同時にそのなじみのなさこそが、目の前の男が哲治以外の何者でもないことを証明しているように思われるのです。

　彼は前を通り過ぎていく誰のことも目に入れず、ただ空中の一点だけを見つめていました。自分が楽器を奏でていることにも気づいていないみたいに、吹いているというよりは、遠くから聞こえる旋律に耳を澄ましているみたいに……。

「哲治」

　最後の高い音が雑踏に吸い込まれ哲治がトランペットを下ろしたとき、わたしは久々に彼の名を呼びました。哲治は顔を上げず、地面に座って薄汚れた布で楽器の表面を磨き始めました。

「哲治」

　目の前に立ち彼の乱れた髪をじっと見つめていると、何日も洗っていない体の汗と垢の匂いがしました。わたしの影に全身を覆われて、哲治はようやく顔を上げました。目が合っても、その顔にはなんの表情も浮かんでいません。

「哲治。わたしよ。覚えてる？」

　彼はしばらくこちらをじっと見つめていましたが、再びうつむいて楽器を磨き出しました。わたしはいてもたってもいられず、そのすぐ横にしゃがみこんで思いつくままに話しかけました。

「ねえ、哲治、会うのはもう、ほとんど三十年ぶりね。こんな偶然が……昨日、娘があなたを見つけたの。娘も学校でトランペットを吹いているのよ。あなただってすぐわかった、二人ともすっかり年をとっちゃったけど、わたし、すぐにわかったのよ。昔とはずいぶん変わってるけれど、でも本当に、すぐにわかったの。こんなところで会うなんて驚いたわ。わたしたちはもう二度と会わないものだと思ってた、でも……やっぱり会ったんだわ」

哲治はずっと下を向いたまま、楽器を磨く手を休めません。でもそのことが、わたしには不思議に嬉しかったのです。なぜならもっと昔、あの置屋の狭い部屋でも、飯田町の操車場でも、九段の路地端でも、わたしはいつもこんなふうな熱心な話し手だったし、哲治もまたこんなふうな無感動な聞き手だったではありませんか？

「哲治、あなた今まで何してたの？　わたし、また結婚したのよ。それで娘もいるの。雪子っていうのよ。昨日見たでしょ？」

哲治はトランペットをケースにしまいこむと、こちらには目も向けず立ち上がって駅とは反対方向に向かって歩き始めました。後ろから見ると彼の体は本当に細く痩せ細り、一歩進むごとに小さな関節が一つ一つ割れていきそうな危うげな歩き方をしています。追いかけようとしましたが、その痛々しいまでの哀れな肉体からは頑なな拒絶の意志が感じられて、わたしはその場を動けませんでした。

それでも、一日だけで諦めてしまうつもりは毛頭ありませんでした。

翌日もわたしは同じ時間に同じ場所に向かい、彼のたった一人の聴衆となったのです。演奏が終わると、わたしはハンドバッグに入れてあったハンカチ包みを目の前に差し出しました。なかには家で作ってきた紅鮭入りのおにぎりが三つ入っています。ところが哲治は受け取ろうとはせず、楽器を口に近づけてまた新たな曲を吹き始めてしまいました。曲が終わるまで待ってから再び包みを差し出しましたが、やはり哲治は受け取りません。何度か同じことを繰り返した挙句、わたしはとうとう諦めて開いたトランペットケースのなかに包みを置き、その場を立ち去りました。

翌日再び訪れてみると、おにぎりの包みは哲治の後ろの花壇の縁に手つかずのまま置いてありました。きっと楽器をしまうときにそこへほっぽり出されたのでしょう、わたしはそれをハンドバッグのなかにしまい、代わりにその日作ってきたおにぎりの包みをトランペットケースのなかに入れました。

「哲治、あんたは食べなきゃいけないわ。あんたが食べるまでわたしは毎日ここに来るわよ」

曲と曲の合い間に言ってみましたが、哲治はまるで反応しません。それからしばらくは、この不毛なやりとりが続きました。わたしは毎日の午後、公園の路上に立つトランペット吹きに三つのおにぎりを届け、手をつけられていない前日のおにぎりを回収して帰るということを繰り返したのです。

ようやく変化が訪れたのは、二週間ほどが過ぎた頃だったでしょうか。いつものとおり包みを回収するつもりで手を伸ばしてみると、花壇の縁に置いてあるのは明らかに、椿の柄の厚手のハンカチだけでした。わたしは手を伸ばしたまま、思わず哲治の顔をじっと見つめました。食べたのは本当にこの人だろうか？　そのへんの野良猫や烏にやったということもあるのではないだろうか？　しかし空を見つめて楽器を鳴らす哲治の顔を見ているうちに、否定しようのない絶対的な確信が胸を突きました。哲治は食べたのです！

花壇の上に畳まれているハンカチを手に取ると、その軽さに心が震えました。わたしは何事もなかったように取り澄ました表情を作って、ハンドバッグから今日のぶんの包みを取り出し、ケースに置いてその場を立ち去りました。帰るあいだずっと、いつもより軽いハンドバッグが祝福の鐘のように腕にぶらさがっていました。

「お母さん、どうかしたの？」

その晩、雪子が聞きました。徹雄さんはまだ帰ってきておらず、母娘二人きりの食卓でのことです。

「どうかしたって？」

聞き返すと、雪子は「別に……」とうつむいて、何かもの言いたげな表情を浮かべました。

「どうかしたって、雪子こそどうしたの」

「このところ、なんだか様子が変だから……」

「お母さんが？　そんなことないわよ」

「お母さん、少し痩せたんじゃない？　それに、目の下のくまがひどいし」

「まあ、ひどいわね。そりゃあ、あなたの同級生のお母さんたちよりわたしはおばあちゃんだもの」

「そういうことじゃないの。お母さん、最近いつもぼんやりしていて……痩せちゃって、眠そうで……どこか体が悪いんじゃない？」

「ちっともそんなことないわよ、このとおり、元気じゃないの。痩せたのはそうね、夏バテかしらね。近頃ちょっと食欲がなくて……」

「それなのに、お昼はたくさん食べるの？」

娘がなんのことを言っているのか、すぐにはわかりませんでした。黙っていると、彼女はまだ怪訝な表情を消さずに続けました。

「最近、帰ってきてもお釜のご飯がちっとも残ってないから……冷凍してあるわけでもないし」

ほっそりしてはいても食べ盛りの雪子は、空腹がひどいときにはその日の朝炊いたご飯の残りをおにぎりや炒飯にしておやつ代わりに口にすることがありました。しかしこのところ、朝に残ったご飯はすべて哲治の差し入れのために使ってしまっていたのです。

「ごめんなさいね、朝のご飯の量を減らしたのよ。お母さんはあまり食べなくなったから、あなたのお弁当のぶんも入れて、一回でちょうどよく食べ切れるだけ炊くようにしてるの」

雪子はまだ訝しげでしたが、「そうなんだ」と言ったきり何も言いません。普段はお喋りな娘がむっつり黙っているところを見ると、それ以上彼女の疑いを晴らそうとすればするほどいっそう疑わしく思われる気がして、わたしも口をつぐんでしまいました。

ところが変化に気づいたのは、娘だけではなかったのです。

「眠れないのか」

床について二、三時間しても眠れないわたしに、徹雄さんはいつから気づいていたのでしょうか。

その日の真夜中、すっかり寝入っているとばかり思っていた夫から突然声をかけられ、わたしは体を硬くしました。

「ええ……」

「昼寝のしすぎか？」

冗談めかして言う徹雄さんですが、わたしは笑えません。

「最近、どうも眠りが浅くて……」

「どこか具合が悪いのか、それとも心配事でもあるのか」

「いいえ、ただちょっと寝つきが悪いだけなの。昔からそうなのよ」

「そんなことはない、お前の寝つきはいつだっていいほうだ」

徹雄さんが寝返りを打って、こちらを向くような気配を感じました。それまで仰向けになってじっと天井を見ていたわたしは、慌てて壁のほうへ体を向けました。

「もうおばあちゃんだから、すぐに目覚めちゃうんだわ……」

「あの男と会ってるのか？」

その声の響きは、どこか寂しい余韻を暗い寝室に残しました。その余韻がすっかり消えるのを待ってから、わたしは小さく「いいえ」と答えました。

「本当に？」

「ええ」

「仮にお前があの男と会って旧交を温めていたとしても、俺は何も言わないよ。どんな人間にだって、とりとめのない長い昔話ができる、古くからの友達は大切なものだから……。でも、またあいつに引っ張られてお前が苦しんだり、おかしな運命論を持ち出して今の生活を棒に振ったりするようなことはしてほしくないんだよ。雪子も俺もお前を必要としている。それを忘れないでほしいんだ……」

「心配ご無用よ。わたしももう若くはないし、あなたの奥さんで、雪子の母親なんですから、それなりの分別はついてるつもりよ」

そう言いながらもわたしは、夫の安堵の声に応えることもせず、また彼のほうに向き直って微笑むこともせず、そのまま壁に向かってじっと目を見開いていました。

「分別はついてる」だなんて！

自分が口にした言葉がまったく信じられませんでした。それは欺瞞以外の何物でもありませんでした。哲治に関することである限り、わたしの分別などどこを探したってないのです、たとえどんなに長くその存在を忘れていられたとしても、一度こうして出会ってしまったのなら、そんな忘却の時間こそが人生最大の欺瞞であるように思えて仕方なくなってしまうのです。

いくら娘に怪しまれようが夫に心配されることになろうが、ただ熱に浮かされた十代の娘のように、わたしは彼に会いにいかずにはいられませんでした。


翌日哲治のところに行くと、前日に置いた包みはやはり空になっていて、花壇の縁にハンカチだけが置かれていました。

わたしはそのハンカチをしまって新たな包みをトランペットケースに置き、それから花壇の縁に腰をかけて哲治の演奏を聴いていました。そうやって音楽を奏でている幼馴染みを眺めるのは本当に不思議な心地でした。わたしは軽く目を閉じて、彼の音楽に心を委ねました――自分からは鼻歌の一つも歌おうとしなかった、音楽からもっとも遠いところで生きていたようなあの少年が、どこでトランペットなぞ覚えたのだろうと思いながら……。

「帰るよ」

一曲を終えた哲治がこちらを振り向き、言いました。

それはおよそ三十年ぶりに聞く彼の声でした。

驚いて何も言えないわたしにかまいもせず、哲治はさっさと楽器をケースにしまっていつもどおり駅とは反対の方向に向かって歩き出しています。先ほどの一言はわたしに対する断りだったのか、それとも誘いだったのか、あるいは何の意味もないくしゃみのようなものだったのか……どうとでもとれる一言でしたが、慌ててあとを追いました。少しでもほかに目がそれれば、その後ろ姿を容易く見失ってしまいそうだったのです。群衆にも信号にもビルに映る西日にも目をくれず、わたしはただ彼の痩せ細った小さな背中だけを見つめて歩き続けました。

一時間ほど歩いてようやく哲治の足が止まったのは、見るからにみすぼらしい二階建ての木造アパートの前でした。彼は一階の奥の部屋に進み、きしんだ音のするドアを開けました。振り返った顔には、そこでようやくわたしがいることに気づいたかのような、狼狽と不快さの入り混じった表情が浮かんでいます。来るべきではなかったという思いが一瞬頭をよぎりましたが、わたしはこの何十年かで身につけた図々しさを呼び起こし、「お水をもらえる？」と頼みました。哲治は黙ってうなずき、なかに入っていきました。

そこは小さな流しと渦巻き状の電熱器が一つついているだけの、四畳ほどの部屋でした。お手洗いはおそらく共同で、お風呂はどこかの銭湯に通わなくてはいけないのでしょう、その時代には、そんな造りのアパートはかなり珍しくなっていましたが……。部屋のなかには家具の一つも見当たらず、くしゃくしゃの薄い布団と大きな古いボストンバッグ、それからいくつかの新聞が読まれたままに散乱していました。哲治は流しの横に置かれたグラスに水道水を注ぎ、無言で差し出しました。受け取って一口飲むと、薄めた消毒薬のようなひどい味がしました。

「いつからここに?」

二口目を口にする前に、わたしは聞きました。哲治は黙ったまま、少し苦しげに眉を寄せています。その思わせぶりな表情にわたしは苛立ち、やや声高に聞き直しました。

「いつからここに住んでるのって聞いたのよ」

「四年前から……」

先ほど街頭で耳にしたときには気づきませんでしたが、その声は投げやりで拗ねたような、わたしが記憶に留めている哲治の声とはかけはなれたものでした。それは彼の内側の肉を震わせて発生される声ではなく、ただ情報伝達のための連なった音として耳に届く、味気のない声でした。同じ口から奏でられるトランペットの音のほうがずっと彼の本質に近い、彼を成している肉体の一部であるように感じられました。

「お腹がすいているなら、それ、食べてちょうだい」

彼の手にぶらさがっているおにぎりの包みに目をやって言いましたが、彼は途方に暮れたようにそこに立っているだけです。

「遠慮しないで食べなさいよ」

包みを指さすと、哲治の顔にほっとしたような、きまり悪がっているような、若い頃の彼の顔には見たことのない奇妙な表情が浮かびました。でも、そんな戸惑いが消えていつもの無表情に戻る前の一瞬、その目に表れた悲しげな色を見て、わたしはようやく気づいたのです。

「哲治、あんた耳が……」

自分の耳を指さしてみると、哲治はうなずいて「ああ」と言いました。

「片方はもう……」

「でも……もう片方は？」

「そのうちだめになるだろうが……少し大きい声で喋ってもらえれば……」

少し声を大きくして、「このくらい？」と聞くと、彼は小さくうなずきました。

「どうしてまた……」

聞こえたのか聞こえていないのか、哲治は畳の上に座り込むと、包みをほどいておにぎりを食べ始めました。畳の上の一点に何か重要な印でも描かれているかのように哲治はじっとそこを凝視して、決してわたしにもほかの何にも目を向けようとはしませんでした。あっというまに三つのおにぎりを平らげてしまうと、彼は台所に行って蛇口に口をつけて水を飲み、再び畳に座りこんで広げっぱなしになっている新聞のうえに身をかがめました。

「相変わらず、新聞が好きなのね」

呟きましたが、その程度の声だと耳には届かないのか哲治は顔を上げません。とはいえ、仮に聞こえていたところで反応は変わらなかったでしょう。

「こうしていると、まるで昔に戻ったみたいだわ……昔も昔、小学生とか、中学生の頃みたいに……あんたはいつもそうやって古新聞を読みあさってて、わたしは傍で勝手に話をしているか、ぼんやりしているだけだった……ラジオを聴くのもやめてしまったわね。わたしたち、ただこうして静かにしてるのが好きだったわね。あれからもう、何年が経ったのかしら……」

そうやって通じないお喋りをしているうちに、うっすら涙がこみあげてきました。二人をさえぎっていた長い時の流れ、その取り返しのつかなさ、九段で、それから隅田川の水上バスで、そして砂丘の家で二人きりで過ごしたあの時間の続き、もしかしたら別の形で用意されていたかもしれない、若かった二人の未来……。なくしてしまった膨大な時間が突然胸のなかに渦を巻き出し、何も考えられなくなって目を上げると、哲治の目がわたしをじっと見つめていました。慌てて涙を引っ込め笑みを浮かべようとしましたが、彼の眼差しの前ではそのような繕った表情はみるみる溶けていってしまうのです。

わたしの涙は決して頬に流れませんでしたが、下のまぶたの縁に溜まり、視界を濁らせました。

「あんたは変わらないな」

哲治は細くため息をついて言いました。

「何回結婚しようが、子どもができようが、あんたは……変わらないんだな……」

「哲治、どうしてあのとき……」

それはとても小さな声でしたが、口にした瞬間、哲治の顔がひきつったのがわかりました。わたしは彼に近づき、その耳によく聞こえるようゆっくりもう一度繰り返しました。

「哲治、どうしてあんたはあのとき、一緒に列車に乗ってくれなかったの？」

哲治はうつむいたまま、何も言いません。

その痩せた肩、衰えた腕の筋肉、こけた頰は、あの別れの後に彼に訪れた日々の厳しさを何よりも克明に表しているように思われました。自分が経験したそれとは比べものにならない孤独と忍耐が彼の体を芯から蝕んで今日にしている姿に変えてしまった、そう思うと、ここ十数年間の曇りのない幸福の日々を呪いたい気分にさえなりました。

どうして誰もあんたを助けなかったの、どうして、誰にも助けを求めなかったの？

言葉で答えを求める代わりに、わたしはそっと彼の肩に手を置き、シャツを通してくっきり骨の形に盛り上がったところに頰を触れさせました。彼の体は冷たく頑なで、知っている青年期の彼とは別人の体に触れているようでした。哲治は静かに身を震わせ、わたしを拒みました。

外では蟬が鳴いていました。それは二人の目的のない虚しい試みを嘲笑い、責めているようにも聞こえました。

それでもわたしは、そうして頰で哲治の肩に触れることで、ずっと一人ぼっちでいた彼をその長い孤独な時間ごともっと近くに感じたいと祈っていました。でもそれは、長くは続きませんでした。いつまでもわたしの体温を受け入れない頑なな冷たさのうちに、わたしたちはもう若くはなく、離れ離れになっていた時間はあまりにも長く、かつて二人を強く結んでいた何かはすでに跡形もなく失われてしまったことがどうしようもなく明らかに伝わってきたからです。立ち上がって水を飲んだコップを洗うと、わたしは何も言わずに部屋を出ていきました。

部屋のなかではずいぶん長い時間が経ったように思ったのですが、外はまだ西日のきつい夏の夕方です。バッグからハンカチを取り出し額に浮かぶ汗を押さえると、急に強いめまいに襲われて、わたしはしばらく顔にハンカチを当てたままアパートの脇の木陰で目を閉じていました。

ようやく歩き出そうと顔を上げたとき、白い紙切れのようなものが一瞬、視界の隅を走った気がしました。わたしはそれに何か重要な暗示らしいものを受け取ろうとしましたが、朦朧(もうろう)とした頭にはどんな言葉も浮き上がってはこず、諦めて駅に向かって歩き始めました。

その晩、徹雄さんが早く帰宅したので、平日には珍しく夕食のテーブルに家族三人が揃いました。それなのに雪子は学校で何か嫌なことでもあったのか、黙りこんでいます。わたしもまた、昼間に哲治のアパートで過ごした時間からなかなか抜け出すことができず、夫から話しかけられてもうわの空の言葉を返すことしかできませんでした。

「喧嘩でもしたのか？　二人とも黙りこくって……」

「違うわよ、喧嘩なんかしてないわよね」

娘に笑いかけましたが、その顔に浮かんでいるのはいつもの朗らかな表情ではありません。それは彼女が普段つまらないことで機嫌を損ねているときの仏頂面とも微妙に異なっているように見えました。「どうしたの、雪子、何かあったの？」聞いてみましたが、彼女は何も言いません。

顔を覗き込むと、雪子は鋭い視線を一瞬こちらに向けたあと何か言いかけました。でもすぐに、口を開いたままうつむいてしまいました。そんな娘のぎこちない仕草に気づいた徹雄さんは話題をそらそうとしたのでしょう、再来週から始まる夏休みの旅行について話し始めました。去年行った上高地か、河口湖のペンションはどうだろう？　わたしはすぐに、上高地がいいと答えました。ただ、雪子が前に家族で一度行ったオーストラリアにまた行きたがっているのを知っていましたので、無理だろうと思いながらも「海外はどうかしら？」と聞きました。

「海外はそうだな、きっとどこも混んでるだろう。観光シーズンだから飛行機代も高いだろうしな。夏休みは無理だけど、雪子の受験が終わったらお祝いに行こうか」

父親のこの言葉にはきっと喜びを隠せまいと雪子の顔を見ましたが、やはりそこに浮かんでいるのは、なじみのない緊張に引きつった彼女らしくない表情です。

「雪子、受験が終わったらですってよ。楽しみね。夏は上高地と河口湖、どっちがいいの？」

「お母さん、あの人は……」

言うなり、娘の大きな丸い目にはみるみる涙が浮かんでいきました。開いたままの唇は、かすかに震えています。

「あの人は、誰なの？」

雪子の唇の震えは、今日触れたばかりの哲治の肩先の震えを生々しく指先に甦らせました。

突如重い沈黙に覆われた食卓で、引っ越してきたときから壁に掛けてある時計の秒針の音がいつになく克明に響きました。それはこの家に残されているわずかな時間の終焉を無情に告げているようにも聞こえました。

わたしは指を拳に握りしめたまま、長いあいだ何も言うことができませんでした。

19

重苦しい沈黙はどれほど続いたのでしょうか。

秒針によって一秒ごとに分断された時の断片が、わたしたち三人を隔てる壁のようにうずたかく積み上がっていくのが感じられました。何か言わなくてはと言葉を探せば探すほど、その壁は焦りを吸い込んでますます厚みを増し、口のなかで縮まっている舌にまで静かな圧が染みてくるようです。

「雪子」

徹雄さんの声はいつものように穏やかでした。さっきまでの沈黙はたわいない家族のお喋りにほんの一瞬差し込まれた悪夢だったのではないかと思われるほど、その声は食卓にのびのびと明るく響きました……少なくとも、顔を上げて彼の表情を目にするまでは。青ざめ、かすかに開いたままの夫の唇は乾ききって、少しでも動かせばぽろりとテーブルに落ちていきそうでした。彼もまた、この沈黙の壁に捕えられていました。わたしは恐ろしくて、隣に座る娘の顔を見られませんでした。

「雪子、ちょっと向こうに行っていなさい」

声だけは穏やかさを保ったまま、徹雄さんは言いました。

「いやよ」

「すぐにすむから、少し……」

「いやよ！」

わたしはゆっくり雪子に目を向けました。向かいの父親とは反対に、彼女の頬は今にも音を立てて燃えだしそうなほど紅潮しています。愛らしい目や鼻や唇の輪郭はぎりぎりのところでぴんと張りつめ、わずかな感情の針の一突きで内から何もかもが崩壊してしまいそうな、脆くて、危うい顔……でも娘にそんな表情を強いているのは、このわたしにほかならないのです。

「お母さん」

雪子が手を伸ばし、強く腕を摑みました。

「ねえお母さん、誰なのあの人？　今日だけじゃない、あたし、もう何回も見たの。お母さんがあのおじさんに会いに行ってるところ……どうしてなの？　あのおじさんはお母さんの何？　どうして黙ってあんなことするの？」

「雪子！」

徹雄さんが珍しく大声をあげると、雪子ははっと小さく息をのんで黙りました。

「本当か？　雪子が言ったことは……」

舌が乾いて声が出ず、首も硬直してしまったように縦にも横にも動きません。呼吸が苦しくなってきましたが、息は逃げていくばかりでうまく吸うことができませんでした。

「お母さん、黙ってないで何か言ったら？　だってあたしはこの目で見たんだから、お母さんとあの人を、ちゃんと見たんだから！」

雪子の目にはかつて見たこともないほど激しい怒りと冷静の色が複雑に入り混じり、彼女を実年齢よりずっと大人びた表情に見せています。わたしはこんなときになって初めて、娘が一つの心を持った、独立した一人の人間としてそこに座っていることを強く感じました。雪子は彼女自身の目で物事を見て、彼女自身の口でものを言っているのです。わたしは一度口のなかの空気を飲み込んで新鮮な空気を大きく吸い直し、その目に向かって心から祈るような気持ちで問いかけました。

「雪子、あなたは、あの人を、ちゃんと見たの？」

雪子はうなずきました。すると突然、こんな場面にはまるでふさわしくない幸福感が、わたしの全身を満たしたのです。

雪子は確かに見た、わたしの哲治を、誰の目にも留まらず誰にも気にかけられない、あの哲治を見た！

娘が彼をその目で確かに見たということ――それは今ここにある現実が胸のなかに眠る過去とひと続きの時間であることの、確かな証明に思われました。長らく蓋をされていた特別な感情の壺にひびが入り、そこから溢れ出す激しい情熱があらゆる壁を突き破ってわたしを遠くに押し流してしまいそうでした。

「お母さん、泣くのはだめよ」

雪子から睨まれて初めて目に涙が溜まっていることに気づき、わたしは慌てて指先でぬぐいました。

「そんなにあの人がかわいそうなの？」

黙って首を横に振りましたが、彼女は追及をやめません。

「あたし、全然わからない！　どうしてこそこそするの？　どうして説明できないの？　いったいお母さんは、あの人のなんなの？」

「………」

「教えてよ、お母さんは、あの人のなんなのよ？　それであの人は、お母さんのなんなのよ！」

「友達なんだよ」

答えたのは徹雄さんでした。

「その人は、お母さんの、友達なんだよ……」

そう言ってわたしを見つめた徹雄さんの顔には、妙に安らいだ、長年の病からようやく解放された人のような表情が浮かんでいました。

「友達なんだよ……」

雪子は唇をかみしめ、張りつめたままの澄んだ両目で食卓の虚空を睨みつけました。

それからふいに立ち上がると、黙って部屋を出ていきました。

「もうここにはいられないのかしら……」

その晩灯りを落とした寝室でわたしが言ったとき、徹雄さんはすぐには答えませんでした。

「こんなことになって……わたし……自分でもわからないのよ……」

それ以上言うべき言葉が見つからず黙っていましたが、徹雄さんはいつものように言葉を継ぎ足してはくれません。二人はそれぞれの布団のなかで、静かに呼吸を繰り返しているだけでした。

「雪子の……」

長い長い沈黙のあと、徹雄さんはようやくかすれた声で言いました。

「雪子のことだけは……長く考えてやらないといけないよ」

「ええ」

「なんだかんだ言って、あれはまだ子どもなんだから……」

「ええ」

「まだ、母親が必要なんだから……」

「ええ」

「でもお前は……お前は……」

わたしは思わず半身を起こして、隣に寝ている夫の顔を見下ろしました。徹雄さんは目を開けてはいませんでした。何かにじっと耐えているように目をつむり、唇をきつく結び、布団の外に出した両手を胸の上で固く組み合わせていました。

その顔を見つめながら、わたしは三十年前、向島の路上で初めて会ったときの彼を思い出していました。若くて、健康的なつるつるの肌をして、少し幼さが残る顔に似合わない乱暴な口調でわたしを向島の街のなかに案内してくれた彼……三十年の時を経て哲治が年老いたのと同じように、徹雄さんもまた年をとりました。今ではもう、幼い頃に哲治と一緒に過ごした時よりも、夫と一つ屋根の下で過ごした時のほうがずっとずっと長いのです。それなのに、わたしの心はすでにこの家のなかにはありませんでした。薄闇のなか目をつむっている夫を目の前にして、わたしは今も哲治のことを考えているのです。それはどうしても、頭から離れていかないのです。あの小さなアパートの部屋で一人きりで寝ているはずの哲治はわたしの体の器官の一部になってしまったかのように、目をつむっても息を止めてもどこへも消えてはいかないのです。

「わたし、家を出ます」

気づいたときには、そう口にしていました。

「明日、出ていきます」

徹雄さんは目を開けてゆっくり体を起こし、わたしと向き合いました。

「そんな……出ていくなんてだめだ」

「あなたにも、わかっているはずでしょう？」

「いいや……」

「わかってるはずだわ」

「とにかく、出ていくのはやめてくれ」

「いいえ、あなたにもわかるはずよ！　こんなふうになったらもう、わたしはもう、だめなのよ……わたしはもう……」

「奴のところに行くつもりか？」

うなずくわたしを前に徹雄さんは少し黙ってから、諭すような調子で話し始めました。

「どうしてそこまでしなくちゃいけない？　お前には俺や雪子がいる、俺たちはお前が必要なんだ。でもあの男はなんだ？　奴はお前の友達だ、大事な、友達……俺にもそれはわかってる……でも、ここにいる俺と雪子は、家族なんだよ。忘れないでくれ、お前には家族がいるんだ。お前の友達は……」

「哲治は友達じゃないわ」

わたしは夫の目をまっすぐに見つめて言いました。

「哲治は……わたしなのよ」

そう、哲治はもはや幼い時を共に過ごした古い友人でも、つかのまの恋人ごっこをした相手でもありませんでした。哲治はわたしのなかで大きくなり過ぎました。心に留めている彼のあらゆる記憶はすでにわたし自身の記憶と明確な判別がつかなくなり、そこからはみ出して外にいる哲治その人と手を結びたがっていました。そうなってしまっては、わたしの存在など二人の哲治をつなぐぶよぶよとした生温かい触媒のようなものでしかないのです。

生まれ落ちてから今までの長い時間の意味も証拠も、すべてはこの繋がりのなかだけにありました。哲治は、わたしが生きた人生のすべての象徴でした。

「哲治を見捨てることは、自分の人生を見捨てることと同じなの。彼に無関心でいることは、自分の人生に無関心でいることと同じなのよ。馬鹿なことを言ってるのはわかっているけど……でもわたし、どうしてもここにはいられない……もっと若かったら、違っていたかもしれない……でもわたしにはもう、こういうことに抗う力がないの。あなたも雪子もかけがえのない家族よ、わたしは今だって、雪子のためだったら死んでもいいと思えるわ」

「だったら……」

徹雄さんは懇願の色を浮かべてわたしを見つめました。

「そうね、矛盾してるわね。でも、雪子がいなかったら、哲治に会うこともなかった……」

「雪子のせいにするのか？」

「いいえ……全部は……全部は……わたしのせいよ」

「もっと落ち着いて考えてくれ」

「落ち着いてるわ！」

口をつぐんだわたしの肩に、徹雄さんは手を置きました。

「そんなに大声をあげたら、雪子が起きるだろう……」

ほとんど聞きとれぬくらいに、彼はいっそう声をひそめました。

「お前が奴に会うのは、かまわないよ……昔からの友達は大切なものなんだから……でも、出ていくのだけはよしてくれ。彼がどんな状況にあるのかは知らないが、助けたいのなら、ほかにももっと方法はあるはずだ。ちゃんと話してくれれば、俺にできることだってあるはずだ。それに、雪子……本人はもう一人前の大人でいるつもりだけど、あいう年頃の娘の目に母親がこんなふうに出ていくのが、どんなふうに映ると思う？俺は雪子に母親を憎ませたくないんだよ。そのことで、お前や雪子が泣く姿を見たくないんだよ」

肩にかけられた手は途中から細かく震えていました。声を押し殺して彼が静かに泣いているのがわかりました。

でもわたしの唇からは、どんな優しい慰めの言葉も残酷で自分勝手な妻であることを詫びる言葉も、出てはこなかったのです。わたしにできたのは嗚咽(おえつ)を洩らすまいとしている夫の震えを全身で感じ取ること、そしてその嗚咽が自分の口からも洩れないよう舌の先を強く噛んでいることだけでした。

翌日、公園の路上にいつもより大きな荷物を持って現れたわたしを見ても、哲治はなんの表情も浮かべずトランペットを吹いているだけでした。演奏を終え楽器をケースにしまって家路につく彼のあとを、わたしは黙って追いました。そして無言のままアパートの前まで来ると、彼の腕を引っ張り、耳元に口を近づけて言いました。

「哲治、わたし家を出てきたの」

彼はすぐに身を引いて眉をひそめました。それでもわたしはひるまずに、無理に顔を近づけて言いました。

「家を出たの。今日からあんたとここで一緒に暮らすためによ。だからあんたも変わらないといけないわ。わたしたち、もう若くはないんだもの……これ以上先延ばしにすることはできないわ。やり直すのよ、あんたもわたしも」

哲治は首を横に振って、一人で家のなかに入ろうとしました。もう一度後ろから腕を引っ張ると乱暴に振り払われましたが、それでもしつこく腕を摑んでどうにかこちらに振り向かせました。

「あんたは昔から、いつだって、そうやって背中を向けてた。誰にも見えない日陰を探して、日の当たる場所から逃げてたわ。でもいい加減、わたしはあんたに堂々と生きてほしいのよ」

「でも、だからといって、どうしてあんたがここに来なくちゃいけないんだ？」

哲治はようやく振り払おうとした腕を止め、正面からじっとこちらを見返しました。

「あんたとわたしは、そういうふうにできてるからよ」

「それはあんたの思い込みだ。早く帰ってくれ」

「帰らないわ」

「帰ってくれ！」

「帰らないわ！」

睨み合っていたのはほんのつかのまでした。そう、わたしも哲治も同時に思い出していたのです――三十年前これと同じようなやりとりを向島の路上で交わしたことを、浜松の居酒屋でも鳥取の砂丘の上でも同様に繰り返していたことを。思わず吹き出してしまうと、哲治は黙って部屋のなかに入っていきました。あとに続きましたが、彼は拒む様子も受け入れる様子もなく、陽の当たらない畳の隅に座って壁にもたれ、膝のあいだにぐったりと頭を落としました。

「わたしたちは、いつもおんなじことをしてるわね……」

わたしは立ったまま反対側の壁にもたれて彼を見下ろしました。

「哲治、あんたは老けたわ……」

「あんたもだ」

「そんなに痩せちゃって、みっともないわよ。鏡を見たら？」

「あんたもな」

「ううん、誰が見たって、わたしと同じ年には見えないわ。あんたはまるで、八十歳のおじいさんみたいよ……」

するとと哲治は顔を上げ、にやりと笑いました。

「あんただって、死人みたいに顔色が悪い」

わたしはバッグから手鏡を取り出して自分の顔を映してみました。確かに顔色は青白く、こけた頬には暗い影が差しています。

「本当ね……わたし、もうおばあちゃんみたいだわ……」

手鏡を哲治に差し出すと、彼もまたそこに映った自分の顔を見つめました。そしてしばらくのあいだ、まるで初めて自分の顔を目にしたとでもいうように、髭だらけの顎から耳にかけての鋭い線や額に深く刻まれた皺を珍しそうに指先でなぞり、様々な角度から眺め入っていました。

「どう、気に入った？　あんたの可哀想な顔……」

「ああ、気に入ったよ」

哲治は手鏡を乱暴に突き返すと、立ち上がって玄関から出ていきました。数分もしないで帰ってきた哲治の顔からは、灰色の髭がごっそりなくなっています。

「どうしたのよ、それ」

「便所で剃ってきた」

「剃刀は？」

「どいつのだか知らないが、置きっぱなしので……」

「血が出てるわよ」

　急いでちり紙を渡すと、哲治は荒っぽい仕草で顎をこすりました。髭のなくなった青白い皮膚は痛々しく、瘦せこけた顎の線がいっそう剝き出しになって、思わず目をそむけずにはいられませんでした。うつむいたまま「右の、顎のところ」ともう一枚紙を押しつけると、痛々しい線はいくらか隠され、再び彼の顔を正面から見つめることができました。

「さっぱりして、少しはましになったじゃないの」

「余計なお世話だ」

「明日から働くところを探すのよ」

「言われなくたって、働いてる」

「何してるのよ」

「新聞配達さ」

「そうなの？　いつから？」

「もうだいぶ前から……」

「だいぶ前からって、まさか、九段にいたときからずっとやってるわけじゃないでしょうね？」

　哲治は苦しげなかすれ声で笑いました。そんなふうに哲治が笑うのを、本当に久々に見た気がしました。

「あんたは今でも、とんでもないことを思いつくんだな……。でもまあ、当たらずとも遠からずだ。俺は今までずっと、知らない誰かの家に誰も読みもしない新聞を配って生きてきたのかもしれないな……」

「とにかく、あんた、働いてたのね。今までどうして言わなかったの？」

「あんたが聞かなかったからだよ」

「でも……」

「ばばあになっても、あんたのそういうところはまるきり変わらないんだな」

哲治は再び壁際に座ると、ケースからトランペットを取り出して布で磨き始めました。

窓から真っすぐ差し込んでいる西日が、黄ばんだ畳の目を強く照らしていました。

わたしはその光のなかに座って、哲治の手で輝きを取り戻していく金色の楽器と窓の外の橙色に染まった世界を交互に眺めていました。


こうして、わたしと哲治は再び一緒に暮らし始めました。

同居を始めてからまもなく、わたしは小さな物流会社になんとか仕事口を見つけて働き出しました。そして哲治はそれまでの新聞配達の仕事と並行して、時々土木関係の日雇いの仕事をして暮らすようになりました。もう公園にトランペットを吹きにいくことはなくなり、ケースから楽器を出して磨くことも少なくなりました。

雪子がトランペットをやめてしまったのも同じ頃だったと思います。

雪子——千駄木の家に残りの荷物を取りにいったとき、彼女は何も言いませんでした。ただ出ていく母親に、蔑みというより憐れみを帯びた眼差しを向けていただけ……。家を出てから手紙を出そうとしましたが、何を書いても見苦しい弁解になることは避けられない気がして、結局はがき一枚出すことはできませんでした。でもどれほど軽蔑されようが、憎まれようが、わたしは書くべきだったのかもしれません。雪子の沈黙に沈黙で応えることで何かが伝わるはずと考えていたのは、身勝手な母親の都合の良い思い込みだったのかもしれません。

そして徹雄さんもまた、寡黙でした。

籍を抜きたがるわたしに対して、彼は断固としてそれを認めませんでした、まだ早い、もう少し考えてからと、何度も結論を引き延ばしながら……。いくら夫がわたしと哲治との昔からの経緯を知り理解ある態度を示す唯一の人物だとはいえ、何度も話し合っているうちに、わたしと哲治との関係はこの世のどんなに博識で聡明な人であっても永遠に理解できないものなのではないかという思いが強くなっていきました。

一家の主婦でありながら古い友人を助けることはできる、恋愛のためではなく純粋に友情のためならばもっとほかに方法はある、そう徹雄さんは言うのですが、わたしは首を横に振るばかりでした。自分のほうが馬鹿を言っているのだと自覚してはいても、哲治は今や心のなかに動かしがたく君臨してしまっていました。あの晩徹雄さんに言ったとおり、彼を見捨てることはわたし自身の生を見捨てることにほかならなかったのです。

夫と娘を無用に傷つけることはわかっていても、自分を止めることはできませんでした。

一年ほどつましい暮らしを続け少しお金が貯まると、わたしと哲治はそれまでよりは少し広く、トイレも共同ではないアパートの一室を借りて引っ越しました。助けてくれたのは祥子ちゃんです。訳があって千駄木の家を出ていることを話すと、彼女の妹の旦那さんが持っている不動産の一室に空きが出たのでよかったらと、破格の家賃で申し出てくれたのです。言いつくせないほど感謝しましたが、さすがに哲治のことは後ろめたくて言い出せませんでした。わたしは長いあいだ自分を心配し続けてくれたこの優しい友人に軽蔑されるのが、なぜだかとても怖かったのです。偶然にも、そのアパートはかつて働いていた荒木町のバーのすぐ近くでした。「わたしたちはやっぱり、同じところを行ったり来たりしている」そう言うと、哲治は小さく笑いました。

一つの部屋で暮らしていても、二人は鳥取でのあの夜のように互いの体のぬくもりを求め合うことはありませんでした。ちょっとした拍子に互いの体のどこかが触れ合った瞬間、肉体の欲望がぼんやりと立ち昇ることはあっても、次の瞬間にはたちまち霧散していってしまうのですから仕方がありません。そのかわりに夜、わたしたちはよく外を散歩しました。一日の出来事を報告することもなしにそれぞれが別のものを眺め、そこに不思議な美しさを発見しても相手と共有しようともせず……。数年前に突然聞こえなくなって以来、ほったらかしにしているという哲治の右耳の聴力は回復することもなく、病院に行くことを勧めても頑として同意しませんでした。そのせいもあって言葉でのやりとりは決して多くありませんでしたが、それでもわたしたちは、二人がただ一緒にいること、それだけで満たされていたのです。

　ある晩のこと、日課になった静かな散歩の最中に、わたしは街灯に照らされた煙草屋の壁に薄茶色のひものようなものがくっついているのを見つけました。あれは何かしら？　そう思った瞬間、たちまち答えが遠い過去から呼び戻されました。

「哲治、待って！」

　このときばかりは、哲治の腕を摑んで呼び留めずにはいられませんでした。

「あれ、見て、あの壁の下のほうにある……」

　哲治は目を細めて、わたしの指さすほうを見つめています。

「地蜘蛛よ」

「え？」

「ほら、地蜘蛛の巣よ……覚えてないの？　小さい頃、あれでよく遊んだじゃないの！」

　わたしは哲治を引っ張っていき、巣の前にしゃがみこみました。おそるおそる軽く触れてみると、懐かしい、かさかさとして頼りない感触が伝わってきます。

「あんたはこの巣を集めてて、道の上に並べて、それで何をするのかって聞いても、何もしないいってそっぽを向いて……」

　哲治はただ地蜘蛛の巣を見つめているだけで、わたしの思い出話には相槌も打ちませも言いません。聞こえなかったのかと思い同じことを少し大きな声で繰り返しましたが、やはり何も言いません。

「哲治、覚えてないの？」

彼は首を横に振りました。

「いやね、嘘でしょ」

「いいや、覚えてない」

「あんたが忘れるわけないわ」

「いいや、覚えてないね。これが地蜘蛛の巣だっていうのも、今初めて知ったくらいだ」

「嘘よ。だってわたしはあんたに教えてもらったのよ、これが地蜘蛛の巣だって……」

「……誰かと間違ってるんじゃないのか」

哲治は寂しそうに笑いました。わたしはその笑みにどう返したらいいのか困ってしまい、ただ中途半端に口を開いて無言で立っていることしかできませんでした。彼が自分をからかっているのか、それとも本当に地蜘蛛のことを忘れてしまったのか、わからなかったからです。

やがて一人で歩き始めてしまった彼の後ろ姿を追っているうち、そもそもあの幼い日、地蜘蛛の巣を路上に並べてうつむいていた哲治を見たのが実際にあったことなのかどうかも自信が持てなくなってきてしまいました。九段の路上、地蜘蛛の巣で遊ぶ幼い哲治の姿は絶対に忘れることのない大切な記憶の一つだったたというのに……。

地蜘蛛のことだけではありません。共に生活していくにつれ、似たようなことが何度か起こりました。

哲治は長者ヶ崎への小旅行も、九段にあった銭湯のことも、あの寒い冬の朝小学校の教室でわたしが初めて哲治に話しかけたときのことも、覚えていませんでした。そのどれもがわたしの記憶のなかでは一つの指紋も寄せ付けずにきれいに残されているというのに、哲治はまるで覚えていない――少なくとも、覚えているという素振りを見せない――のでした。

そのたびにわたしは、それが本当にあったことなのか、それとも幼い頃に得意だった想像ごっこのすえに自分で作り出したお話の一つなのか、混乱して、狼狽しました。もしそれがわたしの記憶の通り本当にあったことだとしたら、哲治の記憶にはいくつもの白紙や落丁が存在していることになります。そう、幼い頃、わたしには彼が白紙だらけの本、もしくは一冊まるまる落丁してしまった本のように思えて、その空白を自分のなかにも探し求めたものでした。対してわたしという人間は、粗雑な字や誇張されたイメージやあちこちから響き合う声で溢れ、目を休ませる余白も見出せぬほどのせわしない本でした。母と本当の父だったかもしれぬ青年将校とのロマンスはそこにわずかな落丁を疑ってみるための鍵になり得たのに、それもほかのページからはみ出してくる字やイメージや声の氾濫のなかで、いつしかどこかへなくしてしまいました。

ところが哲治はどうでしょう？　年齢と共に増えていくはずのページは未だに白紙だらけ、落丁だらけです。地蜘蛛、長者ヶ崎、ストーブ、キャラメル――幼いわたしの面影と一緒に記録されていたはずのページは、いったいどこへ消えていってしまったのでしょう？

何を聞いてもほとんど「覚えていない」という哲治に、わたしは幻滅と嫉妬の入り混じった感情を抱き始めていました。読み切れぬほどの文字で覆い尽くされているわたしの半世紀と彼の過ごしてきた半世紀、そこにはどうにも繕いようのない質と量の差があるように思えたのです。離れ離れになっていたあいだ彼がどれほど辛い人生を送っていたとしても、この差は生きることに対する情熱の差であるように感じました。そうやって生きてきた哲治は今この瞬間も白紙を増やしつつあるのかもしれない、そしていつかはその白紙が彼の生に追いつき、魂ごと真っ白く染め上げてしまうかもしれない……。そんな恐ろしい想像をするたび、わたしは自分の記憶をすべて手放し、それを哲治の白紙に一文字残らず書き写してしまいたくなるのでした。

「あんたは昔のことを、覚えすぎてるんだ」

しょんぼりしているわたしを見て、哲治は笑って言いました。その晩は確か、女友達とご成婚パレードを見て帰ってきた日にシャツのボタンがはずれていることを哲治に指摘され、とても恥ずかしかったという話をしていたのだと思います。哲治はもちろん、覚えていませんでした。外ではぽつぽつと音を立てて晩秋の雨が降り始めていました。

「そんなことを覚えていたってなんにもならないだろう」

「なるわ……少なくとも、思い出すことがあるっていうだけでわたしは救われてきたんだから。わたしじゃなくて、思い出が、何度も何度も、もう一度、って言うのよ」

「あんたは覚えていても、皆は忘れるんだ。一人だけ覚えていたって、それを覚えてる人がいなけりゃあ、意味がない」

「でもあんたは、忘れすぎてるわ……わたしみたいな、忘れない人間は幸せよ。もう一度、っていう思い出の声がしたらたちまち、頭のなかでいろんな時間を生きられるんだから」

「それが不幸にもなる人間だっているんだ」

「それ、哲治のこと？」

「少なくとも、あんたは幸せなのさ……」

「でも、忘れる人間が傍にいると……そう、きっと、わたしみたいな忘れない人間が哲治みたいな忘れる人間に出会ったとき、初めて不幸が始まるんだわ。でも忘れる人間には幸も不幸もない……何もかもぜんぶ忘れてしまうんだから」

「いいや逆だ……忘れない人間こそ、本当は何もかも忘れてるんだ……だからあんたたちは、いつもそんなに幸せなんだ……」

「じゃああんたは、いったい何を覚えてるっていうのよ？」

　哲治は答えずに、あいまいに微笑みました。そしてカーテンの端をそっと開け、窓に打ちつける雨の前で目を閉じました。

そんな会話をした頃からでしょうか、哲治はそれまでよりさらに寡黙になり、ふと目を向けるとわたしをぼんやり眺めていることが多くなりました。何よ、と聞いても答えず、黙ってあらぬ方向に目をそらすだけなのです。しかしながらその眼差しの余韻は、まるで出会ったばかりの幼い時代のように、長くわたしの肌に沁みついてなかなか消えていきませんでした。

祖父が腎臓を患って入院していることを知ったのも、この頃でした。

祖父、父の父、茗荷谷のお城のような家に住んでいた、あの祖父……。父が死んでからの二十年、わたしたちのあいだの音信はずっと途切れたままでした。知らせてくれたのは雪子です。病院から千駄木の家に連絡があったらしく、それを受けた雪子が荒木町のアパートに電話をかけてきたのです。

家を出てから二年以上が経っていました。電話口で久々に聞いた娘の声はずいぶん大人びて、言葉を交わさなかった年数のぶんだけ他人行儀な口調が目立ちました。申し訳なさばかりが先立ちますが、それでもやはり産み育てた娘の肉声は耳に快く、直接会って話したいと願わずにはいられませんでした。

「雪子、一緒にお見舞いに行かない？」

思い切って誘ってみると、少したためらうような沈黙がありましたが、うん、とかぼそい声で答えが返ってきました。

わたしたちは翌日の夕方、病院の近くの喫茶店で待ち合わせをしました。店の奥に座っていたわたしを見つけると、雪子は笑顔を浮かべ「お母さん」と小さく手を振って近づいてきました。およそ二年ぶりに会った雪子は最後に会ったときよりもさらに背が伸びて、表情にも落ち着いた穏やかなものがあります。電話口での声と同じ他人行儀な態度を覚悟していたわたしは、ひと目見た瞬間、大袈裟に表すまいとしていた申し訳なさが一度に募ってくるのを感じ、彼女が席に着くなり少し早い誕生日プレゼントだと言って買ってきたマフラーの包みを渡しました。雪子は驚いたようでしたが、「ありがとう」とすぐに包みを開け、赤いチェックのマフラーを首に巻いてみせました。

「でも、今日は別のをしてきてるから、これは明日から巻くね」

そう言って元通りきれいに畳んでマフラーを箱にしまった娘のきびきびとした仕草にも、離れ離れでいたあいだの頼もしい成長が感じられました。

雪子は哲治との生活のことは何も聞きませんでした。そしてわたしも、彼女がトランペットをやめてしまったことについて何も言いませんでした。わたしたちはひたすら、経済を勉強していると言う彼女の大学生活、徹雄さんの様子、それからテレビドラマの話や千駄木の近所の人の話、そういった当たり障りのないことを話し続けました。

二人は仲の良い母娘だった、話しているあいだにそのことが強い実感と共に思い出され、今さらながらこんな良い娘を持てたことに深い幸福を感じたわたしは、心のなかでずっと頭を垂れていました。

「これから会う、ひいお祖父さんはどういう人なの？」

聞かれて初めて、わたしは祖父のことを話し始めました。父親を亡くして以来、茗荷谷の祖父との付き合いはなくなったと以前に教えたことはありましたが、思えば九段で過ごした時代の話はほとんどしたことがありません。

わたしは子どもがでたらめに描いた怪獣のように正体不明に膨れ上がっている記憶のなかから説明の容易なところだけをかいつまんで、娘に聞かせてやりました。商売上手な祖母の手元で小さな頃から芸を磨き、芸者から料亭の女将になった母、あまり帰ってこなかった父、そしてその父と祖父とのあいだの奇妙に強い繋がり、茗荷谷の立派なお屋敷、小さかった頃にその屋敷の裏の森でウサギ捕りの罠にかかって、足を怪我してしまったときのこと……。

「そのお屋敷、まだあるの？」

雪子は目を輝かせ、昔話に興味しんしんといった様子です。

「さあね、あるんじゃないかしら。あなたのお祖父ちゃんが亡くなってから、お母さんもあそこにはずっと行ってないの。お母さん、あのお屋敷が今でもちょっと怖いのよ」

「でもわたしは、行ってみたいな。本当に森みたいなお庭があるの？　それに今時、オレンジ色の屋根のお城みたいな家なんて、見たことないもん」

「お庭と言っても、あの裏庭は本当に森なのよ。どうやって出てこられたのか、今でもわからないわ」

「でも、行ってみたい」

「そうね、今はどうなってるか……見にいくだけならいいわね。時間ができたら、そのうち一緒に見にいこうか。でもお母さんは怖いから、なかには入らないわよ」

　雪子は「じゃあ、わたしが代わりに入る」と明るく笑って言いました。その笑い声には、幼い頃から変わらない天性の朗らかさがありありと残っていました。

　教えられた病室は最上階の角部屋にあり、誰が持ってきたのか、病床にはふさわしくない大輪の牡丹や百合がいくつもの花瓶に活けてありました。薬の副作用もあったのでしょう、久々に会う祖父はわたしの顔を見てもなんの表情も見せず、意識も朦朧としているようでした。具合を見にやってきた若い看護婦から聞いて初めて知ったのですが、このとき祖父は百六歳になっていたのです。わたしは驚いて娘と顔を見合わせてしまいました。

「わたし、こんなに長生きのひいお祖父ちゃんがいたのね」

　お屋敷のなかではあれだけ立派だった祖父も寄る年波にはとうとう抗えなかったのか、白いベッドの上ではすっかり弱りきった一人の老人に見えました。寝間着から覗いている腕は染みだらけで顔色も悪く、目は開いていても何も見えていないように黄色く濁っています。呼びかけようとしても、わたしには祖父の呼び方がよくわかりませんでした。

「ひいお祖父ちゃん、わたし、雪子です」

黙っているわたしの代わりに、雪子が顔を近づけて言いました。祖父はなんの反応も見せることなく、乾燥し色褪せて皺と区別がつかなくなった薄い唇を半開きにしたまま、視線を宙にさまよわせているばかりです。医者に話を聞くまでもなく、祖父の死期が近いことは明らかでした。母方の親戚はなく、父方の親族で一時期とはいえ付き合いがあったのはこの祖父だけでしたから、雪子をのぞけば今わたしが肉親と呼べるのはこの祖父だけ……すでに半分死んでしまっているような祖父の前でそう意識した瞬間、懐かしさとも愛しさとも異なる不思議な感慨が胸の内に湧き起こりました。今ではこの祖父こそが、生まれたときからわたしを知っている唯一の人なのです。その祖父が死につつあるということは、わたしをこの世に結びつけている糸の一つが消えていくのと同じことでした。

こうして自分という人間からまた一つの時間が失われていく、生きれば生きるほどその時間の織りなす文様が複雑になっていく一方で、時間は確実に失われていく——想いをめぐらせているあいだ、雪子は花瓶の花をいじったり、虚ろな曾祖父に意味のないことを話しかけたり、片時もじっとしてはいませんでした。その姿がなぜか、かつてあり得たかもしれない自分の姿として目に映りました。そして目の前に無言で横たわっている祖父が、父や母、今まで知り合った幾人もの人々、それからさほど遠くない未来の自分自身の姿のようにも映りました。

「今日、娘に会ったのよ」

帰ってから哲治に言うと、彼は一瞬戸惑ったような表情を見せましたが、そうか、とだけ言って食事の支度を始めました。この頃には、哲治も空いた時間にそんなことをしてくれるようになっていたのです。

「ずいぶん大人っぽくなってたから、びっくりしたわ」

「お祖父さんは、どうだった」

「……会うのはもう、二十年ぶりくらいだから……すごく、変わってた」

「どんなふうに？」

「年をとってたわ」

そりゃあそうだろう、哲治は振り向き笑いました。

「もう長くはないと思うの。見たらわかるわ。哲治、あんた、死んでいく人間を見たことある？」

するとと哲治は笑うのをやめ、少し黙ったあと「いや、ないね」と答えました。

「父も母も、突然死んでしまったと思ってた。でも本当は、少しずつ死んでいったのかもしれないわね……」

「俺たちだってそうだ」

言うなり哲治はこちらに背を向けて、会話そのものを断つように包丁で緑の葉野菜を音を立てて刻み始めました。

それから二週間に一度、わたしは雪子と待ち合わせて祖父の見舞いにいくようになりました。

彼女がアルバイトや試験の準備などで忙しいときにはわたし一人だけで病室に行き、死にゆく祖父の傍らに座っていました。そうして二人きりでいてもかけるべき言葉は何も見つからず、昔の威光を失って弱々しく老いさらばえた祖父の顔をぼんやり眺めているだけでした。

わたしの父をわたしにはわからないやり方で愛していた祖父、そして母を、やはりわたしにはわからないやり方で憎んでいた祖父……その父も母も、もうこの世にはいません。でも祖父は、祖父自身の時間を生きながら、消えてしまった父と母の時間をも生きているように見えました。祖父がこれほど長生きしたのももしかしたら、彼ら二人の命から同時に失われるはずだった時間をあたかも臓器の一つのように剝ぎ取り、自分のそれと無理やり繋ぎ合わせて生きていたからなのかもしれません。シーツの上でかぼそい息を繰り返しているだけの祖父の体は、一本の糸状になったいくつもの時間によってどうにか人の形として縫い合わされ、そこに横たえられているようでした。そう、消えていくのは祖父の肉体や魂ではなく、いくつもの時間が縒り合わされた一本の糸だけ……見ていると、わたしはどうしてか猛烈に悲しくなって、一人で涙を流すことさえありました。

祖父は結局八ヶ月近くその病院に入院して、八月の早朝に亡くなりました。

最後を看取ったのはわたし一人でした。

誰が知らせてくれたのか、気づいたときには雪子と徹雄さんの姿が病室にありました。それからまもなく見るからに仕立ての良いスーツを着た弁護士を名乗る人物がやってきて、遺言によって葬式は不要であること、茗荷谷の家はすでに祖父のものではなくある不動産会社にすべての権利が委ねられていること、それからそのほかの財産はすべて遠方に嫁いだ娘、つまりわたしの叔母――この叔母も数年前に亡くなったそうなのですが――の子孫に分与されることを告げて帰っていきました。

祖父の死後、わたしはなんとなく先延ばしにしていた約束を果たすため、雪子と茗荷谷の屋敷を見にいきました。表札は取り外され、まだ昔のいかめしさを残す門には鍵がかかっていましたが、裏に回って森に通じる木戸をそっと押してみたところ、あっけないほど容易に開きました。雪子と顔を見合わせそこから敷地のなかに入ってみると、半ば想像していたこととはいえ、森はかつての姿をすっかり失っていました。ほとんどの樹木が伐採され、なかには根っ子ごと引き抜かれたあとなのでしょう、地面に醜い大きな穴がいくつも空いています。

幼い頃にはあれだけ広大に思われた森は、こうして見ると普通の家の敷地三軒分ほどの広さがあるだけのただの裏庭でした。外からの目印になっていた不吉な糸杉は跡形もなく消え、鬱蒼とした森を背景にして目が覚めるほど鮮やかだった壁や屋根の色も、今ではまるでぼやを起こしたばかりの家のように侘しくすすけてしまっています。父の訃報に駆けつけた二十年前にもすでにこの屋敷は痛々しく荒廃していましたが、少なくとも祖父と共に、それはまだ生きていました。でも今は……。

「なんだか寂しいところね」

隣に立っている雪子がため息をついて言いました。

「なかに入るまでもないけど、もう、死んじゃった家って感じ」

かつては滑稽なまでに豪奢だった「お屋敷」の建物のあちこちに入っている亀裂は、病室のベッドに横たわる祖父の顔に深く刻まれた皺によく似ていました。まるで自分が死んだ祖父の体の上に立っているような感覚に襲われ、思わず娘を置いて裏木戸に向かって走り出しそうになりましたが、その前に雪子が「もう行こうか」と腕を取ってくれ、そのまま振り向かずに二人で屋敷を後にしました。以来、わたしはあの屋敷には行っていません。これからもおそらく永遠に、その機会は訪れないでしょうね……。

屋敷を後にしてからわたしと雪子は後楽園の近くの喫茶店でケーキを食べ、次に会う日の約束をし、それぞれの家路につきました。ところが地下鉄の駅から出てスーパーで買い物を終えてアパートに戻ろうとしたとき、少し奇妙なことが起きました。ふと後ろの肩あたりに視線を感じ、きっと哲治が立っているのだろうと振り返ってみたのですが、路上にはせわしげな主婦や学生たちが行き来しているだけで見慣れた顔はないのです。前を向いて再び歩き出そうとしましたが、視線はやはり肩のあたりに貼り付いたまま消え去ってはいきません。

もしかしたら、雪子がこっそりあとを追っているのではないかしら？　目を凝らしてみましたが、彼女の顔もどこにも見当たりませんでした。念のため近くの電話ボックスから携帯電話にかけても、あっけらかんと「何？」という答えが返ってくるだけです。ボックスを出てからも何度も振り返ってみましたが、視線の主は現れませんでした。アパートのドアを開けてなかに入ると、ようやくその視線が消えて肩のあたりがふっと軽くなったような気がしました。

「なんだか、誰かにずっと見られてる気がしたわ」

窓の近くに座って煙草を吸っていた哲治に近づいて言うと、彼ははっとこちらを見上げました。聞こえなかったのかと少し大きい声で繰り返すと、その顔はみるみる不自然に引きつっていきました。

「何よ、どうかしたの……」

「見られてるって？」

「最初はあんただと思ったの。わたし、どこにいてもあんたの視線は区別がつくのよ。子どもの頃からそうだったんだから……。でも今日は違ったみたいね、あんたじゃなかったわ」

「じゃあ誰なんだ？」

「知らないわよ、もしかして雪子かと思ったけど、電話をかけたら家にいるって……わたしもとうとう、耄碌してきちゃったのかしら？」

冗談のつもりで言ったのですが、「誰だったか、ちゃんと見なかったのか」と哲治は珍しくきつい口調で問い質します。

「きっと誰でもなかったのよ。こんなおばさんをつけ回すもの好きなんていないわ」

わたしは笑って会話を終わらせ、夕食の準備に取り掛かろうとしました。ところが哲治は煙草の火をもみ消すこともせず灰皿に置き、何も言わずに玄関へ向かっていきます。

「ちょっと、どこ行くの」

声をかけたときにはすでに遅く、彼はサンダルを突っかけてドアを開けて出ていってしまいました。開けっぱなしの玄関からその後ろ姿を見送りましたが、彼は振り返りません。そのうち戻ってくるだろうと思いましたが、夕食の支度ができても哲治は戻りませんでした。

結局その晩彼が帰ってきたのは、わたしが布団に入ってうとうとしかけた頃でした。ドアが開く音に気づいて開いた襖の向こうに目をやると、台所の灯りに後ろから照らされた影が浮かび上がりました。

「どこに行ってたの、遅かったじゃないの……先に食べたわよ。あんたのぶんは冷蔵庫に……」

返事もせず哲治はずかずかと寝室に入り、着ていたシャツとズボンを脱ぎ捨てると隣の布団にもぐって、こちらに背を向けました。

「どうしたのよ、何も言わずに出ていって、ご飯も食べないで……」

哲治は何も言いません。

きちんと聞こえるように声を強めることがなんだか面倒に感じられて、わたしは問いかけを宙に放り出したまま、元の浅い眠りに落ちていきました。


それから数ヶ月ほど、わたしは奇妙な視線に悩まされ続けました。

朝の通勤電車のなか、会社の倉庫の出入口、スーパーからの帰り道……ふとした瞬間にそれはわたしの肩を叩き、なんとも嫌なくすぐったさを残して消えていくのです。気のせいなどではなく、視線の主が哲治ではないとしたら、やはり雪子なのではないかとわたしは疑いました。

その頃雪子は大学に通いながら、千駄木の家の近所の本屋でアルバイトをしていました。祖父の入院を一緒に見舞っているうちに、わたしと娘はいつのまにか以前の母娘関係とは似て非なる、新たな関係を築き上げていたように思います。まだ内からの支えが必要だった時に出ていった母親を心の底では憎んでいたでしょうに、雪子はその憎しみを表に出さず、一人の人間としてわたしに接してくれました。でもその寛大さの裏では身勝手な母親に対して言いたいことがあるのではないか、彼女は密かにそういう機会を待っているのではないか……。再会を喜ぶ一方で、わたしはそんな恐れを抱いてもいたのです。

祖父が死んで定期的に会わなくなってからも、雪子は折りに触れて電話や近況を伝えるきれいな絵はがきを送ってくれました。はがきには時折、父親のことが軽く触れてありました。「お父さんは風邪をひきました」だとか、「最近ますます早起きです」だとか……。そういった言葉を雪子がなんの含みもなく書いていると思うほど、わたしも楽天的ではありません。やはりあの視線の主は雪子なのではないか、こうして大した用件もない電話や手紙をよこさなくてはならないほど、自分は逆の方向から彼女に圧をかけているのではないか……？　否定しがたい後ろめたさを感じながらも、わたしは返事を書き続けました。

ところがある日、そんな疑いを一瞬で新たな不安に塗り替える手紙を雪子はよこしました。それはいつものようなはがきではなく、封書でした。わざわざ封をして送ってきたということは何か人目につくのが憚(はばか)られるような内容なのかしら？　わたしは家のなかに入ると慌ただしく封を開けました。

お母さん

元気ですか？　今日ははがきではなく手紙を書きます。というのも、少し変な話だから。

おととい本屋さんで雑誌を並べているとき、窓の向こうから男の人がこちらを見ていました。背広は着ていなかったけれど、サラリーマンみたいな恰好をした、お父さんより少し年下くらいの、おじさん。こっちをじっと見てるから気持ちが悪くなって、気がつかないふりをしたまま仕事の続きをしました。何回も目が合っちゃったけど、仕事が終わるころにはその人はいなくなっていました。でもちょっと怖かったので、帰りはユウト君（前に言ったかもしれないけど、わたしの彼です）に送ってもらいました。それで、その一日だけだったらなんでもなかったんだけど、昨日大学に行く途中、またその人を見たんです。電車から降りて、何か落としたような気がして振り返ったら、その人がこっちを見ていたの。彼は降りなくて、でも扉が閉まる前、確かにこう言ったんです、「お母さんのことを忘れるな」って。

もちろん、その人に言われなくたって、わたしはお母さんのことを忘れていません。いつも考えてるわけじゃないけど、時間があればこうして手紙を書いてるし。だからどうしてその人がそんなこと言うのか、全然意味がわからないし、気味が悪いでしょう？

昨日の晩、お父さんにも話しました。いいって言ったけど、これから帰りが遅くなるときは迎えに来てくれるって。それで、念のため、お母さんにも知らせておきなさいって。

これはわたしの直感だけど、その人は、お母さんと一緒に住んでいる人ではないと思います。

変な人には気をつけてね。

じゃあね、またそのうち書くね。

体に気をつけて。


読み終えた瞬間、雪子を気味悪がらせたこの男こそ、あの視線の主に違いないと思いました。受話器を取りましたが、途中で哲治が帰ってきたときのことを考えるとなんとなく憚られ、手紙をポケットに入れてわたしは外に出ました。

近所の公衆電話から雪子の携帯電話にかけてみましたが、何度かけてもすぐに留守番電話に切り替わってしまいます。少しためらったあと今度は千駄木の家にかけてみると、電話口に出たのは徹雄さんでした。

「わたしです」

徹雄さんは少し間を置いて、「ああ」とだけ言いました。

「雪子から、手紙をもらって……」

「……今は、まだ本屋でアルバイトだ」

「あの……心配で……」

「あの男の関係じゃないのか？」

「えっ？」

「あの男の関係だとしたら、お前も危ないんじゃないのか」

「哲治のこと？　どうして？」

「ああいう世界とは、そう簡単に手を切れないものなんだ。俺は深入りしなかったけど、いろんな奴を見てきた。もう縁が切れたと思った頃に、奴らはやってくるんだ。奴らは決して忘れないんだ」

「でも、まさか……」

「だからお前も……気をつけたほうがいい。雪子のことは、なんとしても俺が守る。でもお前のことはもう守れない」

「ええ……でももし、本当に今回のことが哲治と関係のあることだったら、あなたたちにはこれ以上迷惑をかけられないわ。なんとかします」

「……気をつけてくれ」

　電話が切れたあと、わたしはしばらく電話ボックスのガラスの壁にもたれてぼんやり外を眺めていました。心臓の鼓動が不規則に脈打って、すぐには歩けそうにありません。様子を見がてらやはり雪子が働く本屋に行ってみようかと思った瞬間、通りの向こうから歩いてくる哲治の姿が目に入りました。

　仕事帰りの哲治は外套のポケットに手を深く差し入れ、マフラーに顔の半分をうずめるように背中を丸めて歩いています。分厚いガラスに隔てられて眺める彼は、まったく見知らぬ一人の男のように目に映りました。再会したばかりの頃のようなひどい栄養失調の状態からはもう脱していましたが、頭にはずいぶん白髪が増えましたし、街灯の下ではいっそう深い皺が目につきます。まだ壮年期と言っても良い年頃のはずなのに、哲治は本当に、すでに老人のようでした。

哲治！　呼びかけてみても、彼は気づかずに電話ボックスの前を通り過ぎてしまいました。

わたしはボックスを出て少し距離を置きながら、彼のあとを追いました。アパートまでの道の途中で哲治は何度か立ち止まり、傍らの家の塀に両手をついて低いうなり声をあげたかと思うと急に空を見上げたりして、落ち着きのないようすです。そしていくらか時間を置いたのち、また元通りにのろのろと背を丸めて歩き始めるのです。その老いた印象にもかかわらず、哲治の背中はどんどん縮んでいって、道に迷った小さな子どものようにも見えました。すると彼を追っている自分までもが迷子の少女になってしまったような、どうにも心細い気持ちが募っていきました。

「哲治！」

心細さに耐えきれなくなってとうとう後ろから声をかけましたが、彼は振り向きません。近づいて腕を摑み、再び名前を呼びました。哲治は体をびくりと震わせて振り向き、突然現れたわたしの顔をじっと見つめました。

「どうしたんだ」

「散歩してたの。せっかくだから、このままちょっと、歩きましょうか」

アパートはもう一つ先の角に見えていましたが、今はなんとなく、あの暗く閉じた空間には入りたくありません。しかし哲治は落ち着かなげに周囲を見渡し、「いや、帰ろう」と腕を引っ張ります。

「どうしてよ？」

「帰りたいんだ」

「わたしは歩きたいのよ」

「じゃあ勝手に歩いてくれ。寒いから、俺は帰るよ」

言うなり哲治は背を向けてアパートに向かいましたが、あるところまで来ると急に駆け戻ってきて、「いや、だめだ。あんたも一緒に帰るんだ」と急かしました。

「哲治、少し話したいことがあるの」

「それなら家のほうがいい」

「哲治、あんた何か隠してるのね？」

彼は質問には答えずひたすら腕を強く引っ張るので、わたしは仕方なく引っ張られるままに部屋のなかに入りました。

靴を脱ぐとわたしたちは外套を着たまま、ストーブをつけて畳の上に座り込みました。哲治はせわしなく手の甲や頬をさすっていましたが、ひどい高熱の病人のように体は細かく震えています。「大丈夫？」肩に触れようとすると、少し体をずらして「寒いだけだ」と顔をそむけました。

「今日、雪子から手紙をもらったの」

ポケットから封筒を出して差し出しましたが、哲治は一瞥をくれただけで触れようとはしません。

「少し心配なことが書いてあったの。アルバイト先に妙な男が来たって……同じ電車に乗ってつけられたって……それでその男がね、母親のことを忘れるな、って言ったらしいのよ。雪子は心配になったみたいで……」

そこまで言って哲治の顔色をうかがいましたが、彼はただきつく唇を結び、依然として体を震わせているだけです。やっと燃え出した灯油ストーブのオレンジ色の光が、その青ざめた頬を照らしていました。

「実は、最近わたしも……」

哲治ははっと顔を上げ、こちらをじっと見つめました。

「少し前から、妙な視線を感じるの。祖父が亡くなった夏頃に、一回そんなこと言ったでしょう？　黙ってたけど、そんなふうに見られているように思うことが、あれからもたびたびあったの……まさかと思うけど、あんた、心当たりある？」

「…………」

「黙ってるってことは、あるのね？」

「……ああ」

うなずいた哲治の顔に、今までに見たことのない恐怖の色がゆっくりと滲み出すように広がっていきました。

「何よ、なんなのよ。哲治、言ってちょうだい」

「実は……少し……厄介なことが……」

「厄介なことって何よ？　昔の仲間のこと？」

「ああ、向島で……」

「向島？」

「……世話になった奴をちょっと助けてやったんだ。ほんの少し助けたつもりだったんだが……思ったほど単純なことじゃなかったらしい」

「どういうことよ」

「とにかく俺は……目をつけられてる」

哲治は煙草に火を近づけましたが、その指は震え、いつまでも火はつきません。とうとう哲治は舌打ちをして、煙草とライターを畳に投げ出しました。

「じゃあそいつが、わたしや雪子も一緒に監視してるってことなの？　わたしはともかく、雪子はちっとも関係ないじゃないの」

「奴らはあんたが、娘さんに金を預けやしないか疑ってるんだ」

「金？　なんの金よ？」

「俺が持ってもいない、汚い金だよ……」

「そんなの、持ってもいないなら、びくびくすることはないじゃないの」

「ところが俺は、それがどこにあるか知ってることになってるのさ」

「じゃあ正直に、知らないって言えばいいじゃないの」

「そんなに簡単な話じゃあ、ないんだ……」

「だからって、わたしの雪子まで巻き込まれる筋合いはないじゃないの！」

哲治は顔をしかめて黙りこみました。そして長く重苦しい沈黙のあと、乾いた唇をこすり合わせ絞り出すような声で言いました。

「前から考えてたことだけど……俺は……しばらくここから……離れようと……」

哲治は目を伏せました。わたしはその肩を揺すってこっちを向かせました。

「離れる？　離れるって、どこへ行くっていうのよ？」

「あんたは家に帰ってくれ」

「家って？」

「あんたの……家族の家さ」

「戻れないわ」

「いや、戻れるだろう……」

「戻れないわよ。あんたまだわかってないの？　わたしは夫も娘も置いて、あんたと暮らすためにここに来たのよ」

「それが俺たちの首を絞めるんだ！」

唐突な大声に、わたしは息をのみました。すると哲治は堰（せき）を切ったように早口で話し始めました。

「わかってるだろう、これ以上一緒にいても俺たちには何もない。何もないんだ。あんたにはさんざん世話になった、でもあんたと俺とはもうずっと昔から別の道を歩いてる……今さらその道が一つになることなんかないんだよ」

ちょっと待ってよ、さえぎるわたしを無視して、哲治は低くかすれた声で続けます。

「俺はあんたの知らない世界で長く生きてきた、汚くて暗くてごみ溜めよりひどい世界だ……この年になって、あんたと一緒にいることで、俺は一瞬そういう世界から抜け出せたように感じた。でも違う、一度そういう世界に足を踏み入れた奴は、一生その世界から追いかけられて生きるんだ……二度と違う世界では生きていけないようにできてるんだ……」

「哲治、あんたはまた、昔と同じことを繰り返す気なの？」

「これ以上、あんたと一緒にいることはできない。それが俺たち二人の……二人の、当たり前の生き方なんだよ……」

「また一人で逃げて、わたしを置き去りにするつもりなの？」

体のなかにあるすべての声を出しきってしまったように、哲治は肩で息をしているだけで何も答えません。わたしは彼の手を取って強く握りました。

「でももう、そうはいかない。わたしたちは長い時間を超えて、今ここに一緒にいるのよ、そのために、今までずっと離れ離れでいたんじゃないの。だからもう別々に生きるなんてことはできないの。わたしたちに残されている時間はもう、昔みたいに長くないのよ、だから……」

わたしは彼の目を見つめました。内から叩き割られたかのように深い皺だらけの顔のなかで唯一黒々と濡れているその瞳が、一瞬、かすかな輝きを帯びました。

「行きましょう、今すぐ」

わたしは立ち上がりました。

「行くのよ！」

押入れから大きなボストンバッグを取り出すと、わたしは夢中でそこに身の回りの品を詰め込み始めました。哲治は座ったままそれをぼんやり眺めているだけでした。

やがて準備を終えたわたしは彼を無理やり立ち上がらせ、引っ張りながら玄関を開けました。その途端、脳天に叩きつけるような鈍い音が響いてわたしは流しの前の床に倒れ込みました。

そのままどれほど気を失っていたのか——はっと意識が戻って顔を上げると、玄関で哲治ともみあっている岩のように大きくて真っ黒な体が、鈍く光る細長いものを高く振り上げたのが見えます。わたしは咄嗟に半身を起こして流しに手を伸ばし、触れた皿の一枚を思いきりその大きな黒い体に向かって投げつけました。

動物の咆哮のような恐ろしいうめき声が部屋中に響くなか、哲治が落ちた細長い棒のようなものを奪い、あっと思う間もなくその声の主の頭を打ち据えました。

気づいたときには、わたしたちは駅に向かって必死に走っていました。

路上に吹きすさぶ冷たい北風が砂漠の熱風のように感じられました。頭のなかでは低い轟音が鳴り続け、全身の血液は激しく波立っています。

早く、早く！　駅に着き電車に乗ってからも、遠のいていく意識のなかでわたしはそう叫んでいました。

20

強い光の気配を感じて目を開けると、わたしは白くて広々とした通路のような場所に立っていました。

ところが妙に哲治の顔が近くにあり、体の前面は不自然に圧迫され、足はぶらぶらと宙に浮いていて——そう、わたしは自分の足で立っているのではなく、哲治に負ぶわれてそこにいるのでした。病院に来たのね、ぼんやりとした意識のなかで思ったのですが、徐々にはっきりした輪郭を取り戻していく視界には、大きな荷物を持って行き交う人の姿や色とりどりの箱を並べた売店が映り始めています。いいえ、ここは病院じゃない——駅だわ！　目をこらせばそこは確かに、色と数字と人々の羅列がどこまでも続く大きな駅の構内でした。

ふいにこめかみが激しく痛んでうめき声をあげると、哲治がこちらに顔を向けて何か言ったようです。しかしその声はどうしてか、一言も聞きとることはできません。哲治の声だけでなく、人々の喧騒もアナウンスも発車を告げる短い音楽も、そこに溢れているはずの雑音は何一つわたしの耳に聞こえてきませんでした。一瞬、まだ夢を見ているのかと疑ってもみましたが、こめかみはますます鋭く痛み、手を当てるときつく何かの布が巻いてあるようです。やはり夢ではないとわかると途端に恐ろしさが募り、早く、早く！　懸命に声を絞りましたが、実際にそれが言葉となって哲治の耳に届いたかどうかもわかりません。

痛みをこらえて目を閉じているうち、突然冷たい床に体を落とされて、わたしは再び低いうめき声をあげました。目を開けると、鮮やかな緑色を背景に横に走る真っ黒な太い一本線が視界をいっぱいに埋めています。そこに哲治の後ろ姿が吸い込まれていくのが見えて思わず悲鳴をあげそうになりましたが、よく見てみれば一本線だと思ったのは横一列に並んだ黒い画面で、なかには細かな数字やマル印やバツ印が映り、哲治の前には数人が列を作って並んでいました。それは新幹線の切符売り場のようでした。少しして戻ってきた哲治に「どこに行くの」と聞きたかったのですが、舌が痺れるような感じがして声はうまく出ません。思い通りにならない体の不甲斐なさに泣いてしまいそうになりましたが、彼は足元の覚束ないわたしの手を引き、足早にホームに向かいました。すでに車両は着いていて、わたしたちはドアが閉まる寸前にそのなかに駆け込みました。

滑らかに都会の夜を走っていく列車のなか哲治の肩にもたれて座っていると、安堵の気持ちが痛みや不甲斐なさに打ち勝って、わたしは目を閉じました。ずっと前にもこうして二人で西に向かったことがある……あのときは横浜からだった、わたしは一緒に船に乗ろうと言う英而さんを振りきり、哲治を追いかけ、黙って夕方の電車に乗ったんだった……そして何度も電車を乗り換え、やっと降りられたのはどこの駅だったろうか……？　三十年以上も前のことなのに、まるで一週間前に起こったばかりの出来事であるかのように、当時感じていた胸の動悸や心細さが鮮明に甦ってきます。わたしたちは本当にいつまでも同じことを繰り返しているのね、そう哲治に言ってみたかったのですが、舌は依然として感覚のないままで唇は石のように硬く、かすれ声さえ発することができません。それなのに、ああ、そうだな、と哲治が耳元で答えるのを、わたしははっきり聞いた気がしたのです。その声と頰に感じている哲治の肩、握った手の温かさは、今確かにそこにあるものとして数分ごとに甦ってくる痛みを麻痺させてくれました。もう大丈夫、しばらくは、これで大丈夫……心のなかで繰り返しながら、わたしは深い眠りに落ちました。

突然揺り動かされてはっと目を開けると、ホームに姫路駅の看板が見えました。時刻はもう零時に近く、車両には二人以外に誰の気配もありません。

哲治はわたしの体を引っ張りあげるようにしてホームに降りると、人気のない改札を通り抜け、予め見当をつけてあったかのように駅前の大きな建物に真っすぐ向かっていきました。その建物の蠟燭のように細長いベッドが二つ並べてある部屋のなかで、哲治はわたしに向かってしきりに何かを問いかけました。ところが声はほとんど聞こえずわたしは首を振るばかり、すぐにベッドに倒れ込んでしまいました。

翌朝、目が覚め体を起こすと、哲治は二台のベッドのあいだに立ってじっとこちらを見つめていました。

おはよう、口にした途端に頭の内側から亀裂が走るような痛みを感じて思わず両耳を強く押さえたところ、頭にきつく巻かれていた布の感触はなく、感じられるのは冷やした枇杷（びわ）のような耳の柔らかさだけです。おはよう、おそるおそる今度は小声で言ってみましたが、やはりいつものような開けた空間に声が抜ける感覚がなく、不安になって哲治の顔を見上げました。その唇がゆっくり動き始めるのは目に見えても、声は幾重にも重ねた薄いガラスの向こうから聞こえてくるようにくぐもった響きしか残しません。黙っていると、哲治は突然わたしの右耳に顔を寄せました。

「聞こえるか？」

確かに、はっきりと聞こえました。ええ、うなずくと彼は左の耳元に唇を近づけましたが、くすぐったいような、温かくてかすかな息が感じ取れただけです。彼は顔を離して、わたしの顔をじっと見つめました。

「聞こえないのね？」

言って、わたしは左の耳にそっと触れました。そこにあるのはいつもと同じ耳のはずなのに、柔らかな冷たさ以外何も感じられません。哲治が突然ドアのほうに向かい、通路にかけてあった外套を手に戻ってきました。病院、という言葉が濁りを帯びながらもかろうじて聞きとれました。

「いいえ、行かないわ」

まだ温かさの残るシーツをぎゅっと摑んだわたしを、哲治は幽霊にでも出くわしたみたいな表情を浮かべて黙って見ています。彼はしばらくそこに立っていましたが、やがて奇妙にぎくしゃくとした動きでベッドの右隣に腰かけました。

「早くに診てもらえば、治るはずだ……」

「病院には行かない」

わたしは首を横に振りました。

「もう血も止まってるし、意識だってしっかりしてるもの。それにあんたの声だって、ちゃんと聞こえてるわ。これでいいのよ……」

「いや、よくない」

「ううん、いいの。これで、いいの……あんたとわたしはおんなじになったんだから、これで……」

「そんな……」

「ううん、本当にいいの、これで……これで……」

哲治は目をつむってうなだれました。わたしも彼の肩にもたれ、同じように目をつむりました。

黙っているあいだ、わたしは遥か昔、九段の置屋の小さな部屋でラジオを聴いていたときのあの静けさを懐かしく思い出していました。あれから今現在のあいだに五十年近くもの長い月日が経ってしまっているなんて、とても信じられない思いがしました。

子どもだったわたしたちは決してこんなふうに互いの体に触れることなどなかった、それでもずっと、今触れているのと同じくらい確かに、心のどこかで触れ合うことができていた……。幼い心には決して自覚できなかった二人の特別なあり方が、乾いた体にすうっと水が沁み込んでいくような自然さで、わけもなく理解できました。——あの頃、わたしたちは互いの心に触れることで自分の心の形を知ったんだった、そして同時に二つの心の境界を感じたんだった、小さなわたしはその境界をどうにかなくしてしまいたくて、一人で空回りばかりしていた……。でも今のわたしは、その境界が決してなくならない一線であることも知っています。そう、こうして二人きりの小さな部屋のなか、どんなにぴったりとくっついてみたって二人の体が決して一つにはならないように、二人の心も決して一つにはならないのです。それなのに今までの人生、自分はずっとこの虚しい試みのためにすべてを費やしてきてしまった、だとしたらおそらく、もう長くはない残りの時間も同じように過ごすしかないのだ……。そういう生き方を自ら望んでいたわけではないはずなのに、わたしはそんなふうにしか生きられませんでした。何もかもが不毛のうちに終わるとわかっていても、その方向に向かって駆け抜けてきた足を今さら緩めることなどできはしませんでした。

手探りで哲治の手を握ると、彼はぎゅっとその手を握り返してくれました。すると何かとてつもなく強く大きな存在に魂を明け渡してしまったかのような、すべての感情を超えた安らかさが全身を内から浸しました。その安らかさの奥底には、不思議な熱さがありました。それは体の最も深い奥、あらゆる言葉がはっきりとした形を持って溢れ出てくる以前の底なしの熱い泉のようなもの、そして現在のわたしを生かしている、唯一の、そしてすべての源でした。

目を開けたときには、ずいぶん長い時間が過ぎたような気がしました。

「哲治」

わたしは体を離して彼の顔に両手を伸ばし、自分のほうに向けました。その皺だらけの顔、時の痕跡が刻まれた悲しい顔――何も知らなかった幼い時代のそれとは本当に変わってしまっているのに、あの頃から彼はずっとこんな顔をしていたように思われて、わたしは小さく笑みを浮かべました。するとと哲治の顔にも、ちょうど同じぶんだけの笑みが表れました。でもそれは瞬く間に消えてしまって、その顔は再び救いようのない悲しみに覆われました。

悲しみは砂のように顔からこぼれ落ち、哲治という存在そのものを足元から冷たく埋めてしまいそうで、わたしは頬に触れている両手に力を込めました。

「哲治、わたし、鳥取に行きたいわ……」

そうしている間も指の隙間を流れていく悲しみの砂を押しとどめるように、一言一言、わたしはゆっくり大きな声で言いました。

「二人で鳥取に行くの……それで、続きを始めるの……あのときの時間の続きは、まだあの家で、あんたとわたしの帰りを待ってるはずだわ……」

哲治は黙ったまま、何も言いません。

「ねえ、お願いよ。鳥取に連れていってよ。わたし、もう一度あの砂丘が見たいのよ……」

掌に感じる乾いた頬が、一瞬だけ熱を帯びたような気がしました。哲治はゆっくりと、わたしの手の上に自分の手を重ねました。

その手を強く握り返すと、彼は無言でうなずきました。

山陰に向かう列車のなか、二人はずっと手をつないでいました。いい年をした男女がそんなふうに手をつないでいるのは、ほかの乗客からすればとても滑稽に見えたでしょうね……。わたしたちは聞こえない耳を外に向け、聞こえる耳を触れ合わせ、互いの心を聴き合っていました。いくつもトンネルを抜け、ぬるい波のような眠気のなかでうとうとしているうち、いつしか窓の外には雪景色が広がっていました。

——鳥取の冬は寒かったわね……。

自分が声を出してそう言ったのかはわかりません。でもこちらを向いた哲治は確かに、ああ、とうなずきました。

——あの部屋はとても寒かったのに、わたしたち、最後までストーブを買わなかったわね。

哲治は再び、ああ、とうなずきます。

——家に遊びに行った、直子さんのこと覚えている？

——覚えてるよ。

——小さな男の子、なんて言ったかしら……あの子とあんたは、とても気が合っていたわね。

——そうだったかな。

——きっとずいぶん、大きくなってるでしょうね。

——ああ。

——わたし、何も言わないで東京に戻ってきちゃったから、直子さんにはきっと心配かけたわね。

——ああ。

列車が鳥取駅に着くまで、二人は延々とこんなやりとりを交わしていました。片耳だけで聞く世界のあいまいな音にわたしは少しずつ慣れ始めていましたが、哲治の声だけは外からではなく体の深いところにあるあの熱い泉から直接響くように、一言も洩らさずしっかりと聞きとることができたのです。

鳥取の市街に雪は降ってはいませんでした。空は濃い灰色に曇り、乾いた冷たい風が駅前の大通りをさらうように吹きつけるなか、昔と同じように哲治はタクシーを拾って砂丘へと走らせました。窓から眺める風景は過ぎた年月のぶんだけ記憶に留めているそれとは様変わりしていたものの、一つ一つの曲がり角や緩いカーブを見るたび叫び出したいくらいの懐かしさが心に溢れ、かつてここで過ごした日々の思い出が鮮やかに甦ってきました。

そしてようやく砂丘の一部が見えた瞬間に湧き出た感情は――それはもう、懐かしい、という感情がほかのいっさいの感情と一緒になってなだれ落ちてくるような、わたしのちっぽけな心では受け止め切れない何かでした。叫ぶことも指で差して哲治に知らせることもできず、記憶と感情の音のない決壊のなかで、わたしはただ目を見開いていることしかできませんでした。

タクシーを降りると、わたしたちは昔のように駆け出したりはせず、手をつないで冷たい砂の上をゆっくり歩いていきました。冬の砂丘に人影はほとんどありません。唯一遠い馬の背のなかほどあたりに、大人か子どもか、男女の区別も判然としない影が二つ動いているのが見えました。

――冷えるわね。

――ああ。

――あのてっぺんまで、わたしたち、行けるかしら。

――さあな。

――初めて来たときは、子どもみたいに走ってたわね。

――そうだな。

――でも今はとても無理。膝が痛いんだもの、ずっと腰かけていたから。

――あんたは、もう、おばあさんだからな。

――哲治だって同じよ、ちょっとでも足を滑らせたら、骨を折って、砂に埋もれて、ここでおだぶつよ。

少しずつ歩を進めていくうちに、遠かった馬の背は徐々に近づいてきます。急になっていく傾斜を、わたしたちは慎重に、一歩一歩注意して登っていきました。ぼんやり見えていた人影は小学生くらいの男の子と女の子で、遠くからは見えませんでしたが、ショートカットの若い女性が彼らの後ろを従者のようについて歩いていました。ふいに振り向いた彼女は坂を登ってくるわたしたちに気づき、人懐こそうな笑顔を向けて何か言いました。哲治にもわたしにも彼女の声は聞こえませんでしたが、同じように笑顔を向けると、彼女は満足したように再び子どもたちのほうに向き直りました。

ようやく辿りついた丘の頂上からは灰色の日本海が見渡せました。全身に吹きつける冷たい風のわりに海は凪いでいて、浜に打ち寄せる波だけが風に揺れるカーテンの襞飾りのように刻々とその模様を変えています。

「静かね」

わたしはゆっくり、意識的に声を出して言いました。

「ああ」

哲治も声で答えました。

「懐かしいわ」

「ああ」

「やっと、戻ってきたのね……」

わたしの目に浮かんだ涙が流れていく前に、哲治はその乾いた指で優しく目の縁に触れ、水分を吸い取ってくれました。

「いやあね、わたしもう、めったなことじゃあ泣かないのよ」

首を振ると、哲治は少し笑ってその場に腰を下ろしました。わたしも同じように、彼の隣に膝を折って座りました。

三十三年前初めてここに来たときのような、取っ組み合って砂の上を転げ回り噴き出す何かをぶつけずにはいられなかったあの激しい情動は、二つの体からすっかり失われていました。その代わり、小さく弱々しいけれども、どこまでも燃え尽き方を知らない魂の炎の熱が二人を静かに満たしていました。

あの水平線を目指して海を渡っていけば、三十三年前の水平線まで辿りつけるだろうか？　そしてその水平線をさらに進めば、四十八年前の長者ヶ崎の水平線まで辿りつけるだろうか？　水平線の向こうでは、しかめっつらをした八歳の自分と哲治が、まだ蟹のお墓を掘っているだろうか……？

気づくとわたしは、灰色の空とほとんど区別のつかない遠い水平線を見つめながら、そんな詮無い問いかけを胸に繰り返していました。そしてもしその通りだと言う答えがどこからか返ってきたら、今すぐ海に飛び込み、あの水平線目がけて泳ぎ出す覚悟が自分にはあるだろうか、とも……。ええ、もし誰かがその通りだと言ってくれたなら、何を迷うことがありましょう？　わたしは間違いなく、痛む膝にもかまわず丘を駆け下って冷たい水に飛び込むことができたでしょう、もし、もし本当に、水平線の向こうに二人の失われた過去の続きが待っているというのなら……。ただその一方で、わたしははっきり悟っていました、失われた時間は永久に失われたままもう戻ってはこないのだと。わたしたちに許されていることと言えば唯一――

「同じところを、行ったり来たりしている」

風の音と混じり合って聞こえてきた声に、わたしははっと体を硬くしました。

「今、なんて？」

「俺たちは、同じところを行ったり来たりしている」

わたしの右耳に口を近づけて言うと、哲治はどこか申し訳なさそうに微笑んでみせました。

「これから、どうしようか……」

哲治は後ろに両手をついて、首を大きく上に反らせています。わたしも同じような姿勢で灰色の空を見上げました。

空を塞いでいる分厚い雲の向こうには、とてもあの光り輝く太陽があるようには見えません。でも明日かあさって、もしくはもっとあとになれば、太陽は何事もなかったように現れて、地上一面を惜しみなく照らし出すはずです。それだけで充分だわ、わたしは思いました。そう、二人がこれからどうなるのか、不安は永遠に据え置かれるはずの不安としてここにあるけれども、太陽は今この厚い雲の向こうにあって、辛抱強く待っていればいつかは必ず光り輝くことをわたしたちは知っている――その確かさだけで、今の二人には充分すぎるほどの僥倖(ぎょうこう)であるように感じられたのです。

――昔話でもする？　わたしたち、もうお互いの言ってることさえ、よくわからなくなってしまったけれど……。

心のなかで呟いてみましたが、返事は返ってきません。隣の哲治は目を閉じて、何かにひたすら耐えているかのように口を真一文字に引き結んでいます。

わたしはしばらく灰色の海をぼんやり眺めながら、手元の砂を掬っては風に流していました。そして指に触れた細い棒きれに誘われるがまま、体の前に一つの小さな穴を掘り始めていました。穴が深くなればなるほど、巨大な丘の一部を成している砂は硬く冷たくなっていきます。あるところまで来るとわたしは頼りない棒を投げ出し、両手で思いきり冷たく重い砂を摑みました。

「蟹の墓か？」

いつから目を開けていたのでしょう、横を向くと、哲治が呆れたという表情でこちらを見つめていました。

「馬鹿みたいに掘って……」

わたしはふいに可笑しくなって、笑ってしまいました。

「蟹なんか、こんなところまで登ってこないわよ。ずっと前にも言ったわね」

「そんなに掘って、どうするんだ……」

「万が一、ここまで頑張って登ってきた蟹へのご褒美にするわ」

「それは、そう言うあんたの墓だな」

「いいえ、あんたがここから動けなくなったときのためのお墓よ」

わたしたちは笑い合いました。そうやって声に出して笑いながらも、笑いがひとりでに涙に変わろうとしているのを感じていました。

「哲治、わたし、わたしたちは……」

掌の砂を放り出して言ったときには、うつむいていた哲治も笑ってはいませんでした。

「わたしたち……わたしたちは、あの日、長者ヶ崎の浜辺で蟹のお墓を掘ってたんじゃないんだわ……あのとき掘っていたのは、蟹のためじゃなくて、わたしたちのためのお墓……ここにある、このお墓だったんだわ……」

哲治は黙って首を振りました。その横顔は少し息を吹きかけるだけで砂と一緒にあっというまに吹き飛ばされてしまいそうで、思わず彼の肩をひしと抱きました。

丘の上にもうあの子どもたちと女性の姿はありません。

黙ったままの二人の前には、海と空と、暗くて小さな一つの穴だけがありました。

ゆっくりと哲治が立ち上がりました。わたしもその手を借りて立ち上がりました。互いの服についた砂を払うと、わたしたちは街灯がぽつぽつと灯る元来た道に向かって歩き出しました。

記憶を頼りに三十三年前に借りたアパートを訪れてみましたが、当時からすでに古かった建物は跡形もなく、そこは小さな公園になっていました。仕方なくバスで駅まで戻り簡素なビジネスホテルで疲れた体を休めた翌朝、わたしたちは駅前の不動産会社を訪ねました。

気の優しそうな若い男性社員は希望通り砂丘近くの家賃の安いアパートを紹介してくれましたが、困ったことに、連帯保証人の印がないと物件が契約できないと言います。昔借りていたアパートでは保証人は必要なく、東京の荒木町の部屋は祥子ちゃんが引き受けてくれていましたが、さすがにここまで来て彼女を頼る訳にはいきません。契約はいったん保留にして、わたしと哲治は別の不動産会社をいくつか回りました。しかしどこへ行っても条件は変わらず、明日から暮らせるような物件は見つかりません。

途方に暮れているうちに外はすっかり暗くなってしまい、藁にもすがる思いで、昔わたしが働いていた居酒屋をのぞいてみることにしました。

アパートと同じように取り壊されていることを覚悟していましたので、駅裏の寂しい通りに昔と同じ看板を見つけたときはほっと救われた思いでした。窓の向こうには障子戸があって外から様子を窺うことはできませんでしたが、聞こえるほうの耳を窓にくっつけてみると、確かに聞き覚えのある威勢の良い声が聞こえてきます。「直子さんだわ！」隣に立っている哲治は不安そうでしたが、わたしは勇気を振り絞ってなかに入ってみることにしました。

寂しい外見からは想像もつかないほど、店内は背広姿の男たちで賑わっていました。テーブルと座敷、合わせてようやく二十人が座れるほどの店でしたが、席はほとんど埋まっています。戸惑っているうちに、厨房からエプロン姿の若い女の子がビールのジョッキを両手に抱えて飛び出してきました。彼女は戸口に立っているわたしたちに気づくと、「ちょっとお待ちください！」と笑顔で言い、座敷にジョッキを配ってから、隅の空いているテーブルの上に置かれたままの食器類を片づけ始めました。せわしなく動くその背中に、わたしはおずおずと声をかけました。

「あの……」

「はい？」

彼女は背を向けたまま、手を動かし続けています。

「つかぬことをお聞きしますけれど、このお店に、直子さんという女性は……」

彼女は手を止めて振り返り、少し顔をしかめました。

「直子？」

「あの、ずっと昔、三十年くらい前に、ここで働いていた……」

「直子って、倉田直子のことですかいね？」

「ごめんなさい、名字はちょっと……」

「倉田直子でしたら、あたしの祖母ですよ」

言うなり彼女はにっこり笑って、「おばあちゃん！」と奥に向かって大声で呼びかけました。するとすらっと背筋の伸びた、丸顔で白髪混じりのおかっぱ頭の割烹着姿の女性が「何だね」と大きなお醤油のボトルを片手に出てきました。その顔を一目見て、わたしは思わず「直子さん！」と叫んでしまいました。彼女は訝しげな表情を浮かべましたが、すぐにあっと口を開きました。

「あんた、もしかして……」

「直子さん、覚えてる？　わたし、わたし……」

やだ！　悲鳴のような声をあげたかと思うと、直子さんは満面の笑みを浮かべて駆け寄ってきました。

「あんた、あんときの子だが！　ずっとずっと前、突然おらんやんなった……」

「そうです、そうです」

直子さんはお醤油を隣の女の子に投げるように渡し、わたしの両手をとりました。

「あじゃ、びっくりしたがね！　あんたもすっかりおばちゃんになあなって」

「ええ、ええ、そうなんです」

「ほんに、久しぶりだがん、ええと、何年ぶりかいな……」

「三十三年ぶりです。直子さん、もう遅すぎますけど……あの頃は良くしてくださったのに、突然いなくなって本当にすみませんでした」

「ああ、そげだがい！　あんた、ひどいがね。あたしえらい心配しちょったよ」

声を荒らげつつも直子さんはすぐに優しく肩に手を置いて、「元気にしちょったかね？」と懐かしい笑顔を浮かべてくれました。

「ええ、元気でした……直子さんは？」

「ご覧の通り、あたしも相変わらずだがん。ねえ、その人、もしかして……」

彼女の視線は今、後ろに立っている哲治に向いています。

「ええ、そうです、昔一緒にお宅にお邪魔した、哲治です」

哲治は頭を下げました。一瞬だけ沈黙が訪れましたが、「ミッちゃん、ビールもっと持ってきてごせ！」と座敷席から声がかかると、直子さんの後ろに立っていた女の子が「はあい！」と元気な声を返しました。直子さんはその後ろ姿を見て目を細めています。

「あの子ね、あたしの孫だがん。あたし、おばあちゃんになったが」

「そうなの、直子さん、おばあちゃんなの……」

「ほんに、信じられんわ。ねえ、ここじゃあなんだけん、ひとまずそこに座っちょって」

そう言い残すと、直子さんも厨房に戻っていってしまいました。言われるがまま指された隅の小さなテーブル席に座っていると、彼女の孫娘だというミッちゃんが布巾を片手に手際良く皿を片づけ、ちょっとしたおつまみと、わたしには烏龍茶、哲治にはビールのジョッキを出してきてくれました。

「まだ酒は飲めんかねって、祖母が聞いてます」

わたしは微笑んで、ええ、とうなずきました。

テーブルには少しずつ間を置いて、料理の小皿が運ばれてきました。どれも派手なものではありませんが、手間暇をかけて丁寧に作られた家庭的なお惣菜ばかりです。大昔の友人が自分を覚えていてくれたこと、とりわけ自分だけでなく哲治のことも覚えていてくれたことが本当に嬉しく、わたしは久々に若い頃のような食欲を取り戻して、運ばれてくるお料理を次から次へと平らげてしまいました。

それから二時間ほどすると閉店の時間となり、店のなかを賑わせていた背広の男たちはミッちゃんや直子さんに軽い冗談や労いの言葉をかけながら、名残惜しそうに店を出ていきました。

「ミツコ、お母さんと一緒に片づけは頼むけん」

言いながら厨房から出てきた直子さんに続いてほっそりした小柄な女性が現れ、わたしたちに一礼しました。

「息子の嫁の、サナエだがん。店を手伝ってごしなあに」

紹介されたサナエさんは恥ずかしそうに微笑んで、再び厨房に戻りました。そのあいだもミッちゃんは鼻歌を歌いながらテーブルや座敷を行ったり来たりし、散らかった皿やジョッキをてきぱきと片づけています。直子さんは割烹着を脱いでわたしたちのテーブルに椅子を引き寄せると、孫娘にビールを持ってくるよう言いつけました。「おばあちゃん、飲み過ぎなんなよ」ミッちゃんは口をとがらせながらも、ビール瓶とグラスを持ってきてグラスを満たしてあげました。

「ほんにね、懐かしい顔だわね」

直子さんはいかにもおいしそうにビールに唇をつけながら、わたしたちの顔にしげしげと眺め入っています。

「ほんにね……ああはもう、何年前だって言っちょったかいね？」

「もう、三十三年前です」

「あがんに時間が経っちょっても、人の顔は、すぐにわかあもんだね。それで、どがしてまた……」

「わたしたち、久々にこの街に来たんです。もしかしたら、まだこのお店に直子さんがいらっしゃるんじゃないかと思って……」

「そげだが。ねえ、びっくりせんでね。なんであたしがまだここであくせく働いちょうかって、あたしあのあと、この店の店長さんと再婚したけん。あんたも知っちょる、あの店長とだけん」

直子さんは壁の隅に掛かっている写真を笑って指さしました。そこには確かに、どこかの美しい山並みを背景に、わたしが働いていた頃に店長だった男性と腕を組んでいる直子さんの姿が写っています。

「年は一回りも違っちょったけどね、あんたがおらんやんなって一年、いんや、もうちょっとあとだったかいな……まあ、一緒になったわね。でも店を二人でやっちょったのは十年くらいで、旦那、肺ガンで亡くなっちゃったが。そおからはずっと一人。でもほら、博がおってくれて、その頃にはもう高校生になっちょったけん、ミツコみたいに店を手伝ってごいたけん助かったわ。まあ、この子ほど働きもんじゃなかったけどね」

直子さんが顎で指し示すと、ミッちゃんは「おばあちゃん、またお父さんの悪口？」とテーブルを拭きながら笑って言い返します。

「あのちっちゃかった博君が、もうお父さんなの……」

「そげだがん、今は境港にある水産会社の工場長をやっちょうわ。確か……哲治さん、一度うちにおいでたとき、あの子、哲治さんにすごうなついて……」

直子さんにじっと見つめられ、哲治は少し困惑したようにわたしと目を合わせました。

直子さんがわたしの隣に座っているので、向かい側の哲治にはその声が聞きとりづらかったのかもしれません。

「直子さん、ごめんなさい、わたしもそうなんだけど、この人、あんまり耳がよくないの。片一方は、もう聞こえなくて……もう片方も……」

「耳が？　あんたもそげかね？」

「ええ、わたしもこっちが」

わたしは彼女の顔に近いほうとは反対側の、左の耳を引っ張りました。

「なんでだね？　二人揃って？　なんでだ？」

首を傾げ笑ってごまかしましたが、直子さんは怪訝そうな顔でわたしたち二人の顔を交互に見つめています。このときになって初めて、東京を発つときにできた左のこめかみの傷に彼女が気づいてしまったのではないかと不安になりました。もう遅いだろうと諦めながらも、わたしは髪の毛で傷のあたりを覆って目を伏せました。

「昔も同じこと言ったと思うだども、あんたやつって、ほんに、双子みたいにそっくりだがん。怖んやになあくらい……」

傷のことには触れず、気まずさを打ち消すように直子さんは笑って、グラスのビールを一度に飲み干しました。そして空になったグラスを静かにテーブルに下ろすと、突然真面目な表情になって聞きました。

「ねえ、あんとき、どがで急におらんやんなったかね？」

咄嗟に記憶をさかさに振ってわかりやすい言葉を拾いだそうとしましたが、かろうじて摑み取れるのはうまく繋がりを持たない言葉ばかりです。この店に入ったときから、そして直子さんの顔を見たときから、必ず説明しなくてはいけないことだとわかっていたのに、いざその場面になると言葉はばらばらになって逃げていくばかりでした。

何か言おうと唇を開いては閉じ、不器用に黙ったままのわたしに待ちくたびれたのか、直子さんは「言えんことかね？」と、左の手で頬杖をつきました。

「あんま突然だったけん、事情があろうとは思っちょったけど……」

「……直子さん、ごめんなさい」

「理由は、言えんかね？」

「言えないわけじゃないの……ただ、どう言ったらいいのか……」

「俺が悪かったんです」

哲治が突然口を開きました。わたしははっとして、彼の顔を見つめました。

「俺が、悪かったんです……」

ミッちゃんはもう厨房に引っ込んでしまって、客席にはわたしたち三人きりでした。食器を洗う水音のほかには何も聞こえません。必死に言葉を探しているうちに、「おばあちゃん、もうビールいいかね？」明るいミッちゃんの声が奥から重苦しい沈黙をやぶってくれました。

「ああ、いいけん。ありがとね」

直子さんは怒鳴るように言い返すと、ふっと笑いました。

「まあどっちでも、大昔の話だけんね。聞いても仕方のないことだわね。こげして生きてまた会えただけん、いろんな面倒は忘れることにしらや」

直子さんは立ち上がって腰に手を当てると、首を回しながら大きなため息をつきました。

「あじゃ、年とうと体がえらいね。あんたと一緒に働いちょった頃は生きてくうのに無我夢中だったけん、体のことなんかかまっちょられんだったたに」

「でも直子さん、今でもすごくお若いわ。わたしよりもずっとずっと、若く見えるわ」

「なんだね、何言っちょうね。若いしから見たら、あたしたちみたいなおばちゃんなんてどっちもどっち、見分けなんかつかんわ。そうであんたたち、いつまでここにおるかね？」

「それが……」

わたしはしばらくここで暮らすつもりでいること、ただ保証人を立てられずに住居の問題で困っていることを伝えました。そして恥ずかしさをこらえながら、思い切って最後に切り出しました。

「本当に図々しいお願いですけど、このあたりでわたしたちが暮らせるような場所をご存じでないでしょうか。狭い部屋でいいんです、家賃もきちんとお支払いします」

「そうなら、ここの二階を使うといいが」

直子さんはあっけらかんと上を指さして言いました。

「結婚前に旦那が住んじょったけど、狭いとこだけん今は物置みたいになっちょうの。あたしは息子家族とここから少し離れたところに住んじょうけん、好きに使えばいいが」

わたしと哲治は思わず顔を見合わせました。

「ただ、住むには掃除せないけんし、布団はないけどね。明日、うちから持ってきてあげえね」

「でも……いいんですか？」

「だって住むところがないっていう話だが？」

「本当に、本当に……」

「家賃はちゃんともらあよ。今日は遅いけん、明日相談きいや」

「本当に、突然来て、こんなに親切にしていただけるなんて……本当に……」

「もういいけん、ほら、あんたがここでただ働きするって手もああわね。でもとりあえずちょっこし掃除せんと、今晩横になあ場所だってないわね。案内するけん、ついてきてごせ」


旦那さんを亡くして以来、家族の手を借りながらもほとんど一人で店を切り盛りしてきたという直子さんは、居酒屋の二階の小さな部屋を貸してくれただけでなく、ミッちゃんの半分も動けないわたしと哲治を店に雇ってくれました。

いい年をして都合よく他人の厚意に甘えている身を苦く思うときもありましたが、わたしにはもう、体面や先のことを考える余力は残されていませんでした。どんな生活であってもいい、ただ限られた時間を哲治と一緒に生きていくこと、それだけが頭のなかにあったのです。

とはいえ、そこに落ち着いて三日も経たないうちに、無断欠勤が続いているはずの東京の仕事先のこと、そして荒木町のアパートを夜逃げのような形で出てきてしまったことが無性に気になって、雪子や祥子ちゃんに迷惑をかけているのではないかと心配は増すばかりでした。そして何より、ずっと考えまいとしていたあの不吉な黒い影……アパートの玄関口でわたしたちに襲いかかった、あの黒い岩のような男……わたしと哲治はそれが別々に見た悪い夢であるかのように、鳥取に行き着くまでの道中でもあの男については一言も話しませんでした。あの男はいったいどうなったのだろう？　哲治はあの一撃で男を殺してしまったのだろうか？　もし殺してしまったのだとすれば……？　左のこめかみに走っている五センチほどの裂傷は時間が経つにつれますます濃く変色していき、それが悪夢などではなく逃れられない現実の出来事であることを、時に激しい痛みを伴って否が上にも思い知らせるのでした。

募る一方の心配にそれ以上耐えられなくなり、店に来て一週間ほどが過ぎた頃、わたしは昼の営業が終わってから哲治に黙って駅に向かい、公衆電話から一本の電話をかけました。暗記している番号といえば、荒木町のアパート、雪子の携帯電話、千駄木の家の番号しかありませんでしたから、雪子に頼んで祥子ちゃんの電話番号を調べてもらうつもりだったのです。いえ、本当は何より、雪子の声を聞きたい、その無事を知りたいという思いだけでした。京都に旅行に出ていることにして話をしよう、心に決めて呼び出し音を聞いていると、「もしもし？」不機嫌そうな娘の声が聞こえてきました。

「雪子？」

ました。

「お母さん？」

ええお母さんよ、言い終わる前に、雪子は急いた調子で「今どこにいるの？」と尋ね

「どこにって……どうして？」

京都にいるのよ、ねえ、お母さん」

「どこにいるのよ、ねえ、お母さん」

京都にいるのよ、受話器越しの娘の気配を前にして、簡単な偽りの言葉はたちまち喉の奥に消えていってしまいました。娘に嘘をつくのがこれほど困難な行為であったことさえ、わたしはすっかり忘れていました。

「ねえ、どこにいるの？」

「どこって……どうして？」

「お母さん、わたし昨日、荒木町の家に行ったの」

瞬間、そこで娘が目にしたはずの光景が脳裏に浮かんで血の気が失せました。しかし雪子はこちらの沈黙にはかまわず、急いた調子で続けます。

「鍵が開いてて、玄関に血のあとがあった。勝手になかで待たせてもらったけど、お母さんもあの人も、夜遅くになっても戻ってこなくて……。お父さんに言ったら、警察に連絡しようって。ねえ、何があったの？　お母さんは無事なのね？」

「雪子、警察に連絡したの？」

「まだよ。でも今夜には……」

「連絡はしなくていいわ。絶対にしなくていいの。お母さんは無事よ、なんでもないわ。何も心配することなんかないの」

「あの人と一緒なの？」

雪子の声が急に尖ったように感じました。わたしは少し間を置いて、できるだけ落ち着いた口調で答えました。

「ええ、あの人と……哲治と一緒にいるわ。でも雪子、どうして家に来たりなんかしたのよ？」

「だって手紙を出したのに、返事が来ないから。週末、友達が出るバレエの発表会があるから、一緒に行こうって書いたのよ。電話をかけても全然出ないし……ねえお母さん、今どこにいるの？　わたし、迎えに行こうか？」

「迎えになんて……だめよ」

「東京にはいないの？　もっとずっと、遠くにいるの？」

「雪子、お母さんはね、しばらく東京には戻れないと思うわ。それでお願いがあるの、東京の家のことで相談があるから、祥子ちゃんの番号を調べて教えてほしいのよ。あなた覚えてるわね、お母さんのお友達の、阿佐ヶ谷の祥子おばさんよ」

「祥子おばさんの？　でも待ってよ、どうして東京に戻れないの？」

「それは……それは……」

「あの人のせい？」

「違うわ」

雪子が息をのむのがわかりました。違うわよ、もう一度言うと、彼女はしばらく黙ったあとに一言だけ言いました。

「帰ってきて」

「雪子、それは……」

「ううん、お母さん、あの人のせいなんでしょう？　逃げる場所が必要なら、うちに帰ってきてよ。お父さんだって、そうしろって言うはずだわ」

「いいえ、雪子、それはできないのよ」

「できないわけないわ、だってお母さんはわたしのお母さんなんだから」

「でもね……」

「お母さんはお父さんとわたしの家族なんだから。わたしだけじゃない、お父さんだって、今もお母さんを待ってるんだから！」

「雪子、とにかく祥子ちゃんの番号を調べて教えてちょうだい。たぶん電話台の一番下の引き出しに、昔の電話帳が入ってるから……」

「今外にいるから、無理だよ」

「じゃあ明日またこのくらいの時間に電話するから、そのときまでに調べておくのよ。本当に、警察に連絡することなんて何もないんだからね。それじゃあね」

待って、と言う雪子の声を最後まで聞かず、わたしは一方的に電話を切ってしまいました。なんてひどい母親なんだろう？　力が抜けて電話機に寄りかかると一気に罪悪感が押し寄せてきて、すぐにでも電話をかけ直して謝りたい誘惑にかられましたが、どうにか気持ちを鎮めてわたしは居酒屋の二階に帰りました。哲治は畳んだ布団にもたれるようにして、新聞を読んでいました。

――何か、おもしろいニュースはあった？

隣に腰かけて、わたしは声には出さず聞きました。

――いや。

この狭い部屋のなかで、二人が声で言葉を交わすことはほとんどなくなっていました。つまり自分が声を発して何かを言っているのか、心のなかだけで何かを言っているのか、わたしはもう区別をつけなくなっていたのです。それに対する哲治の返事だって、聞こえるほうの耳から聞きとった返事なのか、自分が勝手に心のなかで作り出した返事なのか、もはや判然とはしませんでした。声で言っても心で言ってもそれはまったく同じこと、なんらの不都合も苛立たしさも感じませんでした。哲治に聞いてみたことはありませんが、おそらく彼も同じように感じていたのではないでしょうか。わたしたちはもう、自分の意思と異なる相手の言葉に腹を立てたり、逆上したりすることなどありませんでした。

二人が使う言葉は夕方にしか日が差さないこの暗い一室のなかに静かに浮遊していて、必要なときにはそれらの一部を掌に吸い取り、シャボン玉を投げるように相手のほうに軽く押しやるだけで、会話は済んでしまうのでした。

　翌日、予告した通りの時間に雪子に電話をかけましたが、いくら鳴らしてみても応答はありません。店に戻りテーブルで直子さんと哲治とお茶を飲んでいるあいだも、わたしは娘の行動が心配で黙りこくってしまい、直子さんばかりが喋っていました。あじゃ、二人揃ってだんまりだけんな……そう言って直子さんが腰を上げたとき、背後でがらりと戸が開く音が聞こえました。

「ごめんね、お昼はもう終わってしまったに」

　声をかけた直子さんの視線の先を追うように振り返って、わたしは言葉を失いました。一瞬、ずいぶんよく似た子だと思いました。でも、こちらをじっと見据えているその顔は見紛うはずもないわたしの娘、わたしの娘の雪子のものでした。

「お嬢さんごめんね、もうお昼は……」

　直子さんのきつい声にもひるまず、雪子はまっすぐこちらに近づいてきて、目の前に立ってわたしをじっと睨みつけます。

「ちょっと、あんた……」

「直子さん、娘の雪子です」

　直子さんは一瞬ぽかんとした顔になりましたが、すぐに眉をひそめました。

「娘？　あんた、娘がおったかね？」

その大声に、雪子の顔がやや引きつったように見えました。

「雪子、どうして……」

「お母さん、帰ろう」

彼女はわたしを睨みつけたまま腕を摑み、強い力で椅子から引っ張りあげました。

「雪子、ちょっと待ってよ、どうして……」

「いいから、帰るのよ！　今すぐ帰るの！」

「離しなさい、雪子、ちゃんと説明するから、少し待ってよ」

「説明なんかいらない！」

「離しなさい！」

わたしは渾身の力を込めて娘の腕を振りほどきました。雪子は少しよろけて、近くのテーブルに手をつきました。その顔は紅潮し、かすかに震えているように見えました。

「ちょっと、二人とも、落ち着いて……今、お茶淹れえけん」

直子さんは呆気にとられながらも、中途半端な恰好で立っている雪子のために椅子を引いてくれました。しかし雪子は座らず、険のある厳しい視線をわたしの後方に向けています。そこには哲治が座っているはずでした。

「ほら、あんた、座りない」

直子さんが緑茶の湯吞をテーブルに置いても、雪子は見向きもしなければお礼も言いません。直子さんはほとほと困惑したようすでこちらに目を向けましたが、わたしが一礼するのを見ると肩をすくめて無言で厨房に引っ込んでしまいました。

「雪子、そこに座りなさい」

　わたしは自分から椅子にかけて言いました。

「今からちゃんと話すから、そこに座ってちょうだい」

「いやよ」

「いったい何しに来たの？　どうしてここがわかったのよ」

「お父さんに聞いたの。昔、お母さんはその人と鳥取に住んでたことがあるって……そこはすごく思い出の場所で……砂丘の近くの家に住んで……駅の裏にある居酒屋で働いてたんだって……そこのお店には直子さんっていう少し年上の女の人がいて、短いあいだだけど、お母さんは仲良くしてもらってたんだって……お父さん、こういう話、全部覚えてるのよ。お母さんはきっと、そんな話をお父さんにしたのさえ忘れちゃってるかもしれないけど、お父さんはちゃんと、覚えてるのよ！」

　後ろでぎいっと椅子を引く重たい音がして、哲治が立ち上がったのがわかりました。振り向くと、彼は目を合わせずに階段のほうに向かっていきました。

「待って！」

　雪子が大きな声を出しました。

「待ってください……」

　哲治は足を止め、こちらを向きました。

「すみません、突然来て……」

雪子は今、わたしにではなく哲治に話していました。

「わたし、母を迎えに来たんです。母を危ない目に遭わせたくないから、来たんです。母を連れて帰っていいですか」

哲治は何も言いません。

「雪子、もっと近づくか、大きな声で話しなさい」

「いいや、聞こえてる」

哲治はゆっくりと雪子のほうに近づいてきました。そしてかろうじて聞きとれるような、かすれた声で言いました。

「お母さんを……連れて帰ってくれ」

その瞬間、雪子は勝ち誇ったような顔でわたしを見つめました。哲治はそれ以上何も言わず、一人で階段を登っていこうとしています。わたしは追いかけてその腕を捕まえ、こちらを振り向かせました。

「哲治、わたしは帰らないわよ」

青ざめた哲治の顔に、久々に激しい怒りの表情が表れました。彼は振り切ろうと腕を揺らしましたが、わたしは決してその腕を離そうとはしませんでした。そうやってしばらく二人は虚しい力を不恰好に戦わせていましたが、後ろから思わぬ強い力で肩を摑まれたとき、わたしはようやくそこにいる娘の存在を思い出しました。

「お母さん、そんな見苦しいことしないでよ。帰るのよ、一緒に」

雪子はそのまま戸口まで力任せにわたしを引っ張っていきます。

「雪子、やめなさい、離しなさい！」

大声に驚いた直子さんが厨房から顔を出して、おろおろとした表情で何か言おうとしていました。階段の前に立っている哲治は凍りついたように、わたしたち母娘を黙って見ているだけです。

「哲治、この子を止めてよ！　わたしたち、約束したじゃないの！」

戸口を開けるためか雪子の片手が一瞬体から離れた隙に、わたしは鼠のように娘の腕から抜け出し哲治のもとに駆け寄りました。

「雪子、本当にごめんなさい。あなたはちっとも悪くないのよ。あなたはお母さんの大事な娘、お母さんにはもったいないくらいの、良い娘……」

空っぽの腕をまだ宙に浮かせたまま、雪子は引き戸に体をもたせかけました。何か言おうとしては口を閉じ、数回口をぱくぱくさせたあとにようやく絞り出した声は、哀れなくらいに震えていました。

「お母さん、どうしてこんなことをするの？」

「…………」

「そんなにその人が大事なの？」

「…………」

「わたしやお父さんよりも、大事なの？」

何も答えられないでいると、雪子の口元にかすかな笑みが浮かびました。それはまるで彼女に似合わない、冷たく皮肉な感じの笑みでした。雪子は宙に浮いたままの腕を自身の体にぴったりと巻きつけ、わたしだけを見つめて大声で怒鳴りました。

「そうよね、わたしやお父さんよりも大事だから、お母さんは、家を出ていったんだもんね！」

笑みが消え去った雪子の真っ赤な頬を、涙が伝っていきます。

「そんなの、何年も前からわかってたことだわ。お母さんは結局、自分だけが大事なのよ。自分のしていることに一回だって責任をとったことがないのよ。そしてお父さんやわたしみたいな人間は、自分みたいに弱くないから、なんとかたくましくやっていけると思ってるんでしょう？　でもね、お母さん、どうしてお母さんにはわからないの？　お父さんだって、わたしだって、お母さんと同じ人間なのよ。お母さんはその人と一緒に現実から逃げたいだけ、世界じゅうの不幸の代表みたいに二人でいかにも悲しい顔をして、狂ったふりをして、かわいそうな自分たちを許してもらおうって甘えてるだけ！　お母さんたちは、醜いわよ！　お母さんたちは……」

「帰りなさい！」

体じゅうの声を振り絞ってわたしは叫びました。

涙でぐちゃぐちゃになった雪子の顔が、一瞬のうちに冷たく固まりました。

「あんた何やっちょうかね、追いかけえだわね、母親だがん？」

身を翻して外に走り出ていった娘を追いもせず、ただそこに突っ立ったままでいるわたしの肩を直子さんが強く揺らしました。わたしはその手を払い階段の前に立っている哲治を押しのけ、二階の部屋に駆け上がりました。

曇った窓ガラスの向こうに、駅に続く角を曲がった娘の後ろ姿が一瞬だけ見えました。


その晩、店はいつも通りに始まりましたが、直子さんからあからさまに非難の眼差しを向けられたわたしは用もないのに店のなかをうろうろし、お客さんたちにからかいの言葉をかけられました。事情を知らないミッちゃんも「今日はサービスですね」と笑っています。顔では一緒に笑っていてもわたしは昼間のことで頭がいっぱいで、お客さんの注文は取り違えるし、皿を間違って運ぶし、最後には「あたしがやりますけん、ちょっと休んじょってください！」と呆れられるほどでした。

ようやく閉店の時間になると、わたしはさっさとエプロンをはずし、ごみの処理をしている哲治よりも先に二階に上がって窓辺に寄りかかりました。下からは絶えず直子さんとミッちゃんのやりとりが聞こえ、時々笑い声も聞こえます。哲治はこんなとき、どんな顔をして二人の近くにいるのかしら……不思議なことに、哲治の笑い顔がわたしはどうしても思い出せませんでした。哲治だけでなく、雪子の笑顔も、徹雄さんの笑顔も、英而さんの、母の、父の、祖父の、知っているすべての人の笑顔が思い出せませんでした。いいえ、彼らがわたしに向かって微笑んでくれたことなどこれまで一度だってあったたろうか？　覚えていたはずの笑顔はすべて自分の思い違いで、彼らが笑顔を見せたとき、誰も本当には笑っていなかったのかもしれない、そして自分だって一度も心から笑ったことなどなかったのかもしれない……そう思うと、今まで生きてきた人生がすべて白紙になっていくようで、わたしは無理やり目を閉じその白のなかに心を投げ出してしまいたくなりました。

どれほど時間が経ったのか、重いまぶたを上げると哲治がすぐ正面に座っているのが見えました。

——終わったのね。お風呂は……？

——いや。

——じゃあ、もう寝るの？

——いや。

——じゃあ、なんなのよ。

「あんたとはもう、ここでお別れだ」

哲治はわたしをじっと見つめ、はっきりそう言いました。

「あんたとは、ここで、お別れだ」

わたしは笑いました。

「また同じこと言って……」

「俺は、本気で言ってる」

「雪子のことは忘れてちょうだい」

「いや、だめだ」

「なんべん言ったって無駄よ。見たでしょう？　実の娘だって、わたしをここから連れ出すことはできないのよ。あんたとわたしは、もう離れられないの。こんなやりとり、馬鹿みたいに繰り返してきたじゃないの……わたしもう、疲れたのよ……今は、放っておいてほしいの……」

「あんたが帰らないなら、俺が一人で帰るまでだ」

「帰るって、どこに帰るの？　東京に帰るの？　東京に帰ったら、あんたはひどい目に遭うんじゃないの？　あんたが殴ったあの男は、きっとまだ生きてるわ……」

「どっちにしろ、あんたとは本当に、これで最後だ」

　言うなり哲治は立ち上がって階段に向かいました。わたしは慌てて身を起こし、その腕を引っ張って彼と向き合いました。

「哲治、もうその手は利かないわ。そんないつものやり方じゃあ、わたしから逃げることはできないの。あんたも充分わかってるでしょう？」

　哲治は乱暴に腕を振りましたが、わたしは絶対に離すつもりはありません。

「もうやめて、こんなこと、意味ないんだから」

「いいや、俺は行く」

「だめよ、絶対に行かせない！」

「じゃああんたが行くんだ！」

哲治は突然体重をかけてわたしを畳に押し倒すと、部屋の隅に置いてあったハンドバッグと外套を摑むなり、窓を開けて外に放り出しました。そしてわたしの体を引っ張りあげて抱え、もつれるように階段を降り戸口に向かって床の上を引きずり、店の外に無理やり押し出そうとするのです。必死で抵抗しましたが、最後には力及ばずわたしはとうとう冷たいアスファルトの上に投げ出されてしまいました。痛みにうめきながらなんとか起き上がったときには、戸口には内から鍵がかけられていました。必死に磨りガラスを叩きましたが、返事はありません。

「哲治！」

呼びながらいっそう強く、割れてしまうかと思うくらい戸を叩きました。ガラスを隔ててすぐ向こうに彼が立っているのがわかりました。何かに絶望したような表情で呆然と立ち尽くしているその顔……でもそれが彼の顔なのか暗いガラスにぼんやりと映っている自分自身の顔なのか、はっきり区別はつきませんでした。

「開けないのなら、せめて、靴をちょうだい……」

自分にも聞こえないくらいの声で呟くと、カチリと鍵が開く音がしました。よろけながら入った暗い店内には、すぐそばの椅子にかけ顔を覆って背中を丸めている彼の後ろ姿が、外の街灯に照らされてぼんやり浮かび上がりました。

「哲治」

近づいてみると、その体は細かく震えていました。

「どうしたのよ？」

わたしは彼の顔を覆う手に触れ、隠されている表情を窺おうとしました。ところが二つの手は顔の表面に貼り付けられてしまったかのようにぴくとも動きません。わたしは哲治の肩を摑んで、強く揺すぶりました。

「哲治、どうしたのよ、何か言いなさいよ！」

あっと思ったときには、わたしは再び強い力で床の上に投げ出されていました。

哲治は顔をひどく歪めて、こちらを見下ろしていました。磨りガラスを通して差し込む街灯の微かな光のなか、その頰に——ええ、わたしは確かに見たのです、そしてそれを目にした瞬間、床に投げつけられた痛みもわたしたち二人を見えない断崖に追いつめつつある恐怖も、一度に消え去ってしまったのです。

哲治は泣いていました。

わたしは夢中で外に飛び出し、路地に投げ出されたハンドバッグを手にして戻りました。そしてうずくまってしまった哲治のすぐ前に座ってバッグの中身をさぐり、それを摑み、彼の濡れた目のふちにそっとあてがいました。

「泣くときはこのなかに泣くのよ」

わたしは彼の手を取って、壜を握っている自分の手の上に重ねました。それはわたしが、あの下関での別れから何十年も肌身離さず持ち運び続けた、小さな涙の壜でした。

「泣くときは、このなかに泣くのよ……」

こちらを見上げた哲治の目から一筋の涙が壜のふちを伝い、透明なガラスの表面を静かに流れていきました。

「どうして……」

彼の手が、壜を握っているわたしの手を強く外から握りました。

「どうして……」

わたしは空いているほうの手の人さし指を哲治の唇に当て、言葉を拒みました。

哲治は静かに泣きました。

壜のなかの液体は少しずつかさを増していき、やがていっぱいになり、壜から溢れてわたしの指を温かく濡らしました。

「哲治、覚えてる?」

「……ああ、でも、どうして……」

「ずっと持ってたの。あの晩、下関の駅で別れた晩から、ずっとよ……」

「下関の……駅……」

「そう、あれからずっと、持ってたの……もう、自分のためには使わないつもりで……いつか、いつか……あんたに必要になったときのために……」

まるで一生分の涙を流しているみたいに、彼の涙はいつまでも止まりそうにありませんでした。

　指先だけを濡らしているはずの涙はいつしかわたしの腕を濡らし、胴を濡らし、腰から足首までをも濡らしていきました。自分が一つの塊になって、哲治の涙を受け止めているかのようでした。やがてその輪郭もあいまいになって、体の内と外にある何もかもが優しく調和して、この狭い店の油やアルコールやいろいろなものが入り混じった匂いも、窓から差し込む街灯の灯りも、目の前にある老いた哲治の体でさえずっと自分の一部であったような感覚に痺れ始め……最後にはとうとう、その感覚さえも失いました。

　いつのまにかわたしを抱いていた哲治の体は、熱くも冷たくも感じられませんでした。それはわたし自身の体でした。目をつむり、終わりが近づいてきているのを感じました。

「明日、下関に行こう」

　永遠にも思われた長い沈黙のあと哲治がそう言った途端、緩んでいた輪郭が針金のような冷たい固さをもって体を縁取っていくのがわかりました。

　わたしは顔を上げて、哲治の顔を見つめました。

「下関？」

「ああ、下関だ」

「そんなこと言って……またわたしだけ、東京に帰らせるつもりなの？　今度はもう、騙されないわよ」

　言って笑うと、哲治も少しだけ笑いました。

「いや……今度は違う。二人で行くんだ。下関に、知り合いの家があるんだ」

「知り合いって誰よ？」

「昔の知り合いさ。しばらくいてもいいって言ってくれてる。ずっとここにいるわけにもいかないだろう……」

「確かに、ずっとここにいるわけにもいかないけれど……だからって、そのおうちにもずっといられるわけじゃないでしょう……」

「いいや、きっと死ぬまでいていいって言ってくれるはずさ」

「そんな……そんな優しい人が、あんたの知り合いにいるの？」

「ああ……俺にだって、そんな人もたまにはいるのさ……」

ビールのケースを一つ抱えるのも覚束ない哲治の痩せ細った腕が、わたしを優しく抱き上げました。

錆(さ)びかけた二つの輪郭が擦(こす)れ合う音を聞きながら、わたしはゆっくり力を抜いて、その輪郭が千切れて落ちていく谷間へと全身を預けました。

翌朝目を覚ましたとき、隣の布団はもぬけの殻でした。

まさかと思いましたが、彼の外套や身の回りの荷物を入れるボストンバッグも見当りません。咄嗟に起き上がって窓の外を見やっても、そこには人気のない朝の路地裏の風景が広がっているばかりです。

「哲治！」

いないことはもうわかっているのに、わたしは叫びながら階段を駆け下り、厨房やお手洗い、店のなかのすべての戸を開け放ちました。怒りとも恐怖ともつかない激しい何かが体じゅうを駆けめぐって、むやみにでも叫んでいなければ芯から爆発してしまいそうでした。

「哲治！　哲治！」

力尽きてテーブルに崩れ落ち、しばらく呼吸を整えようとしても、全身の血が逆流してくるようで座っても立ってもいられません。

再び二階に駆け上がり部屋を見渡してみてようやく、布団の枕元に小さな紙片が落ちていることに気がつきました。拾って見ると、ひどく歪んだ下手な字で下関市から始まる聞いたことのない町の住所が書いてあります。力が抜けて、その場にしゃがみこみました。急速にさっきまでの激しい動揺が冷めていくのを感じました。擦り切れてもはやなんの怒りも恐怖も感じられない空虚な心で、わたしはじっとその住所を見つめました。

そうして再び一人ぼっちで残されてはいても、不思議と三十三年前ほどの絶望には陥っていませんでした。わたしにはもう、自分と彼がどうやったって離れられない二人であることがわかっていました。哲治のなんらかの意図がこの住所を書いて残したのならば、わたし一人がこの場所に留まっている理由などありません。

布団を片づけて軽く部屋を整えたとき、昨晩一杯に満たしたはずの涙の壜がどこにも見当たらないことに気がつきました。哲治が持っていったのだ、そう思うと余計に、二人が離れ離れになることなど未来永劫あり得ないことが保証された気がして、わたしは振り返りもせず階段を降りていきました。そして直子さん宛に、一日留守にするけれど何かあったら必ず電話で連絡を入れると記した書き置きを残すと、店をあとにしました。

下関に向かう電車のなか、わたしは何度も哲治が残した紙片を見つめ、彼の名を呼びかけ続けました。


特急と新幹線を使って下関に着いたのはお昼過ぎのことで、駅の交番で道を尋ねいくつかバスを乗り継ぎなんとかその町に辿りついた頃には、もう夕方近くになっていました。消えかけた白線が引かれた片側一車線の道路がどこまでも続きそうな、古びた電器屋さんと時計屋さんが隣り合っている寂しい町の一角――そんな停留所でバスを降りると、電線に止まっていた鳥たちが一斉に夕日の方角へ飛び立ちました。番地を示す標識や地図は見当たらなかったので、すれ違う人たちに道を聞き、わたしはようやく紙片の住所が示す家の前に辿りつきました。

そこは「つる」という看板が下げられた、鳥取の直子さんの店を半分くらいの大きさにした居酒屋でした。

ぼろぼろの入口にはかろうじて読めるような文字で、「準備中」の札がかけられています。思い切ってノックをしてもなかから返事はありません。引き戸に手をかけると、鍵はかかっていないようでした。少しだけ戸を開け、ごめんくださいと声をかけると、なかでカタリと何かが動く気配がしました。ごめんください、もう一度声をかけると、はい？　店内の暗さとはどこか不釣り合いな、澄んだ女性の声が返ってきました。

「どちらさま？」

それはどこの地方の訛りも感じさせない、まるで東京の大きなデパートのスピーカーから聞こえてくるような、張りのある明瞭な声でした。戸を開けたまま何も言えずにいると、ふいに懐かしいシャボンの匂いが鼻腔をくすぐって、声の持ち主の気配が濃くなりました。

「どちらさま？」

わたしの前に立ったのは、髪を小さく後ろでまとめ、くすんだ空色のセーターに身を包んだ小さな初老の女性でした。顔のあちこちに深い皺が走り、結った髪は白髪を染めているのかやや人工的に黒く光って、少なくとも六十半ばは過ぎているように見えます。それでも、少し離れ気味のつぶらな瞳に宿っている輝きには十歳の少女のような瑞々しさがありました。

「突然申し訳ありません、あの、わたし……」

彼女はプレゼントを待つ少女のようにわたしを見上げて、言葉を待っています。

「わたし……あの……哲治の……」

その名を口にした途端、彼女の目が大きく見開かれました。

「哲治？」

「ええ、哲治……武中哲治の……」

「あの子のね」

彼女は小さく笑って「お入りなさい」と戸を大きく開け、なかの電気をつけてくれました。オレンジ色の灯りで照らされた店内にはカウンターに四つ、隅に小さなテーブルが一つあるだけで、外から見るよりずっと小さいお店でした。

「どこでも好きなところに座ってちょうだい」

わたしがカウンターの端の椅子に腰かけるのを見届けると、彼女は奥に入っていって湯呑のお茶を二つ持ってきました。そしてこちらをまじまじと見つめ、「あなた、大きくなったわねえ」と笑いながら言いました。

「あの、ごめんなさい……わたしのこと、ご存じなんですか？」

「何度か、見たことあるわよ」

「それは、どこで……」

「さあ、どこでしょう？」

隣に腰かけた彼女はいたずらっぽい笑顔を浮かべて、小さく首を傾げます。見れば見るほど若返っていくような、店のなかに流れている時間さえもが静かに遡っていくような、不思議な笑顔でした。その笑顔にわたしは記憶の海に沈んでいるすべての女性の笑顔を照らし合わせてみましたが、そのうち自身までもがその海の底深くに引きずり込まれていくような気になって、途中でやめてしまいました。

「ごめんなさい、わたし、ちっとも……」

「わからないのは当然よ。だって本当に、大昔のことなんだから……」

「哲治のことも、ご存じで？」

「ええ、当然」

わたしが口ごもっていると、彼女はお茶を一口飲み、かわいらしい桃色の舌の先端で薄い唇をぺろりと舐めました。そしてとっておきの秘密を打ち明けるように、顔を近づけて言いました。

「あなた、東京の、九段で育ったでしょう」

その言葉で突然、この店に入ったときに感じたあの懐かしさ、あのシャボンの匂いがふっくらと形を持って熱を帯び、それが一つの強い光源となって、三味線の音、夜の賑わい、眠れなかった夜の記憶をわたしの心にいきいきと甦らせました。

「あたしはね、鶴ノ家という家にいたのよ」

驚いて顔を上げたわたしを見つめ、彼女は得意げに大きくうなずきます。

「そうよ……あの子がいた家ね」

目の前の老女があの鶴ノ家にいた、あの置屋の二階に暮らして、わたしと哲治が生きた時間を生きていた……そこからあまりに遠い今、あまりに遠いこの場所で、眠っていたあまたの記憶が急に息を吹きかえし、ゆっくり膨らみ始めていくのがわかりました。

「鶴ノ家……あの家に……あの家に？」

「そうよ、あなたたちが言ってた、まくらのおねえさんの家」

彼女は肩をすくめて笑います。

「あの家には一年か二年はいたと思うわ。あなたは、哲治の友達だったわね。あの子の、たった一人の友達……そして今でもそうなのね。うらやましいわ」

「おねえさん、わたしたちを知ってるんですね？」

無意識に口にのぼった〝おねえさん〟という呼び方に、わたしは甘いくすぐったさを感じました。彼女も同じだったようで、少しはにかんだように「おねえさんなんていやね」と体を揺すって笑っています。

「でもまあ……言われてみれば、あたしは確かに、あの子の本当の意味での〝おねえさん〟ね」

笑みを絶やさぬまま、彼女は続けました。

「哲治はあたしの、実の弟なのよ」

瞬間、目に映るすべての景色が大きくぐにゃりと歪んだように感じました。

弟、その言葉はわたしの知っているどの時代の哲治にも結びつきませんでした。哲治は誰の弟でも、誰の兄でも、誰の子どもでもありえない、永遠に一人ぼっちの存在でした。どこかよその星から間違ってこの世に落ちてきたような一人ぼっちの存在、白紙と落丁だらけの誰にも読まれない孤独な本……それがわたしの知っている唯一の哲治でした。

おとうと？　聞き返すことさえできないわたしに、彼女はゆっくり諭すように繰り返しました、「そう、あたしの、実の弟」と。

「一緒に暮らしたのは、ほんのわずかな時間だったけれどね。あなた、哲治から聞いてるかしら？」

首を横に振ると、彼女は再びはにかむように小首を傾げました。

「そうよね、あの子は本当に、だんまりなんだものね。あたしとは正反対……あたしたちの親はすごく貧乏だったの。山陰の小さな村の出身でね、ずいぶん若かったみたいだし、子どもたちを食べさせていけなかったの。そりゃそうよね、あたしたちの上にもう三人か四人、子どもがいたんだから。それで東京の遠い親戚だか何かの縁を頼ってね、あたしが置屋の下地っ子になったのは十か十一の頃。一緒についてきたあの子は、まだろくに喋れないいちっちゃな子どもだった……もっとも、本当は姉弟揃って向島に置かれるっていう話だったのに、着くなり世話役のおねえさんに哲治は違うところに行くことになったって言われて、あたしだけ向島の家に置いていかれたのよ」

彼女はお茶を口に含んで、さっきと同じように小さな舌で唇を舐めました。

「あの子は本当にちっちゃかったから、いろんなおねえさんたちに囲まれて、本当の姉がいることなんかよくわからないまま育ったはずよ。でも、最後にはめぐりめぐって、あたしも九段に行くことになってね……あの頃は荒れてたのよ、踊りも唄もうまくないしね、いろんなところでいじめられて、いろんな家を転々としてたの。鶴ノ家には前の家でお世話になったねえさんの紹介で行ったんだけど、驚いたわ、あの子がいる家だなんて知らなかったんだから」

驚いて相槌もろくに打てないわたしは、どんな顔をしてその打ち明け話を聞いていたのでしょう。彼女はわたしと目を合わせると、少し困った顔で続けました。

「いいえ、正直言うとね、あたし、自分に弟がいることなんて、ほとんど忘れて生きてたの。でも一目見てすぐにわかったわ。ああ、この子はあたしの弟、この広い東京で唯一あたしと血のつながった、たった一人の生き別れの弟だって！　おかあさんに知れたら面倒がられて家を追い出されるかもしれないし、黙って知らんぷりしておこうとも思ったんだけどね、あたしも年頃でいろいろあってね、あの頃は寂しくて、心細くて……あの子はもっと寂しそうで……言わずにはいられなかったのよ、自分はあんたの本当の姉さんなんだって。ほら、鶴ノ家ってあんな感じの家だったでしょう、だからこんな落ちぶれた芸者の言うことなんか信じてくれないと思ったけど、どうしてかしらね、あの子、あたしの言うことをびっくりするくらい素直に信じてくれたのよ。そうだ、あなた一度、あたしと哲治が一緒に寝ているところに突然入ってきたことがあったわね？」

思わずあっと声をあげました。あれは確か、高校に上がった年の冬のことでした、あの置屋の一室で哲治に添い寝をしていた白い幹のような女の人の体……それを見てわたしは頭にかっと血が上り、彼と喧嘩をしてしまったのです。あの人、ふっくらとして小柄で、良い匂いがして、色の白かった、あの人……。わたしは目を見開いて、目の前のかわいらしい老女を見つめました。

「そう、あのときの女があたしなのよ。驚いたでしょう、でも実の姉なのだから許してちょうだいね。あのとき以外、あなたたちの邪魔をしたことはなかったんだから」

彼女はわたしの腕を軽く叩いて微笑みました。

「じゃあ……じゃあ……」

震える声のわたしに彼女は優しく首を傾げ、辛抱強く言葉を待ってくれました。

「おねえさんは、あの頃のわたしたちを、覚えてるんですね？」

「ええ、覚えてるわ。忘れていないわ。年をとってつらいのは、自分が若かった頃のことを覚えていてくれる人がいなくなるってことよね。それは、とても大事なことなのにね」

喉元まで嗚咽がこみあげて、わたしはうなずくことしかできません。

「哲治とは、昨日まで長いこと連絡はとっていなかったの。最後に会ったのは、三十年よりもっと前だったかしら……さっぱり音沙汰がなかったのに、あのときも突然電話があってね、しばらく世話になりたいって。驚いたわ、久々に連絡があったと思ったら、ずいぶん切羽つまってるようすだったから。連れがいるって話だったのに、翌日の夜遅くに来たときは一人だった。会うのはずいぶん久々だったけど、入ってきたときにすぐにわかった……ほら、あの子、いつもしかめっつらで機嫌が悪そうなのに、突然泣き出しそうな顔をすることがあるでしょう？　あの晩も、そんな顔してたわね。子どもみたいに目が真っ赤だった。でも一晩泊まっただけでまたどこかに行っちゃったわ、引き止めたんだけど、やることがあるって言って……」

「連れがいるって、言ったんですか？」

「ええ、言ったけど……」

「………」

「もしかして、あなたのことだったのかしら？」

わたしは三十三年前、下関に向かう車内の哲治のようすを思い出しました。初めて遠出の旅をする少年のようないきいきとした表情、視界に映る何もかもを目に焼き付けて忘れまいとする張りつめた表情、小さい頃、ラジオや貨物列車や地蜘蛛の巣をつついていたときの真剣な表情……。あの表情の奥で、彼はわたしとの新しい生活を考えていたのでしょうか、それとも長い別れを想っていたのでしょうか？

「昨日……昨日、彼はなんて……？」

彼女は少し黙ってから、申し訳なさそうに首を横に振りました。

「ただ近いうちに行くからって、それだけしか言わなかったわ。誰か一緒なのって聞いても、何も……それで今日は、あの子じゃなくて、あなただけが来たのね。まったく、あの子はどこへ行っちゃったのかしらね？」

たまらなくなって嗚咽を洩らしそうになると、彼女は「いやね、泣かないで」とティッシュペーパーを箱ごと手渡してくれました。わたしは少し笑って、まだ流れずに目のふちに溜まっている涙をぬぐいました。

「あなた、哲治を探しにきたの？」

わたしはうなずきました。

「ご覧の通り、ここにはいないわよ。でもあなたにその気があるのなら、しばらくいてもかまわないわよ。待っていれば、いつかは来るでしょう。寂しいおばあちゃんの一人暮らしよ、昔のよしみでね、すぐに放り出したりはしないわ」

「でも……哲治は、来るでしょうか？」

「さあね」

彼女は首をすくめて、戸口に差し込む西日に向かって目を細めました。わたしも同じように、その橙色の光を見つめました。

それはもう、何年ものあいだ静かにその場を照らしていたような、振り返れば必ずそこにあったのに、誰にも気づかれずにずっと空気を暖め続けていたような、柔らかく透き通った光でした。

こんな光を前にも見たことがある、その優しい眩しさを何度もまぶたで捕まえるように、わたしは瞬きを繰り返しながら思いました。そう、一度だけでない、これまでに何度も何度も、わたしはこんな光を見たことがある……幼い日、一人きりで迷い込んだ祖父の家の森のなかで……時計を分解する女友達の部屋で……ラジオを聴いていた置屋の部屋で……恋人を待つ料亭の二階の寝室で……夕食を作っていた新婚時代の下落合のアパートで……上野公園の花見に向かう電車のなかで……横浜の港の大きな貨客船の前で……鳥取の何もない砂丘で……誰とも会話をしなかった一日の終わりの路上で……徹雄さんと向き合っていた喫茶店で……娘と夫と並んで座っていた縁側で……トランペットを聴いていた公園の路上で……そのトランペットを磨く哲治を見ていた窓辺で……そしていっさいの言葉が消えてしまった、どの場所からも遠く離れた居酒屋の二階の小さな部屋で……わたしは確かに、こんな光を目にしていました。

そこにはいつも、同じ光がありました。

諦めのような安堵のような、どこまでも穏やかな気持ちがわたしを静かに包んでいきました。

「電話をお借りしても良いでしょうか?」

彼女はうなずいて、レジ台の隣にある電話を指さしました。わたしはポケットから鳥取の居酒屋の電話番号を控えた紙切れを取り出し、少し緊張しながらボタンを押しました。もしもし?　聞こえてきた直子さんの声に一瞬ひるみましたが、息を大きく吸って、直子さん、と呼びかけました。

「やだ、あんたかね?　どこにおるかね?　何があったかね?」

「直子さん、哲治は……」

「おらんよ。一緒じゃないかね?」

「ええ……」

「何しちょうか知らんけど、あんた、今日中に戻れるかね？」

「ええ、電車に間に合えば、たぶん……」

「じゃあはやとも、明日には戻るかね？」

わたしのためらいを見透かしたように、直子さんは怒ったような口調で付け加えました。

「雪子ちゃんが来ちょられるよ」

「雪子が？」

「戻ってきたのが、あんたと仲直りしたいって。まったく、ほんに見上げた娘さんだわ。ほんに、すごい別嬪（べっぴん）さん。あんた、早く戻ってきないや」

「雪子が……」

「代わる？」

「ええ、お願いします」

代わるって、直子さんの声に続いてがたがたと雑音が聞こえたあと、電話口に気配がありました。雪子？　聞くと、うん、と小さい声が返ってきました。

「雪子、本当にごめんなさい。馬鹿なお母さんよね。あんたの言うとおりよ」

「お母さん、今どこにいるの？」

「下関」

「下関？　どうして？」

「あの人を探しに来たの。でもいなかったわ」

「お母さん、どうするの？」

「そうね……」

「お母さん、戻ってきて。わたし、もう怒ってないから。お母さんがここであの人を待つっていうなら、わたしも一緒に待ってあげるから。今から電車に乗れば、戻ってこられるんでしょう？」

「…………」

「お母さん、戻ってきてよ」

「……わかったわ」

電話を切るとすぐ、「あなた、娘がいるの？」と目を丸くした彼女に聞かれました。

「まさか、哲治の子じゃないでしょうね？」

わたしは笑って首を振りました。

「帰るのね？」

彼女は立ち上がって後ろに回り、まるで五歳の少女にするようにその細い指で軽くわたしの髪を梳いてくれました。

「行く前に、ちょっと顔を直しなさいね。女の子はいつもきれいにしていないとだめよ」

言われるがままお手洗いを借り、鏡の前で乱れた髪の毛や顔を直していると、壁の向こうで店の電話が鳴り始めました。ベルはすぐにやんで、彼女が何か喋っている声が聞こえます。電話が済むまでと口紅を取り出しましたが、話はすぐに終わってしまったようでした。

お手洗いから出ると、青ざめた顔の彼女がこちらをじっと見つめていました。瞬間、逃れようのない恐ろしい予感がわたしの全身を打ちました。

言わないで、叫ぶ前に、彼女は震える唇を開きました。

「哲治が……」

そしてわたしは今こうして、あなたの前に座っているのです。

名古屋を過ぎて、静岡を過ぎて、ほら、もうしばらくしたら、横浜駅への到着を告げるアナウンスが始まるでしょうね。外も、少しずつ明るくなってきました……もうすぐ日が昇るでしょう。

哲治が東京の病院に運び込まれた、下着も靴も何も身につけておらず、素裸の体は血まみれで、おぼろな意識が途切れる直前に、下関の住所と、わたしの名前を口にして……そうお姉さんから聞いて、わたしはすぐに駅に戻り、下関から出る夜行列車に飛び乗りました。詳しい事情はわかりませんが、意識はなく重体だそうです。

別れ際、お姉さんはわたしの手をぎゅっと強く握り、「今も昔も、あの子はあたしの、たった一人の弟なの」と言いました。たった一人の弟……。そして哲治にとっても、お姉さんはたった一人のお姉さん……。でもわたしは列車に乗ってからずっと考えていたのです、それではその哲治にとって、わたしという人間は、いったいなんだったのだろう？　と。

今も昔も、哲治はわたしのたった一人の友達です。もちろん、困ったときにはいつも助けてくれた祥子ちゃんという優しい女友達がいることも忘れてはいません。祥子ちゃんだけでなく、小さい頃に仲良くしていた千恵子ちゃんやなみ江ちゃん、会社員時代の同僚の女の子たち、直子さん……こんなどうしようもないわたしに常に温かく接してくれた、優しい友人たち……でももし、彼女たちがとんでもない悪さをして無人島に逃げなくてはならなくなったとき、一緒に来てくれるよう頼まれたなら、わたしは何もかも捨てて彼女たちについていけるでしょうか？　薄情と思われるかもしれませんが、わたしには自信がありません。そんなことができるのは、今ではわたしのたった一人の娘、雪子のためだけ……雪子は今でも、わたしを待ってくれているでしょう。きちんとした母親になれなかったせめてもの償いとして、わたしは必ず、雪子を迎えにいくつもりです。

そしてもちろん、哲治……。もし彼から今、一緒に逃げてくれと頼まれたなら、わたしはいったいどうするでしょう？　実際わたしはこれまで二度も、彼と一緒にあの寂しい砂丘の街に逃れたのですからね。でもその反対、つまりわたしが本当に困ったとき、一緒に逃げてほしいと頼んだとき、哲治はわたしのために何もかも捨ててついてきてくれるでしょうか？　何度も彼を傷つけ無用に振りまわし、自分勝手に追いかけ続けた、この老いた幼馴染みのために？　――本当に情けないのですが、何度問いかけ直しても、あらゆる否定の言葉をかき集めても、わたしは信じてしまっているのです、哲治は必ずやそうしてくれるだろうと。今回だっておそらく、彼はあの黒い男のところに話をつけに行っただけなのではないでしょうか、これから下関のあの小さな家でわたしとお姉さんと三人きりの、静かな暮らしをするために。話をしに行く、そう、三十三年前も、彼はそう言ってわたしを東京に誘ったのですからね。

話、話……でもあの無口な哲治が、いったい誰に向かって、どんな話をするというのでしょう？　どうしてその話を、わたしに向かってしてくれないのでしょう？　声にならなくたって、わたしたちがするべき話は山ほどたくさんあったはずなのに、彼の時間があの白紙に完全に侵食されてしまう前に、数少ない言葉から二人で分かち合えることはいくらでもあったはずなのに……。

哲治に実のお姉さんがいたこと、そのことにわたしは正直、嫉妬しているのです。ええ、思い出せば思い出すほど、まったく腹立たしい。あんたはちっとも一人ぼっちじゃなかったじゃないの、幼い二人が持てあましていた沈黙はいくらでもあったのに、どうして言ってくれなかったの？　わたしは少し意地悪な言い方で、彼を責めたいと思います。哲治はなんと言い返すでしょうか、そしてそのあとで、あの頃本当に相手を憐れんでいたのは、勝手な優越感を抱いていたのはどっちだったのか、笑いながら、二人で文句を言い合えたら……。

こうして少しずつ哲治に近づいている今、この電車のなかでわたしにできることといえば、彼にまつわるすべての記憶を思い出すことしかありません。ところがいくら努力してみても、思い出が思い出として甦ってくる限りそれは過去の亡骸か亡骸になりつつあるものばかり、思い出すことは失ってしまった生の虚しい模倣にすぎなくて……わかっています、それでもわたしは、その亡骸の一つ一つに切り刻んだ自分自身の魂を吹き込み、声を一本の糸にしてあらゆる時間を縫いつなぎ、ここにある現実さえまるごと飲み込む濃縮された時間のなかで、もう一度哲治と出会いたかったのです。そうすることで、哲治の落丁や白紙だらけの本とわたしの下手な文字だらけの本を分解し、ページを交互に重ねて綴じ合わせ、まるごと一冊の本にしてしまいたかったのです。

一つ一つの言葉をくるむわたしの湿った息は、継ぎ接ぎされた時間の縫い目をなめらかにし、厚さの異なる一枚一枚のページを接着する糊となり、書かれた文字を固定する上塗りの薬になり得たでしょうか？　それはこの本が綴じ合わされ、改めて最初の一ページから繰ってみるまでわかりません。一晩をかけてこの長い話に耳を傾けてくださったあなたもまた、わたしの声の糸が縫いとった時間としてそこに記されていることでしょう、そしてわたしたちは、そのなかで再び出会うことができるでしょう。

ねえ、あなた、あなたは、哲治が死んでしまったと思われますか？

わたしにはそうは思えません。なぜならこうしてあなたにお話を続けている限り、わたしたちの本はまだしっかりと綴じられてはいないから、そして何より、わたしがこうして生きているから……哲治がわたしの生きた人生の象徴であるように、わたしもまた、哲治の生きた人生の象徴なのです。

ねえ、そうでしょう？

今ではあなたもきっと、そう思ってくださるでしょう？

さあ、涙を拭いてください、このハンカチをどうぞ。昨日下関を発つ前に、哲治のお姉さんから餞別(せんべつ)にいただいたものです。わたしにはもう必要ありません。哲治が持っている涙の壜は今度はわたしのためのものです、あの壜があるところ以外でどうしてわたしが泣けましょう？

わたしと哲治は今でも同じ一本の糸の端を持ったまま、巨大な時計の文字盤の上をぐるぐる回っているようです。そこに抜け道などなく、ただ追いかけたり、追い越されたり、並んだり、遠ざかっては再び出会い……どちらかが気まぐれに立ち止まり反対方向に足を向けてみたところで、当然再び出会うのです。

ほら、見てください、ようやく日が昇り始めました。

ああ、この光……わたしたちのすべてを見通すような光、遥か太古の昔から始まって、気の遠くなるほどの先の未来まで、絶え間なくこの広い世界のどこかしらを照らし続ける光……とてもきれいな光……。

わたしが口を閉ざしても、この光と同じように二人の物語は二つの命の時間を超えて、どこまでもどこまでも続いていくことができるでしょうか？　わたしはそれを信じたい、そして祈りたいと思います。この長い線路だって最後には終点が始点になるというだけ、線路はそこで終わっているようでそこが始まりにもなるのです。

東京駅に着くまで、まだ少し時間はあるようです。

さあ、あなたも、涙を拭いて……息を吸って、口のなかをさっぱりさせて……用意ができたら少し大きな声で話してくださいね、もうすぐほかの人たちが騒がしく起き出してくるでしょうから。

わたしの長い長いお話は、もうおしまい。今度はあなたが話す番です。

主要参考文献

浅原須美『お座敷遊び　浅草花街　芸者の粋をどう愉しむか』二〇〇三年、光文社新書
朝日新聞社編『さようなら　寝台特急あさかぜ　名門ブルートレイン栄光の軌跡』二〇〇五年、朝日新聞社
出馬康成『芸者の粋と意地　向島　花柳界に舞う女たちの生き様』二〇〇八年、角川学芸出版
上村敏彦『東京　花街・粋な街』二〇〇八年、街と暮らし社
加藤政洋『花街　異空間の都市史』二〇〇五年、朝日新聞社
川本三郎編、田沼武能写真『昭和30年東京ベルエポック』一九九二年、岩波書店
佐藤洋一『図説　占領下の東京』二〇〇六年、河出書房新社
人文社第一編集部編『江戸から東京へ　明治の東京　古地図で見る黎明期の東京』一九九六年、人文社
人文社編集部編『古地図・現代図で歩く　昭和30年代東京散歩』二〇〇四年、人文社
高木一也『バナナ輸入沿革史』一九六七年、日本バナナ輸入組合
田中哲男『東京慕情　昭和30年代の風景』二〇〇八年、東京新聞出版局
千代田区富士見地区町会連合会編『千代田区富士見地区町会連合会　創立五十周年記念誌』二〇〇六年、千代田区富士見地区町会連合会
千代田区富士見地区町会連合会編『わが町あれこれ』一九八一年、千代田区富士見地区町会連合会
千代田区富士見地区町会連合会地域コミュニティ活性化事業実行委員会編『まちの記憶　まちの暮らし〝探索ガイドブック〟』二〇一一年、千代田区富士見地区町会連合会地域コミュニティ活性化事業実行委員会
千代田区教育委員会編『千代田区教育百年史　別巻』一九八〇年、千代田区

千代田区役所編『千代田区史　中巻』一九六〇年、千代田区役所
NHK編『放送の五十年―昭和とともに―』一九七七年、日本放送出版協会
日本放送出版協会『「放送文化」誌にみる昭和放送史』一九九〇年、日本放送出版協会
フォート・キシモト、新潮社編『東京オリンピック　1964』二〇〇九年、新潮社
正井泰夫監修『図説　地図で暮らしを読む　東京の昭和』二〇〇七年、青春出版社
森田雄蔵『料亭の息子』一九六七年、金剛出版
『懐かしい風景で振り返る　東京都電』二〇〇五年、イカロス出版

そのほか、当時のニュース映像などを参照しました。また、取材に快くご協力いただき貴重なお話を聞かせてくださった皆さまに、心より御礼申し上げます。

二〇一三年十二月　青山七恵

解説

谷崎由依

糸という文字の成りたちは、縒りあわされた糸束のかたちに由来する。ねじってまとめたその白の、まだ何色にも染められない糸は、始まりが終わりへ、終わりがまた始まりへと繋がって、どこまでもめぐり続ける。物語を、語り継ぐひとがいる限り。

終戦の年に生まれた「わたし」は、東京の九段で育った。靖国神社の南の一画。当時そのあたりは花街だった。ちいさいながらも品格のある料亭「八重」、その元お抱え芸妓だった女将が「わたし」の母である。ねえさんたちの稽古する三味線の音の響く街、夕方ともなれば彼女たちの白粉の香が風に乗って通り過ぎてゆく。芸妓どうしがすれ違うときには、小首を傾げて「いまほど」と言う、それが花街の挨拶。「今の街の姿しか知らない人たちには少し奇妙に思われるでしょうね。街というものは気まぐれなものです。その時々にそこで暮らしている人たちだけに愛嬌をふりまいて、一度でもそこを立ち去った者には決してかつてのような優しさを見せてはくれないのですから」——そう述べる語り手の言葉からして、時という紗幕の向こうに、くすんだ、それゆえ豊かな手触りのある街を浮かびあがらせる。しっとりとした文体で綴られる風物。どこまでも愛しくて、繰りかえし、いくらでも、そこに浸っていたくなる。

　まるく充足したその風景に、けれども物語はとどまらない。「わたし」はやがて「鶴ノ屋」という置屋の、哲治という少年と近しくなる。おなじ九段の花柳界とは言え、貧相なあばら屋のような建物だ。「まくら」――すなわち芸ではなく春を売る女たちを抱え込んだ場末の置屋。その、さらに素性の知れない貰われっ子である哲治。物語はさまざまな支流を持ちながらも、この哲治と「わたし」とのあいだにあるものをめぐり、進んでいく。「わたし」が青年実業家の英而と結婚すると言いだしても、哲治に引き止めることはできない。「わたし」は「わたし」で、英而との結婚が哲治との関係と両立しないなどとは、そのときはゆめにも思わない。この少女らしい無邪気な決断が、おそらくはその後のふたりの長いいきさつを左右する。

　幼なじみとの、愛とも執着とも憧憬ともつかない、なんとも言い切れない関係。また幼少期にあったものを、長じてからも持ち続けることの難しさ。ある意味ではほとんど不可能で、たいていのひとは諦めて放り出し、忘れた振りをして生きるか、あるいはそもそも思い出さない。そのほうが、ただ生きていくためにはずっと楽だから。けれど、そうできないひとたちがいる。「わたし」がそうであり、恐らくは哲治も。そして文学史を遡れば、エミリー・ブロンテの『嵐が丘』に育った、キャサリンとヒースクリフもそうだ。

青山さんご自身、各所で述べられていることだが、この長篇を執筆する契機のひとつとなったのは、ブロンテの『嵐が丘』であるという。哲治と「わたし」の間柄や、そこに絡んでくる裕福な青年との結婚、またそれにもかかわらず――結婚という制度をものともせず、重力に引かれあうようにしてふたたび近づこうとする者たちの姿など、両作にはさまざまな共通点がある。

『めぐり糸』の単行本が刊行された年、アメリカの大学に滞在していたわたしは、そこでブロンテ研究者の知己を得ていた。『本格小説』を書いた水村美苗氏にもインタビューしたというそのひとは、『めぐり糸』に関して、あることを教えて欲しい、と言った。この小説において、『嵐が丘』の“I am Heathcliff” lineはどのように下敷きにされているのか、と。

“I am Heathcliff” line――「ヒースクリフはわたしなのだ」と打ち明けるキャサリンの台詞。由緒ある家の息子エドガーに申し込まれた結婚を、承諾する、と決める一方で、粗野な幼なじみヒースクリフを自分自身なのだと語る。小説の序盤、彼女がまだ娘時代の一幕だ。

一方、『めぐり糸』では、それは終盤に近い、より切実で退っ引き（のっぴき）ならない場面においてあらわれる。「哲治は……わたしなのよ」――暗闇のなかにぽつりと置かれる、短い台詞。キャサリンの饒舌（じょうぜつ）とは対照的だ。歳月を経て、失うべきでないものを得たその先で、ほとんど呟か（つぶや）れるようにして、告白はなされる。その静けさを思うとき、「わたし」と哲治のあいだにあったのは、ヒースの丘の激情ではなく、むしろ悲しみに近かったのではないか、と思う。ふたりの集め続けた涙を溜める小瓶に象徴されるように。

　ところで『嵐が丘』は、使用人ネリーが来訪者ロックウッドに在りし日の屋敷の物語を聞かせるという体裁を取り、視点人物も両者を行き来する。一方の『めぐり糸』では、小説は終始一人称で語られ、しかもその「わたし」は傍観者ではなく主人公（プロタゴニスト）なのだ。ネリーもロックウッドも介さずに、作者はこの「わたし」というものに飛び込み、そのままで書き切った。なんという大胆さだろうか。

　一人称単視点。しかし、ほんとうにそうだろうか、とも考える。「ちい坊」「ちいさん」という愛称は出るものの名前は明かさない。夜行列車で泣いている「あなた」に話しかけることによって、真っ白な紙の空間にその声はあらわれる。つまりこの小説には、夜行列車での会話という枠物語がある。と同時にその枠（フレーム）は、ほとんど透明なものだ。過去と想念とを内側に隠しながら、どこまでもひらかれている。長い物語を語り終えると、声はふたたび紙面のうえに、すうっと消えてゆく。朝のひかりに、透けるようにして――わたしにはそう思える。

　もしかしたらそれは、声だけの幽霊だったのかもしれない。日本の戦後から昭和の終わりにかけて、あったもの。ついこのあいだまでそこにいて、いまは消えてゆきつつあるもの。言葉を持たなかったもの、声高に語りはしなかったもの――そうしたものたちの声、そのひとつだったのかもしれないと。言い換えればここに描かれるのは、「誰にも理解されないだろう」とみずから述べるようなごく個人的な物語でありながら、神話の時代から脈々と、人間という不可解な存在の底に流れてきた物語でもあると思うのだ。

ここでもうひとつの相違点を挙げてみたい。『嵐が丘』や『本格小説』で行動を起こすのは男性の側、それはフィッツジェラルドの『グレート・ギャッツビー』にも連なる〝冬の夢〟だ。不遇ゆえに人生の初期では他人に奪われてしまった夢を取り返す。成功し（成り上がり）、女のもとへと戻ってくる。日本で言うなら「金色夜叉」型のプロットだ。

哲治もまた彼らと似た幼年期を持っている。しかし復讐を遂げるために戻ってきたりはしない。闇の世界と手を結びはするが、それは彼を後々まで苦しめることになるだけだ。つまり哲治は、「強い男」ではない。むしろその弱さと頑なさのゆえにこそ、ヒーローとして相応しい。そしてわかれてしまったふたりの道を、幾度も幾度も、ひとつにしようとするのは、哲治ではなく「わたし」なのだ。

アンティゴネーの系譜というものがある。よそから見れば理解のしがたい、けれど本人には切実な、はっきりとそうしなければならない何かに従事する女性。アンティゴネーはギリシャ悲劇の登場人物で、オイディプス王の娘だ。盲目となった父の手を引いて諸国を旅し、また叛逆者として死んだ兄を法に逆らって埋葬しようとする。自身に不利が及ぼうとも、一箇の信念――それも他人の共感を得られるとは限らない、あるときには禁忌でさえある信念を、ひとり貫こうとする。一見おとなしく穏やかに見える語り手の「わたし」も、この苛烈な女性の血脈を受け継いでいるように思える。

　千枚に及ぶ長い小説を進ませるものはなんだろう。ひとつは言うまでもなく、文体だ。しっとりと美しい情景描写がある一方で、作品の言葉はそれをみずから突き破り、その先へ向かおうとする。表現主義的な荒々しさを持って描かれる幾つかの場面。はじめて読んだとき、これはなんという小説なんだろうと、こんな描写がどうしてできるのかと驚嘆するようなくだりが、それも惜しげもなく次々と出てきて、衝撃を受けたものだった。いま読み返しても、そのすべてがはっきりと記憶に刻まれている。緻密で独創的な比喩。その喚起力は、ちょっとほかに比類するものを思いつかない。

　この圧倒的な言葉のちからのほかに、もうひとつの推進力として、予測のつかなさがあると思う。『嵐が丘』のように多視点を採用することから生まれる謎解きには依拠しない。その代わり、人物のひとりひとりが謎を孕んでいる。料亭を切り盛りし、矜持と強い我を持つ母、それよりもさらに強烈な祖父、摑みどころのない父。夫となる英而もひとつのブラックボックスであるし、そして誰より哲治の、言動の予測のつかなさに語り手は翻弄され、遙かな旅を余儀なくされる。鉄道をゆく旅が、いまよりずっと遠かった時代。けれど周囲のそんなひとびとにもまして、もっとも予測不可能なのが、語り手自身なのではないか。「わたし」が岐路に差し掛かり、何かを選び取ってゆくたびに、わたしたちは驚き、やがて納得する。この不可解さは、けれど確かに覚えのあるものだと。自身のうちにある——またはかつてあった不可解さ、苛烈さを思い出す。それは懐かしく、慕わしいものでさえある。

老いるということについて、二つの示唆的な言葉が置かれる。ひとつは冒頭、もうひとつは結末近くに。

「若い時分には、年老いた人はずっと昔から年老いているように見えるものなのですからね」

「年をとってつらいのは、自分が若かった頃のことを覚えていてくれる人がいなくなるってことよね。それは、とても大事なことなのにね」

時が流れ、わたしは老いる。それは惨めさとは違う。どうして知っていたんだろう? この小説を書いたとき二十代だった青山さんは、なぜ、何もかも知っていたんだろう。不思議に思い、そしてこのひとは、やはり特別な書き手なんだ、と思い知る。

長い長い時間のあとで、生きていくことの悲哀を共有してくれる。心の傍らに座っていてくれる。何かを手渡してくれる。物語の糸は、続いていく。

（たにざき・ゆい　作家／翻訳家）

この作品は二〇一三年十二月、集英社より刊行されました。

初出誌
「すばる」二〇一一年十一月号〜二〇一三年八月号

集英社文庫　目録（日本文学）

赤川次郎	吸血鬼愛好会へようこそ
赤川次郎	恋する絵画 怪異名所巡り6
赤川次郎	青きドナウの吸血鬼
赤川次郎	吸血鬼と切り裂きジャック
赤川次郎	忘れじの吸血鬼
赤川次郎	暗黒街の吸血鬼
赤川次郎	とっておきの幽霊 怪異名所巡り7
赤塚祝子	無菌病室の人びと
赤塚不二夫	人生これでいいのだ!!
阿川佐和子 檀ふみ	ああ言えばこう食う
阿川佐和子 檀ふみ	ああ言えばこう嫁行く
秋本治・原作	小説こちら葛飾区亀有公園前派出所
秋元康	7秒の幸福論
秋元康	42個の恋愛論
秋元康	恋はあとからついてくる
秋山裕美 山口マオ	元気が出る50の言葉
芥川龍之介	地獄変
芥川龍之介	河童（かっぱ）
朝井リョウ	桐島、部活やめるってよ
朝井リョウ	チア男子!!
朝井リョウ	少女は卒業しない
朝井リョウ	世界地図の下書き
朝倉かすみ	静かにしなさい、でないと
朝倉かすみ	幸福な日々があります
浅暮三文	百匹の踊る猫 刑事課・亜坂誠 事件ファイル001
浅暮三文	無敵犯 刑事課・亜坂誠 事件ファイル101
浅田次郎	鉄道員（ぽっぽや）
浅田次郎	プリズンホテル 1 夏
浅田次郎	プリズンホテル 2 秋
浅田次郎	プリズンホテル 3 冬
浅田次郎	プリズンホテル 4 春
浅田次郎	天切り松 闇がたり 第一巻 闇の花道
浅田次郎	天切り松 闇がたり 第二巻 残侠
浅田次郎	天切り松 闇がたり 第三巻 初湯千両
浅田次郎	活動寫眞の女
浅田次郎	王妃の館(上)(下)
浅田次郎	オー・マイ・ガアッ!
浅田次郎	サイマー!
浅田次郎	天切り松 闇がたり 第四巻 昭和侠盗伝
浅田次郎	ま、いっか。
浅田次郎	あやし うらめし あな かなし
浅田次郎	終わらざる夏(上)(中)(下)
浅田次郎・監修	天切り松読本 完全版
浅田次郎	椿山課長の七日間
浅田次郎	つばさよつばさ
浅田次郎	アイム・ファイン!
浅田次郎	天切り松 闇がたり 第五巻 ライムライト
阿佐田哲也	無芸大食大睡眠

集英社文庫　目録（日本文学）

飛鳥井千砂　はるがいったら
飛鳥井千砂　サムシングブルー
飛鳥井千砂　海を見に行こう
安達千夏　あなたがほしい je te veux
阿刀田高　私のギリシャ神話
阿刀田高　遠い迷宮 阿刀田高傑作短編集
阿刀田高　黒い回廊 阿刀田高傑作短編集
阿刀田高　白い魔術師 阿刀田高傑作短編集
阿刀田高　青い罠 阿刀田高傑作短編集
阿刀田高　甘い闇 阿刀田高傑作短編集
阿刀田高　影まつり
穴澤賢　またね、富士丸。
我孫子武丸　たけまる文庫 謎の巻
安部龍太郎　海神（わだつみ）
安部龍太郎　生きて候(上)(下)
安部龍太郎　恋七夜

安部龍太郎　関ヶ原連判状(上)(下)
安部龍太郎　天馬、翔ける 源義経(上)(中)(下)
安部龍太郎　風の如く 水の如く
甘糟りり子　思春期ブス
天野純希　桃山ビート・トライブ
天野純希　青嵐の譜(上)(下)
天野純希　南海の翼 長宗我部元親正伝
綾辻行人　眼球綺譚
新井素子　チグリスとユーフラテス(上)(下)
新井友香　祝女
嵐山光三郎　日本詣で ニッポンもうで
嵐山光三郎　よろしく
荒俣宏　日本妖怪巡礼団
荒俣宏　風水先生
荒俣宏　怪奇の国ニッポン
荒俣宏　レックス・ムンディ

荒山徹　鳳凰の黙示録
有川真由美　働く女（ひと）！ 38歳までにしておくべきこと
有島武郎　生れ出づる悩み
有吉佐和子　仮縫
有吉佐和子　連舞（つれまい）
有吉佐和子　乱舞（みだれまい）
有吉佐和子　処女連禱（れんとう）
有吉佐和子　更紗夫人
有吉佐和子　仮縫
有吉佐和子　花ならば赤く
安東能明　聖域捜査
安東能明　境界捜査
安東能明　伏流捜査
井形慶子　運命をかえる言葉の力
井形慶子　英国式スピリチュアルな暮らし方
井形慶子　イギリス人の格 「今日できること」からはじめる生き方

集英社文庫　目録（日本文学）

- 井形慶子　日本人の背中　欧米人はどこに惹かれ、何に驚くのか
- 井形慶子　好きなのに淋しいのはなぜ
- 井形慶子　ロンドン生活はじめ！　50歳からの家づくりと仕事
- 井形慶子　イギリス流　輝く年の重ね方
- 池井戸潤　七つの会議
- 池内紀　ゲーテさん　こんばんは
- 池内紀　作家の生きかた
- 池内紀　二列目の人生　隠れた異才たち
- 池上彰　これが「週刊こどもニュース」だ
- 池上彰　そうだったのか！　現代史
- 池上彰　そうだったのか！　現代史　パート2
- 池上彰　そうだったのか！　日本現代史
- 池上彰　そうだったのか！　アメリカ
- 池上彰　そうだったのか！　中国
- 池上彰　池上彰の大衝突　終わらない巨大国家の対立
- 池澤夏樹　写真・芝田満之　カイマナヒラの家
- 池澤夏樹　憲法なんて知らないよ
- 池澤夏樹　パレオマニア　大英博物館からの13の旅
- 池澤夏樹　異国の客
- 池澤夏樹　叡智の断片
- 池澤夏樹　セーヌの川辺
- 池田理代子　ベルサイユのばら全五巻
- 池田理代子　オルフェウスの窓全九巻
- 池永陽　走るジイサン
- 池永陽　ひらひら
- 池永陽　コンビニ・ララバイ
- 池永陽　でいごの花の下に
- 池永陽　水のなかの螢
- 池永陽　青葉のごとく　会津純真篇
- 池波正太郎　スパイ武士道
- 池波正太郎　天城峠
- 池波正太郎・選　日本ペンクラブ編　捕物小説名作選　一
- 池波正太郎・選　日本ペンクラブ編　捕物小説名作選　二
- 池波正太郎　幕末遊撃隊
- 伊坂幸太郎　終末のフール
- 伊坂幸太郎　仙台ぐらし
- 伊坂幸太郎　残り全部バケーション
- 石川恭三　心に残る患者の話
- 石川恭三　定年の身じたく　生涯青春！をめざす医師からの提案
- 石川恭三　生へのアンコール
- 石川恭三　医者が見つめた老いを生きるということ
- 石川恭三　医者いらずの本
- 石川恭三　定年ちょっといい話　閑中忙あり
- 石川恭三　50代からの男の体にズバッと効く本
- 石川直樹　全ての装備を知恵に置き換えること
- 石川直樹　最後の冒険家
- 石倉昇　ヒカルの碁勝利学
- 石田衣良　エンジェル

集英社文庫　目録（日本文学）

集英社文庫　目録（日本文学）

集英社文庫

めぐり糸（いと）

2017年1月25日　第1刷　　定価はカバーに表示してあります。

著　者　青山七恵（あおやまななえ）
発行者　村田登志江
発行所　株式会社　集英社
東京都千代田区一ツ橋2-5-10　〒101-8050
電話　【編集部】03-3230-6095
【読者係】03-3230-6080
【販売部】03-3230-6393（書店専用）
印　刷　大日本印刷株式会社
製　本　大日本印刷株式会社

フォーマットデザイン　アリヤマデザインストア　　マークデザイン　居山浩二

ISBN978-4-08-745532-8 C0193